人民艺术家·王蒙

创作70年全稿

小说编

恋爱的季节

· 4 ·

人民文学出版社

王　蒙

第 一 章

一九五一年四月下旬的一个周末夜晚,小雨飒飒,空气里充溢着诱人的潮气与土香。周碧云坐在自己的办公桌前,正在准备五四青年节纪念会上对新民主主义青年团团员们的讲话。她的疤疤痕痕的桌面上放满了书:《中共中央关于建立新民主主义青年团的决议》、列宁的《共青团的任务》、加里宁的《论共产主义教育》《联共(布)党史》《整风文献》《社会发展史纲》《思想方法和工作方法》……她沉浸在"全面发展的人"这样一个命题里,喜悦振奋,心潮激荡。办公桌是靠窗户摆放的,夹着雨丝的风吹起了褪了色的不洁的窗帘,这窗帘十分容易让人联想起婴儿襁褓中使用的尿褥子。窗帘一次又一次地飘动着,弄乱她的头发,弄痒她的脸庞。但是她沉浸在对于"全面发展的人"的想象里,全不顾及窗帘的拂拭与窗帘上的尘土微粒的呛人,她好像看到了一个又一个全面发展的男女,运动员的体魄,长得很充分的四肢,拱起的臀部与腿部的肌肉,短发,炯炯的目光,智慧的额头,深思的与诚挚的表情,朗诵诗一样的声音,雪白的衬衫,一尘不染的领口与袖口,脸上洋溢着青春的理想的动人的光辉,眼睛里似乎含着泪花:献身者、就义者、大智大勇者,充满了对祖国、人民、阶级与大地的热爱者的热泪,世界上最神圣的泪。

她尤其感同目击的是这样一大群青年男女的健壮的双腿,那近似粉红又近似黄铜的肤色,那粗壮有力绝对没有多余的脂肪的大腿,那修长美丽曲直合度的小腿,不肥胖,又不孱弱委顿,舒舒展展,一蹬地就迈出一大步,大步前进,跋山涉水,无坚不摧,勇往直前……永远告别了啊,东亚病夫,被侮辱与被损害的,拖着辫子和鼻涕、裹着小脚、吸着鸦片的人渣人滓……

　　风忽然大了,雨溅到她的脸上,破旧的窗帘伸伸展展,挣挣扎扎,像一个力不从心的讲演者无望地挥动着的手臂。周碧云的思想回到了她的简陋的办公室。春雨的接触使她十分愉快,只是为了不打湿书籍和纸张她才不得不去关上窗户。雨与风的躁动使她感到了春天的生命的力量,力量在孕育,力量在萌生,力量在蓬蓬勃勃。她想象中的男男女女就像春天的雨和风一样弥漫于天地之间,活动在六合之内。可惜的是,窗户一关上,窗帘就像泄了气抽了筋一样耷拉下来,疲疲软软,了无生意了。

　　直到这时,她才想起了来自天津英租界花园附近的小洋楼的两封信。两封信都是她的男朋友——应该说是她的未婚夫舒亦冰写的,两封信都用的是长型国际航空信封——这真莫名其妙,从天津往北京寄信,为什么要用航空信封呢?两封信的邮戳都是四月二十三日,两封信的字迹都是那样拘谨,那样的一笔不苟,还有点娟秀的女气。在食堂吃高粱米饭和猪肉片炒土豆片的时候,传达室的交通员小赵把两封信递给了她,说了一句:"请客吧,一次收到两封情书。"——大家都知道周碧云的恋人在天津,又够得着又够不着。于是大家哄笑起来。他们的"领导"赵林说:"哟,干什么这么费事?把两次的信装在一个信封里寄来有什么不可以?是为了隆重吗?邮票落价了是怎么的?"于是七嘴八舌,大多未婚而且未有恋人的年轻的同事们哈哈大笑起来,这使周碧云觉得不好意思。而且她朦朦胧胧地觉得,"情书"这样多是不光彩不伟大的,起码是有点小资产阶级情调,是个人的私事的过分膨胀,是一种旧日的颇有些黯淡的往事留下的影子,是缺少革命的阶级的与行动的内容的空虚。当别人兴高采烈地说笑的时候,她微皱着眉把两封信一团塞到自己的制服衣袋里,她努力保持着脸上的笑容,迟迟慢慢地回答一下反击一下年轻的同事们的调笑,同时她觉得尴尬和无趣。吃完晚饭她不好意思一个人躲到宿舍或别的什么地方看信,便和同事们一起走进办公室喝水、吃花生米、聊天和唱歌。她的声音极为洪亮,但是略显尖厉,她把一首又一首的苏联歌儿唱得高亢入云。她的过分响亮的嗓音甚至使旁人捂耳朵,不止一个人敦促她减小音量,然而正唱得起劲的她反而又把声音增加了许多分贝,她为自己的歌声的巨大激荡至少是刺激力量而自豪,她要大唱大吵大喊,她要用歌声把世界把人心翻一个个儿。

然后人们纷纷走了。去上级机关汇报的便去汇报。去工厂的便去工厂。去学校的便去学校。去做调查。去开座谈会。去传达和宣讲上级的最新指示。那时候晚上人们都工作,礼拜天也工作,年轻的共产主义者尤其喜欢在例如阳历年和旧历大年初一开会。只有这样做才能体现一种推着、跟着历史车轮全速旋转行进的劲儿。周碧云为了准备"五四"讲稿没有离开办公室。人们走开了办公室就安静下来。周碧云又走进里间的小办公室,开开进风的窗户。这本来是读男友的信的最好时机了,但是全面发展的新人的命题吸引了她,那样光明,那样强壮,有那样的头脑那样的眼泪那样健康和美丽的双腿。她应该先公后私。她应该先考虑全面发展的新一代再考虑远非全面发展的舒亦冰和她周碧云自己。一次小小的个人利益与革命利益的小小冲突,一次小小的思想斗争。她胜利了:新战胜了旧,公战胜了私,工作战胜了个人,无产阶级战胜了小资产。她把团成了团儿的舒亦冰的信扔到了桌子边缘,飘起了的大尿布似的褪色窗帘立刻遮住了它们。然后她认真严肃地又是心潮澎湃地思索着青年一代和他们的——我们的——未来。关上窗户她才想起了信,信已经被窗帘拂到了地上。当她捡起傻气地同时到达的两封信——哪怕是一封上午收到一封下午收到也比同时收到好得多呀——的时候,她哭了。

她撕开了其中的一封信,她看到了一张天蓝色的信笺,信笺上写的是三行英语:

Rose rose I love you！（玫瑰玫瑰我爱你！）

I can't leave you！（我不能离开你！）

I beg your pardon, my dear！（亲爱的，原谅我！）

一阵热浪涌来，漫过了她的全身，她听到了钢琴的声音，她看到了在隔窗的梧桐树影的掩映下面弹琴的舒亦冰的高大而又文质彬彬的身影，看到了他的因为感动而自摇自摆着的头颅。特别是她看到了他的灵活而秀长的手指的运动，听到了她熟悉得不能再熟悉的舒亦冰用英语唱"玫瑰玫瑰我爱你"的歌声。那歌声把rose rose（玫瑰玫瑰）与you（你）唱得很轻，很小心翼翼，而把拉长了的I love（我爱）唱得很重很重，似乎在呐喊，呐喊里包含着许多痛苦。他的声音温柔而且谦恭，只是唱到我和爱的时候他似乎有点激动，有点变调，说实在的，甚至有点难听。每逢这时候碧云都会为亦冰嗓音的失常而心痛，看着亦冰从钢琴上抬起的陶醉的面庞而感动，连从前额垂下来的亦冰的头发也显得格外令人挂牵……这就是往事……这就已经成为往事了么？

她有一种异样的喘不过气来的感觉。她撇了撇嘴。她急于摆脱这种软弱和温情的袭扰。她用右手的食指搔了搔面庞和下巴，她咳嗽了两声，第一声居然闷闷不响，她使了劲，第二声清脆和响亮了些，她用这清亮的咳嗽驱散自己那不受欢迎的烦乱，她连忙撕开另一个厚得多的信封。她撕得急了，撕坏了橘黄色的信笺的一个边角。一共有五张信笺，奇怪的是信笺上写的是注音符号：

ㄩㄣ，ㄨㄛ ㄊㄨㄥ ㄋㄧㄢ ㄕ ㄉㄞ ㄉㄜ ㄏㄠ ㄧㄡ……

"云，我童年时代的好友……"她拼出这几个字来了，不无吃力。好淘气，好啰嗦呀！她想起一九四八年来了，他俩一起从天津到北平，参加平津学生大联欢，她沉浸在学生们反内战反独裁的战斗热情里，而亦冰却只想借机与她游玩北平，卿卿我我。联欢完了以后他们一起去颐和园，在僻静的后湖的一座红漆木桥下面，舒亦冰缓缓地用分解开的注音符号向周碧云问道:"乌鹅,西衣昂,漆衣恩,乌恩,哪衣,乌鹅,得鹅,鱼恩……"碧云睁大了眼睛望着他,不知道他在说什么,"你说什么?你说的哪国话呀?""当然是中国话啦!"舒亦冰的脸有点涨红,好像喝了一杯酒,而他的眼睛是湿润的,充满爱怜的。他又重复了一遍,他甚至明确无误地告诉她:"是注音符号。ㄨㄛ,第三声,ㄒㄧㄤ,第三声,ㄑㄧㄣ,第一声,ㄨㄣ,第三声,ㄋㄧ,第三声,ㄨㄛ,第三声,ㄉㄜ,第四声……"她仍然茫茫不知所解,不知所对,"噢,我的小傻子,"他说。他不像一般天津人那样说"哎、唉、噢、嘿",而说"噢",有点像英语 oh。然后他捧起她的脸飞快地亲吻了她。他只是吻了她的脸蛋,刚一接触立刻就放开了,他自己的脸而不是她的脸羞得通红。而她甚至于还没有来得及捕捉到那被一个心爱的潇洒的男子第一次亲吻所带来的激动,还没有来得及捕捉到对于他的嘴唇、胡须、面庞的感觉。有一道电流冲击到她的心里,刹那间她自己也变得非常柔软,非常甜蜜了。

然而,已经完了,到此结束了,再也找不到了,谁知道他的嘴唇是潮湿的还是干裂的?谁知道他的唇须是刺人的还是柔顺的?谁知道他的脸蛋是瓷实的还是绵软的……许久许久,他们没有说话,他们的心潮难以平静。在心潮平静下来之后,她才拼出了舒亦冰的注音字母:

"我想亲吻你,我的云……"

噢——她也想说噢了,这个淘气的游戏,这个绕一绕的弯子,这个文雅老实得让她着急的亦冰!在回天津的火车上,她可没有用拼音的游戏来回答他的含蓄,她急急地说:"生活就是战斗!我们要战斗!推翻国民党!迎接民主自由的新中国!"她的声音相当大,吓得舒亦冰去捂她的嘴。舒亦冰唱起了"玫瑰玫瑰我爱你",而她干脆唱起了"团结就是力量……"舒亦冰目不转睛地注视着她,欣赏着她,欣赏她的豪情,欣赏她的斗志,欣赏她的纯真。意识到舒亦冰的专注的欣赏,周碧云变得更加美好、热烈、可爱。她更加希望表现出自己献身伟大斗争的崇高情操,她的眼睛像火光一样的一亮一亮,她的细碎的头发在额头抖动,她的急切的说话的声音里夹杂着兴奋的喘息,她从来没有这样滚烫和诱人过。但她又感到失望、一种模糊的暗暗的失望,她所爱的、她向往的是革命,她关心她动情的是斗争,而舒亦冰的心里眼里只有她一个人,她自己。舒亦冰和她是怎样的不同啊!

她把后拆开的那个信封中抽出来的五张橘黄色的信笺摊摆在桌面上。她的眼前一大片ㄅㄆㄇㄈㄉㄊㄋㄌㄍㄎㄏ的符号。没有文字,没有语言,连带着声音带着旋律的 rose rose I love you 也没有,只有古旧的遥远的符号。没有热情,没有思想,没有追求的殷切与吐露的坦诚,只有一些残缺不全的似字非字的笔画。他怎么想起来写这种东西、这样写?革命在凯歌中行进,新中国已经建立,北京市的垃圾几天就运完了,妓院已经查封,海南岛已经解放,乌兰诺娃已经在音乐堂演出,西蒙诺夫和法捷耶夫都已经来过,和国民党歹徒搏斗的丁佑君已经牺牲,三座门和御河桥已在施工,毛主席已经题字:"一定要把淮河修好",党的生日那一天她周碧云已经在镰刀斧头的鲜红党旗前面举手宣誓入党……而她的恋人,她的童年时代的好友,却用这日伪时期学的、国民党时期学的、说字不是字说符不是符的注音符号来给她写信,居然他们不再是温柔美丽的童、年、时、代、的、好、友而只是ㄊㄨㄥ ㄋㄧㄢˊ ㄕˊ ㄉㄞˋ ㄉㄜ˙ ㄏㄠˇ ㄧㄡˇ!

ㄨㄛˇ ㄐㄩㄝˊ ㄉㄜ˙, ㄨㄛˇ ㄧˇ ㄐㄧㄥ ㄌㄨㄛˋ ㄗㄞˋ ㄕㄥ ㄏㄨㄛˊ ㄉㄜ˙ ㄏㄡˋ ㄇㄧㄢˋ, ㄕˊ ㄉㄞˋ ㄉㄜ˙ ㄏㄡˋ ㄇㄧㄢˋ, ㄩㄢˇ ㄩㄢˇ ㄉㄧ˙ ㄌㄨㄛˋ ㄗㄞˋ ㄋㄧˇ ㄉㄜ˙ ㄏㄡˋ ㄇㄧㄢˋ ㄉㄜ˙……

什么意思?"我觉得,我已经落在生活的后面,时代的后面,远远地落在你的后面了!"嗷,我的天!为什么要这样说,怎么会是这样的呢?时代就像大河,即使是一片干枯的树叶它也推动着你冲刷着你激荡着你。生活就像骏马、像列车,你一招手它就让你去骑乘去飞奔去勇往直前。而我,我是爱你的,爱你,爱你,永远爱你!难道我的爱就不能温暖你的莫名其妙的孤独的寂寞的冰冷的心？你怎么就这么"反动"呀！

风蓦地吹开了窗子，她刚才就没有关牢，雨星溅到了信纸上。她赶紧去关窗，却又碰倒了搪瓷茶缸，把信、讲话稿、书和桌面都弄湿了。讲话稿是她"五四"要用的，信实际上还没有看，书珍贵而且神圣，而桌面的油漆是如此糟糕，沾一点水就会被泡出泡泡来，然后就会脱落，就会变成伤疤。她手忙脚乱地心疼地关窗子，拾掇文稿、书和信，又跑回宿舍去找揾布擦桌子，她觉得这一切都是亦冰造成的。她想起一个月以前听过的团中央的一位领导的访苏报告，那人说，在苏联，人都是非常单纯明快的，共产主义思想使人变得像水晶一样纯洁、透明、坦荡……"赶紧生活"，这是苏联青年的口号。到古比雪夫水电站去，到顿巴斯煤矿去，到西伯利亚的荒原上去建设共青城，到乌拉尔山脉去寻找稀有金属，他们都有充满智慧的头颅，都有能够优美地跑完五千米、一万米、马拉松全程的双腿，他们的歌声嘹亮，战旗飘扬，他们爱也爱得火热，吻也吻得紧密，喊也喊得痛快！噢，阿辽沙！啊，娜塔莎！乌拉，弗拉基米尔·依里奇·列宁和约瑟夫·维萨里昂诺维奇·斯大林！而舒亦冰呢，他什么时候对着草原对着森林对着大海喊过周～～碧～～云！

他的声音太委婉太低沉，好像含着过期的眼泪！亲爱的，你为什么这样深沉？他像一个诗人，他太像一个诗人了，生活在一所木房子里，沉浸在自己的幻想里，呆呆地看着山峰上翱翔着的雄鹰，抚摸着身边的羚羊和幼鹿，采摘一朵朵蓝色的小草花，与星星说话，与风说话，与雪花说话……而社会的高速列车，就在离他不远的地方轰鸣而过……

他不但像一个往日的诗人，而且像一个往日的诗人的影子。那是一个被夕阳照长了的美丽而又安详的影子，影子投射在层层堆积的落叶上，投射在嫩芽萌发的草地上，投射在少女的心里，投射在许多少女的心里。她知道有多少高中女生和大学女生为舒亦冰而倾倒！他的高大的身材,他的宽宽的肩膀,他的温柔浑厚的声音,他的优雅的举止,特别是他的深沉而又高贵的侧影,秋天,他竖起风雨衣的领子,他微微扬着头,他的头颅是巨大的,像狮子,他的头发柔软而自然地梳向脑后,他的鼻子很高很大,他的下嘴唇非常厚实,那是一个剪影,更是一座塑像,几乎是一个神明……在众多的叽叽喳喳的女孩子当中他选择了自己,不美的、傻气的、声音虽然响亮实则是过分尖厉的自己……又丑又傻的周碧云啊,周碧云怎么配得上你!

然后是一阵呐喊,是一阵冰雹一样的马蹄声,是许许多多的红旗和许许多多的骑兵,是红色军团的战士在高声歌唱……那落叶、那夕阳、那茸茸的草地与那诗人的侧影被冲碎了淹没了推开了,像退潮一样地塌陷了下去……一片快乐的嘈杂声,周碧云的同事们战友们陆续回来了。

第一个进来的是洪嘉,她只有十九岁,长着一个浑圆的、孩子气的脸。她的眼睛不大,但极为灵动,精神十足。她的鼻子尖尖的,嘴角自然地翘起,一副天真、乐观、透明的样子。她最喜欢穿一身劳动布的工服裤,显示一种女工式的质朴与爽利。天一凉她就外加一件皮夹克,皮夹克不系扣,她再把双手往工服裤的口袋里一揣,就更加精神——你会觉得她像一个苏联姑娘。她是唱着苏联内战时期的歌曲:"我们的将军就是伏罗希洛夫,从前的工人今天做委员……"走进办公室来的。"周碧!"她大喊一声,不喊小周也不喊大周,不喊碧云也不喊周碧云,而用她独特的方式大喊前两个字"周碧",她问:"你怎么没有下去?"她们已经习惯于把去工厂学校商店基层团支部叫做"下去"。

不等听完周碧云的回答,她就兴奋而又遗憾地叫道:"你真是的!今天小学教师团支部召开的读书讨论会实在开得太好了,你要去了一定会非常感动!他们讨论的题目是'保尔·柯察金与爱情',争论得非常热烈。保尔为什么一定要与冬妮亚分手?保尔为什么又拒绝了乌斯金?大家越讨论越理解了保尔的伟大、克制与牺牲!最后全体团员流着眼泪齐声朗诵保尔的名言……噢,你为什么不去呀!什么?你要给被服厂的团员讲话?听赵林说被服厂的团员跑到天桥的电影院看美国电影《出水芙蓉》,他们是怎么搞的?你一定要批评他们!对这些歪风邪气,就是不能客气!"

说到赵林,赵林就来了。赵林也只有十九岁,生日比洪嘉还要小二十天。他穿戴得整整齐齐、一尘不染,虽然是千篇一律的干部服,但他似乎精心把领子翻了开来,露出了雪白的衬衫领子。他个头不高,方脸盘,两道剑眉几乎连到了一块儿。他并不是近视眼,但眼球给人的印象似乎是向外凸出,特别是眼白,似乎是过于白也过于实,不那么透明和淡雅。他的表情亲切中包含着严肃,进门后问了一句:"噢,就你们俩?"然后走近办公桌,他立即注意到弄湿了的舒亦冰的来信,那ㄅㄆㄇㄈ的注音符号引起了他的注意,他问:"这是些什么?"不由皱起了眉。他提问题时常常皱眉,并无不满意或不高兴的含义。听了周碧云的嗫嗫嚅嚅的解释后他做了一个无法理解也无暇过问、无兴趣搞明白的姿势,略一挤眼、一笑、放松了弦,然后在办公室踱起步来。于是,周碧云与洪嘉便注意地看着他,等着他开口。他是这个青年团的工作机构的领导人之一,极有可能在最近上升为第一把手,因为原来的年纪大些的一位领导人已于近日调离。再说,这个晚上他不是"下去"而是到市领导机关去开会的。他的习惯是,在传达上级指示、讲一些比较重要比较严肃的话题以前,都要来回踱一踱步。

这时,又进来了戴着一顶翻起"耳朵"来的长毛绒帽子的萧连甲。萧连甲二十岁,胖乎乎的脸庞,小而亮的眼睛,面色红里透白,头相当大。他是一位非常热衷于钻研马列主义理论的人,据说他也是这个机构的领导岗位的一名候选者。他穿的衣服通常要比别人多些,显得臃肿。他圆圆滚滚地进了办公室,见到正踱步的赵林,立即问道:"市里开会有什么新的指示?"

"很重要。有新的提法。"赵林说,"等一等,等他们回来了我们碰一个头,我要把今天会议的精神及时传达给大家。"他停住了口,表示重要的指示只能在正式的会议上正式传达。但他又看到了洪嘉与周碧云的切盼的目光与萧连甲的不甚满意的神情,于是,他不得不先透露一点,他说:

"今天会上讲了国际形势……斯大林最近回答了英国记者的提问……"

人们陆陆续续地回来了。他们中间有肩宽腿粗、一双大眼睛却又颇见秀美的祝正鸿,有圆鼻圆脸、眼睛眯成一条线的回族女孩子张雅丽,有温文尔雅的身材、黄皮蜡瘦的面孔的李意,有聪明瘦削、年龄还不足十八岁的钱文,还有一位肤色紫黑、手大脚大而又唇红齿白的万德发……按他们的年龄他们本来应该正在大学乃至高中读书,但他们都在二次世界大战结束后中国的反对蒋介石国民党统治的革命高潮中投入了革命。原来伟大的革命就在身边。原来谁想革命谁就能革命,抱着赴汤蹈火的决心,做了一件不比穿一件衣服更容易、但也不比缝一件衣服更困难的事情,这就是革命,比书上分析的小说里描写的平凡得多。他们向地下党组织或地下党组织所联系的某个外围组织的人员表示了革命的愿望和态度,他们确认自己也愿意成为某个革命组织直至共产党的一员,他们便确实是革了命了。谁也没有想到革命形势发展得这么快,胜利到来得这么快。他们还没有来得及大干一阵革命,还没有来得及去罢工、罢课、撒传单、贴标语、砸国民党市党部及夺取武器,他们也还没有来得及去坐牢、坐老虎凳、绝食、喊口号、打死哨兵、在监狱里起事暴动,革命就胜利了,他们就胜利了。革命需要人,他们就是革命人。工农兵学商都需要取消乃至粉碎旧秩序旧章程旧管理机构而建立新秩序、新章程、新管理机构,而这一切都要依靠地下的党组织青年组织及其成员来做,哪怕他们还只是一些未谙革命真谛的年轻孩子。历史让他们扮演了历史的新篇章的创造者的角色,于是,他们纷纷离开课堂工厂商店,聚到一起,成为职业的革命者了。

晚十点十五分,他们聚集在一起开会,由赵林向大家传达了上级的指示。他们正在筹备一次新民主主义青年团的代表大会。他们做了许多调查,证明青年团员的社会活动与社会工作太多,搞得工人不上工,学生不上学,店员不卖货。这在解放初期,政权和社会秩序进行巨大的更迭重建的时候,应该说是难免的,也是必要的。但是随着新秩序的建立,随着各单位的行政权力已经掌握在革命者的手中,青年团的工作当然只能处于助手、配合的地位,这才符合新的秩序。所以他们准备提出一个方案,大大减少青年团员的社会活动与社会工作,更好地发挥行政领导的作用,使团的活动更符合那种配合的角色要求。这样的议论,这样的调查研究,他们已经进行过多次了。

但是今天传达说,上级指出,青年团员既要搞好本职生产、工作和学习,又要积极参加社会活动和做好社会工作。时间紧怎么办?就是要吃点苦,要提倡吃苦的精神。有困难怎么办?就是要克服困难。既然是团员,是青年的先锋与党的后备军,又怎么能害怕困难呢?正像列宁、斯大林讲过的,我们什么时候害怕过困难呢?

初时大家略略怔了一下,继而都从新的全然不同的指示中汲取到了一种积极的、富于战斗意气的精神力量。大家很拥护也很激动,马上就受到了鼓舞、受到了教育,更加感受到领导的高瞻远瞩与洞察一切。只有萧连甲拼命地思索,思索,他似乎在自言自语:"这样说当然是正确的,但是许多实际问题又怎么解决呢?"

赵林宣布散会。

严肃激动的会刚一完,几乎没经过任何转折和过渡,办公室里立即响起了一群年轻人的欢声笑语。先是世世代代的老北京李意建议大家去四牌楼吃馄饨。那里有一个点电石灯的馄饨摊,馄饨锅的一边总是煮着一只完整、硕大、体腔浑圆的母鸡,用一块洋铁片把鸡与煮馄饨的清汤分离开来。欲断还通,通过洋铁片与锅底锅帮的缝隙,似乎总会有一些取之不尽用之不竭的飘着白油与浓香的鸡汤渗透到这边,使吃馄饨的人对自己的碗里的汤抱有颇大的希望,何况摊主还会当着你的面用铁勺舀起一两勺白白的鸡汤倒到你的碗里；而鸡汤也不见减少，另一面的清汤会通过缝隙进行反方向的渗透。尽管有些对汤的鸡味浓度感到不满足的顾客讥嘲老母鸡已经煮了十天了二十天了一个月了，摊主则声明他每三天换一只鸡。摊主的声明得到老主顾的证实，据说老主顾做了这样的证明以后就会三口两口把汤吸干，再向摊主要求添汤，而摊主对于肯仗义执言，证明他三天换一鸡的老主顾，不但满足续汤的要求，而且会再添加三分之一或四分之一勺浓汤，再加一小撮葱花和香菜。

除了汤的讲究以外还在于馄饨本身，馅大皮薄，馅是精选的猪肉自己剁的，吃着不但解馋，而且解饿。一般地说，吃两碗就可以饱。所以它每碗是一千五百块钱①，不像单牌楼的馄饨，倒是五百块钱一碗，吃到嘴里要肉没肉，要皮没皮，清汤寡淡水，越吃越馋，越吃越饿。

已经夜十一点了，李意建议大家一起骑车去吃馄饨，他们离四牌楼不远，骑车只要五分钟。

"走，大家都去，"洪嘉用她洪亮的声音喊道，"小萧请客！"她说让萧连甲请客，这是有一点道理的。大家知道，小萧半月前在报纸上发表了一篇漫谈建立革命理想的文章，得了十二万块钱稿费，这对于每月只有六万块钱零花钱的他们，已经是很引人注目了。再有，前几次去吃馄饨，李意、赵林、周碧云都请过客，似乎也该轮到萧连甲请客了。但是萧连甲马上拒绝，他说："对不住，这个月我可不能请，我要买一套范文澜的《中国通史》，我还要买车尔尼雪夫斯基的《怎么办？》呢！"

"抠门儿！抠门儿！"萧连甲话音未落，洪嘉就带着大家喊了起来。"咱们蹾他！"她又喊叫。于是大家哄笑起来。作为一种调侃有时也是惩罚的方式，这批年轻人很喜欢做"蹾人"的游戏。说时迟那时快，当过泥瓦匠颇有几分力气的万德发闻风而动立即从背后抱住

---

① 本书所提到的钱数，均为旧币，旧币每一万元等于人民币新币一元。

了萧连甲的腰,洪嘉弯腰抄起了萧连甲的左腿。周碧云虽是女性,个子高块头大,伸手去与萧连甲的又蹬又踢的右腿搏战。赵林拽住萧连甲的左手,被萧连甲挣脱,拼命挣扎的萧连甲的胳臂肘碰着了赵林的鼻梁,使赵林两眼漆黑流泪,鼻子酸麻疼痛。赵林兴起,干脆用全身的力气死死抱住萧连甲的左肩,用下巴抵住萧连甲的大臂。其他人边笑边拽他的右臂,跟跟跄跄,半推半拉半抬地把萧连甲搞到了室外院中,万德发喊号:"一!二!三!"他们只要把萧连甲抬离了地,就可以往地上蹾他的屁股啦。

"姐姐,你们这是干吗哪!"传来了一个少年的叫喊。

他是洪嘉的异母同父弟弟洪无穷,由于准备考试,他温习功课睡得晚。听到了院中突起的喧哗,他出来了。他只有十一岁。

这些青年工作者,这些职业革命者,这些大哥哥大姐姐似乎突然清醒了。他们松了手。萧连甲在奋力挣扎中没有听到洪无穷的呼喊,见他们松了手他还以为是自己的抗争的成功,他挥动臂膀继续英勇地击打自己的同志,同时大声笑骂:"孬种!你们加在一块儿也不是我的个儿……"他看到了洪无穷,他也怔住了。

他们都意识到了,洪无穷正是千百名接受他们的引导教育帮助的青少年中的一个,而他们是这样放肆地鄙俗地玩闹,他们不好意思了。首先是张雅丽,她嘟囔了一句:"可没我事儿啊,我根本不吃馄饨。"然后就离去了。她是回民,当然不吃猪肉,所以她很容易把自己择出来。接着李意和赵林也调整了自己的表情,向洪无穷解释说:"我们在开玩笑,没事儿,你怎么还没睡?"

洪嘉有点不自在。她皱起眉厉声对弟弟说:"去去去!睡觉去!"

馄饨没有吃成,萧连甲也没有蹾成,天时确也晚了,便各自回到宿舍睡觉。周碧云又回到自己的桌前,看一会儿ㄅㄆㄇㄈ,想一会儿"五四"讲话;又看一会儿《论共产主义教育》,想一会儿舒亦冰的优美的侧影,不一会儿就听到了钟敲十二点。

她叹了一口气,她不知道说什么好。她始终没能逐字逐句地读下舒亦冰用注音符号给她写来的信,那太费劲,而由于工作的忙碌和生活的日新月异,她早就把走路改成了小步奔跑,把说话改成了抢答提问,把喝茶改成了倾杯而干……她争分夺秒,她越来越对一切缺少耐心。她大致判断,舒亦冰的这封信里有一种精致的幽怨,一种含蓄的暗示。他在橘黄色的信笺上用残缺的注音符号回忆他们的青梅竹马的过往年华,回忆他们的默默相知、心心相印,回忆他们一起走过的街道,逗留过的地方,一起读过的小说和诗,一起唱过的歌。但是,随着生活的变动,随着她周碧云的日新月异、焕然一新、叱咤风云,他舒亦冰不免自愧弗如、自惭形秽、黯然神伤;在周碧云如"雄"鹰之展翅云端的时刻,他舒亦冰却越来越像青蛙踞井底而观天;他感谢过往的一切,他向往她的纯洁勇敢无畏热烈,他愿意接受她在最近的信里给他讲的那些革命的道理、做人的道理,奋发起来,但他不愿不能不想不敢成为她的累赘。ㄒㄧㄤˇㄨㄛˇㄕㄨㄛㄧˊㄕㄥㄗㄞˋㄐㄧㄢˋ,ㄨㄤˋㄧㄠˋㄨㄛˇ,ㄗㄡˇㄋㄧˇㄗˋㄐㄧˇㄉㄜㄌㄨˋㄑㄩˋㄅㄚ!——向我说一声再见,忘掉我,走你自己的路去吧!他最后说。

一阵寒战,穿透了她的全身。这太决绝。这太疼痛。尤其是,这又太正确了。她心慌意乱起来,因为她清楚地意识到,她找不到根据,找不到力量也找不到逻辑对舒亦冰的婉转而又灰色的建议说:"不!"

另一封信呢?她急急地拿起又一个信封,想看一下信封背面的邮戳,比较一下两个信封,分辨一下何者在前,何者在后。两个信封的邮戳是同一的年月日。如果英语的"玫瑰玫瑰我爱你"在前,那就是他先抒发了自己的渺小的、小资产阶级的怀旧怀人之情,继而非常冷静地写了另一封信。是的,如果不冷静,他无法正确地、不慌不忙地运用注音符号进行拼缀,这该死的脱裤子放屁——多费一道手续。如果这该死的注音符号在前呢,那就是他在写完一封比较理智的信以后,他又后悔了,软弱了,请求原谅了,说了的写了的又都不算了。然后他想起了那首渺小的歌，空虚的卑微的歌，陈旧的阴湿的歌，还有英语——正像一位领导引用毛主席的话所说的那样，那是从重庆的防空洞里刮出来的一阵阴风……该死的舒亦冰啊！周碧云真想大哭一场。

而这时办公室的门响了。时间已经过了午夜，这又是谁呢？脚步声活泼轻快。周碧云回过头，她看见了满莎。

满莎是这个区的中苏友好协会的秘书长，他的宿舍也在这个跨院里。最初，这批年轻的干部住房都非常挤，男女甚至住在同一间大房子里，中间拉一个布帘，互相能闻到化妆品与胶皮球鞋的气味，能听到睡前的琐言细语、体声鼻息。这甚至使他们觉得很快活，亲热中又有一点点相当克制的兴奋。那时，他们都是刚解放的北平市的一个区的军管会工作人员，许多机构和人员还没有分开，他们生活在一起，工作在一起。在这样一个共同宿舍里，男同志方面睡前讲话声音最响的是满莎，他身材瘦小，体高刚超过一米五十，广东人，说话铿锵震响。大家都喜欢听他说话，即使听不清他在说什么也像欣赏音乐一样欣赏他的声音语调的欢快和激昂。在京腔京韵的流畅却不免失诸油滑的说话声中，出现这么一个小广东的陈词慷慨，确实非常可爱、诱人、迷人。而女同志一方中讲话声音最大的是身高一米七十以上的周碧云。不喜欢听她讲话的人"攻击"她的嗓音中有一种类似金刚钻切割玻璃时发出的尖厉噪音，但即使自称耳朵被切割的人也欣赏她的声音中流露出的无拘无束，又解又放。穿透布"墙"的音波的交响促使满莎与周碧云比别人更多地相识。身材的对比也使他们俩相映成趣，使他们互相感兴趣。

现在，时已深夜，满莎走进了办公室，走近了被台灯照亮了面孔和头发的周碧云。

"是你？"碧云说，"你没休息……"

"其实我十一点钟就躺下了，我看着、我想着你连夜工作的情景……"

"不是工作……"碧云想说，没有能说出来。

"我为你写了一首诗,我要念给你听,你听着:

　　深夜,在台灯旁,
　　有一个美丽的姑娘,
　　美丽的不仅是她的眼睛,
　　美丽的是她热烈的思想……"

碧云知道满莎是一个诗人,与亦冰全然不同的另一种类型的诗人。连他的姓名也像诗人的笔名,但他坚持说打一落地他的祖父给他起的就是这个名字。他在各种场合朗诵诗,不仅是节日的纪念会、欢迎会、欢送会、发奖会,甚至在党小组的生活检讨会、研究工作的某一级党的委员会、讲党课团课或者听取基层组织的汇报,或者在中苏友好协会基层分会放映苏联电影之前,他都可能主动大方热情地去朗诵诗。每次朗诵的开始都会引起一阵愕然或者哄笑,包括他的矮小和他的口音、直到他的某些孩子气的遣词造句,都使人忍俊不禁。但他的热情,他的勇气,他的自信,他的政治的责任感与倾向性——他的每首诗都充满革命的激情,他的无邪的神态,迅速征服了听众。朗诵到一半,人们已经啧啧称赞,等朗诵完了,情绪高涨,掌声雷动,而他完成任务立刻走开,绝无招摇之意之态。

　　深夜,在台灯旁,
　　有一个热情的姑娘,
　　热情的不仅是她的话语,
　　热情的是她的进击和飞翔……

而且满莎有求必应。供销社的一个新门市部开业,满莎推着自行车从这里走过,门市部主任看见了他,叫住了他,请求他为新门市部献诗一首,他微微一笑,答应了,编好了,即刻朗诵了。仅仅这种善良、这种好脾气、这种敏捷也为他赢得了热烈的掌声和喝彩,何况还有充满光明和欢乐的诗句,还有鼻腔与腹腔同时共鸣的声音,还有铿锵有力的、给人以天下归一的自豪感的广东官话腔调呢!

但是,虽然如此,虽然满莎的诗是这样的无处不在无处不佳无处不被接受,深夜来单独地向周碧云献诗仍然有一些不同寻常的激动人心之处。

深夜,在台灯旁,
有一位不眠的姑娘,
不眠的不仅仅是她呀,
不眠的是一代又一代青年的期望……

啊,美丽的姑娘,热情的姑娘,不眠的姑娘,
用你的心灵、智慧、双手,
缔造出明天的霞光!

底下的事几乎令人难以置信。周碧云在一阵激动和欢乐之中把满莎搂在了自己的怀里,她几乎觉得是搂住了一个宠物,一只小猴、一只小熊、一只小豹子;虽然他比她大四岁。满莎勇敢地伸直了臂膀抱住了她,亲吻她的上身。周碧云弯下腰低下头用自己的面庞去寻找他的长着小小的络腮胡子的脸蛋。小而有力,小而有趣,小而有精神,这是周碧云的感觉。大而从顺,大而不设防,大而烂漫天真,这是满莎的感受。一刹那,他们俩激动得透不过气来。

第 二 章

这是一个恋爱的季节,每个人都觉得自己能够爱了,觉得爱正在向自己走来,觉得幸福的花朵已经在每个角落含苞待放,幸福的鸟儿已经栖息在每间房屋的窗口。

周碧云从小长成一个大个子,大头大脸大脑门——光滑而又凸起的前额。大脑门本来是聪明的征兆。大个子——不知为什么——又很容易被视作愚傻。"傻大个儿",从上小学就有几个女同学这样称呼她。她一生气就瞪眼、噘嘴、憋气,一副呆样儿,更证明她自己确实是个傻大个儿。只有在和男孩子一起做游戏的时候,她才充分体味到自己的大个子的优越性,她稍稍一跳,就可以从空中把球"断"走。她从小喜欢和男孩子一起玩,她不喜欢女生的一切——小剪子、小镜子、小梳子、抓子儿、头绳、胸针……也不喜欢她们从早到晚的谁跟谁好谁跟谁不好、老师偏向谁老师讨厌谁、谁谁爱显摆谁谁太窝囊的唧唧私语。

周碧云的祖父好像是北洋军阀时期的一位部长,为官不足一年就下了野,移居津门,吃斋念佛,但短短的任期仍然创造了最佳的效益,他在天津超度灵魂的同时拥有三处房产、两处铺面,家中保险柜里放着黄金银元,据说他还有一些外币和外国公司的股票放在只有他一个人知道的秘密去处,而他是在四十八岁时突然发作心脏病死去的,他的秘密私房财产究竟躲在哪里等候发现发掘,至今是一个谜。

周碧云的父亲周大纲年轻时无所事事而又风流倜傥。他会唱英语的流行歌曲,又会填词作赋。"学书学剑两无成",他工科大学没有上完,商科大学也功亏一篑,说是因为患肺结核而辍学——肄业了,虽然此后的多次透视和 X 光照相都说他的两片肺叶干干净净,不但没有病灶,也没有钙斑。他爸爸给他找了一个铺面上的差事,他出现在铺面时更像一个梦游者。倒是他的妻子,南开大学国文系毕业的高材生,既是贤妻良母,又是商务社会事务的自来通,还弹得一手钢琴。她长得方方正正,有点男相,个子也比较高。显然,周碧云更多地继承了她母亲的遗传。

一九四五年抗战胜利以后,周碧云的父亲变得热心于政治,热心于左翼文学。他从巴金读到鲁迅,又读到叶紫、柔石、胡也频、蒋光慈,最后迷恋于夏衍、丁玲和艾青。他通过自己的旧交和中共的地下党组织建立了联系,他甚至要求到解放区去、入党、打游击。党的领导人告诉他他应该保持他的上层身份,党外人士身份,从长远看,他能起别人起不到的作用。他掩护了、资助了不少重要的党的领导人。解放以后,他以一个民族资本家与民主人士的身份被请到北京担任一个局长并兼一个民主党派的中常委。碧云是随父母到北京来的。

碧云上到小学五年级,一九四二年,妈妈发现了她的男孩子气,便禁止她再与男同学一起野跑,下课以后要回家练钢琴与做女红。她又哭又闹,但母命是不可违背的,她学会了钢琴,却没有学会任何手艺。舒亦冰是碧云在钢琴老师那里结识的,碧云的母亲对亦冰也很青睐,他的文质彬彬谦恭有礼只会带着碧云变得更雅致也更闺秀。母亲的下意识里不是反对而是欢迎碧云与舒亦冰相好。

舒亦冰的父亲是一个留过洋的教授,他母亲(继母?)是棕发碧眼的外国人血统。是白俄?北欧人?盎格鲁撒克逊人?舒亦冰说得吞吞吐吐,他和他的母亲似乎保持着相当的距离,他不喜欢回答任何人对他的母亲的血统问题的提问,他宁愿回答:"她是中国人,她是我母亲。"这种回答使你无法再问下去,再问下去似乎就是怀疑其母

"不是中国人",而许多许多年以来"不是中国人"似乎是一句骂人的话。如果你问:"是你亲妈吗?"舒亦冰也仅仅回答:"她是我母亲。"而且脸上显示不悦的神色。不知道是因为想起了她并非"亲妈",还是因为她的"亲妈"身份竟屡受怀疑。

舒亦冰家里并不阔绰,他们和一位制碱工程师合用一幢二层小楼,室内的陈设都相当老旧。有一个古老的落地式座钟,坠着好几个铜钟锤,每半小时打一次点,打点的时候从钟的上方的小木房子里跳出一只杜鹃,几点就叫几下。他们家的百叶窗也使人觉得幽然,打开百叶窗,依稀看到窗外的一棵梧桐,梧桐的丰茂的枝叶的影子与百叶窗的窗叶相重叠,相嬉戏,相分隔,使房间变得清凉、静谧,似乎远离了嘈杂的城市。他们家的窗台上还摆着一个圣子像,圣子躺在一个藤条编的篮筐里,铺着的紫褥子面上有矢车菊花图案,褥子有破洞还有缝连的痕迹。圣子的右拳拄着嘴巴,左臂放松地放在自己身上。即使他代表的不是耶稣,也给周碧云一种又平和又纯洁的光辉感觉。

可能是由于"洋气",周碧云每次到舒亦冰家来,都觉得他们家有一种不同寻常的"正规"劲儿。连喝茶也要叫在一起,按固定的位置坐到茶桌边,摆上一碟小饼干,一碟坚果,一碟方糖。吃饭的时候更是程序井然,汤、菜、饭、馒头、面包、筷子、勺、削果皮刀直到凉开水与茶水摆在什么地方,是固定的,先吃什么后喝什么,吃哪样或者喝哪样用什么餐具,都有死规矩。这里的吃饭是一种仪式吗?碧云想。在她家,即使爷爷给观音像烧香叩头也没有这样郑重和一丝不苟。

在碧云跟随父亲变得愈来愈左倾,而且很快她与学校地下革命组织建立了联系,变成了地下党的一个"进步关系",不久又成为青年革命组织的一员,从而比她父亲更左倾以后,她曾经以轻蔑的口气发问:"你们家哪儿来的资产阶级的一套臭讲究?"舒亦冰则是抱歉地一笑,慢吞吞地解释说:"我们也惯了。不这样,茶和饭好像尝不出滋味,也消化不好。""什么消化不好?"周碧云大声反驳,豪爽中不无撒娇的意味,"如果是打游击,打反动派,打日本鬼子……的时候,也要这样摆来摆去地吃饭喝水吗?""你总不能在我们家里打游击嘛。"舒亦冰忍不住辩解说。于是周碧云不高兴了,转过身背对着舒亦冰,任凭亦冰说什么也不答理。等亦冰说得口焦舌燥心烦意乱几乎要哭出来喊出来却又哭不出来喊不出来的时候,周碧云会突然转过身,站起来,哈哈大笑,用连珠炮般的速度提问:"快说,原始共产社会和封建社会之间的那个社会是什么社会?三个小和尚一顿吃米饭半碗,两个大和尚每顿吃米饭三碗,一个老和尚每顿吃米饭两碗,小和尚一天吃四顿,大和尚一天吃三顿,老和尚一天吃两顿,十天他们总共吃了多少饭?还有,克雷蒙梭是哪国人,生卒年月,主要事迹,你知道吗?"刚一顿,她拍手说:"哈哈,你不知道。你只会唱 rose rose I love you。"然后她唱起解放区(至少她以为是解放区)的歌:

> 她的确傻,顶顶有名的傻大姐,
> 三加四等于七,她说等于八,
> ……有了文化就不会这样傻!

然后她扶着椅子弯着腰笑,越笑越直不起腰,笑得脸也红了眼泪也流了头发也乱了,她扬起她通红的脸庞,用含泪的眼睛无限爱怜地直勾勾地看着亦冰。她笑的容貌不美,她笑的样子好像缺了根弦,她笑的声音有点刺耳,但所有这些都因为纯洁、热情,因为青春的初恋的无忧无虑无拘无束而升华,她变得更加楚楚动人。亦冰拉住她的手,他沉浸在一种陶醉和虔敬的情绪里,他的眼泪也在一点一点地涌出。碧云拔出了自己的手,理一理自己的头发,她说:"我该走了。"

下次见面的时候,他给她看了他写给她的诗:

> 你欢笑的天使,快乐的精灵,
> 好像唤醒世界的春雷的是你的笑声,
> 无端的忧愁踩踏在你强健的脚下,
> 注视我吧,我等待着你目光的深情。

"好吗?"他问。

"不好。天使精灵不好。无端忧愁不好。目光等待也不好。又不是排队兑换金圆券,你等待什么?"碧云不悦地说。

亦冰默然。良久,他说:"我再给你看一首。"

"不!为什么是看?你要给我念。你要给我朗诵。"

"可我的诗不适宜朗诵。我的诗,无法出口。"

"那我就不看。"碧云闭上眼睛。

"那好,"亦冰无奈,"那我就念吧:

秋天的太阳落入了深沉的黄昏,
墙角的蟋蟀回忆着夏日的纷繁……"

"不好,不好,不好!我不听!"碧云站了起来,把舒亦冰手中的他写诗的笔记本夺了过去,推到桌子一边:

"你为什么写得这样狭隘,这样空虚,这样消沉!我真不懂,你这么年轻,这么健康,你的血应该是热的,心应该是红的!在咱们国家,光明正在和黑暗搏斗,自由正在和奴役搏斗!人民解放军已经包围了四平,在华东,粟裕将军的部队七战七捷,在陕北,国民党的军长已经被俘!美国国会又通过了给蒋介石的新的军事援助项目,那些个子弹炮弹炸弹是对着我们的,是屠杀人民的,是屠杀你和我的!我们要建立的国家是各尽所能,各取所值!民主的、独立的、繁荣的……没有剥削,没有压迫,没有乞丐妓女也没有百万富翁,没有小偷强盗也没有半夜抓人秘密处决的特务警察,没有饥饿也没有大腹便便的官僚,没有麻风病也没有人吸鸦片……这是人民的事业,这是革命的事业,这是我们的人生!那些书我不是也都给你看了吗?你怎么无动于衷?你怎么总是落日、蟋蟀、秋天、眼睛、天使……世界上哪里有天使?从来就没有什么救世主,也没有神仙皇帝,一切靠我们自己,一切靠我们的斗争!我们已经牺牲了多少烈士!烈士的鲜血流成了海……"

舒亦冰眨眨眼,他像一个做了错事的孩子。他非常佩服眼前的这位周碧云，这简直完全是一个崭新的红彤彤的女革命家，这简直是一位苏菲亚！啊，伟大的革命使他的周碧云焕然一新，同样的热情、纯洁、像火一样的绚丽，却又多了一种他还不完全弄得透的革命的理想、革命的胸怀、革命的逻辑。那逻辑如铁如钢，似潮似瀑，如无数相吻合相套叠的齿轮，一个轮一转几百个轮子飞转，那逻辑又像是夏天的云层，竞相推移，雷电交加，风声雄壮，大雨如注，把地上的一切浇湿浇透。这种力量使他惊叹，使他不能完全明白，又使他不无战栗。多么伟大的革命的逻辑！它使一个天真的、有时——他以为——还有点可爱的傻气的女孩子，变得是怎样的刚强自信、无坚不摧、口若悬河了啊！

亦冰的欣赏、赞叹与迷惑的表情都更加引起了碧云的反感。你听了我这字字深情句句真理声声革命条条科学的慷慨陈词，你为什么不拍案而起、矢志革命呀！你为什么不说："我也要革命！我也要抛头颅洒热血！"我们在一起这么多年了，一起弹琴，一起读书，一起唱歌，一起下棋，一起规规矩矩文文雅雅地用茶用饭，一起逛劝业场，一起在月光下的海河桥上散步，我们相好，我们亲近，我们相爱，我们像朋友一样，我们像兄妹一样，我们谁也离不开谁，我们的那么多少年的青春的岁月重叠在一起、交融在一起！而今天，最需要、最带劲、最伟大、最崇高的是我们应该一起革命，一起杀向旧世界，一起缔造新中国呀！青梅竹马、两小无猜、亲切温厚、丝丝缕缕的爱情，只有和革命结合起来才能浪漫、才能燃烧、才能痛快淋漓地酣畅啊！而你怎么麻木着呢？你怎么怀疑着呢？你怎么疲沓着呢？

周碧云蓦地痛哭失声。

亦冰益发手足无措，他走过来，抚摸她的肩头，抚摸她的头发，拍拍她的后背，又拉起她的手。"我没有反对革命呀！我没有反对你革命呀！我对国民党印象也不好呀！我也爱看鲁迅的书呀……你到底要我干什么呢？我们现在去攻打警备司令部吗……"

碧云哭得更伤心了。不可救药的、不解人意、不懂革命为何物的呆呆的舒亦冰啊！莫非你真是一块冰疙瘩？

就这样，周碧云和舒亦冰的"历史悠久"的爱情好像一辆陷在泥泞里的马车，走不快也拖不出，明明看见阳关大道石板大道就在身旁，却摆不脱沾满泥浆的旧辙古路。从一九四九年夏她来到北京并且参加了先是军管会后是新民主主义青年团的工作以后，周碧云更感到这段情缘似乎已经属于过去了。它属于英租界的花园与棕发碧眼的西洋女人，属于吃斋念佛的祖父与女老板女资本家的母亲，属于钢琴 G 小调练习曲与 F 大调奏鸣曲，属于"玫瑰玫瑰我爱你""rose rose I love you""歌一曲夜未央忘却心头的创伤"这些风雨飘摇的旧社会的流行歌曲，属于英语单词、化学实验、郑伯克段于鄢、素描写生画一盘苹果这些学生时代的旧事。而在革命以后，尤其在一九四九年初华北解放以后，她和父亲一起以胜利者的姿态来到了新中国的首都北京以后，旧事对于她是太旧、太远、太琐碎，一去不复返了啊！

只有在梦中，她还会回到那架钢琴旁边，那是波兰造的一架供家庭用的钢琴，虽然调过几次音，低音降 E 总是不准，有时候还打不出声音来。她会在梦中看到正在弹钢琴的舒亦冰的侧影，看到被百叶窗的窗叶分割、被梧桐树叶点染了的秋天的落日的余光。而每当从梦中醒来，她满脸都是泪痕。我怎么了？我有什么悲伤？我有不顺心的事么？我丢失了什么宝贵的东西了么？她一次又一次地问自己，一次又一次地回答没有，不，不，没有。我很好。我全部的期待和追求是在未来，而过去是何等的渺小与暗淡呀！

她把最后的希望寄托在舒亦冰去上革命大学上。革命大学是大熔炉，先学革命的道理，再检讨自己的糊涂与反动，痛哭流涕一番之后便得到了脱胎换骨，五至七个月就从一个普通人庸人变成了赴汤蹈火而又凯歌行进的革命大军的一员。舒亦冰在"革大"毕业以后，将换上一身大号的干部服，戴一顶干部帽，胸脯挺起，头发剪短，他很可能随解放军南下，过黄河，渡长江，挺进两广，挺进大西南，搞土改，打土豪，改造旧官兵，改造旧公务员……在火热的斗争中重生……她希望他们分别上一年两载,等到再见面的时候,是两个革命家、两个共产党人、两个目光如电、头脑如高速切削刀刃的布尔什维克的见面。共产党人之恋,布尔什维克之恋,这是何等的伟大、崇高、热烈!

她给舒亦冰写了非常长非常长的信。她劝告——或者用新的革命的语言来说——她动员舒亦冰报名投考革命大学。她甚至给舒亦冰打了一个长途电话,在一九五〇年打一次长途电话可是一件惊天动地的事情。舒亦冰家没有电话,她是把电话打给附近的公安派出所,然后死说活说麻烦人家找来了舒亦冰,为此她多付了四倍的电话费。电话里舒亦冰告诉她,他已经报名考"革大"了。"亦冰哥,你真好!"而且她对着电话机说:"我要唱一个歌欢送你:延水浊,延水清,小妹妹送郎去当兵……"她顺手拾起一个歌。为这次电话她花了两个月的津贴费。两个月内她没有买过一包葵花子吃,她爱吃葵花子。她参加革命工作以后便再也不接受父母的资助了。她最多带上几个同事到家吃一餐滑熘肉片,多吃几片肉,也是为了长革命的力气。舒亦冰上革命大学了,毛主席万岁!舒亦冰将要在大组会上发言,把一切资产阶级的、小资产阶级的、地主阶级的、帝国主义、殖民地半殖民地的烂包袱甩到一边!什么玫瑰玫瑰我爱你 rose rose I love you,我们要唱的是"我们是投弹组,战斗里头逞英豪,号令一响就冲向前,蒋匪军你哪里跑,冲啊!"是的,冲啊,杀啊,冲啊!然后舒亦冰也会举起右手,向着鲜红的团旗宣誓,"年轻人,火热的心,跟随着毛泽东前进!"然后他会走在南下大军南下工作队的队伍里,夜行军、强行军通过硝烟还没有散尽的河谷。他的脚上将要磨起血泡,他的嘴唇将要因为干裂而出血,他的面孔将要因为风吹日晒而变得黧黑严峻,在连夜的强行军中他也许因为困倦而走得东倒西歪,他的前额也许撞到了走在前面的同志的后背,也许他们会碰到溃逃了却仍然不肯向人民投降的反动派,也许会有亡命徒向他们放黑枪,也许一个自知末日到来的强奸过喜儿的黄世仁式的地主会拿起菜刀向工作队员砍来,也许他会负伤,也许他会牺牲,把热血洒在陌生的江南土地上,也许他会立功,在殊死的阶级搏斗中锻炼成纯钢铸成的战士……伟大的党啊,你的领导和教育能够使到处发生奇迹,使每一个人焕发出令自己的亲人挚友也令自己本人瞠目结舌的光彩来。

此后一个月没有舒亦冰的消息。他学习太忙了。他生活在严肃而又热烈的集体当中,每个人的小我都要压缩到最小最小最小。在新的、无比巨大的世界扑面而来的时候,旧日的一切,包括可怜的童年和少年,包括百叶窗和钢琴,包括梧桐树叶的阴影下的爱情是多么渺小啊!她周碧云不是已经有过这样的经验,这样的体会了吗?一滴水只是一滴水,晶亮、孤单、一事无成,干涸的厄运像阴影一样紧随着它。而当这一滴水汇入人民的大海、历史的大海、革命的大海的时候,它失去了自身,它得到的是无垠的辽阔,是浩荡的翻滚,是呼啸的浪潮,是肃穆的永恒!周碧云怀着激越——略带恐怖的心情等待着和注视着自己和舒亦冰的这一汇入大海的过程。亲爱的,终于革命、永远革命、永远向前的冰!你是不飞则已,一飞冲天,不革则已,一革惊人!你一入"革大"就一个月不来信了,这本身不就说明你已经比我更坚强更无私更纯粹更决绝了么?冰,我爱你,我爱你,我爱你!我已经落在你的后边了么?啊!在革命的大道上,让我们互相竞赛,互相追赶!

在一个月零三天没有接到舒亦冰的来信以后,在第三十四天,她接到了信了,她拿起信来欲跑欲飞,她这才知道什么叫心花怒放!周碧云自身变成一朵真正的玫瑰,一朵 rose,正在吐艳,正在盛开,她打开了信:

亲爱的云:

让我告诉你什么好呢?就在我入学的前一天,我妈妈病了,她突然晕厥在地上,样子可吓人啊!医院说她的造血功能出了问题。医生说这是一种血液方面的病,是……很可能是不治之症。她已经不久于人间。我怎么办呢?她这两天又稍好一点,说是想吃胡萝卜,可是现在的季节不对呀……我的行装都准备好了,我学会了按军营的标准整理内务。你知道,如果我不陪妈妈,她连去看病也很麻烦,一堆讨厌的人问她是哪国人……我……今年不能去革命大学了。你失望了么?你责备我么?我的云!我怎能离开这样一个衰弱的、具有异国血统的老母亲呢,而且是在她最需要关心、需要爱的时候……

周碧云没看完信就把信撕成了碎屑。同志们发现了她这一天的情绪的异常。她含着泪也含着笑回答了同志们的关心的询问:"没什么,个人的事,我挺得住,请相信我!别的,以后我再给你们说。"她当天读少奇同志著的《论共产党员的修养》,一直读到凌晨三点钟。她在日记本上奋笔疾书:"生命诚可贵,爱情价更高,若为自由故,二者皆可抛。"写完,意犹未尽,便又写:"生命爱情诚可贵,人民革命价更高,为了共产主义早实现,一腔热血溅九霄!"

后来她向关心她的同志——其实人人都关心她,所以她是向差不多全体——讲述了她与亦冰的事。也怪,大家倒是劝她不要着急。青年团的一项重要工作是团结落后青年,帮助他们,关心他们,教育他们,促进他们的思想转变,你不是整天给团支部团总支讲这些个吗?就从你的那个男朋友做起吧——叫什么来着?舒亦冰?将来可以改名叫舒亦兵嘛!他也可以成为革命队伍的一员,成为为人民的利益而战的一个士兵嘛!洪嘉甚至于非常兴奋地提出:"要使你的爱成为一团烈火,融化他心头的冰块,驱散他灵魂的阴影,让我们的革命队伍再增加一个新血轮、一个生力军!"

这样,在一九五一年四月的那个春夜,那个周末的绝无周末意味的夜晚,周碧云在一种突如其来的冲动中搂抱了亲吻了满莎,接受了满莎的灵活的忙乱的进攻性的狂吻。她快乐、兴奋、慌乱,却又像突然在公路上翻了车,突然搞得天翻地覆,一切都拆散了一切都颠倒了一切都凌乱了。这是怎么回事,她与舒亦冰相好了许多年,他们曾经花前月下,曾经互诉心曲,曾经几乎是海誓山盟,而他们的接触却那么稳重,那么自制,那么羞怯,那么轻轻地、慢慢地、小心地贴一贴脸,搂一搂脖子,搂一搂腰;然后他们俩都羞得满脸通红,他们俩都低下头,像喝了醇酒一样地陶醉在一种似乎还不到时候就开始采摘的禁果的浅尝里……啊,哦,哦!而满莎呢,满莎一下子就冲到、扑到、被她搂到怀里!满莎像一道生命的光、生命的力、生命的热,光亮辉煌,活泼强健,热气腾腾地活着、工作着、战斗着,冲锋过来了。

满莎其实长得蛮帅。他的眼睛不大,但形状极好,黑眼珠乌黑锃亮,眼眶柔曲动人。满莎的肤色是黧黑的,这就更凸出了他的粉红色的嘴唇与整齐洁白无瑕的牙齿。他的笑容天真而又有力,诚朴而又带几分秀气。碧云早就喜爱他的笑容了,他的光明的笑容似乎可以驱散一切人生的阴霾。碧云也爱看他锻炼身体的情景。在他们这里,每天天微明就起床的是满莎,风雨无阻地坚持锻炼的也是满莎。他练哑铃,夏日露出臂部的肌肉。他跳绳,抡得绳子呼啸着风。他练俯卧撑,一面喘息一面极严格地按照动作的最高标准要求自己,你觉得他即将把地面按出深洞。他跑步的姿势极为开展,迎着太阳,沐着和风,有时也浴着小雨,甚至迎着大风寒风大雪,他充满信心和希望地高抬着自己的步子。

他是个小个子,他像一个永远长不大的孩子。小而有力,小而英俊,小而活跃,小而可爱。周碧云一见到他就会想起一系列以小字起头的四个字的短语。小而响亮,小而自信,小而干练,小而坚定。其实,他已经二十七岁了,解放的时候,他已经大学毕业三年了。他学汽车制造,毕业后却当了中学童子军教员。一九四八年他加入了地下党。没有多久因为同一支部的一名地下党员被捕他怕暴露而去了解放区,一解放,他就回来了。到过老区的他,学了更多的政治道理与政治规则,他显得比赵林、周碧云、洪嘉他们高明许多,优越许多。在各种政治讨论会上,他的发言极为精彩。他总是面带笑容,即使在批驳一种错误见解乃至一种反动言论的时候他也笑容不改。在一次讨论会上,他用清晰的南方官话讲道:

"有人说是美国的原子弹促使了日本的无条件投降。如果原子弹有那样大的威力,罗斯福与丘吉尔为什么还要请求苏联红军参加对日作战呢?如果原子弹有那样大的威力,他们为什么不独吞战胜法西斯主义的胜利果实却要分给他们深恶痛绝的苏联人共享呢?如果原子弹能解决问题的话,他们自己的海军又为什么拼死拼活地在太平洋上与日军作战呢?如果……我们不能长他人之志气,灭自己之威风,我们不能散布唯武器论、历史唯心主义,还有技术决定一切论……"

他不停地说着,不停地笑着,不停地表露着几乎是炫耀着他的白齿红唇,他的与白齿红唇一样分明的道理,他嘲笑着一切谬误,一切谬误根本不堪一击……

还有一次,他骑着自行车在街上走,经过北新桥的时候,见到两个青年为骑车相撞吵架,他放下车,也不锁,就去劝架。他笑嘻嘻地说:

"两位年轻的朋友,你们在吵什么?撞上了,这很遗憾。有什么严重后果么?如果受了伤,就不会在这里吵了,去医院更要紧。如果是重伤,如果有生命危险,就更不会吵了,因为,如果失去了生命和健康,吵胜了又有什么用?是的,吵胜了又有什么用?选举您做吵架模范?吵架英雄?发一张吵架大王的奖状?人人都在进步,人人都在工作,车床在旋转,犁铧在破土,美帝国主义和蒋介石的日子很不好过,海南岛已经解放了,我们还要解放台湾。杜鲁门很惊慌,艾奇逊的白皮书也无济于事。苏联专家正在帮助我们全面恢复和建设我们的经济。东北电影制片厂已经拍摄成功了我们的最初几部故事片。而年轻的朋友,你们在为了一根车条而吵架。什么?车把撞歪了,我给你正过来,要不你骑我的车走……晚上九点你到区委会找姓满的,我会把修好了的车还给你,我们再交换一次,我们都是同志,除了美蒋特务,我们都是同志……喂,那位朋友,你为什么要推我的车?那两个车轱辘,可是为了革命事业而转动的呀!"

一圈又一圈围观的人鼓起掌来。吵架的人不吵了,羞惭地却又是不好意思地笑着各自走掉了。当然,满莎的车也没有被人偷走。后来这件事越传越神,似乎满莎的三寸不烂之舌可以平息一切纠纷,似乎是一个惯窃已经推走了他的车,却又被他的铿锵的语言所吸引,转回来听他讲话,并把推走的车送了回来,似乎是当场有好几个小流氓小痞子检讨了自己的错误,似乎是他的笑容使一切无聊的愤懑化解,使恶转变为善,使敌意变为友谊,总之,他神了!

满莎真是个人物!如果跳绳,他会跳起离地一次,抡两圈绳子。如果多几个人做操,他会自动地呼号带着大家做。如果一起唱歌,他的声音分外嘹亮。如果开讨论会,他的发言总能获得最好的效果。甚至于一起去四牌楼吃馄饨,摊主往他的碗里舀的白白的鸡汤也比往别人碗里舀得多,都这样说的。

在四月下旬的这个周末的晚上,周碧云越来越感到她对满莎的拥抱是一种非同寻常的魔法的结果。满莎身上有一种魔法,一种无产阶级的、革命的魔法,这真叫她羡慕!他是一位理论家、鼓动家,又是一位精明能干的组织者!如果他有同样的机会,他也会与季米特洛夫一样地在敌人法庭上口若悬河,把敌人批驳得体无完肤!如果他有同样的机会,他也同样能够指挥彼得堡工人阶级攻打冬宫的战斗!而作为一个基层的普通工作人员,甚至是在中苏友好协会这样一个闲散的岗位上,他同样干得有声有色,活得有滋有味!他是一个诗人,歌者,运动员……他像是众人的兄长,因为他从精神上处处帮助别人进步,帮助别人解开思想疙瘩,帮助别人光明快乐地迎接生活的一切难题和挑战。他又像众人的小弟弟,众人的孩子,因为他是那样的活泼可爱,那样的令人开心,那样的机灵小巧。她搂抱了他。她觉得一团热力在自己的胸怀里冲击。是一只小豹子在自己的身上奔跑。她是一片葱茏的草地,草地在渴望着,等待着,草地袒露了自己肥沃的却又是不无寂寞的胸怀,这样的草地正需要一头小豹子的奔腾跳跃蹬踢啃咬。草地于是感受小豹子的活力热力而升腾,草地升腾为一片彩云,彩云变成了一朵朵一片片的花瓣,花瓣飞扬四散摇荡,排列成诗行,成歌曲,她化作诗与歌而升腾弥漫于广大的宇宙空间了。

　　这真好!周碧云流下了兴奋的热泪。她好像突破了旧有的躯壳。她好像成就了全新的具有无限的存在和伸展的可能的精灵。她在天色微明的时候睡下了。她听着时大时小的雨声好像听到了马群的奔腾,好像听到了小铁鼓的敲击。是的,隔壁汽车房还保留着漆成绿色的铁皮顶子。铁皮顶子使她更感受到春雨的兴致盎然的敲击。她多么忙啊。她已经好久没有注意过雨和风,太阳和月亮了。再见了,往日的一切。梧桐树叶像雨一样地落下来了。她跟随着满莎在又平又直的阳关大道上迅跑。

第 三 章

赵林对于洪无穷目睹他们"蹾"萧连甲的哄闹感到相当不安。洪无穷还太小,无法理解他们这批年轻人的不平凡的革命经历,无法理解他们的革命意志、革命激情、革命决心、革命岗位与革命职责。看到他们那样的闹哄,洪无穷很可能认为他们是一帮嘻嘻笑笑的毛孩子,很可能洪无穷对他们的虔敬受到损害,很可能他们的庄重、严肃和激越的本质被外表的嬉皮笑脸所掩盖。洪无穷又太大了,他已经懂得了革命,懂得了划清界限,懂得了站稳立场,懂得了有许多事情是非常严肃、非常神圣、完全不寻常的……如果他完全不懂这些,本来也无所谓。

赵林来自北京的远郊区。那个区很早就划归北京了,但实际那里离北京很远,四面环山,交通不便,口音介于河北山西之间。那里的老百姓自称来自山西省洪洞县的大槐树,由于六七十年前的一次大饥荒,人们在洪洞县的大槐树下聚集、分散,各找生路,同时一代一代地传告下去,他们是从那棵树下来的。虽然他们散居华北、西北各地,虽然他们当中现在的活人没有人见过洪洞县更没有人见过大槐树,但是他们坚信那棵大槐树是有的,坚信大槐树边一定有关于他们的祖上的艰难岁月的记载。①

赵林的祖父是一个在乡间行医的中医,在四面山间,他是唯一的

---

① 事实正是这样。山西洪洞县有一大槐树,大槐树边有关于一次逃荒的记载。

也是极著名的医生。中医应该是家传的。但是赵林的父亲完全没有耐心去背诵那无尽无边的汤头歌,他的不肖使祖父大发雷霆,把他赶出了家门。他与人合伙做生意,赚过几个小钱,终于蚀了本,后来便在一家小煤窑做记账先生。他只有赵林这一个儿子,却有五个女儿。

五个女儿平平淡淡,儿子却聪颖活泼异常。于是,不只是因为性别的优越,实实在在是因为智力的出类拔萃,赵林从小在家中在村中都成为众人瞩目的大人物坯子。六岁的时候一位来自山西的吹笛子的盲人给他算命,说他的八字扣上了"飞龙卦",他将大富大贵,盲人忙不迭地跪下给"小少爷"磕了头。作为报答,激动中的记账先生把经商生活硕果仅存的两块刻有袁世凯头像的银元——俗称"袁大头"——给了盲人。赵林虽然幼小,但此事给他的印象非常深,终其一生,他从六岁时的价值两块光洋的神卦里获得了永远的鼓舞、信念和动力。

在上小学的过程中,赵林只承认平均分第一才是自己的成绩。他年年考第一,次次考第一。只有小学三年级第二学期,他因为吐泻不止有一个多月没有上课,这学期的总平均分他名列全班第三。获悉第三名的结果以后,他浑身打起冷战来,他没吃晚饭,他做了一夜噩梦,他甚至于想跳崖。他们乡镇的一位受婆母气的新媳妇就是跳崖死的,他知道那是一条路。这时他想起了那位给他磕过头的盲人。那个盲人的左眼是完全闭着的,眼皮瘪瘪的,好像压根儿就没长过眼球。盲人的右眼的眼珠像一个玻璃球,发出一种奇异的光。由于盲人看不到赵林一家看得到的东西,所以他们相信他能看到他们看不到的更加重大和神秘的东西。盲人关于他的大富大贵飞龙在天旺相占尽将星护佑的预言还没有应验,他怎么可以、怎么可能跳崖身亡呢?事实上,说不定是老师算分算错了呢。当然可能啦。没有算错,说不定看错了呢。比如把 8 看成 5 或者 3,把 9 看成 6,把 7 看成 1……这为什么不可能呢?也许老师也正在纳闷,怎么赵林的总分不是第一而是第三呢?也许一两天以后,三五天以后老师会纠正自己的错误,也许校长会纠正老师的错误。也许他很快就会得到通知,他的考试成绩仍然是全班第一。请了一个月的假他可以考第一。请了两个月的假他仍然可以考第一。谁让他特别聪明,谁让他占了"飞龙在天"的上上大吉卦呢!

等到高小毕业以后,他小小的年纪历尽艰辛考到了北平市。开始,他住在他父亲的煤窑东家的在城里经营的一个煤铺里。尽管开始说得很客气,他在那里是借住读书的,他的父亲是记账的先生,他的爷爷是号脉的先生什么什么的,尽管在父亲把他交给煤铺掌柜的时候掌柜的满口答应,还说什么:"您就放心吧,您少爷能到北京城里念书,那是您家的造化,也是咱们村咱们山沟的造化,少爷念好了书,高升发财,是您的指望也是乡亲们的指望哩!"实际赵林很快尝到了寄人篱下的滋味。他说话带着"怯"味儿,同学笑他,煤铺工人也笑他。他发现他的爷爷和父亲这两位先生,在山沟沟里还算先生,到了北京城就什么也不是。"乡下孙还进北京念书呢,瞧他那两步走儿!"同学们这样说工人们也这样说。"乡下孙",开始他没听懂这是什么话。后来才明白了,他血冲到脸上,他想点一把火,把学校烧掉,把煤铺烧掉,最好把北京城烧掉。"乡下孙"就是"乡下的孙子们"的简称,原来城里人认为,乡下人天生的矮两辈,乡下人就是城里人的孙子!"赵林!买包烟去!""赵林!打壶酒去!"下学以后,掌柜的任意差遣。光是下学以后的差遣也罢,偏偏上学以前也有这种差遣,"赵林!提一桶水来!""赵林!把洗脸水给我倒了去!""到上课时间了……"有一次赵林怯懦地申诉。"到点了你不早起来?光知道吃现成饭。你们家老家儿怎么教育你的?还没当上大爷就充起大爷来啦?那城里的书是好念的?城里的饭是好吃的?城里的钱是好挣的?我告诉你,那是命。有那个命,不念书照样吃香的喝辣的。没那个命,你得了书瘼也是瞎掰的事儿!"掌柜的数落一顿,赵林忍了又忍。而到了学校,已经迟到。老师又数落一顿:"还想不想上学?还想不想念书?"级任老师问,"你家住在哪儿?"没等赵林回答,全班已经七嘴八舌:"煤铺!""就胡同口那个煤厂!""他是煤黑子!""乌金墨玉石火地光!""今早晨八成是摇完煤球儿才来的!""对,他是摇元宵的,摇黑元宵的!""哈哈哈哈……"

"什么?你是煤厂的?煤厂的考到我们学校来了?你到底能不能念书?你家长管不管?你早晨能按时到校吗?你每天早晨要摇完煤球儿才来上课吗?如果你不能按时到校,如果你不能直接来上课,那不如退学。我们学校是全市数一数二的学校。留级就开除,这是我们学校的规矩,你知道吗?"级任老师皱起眉头问。

赵林的眉头皱得更紧。皱来皱去,在城里念了大半年书,他的两道剑眉长得连在一块儿了。他一时觉得这样的眉毛英武不群,是漂亮,是造化大的表现。他一时又觉得这样的眉毛挺讨人嫌,更使他被人瞧不起。为什么别人的眉毛没有长成这样的呢?

只是经过了期中几门主科功课的考试,他得了高分数以后,也是他飞快地学会了京腔,不再说那种"怯"味儿的家乡话以后,同学的嘲笑,老师的轻蔑和怀疑才被冲淡、冲破了些。

这样一段被城里人、被煤厂掌柜的与级任老师及几个有钱人家的子弟侮辱压迫的经验永刻在赵林的心头。"对于剥削者,我自来就充满了阶级仇恨……"此后的岁月,赵林多次怀着骄傲的心情这样回忆,这样诉说。

一面是自来的阶级仇恨、阶级意识、底层意识,一面是对共产党、八路军的好感,赵林很快就与党的地下组织建立了联系。不到十七岁,他就加入了地下党。

他的家乡抗日战争时期是游击区。山区好地形,鬼子来了与他们围着梁梁坡坡峰峰谷谷转,鬼子走了就是八路军的天下。游击队也端过日伪的炮楼,抢劫过伪军的武器库。也许比军事意义更重要的是共产党、八路军早就在这里宣传了革命的道理,撒播了革命的种子,培养和锻炼了一批革命干部。一二·九运动过后,一些热心抗日的北平大学生来到了这里,参加了游击队,成为游击队的领导者。许

35

多农民也是游击队员，他们亦耕亦战，亦兵亦民，他们拿起枪就能打，收藏好枪就去耪地，一个村一个村地干，盘问也盘问不出来。打得了手又分罐头又分粮食，还有手表、小刀、行军壶、五金电料，受了伤抹了药自己挨着，抗战八年，他们一个村只牺牲过两个人。他们命大，他们的子弟当中有一位占得"飞龙"卦的赵林。

赵林的祖父和父亲都帮助过八路军游击队，他们对共产党、八路军的印象很好。赵林进城上学以后走了"八路"的道路，这是理所当然的事。

结果，赵林才十八岁，高中还没毕业就成了共产党的干部，成了接管这个大城市的军管会的一员，佩戴着成为权力、胜利、新章程新世界的象征的军管会胸标和袖标，他感到了严肃的责任，也感到了不容怀疑的威风，而且很快他就当了一个组长。虽然这个组只有三个人，但组长就高于那两个人，大于那两个人，召集会的时候要由他说"现在，我们要研究一下今明两天的工作"，会议进行中，是由他说"我看这个事，由××去办好了，三天之内必须完成。那个事，×××负责，一定不能拖拉"，就像下棋，他安排那两个人的工作如摆棋子。结束会的时候也是由他说"好吧，就这样吧"。"好吧，就这样吧"，这是世界上最普通的话，但是有资格说这个话的人正是领导，会说这个话说得有劲头的人正是领导。而他是领导了。当领导让人觉得这样充实和自信，真好。

当领导也辛苦。他必须比被领导起得早，睡得晚，休息得少，干得多。即使躺在床上他也在想工作的事，在想需要找谁谈话，需要布置什么，检查什么。布置，检查，总结，抓一抓，议一议，促一促，轰一轰……这些词都是他新学的，都极灵活有趣，比学生的读、听、背（诵）、抄、证、解……的天地宽阔丰富得多。领导的辛苦的意义和代价在于他能带动被领导。你辛苦，被你领导的那两个人也就跟着辛苦，结果你以一个人的辛苦做代价获得了至少是三个人的辛苦。你领导的人越多你辛苦的所获就越大。而如果你是被领导，你辛苦来辛苦去还只是你辛苦。所以当了领导一切举动的意义就扩大多了。

后来他又当了一个委员。后来他又当了一个副书记。后来又兼了一个什么"长"。他的头衔越来越多。他的生活与言行的意义充实充实再充实。他的工作辛苦辛苦再辛苦。他的眉毛越来越联成一气。他小小的年纪,已经什么都要考虑,什么都要管。他的责任正在囊括一切。

他把他担任各种职务的事写在信上邮给了爷爷和爸爸。他很纯洁,没有任何别的意思。他只是想说明自己在干着一些正经的大事情,自己的辍学是值得的(爷爷曾经对他的中断学业表示疑虑)——他的辍学不是由于经济困难,不是由于功课没学好,而是由于他提前变成了社会的中坚、领导人,他还想以此来说明自己实在太忙,希望他能得到谅解,因为他给家里写的信越来越稀少了。

没有想到的是七十七岁的爷爷用毛笔亲笔给他回了一封信,爷爷亲笔写了信封,而且——实在要命,爷爷竟把他的全部头衔写到了信皮上,那封信的信皮是这样写的:

北京市××街××胡同××号
中国××××北京市××区××会××部
××长、××长、××委员、××书记、××××、××××
赵林××长收
北京市××区××乡××镇赵××缄

赵林收到这封信的时候吓了一跳。凡是看到这封信的人都吓了一跳。传达室的收发小赵说:"要是再过几年,这信封恐怕就写不下了。"赵林脸红了。他躲到一边看了信。信的内容倒是非常进步,通篇都是对中国共产党、新中国、中国人民解放军的热烈歌颂,通篇都是对中华民族的未来的热烈幻想:"假以十春,执亚洲之牛耳者,舍我其谁?假以廿载,执世界之牛耳者,舍我其谁?扬眉吐气者我,奋发有为者我,扭转乾坤者我,妙手回春者我!东亚病夫云云,盖昨日之噩梦,亚洲雄狮也者,实今日之风采!"底下则是"吾孙林儿,少年有为,脱颖而出,志在国家,功在百姓,乘扶摇而揽月,御东风而展翅……前途无量,事在人为,山川有幸,祖宗有灵,未弱冠而有奇志,顺大潮以树奇勋,立德、立功、立言,余有厚望焉!"等等之类的对于赵林的五体投地的称颂。

赵林最为感动的是他祖父的爱国心。他祖父那一代人,即使生活在山沟沟的穷乡僻壤,也是一片爱国忧思,一片望强望祥的心愿!他在党小组会上谈思想时引用了祖父歌颂党歌颂新中国的话,讲述了自己是怎样被感动的。同时他利用这个机会,主动地振振有词地讲述了祖父信封上写一大堆头衔的事,认为这固然未必妥当,但从祖父来说这样做表达的是他拥护革命赞扬革命为有一个革命的孙子而骄傲万分珍惜百倍的心情,他自己告诉他们这些职务也只是为了解释自己信函稀疏的原因。他的话似乎收效不错,此后,再没有人提这个信封的事了。

那天晚上,传达了上级指示,"蹾"萧连甲未遂之后,大家准备去睡觉。赵林号召去厕所大便。他和他的同事同志们是这样亲密,不仅一起开会,一起交谈,一起说笑,一起吃馄饨吃冰棍,一起看电影,一起散步遛弯儿。就是去厕所,也要互相招呼互相邀请尽量集体化避免孤独寂寞,被招呼被邀请的人如不能奉陪,也还是要表达相当遗憾和抱歉的。赵林不仅在工作上,生活各方面也常常是首创者、倡导者与组织者。包括如厕。

萧连甲与万德发响应号召。万德发是响应赵林的一切号召的,如果号召吃饭,吃饱了他也可以再去加一点;如果号召去厕所,没有大便也要去小便一次,哪怕刚小便归来也还可以再挤出一点水来。萧连甲去,赵林尤其高兴,因为方才的玩笑虽然只是玩笑,他也需要尽快地消除接近恶作剧的玩笑或许可能引起的不快。他在厕所里与萧连甲商量:"得想个办法。不能让洪无穷老是住在咱们的工作人员宿舍了。"

萧连甲表示同意赵林的意见。但他们俩都没做任何解释和论证。通过厕所里的一问一答，他们似更感到彼此的和谐一致。在宿舍，他们的床也靠得不远。回住房后，他们又说了几句闲话，两个人差不多同时响起了健康与舒畅的鼾声。

洪嘉也正在为她弟弟的事而发愁。洪无穷是她的异母弟弟，以前，他们从来没有共同生活过，互相接触也很少。二十多年前，洪嘉的母亲洪有兰与比她小四岁的男人刘正福结婚了，是上一辈人包办的婚姻。据说刘正福当时才念高中，他是绝对不想与洪有兰结婚的，他读过许多巴金的小说，坚决反对婚姻包办，主张恋爱自由。但在最后一刻，由于父亲的拳头与大棒，由于母亲的死去活来的痛哭，又由于爷爷因为他的不听话已经气得得了重病，他投降了。洪有兰也是高中生，毕业以后没有再去求学深造，而是呆在家里待字。结婚不到一年，就在洪有兰刚刚怀上洪嘉不久，刘正福跑掉了。他给父母留下了一封书信，简单地表示他的忍耐和驯服已经到了头，他不可能牺牲自己终生的幸福来满足一种陈腐野蛮的心愿，他将要去单枪匹马打天下，按自己的心愿去争取、去夺取幸福。不知道是由于匆忙还是别的，他的这封信竟然没有提洪有兰一个字。

仅此一举，洪嘉已经认定她的父亲是一个流氓、恶棍、极端自私自利的冷血动物，是一个对女人对妻子对孩子丝毫不负责任甚至堪称灭绝人性的魔鬼。

据说刘正福离家以后先是通过他的一个朋友的有势力的叔叔的门子担任了一个县的小学校长。后来又与省里的进步文艺人士建立了联系，参加了左翼文艺家主办的一个话剧团，他管过服装道具灯光，也当过演员，虽然没演过主角。抗日战争前夕，他向往革命，奔向延安，已经到了西安了，突然又掉转方向去了大后方——重庆。有人说他是胆小鬼，事到临头害怕起延安的艰苦奋斗与"铁的纪律"来了。有人说这是一段罗曼史，他在艰难路途上结识了一位美女，一位失意的革命女性苏红。苏红是出狱后前往四川投奔姐姐去的。为追求苏红刘正福改变了自己的一生命运——如果他当时去了延安，现在还能不是响当当的老革命吗？还有人说他是奉党的指派到大后方搞左翼文艺运动去的，一位老共产党员、地下党的领导者劝他去的重庆，当然，只是作为朋友的劝告提出来的，谁知道这应该算什么性质呢？那位老同志不久就去世了，没有人能证明刘正福早就革了命了。更何况他后来的妻子苏红出了事。

苏红也差不多算结过婚。她的丈夫比她年岁大许多。那人在二十年代后期三十年代初期追求革命去了苏联，在莫斯科东方共产大学就读。令人扼腕的是在苏联的经历没有把他造就成一个钢铁铸就的马克思列宁主义者，一个用特殊材料制成的布尔什维克，在联共（布）十五次代表大会前的争论中，在苏联当时极为尖锐的国内党内领导层内的斗争中，他拥护托派的所谓"八十三人纲领"，站到了托洛茨基一边，他成了第三国际、联共（布）和全世界共产主义运动最危险的不共戴天的死敌——托派的一分子。他见过后来也转向托派的陈独秀与刘仁静，他成为在香港设立了机构的中国托派"中央"的一个成员。他以上海为据点进行活动，并在英租界搞了一个亭子间与刚刚十八岁的苏红同居。由于他的影响，已经在上海加入地下党组织的苏红旋即转向托派，从而立即被党所清洗。

一九三四年，在上海苏红与这位托派"中央委员"同居，一年后，此人死于非命，有说是死于日本特务的，有说是死于国民党"政府"的，有说是死于地下（共产）党的。料理丧事的几个朋友甚至没有允许苏红看她的男人的遗体，据说那很可怕，头颅与面部已经被枪弹与钝器打得稀巴烂。不久，苏红被国民党政府逮捕，审了几次审不出究竟，却又不肯释放。只是在一九三六年"双十二事变"、张学良兵谏、第二次国共合作开始以后，搞"释放政治犯"，在释放了一批真正的中国共产党人的同时，把她这位不伦不类的中国托派女青年也放出来了。

这时的苏红已经丝毫没有革命的气息了。她的"革命"像一朵开早了的花一朵被不正常的湿热的烟雾催开的花。紧接着是冷空气袭来、霜冻出现,然后是真正的春天的阳光,它却开始衰败了。她觉得革命是太困难也太可怕了,不论充当斯大林派、布哈林派还是托洛茨基派,不论跟随毛泽东还是跟随陈独秀或者王明去革命,都已经是她所不能胜任的。但她比以往任何时候都痛恨国民党反革命,她为张国焘的投身国民党而痛心疾首。不管别人怎么说,她认定是国民党反革命勾结日本特务杀害了她的第一个情人和事实上的丈夫。她也深信革命是一定要成功的,虽然她已经革不了命啦。在内心迷茫、对个人的未来十分悲观、对国家和人民革命事业仍然充满希望的情况下她上了路。她认识了刘正福,认识了这样一个冲动的、没有准主意的男子,他未必有多少艺术才能,却不乏艺术家的脾气。他说话夸张却又动人,他思路混乱,东一锒头西一棒子,却又常常在不知所云之中说出机智的乃至惊人的见解,闪现精辟的独到的光辉。

  苏红难以设想可以找到更好的人生伴侣。虽然刘正福的性格未必适宜为她创造和守护一个避风的港湾,但苏红直觉地体察到刘正福的冒失与狂疏正好成为他以及他们俩的一种保护色,尽管这种冒失狂疏也会惹来麻烦。他没有那位托派"中央委员"的偏执。那是一位深度近视眼,除了读书却不喜欢戴眼镜。你想说服他:恰恰是不读书的时候看远处的东西的时候才更需要眼镜,完全徒劳。他确实——如一幅漫画所画的那样,曾经在走路的时候前额碰到了电线杆,碰出一个青包。但他不承认这是由于不戴眼镜所造成,他强调说,这是由于思考。后来苏红恨透了他的这个"思考"。他"思考"起来你对他说三句话他不答理,他"思考"起来你把茶递到他手里他不会喝,他"思考"起来他脸上一副妄自尊大、冷酷无情的样子,他"思考"起来你吻他或者骂他或者杀他他都不会有反应。她想革命成功以后妇女权益保障机构应该颁布一条法律:喜欢"思考"的男人一律不得结婚,应该把他们集合起来送到兽医站去去势。人类的相当一部分灾难就是这样"思考"出来的。不"思考"哪儿来的托派?

苏红认为，他的送命也是由于偏执，可以不戴的时候偏戴、需要戴眼镜的时候他硬是成心不戴。如果戴上了该戴的近视眼镜，他本来可以及时发现跟踪他的狗特务，他本来应该及时甩掉"尾巴"。偏偏那个六月的炎热的中午，她为他的令人发疯的"思考"与他吵了架，他骂了她"没有头脑当然也就没有思考"。下午，她拒绝陪他，他一个人到浦东去赴约……从此没有再回来。她如果与他在一起，她本来会时时替他察看一切帮他躲开危险的。

一九三八年，在重庆北碚，苏红与刘正福同居。很快，不仅苏红，而且刘正福也被拒于左翼与右翼的文艺活动与社会活动之外。一九三九年十一月初，他们本来已经接到苏联驻华大使潘友新的庆祝十月革命节的酒会请柬，他们一开始曾经以左翼文化人的身份出现在重庆，他们常到苏联对外文化协会驻重庆的机构去听音乐、看电影和看画报。可是这回到了大使馆门口，他们却被中方（重庆当局派的）与苏方的警卫人员拒于大门之外。"你们二位不能进，上面交待过的。"中方警察说。"对你们的邀请已经撤销。"苏方警卫说。连一句"对不起""很遗憾"的话都没有。"这是对我们的侮辱……"刘正福咆哮道。苏红把他拉到了一边。她立刻就明白了。她虽然并不认为自己是正式的托派成员，她并没有与那位"思考"者正式结婚，而且她意识到在痛恨他的"思考"的同时说不定她已经讨厌起托洛茨基主义来了，今后她对托派也只想逃之夭夭与退避三舍。尽管如此，"托派"的印记已经深深地刻在她的面孔上身体上骨头里，"托派"像影子一样地追随着她，影子已经扩大到她的第二个情人、同居者身上来了。她那时二十五岁。

一九三九年底，苏红生了儿子，起名叫无穷，因为当时他们太穷了，因为无穷两个字适合刘正福喜爱夸张描述的特点，苏红却从中体会到了自己的无穷苦难。当然，那时是刘无穷。刘无穷长得太秀气了，眼珠黑如墨玉，嘴唇红如朱砂。从一生下来，苏红就可以和刘无穷说话，一听到妈妈的语声，无穷就会静下来，就会睁开眼睛看妈妈。

不顾刘正福的反对与嘲笑,苏红动不动就要与孩子交谈。刘正福说她这样做是心理上不够正常。从这个孩子诞生,刘正福与苏红的关系变得疏远了。由于出现了疏远的征兆,他们正式办了一桌酒席,补办了婚礼,欠了一屁股债,取得了正式以夫妻相称的名分。到了无穷五岁的时候,苏红差不多把自己的经历自己的苦水已经给他讲过一遍了。

孩子六岁的时候,日本投降,不久,以开一家裁缝铺为生的穷愁潦倒的他们带着孩子辗转到达了已经先期解放的大连。大连的人民政府热烈地欢迎他们并为他们安排了文教方面的工作,孩子上了解放区的小学。苏红立即向领导交待了她与那个"思考"的死鬼的关系,虽然说得轻描淡写,但她没有隐瞒两个基本点:一、那人是托派"中委"。二、她与那人同居一年。领导似乎未予特别重视,只说主动交待是要求进步的表现、是对组织忠诚的表现,希望她正式写一个材料。她几乎是高兴地写下了交待材料,她还一再向领导表示,如有疑问她随时准备做出补充交待和解释。没有人问她什么问题。

一九四九年人民革命胜利,全国解放,刘正福一家包括九岁的孩子无穷与全中国的人民百姓一样的兴奋鼓舞若狂。刘正福与苏红碰杯喝酒,他们说,不管怎么样,他们梦寐以求的革命胜利到来了。刘正福自称是一个不合格的革命者,不论怎样不合格,他是把国家的希望个人的希望寄托在革命的胜利上的。苏红自称是一个误入歧途的、失败了的乃至毁灭了的革命者,就让她在歧途上悲叹自己的失败和毁灭吧,她仍然为革命的胜利而祝福。她有一个堂兄在国民党的坦克营当营长,抗日战争期间他们曾经见面和通信,苏红多次苦口婆心地给他讲社会发展规律,给他讲国民党必败、封建主义官僚资本主义帝国主义必败、共产主义社会主义必胜、共产党必胜的道理。终于,一九四八年,他带领部属起义反正了。这不就是她的真诚祝福吗?

但是苏红仍然时而有一种不祥的预感。那几年,东北解放区时兴挂斯大林的画像，有许多公众场合，甚至不挂毛泽东更不挂朱德的像而只挂斯大林的像。每逢看到巨大的彩色斯大林像，走过新改了名称的斯大林街，苏红都若有所动，寒颤从心的深处打起来。

终于，一九五一年新年刚过，一个落雪的晚上，刘正福的家门被擂得贼响。"是来抓我的。"苏红说。"不可能！"刘正福大叫。刘无穷却惊呆了。

在刘正福去开门的瞬间，苏红对儿子说："妈妈有罪，你应该恨妈妈！妈妈对不起你！"她哭了。无穷没有哭，他瞪大了眼睛，看着母亲。

公安人员简单地宣布："由于你参加托派活动造成的危害，现在决定逮捕你。"说到"托派"两个字的时候，矮胖的公安人员的左眼皮猛跳了几下。苏红静静地在逮捕证上签字。

刘正福本来是气势汹汹地去开门的，看到穿警服的公安人员，看到他们拿着的武器和手铐，看到逮捕证，他像泄了气的皮球，一声不吭了。

"警察叔叔，什么是托派呀？"突然，绝望的却又是无限真诚和信赖的声音从刘无穷这个十二岁的孩子的红嘴唇中吐出来了。

"特务，匪帮，你要和这样的反革命分子划清界限！"公安人员说，并且看了一眼无穷脖子上戴的红领巾。

"你要老老实实坦白，争取宽大……"刘正福结结巴巴地说。这就是他能够表达的对妻子的最良好的祝福了。

"打倒反革命！"无穷喊了一声。眼泪已经充塞了他的眼眶，但他突然从自己喊出来的口号声中获得了一种神奇的力量，他没有让泪水落下来。心肠一软一硬的更替使他感到了由衷的对于反革命匪帮特务托派的仇恨，他用如此坚定的仇恨的眼光目送他的母亲的被捕，使公安人员转身向他竖了竖大拇指，向他笑了一下，使他爸爸吓呆了。

"爸爸，你是不是托派？"门刚刚关严，被简单地搜查过的房子还没有整理和恢复原状,刘无穷就向父亲提出了这个问题。

刘正福慌乱地却又是断然地做了否定的答复。

无穷坐在床边发呆。过了好一会,他又问:"爸爸,你说你拥护革命,你说你早就拥护革命了,那你为什么不是共产党员?"无穷这个问题的提问的口气,似乎十分悲凉。

刘正福无法回答。

第二天,刘正福在本单位被叫去与人事保卫干部谈话。他的被审查也开始了。他还被要求写材料揭发苏红。他下班的时候缩着脖子,弓着背,不敢正视任何人的眼睛。他变成了一个啰里啰嗦、哆里哆嗦的老头子。

刘无穷的脖子上挂着鲜红的领巾。从一九四九年十一月在小学上五年级的时候,他就是最早的中国少年儿童队的队员。他还是中队长。到了六年级,他是副大队长,他的臂章有三道杠。刘正福为儿子的出息而喜形于色,苏红却沉默无语,那是第一次刘无穷感到自己的感情与妈妈有了距离,为他们日后的"划清界限"奠定了一点基础。

妈妈被捕后的第二天,刘无穷到学校与少年队辅导员也是他们的班主任老师讲了这个事情。老师相当紧张。老师找出了《联共(布)党史简明教程》给这个不满十二岁的孩子看。一个星期后,取消了他的"副大队长"的头衔,并告诉他要经得住党的考验,他点点头。

他不言不语地阅读《联共(布)党史简明教程》,当然是专门找写到托派的那些章节看。他看不懂。但他记住了这样一些字眼:"卑鄙勾当""叛变行为""法西斯分子的可恶奴仆和走狗""一群恶棍""人类渣滓""白卫虫子"……他几乎能够背诵"简明教程"最后一章中的这样一段话:"这些微不足道的法西斯分子的奴仆忘记了,苏联人民只要动一动指头,就能把他们变成齑粉。"还有一句话是:"苏联人民对消灭布哈林派——托洛茨基派匪帮表示赞许,接着转入当前的任务。"

刘无穷沉默了一个月。包括刘正福也无法了解儿子在这一个月当中究竟想了些什么,感受了些什么。令人惊讶也令人赞叹的是,虽然沉默,儿子仍然身体健康,吃睡俱佳,功课也都较好地完成了,儿子显然获得了一种爸爸所不能体会和获得的强大的精神力量。一个月后,经过与辅导员——班主任商量,刘无穷向学校也向父亲声明:第一,他不再承认苏红是他的母亲。第二,他不想生活在父亲身边。第三,他要去北京投奔洪嘉大姐,他要认洪嘉的母亲洪有兰做母亲,他要改姓洪,他不再是刘无穷,更不是苏无穷,而是洪无穷。

胆小的辅导员老师却很能帮助刘无穷认识问题。当"前副大队长"说到自己一直没有发现妈妈的托派反革命面目的时候,老师说:"这就更危险。"老师只在家长会上见过两次苏红。她们甚至于没有互相握手。老师三十岁了还没有结婚,有洁癖,不想和全班四十九个学生的家长一一握手。她帮助了刘无穷采取革命的行动。洪无穷讲完了自己的打算样子相当快乐。他知道洪嘉是自己的姐姐,是地下入党的共产党员,是一个穿着皮夹克的革命家。他也知道解放以后洪有兰也参加了工作,从街道积极分子到区各界代表会议代表,不久又调到了区政府成为革命干部。洪有兰还曾成为一名"团友"。在一九四九年一月一日中共中央决定建立新民主主义青年团以后,有些年龄超过了团章规定的人当不成团员,被吸收为"团友",即青年团之友,得以参加团的一些活动。这些团友十分珍视自己的政治身份,直到一九五〇年五月,团中央做了决定,"团友"的说法才告结束。

关于洪嘉姐姐与洪有兰妈妈的情况,大部分是一九五〇年底他与父亲去北京时得知的,也有一些是此前和此后父亲给他讲的。

一九三〇年刘正福十六岁与二十岁的洪有兰结婚。一九三一年刘正福逃婚出走。别人逃婚是在婚前,他逃婚是在婚后而且是在洪有兰已经怀孕、即将分娩的时候。他是长子,他跑了,洪有兰却留在他家侍奉二老，照顾他的一个弟弟和一个妹妹，此后二十年中，他没有与洪有兰也没有与父母弟妹见过面，总共写过七封信，没有一封信是给洪有兰的。总共寄过四次钱，一次是初到南方当小学校长的时候，一次是一九四五年九月日本投降以后他与苏红动身赴大连前，一次是北京刚解放的时候，一次是一九五〇年十一月，为了他回京探视创造一点条件。他始终没有与洪有兰离婚，在无穷出世、他与苏红补办结婚喜酒的时候也没有正式告知有兰。这一方面是由于战争造成的邮路不通，也由于他相当有意识地觉得自己的父母还离不开有兰。此后时间越长，他越无法启齿了。

一九四九年底，刘正福回到阔别近二十年的北京。他很尴尬。他没赶上为母亲送终。母亲在他到达的前一天咽了气。至于他的父亲，早在一九四三年就死于伤寒了。当时洪有兰正忙于参加革命工作。看到了刘正福，洪有兰是悲愤乃至痛恨的。她称刘正福是一个剥削妇女、压迫妇女、欺骗妇女、残害妇女的家伙。当刘正福说他很感谢她对自己的父母弟妹的照看的时候，有兰说："你少给我来资产阶级的这一套。"当刘正福拿出一些糕点和玻璃器皿说这是他与苏红送给有兰的礼物的时候，有兰是那样轻蔑地拒绝了。洪有兰说起自己是区代表、是团友、是革命干部的时候，询问了刘正福的情况，当她得知刘正福政治上什么资本都没有的时候她感到了精神上的胜利和满足。轻蔑发展到极致反而成就了一种大度。革命的阶级论与社会发展理论又使洪有兰把这一切归罪于万恶的旧社会、万恶的剥削阶级的大男子主义、万恶的国民党。这样，渺小的什么都不算的刘正福本身倒没有那么"万恶"了。她挥挥手说："离婚就离婚。反正洪嘉只是我的女儿，她入党的时候用的名字就是洪嘉而不是早先的刘秀花。她不承认你也不想见你。其他我什么条件都不要，你只要半夜扪心自问能受到良心的责备，也算你还有一丢丢人味儿。"

在接受了革命的道理的武装与革命的风格的熏陶的有兰面前，刘正福自惭形秽，无地自容。他觉得自己越发渺小而前妻越发高大。

刘正福要求见一下自己的女儿洪嘉。洪嘉表示太忙,没有必要,也没有时间。刘正福哭了,痛苦之中他忽然来了一个灵感,他打电话给忙忙碌碌的洪嘉,说:"请你考虑一下党的政策,你可以请示一下领导,作为一个共产党员,对你的生身父亲你应该怎样做。我知道,这个父亲对不起你和你的母亲⋯⋯"

这一招还真灵,洪嘉见了他。他请洪嘉吃了涮羊肉。他教给洪嘉与刘无穷应该怎样对作料、怎样涮、怎样吃肉吃菜吃粉条冻豆腐糖蒜。他们要了烧饼、面坯和芝麻酱糖饼。两个孩子都是第一次吃北京的涮羊肉,虽然洪嘉已经在北京生活了十八年,她过去也从没进过这样正规的饭馆。她进饭馆吃过的最高级的饭食是肉丝汤面和肉丝炒饼。他们对锃亮的铜火锅和既新鲜又复杂的吃法很感兴趣。饭馆里充溢着羊肉香、酒香、韭菜花香、煮熟的白菜香和炭火的热香,令人又馋又喜又醉。糖蒜也好吃。糖饼更好吃。那么多芝麻酱和红糖和在了一起,使饼又酥又甜又熨帖细密,吃得两个孩子兴奋得喘不过气来。

刘正福欣喜若狂,过去他就坚信,一顿好饭可以大大缓解人际关系,美食是通向人际和睦的桥梁。他坚信,只要他请遍北京的大饭馆好饭馆,洪嘉就会原谅他,而他,也就弥补了自己没有好好养护过女儿的缺憾。只是在肉吃掉了大半,开始吃了几口麻酱糖饼之后,洪嘉的脸部的与全身的肌肉才彻底放松下来了,她的圆圆的猫一样的眼睛一闪一闪地发亮,她的两颊显出了深深的笑靥,她的样子活像百货店玩具柜台上的洋娃娃,她变成了他的真正的女儿,年岁不大的女儿,变成了等待母鸡为自己捕食寻食布食的小雏鸡,而他,感到了迟来的父亲的骄傲与欢欣。

他感到欢喜的还在于女儿与儿子的和睦。他知道第一次见面的第一次目光相遇两个孩子之间就充满了友好的感情。无穷弟弟是怀着虔敬的崇拜与亲爱来仰视自己的曾经是地下共产党员的姐姐的,他沐浴在姐姐的温柔而又刚健、慈爱而又自信的光辉之中,他目不转睛地看着姐姐。而姐姐也像喜欢一只小猫一样地喜欢弟弟,喜欢弟弟专注地看着自己的向往而又亲昵、热烈而又忠诚的目光。她摸了摸弟弟的脑袋,显然是下了一下决心,把自己的半新的金星自来水笔送给了他。

分手的时候她对父亲说:"过去的事就过去了。希望您生活得好,工作得好。大连是老解放区,您应该下更大的决心学习和改造思想。爸爸。"

这是她第一次叫爸爸。这是刘正福第一次听到女儿叫爸爸。刚见面的时候,开始吃的时候,刚吃完的时候她都没有叫。刘正福还以为她再也不会承认从来也不承认他这个爸爸了呢。

刘正福连连称是。他说:"对。新社会。好。学习。工作。我改造。你也注意身体⋯⋯"他甚至想对女儿说:"您应该保重身体。"这种话按惯例本来应该是后辈对前辈说的。女儿不是一般的女儿了。女儿太忙也太高了。

他怀着"完成任务"的满意心情回到了大连。他忽略了无穷的观感和变化。在北京的许多事情他都没有避讳无穷。他不知道,在北京之行以后他在孩子面前的威信大大降低,而洪嘉乃至洪有兰对孩子产生了很大的吸引力。这样,在妈妈被捕以后,刘无穷要去投奔姐姐,乃至要改姓,也就不是偶然的了。

刘正福自顾不暇。妻子的被捕使他愤怒,比愤怒更强的感情是慌乱和恐惧。在五十年代初期碰到了这样的事情,他感到的是彻底垮台,彻底毁灭,彻底完蛋。他想不清这到底是怎么回事。也许是苏红有些什么隐情没有告诉他,也许苏红属于那种长期潜伏、放长线钓大鱼的敌对分子?他一时这样想,也许这里有什么误会?也许应该抓的是另一个叫苏红的女性?他一时又这样想,紧接着否定了这个想法。他无法整理出一个思路。他又回忆检视从结婚以来,不,从相识相伴同居以来他所见到的苏红的一言一行,因为他还面临着检举揭发苏红至少是提高自己的认识的任务⋯⋯对待无穷,他能照顾什么呢？他能做什么呢？他哪有精神力气技术一天为无穷做三顿饭？连烤一次馒头片都烤得冒了烟……

一九五一年二月，春节刚过，不满十二岁的刘无穷——不，现在已经是洪无穷了——独自带着简单的行李来到了北京。他的口袋里装着学校党支部、团总支、少年队大队部为他写的证明：

> 我校学生、少年儿童队队员洪无穷品学兼优，遵守纪律，政治立场坚定。能与犯有托派罪恶的母亲划清界限，一贯追求进步，靠拢组织……

洪无穷大睁着眼睛，屏住呼吸，下车伊始就掏出这封证明信来给姐姐看，然后又给母亲——他现在已经管洪有兰叫"母亲"了——看，给赵林、萧连甲、周碧云……这些红色的兄长和大姐们看。"真不简单！"看过信的人由衷地竖起了大拇指。为了表达对洪无穷的欢迎，赵林带他去吃了东四的馄饨。一边吃着风味独特的馄饨，喝着对进了真正的鸡汤的馄饨汤，一边听着人们用全新的政治名词、工作名词、革命名词谈笑风生，洪无穷有一种双肋生翅、腾云驾雾、翱翔高天的感觉。

"简直是倾盆大雨，一灌就灌三个钟头，国际国内本市，一二三四，甲乙丙丁，开中药铺！"（这似乎是在说一个报告会。）

"要叫！不叫谁重视你？整天抓点儿，我们面儿上的事就不管了！"（这似乎是说一次汇报。）

"小袁又闹情绪了。老说他不开展，谁也不欣赏他！下乡土改，他申请了半天没让他去，越背包袱就越开展不了啦！"（似乎在议论一个人。）

"要抓典型，解剖麻雀，别的事先挂起来。不行的话就先敲打敲打，招呼打过了，不通也得通，一通就百通！"（似乎听不准在说些什么。）

大家去看电影，自然也有无穷的票，不论是《中华女儿》还是《光芒万丈》①,不论是《勇敢的人》还是《愤怒的火焰》②,他们都是一样的激动,一起议论纷纷,一起模仿德国军官的说话、模仿游击队员的暗号。他们当中似乎没有了身份的界限,他们都一样的天真和孩子气,又是一样的坚定热烈地革命。

他们一起去看过工人的业余文艺演出,一起去听过各中学的歌咏比赛。有一次是苏联红军亚历山德洛夫红旗歌舞团的歌舞晚会,他们二十几个人当中只有七张票,当然,只能给他们当中的骨干和领导人员去。洪无穷非常羡慕,便对赵林、萧连甲等几个人说:"带我去吧!我想去!"这使人们皱起了眉头。毕竟是小孩子,太不懂事了啊!

他们一起去郊游过一次,先坐火车,下车后爬山路走了快两个小时,到达了一座古寺。古寺范围里有古代的柏树,有大钟,有和尚们当年熬粥用的大铁锅,有金镶玉(边缘为黄、中间为绿)玉镶金(边缘为绿、中间为黄)的竹林,还有什么"九曲流杯",说是古人喝酒的时候把酒杯放在蜿蜒流转的水面,酒杯停在谁的面前酒就由谁喝。他们对这一切都不感兴趣。庙啊树啊酒啊钟啊和尚啊都让他们觉得憋气。他们问和尚:"这里打过游击吗?"一位说打过一位说没打过一位说不知道。到这里寻找革命故事革命遗迹的任何尝试都不会有什么结果。

后来就乱跑乱闹站在山头上比赛扔石块。洪无穷的石块刚扔起来,好像在空中受到了什么阻碍,突然落下了,他根本没有扔出去。"笨蛋!"万德发讥笑他。然后万德发也扔石块,他说:"小时候我放过羊,你瞧,我从这个山头可以把石头扔到那个山头去。""别吹了,你扔过去才算!"大家笑着说。万德发挑挑拣拣,好不容易找着一块不大不小、形状也还规则的方形石块,放在手里掂掂,又把右手右胳

---

① 《中华女儿》写"八女投江"的抗日故事,《光芒万丈》写解放初期修复电厂的故事,均为当时东北电影制片厂(长春电影制片厂前身)所拍摄的故事片。
② 《勇敢的人》《愤怒的火焰》均为描写反法西斯战争的苏联故事片。

臂抢了抢,假做抛掷状几次,惹得大家不耐烦,骂说:"别装模作样了!""别裤腰上别死耗子假充打猎的了!""别散德性了!"最后,万德发抛了出去。很不作美,万德发的石块并没有比别人抛得更远,这引起了一阵哄笑。"吹牛皮!""西山的牛怎么死的?吹死的!""笨蛋!"

洪无穷由于扔石头受到万德发的嘲笑,本来不服气,现在一看万德发的石块抛掷失败,便大为畅快地跟着喊:"噢……现眼喽……还说人家笨蛋呢!"

偏偏洪嘉在旁边,而且这一次想起来按长幼有序的礼法来要求他,便喝道:"小孩子家,胡说什么?没礼貌!"

洪无穷已经和大家打成一片了,洪无穷似乎已经在不经意中成为他们这个政治上很自信很崇高、思想上很单纯很天真的青年革命集体的一员了,当他们一起读报一起下棋一起看电影看节目的时候、说说笑笑打打闹闹的时候,并没有什么人按比较严格的礼法来要求他。同样,人们也没有按严格的礼法要求自己,没有注意在他面前保持自己的年长者、领导者与先进者的尊严。现在,洪嘉的一声断喝,不只使洪无穷尴尬,更使万德发感到不好意思。是啊,他,万德发,二十好几岁了的青年团工作者,时常给成百上千的青年讲团课、做报告并且受到青年人特别是青年工人的爱戴的政治工作者,尤其是,他是真正的产业工人出身,是真正的失去了锁链而得到了全世界的新的世界主人,他怎么能够被一个少年儿童队员、一个小孩子、一个托洛茨基匪帮女人的儿子称为"笨蛋""现眼"呢?

他的面色陡变,紧张的空气出现了。

这件事同样给了洪无穷不小的打击。他怔住了。本来他从无任何对他们不敬的想法的。他来到这里,他和他们一起生活,听他们讲政治名词革命名词工作名词,听他们讲自己的革命历史革命故事,对他们能够在解放前就成为党组织或青年革命组织的秘密成员,他是崇拜至极的。扔石块的小事突然使无穷感觉到他们和自己的父亲刘正福是差不多一样的人:喜怒无常,迁怒,以大压小,信口胡言……

他觉得无趣,有点垂头丧气。

扔完石块后大家聚在一起野餐,赵林带了一块义利食品公司出品的三千块钱一个的果子面包。萧连甲从亲戚那里拿了四个韭菜鸡蛋馅的包子,还有两个茶鸡蛋,这就算是相当高级的了。祝正鸿带着两个大馒头还有五香大头菜。张雅丽带着煎饼卷油条,大家开玩笑说,她家里是开早点铺炸油饼的。洪嘉和她的弟弟带了六个烧饼,没有菜。本来洪嘉吩咐弟弟带一行军壶开水的,结果清晨出门的时候忙忙碌碌——洪无穷是睡着懒觉从床上被叫起来的——把灌好了的水壶忘记在宿舍里。这使洪嘉对弟弟很不满意。"光知道吃。"她嗫嚅着,偏偏这话又被弟弟听到了。他们差不多是最差野餐食物携带者了。

吃的时候,适当"共产"。祝正鸿的大头菜很好分,原来有分而不断的"连刀"切痕,一掰,就变成了好几块,馒头也可以掰着吃。张雅丽的煎饼油条也很诱人,她刚躲在一边要吃,李意就从背后抢走了一套,把她吓了一跳。张雅丽说:"别捣乱,我这是清真的,我不吃你们的东西。"她这么一说一认真,李意反而大笑起来,他给自己掰了一股截煎饼果子,把其余的分给大家,并且大声说:"今天,我们一定要请小蛤蟆吃火烧夹酱肘子,她要不吃,我们就蹾她。她要吃了,我掏一万块钱请客!"

"小蛤蟆"是张雅丽的绰号,没有人能解释这个绰号的含意。很可能,这也是取其"神似"而不是形似吧。

众人笑了起来,笑声中又有人喊:"我掏一万!""我掏五千!""我掏一万五!"周碧云大叫起来,她是不放过任何可以大喊大叫的机会的。赵林在一旁笑,不出声,不介入,他隐约感到这样的玩笑是不适合的,何况这种玩笑还承担着破财的风险。祝正鸿似乎试图阻拦一下,他一再伸出两手,做出下按的姿势,但大家闹得正欢,包括"小蛤蟆"本人也是一味咯咯咯、咯咯咯笑个不住,他便不再拦阻。洪嘉与洪无穷也看着热闹大笑起来。

"小蛤蟆"笑了一阵,起哄的人越发得意,几乎达到了动手强迫的地步。张雅丽突然脸红了,她叫道:"把钱拿出来!"

假戏真做,起哄的人也来了劲,一万、五千、一万五都掏出来了。

"把钱交给祝正鸿!由老祝做公证!"张雅丽继续下令道。

"算了算了,你别吃了!"大家劝道。

张雅丽更加脸红了。也许一开始这确是纯然的瞎逗,纯然的耍贫嘴,纯然的难得一游难得一闲中的无事可做的寂寞的排遣,但是众人恶作剧、她成为众人调侃的对象、她的本民族的饮食习惯似乎变成了她的"短处"的状况终于激怒了她。她要保卫她的尊严,她不能任凭大家嘲弄回民的生活习惯,她不能忍受大家的戏弄中的潜台词:你革了半天命天也不怕地也不怕却怕吃×肉吗?她以一种扭曲的方式爆发了、行动了。她一把从李意手里夺过火烧夹肘子,通通通三口吃掉了一大半,然后,她从祝正鸿手里夺过了钱,向着山谷方向奋力抛去。可惜,有风,她越使劲,纸币越抛不出,纸币落在了地上。

大家还在笑,笑得都没了底气。洪无穷也大笑起来,他的笑声显得突出而且不得体。

"别笑了!"洪嘉喝道。

然后继续吃东西。由于郊游爬山,大家都饿了。洪嘉姐弟俩很快吃完了六个烧饼,洪无穷意犹未尽,便问道:"谁再给我点吃的?"你吃我的我吃你的,这本来很普通。

没有人回答他。"讨厌!"洪嘉骂道。

人们似乎都开始觉察到洪无穷是有点多余、有点讨厌的了。

下山以后,回家的路上,洪无穷垂头丧气,默不做声。他也感觉到,笼罩在他们身上、笼罩在他与他们的相处上面的一层最美好最珍贵最圣洁的光辉,开始有点黯然失色了。

这天夜里,洪无穷睡梦中哭了起来。哭声吵醒了赵林,赵林叫醒了无穷。甚至洪无穷已经醒过来了,他已经在"哎、哎"地回答赵林的呼唤,却仍然在哭。"做噩梦了吗?"赵林问。洪无穷没有回答。

不到半个小时,大家都睡着了,洪无穷又哭起来了,再次用哭声吵醒了大家。

祝正鸿穿着裤衩从自己的被窝里下得地来,他走过来,拉住洪无穷的手,他说:"我们都在这里。你是一个好孩子,一个好的少年儿童队员,你不要做噩梦。一个勇敢的男子是不做噩梦的。"

知道这件事以后人们对视喟叹,"是啊,不可能没有问题呀!"他们似乎在这样想,这样说。

又加上了周末深夜"蹾"萧连甲而未遂的事,赵林下了决心。他和萧连甲、祝正鸿、周碧云几个骨干人物商量了一下,取得了完全一致的意见。

前不久,洪嘉写了报告,她与市法院的一个干部恋爱,准备结婚,申请房子。这本来不是太容易办的事。但是为了让洪无穷尽快离开他们这个集体,赵林准备尽速把洪嘉的房子问题解决。在解决这个问题的过程中,赵林觉得很高兴,由于他的地位,他能起别人起不到的作用,他能做别人做不了的事,他的头脑里的思维活动,能变成现实。

第 四 章

四月下旬的这个周末的夜晚,钱文体验了一次失眠的滋味。而这样的年代,这样的年龄,失眠与其说是苦涩的,不如说是甜蜜的。

要说,钱文也算生活在一个知识分子家庭。但他又很纳闷,他们家为什么没有知识也没有知识分子的味道。他爸爸曾经到法国勤工俭学两年,喝过洋墨水,但当他问爸爸究竟在法国学过什么、得过什么学位的时候,他爸爸吞吞吐吐,回答不出一句话来。"美术、美学、哲学……"有一次爸爸这样说。但是他的图画作业从来得不到爸爸的指导。有一次他蘑菇着爸爸帮他画一匹马,爸爸不得已拿起了铅笔,勾了几下,画出来的不像马却像一条癞狗。他问爸爸马法语怎么说,爸爸的回答含含糊糊。他又问爸爸素描法语怎么说,爸爸干脆说"不知道"。钱文骇然。爸爸又常常读错别字,把"面面相觑"读成"面面相虚",把"酗酒"读成"凶酒",把"逮捕"读成"底捕",甚至把"朝思暮想"读成"潮思暮想",把"栩栩如生"读成"羽羽如生"。有的词钱文给爸爸纠正过,纠正时爸爸歉然地一笑,第二次照样错读不误。爸爸到底有没有学问、出国是否真的留过学?钱文迷惑了。

而爸爸又总是牢骚满腹、愤愤不平的。爸爸的绰号叫"劣根性",他总是把"劣根性"三个字挂在嘴上。随地吐痰当然是"劣根性",一个苍蝇落到窝头上也是"劣根性",是苍蝇的劣根性还是窝头的劣根性呢?难道是吃窝头的人的劣根性吗?看到一个醉汉说是"劣根性";遇到没有酒又想喝酒又没有钱的时候便叫钱文去赊酒,钱文不肯去,是"劣根性";去了没赊回来,是"劣根性";赊回来了,喝完了,连桌椅板凳、掉土的顶棚、天一黑就出穴的老鼠、全部家人、邻居、查户口的巡警、话匣子里唱的《四郎探母·回令》直到钱文的妈因为天凉打了一个嚏喷、钱文因为吃急了打一个嗝儿都成了"劣根性"了。"中国人的劣根性!"有时喝过酒以后爸爸这样恶狠狠地强调,活像他恨死了中国人。"您不是中国人吗?"钱文从小就有这样一个疑问,想提这样一个问题。这个问题一直埋在他的肚子里。

钱文的母亲是完全另一种类型的人,她读过书,很聪明,善于词令。她的学历始终是一个谜,因为她曾经在不同的场合讲过自己是"大学毕业""上过大学""高中毕业""其实没上过几年学"。她认识简谱 do、re、mi、fa、sol,会说 What is this? This is a pencil.(英语:这是什么? 这是一支铅笔。)还知道 $(X+Y)^2 = X^2+2XY+Y^2$。但她从来不读书、不看报、不谈不关心任何学问的话题、知识的话题、严肃的话题。"今天吃什么呢?"这是她全部兴奋的中心,全部思考的重点。紧接着一个绝对合乎逻辑的、更深层的问题便提出来了:"用哪里的钱买这些吃的?"当思维进入这个深层领域以后,她忧虑、恐慌、如临大敌、如临深渊。只要谈起钱的事情,她六亲不认。为了钱,她与丈夫打得死去活来,不但动口,而且动手。为了钱,她找遍了比他们境况好一点的三亲六友,哀告借贷,卑躬屈膝。借来几个钱她还要搞点小小的投机倒把:买了一袋袋的面粉存贮,结果面粉受潮发热生虫。买了银元,结果银元反而跌了价。被人劝说储蓄到一个利息奇高的私人银号里,结果银号倒闭。她的经济活动的记录几乎是百分之百的失败。但是越穷她就越想发财,发财而又没有路子便只有瞎折腾,越折腾就越穷。对贫穷的恐惧,对发财的幻想,实际活动的败绩,日常生活的艰窘,使他妈妈未老先衰,一事无成。

可以想象这样的一对夫妻简直无法共处。钱文从小就痛恨旧社会,就盼望暴风雨,就期待革命的铁锤把旧世界砸个稀巴烂。他所以天然地趋向于革命,趋向于左倾,趋向于激进的共产主义——布尔什维主义,第二位的原因才是他家境的贫穷,第三位的原因是社会的不公,当他看见一个衣衫褴褛的乞丐向一个穿翻毛狐皮大衣的阔太太伸出乞讨的脏手的时候,他确实认为向那个阔太太袅袅婷婷从中走出来的餐馆扔一个手榴弹将是一件十分痛快、十分合适的事情。第一位的原因恰恰是他的父母的争吵斗殴,这太可怕了。他恰恰是从他的父母的仇敌般的、野兽般的关系中得出旧社会的一切都必须彻底砸烂,只有把旧的一切变成废墟,新生活才能在碎成粉末的废墟中建立起来耸立起来的结论的。

钱文不满六岁开始上小学。他功课很好,不愿意按部就班地学下去,到十岁还差一年小学毕业,他便跳班考入了中学。入学不久便参加了高年级学生领导的驱逐他们学校的"公民"课老师、三民主义青年团分队长的斗争。为了不使校方抓住"首犯",他们的请愿签名签成圆环形,无首无尾,无前无后,这种行动和这种行动的方法极大地吸引了小小的钱文,革命竟是这样有力而又有趣,壮怀激烈而又花样翻新,令人亢奋而又令人如醉如痴。十二岁,他找了几个好友联合办壁报。在壁报的发刊词中,他写道:

让海燕在暴风雨中翱翔!让青春在旷野上燃烧!让火炬照亮无涯的黑暗!让雄鸡高唱嘹亮的晨曲!让热血沸腾成时代的巨浪!让身躯建筑成民族的屏障!我们欢呼,我们歌唱,冬天来了,春天还会远吗?

一些同学,包括一些大同学读了他的壁报发刊词感动得热泪盈眶。第二天一上学,他发现他的壁报连同发刊词已经被撕去,第一节课只上了几分钟,他被校长叫去谈话。校长非常严厉,他一声不吭。校长越严厉他就越有志于斗争。原来一张小小的壁报,一个十二岁的孩子写的发刊词就可以把他们刺激成那个样子,他的斗争敢情伟大得很哩!

十三岁,钱文成为一个秘密的革命青年组织——党的外围组织的成员。他常常到北京大学的"孑民图书馆"与北京大学工学院的"六·二图书馆"去读书。这两个由学生自治会办的图书馆里有大量的进步书籍,不但有上海苏侨办的时代出版社出版的《钢铁是怎样炼成的》《铁流》《士敏土》与《青年近卫军》,有新知书店、生活书店等进步书店出版的华岗、艾思奇、胡绳、杜民等人的阐述马克思主义基本观点的小册子,而且有用假标题假封面掩盖起来的延安新华书店出的书,其中有毛泽东的著作《新民主主义论》《论联合政府》与《〈共产党人〉发刊词》。他呼吸着浓郁的革命空气,他摄取着丰厚的革命理论的营养,他激荡在革命文艺的浪漫情调之中,他就这样走向自己的青春。对于他来说,革命、青春、解放、爱情……所有美好的东西都是一个东西,那里有飘扬的红旗,更有高举着一面面红旗唱着笑着叫着前进的青年男女。

一九四七年以后,国民党政权一面正式下令戡乱,向解放区大举进攻,一面在国统区实行严厉的镇压,学生运动进入低潮。地下党对学生运动的领导强调采取低姿态搞一点小活动,积蓄革命力量,迎接新的高潮。钱文参加了大学生举办的寒假补习班,补习数学。这项补习活动,甚至可以说是一项"面向落后"的活动,通过这项活动团结更多的不问政治一心读书的大中学生,并且建立中学校际的和大中学生之间的密切联系。给钱文补习的是一位女大学生,名字叫吕琳琳。她的样子很白净也很温顺,黑睫毛与黑眼睛在白白净净的脸上给人以强烈的难忘的印象。她说话的声音也很好听,说什么都是同样的不紧不慢的速度。她和气而又不苟言笑。和钱文一起参加补习的一位男生笨得出奇,不用讲也可以明白的问题吕琳琳给他讲三遍他硬是没听懂。钱文在一旁急得筋往外蹦,吕琳琳面不改色地继续给他慢条斯理地讲解。其实所有的讲解对于钱文都是没有作用的,那些习题他做起来得心应手。他参加补习班的目的不是为了补习而是为了革命,及至他发现在这个补习小组里实在没有多少"命"可以革的时候,他想退出,却又觉得对不起吕琳琳。他甚至怕吕琳琳如果失去他这个"高材生",只是面对那位又笨又蠢外表又粗鲁又肮脏的男生的话,她的女性的矜持和温柔将会受到威胁,受到侵凌。补习的时候他根本不听——他不需要听吕琳琳对于几何习题与代数习题的解释,他时不时地看一下吕琳琳的黑睫毛黑眼睛,忽然他发现吕琳琳上唇两端接近嘴角处有几根黑色的短髭,这使他别扭得要命。吕琳琳说话的时候上唇有点轻微的颤抖,黑色的短髭也跟着颤抖,不知为什么这使钱文想掉泪。他实在不愿意一个好姑娘,一个白白净净的姑娘,一个至少是革命的同盟者的女大学生的白璧无瑕受到些微的损害。想到这些他心头是热的脸是红的,他觉得又甜又苦,又骄傲又害羞。

"等再过几年,等我长得更大一些,也许我可以向她建议把短髭除掉……"他想,他笑了。然后,泪水又一次涌上了他的眼睛。

一九四八年,不满十五岁的钱文成为党的地下组织所吸收的一个候补党员。

就在他被吸收入党的一个星期以后,在他约好了与他的领导人——一位被称作沈大哥的人——见面的时刻,他们约会的见面的地点出现了一场骚乱,有几个摊贩与警察殴打起来,于是警笛尖叫,不知道是谁乘机大喊了一声"打倒×××",于是警笛叫声更加尖厉,秩序更加混乱,并且有人乘乱抢摊贩的钱与货品。一场混乱打乱了他们的约会,等混乱过去时间已经过了两个多小时,他找不着沈大哥了。此后他一次又一次地来到这个地方,仍然没有人。

单线联系,不发生横的关系,这些术语他在"孑民图书馆""六·二图书馆"的小册子中已经学到了。找不着沈大哥,他就失去了一切。在他成为候补党员以后,他不能随随便便去找一个例如曾经一起在"孑民图书馆"读过书的同学。两个月过去了,沈大哥没有踪影。他一次又一次地在他们常见面的那个古旧的街口踱来踱去,觉得无依无靠,没抓没挠,孤孤单单,可怜巴巴。他简直不能理解,既然他们约好了在这里见面,既然秩序混乱的状况早已结束,既然每时每刻都有那么多男人和女人、老的和少的从这里走过,而且其中不乏与沈大哥个头儿差不多、神态差不多、走路的姿势差不多的人,有几次他还误认为是沈大哥来了,便三步并两步地迎上前去……为什么这当中偏偏没有沈大哥?

而且沈大哥知道他家的地址啊,不在街上见面,他总可以去家里去找他呀,总可以给个信啊。这是怎么了呢? 噢,他那么小就体会到了哪怕是暂时地失去了组织的痛苦,失去了领导的痛苦。说是像断了线的风筝,说是像失去了慈母的孤儿,说是像离了群的孤雁,说是丧失了生活的意志、意义、决心和信心,这是一点也没有夸大其词的啊!

两个月的时间,他失去了沈大哥。两个月的时间,他好可怜。晚上入睡的时候,他清醒地希望自己祝愿自己做一个梦见沈大哥,他相信即使是梦中的见面也会给他以某种启发,使他知道如何与他接头恢复关系。就像曾经有多次他在梦中得到了启发,或者干脆在梦中解决了他的数学作业难题。但是他梦不见。

他终于梦见了。你是沈大哥吗? 你可不要在梦中一露面就消失啊。你说话为什么没有声音? 我说话为什么没有声音? 我们说话为什么发不出声音? 请说话呀,请出声呀!

沈大哥的嘴唇动了。那嘴唇颤抖起来。啊,那不是沈大哥,而是吕琳琳。你怎么变了呢? 吕琳琳老师,好久不见了,你也革命了吗?

吕琳琳说,我们开始做题。不,我不要做数学题了。我已经是共产党的候补党员。我们正在进行翻天覆地的斗争。去您的数学题吧,去您的寒假补习与暑假补习吧,现在炮火连天,战鼓轰鸣,军号响亮,是冲锋号吹响了,而您……您的嘴唇,噢,您的嘴唇长出了胡子,您是沈大哥,沈大哥,我找您找得好苦……这个呀,吕琳琳和沈大哥,莫非他们俩结婚了? 莫非他们俩变成了一个人? 莫非吕琳琳就是沈大哥,沈大哥就是吕琳琳?

他心里乱糟糟地醒来。他为自己的梦境的混乱,特别是竟然把风尘仆仆、勇敢而又神秘的职业革命家沈大哥,与完全看不出闻不到革命色泽革命气息的女大学生吕琳琳混同起来,这使他觉得难过。他多么希望吕琳琳也能够成为他的同志啊。能不能呢?

这一天,他终于等到了与他接关系的人。扫兴的是,那人不是额头有着早熟的皱纹、眼睛闪着深邃和机警的光辉的沈大哥式的领导者,来与他接关系的竟是一个与他差不多的人!是与他同年级不同班的中学生萧连甲。他早就认识他,早知道他很聪明,功课很好。但他直觉地不喜欢他,因为他上挑的冀东口音,因为微微扬着头说话的那副傲慢的样子,因为他那种胖乎乎的肉墩墩的身材,更因为他天气相当热了还不摘下、天还不怎么凉就急于戴上的带"耳朵"的草绿色长毛绒里子的帽子。他既不把帽子"耳朵"翻上去系好,又不把"耳朵"放下来,而是支支棱棱忽闪忽闪地把两个耳朵平摆在两端,这甚至使他想起京剧里的县官所戴的纱帽。这使他觉得萧连甲戴个帽子也要比别人多占地方,似乎还招招惹惹。

就是这个萧连甲,这一天以接关系的人的身份来找他了。"沈大哥要我来找你。"这么简单的一句话就明确了一切,可不像电影上小说上的地下工作者的暗号那么复杂神秘得近乎滑稽。"以后由我带你。"萧连甲说。"带",这是地下党指单线联系的特殊用语,甲带乙的含义就是甲领导乙,但是"带"比"领导"一词似乎更富权威性和绝对性。本来沈大哥带他,钱文觉得光荣、豪迈和幸福。如今,却是一个和他差不多,说不定在革命的热情、资历和理论修养方面还不如他的年轻人带他,使他接上关系的非常兴奋的心情却受到了一种他过去从未体验过的不服气、不忿儿的心绪的冲击,他沮丧了。

后来他变着法儿打听,终于弄清了萧连甲的入党时间,比他钱文还晚一个多月!他更加不服气了,又深深地为自己的不服气而感到愧疚:怎么在刚刚开始的革命的道路上,他却背着这样丑恶自私的心理负担!难道革命是为了个人?他太没有出息了。最后他终于悟出了一个道理。他想,让萧连甲"带"他,并非说明了萧连甲比他更强,并非说明了萧连甲更革命或更有能力,这无非是因为,萧连甲比他大三四岁。唉,他年岁太小了!都认为、他自己也不免认为他还是个孩子,也许,依他的年龄他更适合去弹弓打鸟,洑水摸鱼,上树摘果,追猫逐狗,笑笑闹闹。作为一个"半大小子",他理应还享受着父母师长兄姊的宠爱,尽可不必忙着长大成人,尽可不必担起人生的重担,可是我们多灾多难的祖国……想到这里只觉热泪上涌到咽喉,苦涩酸辣堵住了自己的心胸……还有我那个浑浑噩噩、像瞎子一样地东冲西突、像疯狗(原谅我!)一样地相互撕咬的双亲啊!我不救他们谁救他们?我不救中国谁救中国?我不担起这大大超过我的身心的能力的重担又能把这副担子给谁呢?所以,我们没有童年。

> 我们没有童年,
> 把童年的特权留给后人。
> 我们没有天真,
> 把天真的欢乐留给明天。
> 我们没有蹦蹦跳跳的嬉戏呀!
> 孩子,你为什么这样严肃?
> 因为,我学会的人生第一课,
> 便是向着黑暗作殊死的斗争!

这是钱文写在笔记本上的诗。他激动起来,他唱起俄国的革命歌曲:"兄弟们,向太阳,向自由,向着那光明的路"以及"感受不自由莫大痛苦,你光荣的生命牺牲。"他默诵普希金的诗:"在西伯利亚矿坑的底层,希望你们保持骄傲和忍耐的榜样。"[①]他又唱起中国的抗日歌曲:"红日照遍了东方,自由之神在纵情歌唱……我们在太行山上!"还有延安的秧歌剧《兄妹开荒》:"雄鸡,雄鸡,高呀嘛高声叫……"都是他从沈大哥那里,从大学生那里学到的。自从他追求

---

① 出自普希金诗《致十二月党人》。

革命以来，每经过一两个月，他都要找一个时间独自想一想革命的形势革命的道理，念一念（不出声地）革命的警句格言和诗行，吟唱吟唱革命的歌曲，想象一下革命烈士在刑场英勇饮弹，在法庭痛斥敌丑，在战场英勇拼杀的画面。每次这样的自我教育的功课都使钱文热血沸腾泪流满面，每经过这样一次自我激励自我感奋，他的精神世界都得到净化和升华。这次，也是在这样一种革命的激情中，他终于克服了自身的卑鄙的个人主义苗子的露头，他可以心安愉快地去接受他所不喜欢的萧连甲的带——领导了。

一九四八年底，人民解放军在辽沈战役中获得全胜，解放了东北全境，进关来到华北。平津两地的国民党守军已成为瓮中之鳖，平津两地的解放已经指日可待。这时，沈大哥又出面了。他破例同时"召见"了萧连甲与钱文，还增加了一个比他们高一年级的学生祝正鸿。祝正鸿个子不高，肩宽腿粗，壮实质朴，颇有工农子弟的样子。但他少而脱发，前额凸起而且锃亮，大眼睛专注中不乏深沉和灵活，加上他的比较凹陷的眼眶，你又觉得他是一个相当有头脑有深度的人。他不多说话，说几句也是又谦恭又实在，用的不是北京城里、东城西城南城的市民语言，而是京边子郊区农家的腔调和语言："我叫祝正鸿，那个，我入党晚，我昨天刚入了党，该干什么我听你们的。"他自我介绍说。

沈大哥宣布，他们三个人组成一个临时支部，由萧连甲任支部书记。解放后他们才知道，在他们学校，存在着不止一个的"平行支部"，这是适应秘密工作需要的一种特殊做法，目的是，当一个支部暴露、遭到破坏的时候，其他支部照旧可以运转。

钱文觉得祝正鸿比萧连甲讨人喜欢得多。但是祝正鸿并非像他自己所表现的那样憨厚和纯朴实在，他其实是个聪明的、内秀的、不露声色却未必是没有锋芒的人，钱文喜欢祝正鸿却又有一点点——不知为什么——怕他，这就是他的最初印象。

解放以后，在一次党员大会上，党的做学校工作的一批领导人和党员同志们见面。大多数党员都是学生,是一帮孩子。有几个年龄大的人是教员,但是教师中的党员如凤毛麟角。显然青年更容易走向革命。地下学委的领导人一个又一个地与党员见面,出来了六七个了还没见沈大哥。钱文目不转睛地、敬佩而又亲爱地看着他们。一个秃头、戴金属框眼镜的,像一个钢铁铸就的领导人。一个大汉,脸上有一道伤疤,那是经过铁与血的洗礼的吧?一个普普通通的小个子,那么厚的嘴唇,穿着旧长衫,更像小市上卖古玩字画的,他一定最善于隐蔽自己。一个女领导人,居然烫着发,相当漂亮,眼角有不少的鱼尾纹,她真伟大!又一个黑皮肤的,头发自然卷曲的领导人,眼睛里布满血丝,看人的时候用犀利和警惕的眼神,简直是目光如电!他已经熬了多少个夜晚,夜以继日地工作——他应该是搞保卫、搞肃反的吧?……终于,沈大哥被介绍给大家了。钱文拼命鼓掌,高兴得几乎跳起来,他想喊叫:这就是我的领导人!这就是我的启蒙人!这就是我的引路人!这就是我的入党介绍人!他觉得光荣,又觉得不平,沈大哥多棒!他总应该更显赫一些吧?

此后各归各位,各有各的系统,他再也没有见到过沈大哥。打听一下,说是到京郊去接管一家工厂去了。他仍然记着他。每逢他充满激情地自我教育自我激励自我感染的时候,他不由得会想起沈大哥来。

他曾经略略表述过自己的心情,把自己对沈大哥的思念告诉过曾经是同一支部的战友的萧连甲与祝正鸿。鼓着圆脸、斜仰着头的萧连甲庄重地说:"我认为所有的青年,所有的中国人都应该认识沈大哥。"夸张的表述反而使钱文泄了气,沈大哥再了不起,与"所有的青年""所有的中国人"有什么相干?萧连甲是真心实意这样说(那不比他还天真了吗?)还是讽刺我?可怜的沈大哥,他那么伟大那么勇敢那么不怕牺牲,可他还只是个普普通通的党员、普普通通的干部呢!在沈大哥上面还有那么多学校工作委员会的委员、书记、副书记,再上面还有城市工作部,还有华北局,现在还有市委,有组织部和宣传部,有办公厅有市委委员、常委、副书记、书记、第二书记和第一书记……再上面还有中央呢。那才是所有的中国人都知道都向往都尊敬的呢!沈大哥算得了什么呢?他们又算得了什么呢?真是大海中的一滴水啊!无怪乎祝正鸿听了他们的对话只是一笑,甚至略含冷笑呢。祝正鸿是最清醒的喽,只是他有点冷冰冰的呢。

　　直到了一九五一年初春,有一次开完会后钱文肚子有点饿,便去菜市场吃牛肉荞麦面。吃完面条站起来时他看到了正在转颈寻人的沈大哥。"沈大哥!"钱文叫了起来,他推开人流挤了过去,泪花在他的眼睛里闪烁,他真不知道在胜利以后、在他小钱文也成了革命干部成了青年团的领导人即党的青年工作者之后,在分手近两年之后,抚今思昔,回顾沈大哥指引着他走过的革命道路,他要倾诉的那些话从何说起!他想说:"我进步了,我没有辜负你的期望与帮助!"他想说:"如今天是我们的,地也是我们的了,但我们的任务还越发艰巨了呢!"他想说:"我永远忘不了您对我的指引。"他想问:"有没有更危险更困难的任务等着我去完成?"……但这些话他都没有说。沈大哥只是匆匆地与他捏了一下手——很难叫握手,嗫嚅着说了半句话:"小钱你的工作……"然后他伸颈一望,看到了他要找的人,他甚至连好都没有问连辞都没有告就匆匆忙忙地把钱文抛下,赶过去会他要找的人去了。

　　钱文的心情几乎和失恋一样,虽然他还没有恋爱的所以也没有失恋的经验。呜呼,难道那不平凡的地下对敌斗争的岁月,那样的战斗中的友谊,已经全然成为过去了么?

　　而他是多么忙呀!钱文看着沈大哥的背影,忧伤中一种新的尊敬和向往又油然而生了。

　　惆怅和依恋不过是一点小小的涟漪,新生活的大潮仍然是汹涌澎湃地向前。解放以后最使钱文兴奋的事,除了他自己参加工作成为青年团工作干部外,莫过于他的父母的变化了。他的父母都有了工作,工作就是革命,就是说,钱文的父母也都成了——至少是正在成为革命者了。当然,他们的革命是与他和他的战友们的革命不能相提并论的,是钱文他们先革了命,取得了胜利以后才出现了使钱文的父母以及无数平庸的人生存无意义生活无内容的人走向革命的条件。但是,不论怎样,除了为生存而苦恼、除了折磨自己与折磨别人再也无事可做的父亲与母亲也能汇入革命的大潮,这是令人十分高兴的事。

年已四十岁的父亲在他的鼓励下进入革命大学进行了四个月的学习:社会发展史,猴子变人,从原始共产主义社会到奴隶制、到封建制、到资本主义、到社会主义和共产主义是历史的必然。中国革命与中国共产党,陈独秀的右倾机会主义与瞿秋白、李立三、王明的"左"倾机会主义,遵义会议确立了毛泽东的正确领导,中国革命从胜利走向胜利……北伐战争、抗日战争是中国共产党领导的,八路军、新四军才是抗日的主力,而日本投降主要是由于苏联红军摧毁了关东军……所有这一切,一通百通。然后是几个政策报告工作报告,关于土改,关于婚姻法,关于为争取财政经济状况的根本好转而斗争,统一战线,工人运动,妇女运动,青年运动……四个月后父亲穿着干部服被吸收为工会干部学校的教师。父亲说,他已经写了入党申请书,并且受到了革命大学的党组织的鼓励。父亲讲得很明确:"过去,我是羡慕资本主义、向往资产阶级的。我碰得头破血流,一事无成,成为向隅而泣的可怜虫。如今,我要彻底地跟着无产阶级走,搞社会主义、共产主义。"父亲讲得钱文也热乎乎的,又不免有些疑惑:像水晶一样纯净、像钢铁一样坚强的共产党员的队伍中,怎么可能出现一个他父亲那样的清谈家、牢骚鬼、"劣根性"呢?

钱文的母亲革起命来更是势不可当。她报名参加了妇联的一个培训班,然后被分配去办托儿所。筹建托儿所的过程中,由于她善于辞令和交际,有文化,又真心实意地拥护革命、视革命为她的已经陷入泥沼的生活的唯一出路,她被任命为托儿所的副所长。所长叫杨坚,抗日战争时期是一位随军文工队队员,能歌善舞,受到过军区司令员和政委的接见,立过两次三等功。后来她与部队一位中级政治工作人员结婚,她学到了做政治思想工作的本领,解决思想问题,鼓舞情绪,把革命的火种撒在每个人的心中,她的谈话、她的分析、她的鼓励使钱文的母亲如醉如痴。她办起了托儿所后,白天黑夜都守在托儿所,两个星期才休息一次。那时,钱文的父亲又上了革命大学,后来当了干部学校的教员以后也住在学校。父亲、母亲、钱文都过集体生活去了。钱文回到自己的陋巷小院斗室,门是锁着的。旧家已经不复存在。一九五一年春节前夕,母亲休息了一次,她兴奋地告诉儿子:"我要入党了!"使钱文惊愕莫名。原来是杨坚要她去听了一次党课。除了党员外,参加党课学习的非党员只有三名,而钱文的母亲是三人中的一人。她怎么能够不兴奋呢?兴奋完了她才诉苦:"太累了。又没有什么休息。白天黑夜都有事。我已经干了一辈子家务了,琐琐碎碎,活得一点意思也没有……现在其实还是这些事……杨同志跟我说,事情虽小,意义很大,是培养新的一代……我在家,不也是培养新的一代么?新的一代,新的一代,我自己呢?我自己就完了么?"

　　一方面"要入党了",一方面却又有许多"思想问题",这使钱文有点莫知所措。他急急忙忙地鼓励母亲坚持革命工作,又为母亲的辛劳而心酸。但不论怎么说,革命像一柄魔杖,魔杖所指,一切人、事、家庭都离开了原来的轨道,都出现了新的面貌,新的希望。

　　四月下旬的这个周末的夜晚,钱文的失眠是由于这一切新的变化,新的冲击,新的希望与新的惆怅。更重要的,是由于吕琳琳。

　　钱文见到吕琳琳了。

　　只是在近几个月来,周末会给钱文带来一种意想不到的特殊的感觉。那好像是一种快乐,单单周末两个字就象征着一种享受、一种幸福、一种生活的权利和生活的主人公意识。周末又似乎是一种烦恼,一种无处依存的企盼,一种弥漫的温情。他越来越不喜欢在周末开会、工作、写材料了。他宁愿在街上随便走走,从商店的收音机里他可以听到郭兰英、黄虹①和宝音得力格②的歌。他宁愿在灯下读一篇苏联小说,他非常喜欢爱伦堡,爱伦堡的情感总是那样饱满。当他听到一位年纪不轻的宣传工作者用轻蔑的态度说爱伦堡连党员都不是,是一个"老油条"的时候,他感到自己最美好最神圣的想象受到了亵渎,但他又委实无从反驳起。他当然希望在周末去看一场电影,更好的是去看一场歌舞晚会。他们其实常看电影,也看过歌舞,包括苏联艺术团体来华的访问演出。他们是青年工作者,他们要从电影和各种文艺演出中汲取营养去教育青年。例如赵林,就最善于在给团员和青年做报告的时候引用电影、戏剧、小说里的名言,他不但常常引用奥斯特洛夫斯基的《钢铁是怎样炼成的》与薇拉·凯特玲斯卡娅的《勇敢》里的话,也引用话剧《曙光照耀着莫斯科》与电影《攻克柏林》里的话。所以,他们不止一次在工作时间去看电影、看演出,看电影和演出也是工作。但是,现在是怎么了呢?在钱文满十七岁以后,他是多么不愿意把工作开会和看电影看演出混为一谈啊!他是多么希望在周末有一点周末的味道,多么希望在周末有一点周末的活动呀!

所以今天晚上他打了点埋伏,他耍了点手段。他说他去一所中学参加他们的团总支部委员会吸收新团员的讨论。他去了不过四十分钟,他提前离开了那里,他去一个新组建的青年服务部附设的文艺工作队看他们的彩排去了。

他是在头几天得知这个消息的。青年服务部的一个负责人告诉他他们排练了一个新的歌舞,准备在纪念"五四"的大会上在先农坛体育场演出,他邀请钱文星期六晚上去看他们的彩排。他在天完全黑下来以后,在彩排刚刚开始时赶到了。

歌舞基本上是秧歌舞的形式,开场是红绸舞,终场是火炬舞,比

---

① 黄虹,五十年代著名歌唱家,以唱云南民歌而著名。
② 宝音得力格,五十年代蒙古族著名歌唱家,曾在"世界青年联欢节"上获奖。

歌舞更受人们注意的是一面安放在卡车车厢上的大鼓。大鼓一敲，所有的人的心身都跟着震动，连青年服务部的两层灰楼都跟着震。除了文工队员，演出吸收了一些业余文艺爱好者参加，人多势众，齐唱齐跳，豪迈激昂。

主题歌是瞿希贤作曲的《在毛泽东旗帜下胜利前进》。当唱起"红旗飘哗啦啦地响"的时候，演员拿着红旗挥舞。唱到"胜利的船儿向前进"的时候，舞蹈队员聚集成两头尖翘中间长方的船形，一排一排地高低起伏，给人以破浪而行的感觉。而当唱到"心中升起红太阳"的时候，人们又散开，欢呼跳跃，挥动双臂，又整齐划一又自由活泼。

音乐与歌声停止，在大鼓的鼓点的指挥下，开始了集体的腰鼓表演。咚叭、咚叭、咚咚叭咚叭、咚咚叭咚、咚咚叭咚、咚咚叭咚叭咚咚叭咚……配合着刚劲的鼓点大家踢腿、迈腿、劈腿、弓箭步、蹲裆骑马步。而手的动作，特别是右臂的动作幅度大，力度大，整齐激烈，令人沉醉。钱文每每看到腰鼓队的表演就叹为观止，就把问题提高到政治的高度上来观察和思考。腰鼓队，反映的是民间的潜力、土地的力量、欢乐的精神与集体主义，腰鼓队反映的是几十几百几千人的一致动作，说"咚"都是"咚"，都是右手重敲，说"叭"都是"叭"，都是左手近打，它反映的是一种群体的不可遏制的奋进的态势，它是人民胜利的颂歌。显然，拥有这样的腰鼓队的一方必胜，没有这样的腰鼓队的一方必败！可以找任何一个对中国政治不抱定见、对中国历史中国社会中国内战不抱定见的人来看一看，不必看双方的宣言和文告，不必看双方统治的区域的政治经济社会文化教育状况，只需看一场腰鼓表演，他一定能够得出结论：共产党必胜！人民民主革命必胜！国民党必败！大地主大资产阶级的统治必败！

最后熄灭了所有的灯，点起了一柄又一柄的酒精火炬。在夜色中，金黄的与橘红的火焰是最美的东西，它们像活动的花朵花蕾，它们像是在奋勇伸展蹿跳，它们有一种强大的吸引力、诱惑力，使生灵们愿意凑过去扑过去,哪怕有被灼伤被烧成灰烬的危险。金黄的火炬排成一队长龙,金黄的火炬又列成方阵。火炬成了表演的主角,火炬象征的当然也是人民的革命。火炬迅速地推移和连接,旋转和摆动,分到两翼又结为一体。这时,嘹亮的军号响了,沉着的长号响了,快活的小号响了,先由铜管乐器演奏起来,然后是"啊……"的合唱,颂歌。颂歌变成昂扬的进行曲,归结为"在毛泽东的旗帜下,我们胜利地向前进",又重复"在毛泽东的旗帜下,我们胜利地向前进""啊……""啊……",仍然归结为"在毛泽东的旗帜下,我们胜利地向前进",然后观众也跟着唱了起来,能唱就唱,能喊就喊,能叫就叫……

忽然,他看见了吕琳琳,被火光映红了脸的吕琳琳。那当然是吕琳琳,白净得使火光显得更红的面孔,黑睫毛与黑眼睛。她在跳舞!吕琳琳在跳舞!吕琳琳是文工队员!这使他觉得又亲近又怜惜。她是文工队员,我们的!这使他觉得他和她亲如一家。而她只是在那里唱唱跳跳,像个"群众",像个被动的革命者,像个傻孩子!那么美的傻孩子!她穿着绿绸子衣裤,她的腰上系着宽宽的缎带,彩色的。她的胸前别着一朵大红花。她的头发上也别着一朵花。这种农村的盛装和她的城市的气质与肌肤统一在一起,真是可爱极了。万也没想到,革命的魔杖一指,那位不苟言笑、说话轻柔徐缓的"老师",竟然变成了一个天真烂漫的歌颂革命的蹦蹦跳跳的文工队员!在夜色中,在火炬的光辉的映照下,她的衣衫,她的四肢,她的动作,还有她的含而不露的笑容,传达着那样美妙的圣洁和大众化的热烈,传达着她独有的矜持和时代大潮的汹涌!

钱文感到了火炬的温热,钱文自己也像火炬一样被点燃了。歌舞彩排结束以后他急忙跑了过去,拨拉开一层又一层的人,他跑到正在摘下头上的与胸前的绸子红花的吕琳琳的对面,他快乐地叫道:"吕琳琳!"

吕琳琳略略一怔。她很可能没有认出他来。晚上,人影混杂,广场四周照明的灯亮度有限,她还处在演出的兴奋之中。

"吕老师!"钱文叫道,"您不认得我了么?我是您的学生啊!寒假补习班的……"

"小钱子,原来是你!"吕琳琳认了出来,她不但与他握了手,而且搂了一下他的脖子,像对待一个亲昵的弟弟似的。他突然后悔莫名。他为什么要称她"吕老师",为什么称她"您",为什么称自己是她的"学生",这是该死的愚蠢的啊!

他们站在那里谈起话来。革命使她变得开朗和亲近多了。只是她说话的口音仍然带着一种江南"官话"的嗲气。

"没想到在这里见到你。"钱文说。

"为什么?我知道你呢。"吕琳琳的眉毛一扬。"我知道你是'地下党'。就在补习数学的时候,我已经看出来了,你会成为'地下党'的。"

"真的?"

"一谈到社会的黑暗,你是多么的热烈啊。"

"你呢?"

"我?我刚申请入团。"

"你参加文工队了?"

"是的。试一试。我的那些好朋友,都南下了。"

"……我有好几次,想去大学看你呢。"

"是吗?为什么不来……"

人声越来越嘈杂。乐队从他们的身旁走过。拉着特大牛皮鼓的卡车从他们的身边走过。一声尖厉的哨子吹响了。

"我们集合了。要总结这次彩排。"吕琳琳匆忙地说。她没有再亲昵地搂他的脖子,而是庄重地与他握了手——像对待一个成年男子汉那样与他告别了。吹小号的乐队队员向着天空吹了一个不稳定的音,有点滑稽,又有点忧伤。

钱文怀着非常不一般的心态骑上自行车往回走。街两旁的商店和洋槐,头顶上亮起的路灯,以及温馨的四月之夜的空气,都使他的身心感觉到那样柔软和泛漫。四月是太美丽了。人生是太美丽了。革命的、穿过黑暗来到光明的友谊是太美丽了。

直到入睡以后他还想着吕琳琳。吕琳琳是他的大姐姐吗?从年龄上说,吕琳琳至少比他大五六岁。而在政治上呢,她远远没有他成熟。他入党已经三年了。"我刚申请入团",可怜的吕琳琳!天下怎么有这样又白又细的女子,像豆腐脑,像牛奶酪。这样的女子怎么去革命呢?革命的风暴毕竟是、毕竟是太粗粝了啊!而她,是连一个指头的力量也经不住的。他能帮助她吗?火炬的光辉照耀着她的脸庞。但是生活里不仅有金色的火炬。生活里有麻烦,有庸俗,有许多许多的琐碎。他入党已经三年了,他参加工作已经两年了,他懂这些。她懂吗?她能永生永世地打腰鼓、甩红绸、举火炬吗?哒〰一声孤单的号音,她应该怎么办呢?

他辗转反侧。吕琳琳的形象围绕着他,簇拥着他。吕琳琳搂了他的脖子,用她洁净的手臂环绕着他的脖子,他闻到了一种女性的芬芳,他接触到了一种女性的温柔。这使他又快乐又不好意思。他真想为吕琳琳做一些事情。吕琳琳使他感到了自己的存在,自己的责任……他确实是吕琳琳的亲人,吕琳琳的兄弟。

总是睡不着,他便起来去解手。他走进办公室。他依稀看见了周碧云与满莎的身影,他们俩拥抱在一起。他笑了。

第 五 章

  这里的星期天并不是休息日,有许多的工作、会议、政治报告、个别谈话安排在星期天。但是星期天炊事员要倒班休息,所以这一天只开两顿饭:上午九点下午四点各开一顿。到了星期天这一天,大家都乘机睡个懒觉——没有七点半的早餐催促他们。星期天的早晨大院里显得格外安静。太阳已经照亮了半个院子,还没有什么动静,只有有轨电车的当当声时而自远方传来,又有一只黄鸟,停栖在宿舍院子的大槐树上,叽叽咕咕地叫了几声,没有回应,便扑棱扑棱飞去了。

  天亮以后,钱文迷迷糊糊地睡了一会儿。一开始好像在战斗中,敌人在追他,他跑得上气不接下气。后来他追敌人,他端着枪,上着刺刀,只是腿使不上劲,每一步都好像踩在沙里。四面八方的敌人逼近了,他惊慌起来,想喊又喊不出声。他想,是敌人把他杀死了,不知道是中弹还是中了刺刀还是挨了一棍,他想,他就这样牺牲了,他不再有感觉,不再有生命了……似乎过了很久,过了一万年了?难道是他又复活了么?他在晃荡,好像是大风吹动了他的草一样的躯体。有一朵耀眼的鲜花在他的眼前开放。洁白的花朵,青色的蕊。他笑着醒了过来。

  早饭吃菠菜豆腐和发过酵的玉米面糕。菠菜豆腐很好吃,而且他相信那菜很有营养。发糕实在难吃,可能是发酵过分了又过分地使了碱。吃起来既有发酵过分的玉米面团的酸味和酒味臭味,又有过多使碱带来的苦味涩味和碱本身的臭味。但是他必须多吃,因为中午不会再有饭。他勉为其难地吃下了三块发糕,至于菜,几口就吃完了。很可惜,菜是定量的,而且今天炊事员给他打的菜特别少,赵林菜碗里有五六块豆腐,而他的,只有两块。

"吃完饭到哪儿去?"赵林笑嘻嘻地问。

他很谦和很随便地一问,但是半响没有人回答。他们都很积极,很主动。赵林的询问尽管谦和随意,仍然给人以在检查督促的味道。年轻人搞革命从来不是检查督促的结果,何况今天是星期天。钱文想得很明确,因为明确而觉得不太好意思。他含含糊糊似答非答地嗫嚅了一句:"去看看……"

他没有说看什么,赵林也没有再问。笑容没有消失也没有发展,笑容似乎凝固在他的脸上了。他在想:"个人主义呀,什么时候能真正用无产阶级大公无私的胸怀彻底战胜和消除个人主义呢!"

"写好讲话稿,我还得用一个半小时。然后,我约好了与兵工厂的团干部谈话,解决他们的团结问题……"周碧云清清楚楚地回答。她沉默了一会儿才作答,显然没有别的原因。她刚刚才斟酌好一天的日程。

"我得结账,"张雅丽说。她管理着大家的"财政",包括一个区的团员的团费,"然后我回家。"赵林宽厚地深深地点一点头,算是批准了张雅丽回家的计划。"可是周碧云,"张雅丽突然转头对周碧云说,"你不管多忙,你今天一定要把衣服洗了,"张雅丽说着说着脸就红了,微微口吃起来,显然她有点忍耐不住了,急了,"你那些个臭鞋烂袜子,怎么着也该刷洗刷洗了,还有你那些脏衣服,脱下来一扔,就堆在我们女宿舍,都有味儿了。我给你扔到门口,你又捡回来,把身上穿脏了的脱下来,居然从没洗的衣服堆里挑一件又穿上了。"

全体喷饭。几个男同志笑得含蓄些,边笑边摇头。洪嘉笑得前仰后合,笑得菠菜汁呛到嗓子里,剧烈地咳嗽个不住。只有洪无穷没有笑,他已经开始觉悟到,在这些大哥哥大姐姐当中,他没有权利为他们的事情而笑。周碧云一开始只是略略地脸红了一下,接着也无

恋爱的季节

75

可奈何地笑了起来,接着也开怀大笑了。

"还有钱文!你那个头发也该洗一洗了!这么大小伙子了,将来你可怎么找爱人呀!"正在笑周碧云的钱文突然听到了洪嘉对自己的指责,他一怔。"找爱人"的话使他脸倏地红了。难道是那样的吗,他很肮脏,他很难看,他实在没有时间也没有兴趣去管自己的仪表。他愿意接受洪嘉的批评,他愿意洗干净自己的头。但是他拒绝吹风,拒绝使油,拒绝在前额上把头发后梳并且拱起一个包——像洪嘉的未婚夫,市法院的干部鲁若那样。鲁若总是进最好的理发馆,梳最讲究的发式,还常常穿一身制服呢的衣服,他们是薪金制,他们比钱文这些人有钱得多。不知道是一种什么成见,钱文认为那种精致的油亮的虚假而又庸俗的发式是无聊的,是一种浅薄、缺少头脑、缺少深度、缺少更远大的追求和抱负的表现,是一种鄙陋的小市民气,一种浮躁轻飘,一种极为幼稚的自炫自耀。不论是孔子老子,不论是苏格拉底柏拉图,不论托尔斯泰果戈理,也不论爱迪生爱因斯坦……可有一个留起"小分头、二两油"来的?马、恩、列、斯、毛、刘、周、朱,还有倍倍尔、李卜克内西、多列士、陶里亚蒂、皮克、拉科西、金日成……他都从书本上画页上报刊上看到过照片的,哪有一个梳鲁若式的小分头的?鲁迅和郭沫若也没梳那种油光鼓包的头啊!他还叫鲁若——又鲁又若呢!

他没有问过鲁若为什么叫这个名字。这显然是一个革命的名字,是他入党的时候或者初到解放区的时候杜撰的。给自己起一个别的名字,固然是为了向往一种新的色彩,更是由于对敌斗争的需要,不要由于自己的革命活动而给尚居住在敌人统治的地区的亲戚友人带来麻烦。这种名字一般是两个字——即单名,绝对不会有招财、连福、龟年、淑贞……之类名字的封建气,也不会有惕吾、省身、浩然、若水……之类的名字的书卷气,而多少能看出一些俄文汉译字音的影响,看出一些文艺气息。男的叫克、叫夫、叫基、叫尔……女的叫莎、叫霞、叫娜、叫娅……一看就是这种革命名、解放区名。甚至钱文也试图给自己起个好名字,特别是起个好姓,姓钱,这简直是腐朽,干脆是反动!钱文曾经给自己起好了几个名字,一个是丁索,一个是沙冬,一个是鲍茨,可惜形势发展得太快了,还没容他想好自己的名字,他的钱文这个陈旧的名字已经写在了党员登记表、干部登记表和各种解放初期的名册上了。

鲁若骑的公用自行车也是经过精心挑选和擦拭的。有一次他骑着那辆几乎成为他的"专车"的上海出品的自行车,在街上碰到了钱文。钱文骑一辆破车,从对面驶来。鲁若看见了钱文,便向钱文招手还叫了一声"嘿",然后下了车。钱文只好也下了车去与他握手。鲁若却没有与他握手而是扶着自己的车,隔着两个车打量钱文,打量了至少有十秒钟,他皱着眉头忧愁地说:"你怎么穿得这样破烂?头发也这么乱!车也没擦干净!瞧瞧你的车条,一条亮的都没有!还有你的鞋……嘿,唉哎哈嘿,嘿,唉哎哈咿!"

钱文一声没吭。他认为他说的并非没有道理。他完全应该改善一下自己的仪表。但他仍然只觉得不喜欢鲁若这个人,不喜欢他的腔调,不喜欢他的小分头上那块"包"。

鲁若上过大学的预备部。他似乎常常以大学生中的地下党员自居而看不起钱文他们这些中学生中的地下党,这甚至破坏了钱文对大学生的好印象。

这个星期天早饭吃的发糕实在不好吃。吃饭期间由张雅丽发起、由洪嘉冲锋的"生活检讨"相当突然,从"检讨"周碧云转而批评钱文则更加突然,因而周碧云与钱文两个人都略显狼狈。而钱文因为还有周碧云,周碧云因为还有钱文与之共受"检讨"又似得安慰。两个被"检讨"的人对视而解嘲地一笑,这一笑又使他们二位显得亲近了一些。这种种表情散发出一种感染力,祝正鸿、李意、萧连甲、赵林先是微笑不语,继而笑出了声,继而轻松快活地大笑起来。万德发先是一怔,他觉得两位女同志太不讲客气了,也觉得周、钱二位同志太不好意思了。他显出了一种有点难受、干脆装作没听见、表明此事与己无关、决不介入的态度,并且冻结了自己的表情,只是一心一意吃发糕与菠菜豆腐。但是当另四位男同志笑起来的时候他也觉得可笑,笑了。然后,洪嘉不由也笑起来。一笑,她的脸上就出现深深的两个酒靥,那样子特别像个洋娃娃,显得非常善良、单纯、率真、可爱。一霎时钱文甚至疑惑,为什么一个洋娃娃也能革命。这样,小蛤蟆张雅丽也由气呼呼的样子变成了笑做一团的样子。看来,她对周碧云的不修边幅与污染女宿舍确实很不满意,难以容忍。她还很可能有另一个没有说出口的不满,那就是前一天夜晚周碧云直到凌晨近三点才回宿舍,这似乎有点那个。她可能看到了,或者感觉到了,想到了什么。过去周碧云接到舒亦冰的津门来信的时候,她觉得张雅丽似乎有一种不以为然的表情。当洪嘉谈到鲁若的时候,张雅丽的反应似乎也不那么舒展。也许并非如此。周碧云隐隐约约地意识到了这么一点隔阂,但她毕竟是一个大大咧咧的人。等到大家都笑起来的时候,她也就哈哈一笑。笑声驱散了一切不谐和,笑声恢复了年轻人的轻松和活泼。

在笑声渐渐停歇下来的时候,赵林很得体地向大家打了个招呼:按照中国人民抗美援朝总会的部署,今天,各个基层团组织拉起队伍走街串巷进行抗美援朝的普及宣传。他希望凡有时间的人都去看看,听听反映,总结一下成绩与不足,"明天上午我们碰个头。"他布置说。

他在这个时候谈工作的问题就完全不含有高高在上地进行指挥的意图,而更像是彻底结束方才突然发生的"生活检讨"。钱文几乎是感激地响应说:"对,我一会儿就去。"

"我还要跟你说点事儿。"赵林伸起右手,做出一个不很情愿的举手表决的姿势,对洪嘉说。说完,他调皮而又踌躇意满地一笑,两只眼睛变幻着闪起光来,他的方颧骨也显得更方硬了。

洪嘉好像意识到了些什么,她把脸略略地一扬,露出了一种非常甜美的讨好的笑容,用这种笑容扫视了大家一圈,表露了自己的感激与满足。"洪嘉毕竟也有可爱的地方,这是无法否认的啊!"钱文也为她的天真无邪的笑容所感动了。

于是钱文去锅炉房打了一盆热水,洗头洗脸。他的洗脸盆是生铝制成的,相当粗糙,颜色灰暗,盆里又有积垢,很不好看。有一次脸盆掉到砖地上,磕了一个破洞。钱文按照报屁股上登过的"生活小知识"的指导,用废牙膏皮卷起插入破洞中,再用锤子从两面把牙膏皮砸平砸牢,略有渗水,大致不漏,便继续使用。钱文从参加工作以来就没买过香皂,洗脸经常不用肥皂,洗澡洗头时才用那种箭牌肥皂捎带着一起洗洗脸。更不要说头油润肤油之类的化妆品了。他的毛巾也已经破了几个洞,许多穗也已掉光,但他仍然坚持使用。而且,不论别人如何建议或者评论或者嘲笑,洗脸洗脚洗身,他都用这一条破毛巾。刷牙他经常不用牙膏而是用价钱便宜的"老火车"牌牙粉、"金鸡"牌牙粉。他也用过庙会上卖的"糊盐",即把盐粒炒熟研细,用来刷牙,有点像用沙子打磨铜器或者瓷器。更经常他是用牙刷干刷,因为他同样在报屁股上看过一篇"生活小常识",那上面说牙膏对于保护牙齿的作用十分有限,而且越是价钱高、泡沫多、香料多的牙膏越是对牙齿无益乃至有损。那么,如果每月省下一筒牙膏的钱,可以积少成多,可以把钱交给母亲,可以用这个钱买本苏联翻译小说……至少,在经受不住食欲的折磨和夏日的炎热的时候这个钱也足够买两客冰激凌或者三杯酸牛奶,而这一切,都比牙膏的作用大得多。还有,钱文从来不喝茶。他对人们花钱买茶觉得无法理解,觉得是一种近乎腐化的奢侈。既然水可以解渴,既然渴极了水可以喝得香甜入口,为什么要买茶叶呢?如果一定要享受,为什么不用同样的钱去买点白糖,沏点糖水,不是更有甜味尤其是更有营养吗?

钱文所以生活上这样极度简朴,和他自幼生活拮据,至今每月也只有为数极少的零花钱有关,与他年纪太轻,没有生活的经验例如喝茶的经验有关,但更主要的是由于一种观念:一个有追求有抱负的革命家必定过最简朴乃至贫困的生活。他从小就听了无数关于苦行、苦学、苦熬的故事,他的感情从小就在贫苦大众一边。他为自己的简朴的生活方式,为口袋里装着两万块钱十天不花一块而骄傲自豪。

但是今天他接受了洪嘉突然的批评与甜美的笑容,他由衷地感觉到自己应该更清洁些整齐些。他低下头用相当烫人的热水泡湿了自己的头发,水的热烫解除了头皮的刺痒,使他觉得痛快。他蘸着热水用手指拍一拍自己的脖颈后部,他舒舒服服地用鼻子呼着气。由于鼻子离水太近,呼出的气使水嘟嘟嘟地响动、翻滚、形成气泡,溅到脸盆外面,溅到自己的脚面上。然后,他往头上打肥皂,搓出许多泡沫,他感到肥皂打得有点多了,其实减去最后那三次肥皂与头发的摩擦也许更好,同样可以把头洗干净。反正打肥皂的目的是为了洗净,洗净了就不需要再打肥皂和再洗,洗净了再打的肥皂再冲洗的热水是多余的肥皂与热水,是对于肥皂和热水的浪费,因为净了便不会更净,净了再洗只能是对头发和皮肤的伤害。钱文这样想着便产生了一种歉意。又产生了一种由于能多用肥皂和多用热水而获得的挥霍的痛快感。在家里,哪用过这么超量的肥皂和热水,特别是热水!水要买上牌子一桶一桶地去提。热呢?小煤球炉子坐热一铁壶水要半个小时,谁能毫不心疼地一盆热水用完了又打一盆热水呢?

想到这里他觉得难以理解的是万德发。万德发是个无产阶级,是工人。他自己说,他七岁就在铁匠铺里学徒,拉风箱拉到十岁,他上了四年小学。由于他年龄大个子高,在班上年级上学校里受尽了嘲笑。十五岁他进了兵工厂学钳工。他爱学习,爱看字儿书。解放后他是第一批入团的青年工人之一。据说他的钳工技术相当不错,他的工资也很高。他甘愿放弃了好收入来当团干部。他应该是觉悟很高思想很纯正的。但是他的——在钱文看来——浪费,他的大手大脚实在惊人!他看见过万德发刷牙,他用一把头特别大毛特别密的牙刷,他用四千多块钱一筒的上海出品的牙膏,刷一次牙他挤出了那么多牙膏,可着牙刷头的面积厚厚地涂了一层,这种壮观的局面使钱文"啊"的一声,惊呼惊叹几乎出了声音。刷起牙来声音轰隆轰隆,惊天动地。祝正鸿曾经无伤地调侃说,他睡懒觉的时候听到万德发刷牙,似梦非梦中只觉得是一列重载火车在他的枕边驶过。刷牙的时候万德发的唇边特别是嘴角满溢着洁白的泡沫,与万德发的因为刷牙而兴奋,因为兴奋而色泽益发酱紫的脸孔相映成趣。这么多的泡沫当中,究竟有百分之多少是真正必要真正不可少的呢?又有百分之多少——甚至是百分之百吧——只是一种无知造成的浪费呢?万德发洗脸也如翻江倒海,用四合一香皂,用鲜绿色赛璐珞香皂盒,用好几盆水,洗脸时人工降雨,洗完了遍地汪洋。万德发还有那么多鞋那么多袜子,换来又换去,换去又换来。而钱文每年都有半年或者更长的时间不穿袜子。如果穿上鞋便可以很舒服很方便地走路,袜子不也成了一种奢侈?祝正鸿好像理解了钱文的心理,他有一次与钱文闲谈说,不穿袜子鞋会穿得费,例如,没有袜子阻隔的脚的大拇指就很容易把布鞋的鞋帮顶出个窟窿来。这才使钱文恍然大悟……

这个星期天钱文的心情还是有点不同。他不但不无浪费地洗了头,也洗了脸洗了脖子。洗得兴起,便又脱下衣服擦洗起全身来。仲春天气并不很热,热水沾了身子一下就变凉。钱文给全身涂上了箭牌肥皂,虽然没有"四合一"香但仍然发出一种新鲜愉快而且是年轻健康的气味。他洗得很好。他整理了一下衣襟,把所有的扣子扣好。他换了一件灰布裤子。他对着一面满是麻点的镜子瞧了一下自己半干半湿的头发。他把右手的几个手指均匀地分开和码齐,用这手代替梳子梳理了一下头发。他的情绪高涨起来。他甚至感谢洪嘉和鲁若了,他们督促他注意一下清洁和整齐也是对的。问题不全在于仪表。问题是在他们的洗脸洗头换衣服整鞋子当中体现了一代贫苦而又革命的青年人对于新生活的兴致,对新生活的热爱。一切事情当与政治与大事情相联系起来的时候,做这些事情的人就变得心通气朗、精神百倍了。

精神百倍的钱文骑着自行车走上了大街。上街前他找了一块干布擦拭了自行车的把、梁、座。他还擦了几下车圈和车条,没有全部干净也有七成干净了。然后他把车推了出去,一骗腿,人骑到车上。天有点花阴天,不冷不热,有点小风,吹在身上很舒服。他骑过了新落成的电影院。他骑过了新立起的报刊零售商亭。他骑过了新建成的体育场。他骑过新建立的幼儿园。他是一个青年工作者。他自由自在地骑车行进在解放了的中国首都北京的大街上。他充满了社会主义和共产主义的美好憧憬。他充满了对自己这一代人的骄傲和自信。前辈人在旧社会——叫做万恶的旧社会、绝对是万恶的啊——生活得太久了,他们没有青春,他们没有童年,他们不知道什么是幸福和自由。他们浴血奋战换来了新中国,然而他们已经老了,他们缔造了新中国,但是新中国是青年人的。后辈人又太幸福了,幸福会使人变得幼稚和无用。他们不懂得什么叫"万恶",什么叫痛苦,什么叫殊死的斗争——革命,永远体会不到在万恶的黑暗中唱起"这是最后的斗争,团结起来到明天"的意义。只有他们这一代人,他们的童年和少年是"万恶"的见证,是斗争的见证,他们有幸参加这最后一次斗争,他们的青春的花朵开放在胜利、幸福、自由、光明的新中国……他骑着自行车行走在北京的大街上,他的感觉如同展翅飞翔。

　　果然,在建新中学附近的那个牌楼周围,锣鼓喧天,彩旗招展,人头簇簇。是他们在进行普及抗美援朝的文艺宣传。团总支的干部见到钱文来了,马上迎上来,向他介绍他们今天的宣传计划和正在上演的宣传节目。正在上演的是一个小歌剧,叫做《江边恨》,唢呐吹得婉转而又高亢。用的基本上是"锯大缸"的调子,有几个地方拐了拐弯,变了变调,以适应小歌剧的悲剧内容。一个戴着白色假须的男生正在爱抚自己的"女儿",他们的表演使钱文想起《白毛女》中的杨白劳和喜儿。突然,各种乐器乱响,而主要的效果是靠一个男生的口技:美国飞机来了,B29 飞机来了,呜——嗡——哗……大轰炸开始了。这时,响起了一个画外音,由一位女生用极其严肃和低沉的声音进行解说,原来是美国飞机不但狂轰滥炸朝鲜的和平居民,而且,罪恶的炸弹投到了鸭绿江的西北面,投到了我们中国的土地上,炸毁了我们的房屋建筑,炸死了我们的兄弟姐妹。他们还有意识地低空飞行向我国的和平居民机枪扫射,屠杀我们的同胞……果然,小歌剧里的相当于喜儿的女主角中弹了,她倒在了地上。她的头部被炸弹碎片击伤,她的胸部又中了七粒子弹。啊,我的孩子,啊,我的好闺女。戴着白胡子的农民扑在女儿身上,他大叫大哭,他是真的在哭。钱文看到了他的流了一脸的泪水。而且,"女儿"也哭了,那个扮演女儿的,唱词与念白都不多的女学生虽然已被"炸死""打死",仍然流下了热泪。真是惊天地而"泣鬼神"了。

负责解说旁白的女生带领群众高呼:"打倒美帝国主义!""血债要用血来还!""抗美援朝,保家卫国!""向人民志愿军学习,向人民志愿军致敬!""向朝鲜人民军致敬!""中朝人民用鲜血凝成的友谊万岁!"……口号声激昂中饱含沉痛,看街头歌剧的市民也有擦眼泪的。

钱文也掉了泪。一开始他还觉得剧情与表演太孩子气,甚至不无滑稽,但很快他就被演员与观众的情绪所感染,他不能不感动万分:这就是我们的青年!这就是我们的人民!多么纯朴的阶级感情!多么饱满的政治热情!我们能不胜利吗?我们能不正义吗?他想起了一九五〇年下半年朝鲜战争局势引起的关注。当美国侵略军打到鸭绿江边的那些日子,周恩来总理发表了庄严的声明,对朝鲜局势,对美国的行动,我们绝对不能"置之不理"。然后上面布置下来,让党员、干部、团员、工会会员、妇联会员、学生、教师直到街道居民小脚老太太讨论:"理不理?怎么理?"各种座谈会上出现了何等激烈的场面!"我们不过了!我们去朝鲜,和美国兵拼了!""我们愿把热血洒在朝鲜!""中国解放是不容易的,朝鲜解放也是不容易的,我们与朝鲜人民共患难!""蒋介石是纸老虎,杜鲁门也是纸老虎,美国武器我们领教过!美国少爷兵是铺上毛毯才卧倒射击的,哈哈哈哈哈!""而且还有苏联!有斯大林!苏联红军天下无敌!""杜鲁门为什么侵占我们的台湾？如果我们占领佛罗里达，美国人答应吗？"座谈会上百分之百地报名参加志愿军，去朝鲜。洪嘉还当场咬破手指写了血书，用鲜血写了两个大字："朝鲜！"钱文又激动又迷惑。他在报纸上阅读有关新闻报道时要更加激动得多。他读了朴正爱在世界和平大会上控诉美帝国主义的狂轰滥炸的发言，他确实哭了一场。但他确实没有想到报名参军去朝鲜。他知道咱们有好几百万久经战火考验攻无不克的人民解放军，他觉得不太可能让一些毫无军事知识的学生工人妇女店员去上朝鲜战场，他觉得他们是先进分子骨干分子领导分子，他们应该领着大家去做一些实际有意义的事而不是乱哄哄地呐喊与哭泣。他又觉得自己这样想不对。他还挖自己的思想根源，是不是自己贪恋和平生活乃至于贪生怕死不肯积极争取去朝鲜打仗。他一次又一次地设想自己趴在战壕里向美国兵射击的情形，还有端起刺刀与美国兵拼刺刀的情景。他妈的美国兵一帮傻大个子，我要照准他们的肚子捅！那真是千钧一发！如果动作迟缓了十分之一秒钟或者刺刀尖偏离了十分之一厘米，说不定自己就被美国兵给挑了！牺牲是光荣的。生命像鲜红的花朵一样在战场上大放异彩。他不怕牺牲，他不怕美国兵。他多么希望亲眼看一看社会主义、共产主义的胜利啊！为了共产主义的胜利，他不怕先期就义、丹心碧血！

　　洪嘉的写血书也使钱文激动而且困惑。过去，他听说过写血书的事，他觉得有点不可思议。表达决心，为什么要用这种于事无补的方式呢？他已经听到了一些学生一些青年工人写血书报名参军的事。把血流在战场上战斗中不是更有意义一些吗？真参了军，还怕不流血、流不上血吗？而洪嘉，作为领导机构的一名干部，她也采取这种方式，他没想到。那天，洪嘉的母亲洪有兰也在。洪有兰也慷慨激昂地报名，她说："我可以为战士做饭洗衣服，学一学，我也可以护理伤病员。真正打响了，我也敢放枪！即使打败了，我也要拉响手榴弹，扑到敌人身上，炸死一个够本儿，炸死俩赚一个……"她谈得很认真。解放以后,学习了革命的道理以后,与她的爱女走上了同一条革命的大道上来以后,她想革命都想傻了! 就在这个时候,热泪盈眶的洪嘉咬破了自己的手指。"我要去朝鲜!"她大声哭叫,鲜血滴到了地上,嗒嗒嗒,好几滴。这使钱文的心狂跳起来。他很难过,很紧张,对洪嘉很同情。他觉得流血是个大事情。当洪嘉用血指写完"朝鲜"两个大字,他甚至不敢正面看洪嘉的脸。他听见有人鼓掌。他看见母亲把女儿搂住,母女抱头痛哭,表达对朝鲜人民的同情和对美帝国主义的痛恨。他也听到几个年长的同志制止洪嘉再写下去。幸好,不久传达了上级的指示:不要写血书了。要把群众抗美援朝的热情引导到做好本职工作与加强政治学习上来,不可能全都去朝鲜,不能把抗美援朝的行动理解得单一化。他深深感到上级的英明。但他又有几分惭愧,觉得自己的过于清醒未尝不说明了自己的阶级感情的不够浓烈。

但是就在今天,星期天的街头,建新中学演出的这出活报歌剧,使他和临时招来的观众激动得热泪盈眶。他不能不为这种激动而激动。北京远离硝烟滚滚、枪林弹雨、血肉横飞的朝鲜战场,一片平静的和平景象。但是大家同仇敌忾,与前方心连着心。这是何等伟大的事业! 这是何等伟大的情感!

钱文脸上的泪迹未干。他鼓励了建新中学的团干部:"你们演得好! 多演几场吧!"他还与"演员"们握手。"演员"们都是十六七岁的孩子,其实跟他年龄也差不太多,但都显得很幼小,他们似乎还没有学会握手,也可能是因为演出而疲惫,也可能是他们本身的政治觉悟其实有限,反正他们的握手漠然而且被动,他们使观众激动了,而他们自己似乎浑然不觉。这使钱文颇有些失望。

他带着泪迹,一骗腿,又骑到了车上。自行车是杂牌子,弄不清牌子,但他很爱骑。这一辆公家的自行车差不多专供他用,这使他觉得充实。他经过了许多商店。商店挂着招牌和幌子,贴着"新到搪瓷脸盆""欢迎选购床单""金星钢笔降价出售"的字样,又贴着"抗美援朝,保家卫国!""向中国人民志愿军学习,向中国人民志愿军致敬!"的标语及工工整整地写着"一、二、三、四"的"爱国公约"。这使他一怔,怎么这些东西掺和在了一起?忽然,他若有所悟:没有中国人民志愿军的浴血奋战,哪里来的北京市民的安居乐业?没有搪瓷脸盆、花格床单及各式金星钢笔……的光明而且幸福的生活,哪里来的为保卫这种生活而与美国鬼子拼死战斗的热情?真是伟大的生活,伟大的统一啊!

他骑自行车来到了大华电影院。他的自行车越过了一个香烟摊。他的自行车越过了公共汽车站。噢,还有一个花店呢,玉簪花已经长出了又大又绿的叶子,月季花已经盛开。他怎么来到了青年服务部的门口?他是来看吕琳琳的吗?

一霎时吕琳琳突然弥漫了他的全身。他的呼吸紧了。吕琳琳又大,又白,又细,像一只需要保护的鸽子。一只白羊。一片净土。一个女神。一个大孩子。我们难道能够不为吕琳琳这样纯洁而又傻气的女子而与邪恶的帝国主义反动派浴血冲杀吗?

他走到青年服务部门口。有两个陌生的女子正从门内走出来。她们看了钱文一眼。这陌生的目光使钱文感到不太自在。她们的目光似乎在问:"这是谁?来我们这里干什么?"他往门内看了一下。场子空荡荡的。一阵风卷起了字纸屑与尘土。楼房已经破烂不堪。地也不平。这房子这空场都一点也不美。钱文无法想象昨夜发生在这里的歌舞彩排。

"找人吗?"一个戴着可笑的圆眼镜的中年人从传达室里走出来问他。中年人手里没有放下正在阅读的报纸。

"不,我不找谁。"钱文微笑了。他回答的时候有一种与他的年龄不相称的老练。

然后他骑自行车折回去了。

第 六 章

吃过早饭,洪嘉进入办公室,非常习惯和熟练地拉出自己办公桌边的木椅子,坐下,打开抽屉,把各种文件材料拿出来摊了一桌子。其中有各基层团组织上报的汇报、总结、计划、简报、小结。大部分材料都是手写的或复写的,极少数打字机打的,便已经显得非常隆重了。洪嘉头一天已经与鲁若通了电话,说好了今天上午她要去找他,然后他们一起沿着紫禁城筒子河散散步。他们要商量关于结婚的事。鲁若已经提出来好几次了。一提到结婚,洪嘉就有一种被火烫了的感觉。革命者应该恋爱,恋爱本身似乎就带有革命的味道,大胆地去追求幸福,勇敢地去接触禁果,沉醉于一种高尚而又热烈的激情。但是革命者将怎么样结婚呢?像旧社会的先生、太太、老头子、老婆子一样地过日子?她不太情愿……但是鲁若的头发自来带一点弯曲。鲁若的眼睛小而圆,很亮,睫毛也粗,眼眶又有些陷下去,她再也没有看见过别的男人长过这样的眼睛。鲁若的目光是燃烧的,他盯着她看,有一种穿透力,有一种无法拒绝的亲密,使她想起吹糖人的小贩用热锅熔化的糖稀。鲁若的眼睛常常使她激动而又不自在。她不能不想起自己的过于圆的脸庞。她真希望那样的眼眶长到自己脸上,那她就更像她自己希望的那个样子。最好像一个苏联姑娘。所以她不能拒绝鲁若。

但她又实在不想马上见到鲁若。吃完了饭她应该工作,桌上摆的文件、材料越多便是工作越多。所有的材料都写着青年的进步,青年团员的先锋模范作用,青年团的活动丰富多彩。她把这些材料整理归堆,分别放在不同的卷宗里。她觉得卷宗这两个字很严肃也很费解。她想不出为什么这些反映年轻人的蓬蓬勃勃的面貌的材料要叫做什么"卷"、什么"宗"。卷宗两个字实在是老气横秋。其实她不喜欢机关工作。她喜欢的是和青年们一起座谈,唱歌,跳集体舞和喊口号。她喜欢和大家一起聆听领导同志、老革命家、革命的理论家、作家做形势报告,每一句话都拨开云雾,每一句话都像精神的维他命一样被她吸收,化成力量,然后她和大家一起鼓掌,把手拍红了、拍肿了、拍疼了……让这万众一心的掌声把敌人的叫嚣淹没,把敌对的阶级和帝国主义吓死。但她还是得整理各种文件材料。没有掌声。有的用大头针、有的用回形针重新固定一遍。把弄折了的角展平。一会儿拿起五页材料、一会儿拿起十页二十页材料竖起来在桌子上戳一戳,用手抹一抹,以便把材料对整齐。没有歌声。但是纸张并非一个规格。片艳纸的开张似乎大一些,白报纸的小一些,美浓纸由于过软又易皱,简直无法说它是大是小是整齐是不整齐。没有理论家的报告。其实有二十分钟也就整理得差不多了,但她还是不断地叠齐又翻开,看一眼又叠起来。没有青年人的多汗的笑脸。

她想念鲁若了。他们已经有差不多两个星期没有见面了。上次的约会是在新落成的新街口电影院。他本来要去舞会的,她偏要去看电影。他们本来就是通过跳舞才相识的……在一年多以前青年团与工会联合举办的友谊舞会上他来邀请她来了。那时候她正因为几次恋爱的失败而万念俱灰。那一段段往事至今回忆起来仍然十分痛苦。她长得像洋娃娃,她有两个深深的酒窝,她爱笑,她的笑声与歌声嘹亮清扬……然而,她碰到的是怎样的不幸哟!

那是一九四九年的冬天,她的实足年龄只有十九岁。那时她是光华女子中学的团总支书记,党支部委员。她们学校欢迎了一批参加战斗英雄模范大会的代表到学校作报告。其中有黑山阻击战中的神枪手,有横渡长江时一马当先的民兵连长,有五次为伤员输血、二十几次在炮火中抢救伤危战士的女卫生兵,还有一位新组建的海军部队的战士周建安。周建安驾驶的从国民党海军手中缴获的炮艇被国民党空军炸沉,他在茫茫的东海上游了七十多个小时的泳,终于回到了我东海舰队的基地。周建安穿一身白色海军制服,白色大盖帽子,肩宽个儿大,十分英俊魁梧。做报告前他正规地起立、立正、行举手礼,目光炯炯扫射会场,立刻掌声雷动。做完报告,散会以后,女学生们议论他所讲的内容,更议论周建安的风度:真帅啦,真体面啦,真棒啦。可以说周建安征服了全体青年人。

使洪嘉备感激动的却不是周建安,而是一个又瘦又高、微微驼背的山东汉子李生厚。李生厚的父亲是因为抗租被地主活活打死的,打死后吊在大槐树上暴尸三日。李生厚的母亲被保长强奸后上吊死了。李生厚从六岁便从这个村到那个村、从这个县到那个县地流浪,他从小过的是乞讨的生活。做报告的时候他脱下鞋来让大家看他的脚,他的右脚有两根脚趾被恶狗咬掉,那就是他的悲惨的童年的乞讨生活留下的印迹。日本兵来了以后他被抓去修战壕,被塌方的石头砸破了脑袋,他被当做死尸扔到了窑坑里,在动手掩埋他和别的尸体以前他忽然又活了。活了以后他被捆绑起来投入一艘运输船的底舱,饿了三天三夜拉到了日本,到了一个叫做濑户内海的地方。日本人用机关枪押着他们做苦工,他因为吃不饱饭而浑身浮肿,又由于挨皮鞋挨皮鞭挨枪托浑身上下都是硬伤……一九四五年日本投降以后他又回到了山东,很快参加了新四军后来改称中国人民解放军第三野战军。他当了副班长当了班长、当了副排长当了排长……淮海战役中他身负重伤,在身负重伤的情况下他拼倒了九个国民党兵,活捉了十五个。他被授予"孤胆英雄""杀敌能手""钢铁战士""硬骨红心模范"等许多称号。他受到了纵队司令员、野战军政委、司令员的多次接见。这次,又来北京见到了伟大的领袖毛主席。

他讲的内容使北京城里的、再穷再苦毕竟是爹宠娘娇而且毕竟是家有余力供养她们上学的女孩子们目瞪口呆。她们没有听过也没有想到过这么刺激的事。侮辱、剥削、压迫、迫害……一股脑儿落到了李生厚和他的父母身上。她们没有鼓掌。她们无法像为周建安鼓掌一样地为李生厚鼓掌。因为她们首先感到的不是崇敬、羡慕,她们的反应不是欢呼。她们对于李生厚的经历的反应首先是惊异、恐惧、痛苦……为之心肝俱碎。她们默默地流着泪听他的讲述,好像在经受一次炼狱的旅行,经受一次威严肃穆的洗礼。只是最后李生厚讲自己怎么在淮海战役中受伤,血怎么染红了军衣,敌人怎么包围了他,他怎么一个又一个地把敌人"挑"了,他怎么用的刺刀,敌人怎么一个又一个地倒下的时候女学生们一面痛哭失声一面鼓掌叫好。讲一句哭一句,女学生们不约而同地在台下哭着重复他讲的话:"拼了!""杀!""捅死一个够本儿捅死俩赚一个!""有口气就再赚他一个!"一边讲一面鼓掌,一面鼓掌一面哭……

此后洪嘉又找了李生厚好几次。她把她们学校的团员攒钱为英雄买的礼物送给了他。她给李生厚绣了一块手绢。她每次去都被战斗英雄们和首长们留下吃饭,多一个人吃饭既不要粮票也不要钱。当她得知李生厚曾经有一个妹妹,在父母双亡以后妹妹不知去向、至今没有音信、死活未卜的时候,她立即说:"我愿做你的妹妹……"

在战斗英雄、模范大会以后,留下了一批做报告效果好的人,又在京、津的各工厂、学校、机关单位做了一个月的报告。周建安、李生厚都在其中。说实在的,周建安对待洪嘉也是相当热情、相当感兴趣的,但他的形象、他在女青年中获得的成功,反而使洪嘉对他退避三舍,她偏偏不愿意多答理他。"别臭美啦!"当她看到周建安的时候,看到周建安用自以为潇洒的笔体为女青年们签名的时候,她不由得从心底涌出这样一句话。而她为李生厚而日夜不安。他受的苦太多了。他到处是伤。他到现在签不好自己的姓名。他弓着腰。他太苦了。直到今天他的右肋中还留着一颗美国造的子弹。遇到阴天下雨,他会疼得龇牙咧嘴。

一个月后,在李生厚离开北京的前一天,洪嘉宣布:她与李生厚订了婚。

　　这是一个惊人的,可以说是伟大的消息。洪嘉领着李生厚见了母亲洪有兰,见了"地下"时期的她的领导人和战友。所有的人都十分感奋。李生厚显得更加憨厚而且随和,他处处听洪嘉的。这样一个经历了千辛万苦,在铁与血的试炼以后顶天立地地站立起来的英雄与一个一心革命的城市女学生订婚了,这不能不令人感奋。当然,包括洪有兰在内,一些人对此也不无迷惑……即使迷惑也不能不为这样伟大的婚姻的约许而鼓掌喝彩。作为旁观者,人们可以说是看傻了眼。

　　三个月以后,李生厚委托他的教导员代笔给洪嘉来了信,说是对不起洪嘉,说是他这样一个半文盲乡下人,无论如何不敢娶她这个大城市的女学生。说是冲动不能代替理智。说是婚姻必须相互严肃认真地负责。说是部队首长、他的战友、他在家乡仅有的一些亲属都不赞成他们的婚姻。随信他把洪嘉最初给他绣的手绢、洪嘉给他的金星钢笔全寄回来了。他希望洪嘉把原属于他的一块怀表也寄还给他。

　　洪嘉哀哀欲绝。幸亏新派到光华中学的校长,一位在部队的文工团里当过副团长的大姐开导了她。她又正逢要调到区里工作,如火如荼的革命形势冲击着、冲击掉了许多她个人的悲伤。底下,又是一次又一次不成功的爱情。最后最后,作为工作,作为对基层青年业余文化生活的视察,她去参加了被服厂团支部与基层工会联合举办的一次舞会,在舞会上,她认识了在当时来说,以当时的时尚来说堪称风流倜傥乃至油头粉面的鲁若。鲁若满脸有黑里透青的胡子茬儿,头发自然弯曲,身材不算高,特别是和李生厚相比,令人觉得有点小头小脸。他一脸的微笑,特别是和异性说话的时候那副喜悦谦和的样子,使她想起一朵被春风吹拂着的盛开的蝴蝶花。特别是他的深眼眶、亮眼睛,几乎是得意洋洋地燃烧着的目光。他第一次与她跳舞就把她搂得很紧很近。但是他的样子丝毫没有流露出对于她的兴趣或者亲昵。他的样子像是说："即使我与一把椅子一起跳舞,也就是说,即使我的舞伴只是几根木头,我也会跳得同样津津有味。"

那是一支狐步舞曲,广东音乐《步步高》。说老实话,她不喜欢这支曲子,这支曲子本身就像一个转不完的永远自己重复自己的圈儿。听着这支曲子的时候她想着苏联的一首非常适合伴舞的歌曲。《春天的花园花儿多么美丽》,苏联红军亚历山德洛夫歌舞团访华时,男高音歌唱家尼基丁唱过这首歌儿,然后流行全国,然后被伴舞的乐队所垂青。她也喜欢柴可夫斯基的《胡桃夹子》组曲中的《花的圆舞曲》,那是三步。就连沙俄时代的柴可夫斯基,由于是俄罗斯人,她也认定是革命的标志。听着《步步高》却想着"春天的花园"与"花"的华尔兹。手搭在鲁若的肩膀上却想着李生厚。这种感觉简直无与伦比。李生厚一定不会跳舞,但是她可以教他。李生厚也许听不出音乐的节拍,但是她也要教他。他是真正的无产阶级,他没有机会去上学,去学音阶和乐谱。他不好意思。他一见到女性就脸红。周建安就不同,他不完全是无产阶级,他有一点像小资产阶级。一想到"无产阶级"四个字她就要哭——她和妈妈、爷爷、奶奶过过多么穷苦的日子!都下午五点了,硬是不知道怎样糊弄出一顿晚饭来!临时去借贷,去当铺——而已经没有可当的了。光靠妈妈糊火柴盒,他们硬是吃不成三顿饱饭……她爱无产阶级。她要为了无产阶级而革命而奋斗。她爱李生厚……但是无产阶级不要她了。

"您忽然变得重了。"鲁若说。他的声音很柔和。

她停了下来。

"但还是跳完这个曲子吧,洪嘉同志。"他用他漂亮的小眼珠正面紧紧看了她一下。

她继续迈动步子,不自觉地嘘了一口气。疲倦地问:"你知道我叫洪嘉?"

"当然。很多人知道你。"他又称了"你","光华女中的团总支书记,战斗英雄的未婚妻……"鲁若说这些话的时候带一点阿谀味道。

他的声音软绵绵的,像熔化了的糖稀。

甚至在这个时候,在与李生厚的订婚已经泡汤以后,鲁若的话、鲁若的语调仍然使洪嘉的精神为之一振。悲戚中她感到了些许满足。

"你怎么知道的?"

鲁若笑而不答。他逐渐加大了旋转的幅度。他带着洪嘉剧烈地旋转。《步步高》的曲子"贫"得要死。突然又停下,扭扭摆摆地进进退退,鲁若好像沉醉在自己的舞步里。这使洪嘉觉得快活……又有一点,实在是有一点点——恶心。

此后是一连串热烈而美妙的会面,是一种令人喘不过气来的幸福。一切都进行得很快,但也很合乎程序。由约会散步到约会看电影,到约会一起去跳舞。已经不是舞会上的邂逅而是相约一道去参加舞会了。信里说"我真愿意总是和你在一起,直到永远",然后在口头上说"我真想你",直到终于说出了"我爱你""你是我的""我是你的"。甚至连亲吻也是那样的合乎步骤,合乎程序,由浅入深,由虚到实,由短到长,由温到热,由脸庞的轻擦到正面的难分难解,一个台阶又一个台阶,合乎礼仪也合乎逻辑。似乎是按照教科书的规定。似乎是按照陆军操练的要领。似乎有一种身外的力量在挥动着迷人而又不可抗拒的指挥棒。只有很少的时候,洪嘉会忽然同时想起两个问题:我究竟有什么值得他爱的?他究竟有什么值得我爱的?接着是一个更加令人沮丧的问题:"这不是一种偶然,一次混闹吧?"这问题使她不安乃至恐惧。幸亏幸好,每逢想到这一步她就会感到疲倦,感到一种类似入梦的迷失。入了梦醒不过来,却又听得见外部世界的一切响动。起风了,一辆火车在远方行驶,她在云上飘。鸟叫了,自行车铃铛响了,她从云上飘到了大海里。她爱鲁若。鲁若爱她。或者是她不爱鲁若,鲁若也不爱她。但他们已经难分难解,已经到了这一步了。这一切几乎是命定了的。《步步高》的广东乐曲声奏响起来了。在半梦半醒中,她在用力地思索:这乐曲声音是幻觉还是真实呢？

三个多月以前鲁若提出来要与她结婚，她又吓了一跳。此前她从来没有想过结婚。在和鲁若的交往中，她不是没有想到过也许他们从此不再分开，也许他们今后生活得非常近非常近，也许他会给她梳头而她会给他递一把热毛巾，她会帮他洗袜子而他会给她端来一盘饺子。他这种依依恋恋之情也曾经使她的心变得柔软。但她确实没有想过结婚，结婚似乎还太遥远，结婚似乎还不是青年人更不是青年革命家的事……

然而结婚的提议又使她五内俱热。碰到了房子问题。没有房子就不能结婚。结婚的乃至爱情的时间表要服从房子兴建与分配的时间表。她又觉得有一点轻松。事情还可以拖一拖。她还不会马上成为已婚的少妇。她还是一个穿着皮夹克、穿着工服裤、喜欢把手插在裤袋里、喜欢用口哨吹苏联歌曲《越过高山，越过平原》的飒爽英姿的革命姑娘。

她有点安慰，又有点惦记乃至心疼鲁若。她隐隐地愈来愈不喜欢鲁若身上的某种劲儿。她可以轻易地判断那是一种"小资产阶级"劲儿。他可实在不是李生厚那样的无产阶级。原来小资产阶级也可以挺可爱。但是他的那种小资产阶级劲儿里包含着某种不对头的、叫人不喜欢的东西。说到头，那不仅是小资产阶级的劲儿，而且是一股女人劲儿，一股贱劲儿。一见女性，说话的嗓音都变了，像是上了妆演起旦角……

星期天的上午，她边工作边胡思乱想。她有意无意地拖延着时间。这时赵林推开办公室向她招一招手。

洪嘉抬头看了赵林一眼，对他只招手不说话感到茫然。她的反应似乎还有点不耐烦的意味。一分钟以后似乎才明白过来，她笑了，眯起眼睛，露出酒靥。她起立，跟随赵林进了他的办公室。

这是他们这里的唯一的一间单人办公室。原来是两个人，另一个是一位年龄比他们大十来岁的领导人。两个月以前，这位年长的领导人另有重任（那时候，至少在他们这里，还没有人用高升、升官乃至提拔一类的字眼），走了。于是赵林按自己的意思布置他的办公室。他清扫、擦洗了房间的每个角落和每件设施。他在对着门的墙上，用图钉固定了毛泽东、列宁、斯大林三张炭笔素描像。三张画像都是从《苏联》大画报上剪下来的，给毛主席画素描的也是一个苏联画家，一九五〇年上半年，他曾随以法捷耶夫为团长的苏联人民友好代表团来访问过中国。他画得很有精神，很有活力，但是奇怪的是他的炭笔下画出来的毛泽东怎么看都像一个——至少是半个苏联人。这三张画像是斜着钉下来的，毛泽东在正中，列宁在左上，斯大林在右下。三张领袖像下面是一张镶在镜框里的照片，是赵林一次在市委开会时所摄，画面上除了他，还有市委的许多领导同志，还有一位解放前被称为"民主斗士"的著名教授，他现在是第一副市长。赵林用差不多两个月的津贴费特意到照相馆放大了这张照片而且订制了镜框。进门靠右面的墙上，挂着一个来自东欧国家手工制作的花边，这是赵林在接待那个国家的青年代表团时所获得的礼品。花边旁边贴着一张相当大的苏联电影《攻克柏林》的招贴画，在高举着冲锋枪的男主角阿廖沙身后，是穿着囚衣的等待解放的娜塔莎和她的难友们。一九五〇年秋季在北京放映这部影片的时候，青年观众欣喜若狂。李意看这部电影看了九遍，这也未必是最高纪录。洪嘉五遍。钱文三遍。赵林看了三遍，还参加了电影发行公司召集的一次座谈，获得了这张印刷精良的招贴画。在办公室进门的左侧，摆着两个书架，书架上有《整风文献》《论联合政府》《为争取财政经济状况的基本好转而斗争》，有《联共（布）党史简明教程》《哲学辞典》《马克思主义与语言学问题》，有《夏红秋》《洋铁桶的故事》《我的两家房东》，还有凯洛夫的《教育学》，薇拉·凯特玲斯卡娅描写苏联共青城建设的长篇小说《勇敢》与描写苏联青年英雄人物的《卓娅与舒拉的故事》《普通一兵——马特洛索夫》《第四高度——古丽亚的道路》……书架上还摆着一个石膏做的托尔斯泰胸像，一枚荣膺列宁勋章的苏联列宁共青团团徽和一个小小的相片托架,托架上摆置的是赵林的一幅神采飞扬、笑容可掬的照片。他穿着整齐的翻领上衣,翻领下面,是他的非常光润的、毫无瑕疵的脖子。至于他的办公桌,是放在窗边的,不仅办公桌,而且桌上的玻璃板、墨水瓶、吸墨纸、订书机、笔筒与笔筒里的蘸水钢笔与毛笔,也都整齐清洁,崭新透亮。如果说有什么不足的话当是窗帘。本来,窗帘是用新买来的天蓝色布做的,可惜这面窗户过于向阳了,经过一阵暴晒,窗帘布褪色褪得一塌糊涂,显得陈旧而且不洁,越洗就越陈旧。

在这间布置得丰富却又略显啰嗦的办公室里,赵林经常保持着良好的精神状态。特别是这个星期天上午,当他把洪嘉叫进来以后,他一直笑着,露出着他的光灿灿的牙齿。

"关于你结婚需要房子的事,我刚才去找了总务科。估计可以解决。你知道,中苏友协的机构和活动都要大大压缩,满莎他们在外边的那几间活动室要腾出来……是的,给你两间。一间都那么困难,非常困难,为什么给你两间呢?你要把洪无穷带出去。再不能让洪无穷住在咱们这里,跟我们住在一起了。他最近思想情绪怎么样?"

赵林的笑容并没有收回,但是他的脸上出现了严肃的神情,以至于连笑容也冻结住,显得僵硬了。

"无穷有什么?他一个孩子。咱们怎么能开那样的玩笑?像话吗?跟张雅丽开那么恶劣的玩笑!你也不管!赵林,我对你还有意见呢!(说到这里,赵林活动了一下眼珠,抬了抬眼皮,松动灵活了一下笑容,他的牙齿显得更加洁白和整齐。他的牙可真好!洪嘉羡慕地想。而鲁若因为吸烟过多,他的牙是很不好看的……)还有周碧云、钱文那么不讲卫生,早晨起来恨不得连被子都不叠,这怎么给青年做表率?共产主义的全面发展的新人,能够脱下袜子来不洗吗?完全是好逸恶劳的作风,应该挖一挖思想根源呢!无穷我有什么办法?他这么小年纪能够跟他妈苏红划清界限……他也太没大没小的啦……咱们这些人也太没大没小的啦……他到底怎么啦?我现在一天多少事儿啊！还要下工厂,要写材料,还要找人谈话……还有二十几个新团员等着批呢……其实我原来就没有这么个弟弟,我就不认识这个洪无穷……可是说老实话,我对你讲心里话,赵林！为什么现在了现在了又要逮捕苏红呢？我听无穷说——我相信他不会骗我的——他妈讲的话都是进步的,都是拥护革命的……结婚结婚,给房子好,当然好,两间就更好了……可是赵林,你说我好好的,鲁若也好好的,你们大家都好好的,为什么,可是为什么我们要结婚呢？"

这突如其来的即将给她分房子的喜讯和其中包含着的把洪无穷请走的意思、对洪无穷的提及,引起了洪嘉的十分混乱的反应。她不平静,她兴奋而又懊恼。她埋怨别人的时候与其说是想着埋怨别人,不如说是想着为自己辩护。为什么辩护,对谁辩护,她可想不清楚。她甚至说起苏红的事,说起她的看法。她从来没有用过这种口气谈苏红。"洪无穷他母亲是托派,而托派是最危险的……"她从来都是这样说话的。今天……难道是与鲁若的结合即将成为现实,她的少女时代即将结束,她与鲁若即将交融、燃烧成为一体的前景使她语无伦次起来了么？她绝对不该为苏红说话的哟！

赵林本以为一讲给房子的事洪嘉会立即表示快乐和感激之情的。他很乐于充当这个赐给别人以幸福的角色。洪嘉的不知所云的一套使他眉头微蹙,使他本来就连在一起的两道眉毛更近一步挤到了一起。只是在谈到苏红的被捕,谈到"为什么我们要结婚呢"的时候,赵林敏锐地意识到洪嘉是坦诚地在他面前暴露着她的弱点,暴露着她的幼稚、政治上的不成熟,特别是政治上的糊涂与偏颇,还有生活上的一个小女子小丫头的最后一次天真。他不由微微一笑,显示出一种满意的宽容,外带一点感兴趣的幽默,或者,用北京土话来说,带一点"坏样儿"。

"事物总是发展的,"赵林"哲学"地说,"我们也不可能总是年轻孩子。既然你们的感情发展到了要结婚的程度,那么或迟或早,你们总要摘下这一枚已经成熟了的红苹果。"赵林友善地、居高临下地又

"坏"笑了一下。他讲得老练而且优美。这真得感谢一定的责任、一定的身份——职务——带来的成熟，其实他的年龄比洪嘉还要小一点点，他不但没有结婚，也还没有恋人——只听说他有过一次悲哀的初恋，大概也无异于洪嘉与战斗英雄李生厚的"订婚"吧。

"至于苏红，"赵林继续说，神态平静、严肃、耐心，"我想问题不在于苏红个人的长长短短、善善恶恶，也许从某种意义上来说，苏红确实是个大好人、是个'积极分子'。托派的问题是一个政治的问题，是一个尖锐的你死我活的敌我斗争问题。这不决定于主观愿望与个人品德。比如说在战场上、在火线上，苏红的枪口是对着——至少是曾经对着我们，而我们的枪口不是对着她的。她可能没有杀死我们，但是她本来完全可能杀过我们，有可能留下血债的。惩罚她并不是为了惩罚她个人——她个人有什么可惩罚的？赦免了有什么不可以？惩罚她是为了惩罚托派，惩罚那些叛徒、帝国主义的走狗、极端危险而又隐蔽的敌人！总之惩罚她是为了战胜敌对的阶级！要让历史，让每一个共产党员、让每一个老百姓汲取一个教训：反对过党、反对过列宁和斯大林，反对过苏联和十月革命的人不可能不受到惩罚。历史不是轻松的事情。政治斗争不是多愁善感的事情……我是这样想的，不一定就对。你说是不是呢？"

只是在说完了以后，赵林才发现自己的水平已经有这样高了！他显然讲得深刻、雄辩而又得体，他坚持了原则而又和蔼可亲，绝无高高在上与教训别人的味道。可以叫做"有理、有利、有节"了。解放才不久，他参加工作才不久，他不记得他是从谁那里学来的这样严肃而又这样美好动人的道理的。他读了《整风文献》，他读了《联共（布）党史简明教程》，他读过季米特洛夫在法庭上的演说……他听过中央和市委领导同志的讲话，他听过艾思奇、薛暮桥、周扬、于光远的关于革命理论的讲演。但是，从这些书这些报告和讲演中，包括从以相当多的篇幅叙述了对托派的斗争的《联共（布）党史简明教程》中，他并没有读到听到这些道理。他是无师自通的？当然也不是。

举一反三、触类旁通,也许这说的只是一种智慧,一种方法。他学到的更重要的则是一种立场,一种忠诚。不论碰到了什么复杂纷纭的情势,不论面对什么样难解难分的困惑,只要他坚定地站在党的立场上,只要他努力去领会、去体察、去思索党的思想、党的决策的英明正确伟大,他就一定能够找到那旁人、一般人一时看不见摸不着琢磨不透的道理、真理。这样的道理是朴素的,所以它一点就透,令人无法拒绝,令人心服口服。这样的道理又是独特的、深埋的、非同寻常的,所以正需要赵林这样的革命家的点拨,需要他的寻找、发现、解释和发挥。是啊,当他找到了、发现了、解释清楚了、发挥出色了这些革命的真理的时候,他是多么的快乐啊! 他是多么的幸福啊! 他是多么的骄傲啊! 世界上再没有什么事情可以与这相比——他的心与党跳动在一起! 他的头脑与党思索在一起,他的智慧与党的智慧融合在一起……就像一条河,一个湖泊和大海联结在一起,渺小的、有限的它,便也变得浩浩无际的了。

洪嘉连连点头。她也觉得赵林讲得很好,很有教益。她转身离去的时候,她走到门边,又回过头来向赵林感激地嫣然一笑。

五分钟以后,洪嘉急急忙忙地跑回了赵林的办公室。这时赵林正在整理自己的照片。他自己动手制作了几个尺寸不同的、或悬挂或摆放用的相片框架,他正选择合适的照片,准备镶放进去。

洪嘉急急地喘着气说:"真糟糕,赵林,我那个自行车前带放了炮,我推到胡同口自行车铺,他们说两个小时以后才能取……我下午还要去药厂呢……你把你那个'钻石'借给我骑一下行吗? 你出门你先骑我那个……"

赵林微微皱了一下眉头,没做声。他们说的"你的车、我的车"其实都是公家的自行车,分给了个人骑用。赵林的车是新购置的从东德进口的"钻石"牌车。赵林很仔细,他对自行车擦得净,用得省,不淋雨,不曝晒,及时调整螺丝,及时上油充气,所以几个月过去,他的车还和新买来的一样。其他人就不行了,只管骑用,不管保养,脏、

99

锈、脱漆、掉零件……一看就是公家的车,骑的人不上心。这常常使赵林叹息心疼不止。因此,他也就不大愿意把"钻石"牌借给别人。不论谁向他借车,他都会面有难色,蹙眉沉吟,拖拉迟延,半天半天掏不出那辆自行车的钥匙来。这次他又迟疑了一番,说:"我一会儿还要出去。"

"一会儿出去你去取我的车嘛,"虽然遭到了明显的拒绝,洪嘉仍然显得天真、顽强、自我感觉仍然良好,"我与修理自行车的师傅讲好了的,你去取。反正他也认识咱们。每个月,咱们有好多钱要花在那里……"

"我没有……"赵林暗示,他更爱护车,他的车不需要修理。

"拿来拿来,快把车钥匙拿来嘛,我这儿急着呢!"洪嘉满不在乎。

赵林不太情愿地摸摸上兜摸摸下兜,摸完上衣口袋又摸裤子口袋,摸完了所有衣袋后又去拉抽屉关抽屉找钥匙,并且说:"也不知道钥匙放到什么地方去了。"

洪嘉有一点不高兴了,她拉过一把椅子,坐在那里,一副不给自行车钥匙就不离开的架势。

赵林也有点不高兴了,但他还是最后从上衣上兜里掏出了锃亮的车钥匙。"你几点回来?"他问。

"五点。下午五点。"

"请你提前半个小时吧。四点半以前请你一定回来。你的车我不准备骑。既然已经……总要有个……反正也不能……"赵林含含糊糊、咕咕哝哝起来,然后明明确确地说:"等你回来我再走……"

"你下午有事吧?"

"那有什么办法?你非要借我的车不可……"

"什么你的我的?"洪嘉霍地站立了起来,涨红了脸,她正因为一片天真热情友谊轻信,所以对赵林的拖延乃至(她几乎认为是的)刁难更觉不能忍受。在他们的崇高的、阔大的、神圣的聚集中,竟会出现这种卑微渺小的芥蒂,出现这种令人难以正视难以启齿的龃龉,这简直可以说是不可思议!她有许多的话想说,但不说了。算了,不借了。她愤愤自语。她转头便走。

最多只有两秒钟的愕然乃至愤怒,赵林立即控制了自己。他追到洪嘉前面,他跑到用洋铁皮搭就的放自行车的棚子下面,跑到那辆东德"钻石"牌前,弓下腰,打开车锁,推出来,见洪嘉已经出了大门,气呼呼地向前走,他便骑上车,追上,把车往洪嘉手里一推,而且,他这样做的时候反而宽宏地笑了。

洪嘉皱了一下眉,也笑了。本来嘛,这个家伙!

在洪嘉抬腿上了车,加力蹬快了车子以后,她听到赵林的嘱咐:"注意锁车!别放在太阳底下!"

洪嘉蹬车走了一段路以后,忽然想起:会不会是这样一回事呢?赵林之所以如此不情愿把"钻石"借给她,既不是由于自私,又不是由于啰嗦,也不是由于虚荣——他拒绝暂时换她那辆旧车骑,这里边有一个问题,赵林没有好意思点明,那就是,这不是一个普普通通的你借我点什么我借你点什么、互通有无互行方便的问题,这实际上是个待遇问题。这辆进口"钻石"显然新于、优于所有其他的公用车,骑上它最漂亮,所以这辆车应该由赵林用。为什么呢?因为赵林是他们的负责人,是他们的领导,是他们的上级。她怎么竟会忘了这一点,把他们的关系看成简单的、完全平等的同志友谊理想关系,而看不到他们之间已经存在着上与下的差别呢?级别、待遇、上下……这些名词他们曾经觉得多么陌生啊!他们是少共布尔什维克,他们充满了对无差别无计较的大同世界的理想……然而他们又难免那种小资产阶级的狂热与虚幻啊……这么说,是自己不对了?是自己太不"自觉"了?洪嘉不由得懊恼起来。

洪嘉来到市法院的灰楼门前。她四下看了看,鲁若没有在这里等他。她在几天前通电话的时候对鲁若说过的,她会在星期天来找他。他们没有约定好时间。他们——特别是她是那么忙,约好了时间也靠不住。就在上一个星期前,星期天的晚上,他们约好了七点四十分在大观楼电影院门前见面,他们约好了一起看歌颂卫国战争中苏联特工人员的功勋的电影《永远的秘密》,这个电影的上演也是相当轰动的,鲁若头一天一大早就去排队才买到了两张楼上前排的票。那一天洪嘉出门赴约的时候听到了办公室里的电话铃响。当时时间已经不早,洪嘉紧赶慢赶未必能准时到"大观楼",未必能看得上《永远的秘密》的开头。但电话铃响了。一接电话就可能有事,就可能看不成电影,这一点洪嘉非常明白。再过一会儿张雅丽就会回来,本来张雅丽说好七点以前一定回来的,但电话不可能一直响到那个时候。如果她不接,就会耽误一件什么工作。如果她接,也许本不属于她的职责的事情会纠缠到她的身上,也许她就看不成那她非常想看的电影《永远的秘密》了。她虽然三心二意地想着,行动上却并无任何迟疑。她立即把自行车放下,立即拿出钥匙拧开门进了办公室,三步并两步走到电话机旁,拿起了电话。"喂,喂!"她喊了几声,没人回答,打电话的人显然缺乏耐心。她叹了一口气放下电话。转身要走了,电话铃又响起来。

"喂……"

"我是被服厂团总支,我们有紧急情况……"

"我是洪嘉。什么紧急情况……"

"我们的一个新团员,是搬运工,男的,跟他的未婚妻吵架,他一发火,拿剪子把自己剪了……"

"怎么剪了?他自杀了吗?死了?"

"没自杀也没死,简直更糟糕……"

"受了伤送医院嘛……你们的医务室条件也不差嘛……"洪嘉的话语里流露着对他们的大惊小怪的不满。

"洪嘉同志,事情是这样的,"对方的口气显然严肃起来,"这个人他——把自己的生殖器给剪下来了!"

洪嘉只觉得轰的一声,脸变红了。一阵欲呕的感觉,又一阵沉重的责任感。竟发生了这样的事情！在春光明媚的今朝！在工人阶级当中！在新民主主义青年团员当中！现在谁都不在。她哪儿碰到过这种事情？她哪儿有处理这种事情的经验？但是她必须有所表示，她必须有所指示，人们的心向着团组织，包括这种莫名其妙岂有此理的事情也找到团组织来，这是团组织的责任，这是她的责任。她稳定了一下自己，改用一种比较带"指示"味道的口吻：

"送医院！先送医院再说……"

"已经送医院了。可他的未婚妻说是要跳楼，要上吊……"

"说服教育……"

"说服教育她不听啊，哭哭闹闹的……再说，影响可坏了……"

"那当然。"

"大家要求开除这个新团员的团籍……"

"什么？开除团籍？那要认真研究。要知道，开除一个青年人的团籍就等于给这个青年人从政治上判处了死刑，这要慎重从事……"

"可是一个团员这样做，影响太不好了。有的思想反动的人利用这件事攻击我们……阶级敌人如果知道了……我们团总支都乱了……您快来一下吧，大家都等着区里来人。"

洪嘉于是不得不到被服厂去。虽然她也惶惑不安，觉得没有把握。但她还是尽量沉住了气，稳稳当当地告诉被服厂的团员和团干部，这件事情会得到很好的处理，这样一件偶然的、个别的事情的发生丝毫不影响、影响不了也不应该让它影响团的形象，团的威信。比如在世界青年联欢节上，中国青年代表团就受到特别热烈的欢迎和特别崇高的敬意。李波和郭兰英的民歌演唱都得了奖。中国青年是革命的青年。中国革命是取得了胜利的革命。中国是全世界青年都羡慕的崭新的国家……她完全稳定住了这个工厂的团员和青年的情绪。她的老练、她的处理复杂问题的能力令自己吃惊和满意。后来又传来消息说剪是剪了但并没有剪断，没有剪下来，如果医治得好，不发生大的感染,也许不无愈合的希望。这样,形势就更显得不那么严重了。最后,谈起这件事,被服厂的人特别是众多的女青年已经是抿着嘴笑,她也笑了。

回区里以后,赵林完全首肯了她的处置,只是指出,这种异常事件应该及时报告上级,报告区委与团市委值班室。赵林还指出,此风不可长,这样的团员还是要处分的,即使不开除团籍也还要停止团籍至少是严重警告,"都这样怎么行?"

"怎么可能都这样呢?"洪嘉反问。

高挑着两道剑眉,撇着嘴,声色俱厉的赵林听到了洪嘉的反诘不由一怔,紧接着扑哧笑出了声。

洪嘉也琢磨出这里头的"哏儿"来了,她一笑,回头走了。

直到最后,已经快十一点了,洪嘉才来得及走到电话机旁,给鲁若拨电话,她想象着鲁若在大观楼电影院门口苦苦地等待她的情景,觉得很歉疚,很不忍,似乎又有几分甜蜜。确实,她比鲁若更忙。她为此感到无奈,更感到骄傲。

电话没有人接。太晚了。鲁若他睡了吗?整个晚上他是怎么过的?也许在最后失望之余,他进了电影院,看了《永远的秘密》的尾巴?也许他一晚上独自徘徊,坐立不安?也许他等不来洪嘉,失望之余,另外去串亲访友,自娱自慰?鲁若性情很活泼,交往的人很多,而且,与洪嘉他们不同,鲁若这边是薪金制,听说一个月挣六七十万块钱呢,与供给制的他们相比,他就是"老财"啦!

后来他们通了电话。当洪嘉解释自己为什么失约,讲到被服厂的一名团员的"事迹"的时候,鲁若笑得要岔气,笑得洪嘉也只剩下了笑,紧张的心情荡然无存。当洪嘉问到他去做了什么的时候,鲁若说:"电影开演五分钟了你不来,我当机立断把一张票出了手——等退票的多着呢。后来我就进去了,我入场的时候,那位苏联侦察员正在飞机上准备跳伞呢……我还不知道你那个忙劲儿!全北京市,除了市长大概就数你啦!"看来鲁若的对策非常聪明。洪嘉的失约并没有给鲁若带来特别大的懊恼。这使洪嘉既放下了心又若有所失。

后来他们约定了这个星期天的上午见面。这次见面她带来了最好的消息:给他们房子了。她多么希望鲁若站在大门口,或者至少是在楼底下散着步等待着她呀。他没有等。这不怨他。这当然仍然是她的错。她来得太晚了。她心里热起来。她觉得对不起他。她觉得确实不应该老是让人家等她。进了市法院的门以后,她几乎小跑了起来。她连跑带跳地上了楼,她"通"地推开了鲁若房间的门。鲁若和另一个人合住一间宿舍,她知道那人出差到东北去了,一个月后才回来。

她进了门。她一惊。鲁若背对着她。鲁若站在椅子的近旁,左手扶着桌子沿,右手搂着一个人,一个女孩子,他们似乎正在共同看一份什么画报。

响动使鲁若回过头来,他看见了洪嘉。他的那只原来搂着女孩儿的肩膀的右手好像忽然失去了支撑似的自然下垂,垂到了身体的右侧。但他的上身并没有抬起来。他仍然弓着腰与坐在椅子上的女孩子一起看着摆在桌上的画报。他正在念画报上的一段文字。他念完了文字,这才抬起身,说:"你来了。"

女孩子惊异地转过身来。她睁着睫毛长长的偏于扁长的眼睛,她的黑眼珠清澈而又流动。她的头发上系着一个杏黄绸子蝴蝶结,这在当时,简直可以说是罕见的艳丽。她穿着一件绿底色、带有黑点点与黄点点的花衬衣和一条雪白的裙子。这服装给洪嘉的感觉也有点特殊。那衬衫使她想起星空,又想起开着小花的草地。那裙子使她想起白云,又想起白色的浪花。特别是裙子下面露出的赤裸的小腿,流露出那样的纯洁的生机,而她的脚上穿的乳白色系带牛皮便鞋,更透着一种一尘不染的小资产阶级的天使的味儿。洪嘉突然觉得自己喘不过气来了。

"这是我的未婚妻洪嘉,××区团委的干部。"鲁若向那女孩子介绍说。他介绍得很快,说到她所在的那个新民主主义青年团的区级机构,说到她是那里的"干部"的时候带着那样一种平淡乏味、一般化的腔调,就好像她是一套办公用具或者一纸公文似的。洪嘉感到一阵莫名的屈辱。

"这是叶东菊,劬仁女中的学生,是她们团总支的少年儿童委员。我已经答应,做她们少年儿童队的校外辅导员。我们还有几句话就说完了……"鲁若向洪嘉介绍说。他用了一种嗲气的、哄孩子的腔调。

他们把洪嘉晾到一边,继续研究一次队日的安排。这次队日的主题是"马特洛索夫永远与我们在一起"。展示在他们面前的双屉桌上的是一份《苏联》画报,这一期有"普通一兵——马特洛索夫"的专页。

洪嘉气愤地想:"我竟成了多余的人!"但她又发不起火来。这个叶东菊,太幼小,太纯洁也太美丽了。看样子她不过十五岁,也许十六岁,无论怎么说也超不过十七岁。她的脸上长着细嫩的茸毛,这细细的茸毛反射出一种特别柔和的光辉,显示出一种令人羡慕的青春的润泽。

洪嘉木然坐在一边,坐在鲁若的床上。她的眼发直。她的嘴噘起来了。她的酒靥冷冰冰地冻结在那里。

叶东菊终于离去了。叶东菊向她道再见,她没有回答。鲁若提醒说:"哎,人家跟你说再见呢。"她不爱听"哎",也不爱听"人家",她仍然一动不动。

叶东菊走了,鲁若送她送了半层楼。在一楼半楼梯拐弯处,他挥了挥手。然后他转身跑了上来,他想搂住洪嘉亲她的脸蛋,被洪嘉推开。但他仍然情绪很好。他说:

"你今天终于来了,我真高兴……做少年儿童先锋队的辅导员,这是非常有意思的事情……她们有一个军乐队,每逢吹起号来,敲响小鼓,升队旗,行队礼,唱队歌,很有意思……我们的领巾打法与苏联少先队不一样……对,我给你买了一件风雨衣,这是在苏联专家服务部买的,式样多好,你看!"说着,他拿出了一件灰色厚咔叽布的、领口和袖口裁着深灰色细绒的风雨衣来,"你瞧,好不好?"他高兴地问。

洪嘉一声不吭。这件风雨衣使她觉得又喜欢又讨厌。即使是式样很好也罢,可是她不需要、不需要啊!她要的是简朴,是纯净,是无产者的赤诚和热烈……搞栽绒的领口袖口做什么?

鲁若仍然坚持表现他的好兴致。他把风雨衣放在床上,继续说:"已经和我谈了话,我将要担任第三科科长。第三科是研究科,要研究和总结的是规律性的东西。就是说,从感性认识到理性认识,然后再到实践,实践、认识、再实践、再认识……以至于无穷……我一直等着你,我真想见到你,可你忙得就和市长一样……我们去玩一玩,今天中午,我请你去吃西餐,就在西单,我喜欢喝奶油鸡茸汤,你呢?然后,我们去中苏友好协会看一个音乐短片,再去听唱片音乐会,今天是拉赫曼尼诺夫的钢琴协奏曲……我还要告诉你一个秘密,你可别告诉任何人,就是一贯道的道首,那个反动透顶的大坏蛋张王福,他妈的让他跑掉了……镇压反革命镇压反革命,这些个反革命就是非镇压不可……帮助他潜逃的罪犯里有一个女子才十五岁,反动极了,不杀她怎么行?噢噢噢,我们马上去,就在区政府,有一个流动的展览,里边有几个大反革命案的破获过程,真开眼……咦,你怎么了?噢,是的是的,我们今天不去筒子河了,我们下次再去。我们今天活动太多。"

洪嘉只是吁了一口气。她的面色稍稍好了一些。

"说来也可笑,"鲁若继续兴致勃勃地讲,"我们是法院的,可是我们上了小蟊贼的当!那天我们在胡同口的私人小饭铺吃饭,问起掌柜的他们那里可不可以包伙,他们说欢迎。收钱不多,每顿一荤一素,两菜一汤,荤菜包括烹大虾、干烧鱼、鱿鱼卷、焦熘肉片、炸小丸子、木樨肉……那还不好?你知道,我们这个伙房太次了!米饭是馊的,馒头是酸的,肉菜是臭的,素菜是苦的!我也真佩服他们了,不管是猪肉羊肉,豆角西红柿,糖醋红烧……他们做出来都是一股不咸不淡的捱布味儿……"

"他真能说。可是太夸张,不可靠。"洪嘉想。

"……后来我约了两个人,我们三个人不在伙房吃了。我们给小饭铺预付了钱。我们在那儿吃开了。头一顿,人人说好,连酱油葱花冲出来的高汤也另是一个味儿,米饭蒸得也特别的肉头。一个回锅肉,有辣有甜,漂着红油,下饭又解馋。吃了两天,不行了,怎么老是炒豆腐?肉片两三片,也不知糊弄谁。豆腐也是带捱布味儿的。莫非是从我们的大伙房端来的?我们提意见,他们不答理。我们摔筷子,店小二也摔筷子。我劝他们,算了算了,别了别了,吃饭不能致气,生气影响吃饭,我们出来包伙多花几个钱是为痛快、为高兴、为吃得好,不是为了跟小铺的人争个谁是谁非。得了,上当没有第二回,这回就认了。好,认都没地儿认去了。你猜怎么着,我们吃了不到一个星期,再去,关了门了,上了板儿了,一天两天三天八天过去了,再一问,说是赔了,走了。铺房是租的,你找人家房主人家不知道怎么回事。掌柜的呢,回河南乡下了。厨子、端盘子的呢,各奔东西了。我们三个人一个月的伙食费只吃了六天,你说窝囊不窝囊!"

洪嘉翻一翻眼,有些疑惑。她想,我对这个话题不感兴趣。

"你说我们为什么不去追究是不是?怎么去追究?就这么几个钱的事,不值得上诉,不值得拘捕。这些唯利是图的小业主小资本家啊,全该枪毙!"

洪嘉用鼻子哼了一下,转过了身去。

"嗷,我的嘉嘉。你这是怎么了?人家跟你说这说那,人家挑好玩的事跟你说,人家只是想逗你笑一笑,可你噘着小嘴理也不理我……我跟你说,我找房子都找到郊区去了……是的,我今年一定和你结婚,我们一定要把这杯美酒喝下去!想起那美妙的一瞬,我的心变成了五彩的云……如果单位不给房子,我们就住到郊区农村去,我们住一间乡下的房子,冬天就烧热炕……天很冷,冻得我们的眉毛上结着冰霜。可是我们来到温暖的炕头……我现在是懂得了农民的革命理想了:三十亩地一头牛,老婆孩子热炕头!"

"别缺德了!"洪嘉骂出了这一句,不由得笑了。

"太好了!"鲁若为自己的语言的胜利而大受鼓舞,他亲吻了洪嘉的脸蛋,又以歌剧演员的姿势高声唱道:

> 月光,恋爱着海洋,
> 海洋,恋爱着月光,
> 啊～～～微风吹动了我头发……

他唱错了,便又重复了一句:

> 这般蜜也似的银夜,
> 叫我如何不想她!

然后鲁若给洪嘉倒了一杯开水,又往开水里调了一些蜂蜜。然后他找出了她最爱吃的酱油瓜子和绿豆糕。他让洪嘉喝蜂蜜水吃东西,他则打了一盆温开水,又是洗脸又是擦脖子,用的香皂把全室熏得香香的。然后,他拿出一件小翻领的蓝色青年装,他穿到自己身上,问:"这衣服穿上精神吗?"

洪嘉又皱了皱眉头。

好像觉察到一点什么,鲁若说:"我并不是一个奢侈浪费的人……我爸爸是一个小职员,他的毛笔字写得好,一辈子给上司誊写文书。你看过契诃夫的小说《小公务员之死》吗?一个小公务员,当着上司的面打了一个嚏喷,他就吓死了。我爸爸就是这样活过来的,眼也花了,腰也弯了,每天从早到晚地咳嗽、吐痰……有时候我们家一连好几个月吃不着肉,馋极了买点芝麻酱吃。据说我小时候大哭的时候,往我嘴里抹点芝麻酱,就不哭了。你笑什么?帝国主义、封建主义、国民党反动派的统治,我们都是饥寒交迫的奴隶呀!而我们这一代人,我们是最幸福的一代人呀!虽然只赶上了个尾巴,但毕竟我们也用我们的双手去推、去推倒了旧社会的三座大山呀!我们应该幸福,我们能幸福。为什么不注意一下自己的仪表呢?像你们那个小钱文那样……难道能显示出新中国的幸福和光明来吗?"

"说什么都一套一套的……"洪嘉终于有了呼应,"我又没有批评你奢华。台湾还没有解放。志愿军正在朝鲜浴血苦战,一口炒面一口雪……幸福,幸福,什么是幸福呢?你看过苏联《共青团真理报》上的讨论吗?"

"知道知道,是!"鲁若赶紧把话抢过去,并且滑稽地向洪嘉行了一个军礼,"幸福就是献身,幸福就是把'我'投身到'我们'当中去!"他熟练地背诵着。

他们一起来到了区文化馆看关于"镇压反革命"的内部展览。说是内部展览,其实也相当公开,有随便一个什么介绍信或者工作证就可以进。"一贯害人道",这是一个展室的标题。坛主,点传师,天、地、人"三才",图片显示出来的场面相当热闹:香烟缭绕,信徒跪拜,道首们闭目合十,煞有介事。透过这种稀奇古怪的场面,洪嘉他们似乎看到了背后的反革命阴谋活动,还有最黑暗最野蛮的暗杀、奸淫、诈骗,在这些罪不容诛的坏人面前,人群像羊群一样的被驱赶、被愚弄、被宰割……而我们把他们彻底摧垮了、粉碎了!展览里还有炮击天安门未遂一案。意大利人李安东与日本人山口隆一,被蒋帮特务主使,竟然准备在中华人民共和国建国一周年举行庆祝大会之际炮轰天安门。这里展出的不但有他们的照片,而且有那一门小炮。想到我们能够枪决两名外国籍的反革命分子,洪嘉和鲁若确实感到心清神爽,扬眉吐气。此外还有美国原驻沈阳领事馆指挥的间谍案,被告是日本人佐佐木弘。有一九四六年刺杀民主人士李公朴、闻一多的特务分子的被捕归案和被处决情况的图片……有在新疆杀害陈潭秋、毛泽民、林基路的匪特的下场……真是血债血还,人心大快。而其中最引人注目的一间展室,展出的是一九四八年冬天河北省一个县的一批反革命分子企图刺杀当时在河北平山县办公的党中央领导人一案。国民党军事调查统计局的一个站长所写的刺杀计划,行动组长的照片,南京方面的批文,全部拍摄了照片公之于众。他们买通了当地的一个什么贫农团的人,计划在党中央领导人接见当地贫农代表时行刺,连刺杀成功后给的奖金价码都有。军统特务之间来往行文中提到了中共中央的领导人走到哪里都有会见当地群众代表的传统,正好提供了刺杀的机会。行文中用一些恨得咬牙切齿的坏字眼称呼被人民无比敬爱的党中央领导人……这一切都是触目惊心、丧心病狂、卑劣已极。展品中有特务们用的左轮手枪、匕首、无线电收发报机,还有金元宝、金锞、美钞和国民党政权总崩溃前进行"币制改革"时发行的"金圆券"。阴谋变成了笑柄,武器变成了展品,金圆美钞只能证明他们的无耻。看着,他们哈哈哈笑出了声。

鲁若指着特务信件中的一个署名,叫洪嘉注意看。那是一封极端无耻的敲定奖酬金额的信。信的署名是副站长叶瑶台。

"这是个女的吗?"洪嘉问。

"不,是男的。"

"怎么起了个女人名字?"

"名字女不女倒没什么。我说的不是这个。我说的是,你猜他是谁?"

"军统站的副站长啊,上面不是清清楚楚地写着吗!"

"他是那个女孩子的爸爸。"

"哪个女孩子?"

"就是那个叶东菊呀!你刚才在我那里见到的那个。"

"她?"

"她是叶瑶台的四姨太所生。叶瑶台把三个姨太太都带到台湾去了,把四姨太抛在了北京。四姨太出身贫苦,有一个舅舅在解放区。受她舅舅的影响,四姨太曾经劝叶瑶台改邪归正,不要与人民顽抗到底。四姨太还表示,她死活不去台湾。叶瑶台掏出枪,枪弹擦着四姨太的耳朵打在了她的梳头匣子上……"

"你怎么知道的?"

"叶东菊说的呀！"

"叶东菊给你说这些干什么？你们不是一起研究少年儿童的队日吗？"

"当然不是这次说的喽。她的经历很特殊也很动人。她只有十六岁，她特别积极。她最恨她的父亲啦，她说，给她一杆枪，她可以亲手处决她的父亲。你信不信？这是真的。她帮助公安局在她们家搜查，缴获了一些重要的材料。对于逮捕那些残留的特务分子，她是立了功的呀！"

"你好像很喜欢她，很熟悉她，对她很有兴趣。"

"什么意思？"鲁若转过了头，"我是坦荡荡的。革命青年，革命同志，当然喜欢，当然比兄弟姐妹还亲切。你不喜欢一个一心要革命，背叛了自己的反革命家庭的年轻孩子？她才十六岁！你想到哪里去了？"

这最后一句反诘使洪嘉立时火冒三丈。她瞪了鲁若一眼，大步跑出了展室，跑出了文化馆。

鲁若追了出来，"你是怎么搞的？怎么像小孩子一样？怎么这么狭隘！"

"狭隘"两个字更使洪嘉怒不可遏，她含着泪一字一顿地对鲁若说："我本来是满腔热情地来向你报告好消息的。呸！我狭隘！我错了！你搂着人家一个女孩子磨磨蹭蹭才是不狭隘！看谈起三姨太四姨太来你那个流哈喇子的劲儿！你别跟我这个狭隘的人在一起好不好？你去找那个不狭隘的、心比天宽的人去吧……"洪嘉说完，打开"钻石"车的锁，骑车就走。

鲁若咧咧嘴，用右手的三个手指打了一个响。

第 七 章

洪嘉骑车离去的时候只觉得憋闷得要爆炸。在爱情上,在与异性的交往中,她何曾处于这种尴尬和被动的地位?这算什么?嫉妒?吃醋?她洪嘉会嫉妒和吃醋?真正有值得嫉妒值得吃醋的事也好。事情糟就糟在既不值得嫉妒也不值得吃醋。上小学六年级的时候,她就接到同班男生写的小条:

你是我的灵魂,
你是我的生命!

那时候有一首流行歌曲,一张口就唱"你是我的灵魂,你是我的生命","生命"二字被唱得一波三折,发音如"生——嗯——昂——迷——嗯"。对这个歌洪嘉有一种特别的生理上的反感,不但听到它会起鸡皮疙瘩,而且想拿根通条戳一下唱这个歌儿的人的屁股。但是当这两句话成为她有生以来第一次收到的"情书"内容的时候,她竟感到了一丝喜悦和温热。那个男生是个大高个儿,头发却很稀疏,左眼上有一个疤,可能是从前长过一次大大的"针眼"。这个"疤拉眼儿大个儿"还纠缠了她一个时期,直到她威胁"给你告老师去"才作罢。

这件事以后,不知道从哪里得到了启示,洪嘉讲起"独身主义"来了。她对她的那些一起编织、一起唱流行歌曲的女孩儿们屡次说过:"我要当一个独身主义者。自己奋斗,谁也不依靠,尤其是不要男人！"她的话使女伴们吃吃地笑了起来。她说这些话的时候想着她的妈妈，想着她的没有见过面的父亲。她深信，婚姻、男子……是女人的不幸的根源。

上初中以后，通过一个邻居的高中生，她开始接触革命的书籍，革命的青年人。她半懂不懂地看了苏联格拉特考夫的长篇小说《士敏土》。她记得格利的归家，她也很喜欢看最后一章：工厂开工了，开大会，有许多旗帜，有许多标语，个人熔化在火热的光明的集体之中。其他，她都看不懂，尤其对农业集体化和清党看不懂——怎么会这样可怕呢？

但是她心跳着读了有关主人公格利的妻子黛莎的章节。她围着鲜艳的红头巾。她是经过了铁与血的考验的坚强如钢的革命者。她不愿充当丈夫一个人的私有物，也不愿为家庭为孩子牺牲自己的事业。她特别勇敢，包括敢于和另外的男人睡在一张床上。有一段她看不大明白，似乎有这么一点意思：黛莎对她的丈夫说，为了安慰和温暖那些受了伤的战士，她甘愿用她的身体去贴近他们。格利听到这话只感到天翻地覆，灵魂出窍。她读到这里也感到激动、震惊、敬佩而又惶恐战栗。她真想做一个黛莎式的女性，把自己的一切，一切的一切献给革命。想到这里立刻觉得光芒四射，大地起伏，海洋沸腾。

她参加以大学生为主体的学生运动。不但有游行示威罢课，而且有营火晚会、文艺演出、联欢同乐、补习功课。这些活动都非常开阔、非常自由，少男少女，共同理想，同仇敌忾，一起唱一起跳一起哭一起笑，兴奋起来不但握手并肩而且扶腰拥颈，这使得学生运动充满了青春的魅力、活力、吸引力、凝聚力。而那些偶尔在学校出现的国民党官员，一个个冬烘老朽，枯燥乏味，一个个好像空了心的糠萝卜，好像蛀了虫的死木头，确实没有前途。

她被一个大学男生介绍参加了革命青年组织。不久就入了党。那个男生五短身材，其貌不扬。但他有极好的嗓音。他说的是江南人的官话,那种优雅的声口比北京油子的油腔滑调好听得多。尤其是他说话时发出的那种腹腔加上鼻腔的低音共鸣,简直像一架风琴、一把大提琴或者一柄大管开始了演奏。他不但向洪嘉教授革命的道理而且向她教授革命的歌曲。《跌倒算什么》《团结就是力量》,这是学生运动歌曲。《延安颂》《毛泽东颂》,这是解放区的歌曲。《华沙工人歌》《光荣的牺牲》……还有那么多苏联的与别的国家的歌曲。这位五短身材的革命金嗓子唱起歌来使洪嘉如醉如狂。终于,在一个夏夜他们一起唱了许多歌以后她明白了:她爱他。她不能没有他。一听到他的声音她就五内俱热。

她还没有来得及表达她的热情就冷水浇了一盆。一九四八年春节,在一次约定的会面的时候,他给了她两块"奶油太妃"糖。他简单地说:"我结婚了。"

洪嘉瞠目结舌,说不出话来。

"还是已婚的人容易隐蔽。没有结婚的人,连租房子也租不到。有家有小,就没有危险了,当局和老朽庸人们都是这样看的。我大学已经毕业了,在一个商号挂了个名。结了婚好。再说我们恋爱已经好几年了。"

这天晚上洪嘉在被窝里哭了许久。冬天,奇寒,西北风吹得电线呜呜地叫。由于穷困,屋里没有生火。她哭出的眼泪似乎即刻冻成了冰珠。妈妈问她哭什么,她不回答。一边哭她一边反省。她觉得,她"报应"了。她不应该小小年纪就胡说什么"独身主义",她知道什么叫独身主义?她怎么可能搞独身主义?她也不能够学黛莎。天!学黛莎的红围巾行,学黛莎的革命行,怎么能学她的那种谁都可以爱、"乱爱"、简直有点"共产共妻"味道的办法! 直到后来一个偶然的机会,她听到一位报纸记者讲,就是在苏联,批评家们也认为黛莎的恋爱观是不足取的。报纸记者还说,列宁、蔡特金都严厉地批评过爱情上的杯水主义——即把恋爱、性关系看得像喝一杯水一样轻松随便。就是说,列宁和斯大林,也都是主张一夫一妻,一个男人只爱一个女人,一个女人只爱一个男人的。而且,马克思之与燕妮,列宁之与克鲁普斯卡娅,那都是爱情的典范,婚姻的典范……

洪嘉听了这些以后,恍若从云里雾里落到了地面上。她叹了一口气,心境实在了一些。

解放以后,洪嘉终于有了一次真正的与惊人的初恋——订婚——取消婚约。与战斗英雄李生厚的婚姻虽然没有成功,这次失败的婚姻仍然给了她许多骄傲、自豪、充实。哪怕只是几个月也罢,她毕竟做过一个苦大仇深、浴血奋战的战斗英雄的未婚妻,别人做过吗?

不久,她又在一次诗歌朗诵会上结识了年轻的诗人徐剑。徐剑大个子,须发微黄,有络腮胡子,这种形象似乎不太像纯种的华人。洪嘉对他很感兴趣。在一个周末的晚上,他们沿着4路环行路线,绕了北京一圈。从地安门到北海后门、什刹海,从北海后门到东官房、厂桥。这一带的民房院落比街道低许多。然后走平安里,走西四和西单,西单街口有一个大电钟,像一面圆鼓举在方柱上。他们在钟下徜徉良久。徐剑吟诵了自己的诗:

> 万古时间,
> 无始无终的长河,
> 而最美妙的一瞬便是现在。
> 现在,现在,通向未来的大海,
> 金色的波涛里升起红日,
> 那共产主义的曙光哟!
> 前进吧,时间!
> 时间啊,前进!

他们在钟下热烈地接吻。他们深信奇妙的时间提供了最奇妙的一瞬。洪嘉相信徐剑的诗写得好极了,对极了,巧极了。诗人怎么想出来的,这么好的词,这么妙的话!徐剑解释说,"时间啊,前进"是苏联作家卡达耶夫的长篇小说的题目。这又有什么呢？在这首诗里，"前进吧，时间！时间啊，前进！"完全属于徐剑。也许，还属于洪嘉。

他们走过了长安街。在天安门前，他们俩嘣嚓嚓、嘣嚓嚓，抱在一起跳舞。当时已是深夜一点多钟。他们相信世界完全是属于他们俩的。然后洪嘉热烈地向徐剑讲起她的初恋的故事来，说到李生厚的时候，她仍然是那样动情，她流出了眼泪。这使徐剑忌妒起来。徐剑说："不要相信那么多。这些英模人物的材料还不是靠秀才们整理。赶上花花哨哨胆子比天还大的秀才，用那支秃笔一转悠，添油加醋还是好的，无中生有他们也敢干的……你不相信？找这么个人给我们俩整材料，你洪嘉和我徐剑也都是孤胆英雄，革命的楷模！"

短短的几句话使洪嘉打了一个冷战，她的心怦怦怦跳了起来。她立刻直觉地意识到这简直是阶级异己分子的语言，是一种不热爱革命、不尊重革命、不投身革命、不把革命当做自己的事的人的语言。也许就更坏，这干脆是反革命的语言。她相信李生厚，她爱李生厚。李生厚退婚，这不怨他。秀才们"整材料"有花哨，有添油加醋，有——退一万步，哪怕相信是有——无中生有，但是李生厚这个憨厚而坚实的大汉不是无中生有。时间愈长她就愈觉得他高大，像一门大炮，像一座铁塔。李生厚和他的阶级兄弟阶级姐妹吃尽了旧社会的苦，这不是无中生有。李生厚和他的阶级，和这个阶级所有被侮辱与被损害的成员打败了剥削者压迫者，翻身了解放了扬眉吐气了，这也不是无中生有。无数先烈抛头颅洒热血，李大钊、瞿秋白、方志敏、左权、朱瑞、刘胡兰、董存瑞……这全部是铁的真实血的真实枪林弹雨的真实……这里边哪里有一点一滴的无中生有？

她尤其不能容忍说这话时的徐剑的表情。他撇着嘴，表露着轻蔑；他皱着鼻头，流露着冷淡；他眯着眼睛，甚至炫耀着自己的老练世故内行……他摧残着洪嘉最珍贵的记忆。洪嘉觉得那么冷，觉得离徐剑那么远。一阵寒战从后背上经过，她后悔自己不该深夜陪这位诗人在大街上散步。她后悔不该与他抱吻。连与李生厚我也没有这样吻过呀,我们都订了婚了啊!可怜的纯朴忠厚的无产者!而徐剑呢?诗人!资产者!谁知道他爱过、玩弄过多少女性?"时间啊,前进!"抄袭了卡达耶夫。

"我不同意你的说法。你的立场有根本性的问题……"

就这样。凌晨四点,他们转了一圈走到出发地的时候,他们冷冷地互道了再见。他们知道,他们又将是形同陌路了。

但是在这次不成功的彻夜散步之后,洪嘉受到了批评。党的组织生活会上,万德发、张雅丽都向洪嘉提出了意见。哪有这样的?一会儿跟这个订婚了,一会儿跟那个轧马路轧了一夜。把散步叫成轧马路,不知道是幽默、是通俗还是乏味。他们认为,恋爱意味着婚姻,婚姻意味着终身大事,不能好得这么快,吹得也这么快。关你什么事?洪嘉想,不太服气。她拿不定主意讲不讲她与徐剑的分歧。她不能原谅徐剑,因为他是一个诗人,诗人的思想精神应该是美的,理想的,而他不,他毁损了她所珍视的英雄崇拜,革命崇拜,爱情崇拜……但她总觉得她不该在组织生活会上把徐剑的极端错误的言论公之于众,这等于汇报给党组织。毕竟他们俩不是在研究工作、研究国际国内形势,毕竟说这话是在他们俩热吻后不久,那接吻带来的昏乱与沉迷似乎至今还没有消除,不论怎么样,她的面颊上还保留着那刚柔相济的、多须的男人的温存。再说,让徐剑和她一起怀念与称颂战斗英雄李生厚,也许这是一个拙劣已极的念头……这样,她就说不出道理来。说不出道理而轧马路,说不出道理而不轧马路乃至不再来往了,这就叫做"吹"了,这就叫做轻率、不严肃、不负责任……

是的,同志们正在批评她轻率、不严肃、不负责任。周碧云谈得很激动,她说:"爱情不是随随便便可以产生的,也不是随随便便可以结束的。裴多菲的诗说:'生命诚可贵,爱情价更高',爱情比生命还要重大。爱一个人和不爱一个人,对自己对别人的感情都会产生巨大的影响,都会影响工作。我们做团的工作,有一条任务便是要关心青年人的恋爱婚姻问题,要引导青年树立正确的恋爱观,要在爱情生活中树立共产主义的道德。而我们团干部,应该是这方面的表率,这方面的榜样……爱,就要拿出自己的灵魂,就要献出自己,同风雨,共患难,与对方在革命的道路上走到底……"

李意说:"我认为洪嘉应该考虑自己的脾气。我认为你有小姐脾气。你爱激动,也任性,高兴的事就干不高兴的事就不干,考虑自己的好恶多,按高标准要求自己少。你应该吸取经验教训……"比较起来,李意的发言是温和的。

萧连甲咬文嚼字地讲起了杯水主义,讲起了列宁、蔡特金,讲起了马克思,讲起了恩格斯著的《家庭、私有制和国家的起源》,讲起了"共产党员的修养"……最后,他说:"杯水主义是资产阶级处于没落阶段的颓废心理的表现。小资产阶级的狂热性在爱情上的表现也是值得警惕的。学会从政治上提出问题、认识问题和解决问题,这还是一个长远的任务……"

"我什么时候'杯水主义'啦?"洪嘉终于抗议了一声。萧连甲本来是她非常佩服的,甚至她对萧连甲颇有好感。但是萧连甲的"理论性"当中包含着一种拒人于千里之外的高傲,包含着一种不仅是对于洪嘉,而且是对于所有女性的彻骨的轻蔑,他的分析问题常常给洪嘉一种压迫感,今天就更富有压迫感。

萧连甲侧了侧眼珠,嘴角微微一翘。

钱文没有说话,他实在没有爱的经验,也没有"吹"的经验,没有追求与被追求、拒绝与被拒绝的经验。爱情这两个字如酒如诗如梦如画,如同天空的闪电,雨后的彩虹,地平线的霞霓,他觉得在会议上讨论某个人的爱情问题是一件令大家都尴尬的事。不仅讨论的人尴尬,被讨论的人尤其可怜。他同情起洪嘉来了。他却又不由得尊敬和羡慕萧连甲。忽然,他脑子里又闪过了一个念头:一群未婚的、其中大半连恋爱都未曾有过的青年人,煞有介事地分析研究爱情问题,这是不是有些可笑呢?

赵林最后用一种深沉的、和解的、对大家都同样友善的态度发了言。他说:"我们还年轻。"说到这儿他点点头,低了头,好像为自己的年轻而谦让惭愧,不好意思。"我们要学习,一切都要学习。从书本上学习,从生活中学习。我们会干一些幼稚的蠢事。保尔·柯察金也干过蠢事。但是我们要注意我们的足迹。我们每一天都应该比前一天更聪明一些,更老练一些,更成熟一些……"

大家都觉得赵林的发言很好,觉得会议的气氛很好,觉得"同志"是一个奇妙的字眼,"组织"是一种超凡的标尺和力量。这样提了意见,开展了批评与自我批评以后,大家的感觉是既严肃又温暖,觉得同志之间的关系真是亲密无间,觉得组织的关怀确实胜过父母。洪嘉想起了一个歌儿,是一九四九年她参加暑期中学生党员训练班时学会的:

　　同志,亲爱的兄弟,
　　同志,亲爱的姐妹,
　　今天,我们在一起学习,
　　明天参加到实际斗争中去!

简单的旋律,简单的歌词,令洪嘉热泪盈眶,是的,他们今宵在一起联欢,庆祝学习的胜利,庆祝这么多青年大梦初醒般地在短短十几天中接受了革命的世界观、历史观、人生观:社会主义必然战胜资本主义,新民主主义必然战胜帝国主义、封建主义、官僚资本主义三座大山。没有共产党就没有新中国。北伐战争、抗日战争都是共产党领导的。促使日本投降的是苏联红军出兵而不是美国投掷了原子弹。青年知识分子必须和工农相结合,否则就一事无成……从此,他们焕然一新,他们走上了全然不同的道路,从此他们变成了新人。

明天呢?明天要参加的"实际斗争",又是怎样的丰富、神奇、严峻、热烈! 不仅是要去土改,要去剿匪,要去恢复新解放区的生产秩序与社会秩序,而且……说不定要渡海作战解放台湾! 说不定要深入敌后,里应外合!说不定要远走出洋,掀起世界革命的风暴!说不定要乔装打扮,寻访敌特!说不定要浴血奋战,英勇献身!

在这个星期天,在与鲁若不欢而散以后,洪嘉悻悻地改变了计划,直接回去了。路上,她想着的与其说是鲁若的一切带给她的伤害,不如说是她应该怎样向亲爱的同志们解释:她怎么又和鲁若"吹"了呢?这次虽然没有搞什么"订婚"的形式,但是,他们为了结婚已经申请到了房子!至于他们俩的接触,感情的发展,除了还没有什么什么以外各方面说不定超过了夫妻而有余!她能解释清楚吗?她能说是由于她看到鲁若与大特务叶瑶台的女儿叶东菊过于亲密吗?她能说她越来越从鲁若的胡子茬上发现了一种对于女性的轻薄吗?她实在无法说明,她实在没有道理可讲,她绝对没有办法能使同志们和组织接受她的出尔反尔,何况还有洪无穷!

她沮丧。她精疲力竭。她毫无道理。还没有和鲁若"吹",这"吹"已经变成了一面黑墙,她无法撞穿推倒黑墙,黑墙正缓缓地向她逼来。

爆炸——她多么希望自己变成一枚炸弹,落在敌军的阵地上,轰——她得到那辉煌灿烂的一瞬!

进院落的时候她稳了稳脚步。她先找到了赵林,归还了自行车钥匙,赵林笑容可掬。赵林告诉她:"你妈妈来了,等了你好半天了!"

妈妈!妈妈总是在她最需要的时候来到。她的眼泪涌了出来,忍了又忍才没在赵林面前哭出声。

回到女宿舍,洪有兰正坐在椅子上看报、喝茶。杏黄色的搪瓷茶杯里泡上了茉莉花茶,这显然是无穷招待的。他们姐弟俩各有一个搪瓷茶杯,白色写着红字的是洪嘉的,杏黄底色画着一头黑狮子的是无穷的。至于茉莉花茶,洪嘉估计是无穷专门上街买的。素日,他们姐弟俩都不喝茶。

听到声音,洪有兰放下报纸,抬起头。面色好红润呀!参加工作一年多以来,妈妈真是愈活愈年轻!额头的皱纹正在展平,眼睛愈来愈活泼和明亮,剪了的头发梳在耳后,虽然略有花白,仍显得精神抖擞。她穿着一身清洁整齐的灰色列宁服,脚蹬方口青布鞋,增加了一种自信和活力。只是她的眼睑下面,有两块略微肿起的痕迹,像是泪囊的浮肿,像是往日的艰辛、孤独和痛苦的遗迹。还有妈妈的耳朵。妈妈的耳朵比女儿的大得多。妈妈为什么要长这么大的耳朵呢?让洪嘉难过的是两只耳朵的上部似乎有许多皱褶,人老了,皱纹会长到耳朵上面去吗?还有妈妈坐在椅子上的时候两只脚自然地向外撇,磕膝盖儿分离得那么远,这使洪嘉觉得怪可怜的。妈妈也是人,妈妈也有过青年时代,姑娘的时代。如果妈妈年轻的时候能赶上革命的胜利,能赶上全国的解放,能有如今女儿的这一切幸福……那该是一个什么样的洪有兰呢?

"妈,您好!"女儿用非常新式的礼节招呼妈妈,甚至与妈妈握了握手,"您怎么不给我电话?累您等了我老半天!"

"等等怕什么?只怕没的等……我能有今天,第一是靠共产党,第二是靠毛主席,第三是靠我闺女……毛主席是全中国人民的大救星,女儿是我洪有兰的小救星!"

"看您瞎说什么呀!我一眼看见您的气色,真好!"

洪有兰不好意思似的笑了一下,这种笑容洪嘉还是第一次在妈妈脸上看到,她笑得很年轻,甚至也可以说是很美……她把目光停留在母亲的笑容上面了。

"嘉嘉,你怎么了?你的脸色这么不好。而且,你瘦了!"洪有兰这才注意起女儿的神态来。虽然说着好听的话,但是女儿的脸上确实有一种"苦相",就像她的脸刚刚被谁抓了一下一样,颜色也发青。而女儿向来都是活泼喜笑,长着一副娃娃脸的。女儿气色不好而妈妈气色很好,女儿先注意到了妈妈的好气色,之后,妈妈才发现了女儿的坏气色,这使洪有兰觉得不好意思。她的脸上不由显出了关心女儿的愁容。她问:"你有什么不舒服么?又连续开夜车了么?你们伙食办得不好？停了食？受了凉？牙疼还是嗓子疼？还是有什么不顺心的事？小鲁怎么样？刚才赵林告诉我,要给你们分房子了……"

洪嘉噘起嘴角,坐到自己床上,说道:"我没事儿。"这几个字说得含含混混,有气无力。说完这几个字,她颓然躺倒在床上。

洪嘉闭上眼,不言语。洪有兰断断续续地说着一些关心女儿与安慰女儿的话,虽然她不知道女儿到底遇上了什么事。

洪嘉闭着眼睛听着母亲的絮絮叨叨,母亲不再说话了。母亲的手放到了她的额头上,就像小时候她一精神不好,一发蔫,妈妈所做的那样。妈妈的手掌就是体温计,一摸她的额头,再摸一摸,就可以断定她是否在发烧,是否要给她吃一点小儿安或者万应锭,是否要给她喝一点红糖姜水或者金银花、白菊花。小时候,和妈妈在一起,和爷爷奶奶在一起,生病也是一种娇纵,一种补偿,一种享受。一生病就成了全家注意的中心。一生病妈妈就给自己铺好褥子,摆正枕头,就让自己休息休息,而休息实在是一个舒服轻松的字眼。一生病妈妈就问:"你想吃什么？喝白糖水么？吃藕粉么？吃挂面卧鸡子儿么？煮点萝卜汤好不好？揪片儿？拨鱼儿？熬大米粥？小米粥？枣粥？"而她说话就娇滴滴的,娇滴滴却又有无上的威权。"我想吃煮梨。"有一次她说。妈妈便跑了出去,便跑了一身汗,便煮了梨而且在汤里放了冰糖,给她喝。说是喝这种冰糖梨水能去瘟,能止咳,能清肺,能理气。"喝完了睡一觉,明天就病好了。"妈妈说。妈妈的音调也特别好听,特别温柔,缓慢,亲切,绝不是平常申斥她"嘉嘉你又玩水啦！""嘉嘉你敢上树！""嘉嘉不洗手就吃馒头,看我不打你屁股！"的那种腔调。

哪怕生一点小病,只要卧床一躺,只要妈妈过来一温存,洪嘉就要问:"妈妈我好得了吗？"妈妈马上回答:"好得了,好得了,很快就会好了。""妈妈,我要好不了就死了吧？"洪嘉穷追不舍地再问。"傻孩子,胡说什么？你怎么会死呢？不是说了马上就好了吗？""可我已经躺了三天了！"洪嘉辩道……许多年过去了，她实在不明白，她那么小的年纪，为什么要坚持自己一病就要死，并为捍卫这种观点而不惜带病与母亲争论呢？……洪有兰便着起急来，便俯下身子亲吻她，或是干脆要把她抱起来："不许瞎说！你怎么会死呢？妈妈死了你也不会死的。你死了妈妈也就不活了……"说着洪有兰就会掉起眼泪来，眼泪落在洪嘉的脸上、脖子上、胳臂上……她们搂在一起，她们分明是享受着生病，享受着病中的天伦真情……

如果没有后来的这一切那该是多好啊！没有长大，没有上学，没有爷爷与奶奶的死亡，没有革命，没有工作，没有那个自称是爸爸的陌生的男人的到来，没有那个女托洛茨基匪帮分子的儿子成为自己的弟弟，没有战斗英雄李生厚，没有订婚和解除订婚，没有诗人徐剑，没有西单电钟下的热吻——他的胡子好扎人，没有鲁若，没有反革命和检举反革命亲属的叶东菊，没有申请房子与分配房子……如果她只是妈妈膝下的孩子，如果她什么也不懂，如果世界永远是那么简单……那不是很好么？

她流出了眼泪。

她感到十分的羞愧，她警惕地感觉到，自己的胡思乱想已经偏离了正确的轨道，偏离得太远、太远了。于是她一跃而起，她说："没事儿。我没事儿。我能有什么事儿呢？我也没病，我也没灾，我也没犯错误。我有时候有点儿累，过一会儿就好了。朝鲜战场上，我们的志愿军打得可好啦……"

洪有兰半信半疑，她也相信，在女儿的生活中，除了光明，还是光明，而且，她毕竟是自己有事来找女儿的，女儿的时间又是有限的。她必须抓住时机快说。她说：

"闺女呀，你说妈有多老啦？"

"多老？该多老就是多老啊！您不记得自己的岁数了！您不是属狗的么？您四十啦！到生日就四十一岁啦。"

"那是阳历，阴历都四十二啦。"

"解放后,都是按阳历算哪,可以找皇历查一查……"

"是这么回事儿,我们的主任,我们李同志都找我谈了好几次啦……"

"找好几次干什么?是不是要吸收你入党?"

"李同志问我,对于未来的生活是怎么想的。"

"嗯?"洪嘉只觉得眼前一亮,还没弄清究竟是怎么回事呢,已经来了精神。滞闷的星期日下午的空气突然活动起来了。

"我说那是坚决的,让去朝鲜就去朝鲜,让去西藏就去西藏。我说人民要翻身,妇女要解放,再不让那老封建老思想压迫着我们的姐妹们了。我说我闺女革命,我也革命。没有革命我不过是个牺牲品,是个白活一世的废人……李同志说这是自然啦,可是她问的不是这个,她干脆说吧,她说妈应该再结婚,妈应该嫁人……"

洪有兰讲到这里脸刷地红了,然而她的语调坚定勇敢,和她一九四九年以后表白她拥护共产党的时候一样,和一九五〇年春天表白她要参加工作,当年冬天表白她也要去朝鲜打美国鬼子的时候一样。她充满了自信。

真是大放光芒!

"妈妈,你真——伟大!"洪嘉叫了出来。

"妈不怕人笑话。是毛主席让我们翻身让我们解放的。李姐讲得好!为什么男人可以续弦,可以休了妻再娶,甚至可以三妻四妾,而我们女人要那么苦。李姐介绍我看鲁迅的小说《祝福》。我说我闺女早教我看了。我还是又看了一遍。我恨死了旧社会。是毛主席给我们做主……"

"对!绝对!"洪嘉说,她的心快乐得怦怦直跳。

"李姐介绍了一个同志让我认识一下,"说到这里,洪有兰放慢了速度,把"同志"两个字的不寻常的意义强调了一下。然后,她从口袋里掏出一个工作记录本,把记录本打开,拿出了一张照片。她把照片递给了女儿,用期待的眼光看着女儿。

是个军人,端端正正穿着军服,脸上没有什么表情。浓眉,小眼睛,厚嘴唇,看年龄似乎也并不太大。

洪有兰似乎知道女儿在想什么,她说:"快五十的人了。男人不显老。而且,他没结过婚……是个,是个童男子呢。"洪有兰的脸又红了一下,"他太老实了,又在战争环境里……领导上非常关心他,不是这边不合适就是那边不合适,或者两边都看着合适了,敌人来偷袭了,连夜转移了阵地。打仗啊,不是闹着玩儿的啦,可怜的人哪……"

说实在的,那个陌生的照片上的无表情的男人并没有给洪嘉留下任何好印象,她宁可说这个人看着是相当傻蠢的,否则也不至于快五十的人还没有结婚,洪嘉不由得这样想。

"他叫朱振东,现在,在一个师当后勤部副主任。我们在李姐家一起吃过一顿饺子,他会擀皮儿,也会包,也会拌馅儿。说是他还会缝衣服呢。倒不是手巧,光棍嘛,什么都得学,什么都得会!光棍好苦!"妈妈的介绍里竟是有感情的。"光棍好苦",妈妈祖籍是山东德州,那里把春天的布谷鸟的叫声解释为"光棍好苦",也有的地方解读为"光棍打醋"。当妈妈说到"光棍好苦"的时候,洪嘉看了母亲一眼。只这一眼,洪嘉已经断定,这位朱振东即将成为她的后爸爸了。事物的发展就是这样迅速、这样神奇,简直是汹涌澎湃,势不可当。

把这位十五分钟以前还一无所知的朱振东同志,而且洪嘉差不多认定他本人也是和照片上同样的呆板。把"该同志"(这是写工作材料时常用的一个词)设想为她的继父,把"该同志"设想为将要与妈妈朝夕相处、白首偕老,把"该同志"设想为与妈妈关系最亲、比女儿还亲的人,这既不可思议也不愉快。但是洪嘉还是感到了一股热流,一股新潮的冲击。太伟大了,太感人了,共产党,毛主席,中国人民解放军唤醒了所有的生命,唤醒了所有的爱……几千年来没有爱过的中国人都在幻想爱、追求爱、尝试爱、启程去爱了!包括妈妈!

妈妈是什么呢?早在上小学的时候,洪嘉就心疼妈妈了。妈妈好像一块砖头,好像一块劈柴,好像一把扫帚,她的形象,她的位置,她的作用都已经确定了。她结了婚,她的丈夫是刘正福,她生了孩子,她的孩子是洪嘉。她侍候公婆,她照料女儿,她等待丈夫,等待久了也就不再等待。这一切都已经注定,已经固定,就这样固定着耗尽她的青春,耗尽她的生命,谁也别想挪动纹丝,她的命运已经不可改变……而现在,真是天翻身,地打滚儿了啊!

妈妈继续叙述她与朱振东的交往。尤其令洪嘉吃惊的是,妈妈说,他们已经商定,在七月一日党的生日那天结婚。"你看行么?"她问洪嘉。

"行!行!行!好!太好了!妈妈万岁!"洪嘉激动起来,她搂着妈妈的脖子,她亲吻妈妈的头发和后背,她流出了热泪,怎么止也止不住,她赶紧回答妈妈的惊慌的询问,她说:"不是,不,我没有不高兴,我是高兴得哭!妈妈应该幸福!妈妈应该解放!所有的妈妈都应该幸福和解放!世世代代受苦的女人都应该有爱的权利!我太高兴了,我只是想喊毛主席万岁!"

洪有兰也哭了,她说:"从小儿,我什么事儿也没瞒过你,你什么事儿也没瞒过我……可这回不知怎么了,李姐找我谈话,我与朱同志见面,我们在李姐家吃饺子,我都没有告诉你,我几次想说……孩子,我对不起你!"

母女俩共同流着幸福的喜泪,汇成一股热烈而又醉人的暖流。洪嘉真不知道怎样表达自己的欣慰、喜悦、感激之情。她只是喃喃地称颂时代,称颂社会,称颂胜利,她只觉得幸福和爱情包围着每一个人,年幼的人将会得到,年老的人可以补上,年幼的人快乐成长,年老的人补度青春。而年轻的人,正当华年的人,充满青春活力的革命的人,简直是泡在幸福的海洋里,行进在幸福的山谷中,只需要你去拥抱,你去迎接,你去张开双臂深深地呼吸,幸福就像泥石流,幸福就像瀑布一样,横天而泻,滚滚而来,大珠小珠,美不胜收……

"妈妈,七月一号,党的生日,咱们娘儿俩一起结婚!我也结婚!

咱们互相祝贺！让大家给咱们祝贺！让……美帝国主义在咱们的幸福面前发抖！"

洪嘉说出的话使自己也又喜又惊。她要和鲁若结婚，当然！她一定要鲁若这个鬼精灵，这个风度翩翩的小伙儿，这个小资产阶级的书生，这个花言巧语的无赖，她才不撒手呢！她可以帮助他！她可以批评他！她可以教育他，但是她喜欢他。原来她真正喜欢的不是那个大学生，不是战斗英雄李生厚，不是诗人徐剑，而是一无所长毛病不少的鲁若。和鲁若在一起她觉得舒适，连呼吸也有滋味，生气也生得有来有去（趣），高兴也高兴得甜甜美美。她已经失去了李生厚，她已经失去了徐剑，她已经不慎重不严肃了一两次了，她不能再不慎重和不严肃了，她不能再失去鲁若！我的鲁，我的若，鲁若是洪嘉的丈夫，洪嘉是鲁若的妻子！想到这里洪嘉连喘的气都变了，一出一入的气充满了幸福充满了香甜。而且有党！鲁若已经是候补党员了，她难道对鲁若还有什么不相信不放心的不成？

洪有兰也终于放了心，喜悦得如同一朵盛开的莲花。娘儿俩破天荒地商量两代人同在"七一"结婚的事。要告诉组织，告诉同志们。要各做一身咔叽布的女式小翻领干部服。要买杂拌儿请大家吃——夏天有杂拌儿吗？杂拌儿本来是北京人过年吃的零食，里面有柿饼，有瓜条，有杏干，有熏枣还有桃脯。这要多少钱呢？室内用品和床上用品呢？干脆和同志们商量，不要让他们乱买礼物了。上个月市政府一个熟人结婚，作为结婚礼物，洗脸盆他们收到了六个，暖水瓶收到了三个，枕头套收到了七个……都是自己的同志，何必这样呢？都没有多少钱……缺什么东西，干脆告诉他们，让他们自愿认购，分工送礼……尽管研究得很具体很琐细，母女俩的谈话就像唱歌一样，你唱一句，我唱一句，你和一句，我和一句，你拖一个花腔，我来一个长调，唱着说着又笑了起来，笑也成了演唱的一部分，就像苏联哈萨克加盟共和国的人民演员哈丽玛·纳赛罗娃在中南海怀仁堂演唱《哈萨克圆舞曲》的时候一样……

第　八　章

洪嘉高高兴兴地把母亲送走了。看看快到两顿饭的第二顿饭的时间了,她想起了弟弟。想起弟弟她不由得产生出一种"真麻烦"的抱怨,这么一个本来素不相识的半大小子,让她怎么办?如果把中苏友协的办公室腾出两间给她做新房,而其中一间必须给弟弟住,这又算什么两间房?还不如一间房方便——比如说吧,她和鲁若在里间屋说说笑笑亲亲热热,这么一个半大小子在外屋听着,这叫什么事呢?赵林他们也太不考虑她的实际困难了。不管怎么样,洪无穷住集体宿舍总是更简单也更方便些呀,怕什么呢?难道我们思想先进,意志坚强,一心一意为了国家、人民,一心一意带领广大青年前进,难道这里边还有什么不可为人知的东西么?

东看看西看看看不到弟弟,洪嘉便站在院子里叫了一声,没有回应,又叫了两声,仍然没有回应。

他出去了?不告诉姐姐一声就出去了?到吃饭时候还不回来?简直讨厌。她往各房间巡视了一遍,终于,在赵林的办公室里发现了洪无穷。

"讨厌,怎么叫你也不答应!"洪嘉喝道。

洪无穷背对着办公室的门,他坐的那张木椅子是给那些被叫来与赵林谈话的团员团干部所准备的。无穷垂着头,僵在那里,一动不动。

"弟弟,你怎么了?"洪嘉把语气放缓和了。她绕到弟弟面前,但见洪无穷满脸泪迹,二目茫然,面色苍白。

"怎么了,弟弟?"洪嘉关切地问道。

洪无穷仍然一动不动,就像失去了对于外界事物的反应一样。洪嘉满腹狐疑,看看洪无穷面前的写字台,但见课本笔记本铅笔盒之上,放着一叠信纸,一个撕开的信封。

洪嘉抢过去,一读,一惊,信是苏红来的。信是这样写的:

亲爱的儿子无穷:

现在,你的有罪的妈妈给你写信。在家里给你写信。你妈妈业经宽大处理释放回家。首先让我们共同感谢党的伟大、宽宏、公正、实事求是,给了我以再生的机会。让我们欢呼,我们生活在新中国,新世界,党的阳光照耀着我们的全身,党的乳汁哺育着一代又一代人。让我们声讨帝国主义、封建主义、官僚资本主义。我们特别要声讨、要永远地唾弃帝国主义法西斯所豢养的叛徒、卖国贼、奸细、暗杀者、恐怖分子托洛茨基分子……

历史上你妈妈曾经和这些奸细、叛徒、卑鄙的人类蟊贼、下流的无赖、两面三刀的政治上的危险的人物、党和工人阶级的死敌托洛茨基分子同流合污,站到了我们的伟大的党伟大的人民伟大的人民革命的敌对的一方,犯下了反革命反人民反党的滔天罪行,这些都是铁一样的事实,这是任何人任何时候都辩护不了洗刷不了减轻不了的事实,这是你的母亲姓苏名红的这个罪人永远不会翻案永远不敢翻案永远不能翻案永远承认永远认罪永远自悔自责的事实……

自今年二月你的妈妈苏红可耻地却也是罪有应得地落入人民的法网、人民民主专政的巨掌之中……最后,判决说:"苏红,女,三十六岁,一九一五年生……一九三三年混入我上海市地下党组织,一九三四年接受托洛茨基匪帮的政治主张,并与托派中央委员、罪大恶极的托派分子×××同居,二人狼狈为奸,从事托派活动……鉴于该犯自×××死后,未发现与托派的组织联系、亦未发现该犯从事新的托派活动……一九四九年新中国建立以来,该犯慑于我人民民主政权的强大威力,未从事破坏颠覆等活动,于此次被捕后,尚能知罪认罪,坦白交待,深刻检查,确有悔改愿望……为此判决,判处有期徒刑二年,剥夺政治权利五年,缓期二年执行……"

亲爱的儿子,你看我们的党是多么宽大啊!你知道什么叫缓期二年执行吗?就是说,这二年内我如果表现得好,我就可以不去监狱里服刑啦!我也可以不去劳改队劳动改造啦!这真是社会主义国家的创举!这真是国际共产主义运动的创举!如果在苏联,像你妈妈这样的托匪问题,早就处决啦!当然,苏联这样做是为了人民的利益、苏联的利益,也是为了国际的利益,我要高呼,斯大林万岁!莫洛托夫万岁!全联盟共产党(布)万岁!苏联万岁!我更要高呼,毛主席万岁!中国共产党万岁!东北人民政府万岁!党的肃反政策万岁!

……亲爱的儿子!妈妈知道儿子的表现很好。妈妈知道儿子是坚决地与托匪、与犯有托匪罪行的罪犯苏红划清界限的。妈妈知道你现在是洪无穷,不再是刘无穷,更不可能是苏无穷。妈妈知道你的真正的妈妈不是苏红,而是劳动人民出身的革命的干部洪有兰……妈妈为自己的少年儿童队员儿子有这样真正的好妈妈而高兴。妈妈一定表现好!妈妈没有死,妈妈活下来了,妈妈一定要报答党的恩情,赎回自己对党对人民的罪愆。总之妈妈欠了党欠了革命欠了人民的账,妈妈必须还账,账不还完死不瞑目!

……妈妈有一个愿望。妈妈的愿望并不重要,你可以根本不理睬。要不你就和姐姐共产党员洪嘉商量,要不你可以请示一下组织。就是说妈妈太想你了,妈妈想你想得……你能来看一次妈妈吗?看一天也可以看半天也可以。呆一个钟头也可以呆半个钟头也可以。你就来批判妈妈的罪恶吧!你就来监督妈妈的改造吧!你就来说妈妈一顿打妈妈一顿吧……出狱以后,妈妈只想再见你一面。如果见了这一面,等两年以后,如果法院决定我不再去服刑,也就是说如果领导判定我表现得还好,那我就再见你一面。如果妈妈没有表现得好,没有表现好了,那么,孩子,就永远不要与苏红,与犯有托匪罪行、受到宽大处理但是仍然没有表现好的、没有改造好的"该犯"见面……

"噢,是这样。"洪嘉读了信有一种异样的感觉,既欣慰又别扭。同时她似乎在匆匆地做出某种正确的反应,她说:"放出来了还是好。看来她表现的态度还不错。有这样一个态度她的前途也还是光明的……那怎么着,你去看一看她吧……要不你就回大连去吧。"说着,她得出了这样的结论。但是她没有能继续发挥,因为洪无穷的脸色太可怕了。一个十一岁的少年人,竟是这样面色灰白,表情呆滞,两眼空空,泪迹渐干,这使洪嘉不由得叫了起来:"弟弟,你怎么啦,你怎么啦?不管怎么样,这还是个好事儿啊!这还是个喜讯啊!"她说着,去拉弟弟的手,去摇弟弟的肩。弟弟不动。洪嘉又去抚摸弟弟的面庞,拍打他的脸蛋。弟弟仍然不动,而且他的喉咙里发出一种怪声,像是老年人患了中风痰厥,喘不上气来似的。

"你倒是出声儿呀!"洪嘉叫了起来,"你想哭就哭,想叫就叫嘛!苏红毕竟是你的亲娘嘛,我们并没有说什么嘛,组织上也并没有说什么嘛!你愿意回大连就回大连嘛!你愿意留下就留下嘛!我妈也还是喜欢你的嘛!她刚才是为她自己的事来的,没顾得上找你。谢谢你给她倒了茶水。我们毕竟是同父姐弟!我的同志们对你也还是好的哟……"

敲门声,打断了洪嘉的话。

"请进!"洪嘉说。

进来的是两个女孩子。一个身材偏高,穿着白色的连衣裙,长眉大眼,端庄周正。一个略低一些,穿着典雅的竹布褂,黑裙子,满面春风,玲珑剔透。两个人一照面,使洪嘉蓦地一喜一惊,纯洁,喜悦,健康,大方,自然,美丽,她确实好像是看到了青春的天使,新生活的主人,新中国的少女。一个是玉立亭亭,一个是温文敦厚,一个是春风杨柳,一个是夏池莲荷,洪嘉不觉眼前一亮。她含笑问道:"你们找谁?"

"我们找赵林同志。我们是光华女中学生会的负责人。我们是来请他参加我们的'五四'纪念会的。"

得知赵林不在后,她们表示她们可以等,不论等多长时间,她们都准备等下去。然后,她们俩忽然笑了起来,她们可能觉得她表达决心表达得言过其辞了吧。笑着,她们互相看了一眼,又偷看了洪嘉一眼,为这笑这看而觉得可笑,便更加笑起来,憋也憋不住,止也止不下。便抑制住自己,转过身,力图谁也不看。这种忍笑的样子是非常可爱的,也是非常好笑的。自己忍住了笑,就更逗别人笑。洪嘉看着她们,发出了由衷的微笑。直到这时,她们才发现了洪无穷,才注意到了洪无穷,不由收起了笑容,脸上显出迷惑不解和抱歉的神色,好像是她们做了什么不得体的事情。即使事情真的是这样,即使她们确实感到羞愧,她们的脸上仍然因方才的畅笑而容光焕发,而自由奔放,就像落日哪怕已经沉下了地平线,天空也会因明朗的大白天刚刚度过而霞光万道一样。

洪无穷居然一无所动。洪嘉焦躁起来,抓住他的一只胳膊使劲一拽,把他从椅子上拽了起来。回首问那两位女学生:"要不要在这儿吃点饭?"女学生表示敬谢。洪嘉收拾好苏红的信,拉着扯着推着洪无穷去食堂。进了食堂,洪无穷坐在那里,仍是一个劲儿地发呆。洪嘉给他买了饭,催他吃,他机械地咀嚼和吞咽着馒头和炒扁豆。周碧云和满莎进了食堂,与洪无穷打招呼。无穷机械地应和着一笑。馒头和扁豆一会儿就吃完了。"喝汤不喝?"洪嘉问弟弟。"我问你喝汤不喝?"洪嘉提高了声音。洪无穷机械地点了点头。"喝你怎么不盛去,还等着我喂吗?"洪嘉来了火,喝道。洪无穷又流出了眼泪,拿起饭碗,走向汤盆。他舀了一勺汤,浇到自己手上,一烫,一撒手,碗掉到地上,摔碎了。

"讨厌!"洪嘉愤怒地骂道。

洪无穷蹲下捡拾碎碗片,一下就割破了手,殷红的血滴冒出来,落到了地上。

"回去回去,"洪嘉驱赶着他,"屋里窗台上有红药水,还不快上上!别发了炎!"

洪无穷梦游般地走了。洪嘉找来一个扫把把染了血的碎碗片扫到一个角落以免扎伤别人。同时她觉得烦躁,什么样的弟弟不好,弄来一个托派的儿子变成她的弟弟!她又怨恨起父亲刘正福来了,说是反封建抗婚,却又和洪有兰结了婚,有了她。然后一走了事,世界上竟有这样缺德的人!说是进步、抗日,你去延安去老区也好哇,那至少有了个老革命的爸爸呀,不,你偏去了重庆!一千个女人一万个女人你不娶,偏偏娶了个托派老婆!养个儿子居然找到了自己头上!让他回去!对,一定让他回去!结了婚带上他就更不方便了啊!

"洪嘉,去接电话!"唤她的是祝正鸿,他正高高兴兴地走进食堂,面色红润,容光焕发,活像刚刚赛完一场篮球,而他担任中锋的那个队,取得了大胜利。

洪嘉看了祝正鸿一眼,素日谦和稳重的他的不同寻常的神态引起了她的好奇心,她想问一句:"有什么喜讯吗?"但是为了先去接电话,就没有说出声来。

电话是妈妈来的,洪有兰说:"我回来以后,觉得怪不落忍的。"

洪嘉答:"您这是说什么呀?是新社会……"

洪有兰说:"我没说这个。我是说,光顾了咱们俩说话了,也没跟无穷说几句话……茶还是他给我沏的呢……临走也没看见他。"

洪嘉笑了起来:"原来是这样。那就更没事儿了。他自己的事儿还忙不过来呢!"

"这孩子也怪可怜的。其实又聪明又仁义。人家还姓了咱们的洪……搁到谁身上,也不容易呀!"洪有兰在电话里不停地叹着气。

"没事儿。还让他姓他的苏去好了,要不就姓刘。今天他收到了他那个亲妈的信。是的,那个姓苏的放出来了,宽大处理了……"

"宽大了?放出来了?她不是托……托……"洪有兰惊讶地口吃起来。

"托洛茨基。反正也是历史问题了。大概态度也还老实。"

"那敢情好了。那无穷太高兴了吧?那无穷是不是要回去呀?"洪有兰似乎认为一切顺利了。

洪嘉不再想多说,不想说有期徒刑、缓期执行的事,也不想说洪无穷神神经经的事,这不是一个有滋味的话题,她希望赶紧说别的,"那我什么时候去见朱叔叔呢?"她问。

于是妈妈笑了起来,女儿也笑了起来,一股暖流在她们母女俩之间,通过电话线冲过来又荡过去。便把饭前一起说过的话又在电话里重复地说过来又说过去。由于打电话的时候看不到对方的脸,有些话好像说得更加重要也更加尽兴。最后,挂上电话的时候,洪嘉的脸上浮着红晕,浮着微笑。

"有什么喜事儿?你真高兴呀!"祝正鸿剔着牙走进了办公室。洪嘉这才意识到,她和母亲在电话里谈的时间太长了,整整是祝正鸿一顿饭的时间。也许,是祝正鸿吃得太快了?本来,那么简单的晚饭,对于一个二十岁的小伙子,还不是几口就咽下的事?

"我正要问你哪,有什么喜事儿?你一定有喜事儿,瞧,乐得嘴角都撇到耳朵上去啦!你先告诉我,我再告诉你!"洪嘉连珠炮般地说。

祝正鸿点头承认,面带得色地先从上衣口袋里掏出一张照片,"你看!"他说。

"真漂亮!"洪嘉接过照片,不由喝一声彩,心里说道:"好一个浓眉大眼的姑娘!"鹅蛋一样的脸庞,圆里透尖的下巴,戴着军帽,穿着制服,整齐正规,像军人一样,只有两根短辫子,露出女孩子的活泼调皮来。

135

"总算批准了,她调回北京来了!"祝正鸿欣慰地说。大家都知道祝正鸿与他的女友、未婚妻束玫香的恋爱史。他们从小住邻居,彼此还有一种非血缘关系的亲戚关系,束玫香是祝正鸿的表姨夫的前妻留下的孩子。两个人青梅竹马,两小无猜,早已经形影不离、心心相印了。只是在一九四九年解放以后,在参军、南下、解放、胜利的高潮中,束玫香报名参加了南下工作团,随人民解放军大军南下,而已经是地下党员的祝正鸿被留在了北京。开始,他们打算双双南进,共同经历在凯歌声中跟随大军解放大江南北的欢欣,肩并肩地以胜利者的姿态走出自幼没有离开过的北京城,走向黄河、长江、珠江,走向泰山、嵩山、黄山、衡山……走向全中国。党组织没有批准祝正鸿的南下,而且严厉地批评了他未经上级批准就擅自去报名的做法,警告他如果不服从组织决定,将以自动脱党论——不给他转组织关系。他选择了服从,却鼓励了束玫香南下。在那样的年月,打背包、捆行李、告别、送行、火车站、汽笛、分手,别具一种伟大、崇高、壮阔……连火车开动以后送别者与远行者的泪水也显得格外美丽和晶莹。青梅竹马,难解难分,一起厮混了许多年,如今,有这样一次离别才没白活一世,白爱一世,北京才没白解放,他们也才没白追求革命。

可实际上她一走,祝正鸿大概就后悔了。现在一起工作的同事,都知道束玫香,都知道束玫香远在桂林——这似乎更增添了一层神秘的魅力,因为这些年轻人没有谁去过南方、出过远门——都知道祝正鸿离开了束玫香有一股怎样的恓恓惶惶、缺缺陷陷的劲头。虽然,祝正鸿很克制,祝正鸿有一种天生的相对比较严谨的老大哥的风度。除了照片,同志们谁也没有见过玫香,大家便分担着祝正鸿渴望玫香回来的心情。为了把束玫香调回来,祝正鸿给组织上写了许多报告,跑了许多单位,她走得是这样迅速而且痛快,她回来得是如此迟缓而且麻烦……现在,终于办成了,怎么能够不高兴呢?

赵林回来了,祝正鸿告诉他,已经为他买好了饭,放在食堂里了,现在时间已晚,炊事员已经下班。祝正鸿催他去吃饭,他不急,先回办公室接待找他的两个女学生去了。洪嘉告诉祝正鸿:"那两个女学生长得可爱极了!"祝正鸿笑了。

洪嘉问祝正鸿束玫香回来后他们是否就要办喜事了。祝正鸿说他正在计划,初步打算是"七一"办。洪嘉兴奋起来,她叫道:"怎么都是'七一'!我是'七一',我妈也是'七一'!"

祝正鸿一怔。洪嘉向他介绍了洪有兰的事,祝正鸿笑眯眯地表示祝贺。洪嘉本来以为他会大吃一惊,会惊喜地跳起来、叫起来,会热烈地与她握手,会说一些像"太伟大啦""实在好啊""真幸福啊"之类的话的,但祝正鸿只是微笑着点点头,这使洪嘉似觉失望。"我不喜欢祝正鸿,"洪嘉想道,"他不热情也不透亮。他不会把自己的心思全部告诉你,他也不会为你的事儿而真喜真怒真哀真乐……真说不清,这是麻木还是自私?要不,这其实是厚重和成熟?不知道束玫香是什么样子的。她有一个好名字。她有一个热烈的、活生生的面孔。我呢,我宁愿与不那么可靠的小滑头鲁若在一起……"

洪嘉想到这里,跳起来就去给鲁若挂电话,似乎电话还没有接通,电话铃还没有响,就已经听到了鲁若的温柔的声音:

"我知道你会来电话的。"

这种平静和自信使洪嘉皱了一下眉头,但她还是按捺不住自己的喜悦与兴奋,她说:"你知道吗,我是说我母亲……"

"真了不起,这简直令人泪下!你想一想,几千年了,中国女人……中国女人哪里过过人的生活……真是解放了啊……就像郭兰英唱的:多少年,多少代(哎),盼得那个铁树把花开……"

鲁若在电话里唱了起来。洪嘉最喜爱鲁若的就是这一点。换一个别人,他会爱你、疼你、侍候你……但是他会给你在电话里唱歌吗?你刚刚向他犯了脾气,耍了脾气,他原谅了你,而且在电话里唱一支歌儿给你听,他唱得实在太好了,虽然有点女声女气。那没什么,这本来就是一首女人唱的,唱女人的歌。洪嘉咯咯咯笑了起来。

"傻丫头,笑什么?"祝正鸿在一边搭了碴儿。洪嘉的情绪正在感染他。他完全可以感受到在电话线的两端,鲁若和洪嘉是怎样地交换着喜悦、爱情、活生生的希望。他自己也振奋起来了。他得到了玫香即将返回北京、返回到他的身边的消息,这个消息似乎拔掉了他的身体某处的一个栓塞,立刻全身的血液流畅,神经贯通,呼吸无阻无隔,耳目聪明伶俐。这消息的奇妙效果完全超出了他自己的预料,他这反过来才明白分离对于一对恋人来说是多么苦。"行行重行行,与君生别离""别时容易见时难""思君不见君""君问归期未有期"……怪不得那么多古诗古词吟咏别离的痛苦!别离使人抬不起头,直不起腰,和那些沉醉在与自己的情侣共享生活的幸福中的人在一起,别离甚至使祝正鸿自觉比他们矮了一截。即使在革命当中,在革命的高潮革命的群体革命的狂热之中,这种情况也并没有什么两样。这种体会使祝正鸿有点沮丧,又获得了莫大的安慰。

我们都是凡人呢。本来我们就是凡人嘛。他想。

于是他唱起了一些质朴的歌:

> 延水浊,延水清,
> 小妹妹送郎去当兵……

(他想:也许是"郎"送"妹妹"去当兵呢。)

他改唱:

> 哥哥你走西口,
> 小妹妹实在难留……

(他想:这就是生活。这就是人民。弥天盖地的爱。)

他改唱:

> 在那遥远的地方,
> 有位好姑娘,
> ……她那美丽动人的眼睛,
> 好像晚上明媚的月光……

(他想:她正从遥远的地方走来,我们将拥抱在一起。)

他改唱:

> 上去个高山哟,
>
> 哎唉哟,望平川……

每个歌他都唱两三句,又换一个歌。唱两三句就够了,他不想把一个完整的歌唱完。又不是歌咏比赛。歌唱完特别是把多段歌词的歌的每一段都逐一唱完,也许反而失去了唱最初几段时的美好而又隐秘的混合着快乐的忧愁和向往。他不经常唱歌。他宁愿藏拙。他的嗓子其实很不错,他非常喜欢唱北方的民歌,喜欢唱黄土、高原、清凌凌的河水、蓝格莹莹的天。他的嗓子质朴浑厚之中带一点刚亮,刚亮中又同时有一种甜美和温柔。他其实唱得比别人更好,乃至是比别人都好。但是他还是不爱唱歌。他宁愿听别人唱,哪怕别人唱得走了调,别人的声音忽而尖厉得刺耳,忽而嘶哑得泄气,他还是宽厚体谅地听着,笑着,欣赏着,原谅着,却仍然不无嘲讽的意味流露出来。

但是此刻他唱起来了,唱了一个又一个,唱了他很久以来不唱的歌——像《走西口》,因为内容不革命,他几乎是从来不唱的了,而今天冒出来了。他也忽略了洪嘉的电话还没有放下,他似乎完全忘记了他的歌唱会妨碍洪嘉通过耳机听清对方的话。事实上洪嘉只是边说边笑,鲁若也是边说边笑,他们似乎都不在乎对方在说什么,也不在乎对方是否听清了自己在说什么。鲁若似乎问了一句:"谁在唱歌?唱得这么好!"洪嘉似乎回答了一句:"谁在唱歌?当然是你在唱歌呀!噢,还有祝正鸿,祝正鸿的心上的姑娘要回来了,你瞧把他乐的。'七一',对了,也是'七一'。""咱们也是'七一'。""咱们也是'七一'。""当然。""那当然啦。"洪嘉忘记了他们俩谁先说的"七一"来了,反正他们都说了"七一"。

祝正鸿似乎也听到了"七一"这两个字了。他放下了北方民歌,开始唱民歌风味的创作歌曲：

> 七月一，七月一……
> 敲起锣鼓开大会，
> 庆祝共产党过生日……

> 救生船，有罗盘，
> 罗盘的方向指正南，
> 南方有个太阳照，
> 照得全中国都温暖……

然后是副歌：

> 一人唱，众人和，
> 胸中的热血像黄河，
> 歌声越唱越响亮，
> 因为唱的是"七一"歌！

这里不是唱歌，也不是打电话，也不是在计划各自的婚姻大事。这里更像是举行一次电话联欢。在这个时刻，对于他们，生活就像联欢，联欢就是生活。从打解放，他们联欢了多少次了！联欢就是解放！联欢就是联合——团结就是力量！联欢就是胜利！国民党当然要失败了，摧枯拉朽，不堪一击，注定灭亡！国民党连一次联欢都搞不起来！而共产党，新民主主义青年团，全世界的社会主义阵营，年年联欢，月月联欢，天天联欢！

就在这小联欢的高潮中，周碧云和满莎走进了院子。他们毫不避讳地亲昵地手拉手走了进来。走到青年团机构的办公室的门口，满莎似乎也想进来，但周碧云示意他先不要来。满莎犹豫了一下，便用很洒脱的姿势与周碧云握了一下手，摇了一下胳臂，他离去了。

周碧云走进办公室来。她不顾祝正鸿正在唱歌，洪嘉正在打电话，她不顾赵林从自己的办公室走出来了，他正在送那两个漂亮的女学生。她环顾了一眼,她立即感染了这种不寻常的联欢气氛,她自己的感受就更加兴奋强烈。她含笑深呼吸了几次,她似听未听地获悉了各种好的征兆,她用一种异样的、深情的目光看了祝正鸿一眼,又看了仍然正在打电话在咯咯咯地笑的洪嘉一眼,她走到自己的办公桌前,不坐下,而是扶着办公桌的一角站着,伸着脖子,摆出一副引吭高歌的姿势,像扶着钢琴的歌唱家——苏联的人民演员或者功勋演员,也像一只准备报时的雄鸡。她把手一摊,头一颤,胸一缩一凸,她发出了女高音领唱的声音。在这一刹那,正在唱歌的祝正鸿和正在打电话的洪嘉的本能的最初反应是同时捂住了自己的耳朵。

> 不在那遥远海洋的彼岸,
> 不在汹涌的波涛那边……

周碧云唱的是电影《幸福的生活》(原名《库班的哥萨克》)的主题歌——《幸福之歌》。作曲者是《祖国进行曲》("我们祖国多么辽阔广大……")的作曲者杜纳耶夫斯基。周碧云从中学就是合唱队的队员,她的老师曾经是著名的歌剧演员。她的音量极大,音域也很宽广,只是她无法去除她的洪亮高亢的歌声中包含的一种尖厉刺耳的嗓音,如裂帛,如撕扇,如金刚石划破玻璃。这样,她周围的人都承认她会唱歌,她唱得好,他们常常推举她参加各种联欢、演出和各种歌咏活动。但是没有一个人愿意听她、愿意接受——忍受她的歌。

> 我们的幸福和我们在一起,
> 就在我们亲爱的祖国……

歌曲舒缓,恢宏,气象万千,歌曲本身就像海洋、像波涛、像祖国一样地阔大而又深情。尽管这个歌儿远不如《幸福的生活》中的另外两首情歌《红莓花开》和《你从前是这样,现在还是这样》流行,甚至也不如热烈欢快的轮唱《丰收之歌》上口,周碧云倒是独具慧眼地看中了这首歌,不但自己学,而且教授推广,而且拉上男同志与她一起唱和声。这是一首三个声部合唱的优美歌曲,加上两个男声声部的合唱,歌声就更加充实丰厚。

果然,唱到这里的时候响起了嘹亮的男高音的声音,歌词重复:

  我们的幸福和我们在一起,
  就在我们亲爱的祖国……

男高音是从男同志宿舍里传出来的,是满莎。满莎是洋嗓子,而且好像比洋嗓子还要颤抖得更厉害。他的声音既刚亮又甜美,那实在是非常可爱的声音,只是谁也不明白他一唱歌声带为什么要那样频繁地哆嗦,一哆嗦就显出滑稽来了,便被说成是"踩了弹簧啦""不像中国人啦""打摆子啦""像叫驴啦"什么的,但是满莎唱歌的态度一本正经,真诚,热情,不计成败,无惊宠辱,简直可以说是一片天真,这种态度足以征服他的听众,正像他的诗朗诵、诗创作一样,所向披靡,诚则灵,诚则通神。

而现在,他的歌声从宿舍里响起,飞出窗子,走出门户,经过庭院,经过四月的下午的温和的风,经过两株刚刚谢了花朵、犹有残花留枝头的丁香,经过生长在油着绿漆的木盆里的两株常青的柏树,欢快而又活泼地与周碧云唱和起来了。

就像早已排练好了一样,听到满莎的应和周碧云只是微微把头一点,她用左手指一下祝正鸿,用右手指一下洪嘉,用这样一种职业的乐队指挥的手势,调动他们,指挥他们也唱起来了。祝正鸿唱第三部,洪嘉(已经挂下了电话)犹犹豫豫地跟着周碧云唱第一部。洪嘉唱的声音忽大忽小,调儿也不准,遇到洪嘉唱错了的地方,周碧云一面伸出左手食指向她发出警告,一面挥动右手打着节拍,把洪嘉唱不准的地方用更加响亮尖厉的声音加以强调,像一个认真的音乐老师。这样,她的声音就更加脱颖而出,鹤立鸡群,独树一帜。她是这个歌的爱好者、推广者,是合唱这首歌的倡导者、组织者、指挥者。但是客观地说,一旦唱起来,人们觉得最难接受的就是她,人们恨不得手里拿一把锉,把合唱中冒出尖儿来的周碧云的这点子尖声坚决地锉下去。

但是今天周碧云的声音似乎有些个不同,她的神态也有些个不同。她显得那样兴奋,那样沉醉。她的眼睛里饱含着泪水,更饱含着深情,她的下眼皮是青色的,她的眼睛睁得比任何时候都大,她的目光专注而且热烈,她的轻微的近视眼的眼珠里闪动着一种幻觉的魅惑,她的鼻孔一翕一张,她的嘴唇嘴角显现出那样一种动情的和柔软的收缩,好像在吸吮咀嚼,欲舍又止,突然又大张其口地散发出灵魂深处的欢愉。她一会儿盯着洪嘉看一会儿盯着祝正鸿看,一会儿盯着窗外看——她看见了满莎了吗?她盯视得祝正鸿十分感动,却又有三分不好意思起来。"她怎么会这样看着我?"这样的一闪的想法使祝正鸿欣慰而又叹息。

门打开了,是赵林和两个女学生。两个女学生惊异于这样一个奔放的唱歌的场面,她们的脸上显出了好奇的笑容。由于门的打开,在这三个人的背后,满莎的二部歌声更加真切靠近。周碧云立即面对着这三个人,用两只手的手心向上撩拨,做出一个让他们一起唱的姿势。两个女学生互相看了一眼,笑了。赵林却立即响应。他也跟周碧云学过这个歌。他的嗓子不太行,同样唱得充满热情。

两段歌词唱完了,突然安静下来,你看着我我看着你笑个不住。"我们唱得太好了!我们应该去音乐堂演出!"洪嘉说。"我们应该卖票!我们应该转业到歌舞团去!"祝正鸿接着说。但人们听着,可能以为洪嘉说得是天真和冲动,而祝正鸿的话里带着揶揄和自我嘲弄。

"再来一个!欢迎!"两个女学生鼓起掌来,于是大家一起鼓掌。

掌声还没有落,洪嘉和祝正鸿还在向女学生挥手致意。一声更加颤抖、抒情而又明亮的男声从窗外,从院子里飘过来了:

再见,朋友们,
明朝要远航,
冲破夜雾,穿过海洋……

是索洛维约夫·谢多依的《我们明朝就要远航》，到了副歌，就又是二部了：

> 再见吧，亲爱的城市，
> 我们明朝就要远航，
> 当天刚发亮，在船的甲板上，
> 那蓝色的头巾飘荡……

青年们唱得如醉如痴。在歌声中赵林送两个女学生悄悄地离去，她们的脸上的表情同样洋溢着幸福。在歌声中钱文回来了，听到歌声，看到歌者，他的头好像微微一颤一摇，立即全身心地投入了歌唱：

> 海水轻吻着，祖国的海岸线，
> 夜雾笼罩着海岸……

海水轻吻，夜雾笼罩，这苏联歌曲的歌词简直令人神往，令人陶醉！他们还多么年轻！他们还没有多少轻吻与笼罩的经验，但他们已完完全全地为苏联歌曲而如醉如痴。歌声中张雅丽不知道从哪里跑了来。她的头发湿湿的，包着一条印有"祝君早安"字样的白色羊肚毛巾，好像刚洗过头。她喊道："别唱了别唱了，吵死我啦！"但她的叫声与响亮的歌声相比是太微弱了，人们听不见她的声音，她的耳朵里却充满了人们的歌唱。忽然，她翻了翻眼睛，好像发现了什么新大陆，不管别人听得见，她眯起眼睛自说自笑道：

"真神！满莎在那边唱，你们在这边唱。他为什么不过来一起唱歌呢？"于是她看看这儿看看那儿。忽然，她把手指放到嘴边，向洪嘉挤了一下左眼，又向祝正鸿挤了一下右眼，接着向钱文咧了一下嘴。于是三个人不由得降低了声音，渐弱渐弱，停下来了。

又换了第三首歌，是斯大林所喜爱的苏联庇雅特尼斯基民歌合唱团演唱的查哈罗夫创作的歌曲：

> 晚霞中有个青年,
> 那青年徘徊在我家门前……

《有谁知道他呢》,一首这样质朴,这样爱得傻傻的歌。

> ……单把目光向我一闪,
> 有谁知道他呢,
> 为什么目光一闪……

只剩下周碧云与满莎隔院合唱重唱对唱了。周碧云似乎知道了小蛤蟆进得屋来是来"破坏"她所组织的合唱的。她便不再指挥祝正鸿他们几个人,也丝毫没有受挫的不快,而是更加响亮,更加快乐地唱下去了。

不等一个歌唱完,小蛤蟆就鼓掌,而且喊道:"对!说!为什么目光一闪?你说为什么目光一闪呀?为什么目光一闪,你自己还不知道吗?"于是笑成一团。

歌儿又变了:

> 快乐的歌声随着风飘荡,
> 快乐的人们神采飞扬……

小蛤蟆喊道:"是啊,快乐什么呀?"

歌儿又变了:

> 莫斯科,莫斯科,永远的光荣属于你,
> 你永远年轻,因为你是我们的莫斯科……

是法捷耶夫作词的《莫斯科你好》。小蛤蟆又嚷了起来,洪嘉首先弄明白了,便故意冲着院子喊道:"过来,过来,别闷儿着啦,你们一起唱!"

周碧云满不在乎,越唱越起劲,难以自已:

> 哪里有这样的国家,

>   像我们的祖国一样美丽，
>
>   看花开千千万万朵……

又是一首歌唱苏维埃祖国的苏联创作歌曲。苏联，苏联，只有苏联的花朵盛开，正是在苏联，这些年轻的中国男女心中最美丽最灿烂的花朵在开放。然后是俄罗斯民歌《雪球树》，满莎在这首歌里发挥了他的歌唱艺术的极致，达到了他一生独唱男高音（先是男声领唱）的顶峰：

>   啊——在那寂静的树下，
>
>   在那寂静的松树下，
>
>   别喧哗，别喧哗……

然后是电影《青年近卫军》的主题歌——《少共之歌》。然后是《小海军》的主题歌《快乐的风》。然后是《到远东去》，然后是《明朗的夏天》电影的主题歌"我亲爱的手风琴轻轻地唱……"好像一台机器，根本止不住了：

>   阳光普照美丽的祖国原野，
>
>   原野成为光明的地方，
>
>   我们编了一首美丽的歌曲，
>
>   来把挚友和领袖歌唱……
>
>   斯大林是我们胜利的旗帜，
>
>   斯大林是青年的曙光，
>
>   我们团结着歌唱着迎接胜利，
>
>   我们永远跟着斯大林……

当唱起苏尔科夫作词的《斯大林颂》的时候，不仅周碧云、洪嘉、祝正鸿、钱文、院子另一面的满莎，而且送完女学生返回来的赵林，刚刚回来的李意、萧连甲，包括一直在起哄、一直在"破坏"的小蛤蟆张雅丽,都同声高唱起来。他们想起了一九四九年秋天解放了的中国人民中国青年为斯大林七十岁生日祝寿普天同庆的情景,他们想起了他们热爱他们向往的那么多苏联电影苏联戏剧苏联歌曲苏联诗作苏联小说里的斯大林的形象——约瑟夫·维萨里昂诺维奇(朱加施维里)——斯大林!他们在庆祝斯大林七十大寿的时候敬读过莫斯科外国文出版局出版的精装中文本《斯大林传》,他们都记得"雄鹰""钢铁般坚强""水晶般明亮""金刚石般犀利""大地般沉稳""海洋般宽广"……那书皮好像是褐色的漆布做的,那书皮散发着一种神圣的芳香……那白色道林纸上的每一个铅字都印刷得那样雅致、端庄……他们想起从打地下时期就反复阅读学习过的斯大林亲自撰写的《联共(布)党史简明教程·第二章第四节》又称《辩证唯物主义与历史唯物主义》,那真是真理的凝聚,智慧的结晶。"由此可见"的逻辑,"为了政治上不犯错误"的威严,高瞻远瞩,整个世界整个历史都变得条理明晰,了如指掌……他们想起了第几届世界青年联欢节上来着,看台上的青年们,以自己的身体自己的服装自己的旗帜,一声哨子,立即组成了一幅图画——斯大林的肖像!斯大林的头发,斯大林的面庞,斯大林的胡子,这简直是人间的奇迹,而他们,(通过电影)目睹了这样的奇迹的发生。

  我们辽阔的大地日新月异,
  更充满了自由美丽……

  底下的这首歌叫做《斯大林时代》,它不像《斯大林颂》那样抒情,却更加慷慨欢乐。这首歌唱了两句,门一推,又进来两个人。走在前面的紫黑脸膛、行色匆匆的中年人是党的区委负责人老吴,后面的是没有停止唱歌的满莎。老吴其实还不到四十岁,脸上已经有着明显的皱纹,包括额头纹、眼角(鱼尾)纹和嘴角的纹缕。抗日战争时期他当过游击队长,三年解放战争时期他当过区长、县长、县委书记。北平一解放他就来到这个市区,先当第二把手后当第一把手。

对这批青年干部,他既喜爱他们的聪明、热情、有文化,又觉得一拨毛孩子实在还不像正正经经的共产党干部。他没有明说过,但从他的神态大家都明白这一点。他的办公和住宿和他们相隔一个更大得多的院子,显然,甚至从他那边也听到了这响亮的歌声,他是循声而来的。他推开门,走进来,侧着头扫视了一下全体。

"老吴同志,欢迎您和我们一起唱歌。"满莎发出邀请说。大家都管他叫老吴,包括他的爱人,区委会的机要员,也是称他老吴的。

老吴点点头,叹道:"生龙活虎,生龙活虎!"他很少要他们汇报工作,却常常出其不意地走来,临时就碰上的话题急匆匆地发表一点意见,称赞一下他们的"生龙活虎"就走。他的意见没有什么条理,但都很精彩实在,是这帮不久前的学生娃所叹服备至的。"学生娃"们尊敬他,亲近他,又总觉得在他面前有点不安,在他——一个真正的革命者、游击队长、县委书记面前,他们不由得感到自己的那点革命的经历和成色实在是不足不够不纯不硬。他们大声唱歌的时候老吴同志闯进来,他们不由得降低了音量。幸好满莎跟了来,而且还主动邀请老吴一起唱,他们似乎放了心,声浪又大起来了。

老吴赞叹着"生龙活虎"四字离去,忽然又回过头,急急地说:"唱个中国歌儿!唱毛泽东!"

他的口音把"泽"读成"宅","毛宅东",听起来更亲。他皱了一下眉。

周碧云一下子没有反应过来,洪嘉立刻掌握了唱歌的带领权。她唱道:

　　太阳出来了,
　　满呀嘛满山红,
　　中国出了(个)共产党,
　　领导我们向前(啊)进!

　　领袖毛泽东,

好比是黑夜的灯,
民主大路上放光明,
照耀我们向前(啊)进!

声音整齐响亮,人们似乎看到了刚离去的老吴满意地点着头。歌颂毛主席的歌一首一首唱完之后,意犹未尽。周碧云又带领大家唱了起来:

国民党啊,那个一团糟哇,
一团糟哇,一团糟哇,一团糟哇……

这是一首滑稽而又辛辣的歌曲。三个一团糟,第一句尖厉入云,第二句滚落山谷,第三句应该是男低音唱,像是执行完死刑掩埋国民党的尸体时念的超度经咒。正是在这三个"一团糟"当中,他们的情绪达到了沸点。除了周碧云和满莎,几乎没有一个人唱得上去唱得出头一个"一团糟"来。赵林为唱这个"一团糟"真是声嘶力竭,如嚎如泣。祝正鸿干脆降八度改为轻轻哼过,钱文唱是唱出来了,唱完了却憋得不住咳嗽,于是,只剩了碧云、满莎,双双声入云霄。第二句"一团糟",七嘴八舌,手忙脚乱,从内容到形式,真是彻头彻尾彻里彻外的"一团糟"啦,而第三个"一团糟",没有人具备这样的"贝斯"嗓子,便一起往下压,压又压不下去,此起彼伏,发出阵阵怪声怪叹好像皮球撒了气。然后结束唱歌,大笑。大笑声中,洪嘉喊道:"我饿了!"

别人也喊:"饿了,饿了!"

"好,好,好!"满莎叫好,"今天我们请客!先请大家一起去吃馄饨。然后嘛,我们请吃糖!"

"什么是我们?你跟谁?"大家好奇而又快乐地问。已经感觉得差不多了,已经猜得差不多了,但又觉得难以置信,便追问起来。满莎哈哈一笑,迈一大步,用一种豪迈的手势指一指周碧云,当仁不让地站在周碧云一边,气宇轩昂地宣布:

"我与周碧云同志已经明确了恋爱关系！特此告诉大家！谁愿意祝贺,就来祝贺吧!

> 我们是热恋中的情人,
> 我们是征途上的伴侣,
> 光荣的岁月是我们忠贞的见证,
> 革命的爱情比酒还要浓!"

一阵热烈鼓掌。

第 九 章

　　馄饨,吃了,糖,也吃了。满莎与周碧云的爱情的昭告天下,是这样的迅捷、明快、自信、慷慨大方,十足是满莎的风格,满莎的方式。在中国的土地上,除了强暴、淫荡、蹂躏、庸俗卑劣,除了少爷小姐和小资产阶级的折磨、猜忌、猫与老鼠、老鼠与老鼠的游戏以外,竟然还有这样爽朗奔放的爱,这简直令人欢欣鼓舞、令人想组织一次庆祝会、庆祝游行,喊喊万岁万岁万万岁的口号!于是洪嘉断然宣布,她将与鲁若在"七一"结婚。祝正鸿宣布,束玫香即将回京,他将与玫香"七一"结婚。一喜未平,一喜又起,大家乐得头晕之际,洪嘉止住了掌声笑声,大喊大叫地宣布,她妈妈洪有兰也将在"七一"结婚,大家一怔,笑声掌声欢呼声更加热烈汹涌。满莎与周碧云咬了咬耳朵,立即宣布,他们俩也要在"七一"结婚。赵林提醒他们,他们还需要申请房子。满莎回答说,没有房子就住办公室也行。于是大家热烈鼓掌。在掌声中,他们当众拥抱,满莎踮起脚当众欲吻周碧云的脸,更掀起了狂潮。

　　周碧云激动得流下了热泪。这才是火一样的,阳光一样的,天空一样的爱情!当满莎踮起脚来,用他小而有力的火热的厚嘴唇寻找她的宽大的脸庞的时候,她虽然因了世俗的羞怯而躲了躲,但真是觉得骄傲,自由,海阔天高!她与舒亦冰一起呆了那么多年,舒亦冰可有一次显示过这样的无畏英勇?他那被重重叠叠的梧桐树叶所阻挡,又被百叶窗的窗叶所切割的阳光!那没有什么阳光能够透漏进去的小屋是何等的霉阴！他那一切都按洋规矩办的洋妈妈！他真是空长了一个大躯壳，一个大个子！亦冰亦冰真是冰！当她像火一样地向他扑去向他烧去的时候，他却像冰块一样地退缩，融化，滴滴答答！我恨他！周碧云暗暗地说。我恨你，舒亦冰！我就要在"七一"嫁给满莎，满莎就要娶我了！我会把我的一切都给他，他会把我的一切都拿去！我恨你！她哭得更厉害了。

周碧云的眼泪使大家有些个犹豫。

"我是高兴得……我太幸福了，我太快乐了！"周碧云解释说。

"今后，我们的人民，我们的子孙万代，将再也不知道什么叫痛苦，什么叫哭泣，"满莎用他那南方官话庄重地宣告，"将再尝不到泪水的苦味！除非由于幸福，除非流下幸福的热泪！而幸福的热泪是甜的，和茉莉花糖一样甜！周，你说，你的眼泪是不是甜的呢？"

周碧云点点头，又摇摇头。大家想笑，又没有笑。过分的激情，哪怕是幸福的激情也会使周围的人不得不严肃起来，这种不期而至的严肃派生着几分尴尬。

萧连甲摇摆了一下下巴，他伸出一个指头，引证说："是的，我读过这样一首苏联的诗。诗说，是斯大林，揩干了农妇眼角的泪水。说得是何等好啊！……我们的那些作家、诗人，怎么不会这样歌唱自己的领袖呢？大救星啊，带路人啊，还有一首歌说，毛泽东是清官，说他坐着飞机在空中……这未免太贫乏了……"

萧连甲猛然打住，他没有再说下去，大家也互相看了一眼，没有人理睬或者应答萧连甲的话。应该怎么样歌颂领袖，这似乎是不能随意地议论的呀。虽然他们是这样年轻。虽然他们的领导经常引用列宁的话——列宁什么时候说过这话呢？据说列宁说过，"上帝允许青年人犯错误。"

应该感谢萧连甲的不合时宜的引证和质疑，它使人们恢复了理智，甚至还有一点警惕。于是洪嘉发觉，整整一个黄昏一个晚上，洪无穷不见了。

大家也都发觉,他们一直没有见到洪无穷。"有什么事情吗?"赵林问。于是洪嘉讲了苏红来信的事,她还说,洪无穷的情绪很不正常。"情绪不正常?"张雅丽奇怪,"他妈抓起来的时候他的情绪没有不正常,他妈放出来了反而情绪不正常了么?"她不解地问。得不到回答。

便说给派出所打电话,给公安分局打电话,给学校打电话。打电话说什么?说洪无穷丢了?看看表,已经十一点,没有任何结果。洪嘉说:"算了,不管他,我们休息,我们绝对不能容许托洛茨基、季诺维也夫以及苏红妨碍我们的幸福生活!"她的话使大家一笑,然而没有解决任何问题。赵林不同意就这样就睡,他建议分头去找一找。都感到找也是瞎找,劳而无功,却也觉得不找不好,该找。洪嘉便建议赵林不要去找了,赵林比我们忙——她有意无意地想弥补一下白天因为借自行车骑所造成的小有得罪,她其实也是尊敬赵林这位小首长的。然后都推出了自行车,去火车站,去小学,去几条街,大致一分派,都走了。

按约定的时间午夜十二点都回来了,都很高兴,都还沉浸在幸福的感受之中,但是没找到洪无穷。赵林也没有睡,他说他很不放心,他在等洪无穷的消息,同时,他正在搜集材料,准备讲稿:那两个女学生所在的光华女子中学,将要在"五四"那一天与一个男中举行联欢,她们已经请到了老红军、科学家、作家去参加他们的联欢会,她们请赵林去做一个小时的报告。大家互相交换了寻找洪无穷的情况,情况表明,他们都已经为寻找洪无穷尽心尽力。于是赵林分析说:

"大家休息去吧,现在再找下去就太缺乏目的性了。应该说,一般地说,不会出什么事的。能出什么事呢?洪无穷是一个好孩子,总括起来说,他当然是好的。我看大家先休息。最大的可能是,我认为,很快这孩子也就回来了。当然也有一种可能,今天一夜没回来,那么明天我们通过公安部门去找,明天通过他所在的学校的师生去找……明天是星期一,星期一办事效率总是高的……"

赵林讲得全面周到贴切不俗，只是稍微啰嗦了一些。洪嘉恨恨地说："我实在恨死托洛茨基了！过去我还不懂，为什么说他是人民公敌？可不是人民公敌嘛！在我们最高兴的时候，在我们最幸福的时候，他的阴魂不散！他出卖十月革命，他暗杀列宁，他反对斯大林，他勾结德国法西斯主义和日本军国主义，他威胁和暗害高尔基和鲁迅，他搞得苏联、联共党上下不安！他搞得我们不安！简直是一只老鼠坏了一锅汤，一泡鸡粪坏了一碗饭！"

"你真是义正辞严！"祝正鸿笑着说。

"托洛茨基什么时候威胁过鲁迅？"萧连甲扬起头，眯一眯眼睛问。

洪嘉脸红了，"你没有读过鲁迅答托洛茨基的信么？"

"没有。"萧连甲的脸上显出了某种嘲讽。

"是答托洛茨基分子的信……"钱文小声提醒洪嘉。

"全一样。托洛茨基让他的分子写的嘛！难道我们还要为托洛茨基辩护吗？"

"这就有点幽默了。"萧连甲耸了耸肩，吹起口哨，转身离去了。大家首次发现，他的口哨是吹得这样好，简直可以登台表演，给个麦克风就成。大家还惊异地发现，他吹的既不是中国的也不是苏联的也不是任何一个社会主义国家的革命歌曲，他吹的是久违了的一首歌，黄自作的《天伦》，郎毓秀独唱的《天伦》，国民党的"中央广播电台"XORK 常常播放的，这小子怎么胆敢吹起这样的调子？

"这小子！"周碧云毋宁是深情地说。

"杠头！"李意温和地、试探地说，说完，一伸脖，他不愿意叫任何人不快，他希望气氛松弛下来。

"他的脑袋真大，真管用，"张雅丽称赞说，"我相信，赶明儿他能成为艾思奇……"

"学问家。理论家。思想家。当然，他有两下子。"祝正鸿半是赞叹，半是调侃。

"他就是与艾思奇通过信,谈对米丁的《简明哲学辞典》的理解。"钱文认真地说。

"好。"赵林微笑着。

"你们知道布哈林长得什么样吗?学联共党史的时候,我也不知怎么了,老想着小萧。我琢磨着,布哈林长得一定就是萧连甲这个样儿……"万德发坚决地、几乎是紧张地说,他的京郊口音,把"布"读成上声,把"林"读成轻声如"哩",把"哈"读得拉长,"布哈林"变成了"捕哈哩",大家笑了。李意说:"别捕哈哩了,还是捕蛤蟆吧!"

虽然也笑了,但是笑得无趣。这样一个集体,疯疯地联欢了一阵子以后,已经无法进行热切的交流,已经聚不起光,已经失去了共同的兴奋灶。

"睡吧,睡吧。"这是唯一最正确的号召,当然是赵林发出的。

虽然意犹未尽,却也不好再多说什么,于是大家散去。这时,洪嘉发出一声怪叫,洪无穷回来了。

洪无穷满脸通红,他的大眼睛睁得更大、更美,特别是两颗黑眼珠晶亮饱满,如两颗熟透了的黑葡萄。他满脸满头都是汗渍和灰尘,好像是刚刚参加完装卸洋灰。洪嘉向他斥喝,责问他跑到哪里去了,大家止住了洪嘉。赵林若无其事地过来拍拍他的肩膀,问他:"小伙子,跑到哪里玩去啦……"

洪无穷结结巴巴,断断续续,所答非所问地说:"我不能离开你们。我不能离开新民主主义青年团和少年儿童队。我永远不离开党,党,党,伟大的中国共产党!我不要托派妈妈,我不要,我不要啊!我永远不会做叛徒,我不!我不回去!我不回大连!我不要苏红!苏红她欺骗了我!她说得多好啊!看了信我都可怜她了呢。我哭了,我哭了,但是我知道,我是不应该哭的呀!"他又抽咽起来,"我知道我哭是软弱的表现,是立场不坚定的表现,可是大队部说学校说我已经与那个坏妈妈划清了界限,我觉着我没有划清,我对不起队,对不起青年团,对不起你们,我骗了你们啊……"

"噢,原来是这么回事。"赵林把他拉到自己身边,亲切、庄重、胜任愉快地对他谈道,"你不要有思想负担嘛!洪无穷同学是个好孩子,好少年,洪无穷你是党的乳汁、革命的乳汁哺育大的。在革命的高潮中,在凯歌胜利的进程中,包括你父亲刘正福先生和你母亲苏红,他们也受到革命潮流的冲击,他们也感到革命风雷的震荡,他们的身上,同样折射出反射出革命真理的光芒,这是很自然的事情,这正说明了革命的伟大,党的伟大,真理的伟大,我们所处的这个时代的伟大。你爱你的爸爸妈妈,你对他们有感情,首先是因为你爱革命,你爱党,这是完全一致的嘛!立场坚定,划清界限,是让你与她的政治上的罪恶,历史上的罪恶划清界限,是说你应该支持政府,支持党审查她的问题。如果罪行严重,当然就要给以严厉的惩处,你当然应该拥护这种惩处!如果罪行不严重,或者本人态度好,或者有立功表现,当然就要给与宽大处理,你当然也应该拥护这种宽大!总而言之,党的镇反政策是:坦白从宽,抗拒从严,首恶必办,胁从不问,立功受奖!拥护这个政策,就是立场坚定,就是界限分明。如果你包庇你母亲,如果你因为她的被捕而对党对政府不满意,那当然是立场不坚定,界限不分明。如果不是,那就不是。也不能反过来说,你比党比政府还严厉还斗得凶,难道你比党还坚定,比政府还分明?那不成了'左'倾机会主义了么?事实已经证明,你没有包庇,你没有不满……"

不仅洪无穷,洪嘉,在场的所有的人都被赵林的滔滔雄辩而又入情入理、条理分明所征服了!而他的态度,又诚恳,又慈祥,又庄严,又亲切,又严肃,又温暖……起码是在这一刻,他成了党的化身,党的一切伟大英明智慧深沉无坚不摧无攻不克都体现在他——一个不满二十岁的青年干部身上了!听的人惊喜钦佩莫名,连赵林自己也惊喜莫名。他的水平和他的风度,不但令听者折服,更令自己折服!这是怎样的奇迹呀!如果不是他参加了革命,如果不是他成了革命干部,如果不是他担负了一定的领导职责,这样的奇迹怎么可能发生呢?革命加领导职务,使一个普普通通的青年焕发出怎样的光彩!

真是千载难逢的盛世啊!

随着他的雄辩的分析,洪无穷的极度紧张的神情得到了缓和,洪嘉的气急败坏的样子也逐渐变得平静,大家都点头称是。祝正鸿的脸上显出了一抹相当甜蜜的、又似乎是宽厚随意的微笑。

祝正鸿的微笑使赵林克制了一下自己的得意和继续发挥下去的冲动,他说:"至于你回不回大连,我们尊重你的意见,当然也要听一听你姐姐的意见,你们可以慢慢商量,不急。政府把你妈妈苏红放了,这当然是好事,不是坏事。当初把她抓起来,审一审,查一查,也是好事。政府花了很大的力量,帮助你妈妈搞清了她的托派问题,这不是一件大好事吗?对托派的警惕,当然不能放松。如果你真的坚持不回大连,那也好,我们欢迎你继续与我们生活在一起。我们也有很多缺点,我们也有做得不够的地方,当然,欢迎你给我们大家提出意见……现在呢,一,洗脸,二,上厕所,三,睡觉。响应毛主席的号召,健康第一,做到身体好,学习好,工作好!"赵林兴致勃勃地讲到这里,爽朗地笑了起来,笑声中他的神态有意无意地发生了重大的变化,他似乎从方才那个又伟大又慈祥的角色里走了出来,他显得放松、随和、甚至还有几分油滑,他用目光扫射了一下四周,号召性地问道:"谁去拉屎?"

万德发,赵林的最忠实的同厕(这个词是仿"同学""同事""同仁""同年""同志""同居""同僚"……而生造出来的)遗憾地说:"我拉过了。下午我吃冰棍了。越是吃两顿饭就越容易撑着,越是怕饿着就越容易吃得过多。所以……"他不好意思地,却又相当理论地解释着。不知道是不是工作习惯使然,反正这些年轻人遇事——不论什么事——都要总结、分析、发挥,找出规律来。

别人的反应就更冷淡,甚至连"不,我不去"的否定性答复也没有。

钱文历来对于赵林的如厕集体主义是不怎么感兴趣的,但他认为这个时刻赵林是不应该陷入些微的尴尬的,即使是为了可叹的洪无穷也不能让赵林得不到丝毫响应。他便被一种好心所驱使,在毫无便意的情况下回答说:"我去!"

果然,赵林一面排便,一面与钱文谈了起来:"你说周碧云与满莎的事怎么样?"

"这个……"钱文不知怎样说才好。

"这个事情是这样,他们太突然了,你原来知道吗?"

"这个……没有……就是说,不……"

"是啊,据张雅丽说,她昨天晚上才发现,他们第一次深夜坐在一起……"

"这个……是吗……原来……"

"我们都知道周碧云原来在天津有一个男朋友的……啊,真痛快……你怎么了?你干燥吗?蹲了这么半天拉不出来,这是会得痔疮的……"

"我……没有……"

"还有一个问题,我看我得请教一下老同志,年龄大一些的同志。满莎个子这么矮,而周碧云那么高……"

"你管这个干什么!"蹲在茅坑上而无屎可拉的钱文终于说出了一句痛快话。

对同志热情关心却没有得到应有的理解与赞同的赵林,泄了一点气,降低了声音,摇摇头,又点点头,坚决地自言自语般地说:"要管。当然要管。婚姻恋爱问题是青年人生活中的一个重要的组成部分,这也是我们的工作。不管,那是对同志不负责任,也是失职呢!"

"我不拉了。"钱文从坑上站了起来。

"等一等,我马上就好。"

这一夜,钱文躺在床上只觉得又快乐又悲伤。这一连串关于爱情,关于婚姻的宣告使他觉得真是飘荡在爱的海洋里。连洪嘉的母亲也正在爱,这甚至使钱文去想自己的父母,他们能够相爱吗?他们能够相爱的话就好好相爱吧。他们如果不能够相爱就分手吧,他们才四十郎当岁,他们还可以找到各自的伴侣,他们不应该得不到爱情、只得到怨恨地生活一辈子。一辈子,唯一的一辈子啊!

满莎与周碧云的歌声也令他激动不已。他们两个人的神态都是那样幸福,那样美丽,是爱情使他们变得更加美丽了。他们俩的性格也变得更加可爱,迷人。可是舒亦冰呢?他听周碧云说起过舒亦冰,他没见过,他想象那是一个古老而又芬芳的影子。快乐与悲伤就是这样扭结在一起。什么是快乐?快乐就是跨过悲伤,忘记悲伤,不要再流连于悲伤。钱文对自己刚刚获得灵感发明出来的这一格言警句深为动情,他的眼泪涌出来了。

在眼泪涌出的时候他想起了自己。他想起了吕琳琳。他相信在他与吕琳琳之间有一种相互的好意,相互的祝福,有一种人性中最美好最善良最纯真最高尚的情感在激荡。当然,他们各自有各自的路。今后,他也许不会再半途而废地去看访吕琳琳。吕琳琳更不会来看访他。今后,他们也许偶然见面,吕琳琳表演歌舞《胜利的船儿向前进》,他在一边、在台下看,或者,听哲学家艾思奇或者著名的记者范长江的报告的时候他们坐得很近,也许是路遇,在街上,在公共汽车站,在公园里……他们见面后的友谊的表示不会比握手与寒暄更多……然而他是不会忘记吕琳琳的。他希望吕琳琳幸福。

他也分享着祝正鸿的快乐。分手以后的团聚,这是命运给人的报偿。而且祝正鸿总是那样宽厚,那样冷静,他永远不会咋咋唬唬。可咋咋唬唬又算什么了不起的恶德呢?包括有点咋咋唬唬的洪嘉也在痛饮着青春的美酒,吸吮着生活的乳汁,迸发出革命的光辉,这有什么不好呢?这不是更伟大吗?

歌声。有多少青春,多少革命,多少爱情,多少胜利就有多少歌声。所以国民党没有歌声,三青团没有歌声,北洋军阀、大清朝廷都没有歌声。共产党人是唱着歌战斗唱着歌胜利前进的。甚至唱着歌就义唱着歌去死:

起来,饥寒交迫的奴隶,

起来,全世界的罪人……

萧连甲。是的。为什么唱斯大林的歌那么多而唱列宁的歌那么少?为什么电影上有那么多斯大林而没有那么多列宁?为什么我们宁爱唱苏联的歌曲——雄鹰、山楂树、蓝色的头巾、海水吻着海岸、红莓花儿、雾、夜莺、白桦、褐色的眼珠……为什么我们的歌词里没有这些?我们的歌词里如果有了这些,算不算小资产阶级情调呢?我们的歌儿为什么不能表达我们这一代年轻人的内心呢?看我想到哪里去啦。布哈林。布哈林走上了叛变祖国、出卖祖国的道路,供认不讳,被处决了。乓的一声枪响,硝烟起处,罪恶的身躯倒下,罪恶的黑血流出来了。这可不是小事,这可不是玩笑。这是不能乱讲,也不能、绝对不能乱想的啊!

什么时候,我才能锻炼成为钢铁一样、水晶一样的布尔什维克呢?像《钢铁是怎样炼成的》里边的水兵朱赫来,他帮助保尔·柯察金走上革命的道路。至少像沈大哥……

而在厕所里讨论周碧云与满莎的爱情,这是怎样地煞风景啊!厕所,一个顶棚,一排七八个坑,互不分隔,简直可以一边大便一边开会。他去过李意家,李意家的厕所竟是抽水马桶!坐在马桶上,他简直不知道应该怎样使劲,怎样排便!而李意家的厕所的墙壁,还是白瓷砖砌成的……真是布尔乔亚呀!天杀的布尔乔亚!享受人生的布尔乔亚!令普罗列塔利亚死不瞑目的布尔乔亚!当一个人上厕所的时候要进入一间一尘不染的亮晶晶白瓷砖小屋,还要坐在马桶上舒舒服服地进行,当人享受到这一步的时候,他还能冒着枪林弹雨向着布尔乔亚冲杀吗?

于是钱文进一步反省自己。为什么就不能在厕所、在排便的时候讨论周碧云的爱情呢?大粪是最宝贵的肥料。许多知识分子干部讲述他们的思想转变过程的时候都自我批评过怕脏、怕臭、怕虱子以及不喜欢大粪的小资产阶级思想。他们怀着崇敬的心情,以极为感动的语调讲述,即使在旧社会,为地主扛长活,拉屎的时候,长工要赶回自己家去拉,大粪就是黄金啊!黄金是资产阶级的大粪,大粪是无产阶级的黄金,他什么时候才能实行这样的感情的转变呢?爱情是神圣的,农业就不是神圣的,肥料就不是神圣的,大粪就不是神圣的么?无产阶级,应该是爱大粪的呀!

还有赵林,赵林每次如厕的时候都招呼人们与他同行,每次解大手的时候还要絮絮不休地研究工作,研究人们的思想情绪,这不正说明他的忙碌,他的每天的二十四小时每小时的六十分钟都献给了工作了吗?才这么年轻,已经担负起了数倍于这个年龄所可能挑起的重量的担子,这不正是他们这一代人的骄傲,他们这一代人的悲壮所在吗?赵林可能对于理论和文艺缺少必要的悟性——钱文不知道自己为什么会这样想并为这样想了而感到歉意——但赵林绝对不缺少聪明和幽默感,他其实非常富有生活情趣,看他的办公室便是证明。赵林的读书、思考以及谈吐可能缺少深度和创造性——钱文同样不无歉意地并无多少根据地这样想了——但赵林绝对不缺少一个革命者、一个小有责任的领导人应有的忠诚、细致、周到、克制尤其是尽心尽力的责任感。他关心周碧云的爱情生活,不正是出于这种责任感吗?特别是今天晚上他对洪无穷的帮助,是何等的精彩啊!如果他钱文再对赵林别别扭扭,他是不是应该进一步挖一挖自己的思想根源——看有没有潜在的忌妒呀、不服气呀这些丑恶的根子呢?

然而,不管怎么样,不管有多少困惑和反省自责,不管有多少遗憾,不管有多少皱褶还没有平展,有多少空洞还没有充实,有多少针刺还没有取出,他仍然感受到一种温煦,一种甜美,一种浸润,一种欣喜,真是青春最微妙的一刻,真是时代最自由而澎湃的风光,真是爱的汹涌,爱的解放。周碧云与满莎,本来都很平常,一旦宣告了他们的爱情,就像有一首歌儿白云般地把他们托了起来。赵林的脸上也显示着美妙的光辉……而他,钱文呢,一切还在未定之间,他也分明感到了自己的爱,自己的姑娘,那样美丽,那样热情,那样活泼,在南方或者在北方,在井下或者在课堂,穿着白大褂或者穿着工服裤,采摘下一束紫花或者收起一网金鲤鱼,她微笑着,她注视着,她关心着,她等待着……啊!

半睡不醒的钱文,从胸腔里发出了一声奇异而又沉迷的叹息。睡在他的邻床的李意被这个声音所惊动,他问道:"怎么了,你?"

"啊?怎么了我?没什么。"

"你没有睡吗?"

"我好像一直睡着,脑子却又一直不停地想着。"

"想什么呢?"

"什么都想。他们都很好。我们也都……你没睡着吗?"

"没有。我觉得太有意思了。都在'七一'结婚。洪嘉说,她妈妈也在'七一'。满莎和周,简直是希特勒式的闪电战。对不起,我用词不当。今天晚上,听他们说这些事儿,我高兴得打战……你注意了吗?我高兴得发抖。"

钱文觉得很抱歉,他们太不注意李意了。

"真有意思,到处都是爱情,爱情遍地开花。好像是突然撤销一道关于爱情的禁令……"

"解放了。不是真的完全解放了吗?"

"可是小钱,什么是爱情呢?"

"书上,小说上,诗歌里,还有电影上都说了很多。"

"我小时候看电影,我最喜欢周曼华了。我姐姐最喜欢陈燕燕,我最喜欢周曼华。我最喜欢的是她那股甘甜劲儿,她的瓜子脸上的笑容。我希望我能与周曼华见一面。我希望她也许能摸一下我的脸。我……你别笑,我想,我长大了娶媳妇就要娶这样的女人……这也算爱情吗?"

"我不知道……我看,你还是把它珍藏在自己心里吧,说这些干什么……"

"我不会唱歌。我与你们唱不到一起。我已经二十二岁半了。而且,刚才赵林对我说了,我要写一份检讨。"

"什么？写什么检讨？哪有刚才？赵林什么时间跟你说的？"钱文只觉得睡意全消。

"我们春游的时候逼着张雅丽吃猪头肉的事儿被统战部知道了，最近中央恰恰有一个文件，要认真执行宗教政策与民族政策。我们的玩笑开过了头，据说都报到中央去了。一群汉族党员干部逼迫一个回族女青年吃猪头肉，影响太恶劣了……说是要处分他们，要发通报呢……"

"那完全是瞎逗，那怎么行！她自己也和我们逗。我们都在那里笑。怎么能处分你一个人呢。"

"对别人，大概是进行一次民族政策宗教政策的教育。"

"那，我们都写检讨。我也写。洪嘉也写。赵林更要写。"

"不必了，我是主犯。什么事都得抓主犯。比如说国民党，那么多国民党员，哪能都抓都枪毙。总要找主犯……"

"你说得未免太阴暗了。"

"我不是说那个意思。我没有想和你说这个。而且赵林说了，上级说了，如果检讨得好也可以不处分。我会自己去做检讨的。我会做检讨。我睡不着是想问你……"

"什么？"

李意伸出手去开床头柜，拿出一包香烟，抽出一支，点着了，吸了两口，又掐灭了。他说："我想请你谈谈对一个同志的印象。"

"谁？"

"袁素华。"

袁素华？钱文吃了一惊。袁素华是圣心医院团支部的书记，那个团支部只有七个团员，只有一个支部书记，没有委员。他们甚至于不明白，那里怎么会有个团支部？那里的院长至今仍然是一位圣马力诺的嬷嬷，都认为那个医院是一个"反动堡垒"。袁素华，偏高的身材，挺拔的腰身，引人注目的黑发从正中分向两边，又用两根头绳各扎起一股，同样的粗细长短，像两只角似的对称地垂在脑后。袁素

163

华眉细眼长,鼻子和嘴那里似乎严守着什么东西,端庄得近乎冷漠,再加上她薄施粉黛,在那个年代,在那批青年团的干部当中,她显得很特殊,与那种风行一时的热情爽朗朴质乃至野狂的气质很不相同。她常到这里来开会,她说话、汇报工作、请示问题似乎都与众人毫无二致,但是钱文他们总觉得她很独特。她不是他们的朋友。袁素华本人的职业是护士,钱文看到她,立刻就会想到她拿起一个粗大的针筒,无情而又精确地向一个重病人注射 K 钾青霉素。

钱文再也想不到李意会选择了袁素华,不同凡响!他又觉得有点甚至于可以说是怜悯……李意是有自知之明的,他宁愿去选择一个教会医院的平凡而又矜持的护士,他不可能——大概想也不敢想去追求一个周碧云式的、洪嘉式的女革命家。

"袁素华,好啊。她工作很细致,负责,一板一眼。她总是那么干净,端庄,文雅……"钱文回答,假装什么都没想到,假装是讨论一个干部任命或是一个青年能不能入团,而且,他完全用正面的词,却用得都有分寸,他是不能信口开河的。答完了,他觉得自己老练得近乎狡猾了。

"嗯,"黑暗中,李意似乎点了点头,他努力压制自己的兴奋的情绪,他力求冷静地问:"你看,我们两个人……怎么样?"

"什么?"

"就是说,我想追她。"

"只是'你想'吗?"

"我不知道。反正我们并没有多少个人的接触。你知道,我不管圣心医院的团支部的工作。其实你比我与她更熟嘛,你还带过一段圣心支部……"

"你怎么会想到她啦……"问完,后悔了,离"老练"还远着呢。

"各方面的条件嘛……总要比较般配……我从侧面做了一些了解,我知道,她没有对象……"

又一朵喜悦的浪花涌上钱文的心头。真怪,照李意说的,他只不过是动了"追她"的念头,但立刻,在他的心目中袁素华的形象变得不一样了,她的淡漠雅净的外表下面,突然焕发出一种生命,一种隐约的秀美,一种深藏着的魅力。果然,袁素华也是很不错的呢,对于钱文,这简直是从地平线下刚刚露出轮廓的新的岛屿!原来仅仅是被爱也能显示一个人的潜在的美丽、真正的价值!而李意呢,李意这个家伙不动声色地做着自己的独到的爱的梦!

"我没有把握……也许人家看不上我……"李意又说,而且叹了口气。

"你怎么会这样想!你怎么能这样想!如果你是真的……"

"当然,我是说实话……我和你们不能比,我是讲的心里话……你们真冲啊,你们太冲了啊!我觉得,我真心觉得你们是天生革命的,你们天生是革命的勇士,革命的老这个,老虎,说是雄鹰也行,年轻的鹰!你们是在前头冲锋的叫什么来着,尖刀排,爆破组,我咬着牙憋着劲运着气跟着你们啊,我跟不上!我比不了你们!当然,这是家庭出身的关系……"

"你说得没边儿了!哪儿来的天生革命!我们算什么老虎!"

"好啦好啦,不说啦。我给你谈,是想请你帮助我……"

"帮助?帮助什么?还帮助什么?"钱文想起李意候补期满,大家在讨论他的转正的组织生活会上群起帮助他的情形来了。由于大家的帮助,李意未能按期通过转正,延长候补期一年。

"我给袁素华写了一封要求交朋友的信。一个月以前就写好了。我实在没有勇气交给她。邮寄也可能丢掉,也可能被别人看见。我倒不怕丢面子,我,但是我不应该影响她。我想请你转交给她……"

"我?我行吗?"

"当然了。你毕竟是她的老上级。你可以说:'李意的信如果不合适,你把信毁掉就是了,退还给他也行……我们还都是好朋友,好同志……'"

这样的嘱托使钱文觉得温暖和充实,觉得自己确实已经大大地成长了,在李意眼睛里,他在精神上甚至可以做李意的兄长……他沉吟着答应下来,然后兄长般地劝李意:"天太晚了,睡吧……好事情……不要自卑嘛……光明和幸福一定是属于我们这一代人的。"

李意吁了一口气,说了一句:"拜托,拜托!"

而这里产生了一种语言上的隔阂,说严重了就是格格不入。"拜托拜托",这总有点旧社会的、国民党的、老地主的味道,这种语言总要和作揖打躬送礼行贿等联系起来,而与刘胡兰、董存瑞、卓娅、马特洛索夫、被罚苦役的十二月党人、女革命家苏菲亚①……相去甚远。还有"交朋友"(使钱文想起最恶劣的上海话"轧朋友"),还有"追"(使钱文想起一九四八年国民党搞参议员竞选时一位候选人放映的"招待电影",黄宗英主演的《追》来),还有条件、对象(像讨论一件事务)、般配(像旧戏里的词),也使钱文觉得不舒服,他甚至为此而替袁素华感到几分委屈。

"驻守边疆卫国的战士,心中怀念远方的姑娘。"(《喀秋莎》)

"有位战士出发去打仗,去看望心爱的姑娘。"(《灯光》)

"遥远遥远,在那儿弥漫着浓雾……等着我……"(《遥远遥远》)

"河边红莓花儿已经凋谢了,我心中的思念一点没减少。"(《红莓花开》)

"两个都一样英俊,两个都一样好,我亲爱的山楂树呀,请你告诉我!"(《山楂树》)

"我愿沿着这条蜿蜒的小路,跟随爱人去前方!"(《小路》)

……那么多的,数不清的,美丽、清新、纯洁、高尚的苏联爱情歌曲,难道李意就没有从中学到什么吗?啊,新的人,新的时代,新的情感,新的语言!

---

① 苏菲亚,话剧《夜未央》的女主人公。

钱文在倾听着内心的诗与歌的交织与推移中进入了梦乡。他的耳边似乎一直响着一种春潮一样的欢呼、朗诵、合唱……他恍惚间看到了许多美丽钟情微笑的脸孔。他看到了戴着高高的白色护士帽的袁素华。袁素华说:"该打针了。"她的脸绷得紧紧的,眼角道是无情却有情,洁白的口罩像一面坚固的墙壁。钱文觉得尴尬羞愧,但仍然不得不解开腰带,褪下裤腰,露出臀部,只听得"哧"的一声,一根钢针扎到他的屁股蛋里去了,这样疼痛,却又这样快活,他兴奋地哼哼了起来。醒后,他后悔莫名,惭愧无地,他为自己的梦境的丑恶而不知道怎样自处了。

"钱文!"他又听到了李意的试探的呼唤声。

"嗯?"他慌乱起来。

"你没睡吧?刚才你叫了一声,接着来回翻身。我也是似睡非睡。还有一件事,我一直放不下心来。"

"什么事儿?"

"周碧云和满莎的事。他们个头未免差得太远了……"

"你管那个干什么?爱情就是爱情,爱情没有尺寸可以量,也没有斤两可以称……"钱文发起火来,"睡觉!"他命令李意,也命令自己。

宿舍的另一端,是祝正鸿发出了咳嗽的声音。接着他坐了起来,在床上坐了一会儿,然后走出门去了。

第　十　章

祝正鸿走出屋子，坐在廊子上的一个小板凳上。小板凳是万德发的"财产"，他每天要坐在小凳上煞有介事地洗脚，左脚心搓右脚面，右脚心搓左脚面，一搓就是半个钟头。大家觉得好笑，但万德发像坚持认真洗脸刷牙一样地坚持认真洗脚，从不马虎从事。祝正鸿坐到小板凳上，抬头看天。四月末的深夜，寒气已经上来，祝正鸿轻轻地发抖。天上一片薄云和雾气，星月都显得朦朦胧胧。天边有一颗小小的星，颜色发红，闪烁一下就不见了，转眼又显露出来。祝正鸿觉得，那就是束玫香。束玫香束玫香，这个名字使他觉得一下子温柔和充实起来，一下子自己的身体和心灵都有了依靠，有了覆盖，有了寄托。接到电报以后，不但神清气爽，呼吸顺畅，而且一呼一吸的气一下子变得很丰富，很实在，像是——打个比方说，像是鸡汤、排骨汤一样被他吞咽了下去，又好闻、又可口、又营养。他呼吸的好像不再是无形无色无味无重的虚无缥缈的空气，而是一种实在有用可爱可观可触的物体。祝正鸿不是一个咋咋唬唬浪浪漫漫的"小资产"很厉害的人，他从小就知道一切事物的实际的方面。他早就知道离别的滋味并不好受。真正尝到离别的滋味以后他确实后悔了。他的一些想法似乎起了变化。他发现他越来越不赞成束玫香南下，再说穿一点，他其实并不赞成束玫香那样革命了。他们俩，有他一心革命一意革命也就行了，弄了个女方也革命！女方年轻的时候革命是很好的，真有了丈夫，有了一二三乃至四五六个孩子，有了家，有了油盐酱醋锅碗瓢勺……再没完没了地革命,谁支持得了?谁坚持得下来?当然,砸锅砸蒜一锤子完成,像刘胡兰、卓娅、苏菲亚那样也成,大功告成,碧血青史。如果刘、卓、苏她们没有牺牲,如果她们既没有牺牲又没有成长为罗莎·卢森堡、蔡特金、克鲁普斯卡娅、宋庆龄、蔡畅、邓颖超,她们也就得变成凡人,过凡人的生活了。而束玫香,他绝对地了解束玫香是不大可能成长为妇女革命领袖的。

祝正鸿和束玫香从小就住邻居,祝正鸿家住的是北房三间加耳房一间,束玫香家住的是西房两间加南房一间。祝正鸿比束玫香大两岁半。说来不好听,束玫香给孩提时代的祝正鸿的最深刻印象是她的拉屎。那时候祝正鸿只有三四岁、四五岁,一直到五六岁,他常常听到束玫香"拉屉屉"的清脆的——甚至可以说是雄壮的高声宣告。束玫香的姥姥就会拿过一个小尿盆来,尿盆边的图案是一朵鲜红的牡丹花。束玫香坐在上面拉屎,憋得眼圈发红,眉毛与睫毛更黑,两只眼睛憋得又大又亮,常常充满着泪水,脸蛋红艳艳,煞是好看。这印象太深了也太美了,祝正鸿长大以后很理性地想摆脱这个记忆,但摆脱不了。他念到一首著名的诗,"为什么我的眼里常含泪水?因为我对……爱得深沉",他立刻想到幼时的束玫香拉屎的情景。他听到乃至唱到那首著名的青海民歌《在那遥远的地方》,唱到"她那美丽粉红的笑脸,好像红太阳……"毫无办法,他也立即想起了幼年时代的玫香在努力拉出一橛儿。是的,每逢玫香拉完,她就把屁股撅得高高的,对着天空、太阳、清风,也对着祝正鸿他们家,因为他们住正房,正房是垫起来的,地基比厢房高二尺。姥姥来给她擦屁股,而且要在院中欣赏赞叹一番:"我们姑娘拉得真好!不稀也不干,这么大粗屎橛子!"拉完了屎的束玫香,满脸都像盛开的玫瑰。

上高中以后,他们俩已经确立了你亲我爱、终将或即将结成眷属、永远成为人生的伴侣的关系。有一次,祝正鸿在回答玫香"你是什么时候爱上的我"的问题的时候说起了他的这些印象、记忆,还说到了束玫香幼儿时期一面坐在盆上拉屎,一面啃老玉米、啃两样面窝头、吞吃豆腐丝的情景。他们笑了起来,笑得玫香倒在了他的怀里。但是几分钟以后,玫香突然不说话了,脸也板了起来,越板越僵硬。急得祝正鸿抓耳挠腮,脑门子上冒汗,追问,哄慰,最后束玫香掉着眼泪说:"你太瞧不起人了!你太侮辱人了!"然后玫香毅然转身而去,整整十天没有理他,几乎使他们青梅竹马的爱情垮了台。幸亏后来有了"革命"这一新的话题、新的激动、新的升华,他们才摆脱了这次不愉快的谈话的阴影。

这件事给了祝正鸿极深的教训。即使对玫香,对他从小了解、从小在一道玩、从小就搂抱着一起睡午觉的女性,他也不能放肆,他也不能有什么说什么。礼貌,文明,行为规范……这一切都比真实更重要。

是的,他与玫香互相是太了解,太亲近了。如果不是很强的中国式的道德克制,也许他们早在十五六岁的时候就睡在一起了。他对束玫香的爱情没有那种神秘、陌生、梦幻、突发的感觉。他早就给束玫香梳过头,玫香早就帮他缝过脱落的扣子。玫香生病的时候他早就为玫香抓药、熬药了。而他也不止一次地吃过玫香动手做的炸酱面、馅饼、水饺。他早就想和玫香结婚了,解放前上着中学的时候他们就商讨过结婚的事,他们说的是一解放就结婚。后来出来了一个南下,玫香要去,祝正鸿也赞成。但是,你去了南方,我们的结婚拖到何年何月去了呢?因为玫香正在热劲上,随着解放大军去接管南方,这使她兴高采烈。她从小没离开过北京,连海淀、石景山都没去过。她从小就住在这个破败的四合院里,两间西房,一间南房,夏天暴雨一下就漏,下完雨请泥瓦匠来"拿漏子",堵好了漏洞,继续住下去。如果找不到新的房子,那么和祝正鸿结婚、结婚以后也还可能憋在这个院子里,这对新中国的新一代青年而且是革命的青年来说,绝对是不堪忍受的!现在呢,南下,坐几天几夜的火车——她只坐过从西直门到清华园的火车,去看望一个亲戚——说是还要坐船……就这一路已经使她心花怒放!使祝正鸿也心潮澎湃了。

江南、南方、南下，这使祝正鸿怦然心动，他才真的想去南方呢！除了一般的原因，还因为他有一个秘密，这个秘密他连束玫香都没有告诉。在解放军包围了北京城，打下了天津以后，在从西郊传来的大炮隆隆声中，妈妈告诉了祝正鸿一个秘密。

祝正鸿的母亲身材苗条，轮廓秀气，多才多艺，聪明能干，一直是独自抚养着正鸿，孤儿寡母，祝正鸿对母亲感恩、敬爱，感情特别深。母亲患有心口疼的病，饭量又小，面色总是青里透黄，令初次见面者为之心惊。据母亲说，她是江南小镇上的一家小店老板的独生女，这位老板应了书上的话，叫做年过半百，膝下无子，只有一女，爱如掌上明珠。由于小镇附近修了公路，店里的生意愈来愈兴隆，老板又得了风湿病，女儿便参加了店里的工作，端茶倒酒，红案白案以及一应女红，女儿都拿得起来。这样，老板就舍不得把女儿嫁出去，女儿也舍不得离开自己的父母，自己的小店，终于在女儿二十岁那年，老板与老板娘经人说合，为女儿找了一个倒插门的女婿朱进财。朱进财肮脏懒惰不说，而且嗜赌成性，没有两年，小店的家当被朱进财赌输掉了小一半。

二十余年前，也就是民国十八年的时候，一位共产党员逃避国民党的搜捕，从上海逃到了这里。女儿自己做主把他掩护在店里住了十五天，并且冒着危险帮他找到了关系，使他终于安全脱离了敌人的魔掌，安全到达了江西苏区。这位共产党员是四川人，当时用的名字是林远，身材伟岸，相貌不凡，见多识广，智勇双全。

"妈一眼就看出来，他是个大人物。妈愿意为他死。孩子，妈实话告诉你吧，你不是朱进财的儿子，你是林远的儿子。朱进财早死了，骨头都烂了。妈不愿意你姓朱，才让你姓的祝。你愿意改姓林也可以，反正林也是假姓，你爸爸自己对我说的。妈所以没死，妈茹苦含辛北上，妈把你抚养成人，就是要等这个姓林的。林远如果没有死，就一定是大官，除了不是毛泽东，不是朱德，这个妈知道，他多大的官都能当得上。记住，共产党进了北京，得了天下，你要去找他。

妈不找他，妈不想当、也当不成诰命夫人，妈不打算再见他。妈那个时候帮他、疼他，是妈愿意，是妈自己的情意，妈什么也不图，什么也不为。但是孩子，你的前途，妈是惦记的。如果林远还活着，如果林远能伸把手……共产党来了以后是个什么章程，咱们可是谁也不知道啊！"

在林彪的隆隆的炮声中，在傅作义的呜呜的警车声中，母亲干净利索地向儿子交待了这桩公案。儿子听得出来，母亲的口气里包含着骄矜，包含着"我总算没有白活一世"的满足，也包含着茹苦含辛、一切的一切由自己承担、不到火候不揭锅的坚强与悲酸。祝正鸿万也想不到有这么一段，过了很久他都觉得难以相信，因为这使他联想起京剧里的《柜中缘》之类的故事，这不像事实，而像是戏。二十年了，他除了知道母亲原籍南方，既能干又病弱，既辛苦又有一种神秘的娇嫩劲儿以外，原来他一点也不了解母亲，母亲居然对他守口如瓶，从来不正面回答儿子关于母亲身世的好奇的询问。这使祝正鸿这个刚刚入党的地下党员深深感到母亲的精神力量之强大。一霎时他想到应该向沈大哥报告，发展他母亲入党。

但是祝正鸿并不准备将来去寻找父亲，寻找这个一度叫过林远的人，不管这个人是死是活，是多么伟大。他已经是共产党员，他已经是党的儿子，他的道路他的前景十分鲜明确定，他用不着借助一个还需要寻找证明和核对的父亲。于是，在这种状况下，他把自己已经是地下党员这一情况告诉了母亲——虽然这违反了党的纪律。

而母亲的反应是出奇的高尚和英明。母亲听了后，严肃地点点头，说："孩子你做得对！你不愧是你爸爸和我的儿子。二十年前我已经明白，共产党都是好样的，都是能人，未来的天下是共产党的天下。共产党是造反的党，造反是要杀头的，共产党已经被杀了无数的头，妈年轻的时候见过砍共产党的头。国民党的军阀是开共产党的人头会的。头砍得越多，共产党的势力越大！所以共产党一定要胜利，反过来去砍他们的头。你当共产党，那就是一腔热血交给共产党了,没有退路!你不杀国民党的头国民党就杀你们的头!人活一世,花开一时,窝窝囊囊活一辈子还不如痛痛快快活他几天!好!你这么小就敢当共产党,你算不白走一遭!不用怕!你听这大炮!共产党的队伍这就进城!真到了打巷战那一天,你妈这身子骨儿,也敢拿切菜刀砍他两个傅作义的兵!"

妈妈的话使祝正鸿吃惊,妈妈是个病病恹恹,磨磨蹭蹭,而又整天闲不住的人。她面色蜡黄,头发常常掉下一绺来,虽然她并非不修边幅,她其实常常对着镜子梳头。妈妈从早到晚地干活,一面切着菜,捅着火,提着水,倒着脏土,一面自言自语地说:"可别催我,我可就是怕催,我快不了,我就是慢,就是快不了。"很奇怪,妈妈的特有的慢慢腾腾,给祝正鸿的印象,与其说是病弱无能,不如说是一种高贵、自尊、自信,一种在艰难、贫困、孤独、无趣的生活中对于自己的脾性的顽强保持。干着干着活,妈妈会时不时地叹一口气,声音婉转、娇媚、幽怨、凄凉。这叹气就更加优雅,更加矜持,乃至带几分深邃。听到这种叹气,哪怕是正在解几何难题,祝正鸿也会放下圆规和直尺,中断思索,转过头目不转睛地盯着母亲,有几分关切,又有几分狐疑,觉得于心不安。而这时,如果母亲发现了、捕捉到了他的目光,如果母亲意识到是自己又叹起气来了,她便向儿子抱歉地莞尔一笑,用笑容安慰儿子:"做你的功课去吧,我这儿什么事儿都没有。"她的笑容似乎在说。

"妈妈有点儿特别,"祝正鸿想。虽然妈妈的生活,妈妈每天做的和别的妈妈并没有什么不同,如果说有不同,也不过是他们日子过得更穷些、更孤独些,妈妈身体更弱、气力更小、做事更少些罢了。但是妈妈的缓慢、叹息、怎么也固定不住的那一绺下垂的头发,让正鸿觉得妈妈绝对与众不同。"妈,给我讲讲您小时候的事儿,讲讲您自己吧!"正鸿常常这样问。

而妈妈一听到这样的问题,就发出轻轻的叹息,似笑非笑,似忧非忧地抬一抬眼皮,有气无力地说几件旧事:"那时候只知道吃米饭,不会蒸馒头……你姥爷一看到我们淘气,不听话,就吓唬我们,说是要给我们裹小脚,我们吓得乱跑……我们得干好多活儿,从早到晚,到了晚上也还得干,累得一天到晚都不知道日子是怎么过的……小鸿,你的袜子可该洗了,自己去洗好不好,妈要去择韭菜了,呆会儿咱娘儿俩吃饺子。"

妈妈似乎急于转移话题。安静了。儿子无法和妈妈继续交谈,无法再提什么问题。妈妈似乎也觉得有点干巴,有点闷气。不知怎么的,她似唱似念地吟起诗来:

> 君家何处住?妾住在横塘。
> 停船暂借问,或恐是同乡。

妈妈还喜欢念一首白居易的词:

> 江南忆,最忆是杭州。
> 山寺月中寻筷子,郡亭枕上看潮头。
> 何日更重游?

从小妈妈就这样念。"月中寻筷子"?跑到月亮上找筷子去?这一句使正鸿非常感兴趣。后来他知道了,是寻"桂子",不是找"筷子"。他把自己的发现告诉了妈妈,妈妈的样子好像不大高兴。妈妈不快地说:"我从小就是这样念的。贵子?柜子是什么?是早生贵子的'贵子'?还是放衣服的'柜子'?桂花的桂?什么桂花的桂?你知道什么叫桂花吗?你见过桂树吗?"于是正鸿不再说什么。也许,也许妈妈是对的呢。也许他来纠正妈妈,这本身就错了。

只是在解放前夕,在中国人民解放军的大炮震撼着古都北京城的时候,妈妈讲出了自己的也更是他祝正鸿的秘密。妈妈的话甚至叫祝正鸿觉得有些夸张,有些像演戏,不像妈妈平常说话那副慢悠悠的样子。但这秘密的泄露仍然使祝正鸿产生了一种异样的激昂和充实,他,还有他的母亲,天生就是和共产党和八路军一家人,一条血脉,一个命运。他从此再没有与母亲谈过这个事情,也没和任何旁人说过这个事情,包括组织,他也没有向组织上汇报过这件事。

去年他们进行过叫做"忠诚老实"的学习,这些年轻的、干干净净的革命者实在没有什么可坦白交待的,这使他们大家很急躁、很不好意思。李意交待了他爸爸和家中一个女仆的暧昧关系,他说得不清不爽,因为他本来就闹不清楚也无法说清爽。但是大家都不满意,都督促他勇敢些,再勇敢些,不要顾虑,不要怕丑,一定要把一切丑事交待给党。钱文交待说他上小学时候,有一次给家里打醋,中途用打醋的钱买了铁蚕豆,回家谎称是跌跤把醋洒了。其实这事他早就向妈妈、姐姐"交待"过了。这次他旧事重提,是因为他认识到了,如果他不认真检查交待批判,如果他这种不老实的恶习不是发生在给妈妈打醋而是发生在为党管钱财为部队管军费之类的事情上,他就会犯大错误,比如说成为贪污犯什么的。大家认为他的认识还算可以。赵林"交待"问题的时候紧蹙双眉,又咬指甲,又掰得手指关节喀喀地响,搞得自己不舒服,别人也不舒服。却原来是,小学高年级的时候,他们班有一个发育得比较快的女生,有几个男生对她评头品足,流里流气地说到这一疙瘩那一疙瘩……说到这里,赵林面色灰白,额头上沁出了汗珠,搞得大家也不自在起来……说到最后却又什么事情也没有发生。大家不知道他到底要交待什么,特别是为什么神情是如此紧张。但这回忆似乎又有点令人神往。特别是男同志,听了赵林的问题交待,很有一些隐秘的兴奋与喜悦。

在这次"忠诚老实"学习中,只有两个人什么也没有"交待"。一个是萧连甲,他干咳着歪着头仰着脖论述了忠诚老实是共产党人最可贵的品质。他不爱说共产党员,而更喜欢说共产党人,显得更庄重也更理论。他热衷于精读苏联共产党中央主办的理论杂志《共产党人》上的文章,什么《对于新鲜事物的感觉是共产党人的优秀品质》啦,什么《批评与自我批评是社会主义社会发展的动力》啦等等。他们这次学习的必读材料里也包括一篇译自苏联《共产党人》的文章:《忠诚老实是共产党人的可贵品德》。萧连甲的发言似乎比苏联人的文章更热闹,因为他讲了铁托——铁托在反法西斯战争期间,曾经与英国谍报机关建立了某种关系,由于铁托不忠诚老实,没有向党交待这个问题……终于变成了国际共产主义运动的叛徒。还有拉伊克,不是伊拉克——拉伊克是匈牙利人,担任过仅次于拉科西的高级职务,也是不忠诚老实。他年轻时参加学生运动被捕过,在监狱中有变节自首行为,没交待。后来终于被帝国主义特务机关所威胁利诱,变成了帝国主义的间谍。不太久以前,他已经被匈牙利的人民法庭判处死刑,执行枪决了。[①] 他讲得比谁都严肃,听者为之悚然动容。然后他说:"至于我自己,历史清白,立场坚定,家庭成员、社会关系,全都干干净净,一个国民党三青团反动军人地主富农海外关系也没有。我的发言完了。"

萧连甲气势俨然,但一个问题也没有交待。大家都觉得不满足,可也说不出什么来。只有张雅丽咕咕哝哝地磨叨了一句:"那你就什么问题都没有?那合着就我们有问题?"她的磨叨没有获得任何回应,萧连甲就这样过了关。

祝正鸿对这次学习完全拥护。这样一个党,绝对不容许自己的党员对自己抱有二心。他虽然年轻,对这一点也没什么不明白的。对旁人的交待,他觉得有点多余,有点好笑。他模模糊糊地觉得,自己的这些同志,未免太积极了。什么都要积极地向前冲,难道连交待问题也要比赛着往前抢么?想来想去,他不打算谈他的身世的那一点秘密。那不是他的事情,那是母亲的事情,那是母亲的秘密,他没有权利,也没有必要谈这件他无法谈清楚,谈了对党对母亲对自己没有任何意义没有任何好处,不谈对党也不会有任何坏处的事情。内心深处,他对母亲的话似乎没有完全相信,他没有把握,他竟然能不相信母亲,这是他自己也不愿承认的。他会因为这个秘密而受到帝国主义、国民党蒋帮的特务机构的威胁讹诈吗?完全不可能。这个

---

① 拉伊克一案已于一九五六年平反。

秘密不是他的短处,毋宁说是他的长处。他的血管里流着老共产党人、老革命家的血液,这不是他的光荣吗?不交待他的光荣,除了说明他的谦虚,又能说明什么呢?

他发言的时候带着几分歉意。他低着头,低声说,当然要忠诚老实,这样艰巨的任务,这么伟大的斗争,不忠诚老实还行?不忠诚老实不行!与萧连甲相比,他讲得非常朴素,大白话,一看那个样儿,一听那个调儿,你就会完全相信他的忠诚老实,忠诚老实的人宁失之于拙,不会失之于巧,祝正鸿无师自通地认定。"至于我自己,革命经历很短,理论知识很差,非无产阶级的思想意识作风很多,比如说我就有自卑思想,这其实是很要不得的。具体问题嘛,实在没有什么。我的水平太低,城市贫民出身,什么世面也没见过,连值得交待的问题也没有。"他确实感到抱歉,大家也就原谅了他。听完他的话,大家点点头,他没事了。

他常常有意无意地显示出一种似宽厚又似迟钝,似嘲讽又似和解的笑容。他常常这样笑着看着他的同志、同伴,也许可以叫做同僚。与他相比,他们——周碧云要更热情更浪漫,赵林要更机敏更雄辩更自信也更有一种前冲力,钱文要更多感多思博闻强记,洪嘉要更积极更勇敢更开放更光明,而萧连甲要更思辨更雄浑更高瞻远瞩。他清楚地意识到,与他们相比他未免平凡。这几个人至少表面上看要比他更有才华,更"疯",更有魅力,尤其是更善于、敢于、乐于乃至急于表现自己。每想到这里,他都退让而又美美地一笑。

其实祝正鸿也不乏才艺。他会唱许多歌,苏联歌革命歌北方民歌以及更早年代的创作歌曲:黄自的,萧友梅的,还有赵元任作的《叫我如何不想他》,黎锦晖作的《可怜的秋香》,别人是不会唱的。而且,在他们几个人当中,他的嗓子最好。周碧云的嗓子刺耳。赵林跑调,一大声唱就有点鬼哭狼嚎。钱文嫌单薄,缺少共鸣。萧连甲的嗓子不错,但他从来不把一个完整的歌唱完,不屑于唱完。不知道这是不是也是由于端着拿着。但是,当大家抢着唱,喊着唱,哄着唱的时候,祝正鸿宁愿不唱,至多是小声应和。他会背诵许多的诗:李白杜甫,刘大白徐志摩,艾青何其芳,普希金拜伦……解放以后他迷上了李季的《王贵与李香香》,他差不多能从头背诵到尾。但是他从不大声背诵或者朗诵诗,至少是因为这里已经有了满莎,满莎的快活的大方的火进的朗诵,他是怎么样比也比不上的。

这样说祝正鸿与他的最活跃的同志们便似乎有那么一点距离。他究竟是自卑还是自傲,他自己恐怕也说不清楚。他只不过是常常感到不完全能习惯他们的吵闹。有时候激动了喊叫了一大阵,他觉得什么内容也没有,什么用处也没有。有时候他们口若悬河地讲了一大套,他细想起来,其实就是一两句话的事。但他绝对喜欢他们,喜欢他们的才华、机敏和热情。他相信世界首先是他们的,然后才是他的。

他们家人口少,他从记事就没有爸爸,他从五岁就知道吃过饭要刷碗,虽然他还刷不干净。他从六岁就帮助妈妈择菜,择完菜把菜叶子扔到垃圾筐里。七岁了他没有上学,他帮助妈妈折页子,叠火柴盒。小学上到三年级,妈妈得了伤寒卧床不起。正鸿自己跑到一家印刷厂,要求做工,居然被录用了。和其他童工在一起,他干了整整半年。他早已经习惯于每天做许多事情,却不说许多话。

今天晚上也是一样。他们一起唱了,叫了,欢呼了,他也同样的高兴。现在,由于睡不着,他坐在院子里,他又觉得各种事情有那么一点不怎么牢实。周碧云和满莎,他感到太突然。他和束玫香也是青梅竹马。他不能设想周碧云和舒亦冰的源远流长的爱情能够那么轻易地、毫无道理又毫无预兆地告吹。对于周碧云与满莎的个头,他也满腹狐疑。但他不愿意过多地去分析评判推敲旁人的事情。他觉得他们都比他聪明,比他能干,他们自然会处理好自己的事。他为什么要去干预呢?他不是也不想把自己的一切全盘托出吗?他没对任何人说过自己的真正的爸爸是谁,他也没对任何人说过他小时候对看束玫香拉屎很感兴趣的事。这样的事怎么能和旁人说呢?包括对束玫香本人他也是不该告诉的啊!

束玫香快回来了,他们俩要结婚了,想到这儿他就觉得踏实。今后,他的身边床边将随时是一个肉肉头头结结实实红扑扑热烘烘的女人,这样一想他就觉得很足,很"赚",很舒服。以后他要给她梳头,她要给他倒茶,还有洗澡的时候他们可以互相搓背。一想到这儿他就窃笑起来。她还可以陪伴妈妈。妈妈太孤单,太苦了。

然而她们总是不能长久地生活在一起。大杂院里的一间半厢房,不方便,这且不说。婆婆跟儿媳妇无论如何还是适当离远一点好。这样,他当然要要房子。不是说洪嘉已经差不多要到房子了吗,那么,他也理应要得到。然而光靠赵林是不行的。赵林虽然能够分析托派、布哈林、联合国和朝鲜战场的形势,却未必懂得要房……不要急。今天他听到了一个很意外的消息。他从来没有这样想到过。区委组织部的老曹告诉他,区委书记老吴推荐他而不是呼声很高的萧连甲担任团委的第二把手。市委的意见更倾向于萧连甲一些,区委的意见却是他。"党的区委的大多数同志都对你的印象特别好。如果由老吴做主,他会任命你做第一把手,而不是赵林。"老曹讲得赤裸裸的。与青年团这边不同,区委那边的同志都很喜欢谈级别、职务、待遇的问题,讲起这些问题毫不隐讳,没有什么不好意思。他的话使祝正鸿颇为尴尬。他那么年轻,参加工作没有多久,周围的同伴没有一个人议论过这些问题,他也从来没有想过这个问题。何况萧连甲地下的时候就是他们那个支部的负责人,是他的"老上级"。他非常不愿意成为一个莫名其妙的大家都没有思想准备的后来居上者。他非常不愿意突然被提拔。他干脆还不习惯"提拔"这个词儿。如果不提拔萧连甲,他宁愿推荐钱文。钱文确实比他聪明,比他反应快,比他富有前冲力。他多么不愿意自己处在一个引人注目、被人评头论足的位置啊!

但是,当大家都入了梦,鼾声此起彼伏地传来,夜风吹得他脸部发凉的时候,他忽然明白了:这是个好事情。老曹告诉他的实在是一个大好的消息。老曹当然是由于友谊,由于鼓励他进步再进步的好意才告诉他这件事的。他不是立志革命,立志做一番事业吗,他有什么理由回避他在事业中可能的升迁,回避他的责任和权力的可能的扩大呢?当然,孜孜以求地去谋取地位是无聊的,再说,革命者的地位绝对不是靠追求和谋取、更不要说是钻营可以搞到手的,也不是靠谦虚和清高可以推卸掉的。提拔,无论如何,是一种肯定、鼓励、器重、满意的表示。难道他不愿意获得鼓励和器重,而愿意被批评,被厌烦,被冷淡不成?

他笑了,他一个人几乎笑出了声,结婚,要房子,被提拔……他的前景实在是光明得很。他才二十三岁,等三十几岁呢,等四十几岁呢,五十或者更多呢?好事,还在后头呢!

他捂住自己的嘴。不要兴奋过度,不要得意忘形,不可能什么好事都让你摊上。好事来得太多,就会引起坏事。老考第一,同学们就会忌妒你。买彩票中了奖,走在路上说不定平地摔跤跌破了鼻子。老也不生病,说不定一病就病场大的,弄不好说不定要了命。他想起了这么一套信条,是妈妈讲过的,更是表舅讲的。不知道从哪里出来一个表舅,他十几岁的时候到他们家来过一次,说是在天津做买卖,卖瓷器还有古玩。他穿一身绸缎裤褂,头发梳得油亮,身上一股狐臭味儿。他到来以后妈妈给他打了四两白干,买了一碟炸豆腐泡,还切了一碟羊头肉。羊头肉切得飞薄透亮,洒上胡椒盐香气扑鼻。祝正鸿知道,表舅一进门就拿出了礼,一个点心匣子一个红包,他也打从心眼里高兴,他也知道从外表就可以看出表舅是个有钱的人。他津津有味地站在一旁看表舅吃酒,连狐臭味混上酒菜味也不再显得难闻。表舅毫不客气地又吃又喝,只呷了两口酒,他的脸就红了。他向祝正鸿说:"过来,我那大外甥啊!嗯,嘿嘿,好,天庭饱满,地角方圆,你的相貌好!真像个有福气的!表妹!"他大声呼叫,把正在给表舅炒黄豆芽麻豆腐的母亲叫了过来,当着母亲的面对正鸿说:"最主要的是你要孝顺。将来升官发财,光宗耀祖……反正是一番事业,别忘了你母亲。你妈可是不容易啊!"他顿了顿,"我那好外甥!最主要的就是要吃亏,记住,吃亏是福!谁都愿意占便宜,谁都不愿意吃亏。怎么样呢?便宜都让你一个人占去,行吗?占尽便宜,天都不容!人人不依!便宜归你,吃亏归人家,人家怎么能依?人人不依就是老天爷不依。要吃亏,要吃亏,要吃亏!这边赔了那边赚,那边赔了这边赚。两面都赚,八面都赚,我说贤甥,那你就该有横祸了。什么横祸?汽车撞上,枪子儿碰上,水火无情,自天而降,瘟毒疔疮,千万别赶上。谁赶上就是谁呀。你能怎么样?睁一只眼,闭一只眼,天时不利不争,地利不得不争,人和不齐不争。人和齐了就更用不着争!功到自然成!我做买卖就常常赔钱。表舅我赔钱的名声大大的,谁有什么事都找我帮忙。看好了,有这一回,全捞回来了。你赚了他的钱还得让他满意……明白了吗?"

初夏的夜风中,坐在小板凳上,祝正鸿想起了表舅,觉得他有点"腐朽"。倒也是人生经验。换一个角度,换一个讲法,换一个出发点,他的话倒未尝没有点学问、规律、辩证法!果真有一点意思呢。想到这里,他恍然觉得事情似乎有那么点轻飘,轻飘了就显得蹊跷,一切未免有点轻而易举了。他是人民解放军已经包围了北平天津,平津解放指日可待的时候加入党的外围组织——民主青年联盟的。不到半个月,天津市解放了,国民党的城防司令陈长捷被解放军俘虏了,说是为了迎接北平的解放,地下党的组织和党的外围组织需要有一个大的发展,他的联系人就是这样对他说的。"带"他的人甚至明确地对他说:"不要怕投机分子混进来。投共产党的机,投革命的机,总归比投国民党、蒋介石的机要好。"给他的任务是尽快尽多地发展壮大组织,不放弃每一个可能的人、可能的机会,包括那些有缺点有毛病,不那么十二分靠得住的人。对他们进行简短的革命形势和革命气节的教育,接受我们的"发展"的,我们就接受他参加组织。胆小怕事的,不勉强,但要告诫他不要把这事讲出去。在目前这种大好形势下,这种人反过来出卖我们向蒋帮特务告我们的密的可能性并不大。如此这般,只有十几天革命组织成员的资格的祝正鸿被吸收入了党。在此之前,共产党员的称号对于他来说是高不可攀的。然后他与萧连甲、钱文编到了一个支部。萧连甲傲,帽子耳朵忽闪忽闪,成为他们的临时支部书记(沈大哥说,他们仨都是候补党员,按党章规定,候补党员是不可以担任支部书记或者委员的,所以只算是代理或者临时书记)以后,常常在晚自习下课后召集他的两位"部属"到操场议事。他们已经接受了任务,在国民党军溃退,而解放军尚未来到的可能的一个短时间,以华北学联的名义组织学生上街维持秩序,保护商店货栈银行各种公共设施,严防少数败兵、流氓地痞、乘机出逃的在押刑事犯……抢劫破坏。萧连甲不断地提出自己的设想,一会儿一个主意:"咱们要准备好一批童子军军棍。咱们要准备好华北学联的袖标,还要有一面旗帜。不,不要旗了,旗帜容易暴露。咱们从后门出去。不,咱们不能从后门走。咱们就是要让大家伙都知道,咱们是共产党,共产党早就在北平扎下了根,北平乱不了。咱们就是要敲着钟当当当当地号召全体同学跟随咱们去维护秩序。咱们要说,为人民为新中国立功的时候到了……咱们至少也能号召一百个人……"

"我看没有把握。"钱文打断他的话说。钱文好像挺愿意跟萧连甲抬杠。祝正鸿退让地美美地一笑,他觉得萧连甲主意的改变和钱文的异议,其实都是没有什么可变可争的。可以走前门也可以出后门。可以打旗帜,也可以只要袖标不要旗帜,或者现在不要搞旗帜而只需要预备一块布和一根棍儿哪怕是一根树枝,临时写上字一插,不就成了旗帜了吗?又有什么可讨论的呢?能来一百人也好,不到一百人也好,比一百人更多就更好,现在又争什么劲呢?钱文再聪明,毕竟是太小太小了啊。他也许可以去做神童,也许他应该提前上大学,也许他赶得上十二岁当宰相的甘罗,也许他可以四岁作曲五岁吟诗六岁发现一颗新的行星七岁解出一道数学难题……反正不管他多么了不起吧,反正他一个小毛孩子不像个顶天立地的共产党员。

萧连甲呢,一听到钱文抬杠嘴就喷咂乱响,好像他的嘴里唾液过多,没有地方容纳似的。喷咂响上一阵萧连甲会突然回转身,就地掏出来就尿,尿星很可能溅到他们的裤子上,臊味立即扑鼻,泡沫立即明灭,他却若无其事,转过身来继续研究革命工作。不去厕所不去树下,不找墙角不找地沟,说尿就尿,说没就没,这也算萧连甲一绝。真不知道该怎么说他才好。

他们确实满怀激情地等待解放,"这是最后的斗争,团结起来到明天",《国际歌》上的这两句词崇高而又贴切,叫他们热血沸腾。他们这时还不会唱《国际歌》,但是他们在小说上读过这样的歌词。革命已经不再需要他们去赴刑场,唱着《国际歌》就义。革命也不需要他们再去组织大罢工大罢课游行示威绝食静坐,解放军已经兵临城下,革命即将大获全胜。革命甚至也不要求他们在攻城之战中里应外合、炸碉堡烧油库割电线放信号弹。革命要求他们的只不过是在青黄不接的一段短时间维持秩序,只有几十分钟,超不过两——不,是一个小时。当然,这一个来小时也不是没有危险,流弹,狂人,杀红了眼睛的士兵,误伤……当然这里也有冒险,但是和那些为革命抛头颅洒热血受刑讯坐牢房的革命家相比,他们的任务还是太简单了。在完成这样一个任务中牺牲,其可能性不比走在大街上撞上汽车的可能性更大,如果连这样一点危险都没有,根本也就不能算是革命了,如果牺牲的事出在他身上,他也就只好对不起妈妈了,他只能认命。他毫无怨言。

结果呢,他们太幸运了,也可以说他们未免太不幸了:连完成这样一个任务的可能性也没有留给他们。北平和平解放了。傅作义派他的亲信安春山负起了维持秩序,等待改编,迎接解放军的职责。北平人就是有福哟,北平没有像天津市那样炮火连天、血肉横飞,不论是一九四五年还是一九四九年,它的江山易主都是有条不紊地和平地进行的。入党一个月的祝正鸿成了光荣的胜利者。在本校公开党组织的时候,他看到了同学们是用怎样羡慕和惶惑的眼光看着他,在一大帮学生糊里糊涂屁事不懂甚至被国民党的反动宣传所欺骗,为共产共妻红毛绿眼睛的共产党即将到来而吓得不知如何是好的时候,他们在极端秘密极端危险的情势下入了党!同学们能不震惊赞叹吗?用学生们爱说的话来表达:不服行吗?又过了一个月,他和萧连甲、钱文先后脱离了世事未谙的学生娃娃圈子,佩戴上写有"中国人民解放军北平市军事管制委员会"字样的庄严的胸章、袖章,成为党的干部,成为真正的主人,成为革命权力的掌握者,成为走到哪里都让人肃然起敬的特殊材料了。

这一切不是未免太容易了吗?世间竟会有这样容易的革命吗?这样容易地获得的革命果实,靠得住吗?

非常奇怪,当祝正鸿去罢厕所,终于安下心来,头再次一沾枕头便沉入梦乡的时候,他有一种惶恐肃穆、如临深渊的感觉。

第 十 一 章

如果把赵林比做一台机器,那么,在这个美好的周末之后,这台新安装的、运转得很好、保养得很好的机器突然获得了新的动力新的速度新的功能新的节奏,一切都扩充了高效了完美完善了。他的眉毛挑得更高,堪称是眉飞色舞,神采飞扬。他连续许多天熬夜,每天晚上准备给光华女中的讲稿,天色微明了他才往床上一躺,大家起床的时候他也蹦起来,洗一把脸就进厨房,把馒头和稀粥咸菜端到办公室,一面吃早点一面处理工作,一面嚼馒头一面接电话或者打电话,一面喝稀粥一面看文件,一面夹起咸菜舞动筷子一面向旁人交待工作。他参加了所有应该参加的会议,在所有需要或未必十分需要但也不妨一谈的场合谈了话发了言。他讲话虽然滔滔不绝却更机敏更锐利也更切题了。遇到不同的意见他更耐心更容忍更有把握地一笑置之了。他的笑容更有魅力,更由衷,也更充满亲切和自信了。他的办公室整理得更清洁更漂亮更一尘不染了。他真勤劳,有一分钟空闲他也要用来擦擦桌子,掸掸书架,抹抹窗玻璃。他的衣服穿得更加合体,雪白的领子翻过来,裤腿的折痕笔直笔直。他的牙齿整齐洁白,整齐洁白得不像真人的原装牙。他龇着牙笑的照片真应该印在牙膏上作为牙膏厂的生动广告。他的脸上有时候擦一点润面油,发出一点那个时期十分少有的化妆品的低劣香气。他的头发保持着规整与自然潇洒的结合,如果是刚起床,头发有点乱,他会时不时地掏出一个小梳子拢拢头。把头发梳理好以后,他又喜欢在思考问题的时候用左手的四个指头抓挠自己的头发,使头发显得蓬松,使思考显得有神有气。

钱文从小就有一种对于仪表,对于生活的物质细节的天生的漠视,他似乎认定,一个人的精力是有限的,或者顾此失彼,要不就顾彼失此;谁能够又抓学问、又抓革命、又抓平庸委琐的生活末节呢?但是最近赵林的表现打破了钱文的这种无师自通的信念。因为赵林白天抓工作抓革命又抓生活的种种细枝末节,晚上不眠不休地抓学问。为了"五四"报告,他找了读了不知多少书,包括报刊时事、政治理论、哲学历史,也包括中苏作家的许多小说诗歌。他的阅读参考量实在惊人。他准备报告的认真程度、投入的劳动量实在惊人。当得知赵林已经连续第四天开夜车到凌晨三四点,第二天照常精神奕奕地上班的时候,钱文完全服气了。却原来,真正平庸的是自己,是自己坚持一天要睡七八个小时觉的庸人习气。赵林是怎样的精力充沛、认真刻苦而又全面周到啊!

而且赵林虚怀若谷。他不厌其烦地把自己的讲稿讲给同志同伴们听,征求他们的意见,一次又一次地听取意见,修改讲稿。为了充实讲稿的内容,他还不辞辛苦骑自行车到海淀去,找那里的一个老相识,那人刚刚访问苏联回来,他要多挖出一点材料来,多给女中的青年团员们讲讲苏联的令人鼓舞的故事。要鼓舞青年就得多讲苏联,卓娅、保尔、阔日杜布、斯塔哈诺夫、顿巴斯、古比雪夫①……以及其他更多更好更神奇更鼓舞人心的一切。赵林从海淀回来,更是喜笑颜开,说是太棒了太伟大了太有收获了……众人问他他还大卖其关子,说是暂时保密,等"五四"那天去光华女中做报告的时候再讲。他像是掌握了最新式最秘密的武器,得意洋洋,面带优越感,使洪嘉

---

① 卓娅,苏联女战士,二次世界大战中被德寇绞死。保尔,长篇小说《钢铁是怎样炼成的》中的主人公。阔日杜布,苏联飞行员,二次世界大战中曾击落敌机六十二架。斯塔哈诺夫,苏联劳动模范,曾开展"斯塔哈诺夫运动"。顿巴斯,苏联乌克兰最大的煤炭基地。古比雪夫,苏联地名,此地建有大水电站。

义愤填膺,追着赵林提意见,赵林就更加得意,更加奇货可居,更加守口如——用他自己的话来说——电灯泡。赵林喜欢"百忙"中做一些学术性翻案文章:他与许多人切磋过,他说他认为"守口如瓶"的说法不合理,他问:"瓶子是最容易打开的喽,拔出塞拧开盖把瓶子摔到洋灰地上,都足以轻易地使瓶子开口。说守口如电灯泡,那才贴切呢!"没有人响应他的切磋。周碧云似乎是怕他受到冷淡,便说,产生这个成语的年代不论中国不论世界还都没有电灯泡啊!赵林则坚持,成语也不是不可以修订的。他声称他要给郭沫若写一封信,他征求钱文的意见这封信怎么样寄,钱文说他不知道。

赵林在光华女中的纪念"五四"报告大获成功。据说他用的都是诗一般的语言,据说他援引了马克思、列宁、高尔基、斯维尔德洛夫、捷尔任斯基、肖邦、乔治·桑、罗曼·罗兰、奥斯特洛夫斯基、多列士、伊巴露丽、聂鲁达、希克梅特、约里奥·居里、爱伦堡、毛泽东、刘少奇、李大钊、鲁迅、丁玲、瞿秋白、方志敏、林祥谦、王孝和、刘胡兰、董存瑞……的名言、事迹直到魏巍的散文《谁是最可爱的人》。他讲着讲着就出现一个警句,例如:"没有比献身革命事业更幸福的了",遇到警句他就提高嗓门,一提高嗓门女学生们就热烈鼓掌。整个报告据说被掌声打断了二十多次。特别是,他讲到了苏联科学技术的新发展。他说,他听一位刚刚访苏归来的人说,苏联的生物学、农艺学、畜牧学已经发展到了出神入化的地步。各种新的人造物种正在产生。比如说,把牛和扁豆嫁接在一起,这样的牛扁豆既有扁豆的外形和品质,又有牛肉的营养和味道。把马和猫结合在一起,一个比普通猫大不了多少的马猫既可以抓老鼠、上树上房,又可以拉动一辆儿童车。把小麦嫁接在槐树上,种一次就可以收几百年、几千年。把香蕉和南瓜接种在一起,香蕉就长得和南瓜一样大,而南瓜就长得和香蕉一样香了。赵林还说,苏联现在正研究把老虎和老鹰和猎狗交配在一起,那就会产生一种凶猛敏捷、能飞能跑、忠诚听命的动物新品种。这样的动物如果大量培育繁殖训练,就能承担相当一部分对敌斗争的类似于国防方面的任务。如果社会主义各国都配备上这样的鹰虎犬,杜鲁门就得下跪求饶了。"同志们,同学们,到时候我们把杜鲁门怎么办呢?我看还是不要枪毙,不要杀他,我们把他装到铁笼子里放到动物园展览好不好?"女学生们掌声如雷,"好!好!好!"喝彩的声浪此伏彼起,"王大妈要和平""嘿啦啦啦嘿啦啦啦""听吧战斗的号角发出警报""为什么为了求解放"的歌声也响彻屋宇。赵林对着麦克风又唱又叫又笑,乱哄了好几分钟,报告才得以继续进行。

"赵林同志这次做报告的效果实在太好了。我简直没见过这样热烈的场面。可他讲苏联科学技术的这一段你们看怎么样?我听着有点儿五迷三道的。你们说呢?"万德发说。虽然赵林号召大家随他去那个女中,虽然赵林摆出了奇货可居的样子吊大家的胃口,除了万德发以外没有人去听他的报告。大家不愿意妨碍他在女学生面前的尽情发挥。大家也不认为他的报告会有什么特别重大特别新颖的东西。等到听了万德发的叙述和疑问,便都显出了意外和不解的神色。"难道是真的?"他们的神情似乎在说。"难道是假的?"他们翻翻眼,又似乎在说。然后他们摇摇头。

只有萧连甲立刻发表了自己的看法:"怎么可能呢?这是幻想,而不是真实。《人民日报》登过这样的消息吗?没有。中央和市委领导同志讲话的时候讲过这样的事情吗?没有。塔斯社发表过有关新闻公报吗?怎么能够拿着道听途说、未经证实的奇闻去做报告呢?这实在是不够妥当,我要说,是不够严肃的。"

大家嘿然。大家其实心里头赞成萧连甲的话。但是大家又觉得遗憾。与其说是为赵林遗憾,不如说是为了光华女中的学生,乃至为了苏联遗憾。如果赵林讲的不是道听途说,不是未经证实,不是不够妥当不够严肃,而是有根有据的确凿无疑的事实,那该有多么好啊!它应该是事实,它一定能够成为事实,因为这里说的是苏联,苏联已经使那么多幻想、心愿变成了事实,苏联已经把战胜法西斯、建设社会主义变成了事实,肯定也会把培育动植物新品种的设想变为现实。他们的心情,不是和那些女学生完全相通的吗?

"也许这些正在实验,正在研究,也许这些正在变成事实吧?"钱文试探着与萧连甲讨论说。

"没听说过!"萧连甲用鼻孔哼了一下,回身走了。

为什么这么傲慢呢?我们觉得苏联什么都做得到。我们幼稚了,我们最多是幼稚了吧?幼稚又是什么样的大罪呢?你就没有幼稚过吗?你从一下生就又成熟又自信又骄傲又冷静……你叫人何等的伤心啊!钱文难过地想。

赵林对萧连甲的异议一笑置之。"哦,也可能吧。"他漫不经心地说。确切也罢不够确切也罢,已经成为事实、尚未成为事实、即将成为事实、距离事实尚远都问题不大。一百年前,几十年前,电灯电话,飞机飞艇,广播电讯不都是幻想吗?现代科学技术的发展,古人是打死也想不出来的。千里眼、顺风耳、翻跟头驾云……比起现代的电讯无线电探测飞行技术来说又算得了什么呢?何况他说的是苏联,是世界上科学技术最发达的地方。我不能确证它们的存在,那么你能确证它们的不存在,今天不存在,而且明天也不存在吗?而且最最重要的是,他在光华女中的纪念"五四"报告非常成功,大大的成功,比他想象的最大成功还要大的成功……还有而且的而且呢!他幸福得都要醉了。

赵林的踌躇满志而又盲目得意的样子使萧连甲未免愤慨。他拂袖而去。他想,在这样的原则问题上,我不能妥协,不能善罢甘休。

而赵林沉浸在成功和幸福里。他爱上了那个到区里来请他去作"五四"报告的女学生中的高个儿的那一位。她叫林娜娜,腰板挺拔,亭亭玉立,端正的两只大眼睛,由于略略近视,眼睛有时一眨一用劲,秀丽和高贵中又显出一种娇憨,显出一种北京人叫做"傻大个儿"的朴质。她爸爸是大名鼎鼎的林远之,法国留学的大画家,左翼美术运动的名将,现在是美术学院的领导,青年们对他是相当崇拜的。林娜娜是他的大女儿,是他的前妻生的。前妻是林远之十七岁的时候在家乡江苏镇江被父母包办娶来的。林娜娜还在娘肚子里,林远之就去了法国。后来林画家在上海、杭州、广州、香港、马来亚、印尼之间往来,却从来没有回过镇江,没有见过自己的女儿娜娜。从法国一回来他办的第一件反封建大事就是写信提出与娜娜的母亲离婚。娜娜一直生活在镇江小城,从没感觉到自己是个名人的女儿,从没有分享或分担过大画家父亲的任何与众不同的好的或者不好的境遇。娜娜的母亲当然不同意离婚,她一直与娜娜相依为命。只是在全国解放以后,在事实上林远之已经再婚十余年,又得到了一个儿子一个女儿以后,在当地妇联的帮助之下,娜娜的妈妈同意了离婚,同意了林远之把女儿接到北京市上学。离开镇江、离开白娘子用水淹过的金山寺的时候娜娜与妈妈抱头痛哭,惨不忍睹,痛不忍闻,娜娜终生难忘。

　　林娜娜在北京生活得相当孤独。她虽然学得很快,讲话仍然不是地道的北京口音。有一次她把饭馊了说成饭sāo(臊)了,使同学们笑破肚皮,而且"传诵四方",搞得名闻遐迩。她们家住着宽大的房子,她与她的弟弟妹妹各住一间,父亲与母亲也各住一间,这使她觉得怪怪的。家里的人都那么陌生。很少见得着父母,见面的时候——也许是她多想,父亲似乎有点尴尬,有点用严肃掩饰自己的无措。母亲就是说继母或者干脆叫做后妈吧,特别的客气,客气得实在不像后妈,当然,更不像亲妈。这种状况鼓励了林娜娜全身心地投入到学校的集体生活当中,她成了一名很肯干也很受同学们拥护的学生干部。她是团总支部的宣传委员,又是学生会的文化体育部长。她自己也奇怪,为什么同学们那样拥护她,她实在不善辞令,不懂政治,更不会哲学。她不会说一方面和另一方面,不会说第一个大问题第四个小问题,不会说这意味着那说明了,不会说发扬这个克服那个……她当然拥护共产党拥护新中国,不这样难道还能是别样么?大家不是都拥护共产党和新中国吗?她个子高,在女生中鹤立鸡群,样子又端正又朴素又有几分高贵,既是名门出身又充溢着江南小镇的土气。抄写黑板报,油印团员学习材料,买、分电影票,为演出而借服装,请名人来校与同学们见面,直到赛球前在操场协助体育教员划白线,她都不辞辛苦,任劳任怨。再说,也许恰恰是那时的学生中的党员、干部、积极分子太能说了,一个个口若悬河,张口便是政治鼓动政治论战革命宣言哲学概括,同学们见识这样的维辛斯基①式的青年革命家太多了,反而感到林娜娜式的笃实平凡的可贵了吧?

林娜娜的风度一下子就吸引了赵林。赵林前不久追求过一个演说家型的女孩子。她也是高个子,皮肤细白得如同莲藕,留着男孩子式的短分头,说那发型是卓娅式的。在市学联第一次代表大会上他们相识,他们在苏联唱片的伴奏下翩翩起舞。一开始是赵林带着她跳,后来她嫌不够劲改为她带着赵林跳。四步,唱片放的伴舞歌曲是《春天的花园花儿开得美丽》,歌儿挺软,不太革命,只是因为来自苏联,不革命也似乎革命了。她的个子其实与赵林差不多,因为她是女性,便显得高了。赵林自己不高,但是从她的高当中似乎获得了一种快慰与满足。赵林在百忙(真的!)中又约她去过两次舞会。第三次,虽然仍然是二人约好了一起入的门,这位"卓娅发型"的"白藕美人"一进场就碰到了自己的一位熟人,一个高个子并且留着络腮胡须的男子。络腮胡须使得赵林无法判断他的年龄、表情、气质、身份。这使赵林十分反感。结果这次跳舞"白藕"完全把赵林抛开,没完没了地与络腮胡子跳,跳热了,她脱下了一件罩衣,吩咐赵林说:"帮我看一下。"接着仍然是与胡子跳。赵林一怒,拂袖而去。那时赵林的心气正好,刚刚收到祖父的"舍我其谁、前途无量"的鼓舞人心的信。他的这次谈不到失恋的失恋并没有使他过于苦恼。"我还愁没有人爱吗?"他是这样想问题的。他的唯一的不利之处是个子不太高。

---

① 维辛斯基,时任苏联外交部副部长、常驻联合国安理会代表。当时中国的报纸常常发表他的长篇讲话全文。

但列宁个子也不高。列宁个子不高也照样是列宁,照样无与伦比的伟大。他才不会为自己的个子而苦恼呢。不过,经过这次爱情上的受挫,他自己反而更倾心于身材颀长的大眼睛姑娘了。

　　林娜娜就是这样的姑娘。她个子比赵林还略高一点,她的样子比"白藕"还要可爱,却不显得那样娇气和任性。谢天谢地,他没有与那位舞伴"好"下去。林娜娜是多么端庄,多么善良,多么纯朴啊!还有一点,说是说不出什么道理来的,但是赵林觉得很重要,很熨帖,很温暖。他叫赵林,她姓林,这难道是偶然的么?他没有叫赵灵也没有叫赵临赵霖赵良赵亮。本来他完全可以叫灵、临、霖、良、亮的。谁能说他必须叫赵林而不能叫别的呢?而终于他没有叫别的而叫了她的林。同样,如果她不姓林而姓别的姓,他又有什么办法呢? 当然,他没有办法,他毫无疑问是一点办法也没有。这里的几率究竟有亿万分之几呢?他俩的名字也是联结在一起的,真稀罕啊!他能够不激动吗?

　　做完报告,赵林找林娜娜来汇报对他的报告的反映。林娜娜来了,他们谈了三个钟头。林娜娜觉得他的办公室很舒服,觉得赵林这个人很亲切,比她的家人更亲切,比学校的老师同学也更亲切。他们谈北方和江南,谈桌子椅子瓶子茶杯饭碗钢笔墨水老师同学太阳月亮窗户用老家的话该怎么说。林娜娜每用江苏话说一次赵林就笑一回。后来赵林还讲了煤铺的事,讲了自己怎么从小就痛恨旧社会和国民党反动政权,讲了自己怎么地下就加入了共产党。林娜娜钦佩得无话表达。后来赵林让林娜娜回去再搜集整理一下,就他在她们学校作报告的事和听报告后的反映写一份书面材料。

　　两天以后林娜娜来送材料,恰恰碰到赵林手里有两张苏联艺术家在中南海怀仁堂演出的票,他表示如果林娜娜愿意去他可以提供入场券,林娜娜高兴得不知道讲什么好。于是林娜娜在他的办公室等他在会议室主持完全体会议。他的办公室里有一种他特有的汗气,并且有他的一切匆忙、责任、细致、勤勉、好学……种种美德和他的不同寻常的价值的征兆。林娜娜在他的办公室里虽然无事可做,虽然这间办公室里放的书报她根本看不下去,虽然她一直盼着他们的全体会议快一点结束而他们的会老是不完,虽然她等得有点着急,她仍然觉得,在赵林办公室中度过两个多小时是一件令人十分兴奋的事。她不住地不出声音地笑着。她觉得他主持的会老开不完真是又讨厌又伟大。想起上次她还是毕恭毕敬地对待的赵林、被她的同学们几乎是奉为师长兼领袖的赵林这次已经被她骂为讨厌,她觉得又好笑又得意。

终于开完了会,已经没有吃饭的时间。他们俩急忙去搭有轨电车到厂桥,再用两条腿奔跑,勉勉强强赶上了开演。苏联艺术家的表演是这样精湛,他们欣赏得连大气都不敢出。苏联艺术家穿的闪闪发光的丝绒连衣裙也令他们大为开眼。苏联男艺术家那种虎背熊腰和女艺术家那种同样的虎背熊腰加上膨胀丰满浑圆多肉加上扭扭摆摆的步态,也是他们和其他观众过去从来没有见过的。他们目不转睛地看着这些生活在天堂里的幸福者,张大了嘴忘记了闭上。哪怕只是看这么一场演出,苏联已经足够叫他们五体投地的了。

而且是怀仁堂,怀仁堂啊!怀仁堂里飘散着一种高雅的香气,据说是檀香,她过去哪里去过有檀香气味的地方。又骄傲又香,简直像上了天!连厕所都香得令人沉醉入迷。

看完节目,他们去东四吃馄饨。吃完馄饨,赵林送林娜娜回家。她本来应该回学校的。她住校,只有周末才回家。当然,今天并不是周末。但是时间有点晚了,学校宿舍可能已经关门,林娜娜犹豫了。于是赵林建议送她回家。她略一迟疑,同意了。赵林在离她家十步左右的地方止步,目送她叫开大门,走入一座高雅洋气的小楼。她一只脚已经踏进门去了,又缩了回来,她回首对赵林似乎是嫣然一笑。月光下赵林没有看清。但他已经受用了这美好的笑容。

一星期以后,赵林向他的同伴同志们宣布:他已经与林娜娜"明确关系",就是说,他们已经是一对情侣了。那个时候,还没有中学生不得谈恋爱的规矩。

李意与袁素华的事也进行得很顺利。钱文当真充当了一回李意的信使,把李意的信转交给了袁素华。他十分乐于承担这样一个任务,却又觉得李意托他转信纯粹是多此一举,而且是大煞风景。爱情,永远只能是你对着我,我对着你,怎么还可能中转呢?人和人看问题处理问题是怎样的不同啊!不久,李意就经常给袁素华挂电话,约她到这里到那里去了。袁素华也开始给李意打电话。如果接电话的不是李意,袁素华的声音就特别地沉稳和庄重,她的声音"镇"住了接电话的人,没有人敢对她开玩笑。本来,这些年轻人是最喜欢利用这种机会开点玩笑的。

萧连甲也赢得了爱情。因为拔牙。他拔去了一颗捣蛋的臼齿,换来了一个洁白的护士的倾心。护士活像个洋娃娃,圆眼睛,卷头发,长睫毛,饱满欲坠的小嘴。当人们兴高采烈地向萧连甲追问她是谁他们是怎么回事的时候,萧连甲皱起了眉。他摇摇头,再摇摇头,再再摇摇头。"有什么可哄的呢?革命同志,谁和谁来往又有什么稀奇的呢?"他最终连她的姓名也没有说。是张雅丽,也去治牙,掌握了她的姓名,说是叫仲霁。大家不明白这样一个小女孩儿,为什么起这么一个老气横秋的怪名字。张雅丽治牙的过程中结识了一位同牙痛而相怜的"病友",税务局的一个肤色黧黑的干部,他中等身材偏瘦,眼睛很有神。张雅丽完全不掩饰自己对他的好感,她干脆表示她要追求这个人,她希望同志们给她帮忙。钱文甚至于怀疑,她是不是在跟着起哄。但钱文也常常禁不住想,我的爱情,我的爱情在哪里呢?一想到这里他就非常的陶醉。

这真是一个恋爱的季节,浪漫的季节,唱歌的季节么?哪里都是爱情,到处都是爱情,人人都是爱情。爱情的幸福就这样容易地降临到每一个人的额头上。获得信念,获得爱情,获得无砟儿的理想和幸福,似乎比捡拾一片树叶还容易。这是何等光明的岁月!到处都是光明,心底是一片光明。除了光明光明光明还是光明!能够这样度过自己的青年时代,能够这样度过哪怕是一年、一个月或者一个星期,就已经值得羡慕了哦!

我们确实有过非常光明的经验。

第 十 二 章

这一年的五月确实是分外红火。到处飘扬着红旗,响亮着歌声,轰鸣着口号。"红五月",真是一个令人热血沸腾而又欢欣鼓舞的名称。"工人阶级大干红五月"的号召使全民振奋,"全世界无产者团结起来"的口号又亲切又崇高又庄严,看到这样的口号年轻的革命者们立即想和全世界被压迫被剥削的饥寒交迫的奴隶们手挽手向着毒蛇猛兽寄生虫冲去。他们知道,他们深信,剥削者压迫者只是一小撮,而他们——被剥削被压迫求解放求幸福在斗争中失去的只是锁链而得到的是全世界的无产者半无产者是绝大多数。他们是大海,而压迫者只是几点小小的孤岛。需要的只是觉悟,只是一点革命道理的启发。只要有这么一点启发,有这么一点点火种一点点火花,熊熊烈火就将燃起,旧社会就将摧枯拉朽。人民力量势不可当,本来就势不可当,世界革命就将成功,这一切本来并不困难,这一切就像太阳每天要从东边出来、到了春季树芽就要萌发花朵就要开放一样的自然而然、合情合理、天经地义。他们的使命就是做这一点火花,他们生活的意义就在于促进和等待大火熊熊、万民同心、全世界劳动者手挽手唱着凯歌齐步前进的这一天的到来。

所以,这一年五月上映的苏联影片《马克辛三部曲》中的两部——《马克辛的青年时代》《革命摇篮维堡区》令他们如醉如痴。在工人夜校里,女革命家——扮演她的女演员严肃、投入、热烈而又单纯,可真与众不同,尤其是与好莱坞的专供男性玩赏的雌玩偶不同——讲解马克思的《资本论》,讲到剩余价值,工人马克辛立即明白了,他回答剩余价值哪里去了的提问的时候大喝一声:"(归了)狗崽子!"实在是痛快淋漓,确实说明了《资本论》是工人的圣经,工人最能理解马克思主义。果然,马克辛迅速成长为有觉悟有智慧有勇气的职业革命家,而且成为他的老师、启蒙者即那个女革命家的领导、上级。然后是搜捕、逃亡、地下印刷所、传单、罢工、冲向沙皇警察马队、监狱、起义、反革命阴谋、契卡……这样的革命,实在是亲切极了,伟大极了,热闹有趣极了,确实是没有比这样的革命更有意义的人生和事业了。

在这个红五月还上演了翻译诗剧《卓娅》,青年艺术剧院在青年宫剧场演的。青年宫原来是美琪电影院,从美琪到青年宫,这是从一个时代到另一个时代,从一个天地到另一个天地。卓娅的故事大家都很熟悉,电影《丹娘》大家都看过许多次,丹娘,或者翻译得更加俄化一点应该是达尼娅,就是游击队员卓娅的化名。但是活人的演出,给人们的感觉完全不同。中国女演员扮演一个苏联女孩子,你觉得她是苏联女英雄,你也觉得她是一个无比单纯善良、热情动人、令人心碎的美丽无瑕的女孩子。她就是你的同龄人,她就是你的姊妹,你的伙伴,你的情人,你的同志。哦,活人的魅力是银幕上的影像所根本无法比拟的。一个纯而又纯的女孩儿在舞台上奔跑,用略带嘶哑的又热烈又甘甜的声音宣布着祖国、人民、爱情、幸福和共青团、斯大林,终于英勇地就义,在走向绞刑架的时候,她庄严地宣布:"为了人民而牺牲,这是幸福!"舞台上的群众角色都流了泪……单单这表面的一切已经足够青年团员们、进步青年们和他们的积极分子领导者们激情满怀热泪盈眶痛哭失声醍醐灌顶的了。一场终了,青年观众哭哭笑笑,热血沸腾:如果预备好炸药包,起码有百分之七十五的人愿意学习董存瑞的样儿,抱着炸药包冲上去,拉响雷管,与敌人的碉堡同归于尽。

更重要的,《卓娅》的影响还不在于激起献身的激情,而在于它

的插曲。它的插曲叫做《蓝色的星》,用非常抒情的温柔的调子唱道:

> 生活是多么幸福,
> 生活是多么美好。
> 我愿意永远这样生活,
> 让蓝色的星儿照耀着我。

一个表现英雄主义、壮烈牺牲、对敌斗争的戏剧,居然配上了这样一个温柔的、几乎可以说是软绵绵的插曲,还说什么热爱生活。真逗,不是热爱祖国、人民、党、共产主义,也不是热爱双亲、手足、朋友、师长,而是热爱无所不在无地不有亦甘亦苦(说不定苦更多呢)可喜可叹(说不定叹更多呢)的生活,从来没听说过呀!从来没这样想过呀!这未免太新鲜了,又未免太普通太一般太大实话了。当然是热爱生活了,不热爱生活莫非去热爱死亡去不成?可是过去怎么就没有想到呢?这都是旧社会造成的喽,帝国主义封建主义地主老财黄世仁日本强盗宪兵队国民党蒋介石能叫你热爱生活吗?他们要杀你欺侮你压榨剥夺你,你生活在地狱里,你生活在屠场上,你能热爱地狱里屠场里的生活吗?却原来,革命了胜利了,生活也就值得热爱应该热爱了!却原来,人们献身革命,不惧死亡,正是为了生活!感谢共产党,感谢苏联,感谢《卓娅》,从此,中国青年才知道了:热爱生活!还有:幸福。我们多么幸福。祝你幸福。幸福的热泪流呀流下来。这不是冰激凌,这是幸福。你好。你好,爸爸。你好,娜塔莎,娜塔丽娅·丝琪梵诺娃。你好,师长同志。你好,孩子。你好,莫斯科。你好,列宁山。爱你。爱你,亲爱的。爱你,自由的天空。爱你,伏尔加。爱你,我的美人,我的"捷乌什卡"(俄语:姑娘)。爱你,永远永远,永远地爱你。请相信我。谢谢。是,保证完成任务。明天。明天会更好。当然。当然啦,怎么会不这样呢?梦。我梦见了你。像梦。梦一样的年华。青春。力量。向往。荣誉。光荣。信任。光明。大路伸向前方。白桦树。招手。飘荡。黎明。曙光……多少美丽的崇高的迷人的字眼,都是从苏联传来的呀!即使单单从这些字眼来看,年轻人也可以断定:十月革命万岁,苏联万岁,社会主义万岁,马克思列宁主义万岁,万岁,万岁,万万岁!

在一个一个地堕入情网,一个一个地像忙于革命一样地忙于爱情的时候,在一个一个幸福地觉得自己和苏联人一样、苏联人一样的幸福的时候,钱文把心灵投放到苏联,投放到苏联文学作品里去了。他读了巴甫连柯的《幸福》。关于斯大林,关于外高加索的葡萄酒,特别是关于苏维埃人的爱情的描写,使钱文实实在在地感到了灵魂的重新塑造。

> 陶醉于这个夏夜之美,列娜分外感到人生是怎样漫长……

读了这一段描写一个普通的小护士的感受的文字,钱文完完全全地醉了。他只觉得自己比列娜还要感动,还要陶醉。世界上果真有这样的语言,像甘露一般点点滴滴地浇灌入读者的心田里。

钱文读爱伦堡,钱文才知道,人生、革命、战争、奋斗里原来可以有这么多浪漫,这么多感情。《巴黎的陷落》《暴风雨》《巨浪》……法国、德国、俄罗斯、乌克兰,而超乎一切的是苏联。他把《暴风雨》中法国游击队员的歌词抄写到自己的笔记本上:

> 快点打口哨,
> 是战斗的时候了。

钱文读法捷耶夫的《青年近卫军》,他才知道一个人,一个革命青年的内心世界可以有多么的美丽。钱文读安东诺夫,纳吉宾,潘诺娃。书籍扉页上潘诺娃的照片美极了,钱文真想有机会见一见潘诺娃,吻她一下。"荣誉,荣誉就是这样到来的啊。"这是潘诺娃《光明的河岸》中,描写集体农庄一个女庄员创造挤奶全国新纪录的一句话。这话使钱文热血沸腾。就是,荣誉正召唤着每一个人,也召唤着钱文。钱文读费定、卡达耶夫、考涅楚克、瓦西列夫斯卡娅……然后发展到读托尔斯泰、屠格涅夫、普希金、契诃夫、果戈理和令他昏头昏脑的陀思妥耶夫斯基。越读,他就越爱苏联,他完全倾倒。他爱上了俄罗斯,她的土地、白桦树、男人和女人、他们的心。他甚至不无忐忑地感到,他热爱苏联、俄罗斯文学艺术,似乎都超过了本国。他当然爱中国的革命作家,读他们的书,崇拜他们。但是不论是赵树理还是周立波、康濯,他们总是不像苏联作家、俄罗斯作家那样抒发丰富多彩乃至神奇美妙的内心。中国作家可能写得很幽默、智慧、通俗、激烈,尤其是真实、生动、纯朴,但他们从来不像苏联作家乃至旧俄作家写得那样美,那样丰满。这也许正是苏联文学里充满了幸福、生活、光荣、爱情,而中国的文学作品里净是被骗后的觉醒、翻身后的感恩、识破奸诈与显露忠诚……的缘故吧。哦,钱文,他太对苏联、俄罗斯钟情了吧,这究竟是好还是不好呢?

这一年的五月天气也特别好。经过了黄风蔽日、拖着长长的春寒尾巴的四月,"五一""五四"过后,一直是天晴气朗,日暖风和。人们在一个下午就全部换掉了冬装,原来照四月份那个天气,人们以为,毛线衣和小棉袄至少还需要继续穿两个月呢。这时传来了一个令人兴奋也令人困惑的消息:说是学习苏联(?),为了展现新中国幸福美满五彩缤纷的面貌,男人们也都要穿(或已由南方一些地方带头穿)、上面提倡男人们也穿花衬衫。这个消息到底是谁先发布的,没有人说得清楚。这个"号召"(如果确实有这个号召的话)究竟是谁最先发出、又是谁最先响应实行的,也没有人说得清楚。是先有消息传播后有人响应实行,还是先有人实行后有人据此传播了消息,也没有人能够说得清楚。反正呼啦一下子许多的男青年穿起女式的花衬衫来了。李意闻风而动,买了红方格衬衫。赵林买了墨绿底色带褐色斑点的花衬衫。钱文买的是白底绿花的衬衫。他从百货店往回走的时候正碰到区委书记老吴。他问老吴:"您不去买一身花衬衫吗?"老吴好像根本没有听见他的话,迟疑地向他看了看,又看了看想了想,便抓住他谈起了取缔一贯道的宣传工作。这是典型的老吴的风格,他想他认为需要想的东西,他与他认为需要谈话的人谈话,他谈他认为需要谈的内容,而不管你想与他谈什么。他从来不受干扰,这使年轻人觉得又好笑又可敬畏。只是在谈完取缔一贯道的宣传工作,他们告辞,各自向不同的方向走出了几步路以后,老吴好像突然想起了什么,他转身叫了一声:"老钱!"钱文被叫做"老钱",这确实令他吃了一惊。他想起,从根据地来的老干部互相称呼及称呼他们,都是叫"老"什么什么的,地下党员新参加工作的则互称小字辈。这倒也有趣。他想。老,也许算是老同志对于他的尊称吧。想到这里,他高兴地笑了。

"老钱,你说什么花衣服?男人穿花衣服,成什么样子!"说完,他不管钱文的反应,回头急急忙忙地走了。

两天以后,老吴亲自召集了一个会,传达中央一个文件。指出最近一段时间,男人穿花衣服成风,这既不符合我们的民族习惯也不符合国际惯例,特别有些正式场合,领导干部穿着花衣服出场,不严肃也不雅观,造成了不良影响。故此,需要指出:说什么中央提倡男人穿花衣服,纯属无稽之谈。这种糊涂做法要立即制止。各级干部要学会用头脑分析问题,不要盲目起哄,不要人云亦云。老吴还用半文半白的语言透露说:"听说南方一个县,县委书记和县长穿上花衣服举行招待会,滑天下之大稽,有碍观瞻,不伦不类,贻笑大方,洋相出尽矣!"老吴讲得恨恨的。

大家听了恍然大悟。都略感不好意思,却又都为中央的英明伟大而欢欣鼓舞。钱文说其实老吴早就不赞成他们穿花衣服,大家也深深佩服:老区来的干部,也许文化差一点,但就是水平高经验多,确实值得学习。一通百通,服膺真理,纠正错误,皆大欢喜,大家的兴奋劲儿和得悉男人也要穿花衣服了的时候差不多,而且兴奋中有踏实,有平静,有仍然不过如此的清明,也有那么一点点遗憾:却原来这个世界并非那么容易发生奇迹,却原来旧有的习惯并非那么容易推翻打破,却原来史无前例翻天覆地的共产党也罢,要把旧世界打个落花流水的饥寒交迫的奴隶也罢,仍然是让男人照穿男人的衣服,让女人照穿女人的衣服,在穿衣服这事儿上,既没翻天,也没落花流水,外甥打灯笼——照舅(旧),没有闹出什么太新鲜的来。

"那已经买了花衣服的男同志把花衣服怎么办呢?"张雅丽问。她提问题的样子非常认真,似乎没有上级的指示,她根本无法解决这个复杂的问题。

祝正鸿显出了他的惯常的宽厚的笑容。

"都送给女同志好了。"萧连甲半真半假地说。

"那总还是有用的吧,"赵林认真负责地回答说,"可以送人也可以自用,不穿在外面穿在里面也没有什么不行的呀,中央也没有说不行啊。还有……"

"可以染一染嘛!"万德发说。

"算了,别再讨论这些没意思的事好不好?"萧连甲说。大家笑了。笑完了觉得未免有些无趣。

过了几天,市领导部门来了几位不苟言笑的同志,说是来调查两个问题:一个问题是他们在一个月以前的春游中,发生了汉族同志侮辱少数民族同志的严重违反党的民族政策的事件。一个是在纪念"五四"活动中,传播道听途说的假新闻,哗众取宠,以讹传讹,影响恶劣,不负责任的问题。找这个找那个谈话,搞得大家都很不安。特别是赵林和李意,更是垂头丧气。不苟言笑的同志与各位同志谈话的时候反复强调两句话:一个是"再想想,再想想",一个是"别顾虑,别顾虑",说得人人汗毛倒竖。前一句话似乎是暗示不得隐瞒,后一句话似乎是暗示人皆有咎,总之这样的话对于他们这些一心革命一心浪漫一心热烈献身的小小职业革命家来说,实在是当头一棒,是意外挫折,也是几近侮辱。但是又有什么办法呢?他们确实似乎是犯了错误。他们确实是处于一种被检查被批评的地位。与此同时,他们又是由衷地亲近和信赖这些不苟言笑的同志们的。因为他们代表的是组织,是领导,是党;而组织既是严父又是慈母。无微不至的关怀,想不起最早是跟谁学的来了,反正当他们提起组织来的时候他们就会立即使用这几个字。本来也是,离了组织,他们究竟算得了什么呢?几个毛孩子,几个小可怜儿,几个空有一腔热情,一点聪明,凭这点聪明和热情在旧社会意欲糊口亦不可得的中学生罢了。他们能够成为社会的主人吗?能够成为公民的先驱吗?能够成为独当一面的青年运动的领导人吗?

所以,他们又认真地全部地向不苟言笑的同志们提供情况,人家问了的他们回答——叫做有问必答,人家没有问的也回答也提供——叫做无问亦答。然而讲多了亦不讨好,人家说:"不要扯那些无关紧要的。"

在此期间,赵林不断地与同志们交谈自己的体会:"这才是政治上的温暖,这才是对人民负责的态度,这才是严肃的一丝不苟的工作作风。我们的一言一行都要考虑影响的啊!我们的责任,我们的责任是太大太大了啊!"然后事情拖了下来。又过了一个多月,说是对他们所犯的错误,上级决定,不给处分了,但是责令有关人员做出检讨(包括口头的与书面的)。在党支部会上,不仅赵林、李意,而且所有的人,都以严于律己的精神检查了自己。张雅丽说,春游事件应该由她负责,如果她对于事关民族政策的大事态度严肃一些,本来什么事情也不会发生。结果,由于她的胡作非为,给李意带来了思想负担,给他们的集体带来了不良影响,她感到十分内疚。她既对不起本民族的回族同志,也对不起汉族同志。这事全是她搞糟了的。于是李意抢着说,完全是他的错,而且他的错不是偶然的。这和他家庭出身不好是有关系的。家庭出身不好就影响了阶级觉悟,阶级觉悟低就影响了对党的利益、人民的利益的敏感。不敏感也就是糊里糊涂,糊里糊涂也就是不负责任,这实际是党性的严重问题。两个人争着检查和承担责任,两个人争着说自己的错误更严重,这种场面使大家感动得流出了眼泪,使本人更是流出了眼泪。

大家尤其是对于李意的检查表示满意。李意家是开绸缎商店的,是前门大栅栏一带一家老字号,很有名的绸缎店。这样,理所当然,他是资产阶级出身。偏偏一起始他很喜欢邀请自己的伙伴到家里小坐。一去,就有老妈子出来给他们端茶倒水。有一个夏天,还端来了冰镇的果汁,来了果汁倒也罢了,偏偏李意加以说明:"这是从电冰箱里拿出来的。"一九五一年听到电冰箱,比听到原子弹还稀奇——原子弹的事报上常见啊!电冰箱谁见过,那还了得!后来,喝过他的冰镇果汁的同志,在讨论他的由候补党员转为正式党员的问题的时候,严肃地指出,他之所以要解说那果汁出自电冰箱,客观上带有资产阶级向无产阶级示威的性质。

　　李意一开始是很想不通的。原因是他的父母在解放前确实帮助过党。具体情况他也说不清楚,他的同志们更说不清楚,因为那是属于党的另一个秘密工作系统的事情。反正早在李意参加革命组织以前,他们家已经是地下党的一个金库,地下党的相当一部分钱财都经过他的父母的手。自然,解放以后,李意知道了此事以后,对此深以为荣,他常常以夸耀的口气讲起他的家庭。他忘记了,说下大天来,他们家毕竟是资产阶级,而共产党是无产阶级的党,无产阶级是资产阶级的掘墓人,马克思早就说过的。那就是说,他应该是他的父母的掘墓人,这是同志们对于他的思想情况进行分析帮助的时候说的。他的"忘记"和引以为荣使他付出了惨重的代价,他由于"与资产阶级家庭划不清界限",在候补期满后,他的正式共产党员身份没有获得通过。所有的与他极其友善、对他极其好意、从来与他相处极其融洽、其中大部分都去过他的家、对他的父母也极其尊重礼貌的同志们,一致认为他对于自己的家庭的认识太差太差,阶级觉悟太低太低,一致否决了他的按期转正的申请,以全票决定:李意需要延长候补期一年。

　　这当头一棒几乎把李意打昏过去。那时候他们还没有见过谁被党指责,被党处分,更没有见过谁被党清洗,除去在《联共(布)党史简明教程》上看到过被清洗的托洛茨基、布哈林、季诺维也夫……忽然,由他们亲手决定,他们当中的一个人,他们的一个同志,一个朋友,必须延长候补期一年!何等的严肃,何等的铁面无私,何等的布尔什维主义的原则性!在讨论李意转正未能通过的那次支部会后,不仅被延长候补期的李意,而且延长人家的候补期的大家,全都为之,不,是为自己的庄重与无情而震动。

　　从此,李意记住了要批判自己的家庭,批判自己的父母,批得越多越好,批得越狠越好。他常常苦于无从批起,没的批,没有词儿批。他把自己的这一苦恼告诉了洪嘉,又被蒙头盖脸地批了一顿。"这难道是找词儿的问题吗?"(李意想,确实不是。)"立场不转过来,怎么可能批得下去呢?"(李意想,确实如此。)"没有对于资产阶级的阶级仇恨,怎么可能平白无故地批判资产阶级呢?"(太对了,怎么样才能痛恨他们呢?确实,他们太可恨了,他们自己又当资产阶级又投机革命不算,还连累了他,使他候补期满而不能按期转正,使他欲大步前进而抬不起脚,使他欲十分谦虚地接受帮助而不得要领。)"我恨他们!我确实恨他们!"李意大声疾呼,声泪俱下。大家觉得他总算有了一点点进步。

　　此后李意又想出了一个新办法,他经常找同志们个别谈心,不等着开会。他发现,个别谈心的时候,同志们要和善得多。当然,他也要看对象。他不敢再找洪嘉了。洪嘉和他谈完了肯定还要搬到会上把他批上一顿。他也不敢老找赵林。倒不是赵林对他有什么不好,赵林每次谈话对他的态度是很好的,再说,赵林确实善于分析问题,一分析就一套一套,又新鲜又明白又热闹又条理,什么问题到来,他都能够分析个落花流水,迎刃而解。但是赵林讲得太多,太优越,态度虽然和蔼,语词实在逼人。他又忙,常常还没谈完,就有旁人进来说别的事。或者,赵林当着进来的人继续帮助李意分析问题,这就失去了个别谈话的安详和柔雅;或者,赵林把李意抛在一旁,与进来的人讨论起旁的事情——仍然是滔滔不绝,坐在一旁的李意不知如何是好,听也不是,不听也不是。李意总结的经验是,找钱文。钱文之善于分析、一套一套丝毫不在赵林之下。李意比钱文整整大七岁,碰到思想问题、讲不清楚分析不出头绪的事谦虚谨慎地去请教钱文,这使钱文颇为满意,钱文满意中对他的请教更加给与亲切周到友好负责的指导。等到开会,需要李意谈自己对某个问题的认识的时候,李意差不多可以原文照搬钱文"代"他设想的分析批判检查认识,照抄照讲,常常能使众人满意,而钱文也对自己的水平以及李意的谦逊感到满意,从来不介意不挑明那本是自己的版本。

起码是为了转正,确实也是为了进步,李意每逢遇到需要做一点自我批评的场合,他就把自己的家庭出身拉出来痛骂一通。这次的春游事件,他一如既往地把它联系到家庭出身上去。果然,收效很好。大家纷纷承担责任,抢着推功揽过。这种崇高的表现,这种无产阶级的高尚风格,使年轻的同志们自身也极为感动——没有党的教育,他们可能做到这样吗?不是现在还有人受到反动派的欺骗宣传的毒害,至今还不相信党的方针,党的理论,党的思想,党的风格吗?让他们来听听我们的开会嘛!他们能够相信吗?他们是很普通的新党员,他们各方面做得还都很不够。然而,他们已经能够做到这一步了。何况那些老同志,那些献身革命几十年,出生入死,钢铁一般,水晶一般的仁人志士呢?世界上居然还有人不相信共产党,这是多么不可思议啊!

赵林对自己的"五四"讲话的问题的检讨也极其深刻动情。他讲了自己的责任。他讲了党的宣传教育工作的严肃性、纪律性。他批评了自己的幼稚性、片面性、冲动性。他进一步扭动自己的手指,咬破自己的嘴唇,紧蹙眉头,粗粗地喘着气,挖出了自己的思想根源:个人英雄主义,风头主义,有哗众取宠之心,少实事求是之意,还有小资产阶级的狂热性、脆弱性、疯狂性等等……他流出了眼泪。"我对不起党的培养,我辜负了党的信任,我为党的工作带来了损失,我……"他讲不下去了。

他的诚恳的检讨感动了大家。当赵林最后说到他应该受处分,他不配再充当这里的领导的时候,万德发首先紧张起来。他说,事情本来没有那么严重,赵林同志那天讲得不能说有太大的错误,赵林同志那天说得很明白,他是听一位刚刚访问苏联回国的同志讲的,不一定准确,供大家参考。他当时也在场,他并不认为这里边有多少问题。是女学生们太热情了,太激动了,她们又鼓掌又喊叫又唱歌又吵闹。他当时没有阻止大家,他回来以后又犹豫起来。说到这里,他忽然说,他不知道,目前这个事闹成这个样子,是不是他造成的;他觉得很对不起赵林,也对不起大家。

他的话使大家一愣,不知从何说起,在这个时候,在这件事情上,确实没有任何人考虑过是谁最先提出了这个使赵林很狼狈、也使大家很狼狈的问题。没有人转过这个念头,没人想过这件事除了作为工作问题来探讨,除了探讨自己距离党的要求还有哪些不足以外还有什么别的问题需要思量。万德发的发言与紧张使人们觉得不怎么是味儿,觉得不带劲。但他毕竟是工人出身,也不好说他什么。

这时钱文抢先检查自己:事情出现在赵林身上,教训确实是大家的。因为他的看法,他的思想情况与赵林没有什么区别。他也同样认为,反正苏联科学技术先进,日新月异,各种往日的梦想已经或者正在变成现实,各种今日的梦想,即将变成明天的现实。不是今天的现实就是明天的现实——他设想,如果他听到这样的传闻,他也会高高兴兴地去报告给青年朋友们的。他这么一说大家一致——几乎是一致——附议。萧连甲也感动了。他说,他本来对于赵林是有意见的。他一开始就对赵林提出了不同的意见,赵林没有接受。这使他很不满。他曾经以幸灾乐祸的心情看着领导部门的同志前来检查追究这件事情。但是,赵林的检讨,同志们的发言教育了他。他觉得自己的思想很丑恶,个人主义,自以为是,打击别人,抬高自己,缺少为集体负责、为集体之忧而忧、为集体之喜而喜的共产主义情操。他原来以为这件事证明了他的水平高,他更正确,现在他看清了,这件事上,恰恰暴露了他自己的思想的不健康。他十分十分沉痛。他的话使同志们感到意外的惊喜。因为他从来都是傲气十足,绝少做什么检讨的。这次大家更感到他处于优越的地位。大家知道,他曾经十分严肃地提过意见,他比他们中的任何人都更清醒,并且确实坚持了原则。大家不能不承认他的优于众人的正确性,却又不那么心甘情愿。特别是,当大家都纷纷做检讨的时候,出来他一个人非常正确,这是多么令人不安而且不快呀!最后呢,太好了太好了,太符合大家的心愿了。萧连甲的发言使大家为他鼓起掌来了。

掌声中萧连甲与赵林手拉起手,肩并着肩,热烈拥抱起来。大家互相拥抱起来,连男女之别都忘记了。最后他们含着泪高唱起了《国际歌》。

即使是犯了"错误",接受了"审查",做出了口头检讨书面检讨也罢,他们的热忱,仍然没有为之稍减呀。哦,你们是何等的年轻、何等的单纯啊!

令人不解的是会后张雅丽却哭哭啼啼起来。这次会从某种意义上说,不正是为她做主的么?为什么她反而难过起来了呢?

第 十 三 章

爱是什么？钱文说不清楚。但是他感到了它。像是温暖的波浪，簇拥着他漂荡浮沉。像是清冽的空气，无所不在，无影无形却又充溢着他的心胸，唤醒着他的精神。像是一首歌儿，从早到晚，萦绕在他的耳旁，使他心荡神驰，心花怒放，心旷神怡，愁肠百结。使他自己也变成最动人的歌曲中的一个音符，一会儿攀援入云，一会儿飘然出海，一会儿缠绕折曲，一会儿潇洒落寞，一会儿甜蜜融消，一会儿逍遥朗阔，一会儿强，一会儿弱，一会儿紧，一会儿缓……即使是休止那么一会儿也罢，它等待着呼应，期望着连接，温习着节拍，酝酿着变奏，呼啸着所有的弦管铙钹鼓角，激起连天巨浪，谛听鸟语虫啼……每天醒来的时候他想到了——不，是感觉到了爱，每天入睡的时候他依托着爱——他简直分不清睡和醒，只觉得睡的时候爱得益发深沉、浑厚、酣足，他有多少爱就爱了多少；醒的时候爱得分外俏皮、神奇、喜悦，他爱得无孔不入，得心应手。一个隐约的笑容，一个爱的笑意飘忽在他的脸上，附着在他的睡梦与清醒之中，点染着、熨帖着、笑闹着他的青春岁月。

爱情给世界和人洗了澡。当李意托付钱文把自己的试探着追求的"情书"转交给袁素华的时候，当钱文完成了这一嘱托（真不知道为什么李意偏偏把这个任务交给了他，反正这是对于他的信任）以后，那个集教会医院的医士与教会学校的教师的特点于一身，一尘不染而又紧绷着小嘴儿的袁素华同志，是怎么样的焕然清爽，与众不同了啊！袁素华的形象从此经常出现在他的意识之中,若言若语,若喜若嗔,且行且止,如影如雾。她原来是这样的窈窕、淑静、内秀。他总是忘不了她的袅娜与美好,他一旦清醒地想到这一点,便颇有些不好意思。而且不仅袁素华,就连李意也让他觉得不同了。李意有一双深情的、含蓄的眼睛。虽然他没有详细述说他的爱情心理变化过程,但是显然,他更深沉也更慧眼慧心,他的爱情不是咋咋呼呼的结果,他没有被吸引到疯疯闹闹的女孩子那里去,仅此一点也说明他绝对不像他们那些毫无疑义没有包袱的革命家想象的那样平庸。而且他有较高的身材,常穿一件不系扣子的风雨衣,眼睛也长,虽然和别人相比他的眼白有点混浊,眼珠也不够晶莹灵活。北方人里很少有这样的眼睛,他的眼睛使钱文时而想起一匹马的眸子。候补期满,不通过他转正的时候,他们给他提的批评意见,是不是太过了呢?

当然,要求严一点,也是没有坏处的啦。

爱情又是一种颜色,一种气味,一种音调。为什么自从钱文知道了周碧云与满莎的春潮涌动一样的爱情,知道了他们即将结婚以后,他忽然对于周碧云产生了一种异样的感觉?周碧云对于他,原来是个(傻)大个子,是个单纯热烈而又天真善良的同志,有时候他觉得她带几分男性,不修边幅,粗枝大叶,直爽痛快,大而化之。他很少把她当做一个对于他这样的年龄的男孩子应该带几分神秘的吸引力的女子来看。也许是因为她的个子长得太高了,说话声音又太响亮了吧?他说不清楚。反正自从她与满莎的爱情公开化以后,他忽然觉察到她温柔了而且忧郁了。她仍然唱歌,声高震耳。但那歌声中怎么似乎有几分惆怅?还是这只是他的不准确的感觉呢?那天她唱《你从前是这样,现在还是这样》,《库班的哥萨克》(即《幸福的生活》)的插曲。是女集体农庄主席毕百灵(怎么翻译成这样一个不中不俄的名字?)与另一个集体农庄的保守自满的主席吴雅感情上发生了波折的时候唱的。钱文感觉到,她唱得相当忧伤,只是她的特殊的嗓子,即使在唱哀歌的时候也会迸发出大吵大叫的力量。他不由地抬起眼皮注视着她。在她回转过头来的那一刹那,他恍惚看到了她眼里的泪水。她看到了他关注的目光。她戛然而止。她用疑问的眼光反过来看他:"你看我做什么?"她问。这问题使他们都哑然失笑。因为不久以前他们还在一起说过中国四大家族之一的孔祥熙的三(四?)小姐的故事。孔小姐带着保镖在大街上走,发现一个人看她,她就让保镖去揍人家。人家理所当然地据理力争问到底自己怎么了,回答是你为什么看我,反驳是:"你不看我,怎么知道我看你呢?"他们很喜欢讲这个笑话。他们讲过好几次。他们讲笑话也结合批判国民党。现在,周大小姐忽然向钱小同志提出了这样的问题,他们怎么能不觉得有点"哏儿"呢?

然而他确实觉察到,周碧云的心情复杂微妙。一想到她在天津的男友,一想到天津市,想到"英租界""法租界""河西""河东""马场道""劝业场"这些陌生的名称,他的心不由得缩到了一块儿。他没有见过舒亦冰,但他常听周碧云说起。正像他没有去过天津,但那些地名常听她说起一样。天津,舒亦冰,这似乎代表着周碧云的过去。过去,是斩得断的吗?没有过去的千回百折,彷徨苦闷,眼泪叹息,求索寻觅,能有今天的百川汇流,大路通天,一心万众,大踏步并肩前进吗?他有时候想,人和人的区别就在于他们的过去。现在,他们都是一样的了,他们怀着同样的心情和信念聚集在一起,为同一个事业而奔忙。他们的力量在于他们是一个整体,你离不开我,我离不开你,你就是我,我就是你。只有过去是他们每个人自己的秘密,只有过去,给他们保留了一点可以咀嚼回味的自己。没有过去,他和赵林、祝正鸿便只有性格和分工的差别,有了过去,他才觉得自己就是自己,他们三个人才成为三个不同的人。过去过去,即使拿他的小小的过去来说,他也是忘不掉,丢不开的呀!

也许是他的感情不够健康?他们确实批评过他的感情不怎么健康呢。他有时候会突然哼出一个陈年老调,比如说是《快乐的寡妇》圆舞曲,比如说是周璇唱过的《歌女之歌》,比如说是郎毓秀唱过的

《杯酒高歌》。当他哼哼出这样的曲调的时候他会听到同志们的嘘声,他会即刻觉察到他无意之间从记忆的阴暗冰冷的深潭中钓起了旧社会的不革命的空虚的无聊的沉闷的卑微的可怜的歌曲。难道新社会不是有更多更好——好得无法比拟的歌曲吗?当然,他爱新社会,他爱新社会的歌曲,他尤其是爱苏联的歌曲,怎么表达他对新歌曲的热爱也不过分。那他为什么老是摆脱不掉那些无病呻吟的旧歌曲呢?在想到这些歌曲的时候,他甚至不无遗憾,这些歌还没有怎么唱,对旧社会还没有怎么体味捉摸研究熟悉,就让他们呼啦一下子给推翻了,消灭了,埋葬了,一去不复返了,连痕迹都没留也不准留了。这究竟是怎么回事呢?这样想是不是更不健康了呢?

满莎也使他思绪萦回。这个快乐的男子汉,信心十足的小精灵,他的幽默,他的赤子之心,他的微笑、活泼、精力和紧凑,竟有这么大的魅力!简直像是笑谈,他像是寻开心一样的征服了周碧云。他一往直前,势不可当!他是以胜利者征服者的姿态前来的。他要唱就唱,要诗就诗,我行我素,而又深受上下左右、男女老少的欢迎喜爱。他似乎是天生适合生活在革命集体之中,随心所欲不逾规矩。他从来不像团委的他们这样需要时时自我检讨。他永远笑眯眯,自己眯眯也让别人眯眯。这实在是妙不可言,这实在是不可思议啊!他甚至于想起满莎不无忌妒心理呢。

爱情能使生活天翻地覆。爱情能使旁人更使自己大吃一惊。爱情曾经是多么神奇和艰辛,小说上的爱情都是那么伟大而且愁苦。而如今爱情又是多么的畅快、鲜明,他要说,简直是轻轻易易!再没有任何东西能妨碍他们去爱所爱,去得到所爱,他们的爱情畅通无阻,如入无人之境。而他们的上辈,他们的上辈的上辈,他们的祖祖先先世世代代,从来都没有爱情。啊,解放哦!

爱情是一束光,照亮了许多人的眉眼。爱情是一把刀,雕刻分明了人们的轮廓。自从宣布了结婚日期以后,洪嘉更加热热烘烘,忙忙匆匆。她一会儿和鲁若吵架,一次又一次地宣布婚不结了,吹了;又一次又一次地和好,更加如胶似漆。她在哪儿也坐不稳,忽然要打一个电话,忽然又拉开抽屉,把所有的文件拿到桌子上,乱翻一通又全部塞回抽屉里。开着会她也不断起立,走到这边再走到那边,与这个耳语与那个耳语。主持会议的赵林一再皱眉、咳嗽、鼻腔发出类似猫儿护食时发出的威胁性的声音,最后不得不叫一声:"洪嘉同志,你等一会儿再说你的事情好不好?"毫无效果。或者她回眸一笑,虽不生百媚却也让你无法与她认真。或者她怒而反抗反驳:"这是急事,那边等着答复呢!"你如果与她理论,那你主持的会就更开不成了。只好,赵林也笑了,大家也笑了。赵林自从负点责任以来,遇到顶牛的情况就干脆一笑,迁就让步避免了僵局,也赢得了大家的拥护。这确实也是一种修养呢。

赵林在与林娜娜明确关系以后,心情变得益发美好,甚至连"五四"讲话事件、他的深刻检讨也无法削减他的自内而外地放射的衷心喜悦,衷心陶醉,衷心满足。他有意无意地时不时地照一照镜子,他的嘴角因为镜子的反映而更加花儿般地开放,他的镜子因为总是提供花儿般的笑容而变成了赵林须臾不可分离的贴身密友。他的洁白的衬衫领子如今变得更加洁白,翻到外边的部分变得更加宽展,翩翩然如白色蝴蝶。他的眼神闪闪烁烁,游龙戏水,他的步履跳跳奔奔,山鹿归林,他的头发的每一根,都梳理弯曲得恰到好处,每一根头发都洋溢着滋润,快活,得手应心,趣味盎然。虽然他太忙,他常常不能准时出席与林娜娜的约会乃至临时取消约会,但他还是非常郑重,每次赴约或者迎接林娜娜以前,他都要凝思命笔,在便条上写上大纲,这次会面,要给林娜娜介绍点什么新闻、知识,讲述点什么学问、道理,提出点什么意见、建议,抒发点什么感情、感受,交换点什么观点、看法,他都做好准备。他的时间太宝贵了,他必须一以当十,他不能挂一漏万。他的精明的头脑,快乐的心胸,赤诚的怀抱在爱情上比在别的方面表现得更充分。他常常轻声哼着歌,忽高忽低,歪着头扬着眉。他的样子由于略显夸张而影响了说服力,一个不了解他的人,也许会以为他在做作。哦,几十年以后,当他们步入中年,步入老年以后,他们会不会发现,对于已经失去了或者正在失去幸福,或者已经不在意幸福还是不幸福的人来说,幸福,也像童年、天真、纯情、梦想一样,也许压根儿就显得有点做作呢!

赵林还常说,有人说爱情会影响一个人的学习或者工作,我就不信,我坚信爱情是一种强大的力量,我和林娜娜要把我们的学习和工作搞得更好!

钱文只是远远地旁观着林娜娜。他觉得她像一个大娃娃。他觉得她特别值得怜惜。她还是个洋娃娃就被精明热烈健谈脱颖而出高高在上的赵林爱住了,这使他有那么点不放心。他不知道他为什么要这样想。他非常想与林娜娜接触一次,说点什么。却又觉得那将是十分的不得体。把她想成一个大娃娃,这实在不应该。他非常不好意思。

束玫香回来后多次到他们这里来。钱文深深地感到她的热力,像是感受被夏天的太阳晒得红透了的苹果。她还使他联想起一个充气充足了的气球。"她那粉红的笑脸,好像红太阳",青海民歌里的这一句歌词曾经使他觉得不可理解。一个姑娘的脸庞,怎么能像磅礴高热的大太阳呢?现在他忽然觉得明白了。一个红透了的苹果、气球和太阳的形象甚至使钱文产生了一种类似心痛而又激昂的感觉。他瞭了一眼束玫香,他又好好地看了看祝正鸿,他突然发现了祝正鸿的眼睛。那是一双其实又大又秀气的眼睛,那双眼皮的波折既温柔又严厉。他常常垂下眼帘来。他常常避开旁人的目光。他常常在玫香边上显现出一种沉静、大度、旁观、微哂的表情。他的神态像当仁不让的兄长。钱文心里的一根弦被轻轻地拨动了。

萧连甲经常打着口哨。他的小护士来过一次,不一会儿就走了。钱文从侧面看了一眼,觉得她似乎噘着小嘴。她好像不情愿。她好像怪厉害的。而萧连甲的口哨,似乎比平日多了一些温柔。是不是钱文也随着他们敏感细腻起来了呢?

说来有点奇异,也可以说是有趣:钱文并没有恋爱,是钱文的伙伴们一个个堕入情网。但是钱文分明感到了爱的巨大、柔情、迷人。他不能说准是束玫香还是周碧云,是林娜娜还是洪嘉,也可能是他喜爱的电影演员,也可能是——甚至于是吕琳琳,虽然在那个至其门而不入的星期天以后,钱文更愿意把吕琳琳隐藏在自己的心的深处,他不想再随便想到她。他分明感觉到既是吕琳琳又是束玫香,既是袁素华又是林娜娜,他深信他的所爱一定比所有这些女子都更好更好更好,既是他的熟人又是完全陌生的,他感觉到一种女性的存在和吸引。从早到晚,从清晨的凉爽到午夜的安详,从晃动树枝的微风到遥遥传来的雷声,从收音机里放送的歌曲到阅报牌上的新换上的报纸,从梦到醒,从院落到小街,从爱伦堡的小说到电影院的海报……到处到处,一切一切,都有爱的影子,都有女性的温馨,都有宇宙的大女性的精灵。他似乎常常听到女性的笑语,感到女性的活泼,看到女性的长发和脸孔,闻到女性的芳香。像是一群女性的簇拥,又像是一个女性的无所不包。他不能不赞美世界上有这样美这样好的女性。他相信世界是因了有这样的女性才变得美好的。他感到这简直是一种奇妙的享受,一首浸泡着他的唱不完的歌曲,一种欣欣的生气,一场还等待开演的戏剧。他似乎已经什么都得到了,又似乎什么都还遥远,遥远……扑朔迷离,如梦如幻。却原来人生是这样的幸福,却原来大地是这样的美丽,却原来爱使人变得这样充实。他生发了这样强烈的一种感激的心情,感谢党,感谢中国,感谢同志,感谢领导,感谢地球,感谢太阳,感谢天空,感谢所有的妙龄少女……谢谢你,谢谢你,谢谢你啊,一天早晨他起早跑到了北海公园,他爬上了白塔,他大声呼喊,然后他急急忙忙地离去。

他做许多梦。在许多年以后,在他步入中年、老年以后,他十分惊异于他曾经有过一个如此集中地做梦的年龄。他梦见白色的大鸟,丰满的鸟身上的羽毛由白渐渐地变出一点浅红,浅红浸润出一点深一些的红,再浅一点,再深一点,变来变去,温柔摇曳。然后成为绿草,绿树,水影,亭台,亭台软化下沉,成为美丽的嘴唇,成为巨大的笑颜,成为芳馨,成为奔跑的速度成为上升和下降的悬垂,成为摇摆,成为抚慰,成为突然的警醒和绝对的浮漂,成为一块大石头,成为风雨,成为淋淌,成为泥泞,成为尘沙,成为快乐的虚无。他不但做梦而且享受梦,所有的梦都给了他,都吸引了取走了他的无限温柔,无比激动,无上宽舒。他想做什么梦就会做什么梦。他做过的梦似乎正好是他想做的。一切的梦似乎都是为他而作,为他而有的。他享受梦而且记忆梦,他咀嚼梦而且回味梦,这使他常常面带只有他知其就里或者他也不知其详的笑容,使他耳边常常响起只有他听得到的乐声,使他心里怀着只有他才感受得到的隐秘的脉律。他不能不得意于自己拥有的梦,他绝对是世界第一的梦的拥有者、梦的富翁。这样一种梦里的欢愉,生活里的梦境梦意,这样的对于自己的内心世界的倾听凝睇,这样一点不与旁人分享的秘密,这实在是他的生命的证明,青春的证明,存在的证明,呼吸与寻觅的证明。好,多么,好! 这还是马雅可夫斯基的"楼梯诗"的证明![①]

在此以后,在他年事渐长成为成年、中年并且一点一点步入老年之后,他也有梦,他或者也有不是很少的梦,但他再也记不住自己的梦了,他再也不沉浸于自己的梦了,他再也不怀念自己的梦了,他再也找不到那奇异美妙均匀贴切与梦同在的感觉了。那感觉,那生命的清醒的欢欣的自愉自察自顾,已经跟随着年龄而去了。

当洪嘉送无穷回大连的时候,钱文也陪着去了。无穷终于还是决定回大连了。当然洪嘉和无穷都很平静,远不像他到来的时候那样新鲜,那样激动,那样富有使命感。他来了,又走了,好像只是来看望了一下姐姐和大妈,来看了姐姐的同事们,来吃了几顿窝头、馒头、熬白菜和炒土豆丝。他的来和走突然变得那么平凡,连同他的母亲

[①] 苏联诗人马雅可夫斯基有一首著名的诗《好》,里面不断重复"好/多么好"的诗句。

的被捕与获释也像是不过如此。洪嘉无法掩饰对于弟弟终于走了的满意心情。只是在无穷确定了要走之后,洪嘉对她弟弟的面孔,突然像一朵绣球花一样地开放了。她笑容满面地与弟弟说这说那,话语的河流突然打开了控制闸。弟弟也显得轻松了,笑得多了,自然了,和共同生活了几个月的姐姐的同事们也好相处了。这一切钱文都看在眼里,他感到了一种说不出的惆怅。他不知道对无穷讲一点什么好。他不知道到底应该叫他洪无穷还是刘无穷乃至苏无穷。提到苏字他心中微微一动,他没有见过苏红,他同样对于托洛茨基这几个字充满恐惧与厌恶,但是从无穷身上他总愿意相信苏红毕竟是罪行小而态度好的。他无法相信苏红是托洛茨基式的人。也许苏红这样的人是希望埋葬过去,洗净过去,最好是根本没有过去的。呜呼!一个人究竟是有过去好还是没有过去好呢?

　　无穷登车远去的头一天晚上赵林与他谈了话。他还拉了钱文一起谈。他讲了不要背包袱,讲了锻炼身体、学习政治与学习文化科学知识的重要性。最后还谦虚地让无穷小同志给他和他们这个集体提提意见。无穷赶紧连连摇头,然后那么和解,那么宽容,那么——钱文觉得是——淡漠地笑了。这一笑使钱文觉得他忽然成了大人了。一个孩子这么快就成了大人了么?钱文觉得有点依依。如果无穷几个月就变得这样大了,那么,他呢?旁的伙伴们呢?他们难道不是已经老了,正在老着,越来越老了么?赵林让钱文也"讲一点意见",钱文说:"我们做得还很不够……"他没能讲下去,因为他觉得自己讲的像是敷衍话。莫非敷衍已经来到他们中间了?他一直想送给无穷一样礼物。想了半天,这个也不合适那个也不合适。最后他送给无穷一个千篇一律的笔记本。无穷千篇一律地表示了感谢。钱文对自己,对赵林,对洪嘉,对无穷,都不满意。他对语言和物品,对送别和交谈的无能无谓无力感到不满意。

　　火车站台上乱乱哄哄。戴红箍的铁路人员维持秩序,不让旅客和小贩越过站台上的安全白线。运送行李的电瓶车驶来驶去。售货车边的售货员歪戴着白帽子。一切都意味着离别和相聚,距离和空间,南来和北往,匆忙和瞬息万变。这使钱文不免有些感触,不免感到一种遥远的空荡乃至世事的变动不羁。他又感到一种兴奋和阔大,他也想登车而去,壮游祖国,亲身体验一下被迎被送,此刻一个地方,彼时又换一个地方的不寻常滋味。无穷小小年纪,走过的地面可比他多得多呢。他又怎么能一帆风顺,不经受试炼和考验?他钱文自己,在未来的岁月中还不知道会碰到什么事情,会走到什么地方呢。别了,孩子!别了,兄弟!火车拉响了汽笛徐徐开行的时候,钱文流泪了。

  这是一个星期天。在共同欣赏了苏联诗剧《卓娅》以后,他们似乎懂得了星期天与星期一至六的不同。他们常常能够在星期日得到哪怕是半天的休息了。而且,钱文的父母都催过他,他们需要他回家一趟。他已经两个多月没有回过家了。坐有轨电车到家,不过需要二十分钟。他虽然忙,这点时间还是有的。但他还是没有回去。他的家住在城根一条尘土飞扬的小胡同里。不断地拆房修房盖房,胡同的土路面一次次地被掩盖和加高,最后,路面高于庭院,庭院好像个大坑,进院门要往下走,邻舍们似乎是住在大坑里。是个小杂院,住着六家,钱文家住在坐东朝西的厢房里,比上不足而比下有余。小而破败的房子令人喘不过气来。一进屋就会看见掉下来的顶棚,肮脏的、糊满塔灰的顶棚纸,散了架的秫秸秆和走掉了蜘蛛的空洞的网丝悬挂飘舞,无人过问。砖地已经踩烂,高高低低,疙疙瘩瘩。满屋都是破瓶子烂罐子破包袱烂铺衬破箱子烂柜子破衣裳烂袜子……在参加革命工作以后,在去过天安门去过怀仁堂去过市委东交民巷以后,再进入这样的带着霉味儿的屋子是多么煞风景啊,是多么败坏人们的革命乐观情绪啊!家代表的是昨天的破败琐碎寒碜沉沦,没有希望,没有光明,没有任何的价值。而他的单位,他的组织,他的机关,那才是生活,那才属于青年,属于未来。既然如此,他又怎么可能喜欢回去呢?

再说,他,他的父亲和母亲都革命了,都参加工作了,他们都有了自己的单位了,他们更多地、经常地都是住在单位而不是住在家了。谁回来都会碰到一把锁。除非事先约会好,否则谁回来碰到的都是空屋冷锅潮气浮土。一开头,钱文曾为这破败的家庭的解体而欢呼,为旧生活的一去不复返与新的生活方式的建立而欢呼。欢呼完了,他更不想回家了。不回家却仍然有个家,却仍然有个爸爸,有个妈妈,他不可能忘记这一切,不管这一切是有趣还是无趣,他喜欢还是不喜欢。他送完了无穷,他回来了,他略带苦笑,他感到了一种"久违了"的叹息、惭愧和"我来了"的欣喜。他甚至有些伤感。他自己是那么年轻,那么突飞猛进前途无量一片光明日新月异,而他的父母的生命的大部分已经丢弃在旧社会的暗淡中了。他有一条命,他们也有、人人都有一条命,但是他们的命运是何等的不同啊。人生,是何等的不同啊!

门是开着的。妈妈在。参加工作以来,钱文避免在母亲面前显示出类似孩子的情感。他是顶天立地的巨人了,而母亲什么都不是。尽管他见到了母亲有意地保持着矜持乃至于冷漠,母亲的苦眉苦眼下面还是现出了笑容。"吃烙饼炒鸡蛋好不好?"在同一个城市,两个多月没有相见,一见面,首先讨论的是这个问题。

"您休息?"

"休息休息,是的,休息。"母亲苦笑了。看看钱文狐疑的目光,她说:"我请长假了。我老了。那儿的工作太重,我干不了。我晕倒过两次。我没有告诉你。我怕你惦记我。杨同志也同意了。她说身体是革命的本钱。她说我以后还可以找轻一点儿的工作。她还劝我说……"

"劝您什么呢?"

"争取……入……党……"

"可您连工作单位也没有了……您到哪儿去入党呢?"

"我太累了。还净值夜班。洗孩子们的床单被单。我一辈子干的就是这些。现在还是这些。不入党就不入党吧。我已经四十多岁了。我,拥护党,反正是拥护啊!"

钱文不知说什么好。他完全没有想到,一个人参加了革命工作,当了所长,这也算领导啊,竟然又退了出来。除非是反革命,他无法想象。他似乎是受到意外的一击。他不知道说什么好。他不高兴。他本来是滔滔不绝,口若悬河,动员每一个人,说服每一个人,推动每一个人学习进步参加工作入党告别旧生活迎接新生活成为革命者成为建设者成为巨人成为英雄的。为什么现在对着母亲却又没有话可说呢?是他的母亲已经朽木不可雕了么?是他们这一辈人的生活已经朽木不可雕了么?

然后是同样的烙饼,同样的炒鸡蛋,同样的筷子和盘子。实在和解放前没有区别。他想起妈妈说的托儿所里干的活儿与家里没有两样来了。可叹呀。没有两样的工作,又怎么能算是革命工作,没有两样的生活,又怎么能算是新的生活呢?

"父亲最近怎么样?"直到这个时候,钱文才问起了父亲。他知道,在母亲面前,父亲永远不是一个适宜的话题。"他也给我打电话了呢。"他补充说。

母亲低下了头。她的眉毛和眼角显得都往下垂着,这增加了衰老和丑陋,也增加了一种不幸不祥的表征。然后她恨恨地说:"他要离婚。他也从工会干部学校下来了。嫌薪水少。说是要到什么外国文出版社去呢。"

钱文皱起了眉头。家里的事,一样也没有解决。虽然拆散了一回。虽然都革了一回命。都似乎是正在(或已经或几乎)入党。

"我走了。"看到母亲失望的表情,他又补充说:"呆会儿还要开会……我下礼拜还会回来的。如果下礼拜回不来,那么,下下礼拜一定会回来。"

妈妈无言。一笑。这时候,爸爸回来了。他阴沉着脸。他啰里啰嗦地解释自己为什么刚到。他邀请钱文陪他一起到胡同口的一家山东馆子"随便吃点什么"。父亲对母亲只是那样淡淡地、应付地噘了噘嘴,使钱文觉得别扭。他立即想起了父亲爱说的"劣根性"。劣根性似乎并不因为解放而消除。父亲喜欢在外面吃饭。即使家里已经分文莫名,即使是刚刚借到的钱,他该在外面吃还是要在外面吃。他的在餐馆吃饭应该说是造成他们家穷苦艰难的一个原因。钱文一听到去哪个馆子吃饭就厌烦上火。这是一方面。

但是,另一方面,钱文的许多愉快美好的——至少当时是愉快美好的——记忆是与父亲共同在某一个餐馆度过的。一张餐桌。一块至少比家里的要干净漂亮得多的桌布。桌子的一端坐着高高大大的父亲,另一端坐着矮小的、还没有独自进餐馆的经验和能力的儿子,一面吃饭一面像两个成人一样地交谈。由于是在外面,由于离开了破烂而且充满令人头疼的争执和永无尽头的怨恨的家,由于餐馆里飘着令人垂涎欲滴的菜肴香气,由于在餐馆里吃饭的人穿戴大多比较整齐,由于房屋、家具、碗碟、墙壁上的字画装饰,什么什么都比家里强得多,由于在这里钱文第一次懂得吃饭可以成为一件非常舒服非常享受的事情,由于服务或者老一点的说法叫做侍候,由于这一切钱文在这里觉得自己似乎美好了些也尊贵了些。这实在是十分叫人愉快的。只是最后付款的时候钱文痛心不已。最后付款的时候钱文甚至觉得爸爸(也有自己)犯了罪。真是资产阶级的臭习气啊!

许多年以前,由于太以前了钱文甚至不能确定它是不是当真发生过了。他记得父亲似乎有了一些钱,父亲要妈妈和他一起到外面吃一顿晚饭。父亲的兴致很高。妈妈坚决不去。妈妈说她宁愿在家里吃剩饭。父亲火了。母亲也火了。母亲算账,说是他们本来就不该出去吃饭。父亲便拉上钱文往外走。母亲便哭。记忆到这里突然中断了,好像被割掉了尾巴一般。他后来到底是吃了还是没有吃那顿饭呢?如果吃了,他吃了什么呢?如果没有跟随父亲去吃,那么他留在家里,究竟又吃了什么呢?为什么都一点也不记得了呢?

在外面吃了一点辣子肉丁、炸小丸子。钱文虽然吃过了,还是陪父亲去了。这使钱文觉得很对不起母亲。他静静地听父亲讲他希望钱文帮他说服母亲,同意与他离婚的事。父亲强调说,现在是新社会了,这样的问题该以新的文明的途径解决了。这种说法似乎相当聪明合理。然后他谈到离婚的安排,主要问题是钱。妈妈要求生活费,要求的数额是他负担不起的。他要求儿子帮助斡旋。他表示他可以出要价的百分之四十。因此,他说,他必须改找一个能挣到更多的薪金的工作。他说,他把原来的工作辞了,但新的工作还没有弄妥。这样,这个月他就更困难了。然后他恶毒地说,妈妈之所以也辞掉了革命工作,主要目的是为了找到向他要离婚高价钱的借口,不能说不带有讹诈的性质。这使钱文深深皱起了眉。

后来他又讲起他自己对于新的生活的筹划。婚还没有离,已经有不止一个女人被介绍给他了。他介绍了那几个人的情况,他真诚地希望听到钱文的意见。

连这样的事都要问我吗?钱文几乎有点悲愤了。真是救世的一代啊!钱文后来每逢想到这里,都不免长长地出一口气。

第十四章

祝正鸿面色铁青。束玫香面色苍白。所有的人都为他们的面色而震惊。究竟发生了什么事情？一个问号触目惊心地悬垂在大家面前，人们小心翼翼地试探着打问是怎么回事。两个人都紧闭双唇，紧咬牙关，不吐一个字，不露一点表情，连起码的回答旁人的关切的礼貌的微笑或者假笑或者苦笑都没有。他和她的面孔冻结成了石头，冻结成了铁。冻结了三天以后，两个人都瘦得脱了形。祝正鸿的眼珠在大眼眶子里燃烧，瞳孔放大，放射着歇斯底里的凶光。束玫香的眼珠似乎变小了，她的眼神在躲避着什么，她避免正眼看任何人，她一脸的忐忑，一身的颤抖，几乎像是正在拉往屠场的羔羊。赵林首先意识到自己的责任，他又问不出所以然来，他便不无紧张地与这个人商量与那个人合计，他们都不知道究竟发生了什么事情，不知道该做些什么才好。谁也说不出来，谁都着急，钱文甚至想建议：不管怎么样，先救救束玫香吧。但这样的话又实在无从讲起。

而且，祝正鸿吸起了香烟。他们这里，除了李意偶尔吸几支"三炮台"（候补期延长以后改吸"大前门"了）以外，是没有什么人吸烟的。祝正鸿吸的是不到一千块钱一盒的劣质臭烟，一走近他，就闻到了他身上、特别是他嘴里喷放出来的与体臭口臭混杂在一起的令人发晕的臭味。而束玫香从人们面前走过的时候，人们发现，她的头发肮脏、凌乱、挂满了头屑，发出一种腐败的脂肪的酸味儿。

"你再说一遍。"祝正鸿冷冷地说。他继续点起一支臭烟，不停地扑、扑、扑地向外喷烟。他其实不会吸烟,也忍受不了烟的呛嗓子。他不是抽烟而是"吹烟",这种"吹烟"的口型、动作、姿势、响动,使束玫香不寒而栗。

"别抽烟,别吹烟,别抽烟,别吹烟啦,我求求你!"束玫香声泪俱下地、拼命压低声音地哭号起来。祝正鸿缓缓地放下了烟。由于没有人吸或者吹,卷烟纸烧不充分,烟气更加呛人。"你把它灭了,你把它掐了,你灭了烟我把什么什么都告诉你,一点一滴,一点一滴,一点一滴也不剩地告诉你!……还不行吗?"

祝正鸿缓缓地灭了烟。他严肃而又痛心疾首地说:"说!"

这声"说"使束玫香打了一个寒战。她忽然成了犯了死罪的、面对着严厉的法官受审的囚犯了。她气喘吁吁地,不知道是第十五次还是第十六次地开始了诉说——交待:

"我已经要休息了。小彭来叫我。我说彭秘书,天太晚了,我不去了。小彭说局长睡得晚,现在还早着呢。我去了。那个人正在吸烟。他说,第二天我就要回北方了,他很惜别。他说着便拉开抽屉拿出了奶油糖、烧鸡,还有缴获的美国大兵用的罐头:有午餐肉、小粒花生米、柠檬茶和军用饼干。他让我吃。他说我们的食堂伙食太差了。后来……"

"后来你就吃了。是吧?你就那么不值钱吗?几块饼干就……"

祝正鸿的样子好凶啊!

"他又从桌子底下拿出一瓶酒。我说我不会喝,他一定让我喝,说是若是不喝他就生气了。我说不喝,他就抓住我的肩膀用酒杯灌我,我害怕……"

"混蛋!你为什么不喊救命?你为什么不踢翻他的桌子?你可以抄起一个镇纸,没有镇纸就拿墨水瓶也行,砸他的太阳穴!"

"我哪里想得到?"

"想不到你怕什么?你高高兴兴地去啊!你欢迎啊!你好

惜——啊!"

"我死。我死。我说完了这次我就去死。"

"不用吓唬我,贱货。"祝正鸿钢牙铁嘴。但是,他哭了。咧着嘴哭了。

"他抱住了我,我推他,我挣扎。他压到了我的身上。他解我的怀……"和每次一样,说到这里,哭声,号啕声,憋气和喘气的声音便淹没了她的叙述。他永远也别想问个清楚明白。

"但是你要相信我。没有怎么着。没有能成。我没有怎么样。你可以……检查……你可以检查我啊!他是个猪!他是个废物!你去问问去!你就饶了我不行吗?"束玫香哭成了一团。

"照你说……那么……第一……第二……"祝正鸿紧追不舍,提出了一个又一个问题,一个比一个更具体,一个比一个更残酷,一个比一个更刺伤刺痛玫香,刺痛刺伤他自己。伤口在扩大,鲜血在流淌,耻辱、愤怒、痛惜、狂暴的旋风吹得他天昏地暗,天塌地陷,山穷水尽。

这旋风是从一封信开始刮起来的。束玫香从南方回来不久,祝正鸿沉浸在与他的久别重逢的恋人的热吻里,如醉如痴,如火如荼,还没有清醒过来。祝正鸿激动在即将与玫香结婚的狂喜中,还没有顾上询问玫香的生活近况。他收到了一封笔迹陌生的南方来信,发信人地址写的是玫香刚刚从那里调回来的地方。

那是一封极其无耻而又恶毒至极的信。信里用最下流的语言描述了束玫香勾引了她的丈夫。写信的人是个女人,只有女人才会对另一个女人说出这样凶狠的话。她的丈夫是玫香那里的一个什么局长。来信竟然以幸灾乐祸的口气告诉祝正鸿,他即将娶的玫香将不是姑娘,不是原来的那个玫香,而是被她的丈夫"骑过压过玩过的烂货"……几个字就把祝正鸿的心尖儿活活地挖了出来。几个字就把祝正鸿活活地捅死啦,他比死还难受。他不敢看第二遍这封信,因为信上的每一个字都羞辱他,嘲笑他,蹂躏他,凌迟他,信上的每一个字都抽他的耳光并且发出狞笑。他不敢看却偏要看。他咬牙切齿地把信看了一次再一次,他似乎是伸出了自己的脸去迎接殴打,越挨打就越要挨打,他把打他的杀他的割他的刺他的信一字不差地背诵了下来,他思考了每一个字的意义,估量了每一个字的可信性可能性可塑性。他当时立即决定与束玫香绝交。没有什么道理也没有什么观念观点思路价值标准,他只是不再想见玫香,不再想娶玫香,不再想与玫香永生相伴白头偕老。背叛、卑鄙、负心、堕落、欺骗、隐瞒、上当、罪过、耻辱、丢脸、下贱……许多许多难听的词儿翻滚震荡,就像被黑风吹扬起来的锐利的砂石,蒙头盖脸地向他恶狠狠地扑来,不但痛打着他而且埋葬着他。

然后是无尽的眼泪,抽咽、寒战、呻吟、哭诉、背过气又回过气,死去活来。却原来割舍和容忍是一样的艰难,或者是更艰难。割也割不断,舍也舍不清,忍又忍不下,容又容不得。哭吧哭吧,即使哭出三江之水也洗不净祝正鸿心头阴霾。一哭一惊一怕,美丽的玫香变得那么丑陋,青春的玫香变得忽然苍老,她的眼角和嘴角一下耷拉了下来,她的额头出现了皱纹,她的嘴傻气地张着,她的手显得又红又肿,她的眼神呆木愚蠢,她的一个门牙向外翻了起来,她一下子变成了一个丑女人!而且是个"老"女人。奇怪的是,正是她的丑而不是美打动了祝正鸿,她的丑她的突然变丑十倍地打动了他的心。他哭了,是他是他是他,她是为了他而丑陋的啊!一个为你而丑的女人比一个为你而美丽的女人还叫你难舍难割,难分难离!你对不起她,你离不开她,你害了她的终生,当你这样想的时候你什么都忘了,什么都可以忘!他想起了两个人的海誓山盟。他想起了到火车站迎接她从南方搬回来的情景。他想起别后的一个长吻,为这个吻他已经想了几天几夜,几年几月,他已经想疯了想傻了想病了想得苦苦的了。他发现了接受他的热吻的玫香的躲闪和恐惧的眼神,他发现了她的哪怕是些微的心不在焉。她的激动、幸福感和沉醉的喘息不再与他同步。在接受他的嘴唇、脸蛋、双臂的拥抱和整个身体的靠拢的时刻,她竟然显出了一丝陌生,她竟然心有警惕!而且她的手冰一样凉。"你的手为什么这么凉?"他问。她没有回答。"而且你的嘴唇也是冰凉的。"他说。他依稀看到了她的愁苦的笑容。难道离别使他们变生分了?她一个丫头家,是不是怕结婚呢?他竟然想到那儿去啦。他甚至于觉得可笑。他甚至于"坏坏"地想:"以后岂止是吻你,想怎么你就怎么你,且比接吻大发多了呢。"他还笑呢,得意呢,美着呢。然而现实是多么可怕啊!玫香是多么可怜呀!

现实是那么简单,又是那么可怕可悲。不就是一封信么,他用五分钟最多十分钟就可以写这么一封信,他一天可以写几十封这样的信,任何一个人都写得出来。一张白纸,歪七扭八的几个字,每个字起笔和收笔的时候都增加一个小弯,越是不会写字的人越是喜欢加花哨,这样写字的人至多上学上到初中一年级!……难道这样的狗屁信是真实的?难道这样的狗屁信能摧毁他的尊严他的骄傲他的信心他的精神?难道这样愚蠢下流卑劣无耻的用心比蛇蝎还要毒的信——他诅咒这封信的写者下十八层地狱,他诅咒她一切坏报应一百万年——摧毁了他们的比花还美比河还长比水还清纯比太阳还热烈的爱情?哦,哦,哦,好东西就是这样脆弱,他的他们的用生命用青春用忘我的真心真情真意浇铸的一切就是这样的不堪一击?而坏东西就是这样的强大,邪恶事物的似乎是偶然的漫不在意的一击,就是这样的无孔不入无攻不克!这使他觉得太窝囊了,他不能接受这样的事实这样的逻辑。不能不能不能,一千个不能一万个不能!!!每天早晨他都抱着希望:这一天他会收到一封信,这封信会告诉他,那前一封信完全是假的,是一个精神病人的胡言乱语,是一个坏蛋的无耻捏造,是百分之百的无稽之谈。只要有这么一封信他就准备完全相信,他就准备完全罢手。本来那封无耻的信就不可能是真实的。然而,他没有收到他希望的信。他得到的信只有那一封——卑鄙,恶毒,如蛇如蝎……他多么希望那封信是伪造的啊!他多么希望束玫香跟他发火大吵大闹大骂一场啊!他甚至于希望束玫香面对他的疑惑和"审问"叭叭给他两个耳光！那将是多么勇敢多么甜蜜多么踏实舒服畅快满足的耳光！玫香啊玫香,你就给我两个耳光不就完了吗？哪怕是你骗我！你难道没有权利骗我吗？你才那么小我就追你搂你亲你摸你……我影响了你的学业,我从小就垄断了你的感情……你本来可以不去南方的,是我非怂恿你去的呀！你去了,我又拉你的后腿！你应该骗骗我,你应该骗骗我啊！你并不是故意要骗我的,你的心绝对不会背叛我的,除了没有那样,我们已经什么什么都达到了超过了永远永远的了。不论外界发生了什么事情,那只是外界的事情罢了,我们之间,本来是不可以不允许谈也不允许想这样的事情的啊！

他们早已经超过了互相试炼的阶段了。而这更使得祝正鸿痛不欲生！有多少次有多少年他们是那样的难分难解。他们渴望着融合、渴望着交欢、渴望着痛快淋漓地化为一体……他有时觉得他们如果不那样简直就活不了了。然而没有,然而他们终于克制了自己。他不忍心那样做,他觉得他无论如何应该尊重女人尊重玫香。他太傻了,他太软弱了,他太没有男子汉气概了。他爱了她却又没爱她,他要了她却又没要她,他给了她却又没给她。他没能冲过线去。这是他的错这是他的不是吗？这一切都是他造成的啊！束玫香难道就不明白这个吗？束玫香如果明白这一点,为什么不骂他呢？束玫香应该打他,束玫香应该骂他！束玫香应该骗他！她做不到这三样起码应该做到其中一样！

然而束玫香没有打他,没有骂他,又没有骗他。她哭了,她怕了,她哆哆嗦嗦地说又说不清楚,辩又辩不明白,又认又不认,又冤又不冤。她一次又一次地向正鸿交待过程交待细节,越说漏洞越多,越说祝正鸿越气,越细祝正鸿就越痛苦。这样的束玫香,你简直是要祝正鸿的命,你简直是要你自己的命啊！十天以后,祝正鸿决意与玫香一刀两断,除了两断已经没有别的活路。他阴沉着脸回家去了。到了这时候,他要跟妈妈说一声了。

妈妈兴高采烈却又是慢条斯理地向正鸿讲自己参加识字班与政治学习小组的故事。妈妈本来就有点文化底子,妈妈学得最快,成了学习模范还奖给妈妈一个学习笔记本。妈妈政治道理也是一通百通。妈妈向儿子介绍了她最近一次关于提高警惕搞好社会治安问题的发言:"我说,我们人民过好日子了,国民党反动派是不会甘心的。国民党就是要让我们永远做牛做马做奴隶刮我们的油吸我们的血。国民党就是只拿大地主大资本家大官僚大汉奸大特务当人,他们根本不拿老百姓当人。他们跟日本人勾结起来杀害中国百姓。他们吃香的喝辣的坐汽车穿绫罗绸缎,三妻四妾五六个公馆,他们抽大烟逛窑子推牌九掷骰子,他们拿着美国人的飞机大炮机关枪子弹屠杀中国人民,他们从美国人那儿拿的子弹足够把全中国的人杀仨过儿的。他杀你一遍不算完还要再枪毙一回再再枪毙第三回!我已经活了五十年了。我见过日本洋狗咬中国人,我也见过国民党的兵抓起来用铁丝穿过脖子在锁骨上系个扣拴起来拉着走。我见过七十八岁的老地主老色鬼娶人家十七岁的黄花闺女。我见过三九天风一起要饭的就冻死在人家门口。我什么都见过什么都知道。盼星星盼月亮总算盼来了共产党。我们翻身得了解放。解放区的天那才真的是明朗的天呢!人民解放军进城六天就把国民党积压了三年的垃圾全给拉走了。南霸天北霸天枪毙了。美国人开车轧死中国人咱们照样敢抓。现在还有妓女没有了?现在还有没有抽大烟的?现在还有没有叫街的绑票的抢人的赌钱的算卦的卖假药的卖儿卖女的了?没有了,没有了,没有了,都没有了。淮河也修好了,铁路也通车了,物价也不涨了,鸭绿江那边一个胜仗又一个胜仗。您说说,上哪儿找这么好的时候去?可惜呀我是老了点儿啦,要不,我也要报名参加中国人民志愿军呢!正鸿,你说我讲得好么?我讲完了大家都鼓掌呢!"

"您说得好,真好!"

这时候才发现了儿子的面色不大对。细心而且慢性子如妈妈也有兴奋得只顾自说自话的时候,也有陶醉于自己的政治论辩的成功的时候。党的力量真是移山倒海！党的教育真是醍醐灌顶！党的思想真是春风化雨,遍及万物！铁青着脸的正鸿也不由得露出了微笑。嗯……

祝正鸿十分欣赏、并且愿意继续听取妈妈关于新旧社会两重天的宏论。他相信如果时间充裕,如果没有该死的束玫香的令人沮丧的"事故"的干扰,妈妈还可以发挥下去,铺展开来,妈妈一定会有更多更精辟更生动更感人更宏伟的论述。妈妈的话实在应该记录下来发表在《人民日报》上,收辑在中学生的教科书或者青年团员的团课教材里。不单单是妈妈,而且那时候全中国有无数平凡的老百姓,其中包括许多文盲半文盲家庭妇女七老八十的人,他们发的言说的话比职业的受过专门训练的政治鼓动家还要高明精彩！一套一套,洋洋洒洒,漂亮得很！毛主席评美国国务院白皮书的时候说过嘛,一个普通的中国人,他对于中国和世界问题的认识水平,很可能大大超过了美国国务卿。我们有马克思列宁主义毛泽东思想伟大光荣正确的中国共产党。美国呢？美国有原子弹可口可乐和《出水芙蓉》里的大腿。他们怎么能和中国比！如果没有那些恼人的破事,他和妈妈就一直纵论天下大事国家大事该多么好哇！

然后,不论多么艰难,不论多么遗憾,他还是打断了妈妈的十分精彩的政治宏论。他谈到了这次回来要谈的主题。他讲了那封杀人的信："妈,我该怎么办呢？"他问。好像时光倒流了,他又小了十年。

妈妈的脸也变了,一下子从刚才的得意畅快变成了紧张严峻。她的脸耷拉下来了,一下子又充满了老态和病容。半晌,她幽幽地叹了口气。这早就被儿子听惯了的悠长婉转的叹气声中出现了一种残酷的凶恶的威吓的冷笑声,这声音使正鸿不寒而栗。

"不成！不行！我儿子不受这个！"她说话了,说话的声调像是在咆哮,像是一个母猫发现了敌情,发现了想骚扰她的幼崽的敌兽,"我儿子,谁能比得上我儿子？街坊邻舍,胡同大街,我见过的男孩子多啦,谁能和咱们的正鸿比？你看看你的宽印堂,你看看你的浓眉大眼,你看看你的手指头,十个手指头全是'斗',一个'簸箕'也没有。聪明的孩子有的是,谁跟得上我儿子这么仁义,仁义的孩子有的是,谁跟得上我儿子这样聪明?正鸿,我老实告诉你,你从小儿就跟一般的孩子可不一样!你的爸爸是林远,只要还活着,他还能不是中央的大干部?那时候他住你姥爷开的店,已经带着勤务兵。对,八路军不叫勤务兵,叫勤务员。从三岁你就学会了看着我,你注意我的表情表现,我的哪一点儿心事也逃不过你。我只要一发愣,只要一叹气你就问我,怎么啦,怎么啦,你早就会问怎么啦了。从五岁就不是我哄你而是你照顾我的情绪,你哄着我让我高兴啦。才多大我刚一闹病你就去做工,上哪儿找这样的孩子去?你是八路军的后代,你从小儿就是工人阶级!你从小儿就考前三名,前五名,反正没有下去过前十名。你记得吗?可能你忘了。可是我没有忘。你小学三年级的一篇作文,后来在学校里展览,后来还送到了教育局。你说你一定要做出一番事业,报答妈妈的养育之恩。你给我念了你的这篇作文,我高兴得眼泪都流出来了。

  江南忆,最忆是杭州。
  山寺月中寻筷子,郡亭枕上看潮头。
  何日更重游?

  "你说是'桂子',我从小儿念的是'筷子'。我不愿意让你纠正我改变我,我就硬顶着说是筷子。后来我也想,寻筷子做什么?再说,筷子这个话太俗了,太白了。桂子,不是柜子,你其实早就知道了。后来我也想出来了。可是你再没有跟我说过这事儿,你从来不跟我犟嘴,你从来不跟我抬杠。哎呀,哎呀,谁能比得上我的儿子?"
  "算了!"祝正鸿不耐烦地挥了挥手。虽然妈妈关于桂子与筷子之争的真实态度他还是第一次听到,这本来足以使他大吃一惊。但是他现在毕竟没有情绪讨论这些。
  妈妈喘了几口气。她累了。她很少说这样多的话,特别是很少说这样多的心里话。这样的话,她似乎更愿意自己与自己说。她的脸上出现了喝中药时那种痛苦的表情。正鸿知道,她有更重要、更不愿意开口的话要说了。

妈妈说:"可是玫香配不上你。你知道吗?我早就看出来了,我早就想说了,我没说。你们从小儿就好,你们已经谁也离不开谁。我,我一个做妈的,怎么能说那种话呢?妈这一辈子算是完了。妈没有找着一个好主儿。好主儿不归你妈。妈活着有什么乐趣,有什么兴头?妈早就想死过。怎么死妈都想好了。妈都准备好了。妈不跳井,妈也不上吊,不想抹脖子。妈有走得安安稳稳的好办法。但是妈没有走,妈是为了你。我活着为了你。我能活到今天,还不就是为了你!可是玫香配不上你,你知道吗?噢,你不知道。我又能怎么办呢?

"当然,玫香是个好孩子。她对我很好。你娶了玫香,其实对于我好,我放心。只是玫香太平常了。从大街上随便拉一个人来,起码不比她差。你相信吗?你想过吗?你是不会这样想的,孩子,你还太年轻啊!年轻人是不愿意承认事实真相的啊!束玫香是个平平庸庸的人。像这样的人有的是,比她强的人有的是。她恐怕只能是庸庸碌碌过一辈子。妈要赶上新社会,妈要是年轻一点儿,妈要比她有作为得多。她再好也配不上你。何况出了那事儿!"妈妈不言语了。

祝正鸿也不言语了。祝正鸿感到十分不快。他没有办法说是,更没有办法说否。他只觉得非常悲哀,觉得一切美好的东西都是那么脆弱,那么无助,那么不堪一"说",那么轻易地就被数落了,贬低了,抹杀了,自身也变得暗淡无光了。他本来最珍贵、最陶醉、最感动的东西,还没有到手,还没有真正属于他,就已经变了质,变了味,变了形象。他恨自己,他恨自己太老实,太道学,简直是假仁假义。两年以前,三年以前五年以前,他本来早就应该把束玫香拿过来。束玫香的红苹果一样的脸蛋象征着红苹果一样的成熟,她早就等待采摘了,他早就疯狂了,沸腾了。他苦了自己,也苦了玫香。真正有罪的是他。什么不平凡？他要是平凡一点就好了。妈妈的称赞他的话倒是有几分提气，提完了气却更加虚空。他又想，什么青梅竹马、两小无猜的爱情，没有比这样的爱情更盲目更欺骗人更预支了他的青春他的激动他的幻梦的了。她也是一样。他们在十五岁的时候已经预支了本应该是十九岁、二十岁、二十一岁才会做的梦。这样，到了十九岁、二十岁、二十一岁，他们失去了青春的奇想，他们是毁了。他们面对的是可怕的真实的平庸：早在我隐秘地欣赏玫香拉屎时憋红的脸庞的时候，我已经犯下了平庸还有下流的大罪。爱与罪同在。我已经注定了要受到比平庸还要平庸的惩罚了！

正鸿的低头不语使妈妈也沉吟起来。她磨叨着："俗话说旧情难舍，又说是英雄气短，儿女情长。你当是丢掉一个女人那么容易吗？人这一辈子，越是善心就越办不成事儿，越是善人就越折磨自己啊！孩子，世界可不是为善人准备的哟。其实妈在一旁边看得清清楚楚，玫香又有什么特别好的呢？她眼睛倒是挺大，可眼泡儿老是肿的。她年轻轻的，从后面看，怎么看不出腰身呢？而且，她的右肩膀往下溜哇。你没看出来？她还是个姑娘家呢。要是生了孩子，那身材会是什么样！咳！"

"您别说了，我跟她吹！我要跟人家吹了，也就别说人家了。我祝她也幸福……"他说不下去了。然而他觉得可怕。妈妈会这样无情地贬低早就认定了会成为她的未来的儿媳、早就是她儿子的心上人的玫香，他没有想到。妈妈的冷静冷酷挑剔他没有想到。尤其可怕的是，妈妈的挑剔与无情决非是由于妈妈的不怀好意与无中生有。妈妈只是说出了真情，妈妈说的都是实话。妈妈的评头论足其实相当客观。他不是没有觉察不是不承认束玫香的那些可以挑剔的地方。但是爱情不是选购衣物，爱情不容忍挑剔。现在当这些话从最最慈爱的（他当然毫不怀疑妈妈是最慈爱的）妈妈口中说出来的时候，他的心仍然痛苦地瑟缩起来，他无以自解。他哭了。

终于，祝正鸿没有和束玫香"吹"。他们在一起痛哭了一场。在回家与妈妈交谈过以后,他们又见了面。他们一见面,因为痛苦、因为感情的折磨而消瘦、而苗条袅娜得多了的玫香便严肃地提出来:她对不起正鸿。是她使得正鸿感情上尊严上受了委屈。虽然她自信自己是干干净净的,但是她受不了正鸿的追查,一想到正鸿她就觉得自己有罪,见了正鸿她干脆觉得自己该死。她不愿意让正鸿的生活因了她而遗憾。她相信正鸿有最最光明的前途。她相信正鸿能找到比她各方面都强、强十倍强百倍的好姑娘,她愿意永远地祝福正鸿幸福。是她不好,她配不上他。她没有怨言。毫无怨言。再见了,正鸿。再见了,亲爱的同志——我的童年时代的好友。她说到最后,一声也不哭,一点泪也没有了。她是那样镇静,那样宽宏,那样深沉,那样圣洁。倒是祝正鸿哭成了一个泪人儿。他天昏地暗,心乱如麻。看到玫香那苦苦的微笑,他真想跪在这苦笑的女孩儿面前。谁说玫香平庸?谁说玫香浅薄?她比他能够想象的要深刻得多,要丰富得多。谁说她没有身材,眼睛又这了那了?她美丽高贵得像观音大士,像圣母玛丽亚。一切的邪恶都是男人做出来的,一切的污秽都是男人所施加的,一切的自私、蛮横、冷酷、骄纵、贪婪都是男人的恶习,都是男人强加给女人的酷刑……他号啕大哭。他忏悔不已。他一次又一次地请求玫香的原谅。最后他们的和好变成了玫香的慷慨的给予,而祝正鸿成了感情的乞儿。在这个过程中,祝正鸿屡屡想起他的最亲爱的妈妈的话。这些话想起来的次数越多,越是想得绘声绘色入情入理,祝正鸿就越是反感,越是同情玫香。他不能眼看着无瑕的,无保护的,无罪的玫香受到不应有的指责和轻侮。他,作为一个有良心有人味儿的男子,作为一个创造新生活的顶天立地的革命者,他必须保护玫香,他当然要保护玫香。哪怕是经过了一阵风,经过了一点雨,鲜红的玫瑰更加鲜红,更加芬芳!

而且,鲜红的玫瑰似乎带着雨迹,带着风痕,摇曳,湿润,微微有一点凌乱,有一点危难,却更加楚楚动人。从这次大危机度过以后,祝正鸿哪怕只是想到束玫香的名字,他的喉咙立刻又酸又辣又紧,他的眼泪立刻汹涌在眼眶,他全身心地想哭一场,想叫一声:玫香,玫香,我的玫香!玫香是我的,谁也夺不走!我愿意,我愿意永远和玫香在一块儿,永远不分离!玫香是我的,我是玫香的,我活在玫香那里,玫香活在我这里。我这一辈子,就爱一个玫香了,我就是要对得起玫香,我就是要相信玫香,我就是要对玫香做得好好的,无条件的!她平庸也罢,不平庸也罢,她有纤纤腰身也罢,没有好看的细腰也罢,我反正不是选干部,不是选演员,不是选美人,也不是选妃子。我与玫香在一块堆儿是天生的事情,是天意,是命中注定了的,是谁也改变不了的。她是,她将要是,其实她早已经注定了是我的妻,我的女人。我是,我将要是,我早就是她的男人,她的丈夫。丈夫,妻子,媳妇,男人,女人,屋里的,当家的,先生,太太……这些从来没有和他的生活联系在一起的各式各样而又万变不离其宗的称谓,以不同的色彩凸现着性别不同的一对人儿的相依为命如胶似漆的伟大热烈而又实在的结合。祝正鸿突然发现了这些称谓这些名词敢情是这样好,这样暖人心肺!玫香,我的小媳妇!他搂着玫香,亲着玫香,把嘴凑到玫香耳边,快乐地喊叫着说。正鸿,我的男人!玫香呻吟着说……正是在这样一场风波以后,他们体会到了上苍并非公平地赐给每个男女、而他们却双双有幸得到了的最美好最强烈的一个有性别的活人所可能得到的最大的幸福。

只是在风波处理过去以后,祝正鸿才把事情的原委大致地告诉了他的同志们。大家都深怀着理解、同情、尊重和赞许来对待正鸿的心曲倾诉、善良胸怀和宽宏大度。对于这样的隐私,他们表达了一种类似脱帽致敬的庄重的沉默。他们感到肃穆而且忧伤。他们深感世界上最亲密的关系是同志,同志与同志的关系非同一般。分享伙伴的这样的秘密,使他们激动。他们对于人生,对于能够引起人的情感的巨大震荡的五花八门的遭遇还知道的不多,他们还远远缺乏生活的经验。他们同情和祝福一切善良的人们,同时,他们惊异于善良、纯洁、忠实、信任、光明的美德是这样地容易受到邪恶下流粗鲁的恶行的玷污。他们在感到了善的动人善的魅力的同时，又感到了恶的无处不在恶的横蛮的力量。这些自以为把握着社会的舵盘，吹奏着历史的角号，牵引着生活的缰绳，建筑着只属于未来的大厦的青年主人翁，这些能够有条有理地论述国际形势、联共党史、朝鲜战争、人民民主专政的国体与政体以及造就全面发展的共产主义新人的必要、可能与途径的革命家，在祝正鸿与束玫香所碰到的既不影响三十八度线的争夺也不妨碍知识分子的思想改造的小小一事上，感到了尴尬和无力。

与此同时，祝正鸿开始了他的控告活动。他当然是咬牙切齿地写了一封又一封揭发检举控告的信。他越是原谅和同情玫香，就越加痛恨那个披着人皮的豺狼局长。他深信这样的败类、禽兽、罪犯不过是暂时混入了革命队伍，他们和帝国主义的间谍，台湾国民党的特务，伪造自己的历史和身份的骗子一样，立即就会受到揭露、清洗、最最严厉的打击惩罚。他不惜耽误工作，一次又一次地请假，跑纪律检查机关。他亲自送去了一封封控告信。他瞪着出血的眼睛找这些单位的工作同志谈话。他来到了最高机关。他进到了一个有假山石和翠竹的大院落，在竹丛后面有一个破旧的小红亭子。他根本顾不得看这些。他直眉瞪眼而又尽量谦和地堆出笑容，他被引进一间狭小而寒碜的接待室。他坐到一个歪扭的弹簧硌得屁股生疼的蓝色金丝绒面子的大沙发里。坐入这个沙发的时候沙发面上升起了团团尘雾，他嗅到了刺鼻的尘土辣味，他看到了太阳光束中立即有尘土颗粒升腾飞舞。他苦笑着叹息，毕竟是新社会了，是共产党的领导了，哪里会有那么多坏人坏事需要控告？门庭冷落车马稀，这个沙发大概也有几个月没有人坐过了哦。

接待他的同志很礼貌也很冷淡。他半眯着眼睛，半歪着脖子，半侧着头，似乎专注地一字不落地听祝正鸿的控诉。他自始至终脸上没有一点表情。可能是企图感动他，祝正鸿提高了音调，祝正鸿加重了语气，祝正鸿开始选用一些十分刺激的词语：流氓，败类，恶霸，利用职权残害妇女,黄世仁,畜生,国民党……祝正鸿要求严办他,把他开除出革命队伍,开除党籍,关到监狱里去。说完了,那人眼睛突然睁开了。又大又亮的眼睛扫了祝正鸿一眼,然后不无狐疑地转了一下眼珠,又把眼睛眯住了。这人的态度使祝正鸿一时摸不着头脑。他有些上火,对待自己的同志,对待这样简单的明显的事儿,你就不能说一句人话?你就非得装模作样、装聋作哑?他又有些敬畏。那人的神态倒也绝了,叫做喜怒不形于色,也是古人所称道的。他祝正鸿要学得这样一种道行,只怕还得几年十几年的加意修炼。他又暗暗佩服了。

祝正鸿又打电话又写信又亲自跑,不知道催了多少次,没有任何答复,只说是在调查中。他学习着并且不能不学会耐心与等待。这种耐心与等待的修养使他终生受用不尽。在这期间,他和玫香的感情反而更近了一步。束玫香一反开始时害怕正鸿去告状,反对正鸿去告状,顾虑正鸿一告会使得自己脸上不好看的态度,她也一次又一次地去跑。她也一次又一次地去主动提供情况,催促。她豁出去了。她不顾一切地投入了斗争。她的行动中流露着一种为了正鸿的感情和尊严可以付出一切的决绝。她的表现使正鸿更加感动。在和那种邪恶势力的斗争中,他们的情感发展到了新的阶段。

直到这一年的秋天,在他们结婚以后三个月,在束玫香怀了孕天天早晨大大地呕吐的时候,最高有关部门正式给了他答复:对方完全不承认他们的指控。对方说说不定是束玫香想追求他得不到手发了精神病故而胡说八道。对方的妻子也根本不承认那封恶毒的信是她写的,她要求对笔迹。对方的妻子完全否认她的丈夫可能对束玫香有无礼行为。对方的同事也没有一个人愿意作证他们的局长可能有那样的事。包括彭秘书。彭秘书说局长的生活作风一贯严谨,从来没有发生过晚九点以后单独叫一个女同志到他的办公室去的情况。束玫香提供的情况是不可信的。如此这般,他们无法定案,他们无法处分那位局长。他还暗示说,这毕竟只是生活问题,而且,说到这里他又突然睁了一下眼睛,亮了一下眼睛,他暗示说,不是并没有造成什么后果么,就是他承认了,你又怎么样去证明他是无法无天,胡作非为的强暴?如果人家说是自愿乃至女方主动的呢?为什么当时没有闹?这事过去那么久了,也就算了吧……

祝正鸿一声没有再吭。他沉默了三分半钟。在这三分半钟中,他经历了盛怒、冲动、疯狂,(他确实想过:给他一个耳光如何?)悲哀得一点都悲哀不起来。然后是一片茫茫。然后是茫茫一片。人生不过如此。他低下了头。他觉得自己有那么一点成熟了。他从此将不再是入世未深的毛头小子了。可怜的毛头小子!只是想到这里的时候,眼泪在眼眶里转了转。他没让眼泪流下来……这个仇他是要报的。为了报这个仇他必须先要成熟起来。他转而去思考区委领导老吴与他谈的话,那谈话有点激动人心。那谈话会是一个重要的开端。至于妻子,女人也就是女人罢了,妻子也就是妻子罢了,这个不是妻子,那个也就会是妻子罢了。

"你还有什么意见?"眯缝眼睛的同志认真地问。

他未置一词。连摇摇头也懒得去摇。他站起来,做了一个要与人家握手的架势,手一接触便各自收了回去。他想,他今后大概不会再气急败坏地来这里了。他离开这里的时候,脸上浮现着难以捉摸的微笑。他从此将要是一个脸上常常显现出笑容的人啦。

第 十 五 章

"七一"那天,如期举行了周碧云与满莎、洪嘉与鲁若、洪有兰与朱振东、祝正鸿与束玫香四对八位新人的结婚典礼。那时候说什么时候干什么大体什么时候就能够干什么,一切说的都要做到,一切计划都要实行。不像后来,说什么计划什么常常延期拖期脱期乃至有头无尾,不翼而飞。

婚礼在大会议室举行。到处贴着红花绿纸,屋顶上挂着春节联欢会以来一直闲置在一边接土的大红灯笼。正面讲坛上拉着红布做的横幅,用大头针别着的黄纸剪字是:"永结革命伴侣",看起来辉煌欢乐而又郑重。下面是特大的红双喜字,这双喜字的民间的风俗的传统的意味唤起了一种无可奈何的幽默感。也许依他(她)们的心气,他(她)们本希望自己的婚礼与任何民俗传统脱离得远远的,他(她)们不能想象他(她)们的结婚与旧社会的人的结婚有任何共同之处。依他们特别是周碧云与洪嘉、鲁若的意见,红(双)喜字是绝对不能要的。他们宁愿要一个红五星或一个镰刀斧头的标志。只是由于老吴的坚持,由于祝正鸿的微笑首肯(洪嘉觉得祝正鸿的微笑未免狡猾)和朱振东的热烈欢迎,红喜字才贴在了那里。红喜字两旁还有一副对联,上联是"同志同心,白头到老",下联是"相亲相爱,比翼齐飞"。对联原来是满莎起草的,初稿是"革命同志,革命到底;爱情火热,爱情永恒"。赵林同志首先发现了问题,他说,毛主席讲过的,什么叫革命到底?"底",就是棺材底。革命同志革命到底,这上联不像是婚礼上的,倒像是追悼会上的。万德发又说下联一个爱情又一个爱情的,未免"小资产",叫人看着怪脸红的。万德发说:"爱情就爱情吧,写到这里干啥?谁不知道你们爱情?不爱情你们能结婚么?关上门儿你们爱怎么样爱情就怎么样爱情,我们才不管呢……可犯不着写给大家!"他的一席话引得哄堂大笑。满莎的得意之作就这样被"枪毙"了。这差不多是满莎这个诗人迄今为止的第一次受挫。

后来你一句我一语,改成了这个样子。赵林同志叹道:"三个臭皮匠,合成一个诸葛亮。还是集体的力量大啊!"

本来会议室为开会用的拼成长条的几面方桌,现在拆开分别摆在几处,四对新人便坐在四张桌子边。桌子上摆满了水果糖、瓜子、花生、香烟,高装大茶壶里沏好了上等大叶茉莉花茶,红帮白里的茶碗里沏着茶水。这全部是由老吴批准,由采购员用公款购买的。那时候他们这里还实行供给制,结婚费用自然是由组织上负担,是有标准的。四对八人的结婚费凑到一起,自然比一对儿的宽裕,老吴又多批了一点,糖豆大瓜子儿源源供应,香茶香烟用而不竭,这已经是一次大规模敞开消费了。人们一个个欢声笑语,兴高采烈,情绪饱满,热气腾腾。由于是八张桌子,四对新人,没有新人的桌子周围的人便大呼小叫:"洪嘉,过这边来!""周碧,过这里来!""玫香,叫你呢!"被叫的主要是女同志。有时男同志也跟上来了,便引起了哄堂大笑。有时候,男同志来了又被轰走了,笑声就更加高涨。

都是熟人。但是今晚结婚的人戴上了只有战斗英雄劳动模范开会时才佩带的大红花,面孔红润,神色迷醉,男的得意洋洋,女的平添娇媚,确实令人刮目相看。再想到他(她)们从此进入了生活的新阶段,凤凰于飞,夫(妇)唱妇(夫)随,对于大多数未婚者来说,这前景似乎还带几分神秘乃至猥亵,甜得诱人腻人醉人,大家不由得也分享了这种幸福的兴奋,挤眉弄眼,左顾右盼,插科打诨,笑逐颜开。笑话讲得最多的是对满莎周碧云新婚夫妇。"小满,你找了个这么高的大媳妇,你他妈的够得着吗我说小满?"一位区政府的老通讯员这样问道。问题竟然提到了这儿!但是满莎绝不羞怯退缩,他大大方方地回答:"放心吧,我有办法。没有金刚钻,咱就不揽这瓷器活儿啦!"满莎是南方人,这句北方俚语,他讲得南腔北调,很不标准:金刚钻的钻,本应该用儿化读音的,他没有,结结实实地九牛二虎地读出了一个"zuàn";揽活儿的揽,应该是读上声的,他读成了阳平;活儿的活,必须是读阳平的,他读成了上声;瓷器二字一个也念不清,"儿"又读得像"鹅"。他把这后半句话读成了"蓝滋滋火鹅",大家笑成一团。从形式到内容,从语音到语义到联想,从形象思维到逻辑思维,全都可笑到了顶峰。"金刚钻,金刚钻",成年已婚的男同志不断重复着这一名称,沉浸在它引起的雄健联想和它本身的英雄主义意味中,只觉得英勇豪迈,所向披靡,大长了男子汉的雄风,大补了男子汉的壮气,他们一面笑一面同声欢呼:"金刚钻!"笑得直不起腰来。

周碧云对于"你怎么找了这么一个小个头儿"的问题的回答也是英勇果断的,"我就喜欢矮个儿。"她挑战般地说。"他亲你的时候,够得着你的脸吗?"人们继续放肆地进攻。"够不着我就把他抱起来。"周碧云扬着头,怀着对于所有的个子不如她高的男女(除了满莎以外)的蔑视大胆地回答。她的气概完全压倒了向她提出挑衅性问题的人,大家的笑声中流露着叹服。又是赵林转开了眼珠:"嗯哼?都这么厉害!说!你们俩是不是事先商量好了词儿?你们俩是不是事先订好了攻守同盟?"大家喊道:"坦白从宽,抗拒从严!"于是满莎举起两手做出一种投降的姿势:"我坦白,我坦白!"他说,"无非是一个高矮问题,我们早料到了。我们决定正面迎击,决不退缩。你不在乎,我们更不在乎,要在乎我们俩就不结这个婚啦。这就叫一正压百邪,以毒攻毒,太公在此,诸神退位!"

李意插嘴说:"你们刚才不是大喊坦白从宽,抗拒从严吗?你们猜怎么着?刚才我到洪嘉的新房去了。我看见人家送给他们的一面镜子,背面镶着一幅画,画的是两个公安人员押着一个反革命,不知道是不是送到刑场枪毙去。结婚送这样的镜子是不是差点劲呀?"

洪嘉在另一张桌子边主动展开话题,噘着小嘴滔滔不绝:"结婚就结婚,反正早晚也得结。共产党连死都不怕,还怕结婚?我洪嘉连国民党都不怕,还怕丈夫?顶多结了以后不合适再离罢了。对不对,鲁若同志?"

鲁若摇摇头,他说:"她有一点'左'派幼稚病,干脆说是脱离了实际,脱离了群众,信口开河,吹牛皮不上税,说大话不罚钱。告诉你吧嘉嘉,从今以后,你嫁鸡随鸡,嫁狗随狗,生是老鲁家的媳妇,死是老鲁家的鬼魂。明白了吗?没有这个决心你就别嫁人,现在要反悔还来得及。赶明儿个,"他挤挤眼,"生米就成了熟饭喽!"

洪嘉跑过来照着鲁若的肩背就捶,同时大喊:"不结了,不结了,退婚!"她顺手搂住离她最近的男同志万德发的脖子,她说:"跟鲁若结婚还不如跟万德发结婚呢,我宣布,不和鲁若结了,过几天跟万德发结!"

大家一阵哄笑,万德发羞了个满面通红,躲又不能躲,推又不能推,接又不能接,认可又不能认可。但他还是硬撑着门面,硬壮着胆说:"欢迎欢迎,好!好!好!"同时,他一个劲地点头哈腰打背恭,一副低头认罪的样子,十分可笑。这样,洪嘉化被动为主动,变防守为进攻。以自己发动的调笑取代了旁人对她的调笑。年长一点、从老解放区来的同志不能不五体投地:城市的这些小革命,这些革命学生娃,硬是比老革命还革了个一塌糊涂!

祝正鸿穿着一身崭新的灰咔叽布中山服,在众多的平布至多是斜纹布干部服中卓然不群,闪闪发光。在老解放区,过惯了供给制生活的干部们,早已习惯了平布制服。斜纹布,那就是领导干部的标志了。老区那么多干部,待遇只分三类:大灶、中灶、小灶。百分之九十几的人都是大灶平布衣。斜纹布起码是中灶,已经够显赫了。所以当妈妈拿出一男一女共两套豪华的咔叽布制服的时候,祝正鸿推辞了老半天。妈妈显然是早就给儿子准备好了结婚礼服。妈妈虽然曾经建议儿子另择贤媳,但是当得知儿子最后还是决心与玫香永结同心以后,她便不再说什么,只是在高高兴兴地拿出咔叽布服装的时候,不自觉地幽幽地叹了口气。在决定了不理睬妈妈的劝告坚决地坚持地与玫香"好"下去以后,祝正鸿已经觉得忽然与妈妈有些生分了,听到这一声叹气以后便更觉嗒然若失。他简直不好意思接受妈妈的礼服馈赠。他觉得妈妈似乎正在离他而去。当然,最后他和玫香还是穿上了各自一套的又亮又结实又气派的咔叽布"礼服"。

祝正鸿终于坐到了自己的婚礼席位上了。他穿着新衣服,戴着大红花,克制着由衷涌起的快乐的心潮,努力并着嘴唇,目光星火闪闪,喜而不露。临近婚期,他忽然觉得失去了自己的语言,一切的一切,都有现成的话在那里等着他。"好事多磨""有情人终成眷属""不是冤家不聚头""一日夫妻百日恩""在天愿为比翼鸟,在地愿为连理枝""如鱼得水,如胶似漆""小妹妹似线郎似针,哎呀穿在一起不离分""哥哥呀走西口,小妹妹泪难流""订下的日子你不来,崖板上踏坏我三双鞋""花开堪折直须折,莫待无花空折枝""同床共枕,倒凤颠鸾""小小子儿,坐门墩儿,哭哭啼啼要媳妇儿。要媳妇干吗呀?点灯说话儿,吹灯就伴儿"……所有的文雅的、粗俗的、露骨的、隐含的成语、俚语、歌词、童谣……这方面的话儿都那么亲热、贴切、温柔、实在,花样翻新而又不离其宗,无穷奥妙而又都明晰是怎么回事。他简直说不清,那温热交融如醉如化的飘飘感充实感与消解感是玫香的柔软的嘴唇和胸脯带给他的还是这些美好舒适的语言带给他的。虽然他们还没有成为夫妻,还不算已经结了婚,有了这些语言,一想到这些现成的词儿,就跟已经结了婚一样熨帖。有了这些语言,他们已经比夫妻还夫妻了。他不管怎么样体味吟咏、咀嚼受用,也找不出这些现成话以外的新感觉新感触。他所兴高采烈地做着、经历着的一切,不过是重新验证一下已有的语言,重新走一遍早已经被现成的语言铺排定了的步子罢了。多么渺小的人!多么可怜的爱情！还自以为有多新奇多了不起多幸福呢,还在那儿咋咋呼呼喊喊叫叫的呢,还自以为与众不同呢,可怜的青年时代,唉！可这样的体会他又能跟谁去说呢？瞧,这一个一个的"新人",连老洪有兰和老朱振东都正得意洋洋,天翻地覆呢！

为什么要这样狂呢？就算结婚也罢,娶媳妇也罢,入洞房也罢,又有什么可狂的呢？人活一辈子,娶个媳妇又有什么了不起？为什么我就不像他们那样轻狂呢？祝正鸿突然感到了一丝悲哀。他想起了鲁迅的名作《立论》来了:一家的孩子过满月的时候,一位客人指出:这孩子将来是要死的。这是智慧、深刻、冷静和勇气吗？还是不合时宜的矫情呢？他可不愿意充当一个矫情和晦气的角色啊！

洞房花烛夜,金榜题名时。不是提名,不是提拔的提,是题名。祝正鸿笑了。他不但看到了别人的渺小与轻狂而且看到了自身的可笑。不就是领导上和他谈了一次话么？领导上说——领导上说得其实相当含混,领导上的话更多的是需要他自己去分析琢磨。领导上似乎是暗示,由于赵林不够成熟——他们又谈起了赵林的光华女中"五四"讲话,以及赵林的祖父来信的信封上罗列的赵林的官衔以及春游当中违反民族政策事件——现在上面准备把他调开。这个区的青年团的工作,打算任命祝正鸿负责。祝正鸿立即表达了异议:"我干不了",这是一,"水平低""能力差""不爱管事也不善于管事",他讲得又多又诚恳。他甚至于讲到了他与玫香之间的事,"我最近为'个人问题'耽误了不少时间,影响了不少工作。"他连这话都说了。他又说:"赵林是个好同志,他积极、热情、头脑清楚、联系群众、工作抓得紧、学习认真、责任心强、思想敏锐、反应快、口才利索……尤其是,他已经有了掌管这一摊子的经验,虽然尚没有正式任命,他自己知道,上下左右也都知道他是这里的负责人,至于说到他的不成熟,这里情况还有许多出入,当时有当时的具体情况。再说,我也没有比他成熟到哪里去,我照样有许多不成熟的表现……比方说上次理论学习考试,我就把马克思的思写成斯大林的斯了……"他口吃起来,露出了口音的不纯,个别字还咬不准,四声也不对。例如,"具体情况",他就说成"居替青筐"了。

  与他谈话的人笑了。这是满意的笑、欣赏的笑。似乎是,他越是谦让和推辞,上面对他的印象越好,上面就越加要选定他。他虽然不能十分地断定这一点,至少也能判断个九成九。共产党提倡谦虚,特别是中国共产党提倡自我批评,没有谦虚怎么可能有自我批评呢?谦虚谨慎差不多被党被领导干部也被普通群众认为是天字第一号的美德。谦虚谨慎再加上纯正朴素,那差不多就该算是圣人了。他确实对于升迁没有思想准备。他确实认为如果就这样把赵林调走,那是不公正的,他和旁人都会是想不通的。他确实没想做领导。他还隐隐约约地觉得,如果他取赵林而代之——虽然这是党的任务,是革命的重担,是要求进一步的献身和牺牲,这不是也根本与陈旧腐烂的升官发财之类毫无共同之处——虽然这会引起某种想法,他可能不得不面对某种眼光。不管事情以怎样良好的方式进行,如果把赵林调走而由他充任这里的第一把手,不但赵林不会看着他顺眼,所有的人几乎可以断定也会看着他不顺眼。尤其是萧连甲,以及洪嘉、钱文、周碧云,他们都不可能对他服气。他们都多能干儿呀!他们都是革命的化身,真理的化身,光荣、智慧和勇气的化身,他们都能叱咤风云翻天覆地舌战群儒呼风唤雨撒豆成兵……乃至钉上十字架。而他祝正鸿,他越想越觉得自己平凡,越活越发现自己活得平凡。他确实不想去领导那些大人物坯子。

  然而他直觉地感到,他越推辞人家越下决心提拔他。这可真是越挣扎越上道儿,跳到黄河里也洗不清啦!他又露出了他的惯常的宽厚的笑容。

  这也是命。在婚礼上,在一片欢声笑语之中,他想起了"洞房花烛夜,金榜题名时"的熟语,他想起了提名与题名的异同,他想起了一切都是命。他觉得空前的心平气和,性稳神安。领导上和他谈了那次话以后,他没有向任何人透露这件事。他沉得住气,当然。他甚至于连想都没有再想这个事儿,他对这种事并不热衷……热衷也白热衷,没用。但自从出现了"金榜题名"几个字以后,他又有点纳闷儿了。怎么自从谈完了就没有信儿了呢?赵林浑然不觉,大家一无所知。这样一件微妙的动议独独地贮存在对此并不关心的他祝正鸿肚子里。这又算个啥呢?即使不再考虑、作为罢论了,也该告诉他一声呀!

他摇摇头。婚礼客人们喊叫起来:"摇什么头哇?我们问你话呢。你喜欢儿子还是女儿?"

"都好,都要,都喜欢。"祝正鸿认真而又随和地说。

"玫香在南方呆了那么久,你够想她的吧?"一个人又问。

"是的,当然。当然想了。搁在谁身上也是要想的。"他回答。他的"态度"太好了,别人反而调笑不起来了。

"叫玫香来,给我们送糖来。让她亲手给我们剥开糖纸,亲手给我们送到嘴里。"

"行啊,行啊。玫香!玫香!过来!"

束玫香的脸益发红扑扑的。她顺从地做着正鸿让她做的、也是大家让她做的一切。她衷心地感谢着大家。她感谢着正鸿的慷慨大度和实心热肠。她想着,只要正鸿跟她结了婚,她哪怕马上死去也是甜蜜如意的。扪心自问,她没有做任何对不起祝正鸿的事,她太信任旁人了,她从来没有想到过保护自己。甚至于连那位局长她也难以把他看做坏人。他那天晚上喝醉了酒,而且他太忙了,他受到了所有新参加工作的男男女女青年同志的喜爱。他的冲动无礼之中包含着一种强悍自信,一种想做就做的果断,一种不顾后果的痛快……这是她从别人那里没有体味过的。男人就要当官,当官才有男人的威风。内心深处,她喜欢当官的男人,所以她谁也不怨。这是一方面。

她又觉得自己就是对不起正鸿。不为什么,没有什么可分析分辩的,反正那事情伤了正鸿的心。她再也找不着第二个人像正鸿那样对待她。他太疼她了。他坚定,沉稳,自尊自重,他为她伤透了心。

他是世界上最好的人。她伤了他,她就是世界上最坏的人。她至少不算是世界上比较好的人,她至多算是世界上不太坏的人。她后来真的愿意祝正鸿甩了她,丢了她。他"休"了她——她想起了这个古老的有力的字眼——她反而安心一点。如果他憋气,他难受,那就不如干脆实实在在地惩罚她一家伙。她愿意接受惩罚,她愿意在他的打击下面辗转痛苦呻吟挣扎,永远没有幸福,永远没有操守,没有抓挠,没有依靠,永远得不到真情实心,永远孤独、绝望、自戕、彻底地堕落毁坏灭亡。也许只有这样才能让正鸿出出气。在那封信以后,在正鸿发了疯一样的震惊震怒以后,她已对自己的幸福不抱希望,她已对自己与正鸿的永结同心不抱希望……而现在一切都过去了。这是正鸿的伟大,伟大的正鸿。这是伟大的时代,伟大的新社会新思想。她是太渺小了,她是太孱弱了,她是太迷茫了,这个社会这个时代这个国家除了她渺小孱弱迷茫以外,一切都是伟大的强健的明朗确实的。而这当中最好的最亮的最靠得住的是她的丈夫——注意:再说一遍,是丈夫了!!!从此再没有原来的束玫香了,有的只是祝正鸿的老婆,像老区的同志习惯称呼的那样,或者像旧社会习惯称呼的那样,她从此应该称呼作祝束氏了。过去让她如此反感的忽视女子的独立人格的腐朽称谓,如今使她感到无比的温暖。她多么想失去自己的姓,失去自己,就长在正鸿身上去好了,就变成祝正鸿的一块肉一根筋一条腿好了。她现在可以这样宣告了:她未必能够成为多么像样的革命者政治家,她未必在事业上能有任何像样的成就。说实话,她一想到了结婚就想退职——她不敢告诉任何人包括正鸿——她只想从今以后呆在家里伺候正鸿,给正鸿烧菜给正鸿洗衣服为正鸿梳妆打扮让正鸿看着她高兴让正鸿喜欢她。她幸福,她确实觉得幸福。虽然她的幸福可比不上卓娅,比不上马特洛索夫,比不上居里夫人。居里先生死于车祸的时候居里夫人甚至于没有停止她的物理学实验。她可没有这样伟大呀。在风暴过去以后,在他们俩完全和好、定下了结婚日期以后,她坚持把祝正鸿叫做"世界上最好的人",

祝正鸿乐于接受,她又坚持叫自己为"世界上不太坏的人",正鸿不同意。正鸿说:"你也是世界上最好的人,你就是世界上最好的姑娘。"玫香说:"不,不,不,我不是。"束玫香哭了。他们俩更紧密更热烈地拥抱在一起。就在那个时候,她忽然决定,她忽然想起,她最好退职,她最好做家庭妇女。没有比做祝正鸿的专门的妻子更幸福的了。同时她终于认识到了,那个局长是十恶不赦的坏蛋、流氓、罪犯,他做的事叫做犯罪未遂,他理应受到严厉的处罚。她一定要与正鸿一道去揭发他,控告他,与他斗争到底,与他不共戴天。

在婚礼上坐得最端正的一对新人是朱振东、洪有兰。他们更像是参加入党宣誓或者火线战斗动员大会。他们脸上呈现着一种庄严乃至神圣的表情。他们严肃地回答宾客们提出的未必严肃或者很不严肃的问题。一口一个感谢党,感谢组织的关怀,感谢同志们的关心,真诚得不得了,正规得不得了。一些到婚礼上找热闹的客人,便悄悄地离开他们所在的桌子,到别的桌子边找年轻人起哄去了。没有哪个桌子的人大呼小叫地叫他们过去,他们的桌子边出现了空白。正好区里市里几位领导同志来了。领导同志便坐到了朱振东、洪有兰这边,使他们这一桌成了"主桌",虽然那时候人们对于桌、位的排列次序远远不像后来那样讲究。

"恭喜恭喜!"领导同志们说。

"谢谢党,谢谢同志们!"他俩小学生般地异口同声地说。

"老朱过去没有结过婚?"领导同志问话向来都是很直率的。

"小时候在家乡,说过个媳妇。没有同过房。那时候我才十五,她快二十了。我怕她。让我这么说吧,她是个豁唇子……她还是我的革命动力呢……"

听到他说"豁唇(读蠢)子",各位领导已经莞尔欲笑,听到"革命动力"便都忍住笑瞪大了眼睛要求朱振东继续讲下去。

"可不是吗,家里有那样一个媳妇,谁还再恋家?又来了八路军,还能不跟着走?"说完,不等别人的反应,他自己先大笑起来。一起笑了一回,他又相当郑重地说:"领导讲得好:革命是个大熔炉。条条大路通向革命。这归根到底也是社会发展规律呀。"

领导赞许地点点头。"后来呢?"

"后来到了革命队伍啦。战争环境。唉,个人问题!你看上了她啦,她没看上你,她看上你啦,你又看不上她。都看上了吧,组织上又说啦,她还有点政治历史问题需要审查:从国统区到根据地,她比旁人多走了二十天。天啊,这二十天,她又干什么去了呢?我又不好去问她。四七年因为放枪打死了老乡的狗我还受了个警告处分……一个都到了手的女同志,人家又变了主意,不跟咱了。"他说着抱歉地向洪有兰努了努嘴,又找补说:"这些,我都向洪有兰同志交待清楚啦。"然后大笑。只有做过领导工作的人才会笑得这样好。

都觉得朱振东是个可爱的人。

仪式正式开始。一系列鞠躬以后是领导讲话。领导表示了热烈的祝贺,讲了当前形势:朝鲜战事、美国、苏联、柏林危机、国内的土地改革、镇压反革命、知识分子思想改造三大革命运动。讲了爱情的前提是共同的奋斗目标:新民主主义、社会主义、共产主义。讲了同志关系、夫妻关系、家庭关系三者之中以同志关系为首要。讲了搞好夫妻关系的重要性、长期性、艰巨性……"你们不但今天要相亲相爱,明天也要相亲相爱,明年也要相亲相爱,一百年以后也要相亲相爱……大家笑什么?活不到一百年也叫做'百年之好'嘛!你们这些喝过墨水的人不知道吗?何况,随着社会的进步,科学的发达,生活的提高,谁知道我们今后能活多少岁?苏联科学家已经研究出来了,人的正常寿命应该是一百五十岁!我们只要活得大体正常一些,就都有一百多年可活。何况科学还在进步,早晚我们人类要征服死亡!"

热烈的鼓掌。

然后应该是新郎新娘讲话。司仪说,因为新人多,便不一一讲话了,请新人们公推两位代表——一男一女——讲话。

吵嚷笑闹了一阵,男的推的是满莎,这是没有任何争议的,满莎称得上是众望所归。女的呢,有推洪嘉的,有推周碧云的,争执不下。这时,想不到的是洪有兰突然毛遂自荐,这位年轻人心目中已经是老太太的中年女人说:"大伙儿合计合计,我要发言,我来讲话怎么样,你们同意不同意?"

大家一怔,旋即齐声高喊:"同意!"热烈鼓掌。洪嘉扑到了母亲怀里,叫道:"妈,您真伟大!"

满莎永远是精彩的。他以一贯的笑嘻嘻的态度,以更加焕发的容光,以饱满的自信和得意,大声宣告:"同志们要问:古往今来,世世代代,东西南北,五洲四海,谁们最幸福?我要回答:我们,我们,我们!因为有了中国共产党,她的光辉照万代。因为有了新中国,她的温暖热胸怀。因为有了毛主席,他的恩情如东海!你们还要问:得到了幸福怎么办?我要回答,我们要回答:革命前程如锦绣,一心工作赛黄牛,世界大同靠奋斗,奋斗奋斗再奋斗!……现在我把这几句词儿,配上大家熟悉的《将军得胜归》曲子,给大家唱一遍。我唱完一遍唱第二遍的时候,请大家跟着我唱。等唱第三遍的时候咱们分二部,左边是一部,右边是二部……预备——起!"

虽然有点乱哄哄,终于还是唱了起来。满莎的力量在于,不管你是否赞成,哪怕有许多人提出了异议,哪怕许多人出来嘘他,他仍旧我行我素,坚持按自己的意思办,而且绝不急躁,也不分辩,也不再多宣布一次。而最后,总是他贯彻了自己的意图,人们跟着他走,他要做的事做成功了。人们一面乱哄哄地唱着,一面点头称赞:"这小子真有两下子。"还有一位领导同志说:"满莎同志可真是个人材。他实在是个天生的宣传鼓动家,群众领袖!"

洪有兰的上台使大家肃然起敬。直到这个时刻,大家突然明白了:洪有兰才是今天婚礼的主角。这位与当时的干部平均年龄相比显然算做老太太的女人,这位大家都知道生活得很不幸的老太太,这位既没有太高的文化又没有太久的革命资历,也没有特殊的背景或者贡献的新干部,正在争取入党的积极分子,如今真是焕发了青春。

与女儿同时结婚,这才是新社会的新鲜事儿,这才是革命的新成果,这才是共产党领导的天翻地覆的大革命大胜利带来的人的命运的大变化大改良!它确实令人惊喜令人振奋令人耳目一新!洪有兰一走到台上,大家就热烈地鼓起掌来。而且,正像莫斯科外国文出版局出版的中文斯大林著作中常常夹注描绘的那样,叫做"暴风雨般的掌声经久不息"。

洪有兰在掌声中泪流满面。她说不出话来。她还没有说话,人们已经欷歔不已。

"孩子们,"她说,"领导们,同志们,你们都是我的老师。旧社会是一座大坟,我是这座坟里的死人。我其实早已经死了。我在旧社会就不能算是活过。你们领着我走出了坟墓。嘉嘉,你是我的恩人,你和你的同志你的领导都是我的恩人。人家都是娘给孩儿办婚事,咱们是孩儿给娘办婚事。娘本来不想结婚啦。娘结婚干什么?可这是共产党毛主席给咱们的权利。什么叫翻身?什么叫解放?什么叫自由、幸福、当家做主?谁翻身谁解放谁自由谁幸福?就是我们。就是我。这一切都是共产党毛主席给的。叫什么来着?千年铁树开了花,万年的板地发了芽,天翻身,地打滚儿,人民胜利了,帝国主义封建主义官僚资本主义失败了。共产党万岁!毛主席万岁!万岁万岁万万岁!"

"万岁!万岁!万万岁!"大家应和着喊起了口号。再加上暴风雨般的、海潮般的掌声,欢呼声,抽咽声。洪嘉感动地大放悲声,一边哭一边笑一边叫:"妈!妈妈!妈妈万岁!"周碧云和满莎交换了一个眼色,他们一齐唱了起来,一面唱一面指挥大家:

> 铁树开了花呀,开呀嘛开了花呀,
> 哑巴说了话呀,说呀嘛说了话呀。
> 红灯高挂在空中,锵不棱登锵,
> 照得大家脸通红,锵不棱登锵……
> 一个个呀,乐呀乐呀,乐呀乐呀,

乐呀乐呀乐呀乐呀……

乐呀乐哈哈，哎嘿哎嘿哟！

大家唱得兴奋热烈，满莎和周碧云指挥得更加兴奋热烈。满莎只是大动作鼓着掌打拍子。奇怪，他一旦大张手臂，如孔雀开屏，如大鹏展翅，再尽情地欢乐地鼓掌合掌，如膜拜精灵，如观音童子，他一点也不显得矮小了，他看起来舒展壮阔，自由奔放，胸怀宽广。周碧云如醉如痴地挥动手臂，感染情绪，断理节拍，她随着旋律微微摇晃，面含微笑，目盼流光，深情脉脉，爱意拳拳，一万种快乐从心头涌上，一万种感动拂过周身，每一个细胞都情花怒放，每一根头发都飘荡温柔。正是在这一霎时，钱文发现了周碧云的女性的魅力。她不是傻大个子，她不是嗷嗷吠叫的假小子，她一点也不缺心眼儿。她温柔钟情细腻，她灵性荡漾悠然，她是个真诚可爱的女子。过去，她只是没有被发现或者她还没有来得及表现出来罢了。而且，也是在这一霎时，人们发现，周碧云和满莎是这样般配，这样合适，夫唱妇随，妇喜夫悦，天光明丽，容颜焕发，淋漓酣畅。似乎是一个神明掌管着他们两个人体，一把火炬燃烧着他们两个柴堆，一高一矮，一男一女，一精一憨，一南一北，这正是同一种灵性同一个心胸同一样热情的两种表现形态。他们其实像连体人一样的同凉同热，同饥共渴。他们的幸福是令众人羡慕的呀！

然后拉开了桌椅板凳，放起了电转唱片，老老少少翩翩起舞。领导同志一部分是不跳舞的，他们都忙，唱完"铁树开了花"便再次与各位新郎新娘握手后告辞离去。一部分是最爱跳舞的舞迷，便忘却一切地全部投入地找舞伴跳将了起来。林娜娜也被赵林拉来参加他们的婚礼，因为第二天还要上学，她也提前走了。临走的时候她紧咬双唇，面色默然，一言不发。赵林着急，不停地问："你怎么了？没意思么？耽误了你做自习的时间了么？你生活学习里碰到了什么困难问题了么？你和同伴们闹什么意见了么？你对我和我的同志有什么意见了么？你倒是说话呀，有什么话是不可以说的呢？我们在一块儿不就是要互相帮助,互相交流,你的困难不也就是我的困难你的问题不也就是我的问题……"

"别说了!"林娜娜粗暴地打断了他的衷心关切而且自信能够帮助她解决一切问题的滔滔发问,她的样子不但是不耐烦而且是愤慨。

"怎……么……了你?"赵林完全糊涂了。她,一个中学生,一个普通的、没有多少经验和水平的团员,怎么对他,对这个她们学校的全体学生极其崇拜的青年工作者、青年领导人,对这个一心一意地为她好关心她爱她的人莫名其妙地发火?"你说说嘛……"他胆怯地试探着。

"没必要。"林娜娜从牙齿缝里挤出了这几个字。她做了一个阻止赵林再送她的手势,一溜烟地跑掉了。

赵林回到大会议室,电转唱机上正放"快四步"的广东音乐《步步高》。唱片有点毛病,到第二遍旋律的重复的时候,突然音乐变成了吱吱扭扭的拉锯。大家照旧按自己心里的节奏跳,一面跳一面忍不住发笑。这个曲子结束以后满莎邀请洪有兰去跳下一个曲子。洪有兰有些犹豫,女儿动员她上场,大家也都鼓励她去跳,人们为此又兴奋笑闹起来。

就在大家哄笑,洪有兰拿不定主意是否进一步解放自己去跳"嘣嚓嚓"的时候,进来了一个陌生人。他略显困惑地在门口呆呆地站立着,他手足无措地站立在那里。

钱文首先发现了他。他说:"来人了。"他问:"您找谁?"

他的问话还没有说完,他的声音只出在"奥"与"施"之间,他听到了一声大叫:"冰,冰!你怎么来了?"

是的。是舒亦冰。是周碧云相好多年的男友。他从天津市来到了这里。

电转唱机突然出现了故障,苏联歌曲《春天的花园花儿开得美丽》只唱了半句"哈罗什维侬……"就停止了。

一切突然变得那样安静。

第十六章

陌生的舒亦冰略显困惑地站在会议室门口。他的脸上呈现着隐约的微笑。他上身穿着一件洗得发白了的蓝中山服,领扣解开,露出了雪白的衬衣领子。那领子白得稀罕。下身是一件浅灰纹路的派力司裤子,这条裤子明白地显示着他和他们的距离。他显然不是吃供给制大灶的革命干部的一员。他高高大大,头发后背,浓眉,扁长而有几分秀丽的眼,他的宽肩膀和长腿使他的身材十分标准,不,应该说是十分理想。他站在那里,既持重又潇洒,既整洁又自然,既矜持又厚实,只是面色有些苍白。钱文首先发现了他,钱文立即受到了他的形象的吸引。他恍恍惚惚看到了一个他过去无缘打交道的贵族,欣然,喜悦,惊奇,羡慕,嫉恨,警惕,他一下子被唤起了那么多好感,却又那么遗憾。可能是双向的遗憾:他不是我们的人,我们不是他那样的人。随着周碧云的既惊慌又快乐的喊叫,钱文立刻明白了:他就是舒亦冰。他怔住了。

舒亦冰迈着大步走了过来。离周碧云还差几步的时候,他压低了声音,吐字清晰地说:"我给你道喜来了。"他的声音有一些发颤,呼吸的声响有一些粗重,"火车在杨村耽误了。出了点儿事。真没有想到。我来晚了。祝贺你……"他迟疑着,似乎是拿不定主意怎么样称呼周碧云好。他似乎不好再称呼"碧云"或者"云"了。他又不习惯称呼"周碧云同志"。也许称"周小姐"他更容易出口,但显然是不能这样叫了。沉默了足足有四十秒钟。他接着说:"让我和满莎同志认识一下吧,哪位是满莎同志?"满莎同志四个字他读得分外清楚,就像电台里的广播员读新闻人物的名字一般。

周碧云呆立着,她嗫嗫嚅嚅,迟迟不把满莎介绍给亦冰。满莎便自己走过来,与舒亦冰握手,自我介绍说:"你好,我是周碧云的爱人满莎。"

"我叫舒亦冰。"他低下头,注视着满莎,优雅低沉地说。

一个是过往的——如今差不多是被遗忘了的——情人,一个是已经以法律的形式人们公认的形式固定下来了的新欢——丈夫。一个是那样革命,朝气蓬勃热热闹闹,一个是那样含蓄恬淡、停滞不前,也许已经陈旧过时。一个高,一个矮。一个黑,一个白。一个忧郁,一个欢笑。一个熟悉,一个陌生。他们的差别实在是太大了。他们的会面握手给大家以一种幽默的感觉。

"我给你们道喜来了,祝你们幸福,恩恩爱……爱,永远永远。"

"谢谢你。"满莎骄傲地致谢,"欢迎你来参加我们的婚礼。我们有四对呢。"

"四对?"舒亦冰似乎吓了一跳,往后一闪,"祝贺你们大家。"他用目光扫了扫戴红花的人们。

"这都是我的同志,我的好朋友。"周碧云定了定神,努力微笑着把大伙儿介绍给亦冰。"你收到了我的信?"她注视着舒亦冰,似乎有所期待。

"是的。所以我从天津赶来祝贺你。你会幸福的。你们,很好。"

周碧云似乎苦笑了一下。但她很快调整了自己。她说:"你进来的时刻我们正在跳舞,"她想说"时候"不知为什么却说成了"时刻",她觉得这个词用得有点拗口,便漫不在意地说:"不和我们一起跳吗?"

不等舒亦冰回答,周碧云转身向着电转唱机方向喊道:

"别停下来呀!放个快三步的。"

响起了《杜鹃圆舞曲》的欢快单纯的旋律,人们迟疑了一下。这个大多数人听过不知多少遍,演奏(特别是用口琴吹奏)过不知多少遍的曲子似乎勾起了人们心里记忆里的一些儿童时代的东西。人们需要确证一下这是不是那个曾经十分熟悉的曲子,需要确证一下在经过了大变迁以后对于这个曲子的感觉是不是还与当初一样。然后他们相视微笑。周碧云向舒亦冰做了一个亲切调皮的表情,她活泼地眨了眨眼。她一把把满莎拉到了怀里,"我带你。"她说。她用右手扳住满莎的后腰,她用左手抓住满莎的右手。她略略弯一下腰,男女角色换位,她带着满莎随着节拍大幅度地旋转起来了。然而她的目光仍然停留在连坐都没有坐下的舒亦冰身上。她似乎在表演并注意着亦冰对于她的表演的反应。

舒亦冰含笑凝视着他们。他的目光茫然难测。

洪嘉走到了舒亦冰这边,她说:"我陪您跳吧,您是天津市来的客人啊。"

"对不起,我从来不会跳舞。真对不起啦。"他略一停顿,看看洪嘉似乎不无尴尬,便说:"我该走啦。我还得到亲戚家去住。祝贺您啦。祝贺你们大家……不要打搅你们的舞会啦……祝你们幸福。再见!"他站起了身,谁也不再看,大步走到门口,出门去了。

他已经走过了两个胡同口,急促的脚步声传来了,他皱了皱眉,犹豫了一下,最后还是停了下来。他转过身。当然,是周碧云。

"你走得这么快,不辞而别!"周碧云似乎带着怒气。

舒亦冰苦笑着。他凝视着她,一言不发。这样互相对视了一会儿,亦冰和解地一笑,伸出手握住了碧云的手,感触万千地低下了又抬起了头。他摇了一下碧云的手,"好啦,再见吧。"他松开手,准备——应该说是永远地——离去。

周碧云抢上一步,挡住了亦冰,她用两只手抓住亦冰的两只袖子,她满眼含泪地问:"你怨我吗?"

"这是哪儿的话呢。"舒亦冰说得十分平静。然而,碧云看出来了,他是在强忍着自己的眼泪。

"我爱满莎。我爱他。我不能再……"

"当然。那是当然的。难道能不是这样吗?"

"我们的过去的事儿,我没有想到你来……就永远……"

"过去的事儿就永久……就永远过去……还能不过去?我不该来吗?我只是来给你道喜……我希望最后再见你一面……现在我懂了……也许,这其实也是不必要的。对不起。我走了。我们是应该互相忘记了。嗯……"他笑了。

不论怎么样克制,怎样使劲憋着,眼泪还是从他的眼眶里流出来了。他连忙转过身去。

周碧云也哭了。哭中仍然浮现着若隐若现的笑容。她舔了舔上嘴唇,拉了拉兜了兜人中。她说:"可是我不太放心你。你太忧郁。你太生活在自己的那个小圈子里。我实在不希望影响你的情绪。我只希望你好。你一定要进步……"

舒亦冰竟然冷笑了一声。周碧云打了一个寒战。周碧云蓦地勃然大怒。她说:"你冷笑什么?我希望你进步你有什么可冷笑的?为了你的进步我操碎了心!知道你上了革命大学我兴奋得一宿没睡。你伤透了我的心。你对得起我的心吗?瞧你那个样子,倒像是我不好似的。革命的大潮滚滚向前,谁不进步谁就要被抛弃。我爱过你,但是我更爱革命,我更爱党,我更爱崭新的生活……"

舒亦冰回过头来,眨眨眼,失望地、却也是欣赏地、乖乖地看着她,听着她。他好像是在看一个他最迷的"角儿"唱戏。这是最后一次捧她的戏了。他便点头称是。他表示心悦诚服。他没有话说。哪怕角儿的新戏他很不——不那么习惯。

周碧云觉得自己讲得并不那么得体。她收住了自己的话。她摇摇头,叹了一口气。"算了。"她挥了挥手,"你到哪里去?我送你一段吧。"

这之后他们谁也没有再说话。几分钟以后,舒亦冰坚持不叫她再送了。他们俩告辞。分别的时候,他们其实都呜咽了。呜咽中亦冰没有忘记礼貌,他说:"再一次祝福你和满莎。谢谢你给我的教育。再见。"

为了这礼貌,碧云——如果她手边有一把刀的话——真想砍他一刀。她差不多是咬牙切齿地离去了。

回去以后,舞会已经散了,人们簇拥到他们的新房去参观致意。按传统的婚礼程序,这一个节目本应该是"闹洞房"的。但是革命者们没有闹,方才聚会的时候他们已经开过一点玩笑,这也就够了,他们毕竟不是一般俗人呀。晚九点以前,大家就都自觉地退去了。只是在退出"洞房"以后,一出门,万德发就发表了一点感慨:"这回行啦。现在还是丫头,明儿个可就是媳妇儿啦您哪咿!"话声和笑声都传到了新房里。满莎莞尔一笑。周碧云没有笑。这使满莎想起了什么。他问:"走了?"

周碧云不想谈这个话题,便没有做声。

"你怎么不说话呀?"满莎依然笑容可掬。

周碧云颓然躺倒在铺得花花绿绿的双人床上,眼睛望着屋顶。她发现了一根蛛丝。

"其实……"满莎估计是舒亦冰的到来引发了她的某种心绪。这当然是可以理解的。这也没有什么不好说的。他不是一个狭隘愚昧野蛮的人。他完全能够也理应分担并且彻底解除碧云的不安。他想谈谈这个话题。但是他发现现在谈这个话题不会得到碧云的响应,他便把话咽到了肚子里。咽下去以后,却又觉得疙里疙瘩。

"那个……"碧云也想避免冷场,但也不想谈舒亦冰。她也在努力寻找一个合适的话题。但是她发现了满莎欲言又止的神情,她不知道谈什么好。

他们都没有说话,但又都想了很多。都觉得这样的冷场是很不应该的。他们想……

直到十二点以后,宿舍院子全都熄了灯了,他们才无可奈何地要睡。他们熄了灯。他们想起了他们应该做的事情。黑暗中他们脱下了衣服。满莎摸摸索索似乎忙着搞点什么。碧云依旧看着熄灯以后看不见了的房顶,寻找那根也许明天就没有了的蛛丝。她太被动了。她的冷淡使正在摸摸索索地吻她的满莎失望了。后来一切都沉寂了。终于传来了满莎的鼾声,由小渐大,起于青萍之末,继而摇窗震耳,终于惊心动魄。你甚至于难以设想满莎小小的身材能够蕴藏这么大的声音潜力。这样的鼾声简直可以说是一种侵略,一种征服,一种暴烈的占有和占领。这鼾声使碧云害怕起来……她无法入睡,她来回翻身。她终于抓住满莎的肩膀推他。满莎醒了,惊喜地抱住了她。由于已经睡了一会儿,他们的口里都有一些不太好的味道。周碧云推开了满莎。整夜她似睡非睡。

万德发的预言在他们这里并没有应验。

第二天,周碧云带满莎到自己的家。她的爸爸周大纲正忙,客厅里一拨客人还没有走另一拨客人已经来了。解放以后迁来北京,来到北京市以后他们各忙各的。周碧云并不愿意和一个具有民族资产阶级、民主党派身份的老子过往太密,毕竟她已经是无产阶级的先锋战士了,而父亲,是"资产阶级"。给李意提意见的时候,她的发言是很凶的,凶的根基是她自己的"划清界限"。和亦冰的分手,和满莎的结合,她从来没有和父母谈过。只是到了六月二十九日,她结婚前两天,她才打了个电话给母亲。母亲六月三十号坐三轮车到碧云这里来了,算是"相"了女婿,也看了新房。母亲带着一对景泰蓝花瓶,此外什么也没有。母亲也完全了解新社会的新规矩,了解女儿的新心思新章程。母亲未置一词就走了。碧云为母亲的坐三轮与花瓶的成色的老旧而很感不自在。女儿甚至于没有要自己的父母来参加婚礼,而父母也就当真没有来。事实上二老的不在使他们两便了。

其实周大纲到北京以后也很积极,不能说他不如碧云积极。他一下子成了个人物,开会,发言,宴请,迎送,会见,接见,祝酒,访问。中国人民志愿军跨过鸭绿江以后,他曾经在广播电台发表演说,代表各界人民坚决支持抗美援朝。"我代表……我代表……"发言稿里有多处这样的表述。开始,周大纲对于这种表述方式不很习惯,讲了几次以后他就胜任愉快了。他的到处讲话不再仅仅是他自己的事,他的背后有整整一界直至各界人民,他开始感到了自己的讲话以及干别的的重要性。他还多次参加过会见苏联贵宾。贵宾到来的时候中方主人自动按各人的地位排成一行,地位最高的人靠门口,最先与贵宾见面握手,其他人依次往室内排,周大纲十成有九是最靠里那一名。客人走的时候主人又排成一排,方向相反,地位最高的人在最里边,最先与客人告别,这种情形下边,周大纲则往往是站在门口了。宴会按地位排座次,每个人面前都有一个洁白的卡片名签。看到自己的名字堂堂皇皇地写在那里,周大纲便产生了一种榜上有名的欣慰感,心儿也就落到了实处。许多过去并不相识的人追着他叫他"周局长""周主任"(他是那个党派的华北分部的副主任),许多过去的熟朋友,早先是称他"老二"(他的小名)"有生"(他的字)"老弟""小周"或者"老周"至多是叫"大纲"的,现在也赶着他口称官衔了……所有这些经验都是他在旧社会从没有过的,甚至是从没想过的。这些经验也与他曾经热忱地阅读过的巴金的《灭亡》《新生》,丁玲的《水》《韦护》,茅盾的《子夜》乃至苏联的《士敏土》《铁流》《我是劳动人民的儿子》《毁灭》里描写过的革命不大搭界。这使他感到更加新奇可喜。报纸上会偶然出现他的名字,报道他说了什么——代表某一界人士——或者参加了某项接待外宾的活动。这也使他颇为满足,深感自己确实是当了家做了主,他尝到了非常美满的滋味。他为新社会的新的生活新的地位新的路数而兴奋快乐。他乐不思旧——包括女儿。他深信把女儿交给组织比放在家里要好百倍出息百倍,他唯恐女儿革命革得不够,他丝毫不怕女儿革命革得不再认他这个爸爸。革了命就有了光芒万丈的越来越好的前途。他,女儿,他的家,革命,命运已经结为一体。女儿把他当做资产阶级来"划界限",他和女儿又毫无二致地一心革命紧跟革命,他代表着许多人而成为革命中的一个有卡片名签的人物,归根到底他们是投入在同一个凯歌行进的事业里、队伍里。女儿不认他并不要紧,革命认他,组织认他、重视他、尊敬他、需要他。而女儿认革命,女儿唯革命之马首是瞻。这么说,女儿就一定会认他,不管中间还会有什么过程,还会绕什么弯子(弯子越大越说明了新章程的非同小可,非同寻凡)。他和女儿都是革命这个最亲密最温暖的家庭的成员,他们不但是父女,而且是同志同道同僚……他又有什么可不安的呢?

所以,他对女儿几乎可以说是以其人之道还治其人之身,虽然他无意如此。女儿带着女婿第一次进家门,他连过来看看都不看。他忙着接待市委统战部、华北局统战部的干部,然后是报社记者,然后是作家协会的副秘书长,然后是派出所的新任所长。新任所长要拜访他的管辖范围内的名流人物儿。所有的人都比女儿女婿更重要。客厅里不断传来他和客人们的说话声,大笑声,纵横生风,气宇轩昂。

身材高大的母亲在生病。她与丈夫、女儿不同,她觉得事情变得似乎太快、幅度也太大了。这使她感到一种隐忧。她说不清楚、没有办法说也没有人可以说她的隐忧。她自己也觉得她的隐忧绝对不是思想进步的表现。她从早就喜欢舒亦冰。是她有意为他们撮合的。碧云一九四八年十八岁,刚上高中二年级,她就希望女儿完婚。完了婚退学也在所不惜。兵荒马乱的,一个十八岁的待嫁大姑娘是危险的。再说女儿与亦冰要好已经多年,再拖着不结婚就双倍的危险。她与大纲商量,被大纲一口否定。她气愤地说:"你呀!你读小说都读傻了。依你的,碧云的事儿凶多吉少!"大纲大笑。他已经接触了天津市的地下党的代表,他们已经在谈论天津的解放和解放以后的安排。忠于保密的许诺,他没有告诉妻子。妻子的妇人之见使他觉得可笑。她还不知道,天津市一旦解放他和女儿就是胜利者。女儿虽然没有与他谈过她的政治活动,她的思想的左倾他当然是看得出来的。说到底,她的思想的左转,还得归功于他呢。没有老子对于左翼文学的狂热,哪有女儿的矢志革命!

解放了,来北京了,丈夫高兴女儿高兴她也高兴。然后事情的发展完全超出了她的理解的可能……到了今年六月三十日,她看到女儿和未来的女婿以后,她躺在床上下不了地了。请来了医生,说是心脏供血不足。

这样,新婚第二天"回门",迎接碧云他们的只有家里的女仆李妈。李妈给他们倒茶的时候抬起头打量了新姑爷一眼。打量了一眼还不算,她眉毛一挑,眼珠转了一转,露出了一种窃笑的表情。如果换以往,李妈是绝对不敢、也不会这样做的。周碧云不由得有些反感。但也没有办法。解放了,说了归齐,李妈人家是"无产阶级"呢,即使说无产阶级不够地道反正也比爹爹的资产阶级强。强么?

周碧云挥手请李妈退去,她表示不劳照看。向病中的母亲问安后她便带着满莎参观自家的四合院。院里的枣、柿、香椿、石榴四株树木很使满莎喜爱。树下的彩陶桌凳带有一种江南的情趣。他们拿出茶杯围陶桌坐了一会儿。

"结枣多么?石榴呢?"

"谁知道,我又没吃过。"

"在我的家乡,树多,竹子更多,许多用具都是竹子做的……"

"北方的竹筷子也很普遍。"

"竹筷子,"满莎哈哈大笑,"竹筷子算什么?竹子做的床你睡过么?在我们家乡,有一些著名的茶楼,整个楼都是竹子搭的。房梁是,柱子也是,楼梯也是,连钉子也是竹子做的。桌椅板凳更不要说了。春天的新笋,你们这些北方佬啊,你们吃过吗?"

"那我们北方有冰,有雪。你在家乡见过雪花吗?你见过雪花的六角形么?你滑过真正的冰吗?旱冰可不算。亏你们想得出,鞋底还安装上轮子……"周碧云大笑起来。她和他似乎好久没有这样说过这么多没有意义的话了。他们已经好久没有享受过漫无边际地闲话的乐趣了。

"可到了北方我很快就学会了滑冰了。等冬天,等冬天来了以后,咱们一块儿去滑冰吧。咱们比赛。你应战吗?"

碧云突然不言语了。"应战"这个词儿使她一动。"我们有点儿小资产呢。"她几乎说。接着她想起了"冰"字。她低下了头。

"我觉得这是你的一个缺点,"满莎说,他满认真地开始提意见,"你忽然就不理人了,忽然就不高兴了。这不好。这会影响群众关系,同志关系。影响团结也影响工作。你说是吗?"

……之后碧云带满莎看她家四合院的影壁与垂花门。碧云伸手便够到了门两旁木雕彩漆下垂的两朵花蕾似的装饰。满莎也想用手摸一下,却摸不着。满莎谈了一下北方影壁与南方照壁的异同。然后感慨说:"我真不知道古人的生活是怎么过的。即使从修影壁照壁垂花门上来看,他们也太无聊了。他们的一生又一生,是多么没有意义啊!而他们再也活不回来了。他们九泉之下也无法想象我们这种有目标,有计划,有方向,每天都在前进,每小时都非常有意义的日子哟。"

"然而,还是不要每分钟都有意义吧……"碧云含糊地说。她不想说什么了。

直到开饭了,周大纲才过来与他们见面。周大纲看起来是那么年轻,而满莎至少今天看起来是颇为显大。他们在一起更像是同辈人。周大纲也完全以同辈人的态度相待。五十年代的中国人的平等意识确属空前绝后。周大纲一见面也不寒暄便谈起了统战部、政协、天主教三自爱国革新与驱逐所谓"教廷特使"摩纳哥人黎培里……最后谈起知识分子的思想改造。周大纲一面略略给他们布菜——栗子鸡丁、奶汁菜花、糖醋丸子……一面兴奋地说:"真是天翻地覆,天翻地覆啊。过去干这干那,谁不是为了个人利益?人为财死,鸟为食亡,我还以为谁也逃不出这八个字呢。我还以为革命也是因为个人混不下去……真是资产阶级的偏见呀。共产党就是不搞个人利益,一切为了人民,一切为了集体,为了大我,为了共产主义。我是顿开茅塞。过去种种,恍如隔世。改造改造,其乐也无穷!"

"您自己吃菜吧。"周碧云并不想和爸爸谈正题。

"您方才说到个人利益的问题,我想可能您讲的是个人主义。"满莎礼貌地却又是优越地、十分认真地说,"正当的个人利益,我们从来都是承认的。而且归根结底,只有实现共产主义,每个人的个人利益才能得到最大的满足。马克思讲过的:无产阶级只有解放全人类,才能解放自己。而个人主义,这是另一回事。这是一个世界观的问题而不是具体利益问题……"

"讲得好,讲得好。还是你们年轻人接受革命理论快。共产党的革命理论实在是博大精深,完整全面,雄辩有力。哲学的基本问题,物质和精神,哪个是第一性的呢?其次,这个世界,是可以认识的呢?还是不可知的呢?讲得真好,讲得真好。听到这里,你还没抓住要害呢,紧接着就来了:既然物质是第一性的,那么,社会的发展就不取决于哪个伟人的心愿,而取决于生产方式的沿革……瞧这逻辑!真是朝闻道夕死可矣!"

"您讲得很好。您学习得很好。您这样努力学习实在令人高兴。但是马克思列宁主义之所以伟大,不仅仅是一个逻辑性和严密性完整性雄辩性的问题,更重要的在于它的实践性,马克思列宁主义不是教条,而是行动的指南。理论掌握了群众,就变成了物质的力量。马克思列宁主义的理论品格当然是了不起的,因为它是科学,是人类文化精华的结晶。然而说到这里事情并没有完结,因为马克思列宁主义更是工人运动的经验的总结,它不是书斋而是实践的产物。我们一定要充分强调马克思列宁主义的实践品格。它需要在实践中学习,在实践中领会……"

"好!真是欲穷千里目,更上一层楼!听君一席话,胜读十年书!满莎同志,我佩服你!我知道云云为什么爱上你了。你真可爱!你是老师!是云云的老师,也是我的老师。让我们干一杯。这是汾酒,你能用一点吗?"

回到自己的"家"以后,碧云问满莎:"你跑到我老爹那里大上理论课做什么？你就不能留一点儿？显摆！"

满莎的回答是："资产阶级的代表人物也在学习马克思列宁主义,我们不能比他们学得差。我讲马克思主义是实践的哲学还有一层意思,请老爹联系联系自己的实践,不要自满,不要翘尾巴……他这样要求进步,总还是好的嘛。"他回答得很认真也很快活。碧云笑了。她叹了口气,吻了他一下。

"今天晚上……"满莎嗫嚅着。碧云无可奈何地一笑。

几天以后。当然,此时周碧云已经是"熟饭""媳妇"了。当其他单位的一些同志向她贺喜、与她寒暄的时候,她回答新婚可好的探询的时候只是说了一句："无聊！"

人们善意地哄笑起来。

几天以后,又出了一件事。半夜洪有兰突然犯了病,口眼歪斜,语言含糊,左臂麻木。当然,她是住在朱振东的单位家属院的。朱振东陪她去部队医院看了急诊,医生怀疑是血栓,留在医院观察。对她的病,大家都很关心,洪嘉更是着急得不得了。但也有一些闲言碎语,不外是说她的病是结婚引起的。说朱振东太"厉害"啦,说洪有兰"受不了"了,还出现了一个医学名词："房事意外"。这词儿传到了洪嘉耳中,她勃然大怒。她不但找了赵林,找了他们当中较有威信的祝正鸿、萧连甲,她甚至为这事去找了老吴同志。她提出,这种说法不但是对她母亲——一个矢志革命的翻身妇女的极大诬蔑,而且是对于新生活的不怀好意的攻击。这反映了攻击者实际上是站在了封建余孽吃人的旧礼教鲁四老爷之流的立场上,是反对妇女解放,是维护封建主义秩序。她还提出要追查"房事"怎么怎么样这种下流话的来源。她说,她周围的人都比较纯洁,他们不会说出这种话来。唯一令她怀疑的是李意,李意的旧东西比别人多。她要求领导上严肃处理。

后来赵林还真的在一次会议上正式讲了一下：洪有兰同志患病,大家都应该关心,说话要注意,自己不知道的事情不要乱议论乱传播,更不应该怀着一种不健康的心理胡说八道。否则就会混淆视听,影响团结,乃至造成不良的政治影响。洪嘉对他讲的不太满意。好在洪有兰的病情没有往坏的方面发展。过了一个月,病人的症状大体消失,病人痊愈出院。于是皆大欢喜。

七月下旬,周碧云收到天津寄来的挂号信。信皮上写着舒亦冰的地址和姓名,没有信笺,只有一叠旧照片。大部分是他与碧云的合影,还有几张是碧云的特写照。一打开信封,落下了照片。周碧云一见这些照片就哭了起来。她再也无法控制自己了。她想不到这些质地不佳的,有一些已经变黄变模糊了,还有几张当初就照虚了的旧照片,竟然使她如此动情。有一张她在亦冰家学琴旧照,只有他们俩的背影。那时候她才十四岁,多么纯洁而且惊人地轻盈的少女!那残破的照片似乎发出了肖邦和门德尔松的练习曲的演奏声,发出了莫扎特、李斯特的小品片断。那钢琴是亦冰的异国血统的母亲带来的,升 D 键总是出毛病,用很大力气击打,仍然闷声闷气。亦冰总是怪罪她弹得生硬,同样的谱子亦冰弹起来就流畅而又温柔。是"洋妈妈"拍下来的照片,背光剪影,百叶窗的光斑依稀可辨。她感到了那窗外的梧桐树,夏天的树叶大得似乎可以当做被子,盖在不安静的少女周碧云身上。而秋天,黄叶落地的样子活像是失散了的情书,爱伤了的蝴蝶。他们曾经在树下谈心,闹完小脾气又和好。有一张他们俩一起唱歌的照片就是在树下照的。为什么她唱起歌来张那么大的嘴。都说她有些个傻气,她也问过亦冰:"冰,我傻,是吗?"亦冰说:"你很幸福,你很运气。幸福的人、运气的人就单纯就傻,不幸的人、倒霉的人就小心就琢磨一切,他们就精了。但是精的人容易衰老,傻的人永远年轻。"碧云又高兴又噘嘴,她追着问:"我怎么傻了?我怎么傻了?"她又问:"我怎么幸福了,我怎么走运了?"亦冰回答:"提这样的问题就是傻。你看,可有一个聪明人问别人自己是不是傻怎么傻吗?提这样的问题就是幸福,一个不幸的没有人关心没有人爱没有人感兴趣的女孩子,她又能向谁去问这样撒娇的问题呢?"

碧云噘了一回嘴之后,他们一起笑了老半天。她第一次——差不多是第一次——感到和亦冰在一起有一种特殊的亲昵,有一种只有他们俩懂的语码——比如说傻,比如说幸福,都和一般意义上的不一样。她甚至感觉到她是为了舒亦冰才傻的,她就是要在亦冰面前说一些傻话,做一些傻事。既然亦冰那么聪明,她的任务不就剩下傻了吗?她傻他们在一起才有趣,她傻亦冰才拿她没有办法又急又心疼又欣赏又哭笑不得。她为了亦冰而傻,没有了亦冰,她傻不傻又有什么关系呢?

她的眼泪流淌如水。她的耳边响起了她与亦冰的对话声和笑声,这时候有一阵风吹过,梧桐叶沙沙地响。下起了大雨,她要回亦冰的家。然而,那一家的门已经对她永远地关闭了。

还有在海河桥上照的。海河,你现在怎么样了呢?当碧云离去,当碧云与亦冰不再聚首以后,海河的一切依然故我别来无恙么?还有在火车站照的,英租界花园照的,劝业场照的,跑马场门前照的。多少个脚印重又踏上,多少往事重又发生,多少声音重又响起,多少印象重又分明。她完全没有想到亦冰还有这么多东西叫她回忆,叫她哭啼,叫她辗转难平,而且这一切居然还这样新鲜生动逼真切近,舒亦冰似乎就在她的身边。她不但看到他的身影听到他的话语而且听到他的呼吸感到他的凉热。舒亦冰的大手似乎仍然在抚摸她的头发,舒亦冰的笑容似乎仍然引动着她。真是奇怪呀!莫非她是一个轻浮的人,一个健忘的、心理不健全的人?莫非她见异思迁,杨花水性?莫非她小资产阶级大资产阶级腐化堕落无耻乃至——淫荡?在和满莎好的时候她从来没有想起过亦冰,在给亦冰去信正式中断他们的感情关系直到去信通知他她与"满莎同志"即将在七月一日结婚并且冷冷地写道"希望你也能够得到自己的幸福"的时候,她并没有经历任何感情的波动。直到亦冰前来参加他们的婚礼,不辞而别,她追上去以后,她感受了波动乃至震撼,这影响了他们的新婚第一夜,但终于没有地覆天翻,一切仍然按既定的轨道运行。如今,她嫁给满莎已经一个多月了,他们已经是百分之百的夫妻,生米熟饭,木已成舟,她已经结结实实地尝到了为人妇的滋味——虽然她觉得无聊也说过无聊,正是在这个时候她收到了亦冰退还的旧照片——这一举动的意义本应是永远的结束。然而她受不了了,她发了疯了。

许多天过去了,她当着所有的人哭,包括满莎也包括周围的同志。她丝毫不隐瞒,她拿着与亦冰的旧日合影给旁人看。"我要去一趟天津。"她说。所有的同志都劝她不要去。她便由大哭变成默默地流泪、发呆。"我只想再和舒亦冰见一面,我有一些话要跟他说。见过这一面以后就再不见他,到死。让我再见他一面吧,行么?"她自言自语。

人们面面相觑,想劝实在无从劝,想批评无法批评,想笑不能笑,想同情又委实难以同情。有了新的甩了旧的,嫁了矮的想起高的,说吹就恩断情绝、无情无义,说想就梦魂萦绕、要死要活。而且是,早不想晚不想,早不回忆晚不回忆,早不打算去看晚不打算去看,偏偏结婚一个月,生米煮成熟饭,你已经是有夫之妇了,你来劲了。哪怕是舒亦冰来参加婚礼、你们俩见面的时候,你突然宣布不结婚了——虽然疯狂,也比现在好啊!

当周碧云追着人们意欲倾诉自己的心曲的时候,人们便显出了为难的神色。他们尽量宽容地却也是避免纠缠地淡淡地说:"冷静一点吧,理智一点吧,不要瞎想了,实际一点吧……"浅尝辄止,没有人同情她,没有人想和她谈下去。她忽然觉得过去那么亲密温热的同志们,却又是何等的残酷啊!

而我也不能同情我自己,周碧云对自己说。该死的是我自己。然而我是真的傻呀。你们他们不是都说过我傻吗?我傻我傻我傻,我太傻了,我怎么就不知道什么叫爱情呢?现在知道了,我爱亦冰,我爱亦冰,我知道我爱的是亦冰了。我明白了,然而,晚了。

她把上面的话说给了钱文。钱文对她的事似乎稍微态度好一些。她诉衷肠的时候,钱文没有很快地设法打发她,而是专心地听了,点了头,尤其是,钱文竟陪她连叹了好几口气。听了她的诉说,钱文脸上显现了忧伤。这使碧云激动异常。她跑过去几乎拥抱了钱文,她用下巴接触了钱文的肩背。钱文本来是坐在木椅上的。钱文躲开了她。

"我爱的不是你,是舒亦冰。"周碧云终于向满莎宣告了。满莎沉默了一会儿,他说:"我一直迁就你,迁就了很长一段时间了。你的资产阶级思想、资产阶级爱情观已经发展到了疯狂至极的地步了。我不能再无原则地退让了,我要坚决地和你的脱离实际的错误思想错误观念作斗争。只有这样,才能挽救我们的婚姻,也只有这样才能挽救你自己。"满莎的平静、认真与大义凛然使碧云感到了当头一棒。她开始心虚了。

满莎去找赵林他们,他们有点支支吾吾。满莎努力说服他们。他们最后表示,至少要从不得影响工作的角度批评一下周碧云。女同志——洪嘉、张雅丽倒都赞成狠狠地批评一下周碧云。于是赵林决定,叫上二位女同胞,一起与周碧云谈一次话。祝正鸿盛赞这个主意,赞得赵林得意洋洋。果然,二女将毫不留情地大批了一通碧云:"资产阶级,道德败坏,见异思迁,朝秦暮楚,动摇性疯狂性极端个人主义……"所有的帽子全扣上了。赵林只消略加点拨,甚至于只需往回拉一拉便轻松地完成了任务。周碧云的样子是分外感激他。从这件事情上,赵林深深体会到任何事,只要发挥了群众的积极性,那是太妙了,一准可以做得漂漂亮亮的啦。

过了一阵,碧云终于平静了下来。旧照片她给了满莎,授权他去销毁。满莎笑嘻嘻地对人说:"要让别人不动摇,首先得自己不动摇。导师讲的,真是千真万确呀!"

时过境迁,舒亦冰当然是可以忘却的。一切都是可以忘却的。而周碧云也从此变得不同了和定型了。又有什么是预想得到的呢?

第 十 七 章

八月份发生了一些大事。首先,城市的区划做了调整,内城由五个区变成了四个。其次,区级党政机关的职权有了扩大:一批中小工厂的党的领导关系由市委工业部转到了区里,中等学校的党、政关系也都下放到区里,区级政法机构要全面设立并承担起一大部分当时称作"专政"的职能。水涨船高,他们所在的这个区既保留了建制,又扩大了"地盘"和下属,不论在工业生产方面还是文教、政法、党务方面,区级领导机构的实权全面充实扩展,成为正儿八经的一级组织而不是原来那样更像是市级领导机关的派出机构。各单位纷纷增加房子增加人、增添处室、增添设备车辆,同时任命了许多"官"。青年干部对这些与升迁待遇有关的事儿本来是不大好意思研究的,但是老同志们都很在意也很坦率。他们说,这次区划调整的最大意义、与他们每一个人关系最大之处,还不在于地盘、权力、部属,而在于级别。过去,级别不明确,实际上是把这些市辖区作为县级单位来对待的。就是说,这里的区委书记与县委书记、区长与县长同级,那么这里的团委书记、文教科长呢,就是与县级科长亦即乡长同级。此次区划调整后,明确了区委是地专级。那就是说,书记是地委书记级、区长是专员级,团委书记呢,就是县级起码是副县级了。大大小小有个官衔的都自动晋升一级,上哪里找这样的好事去?

年轻干部听了倒也明白。自然,我们的领导干部是不能用旧社会的官僚来比拟的。我们的生龙活虎、大公无私、舍生忘死、苦行献身的干部怎么能和旧社会那些脑满肠肥、作威作福、昏庸老朽、争权夺利的狗官们联系到一块儿？我们不得不讲一下级别,主要不过是为了解决一点具体问题:生活待遇呀,发文件的范围呀,配不配警卫员呀什么的,而各种待遇上多照顾一点领导同志也完全是革命的需要。平等并不是平均主义,只有王实味①那样的托派坏蛋才会在这些问题上进行挑拨,这是人们早就懂了的。尽管他们把这事看得很淡,他们听了有关升级和调整区划的消息倒也觉得蛮好,这当然不是坏消息也不是毫无意思,他们也不免预测一些情况,不免考虑一下变动与自己的关系,而一些具备某种条件的人也不是不怀有某种希冀、期待。萧连甲分析说:"反正事业发展了,个人也会有发展。我们个人的命运和党的事业是密不可分的。我们的事业前途无量,我们个人的前途也是无限光明。我们怎么能不是乐观主义者呢？"

经过了好一段非正式的传言和议论以后,终于,八月份极其闷热的这个周末下午,赵林、祝正鸿双双被叫到市里开会:调整升级方案终于定下来了,方案"揭锅"了。与他们这一些青年团干部最有关系的事情是:增人,一举新添五人。设部门机构,并分别任命萧连甲、钱文、周碧云、洪嘉为四个部门的负责人。任命祝正鸿为第一把手。调赵林去湖南参加土改,任地区工作分团的团委书记兼一个乡的工作队长。

事前虽然不无所闻,毕竟自由主义的传闻(那时"小道消息"这个词儿还没有出现)是不作数的。正式以军令式的组织决定的名义隆重发布,给人的印象便大不相同。祝正鸿不论怎么样谦恭谨慎,用劲夹紧尾巴、低头、眨眼、弓腰、含胸,表现出一副极其收敛的形态,仍然掩盖不住他眼中放射出来的"人逢喜事精神爽"的闪闪光芒。赵林不论怎么样努力开朗自然,抬头、挺胸、粲然微笑、露出一嘴的小白牙,并且表示无条件服从组织分配,热烈欢呼自己得到了下去搞土

---

① 据悉,王实味的问题已平反。

改、受教育、长见识的机会，而且还慷慨大方地祝贺正鸿的被任命……他仍然掩盖不住自己眼中流露出来的困惑不定。领导会后留下了他，告诉他要他去搞土改是对他的极大关怀爱护信任培养，告诉他目前党的事业发展迅速，一日千里，气象万千，为党的事业输送大量优秀干部是青年团的责无旁贷的任务，一俟他土改归来，他将另有重任。说的话极其美好，空前美好，使他心窝里暖烘烘的。说完，当他骑上自行车往回走的时候，心里却又七上八下起来。

究竟这是对他的培养爱护还是变相处理呢？他闹不清。说是爱护吧，难道不可以把他任命成第一把手再叫他去搞土改？又不是一去不复返。说是变相处理吧，为什么不和他明说呢？光华女中讲话的事，春游当中违反民族政策的事，不是已经查过，已经折腾了个六够了吗？难道真的就因为这个要把他调开？病从口入，祸从口出，古人总结的真是精辟啊。祝正鸿除了话少一点感情淡漠平庸一点以外哪一方面也远远在他之下，但是他不声不响蔫不出溜儿地就当上了第一把手。其实从条件看来，他不但排不到第一位，也排不上二三四。他们几个"骨干"都是入党几个月就迎来了胜利，赵林最早，是一九四八年春季入的党，这毫无疑问地说明他是他们当中的先行者、老资格，他们大家也都是服气的。萧连甲、钱文是初秋入的党，是第二茬。萧连甲太骄傲，再说他另有志趣，左一张报纸右一个刊物上发表文章，他自以为快成艾思奇了。而钱文，年纪太轻，这才刚刚满十八岁，刚刚要讨论他的候补党员转为正式党员的事。这两个人根本无法与他相比。再往下，周碧云是天津解放以后才入的党，根本不能算是地下党员。祝正鸿入党比周碧云还晚三天，只不过他那时是在北京不是在天津，北京解放得晚，他才算了个地下党。他们更是与他拉开了距离了。所以，老老实实地说，他对于祝正鸿的被任命一百个不服气。他实在难于相信这项任命是真实的。他感到了一种不公正和这种不公正引起的不快。一想到祝正鸿那宽肩膀大眼睛和他的从不暴露真实思想的惯常的笑容，他就油然而生反感。他猛地意识到，这是嫉妒,他被嫉妒的感情噎得胀满,而嫉妒是剥削阶级的最丑最坏的货色。我难道连这样一点点算不上考验的考验都经受不住么?这是不是对党不信任呢?领导上对他讲了此种安排是对他的培养器重,他有什么理由不相信而自行猜测、自寻烦恼去呢?如果碰到这么一点小事就不相信党,天啊,以后会发展成什么样?铁托、拉伊克、张国焘,还有托洛茨基、布哈林、季诺维也夫……不都摆在那里了么?他脑门子上冒出了虚汗,开始责备起自己来了。

也怪,越是责备自己,反而越能做到心平气和了。只要坚定不移地相信组织,就不会有任何思想问题了。这是绝对的喽。他又想,土改分团的团委书记,这职位也不能说就低了。洪嘉周碧云也都写了申请要求去搞土改呢,她们是真想去啊,却没有让她们去啊。搞土改,毕竟与在城市里做青年团的工作不一样,不是讲讲话唱唱歌发发言喊喊口号的事。俗话说:"党有权,政有钱,合作社,卖油盐。青年团无权又无钱。最可怜,是妇联。"这几句话是领导作报告时作为"怪话"即错误论调来批判的。今天赵林想它起来,却用来安慰自己,解决起自己的思想问题来了。

一路骑车一路思想,等回来了他已经平静了一些,并为自己的平静下来而自豪——他已经老练一点了,他已经能够经受一点考验了。来日方长,他的去参加土改和调离现岗位说不定是一件大好事。再分配工作,就该是有实权创实迹真正一展身手的岗位了。如果说是赛跑,他不但谈不上是跌了一跤,连打了个趔趄也算不上。等待着他的说不定是更新的机会更宽阔的前程,他提前进入新起跑线开始第二轮比赛。这怎么能说是不好呢?他又笑,原来自己对于一些人看不起青年工作是非常反感的,自己一直认为青年工作是非常光荣美好的,而现在,自己也从完全不同的角度来考虑问题了。处境不知不觉地改变着人,而人,是多么有意思的动物啊。

差不多直到放车锁车的时候他才想起了林娜娜,林娜娜还在等着他。他本来约了林娜娜早一点来,他们一起吃晚饭再一起出去逛公园呀什么的。没想到临时通知开会而且开得这么长,开完了还留下他谈话,话也谈得不少,现在已经是七点半了。

"娜娜,娜娜,"他冲到自己的办公室里,"让你等了这么久。你几点来的?"他心疼地问。

低着头的林娜娜抬起了头,她的目光相当疲倦。她没有说话。

"你还没吃饭吧?哦,饿坏了,饿坏了。你等了我好久了?"

"……四点半……"林娜娜没有把话说完整。

"这么说,你等了三个多小时?他们没告诉你我去开会去了?他们没有说是特别重要的会?是的是的,我工作要调了。"

"噢?是么?"林娜娜的反应远远不像他预期的那样强烈。

"这三个小时你都干什么了呢?"赵林问。

"……什么……都……没有干。"林娜娜缓缓地说。

"你没有看书?没有做作业?没有做习题?背点单词也行啊。"赵林着急地说,"我对你讲过许多次了,你来找我的时候,要带功课,要带书,课外书也行,当然了。三个多钟头,相当于四节——至少是三节自习……你怎么把这么宝贵的时间白白地浪费过去了呢?"

"我不爱学习了。我不想学习了。我想退学。上着课我也常常想起你来。你批评我为什么不带着功课到你这儿来,你这儿是自习室么?"林娜娜咬着下嘴唇,愤愤地说。

赵林似乎受到了意外的一击。林娜娜从来没有敢这样与他说话过。他慌乱了而且感动了。他慌乱得失去了自信,莫非因为他要调工作,娜娜也对待他不一样了?这是想到哪儿去了呀!不,不,当然不可能的。娜娜的话完全超出了他理解的限度——一个非常好(难道能不是非常好?)的女孩子,一个十分积极、一贯积极(否则怎么可能与他好起来?)的中学生,一个青年团员、团总支部宣传委员、学生会文体部长、团员、干部(毛主席说,青年人要做到身体好,学习好,工作好。)就更要各方面好了又好。怎么可以说出不爱学习不想学习想退学这样的话来?他感动得热泪盈眶。他隐隐感到,这里面包含着他们的恋爱,他们的热情。她是用加倍的热情来回应他的追求与爱恋的。他爱林娜娜,但他更爱他的工作。林娜娜爱他,可就胜过一切压倒一切了。"我会毁了她的。"他模模糊糊地想。他不自主地也流出了泪。

他带她去十字路口去吃牛肉大葱馅饼。吃馅饼的时候他们只谈"你喜欢韭菜馅吗?"和"馅饼和锅贴,包子和烧卖,蒸饺和煮饺……哪个更香?"林娜娜轻松了些。赵林也轻松了些。然后他们走在大街上,觉得闷热得要死。赵林便建议他们去信远斋分店喝酸梅汤。这个字号的酸梅汤已经有上百年的历史了。不知道是同治年间还是光绪年间它的酸梅汤就出了名。他们走上分店的高石板台阶,他们要了酸梅汤走到里面座位上去喝。这一类点心铺都设几个座位,摆两三张桌子,六七把椅子,位置一般设在从铺面通向后室的狭窄的过道那里,别有一种幽暗、柔和和随意。而且桌椅都那么老旧,它们像是你的老朋友,从来就是这么一副面孔,因而毫不引人注目,毫不需要顾及,不会分你的心。他们喝了一口酸梅汤,惊人的舒适使他们几乎跳起来。冰凉,酸甜,桂花的温厚的香味和乌梅的生涩的酸味结合在一起,又刺激又熨帖,十分地顺口却酸涩冰冷得令人咋舌。算是一味药材的与众不同乃至桀骜不驯的乌梅,经过大众喜闻乐咹却不免流于媚俗的桂花和白糖的装点补正,变得这样普通新奇,俗雅适度。他们喝了几口,烦躁的暑热立即缓解,冲动不安的心情立即平和,龟裂的灵魂得到了灌溉,焦渴的生命渗透进甘霖。他们都笑了,他们都舒服得呻吟起来,然后舒服地喘气,然后大张开嘴叹气。然后你看着我笑,我看着你笑,又一起大笑起来。

在这个幽暗的过道,他们的失态没有引起任何人注意。这个过道成了他们的瞬间的天堂。而他们成了天使。此后,即使他们下了"地狱",他们也不会忘记这次天堂的经验了。

不再有人谈论工作变动也不再谈论上学,在完全不同的"世界观"和心绪当中他们从信远斋分店走到了街上。他们东走走西绕绕,突然电闪雷鸣来了一阵豪雨。他们到一家已经上了板的绒线店门洞下面躲雨。他们不由得你搂着我我搂着你。还有一对比他们年龄似乎大一点的情侣奔跑过来。他们的衣裳已经淋湿,他们紧紧依偎着避风寒,这两个人的亲热劲儿使另两个人心跳醉迷。这个男子个子高高的,远比赵林英俊洒脱得多。他的女伴脸太方颧骨也太高,虽然看得模模糊糊,赵林也可以无误地判断她远远不如娜娜。这很有趣。他们一面压低了声音说话一面笑一面依依偎偎的样子显得很美。他们好像是一面镜子。赵林似乎看到了自己,幸福美丽,而且他更自豪更满意,归根到底是他自己更可爱娜娜更可爱。他需要娜娜就像夏天需要酸梅汤一样,没有酸梅汤的夏天是枯燥的干渴的烦闷的和空荡的夏天,没有林娜娜的赵林是枯燥的干渴的烦闷的和空荡孤独的赵林。当然,娜娜比酸梅汤宝贵得多。他不能没有娜娜。他失去了那个高个子的舞伴,这是他的福气,他才有了娜娜。他赢得了革命,赢得了胜利,赢得了进步,赢得了生活,赢得了爱情。他已经赢得了很多,今后要赢得的更多。雨水溅到他们的脸上,雨声兴奋嘈杂奔放,雨气清新爽利鲜活,他把娜娜搂得更紧了。凉爽中他感到了娜娜身体的温热和柔软。他闻到了她头发上的檀香皂的气味。在那个年月檀香皂已经算是很奢侈了。娜娜身上的一切,不论是纯朴还是奢侈,不论是顺从还是别扭,不论是惊人的美丽还是时有的退缩和呆板,不论是团支部学生会干部的身份还是不再想上学的警报,身体、学习、工作三好也罢,三不好也罢,突然都那样的令赵林叹服,令他爱恋崇拜痴迷。他突然不觉得自己很棒很高明伟大超群而娜娜很渺小很无知幼稚平凡了。他忽然觉得自己一无可述而娜娜却像女神一样的纯美清明,像——牛奶一样细腻,豆腐一样柔嫩,酸——梅——汤一样可口,花朵一样芬芳,玉石一样无瑕,飞鸟一样喜怒无迹,而自己是那样平庸、粗糙、没劲——连出的汗也是那样羊不羊狗不狗的一股味,实在是难以忍受。他不由得问自己,难道上帝造出一帮男人,就是为了玷污、扰乱、纠缠、欺负乃至侮辱那些可爱而又缺少保护的女孩子么？而上帝造出女孩子来，难道就像夏天造出酸梅汤一样，是为了救援、慰藉、点缀、满足这些贪婪乏味而又粗野的男子吗？他不敢想下去了。他的心怦怦跳了起来。

雨没有完全停，先是那一对走了，紧接着他们也挪动了步子。两对情侣的避雨使那个狭小的门洞变得闷热起来，他们呆不住了。他们漫步在细雨欲停未停的大街上，一阵阵的雨丝飘飞到脸上。突然一个闪电在远方闪起，然后缓缓传来滚滚的雷声。后来雨完全停了。他们甚至觉得雨不应该停得这么快，既然刚刚下得那么大，那么有声有色。他们漫步走到了后海，灯光暗了下来，岸边人很少，城市的这个时刻这个角落会这样幽僻宁静，他们俩都吃了一惊。灯光暗淡以后水里出现了三三两两的星星，依稀还能看见分散成朵的乌云和灰白色的云的倒影。他们在一排新栽的柳树下边走过，一阵风吹落了树叶上的雨珠，他们叫着笑着奔跑。林娜娜不知被什么绊了一跤。她哎哟一声坐到了地上。赵林连忙蹲下来搀扶。他的下巴碰到了娜娜的头发，他痒酥酥的。他不由得把自己的脸贴到了娜娜的脸蛋上。娜娜的脸蛋的柔软细腻清净熨帖使他惊喜舒适得喘不过气来，他销魂了，他融化了，他慢慢地燃烧了，他幸福得想死了。活着的滋味，亲吻的滋味，一个纯洁而又美丽的小姑娘——不，大姑娘的滋味是这样的令人激动。啊、啊、啊！

对于他的羞怯的初吻，林娜娜没有躲避也没有回应。她像傻了一样静止在那里。她慢慢地低下了头。过了很久，她才似出声似未出声地说了一个字："不！"

赵林缓缓地抬起了头。他只觉得幸福极了，为这样的幸福即使付出生命做代价他也是甘心的。即使吻完了林娜娜就要处决他，他也是罪有应得，决无怨言。

"我不希望这样。"林娜娜低声地却是清晰地说。

赵林有点不知所措。内心深处却又是得意的。又终于感觉无趣。远方又响起了雷。"我送你回去吧。"赵林说，讪讪地挪动脚步。

然而这是不可能中止的。事实上从这次以后,他们每次会面都要热烈地拥抱和亲吻。他们吻得一塌糊涂,吻得情投意合,吻得天旋地转,吻得如醉如痴,吻得心荡神怡、难分难舍、如火如荼。他们终于忘记了一切,他们简直不知道这样吻下去会是什么后果。他们吻得要死要活而又死不得活不得。娜娜不再抗议了,抗议也是无用的。他们是五十年代的青年,那时候并没有不准中学生谈恋爱的规定,但他们又都自觉地守着铁一样的界限。亲吻,已经是他们的爱情的最高形式了。

他们吻进幸福的死胡同里去了。他们不再能滔滔不绝地交谈。他们不再能自然而然地散步、下棋、听音乐、吃东西。他们在一起的时候,谁也不说,但是都在等待那陶醉热吻的时刻。林娜娜看着他,又赶紧躲开了他的目光。她可能在想,他又要吻我了吧?他为什么到现在还没有吻我?他哩哩噜噜地说许多没有意思的话做什么?他究竟应该算是太胆大妄为,还是太胆小了呢?我一个女中学生让他吻成这么个样子,这是不是一场灾难呢?

而赵林想的是,她为什么心不在焉?她为什么不谈谈自己的学习、工作、思想问题?为什么我对她讲上一百句话她才回答三两句?她只是在等待我的亲吻么?她是多么可爱哟!她的脸蛋,她的嘴唇和嘴角,那曲线那纹路,那端正的鼻梁和逗弄人的鼻尖,那似嗔又喜的饱含柔情蜜意的嘴唇,怎么能不快一点去亲吻呢?而这令人心慌意乱的亲吻,又是怎样地破坏了他计划好了的与她的大有裨益的、帮助她振奋精神提高学业争分夺秒与时间赛跑的谈话呀!

赵林不可能想到,他们俩感情发展得越快越亲,娜娜便越想着把自己从感情的没顶的深潭中解救出来。与他们的爱同步的是林娜娜逃离他的决心与计谋。她总是不能战胜自己,她总是越陷越深,不可开交,越深越不可开交决心就越大。这几乎是一场大灾难了。初恋哟!

在调整区划以后一个多月,赵林去了南方。他来过几封信,讲他的土改见闻和江南风情见闻,基调仍然是夸夸其谈与得意洋洋。祝正鸿管起了工作。如果说赵林是以巧取胜以热烈红火取胜,那么正鸿便是以拙取胜以谦虚谨慎取胜。而革命队伍的习惯共识是拙大大高于巧,拙者大巧,巧者见拙,谦虚谨慎也大大高于热烈红火。谦虚谨慎者深沉冷静心中有数之谓,而热烈红火者紧贴着幼稚浅薄浮躁之谓也。正鸿的被任命,一开始虽然也有一些眼光和说法,后来各方面的反映还是越来越好起来。祝正鸿是个当领导的材料,一起步就表现出来了;你不信也是不行的哟!

新调来了五个人。头一个叫高来喜,小伙子长着一副娃娃脸,上挑的眉毛和眼睛,是单眼皮,但是目光炯炯有神。个子不高,但是有足够的活泼与健康,配上他那孩子气的样子,你觉得他的个头也可以了。他说话是山东口音,一张口声音就大,而且越说声音越大。他头一天来报到,向张雅丽交介绍信,就听见他喊叫起来,招来了许多人来看——还以为是张雅丽与人吵起了架。小高——人们见到他第一眼便会情不自禁地叫他小高——是从老解放区鲁西南地区招收来的中学生,他到北京是受机要工作的培训来的。后来说是机要工作用不了那么多人了,而群众工作、青年工作又急需一大批年轻的干部,他便转到了这里。据领导掌握,很可能他是因为有某种问题(亲属中查出地主、富农来啦,有海外社会关系啦或者培训期间爱说个怪话呀,有一次请假到时未归呀什么的)而从机要部门淘汰下来的。但这种"淘汰"与其说是意味着本人的缺陷,不如说是意味着某个工种的要求挑剔苛刻出奇拔尖。这种淘汰与报考飞行学校被淘汰下来差不多,实在并不意味着自身的不健康。这样,淘汰他的机构并没有讲他一定是哪里哪里不合格,接受他的机构也没有追问他到底有什么问题,连他自己也是一声令下说走就走,兴高采烈,不背包袱。机要单位管得太严了,按他的活泼愉快的个性,说不定他正希望改行呢。

他一到这里就受到了大家的喜爱。他的方脸,他的浓眉,他的厚嘴唇,他的上翘的鼻尖,他的亮眼睛,他的响亮自信既天真又豪爽的口音，都带来了一种既不同于大城市的学生娃也不同于老解放区来的工农干部的新的气息，表现着新生活新社会里的新一代外省青年的光明的朝气、当家做主的冲劲、翻身解放的喜兴和"小地方"人的特有的质朴。他之所以备受欢迎还因为他的小未婚妻，他的"对象"。他是由那个女孩子陪着来的。她叫卞迎春，矮个子，辫子倒挺长，眼睛比高来喜还大还亮，不笑也隐约看出脸上的酒窝，额头上飘洒着一些自由灵动的碎头发，她更像小孩子，样子又甘甜又机灵，样子比高来喜还要可爱三倍。她与高来喜亲热得如胶似漆，当着大家也不避讳，甚至是有意识地表达她的情有所钟，终身有属，她已经是高来喜的人。她与来喜越亲热就越是表示她的"从一"的决心与绝无轻浮风骚余地的自觉。她是小高的同乡同学，一起到北京接受培训来的，结果她合格了而小高被"淘汰"了。她特别亲热地来送小高到新的工作岗位报到似乎也有强调自己的感情始终不渝、不受小高的工作变动影响的意思——是啊，她怎么可能预见得了他们的从此分道扬镳的连锁后果——多米诺骨牌效应？在这个时候，一切照旧，天长地久，他们俩亲热得令新婚者们也羡慕不已。她相信小高，小高相信她。两个人一样的天真纯洁质朴。她怎么可能预感到从此开始的人生歧路的纷纭、迷茫、诡异、凶险、幻化和色彩缤纷、气象万端呢！他们自己想不到，别人也是绝对想不到的——即使是最有经验，最有想象力的读者包括同行，我深信你们没有一个人读小说到这里能想象得出历史将会把卞迎春打扮成一个怎样——一度怎么样惊天动地的大人物大角色！那将是另外的书里的事喽，当然。请继续读下去吧，请了！

历史的想象力常常会高于小说家的想象力。

新调入的另外两个人是从取消建制的那个区里来的。一个叫凌函栋，东北人，大个子，厚嘴唇有一点向外翻，健壮和质朴远远盖过了他的或有的丑陋，而且，他的到来似乎有助于弥补他们的集体形象——他们整个说来，个子未免偏矮，只有李意个儿高一点，但他又面黄肌瘦。据说凌函栋的父亲是在伪满洲国的警察局当过科长,东北解放后不久就被逮捕处决了。"恐怕有血债",知道这个事的人包括凌函栋自己都这样说。因为有血债所以被处决了,因为被处决了所以一定有血债,他们都这样想。凌函栋一直非常要求进步,在东北上学的时候因为救火受到了东北行政区首长的接见,后来就越发蒸蒸日上,作为老解放区支援新区的优秀青年干部来到了北京。据说他与他的很像是有血债的老子界限划得很清,别人问到他的家世,哪怕完全无意寒暄,他也会主动告诉人家:"老混蛋吃了一颗'黑枣'(指枪弹),受到人民的惩罚啦。"那是个咸与革命的年代,没有人怀疑凌函栋的革命性。听到他的老混蛋吃黑枣论,大家禁不住要为他的坚决与开朗鼓掌,真要鼓的时候却又有一点鼓不出来。

另一位女同志名叫刘丽芳,她的最突出的特点应该算是她的头发。任何人一见她就会注意到她的特别浓密黑亮的头发。那时候的女青年都以剪短自己的头发为风尚,刘丽芳的头发其实也没有敢留得太长,她这么一扎那么一绑,不知道为什么就显得头发那么多。她走到哪里都觉得她的头发晃眼,她的头发在众人的眼前晃晃荡荡,飘飘悠悠,忽忽闪闪,令人心绪不宁。她说话的声音也有些与众不同,一面说话一面大声地喘着气,夹杂着太多的嬉笑、惊叹、噘嘴、呻吟和太多的象声词。她的言谈中常常夹带着又像哭又像笑的声气——应该说是气声,虽然那个时候还没有这个词儿。她的说话从来不仅仅是表述辅音元音形成的字、词、句,而是语言、呼吸、感叹与象声的全体出动,挟有全方位的感染力。

她是一个不算出类拔萃却确实引人注目的女青年。她的绰号叫"刘巴",这本是苏联的"柳德米拉"的爱称。到这里不过几个小时,就都知道刘巴了。

还有一个女同志堪称成熟丰满,身体的一些部位鼓鼓胀胀,眼圈褐黑,睫毛浓重,手大脚大。她名叫闵秀梅,从一个部队文工队转业而来,据说当过演员和创作员,终于搞不出什么名堂来了,自己要求转业到地方。她的到来在男同志中引起了一阵激动,她似乎有一股明显的诱惑力,虽然她不声不响,衣着朴素,面色略显苍白。她是和凌函栋一起来报的到。第二天凌函栋就没完没了地与她纠缠上了。凌函栋追着她说话,帮她打扫办公室,给她打开水,又拿出自己的几本翻译小说,主动推荐给她看。他的殷勤的异常性很快被闵秀梅察觉,她开始躲避他。这时她受到了区属一个工厂的党支部书记的追逐,她又开始躲藏。此外一星期以后她收到了两封热情友谊的信,写信的人到底是谁,她实在想不起来也闹不清楚,但写信的人的口气都像她的老相识老相好。她不得已刚调到这里便向领导求救,她表示非常苦恼,她表示她至今并没有碰到一个令她动情令她倾心的人。她在文工队的时候也是这样,像兔子一样地被一群狗追逐,结果人人都认为是她不好。她的最大的恶德便是没有找到一个男同志明确要嫁给他。"这算我的什么毛病呢?"她问祝正鸿,"我其实刚刚二十一,可能是因为我有点胖的关系吧,人们老想着我不小了,该结婚啦,甚至于他们看着我不像丫头啦,真气死我了!"她讲得极为坦率大方,祝正鸿反而有点不好意思。除了安慰她并且请她相信大多数同志是会理解她也尊重她的以外,祝正鸿甚至包打天下地答应替她回复一些似乎对她想入非非的男同志。祝正鸿真的这样做了。别人还好说,只是凌函栋听完祝正鸿的代闵秀梅婉转拒绝的谈话以后,脸色变得非常难看。他的样子几乎可以说是像判处了死刑的犯人。事后连祝正鸿也想,闵秀梅长成那样一副肉肉头头的样子,而又不明确找一位未婚夫,恐怕确实是一个缺点了。呜呼,人的缺点也太多了,组织上帮助他们克服,又怎么帮助得过来呢?

  最后一位新同志叫王大新,又高又黑,说出话来谁也听不懂,问了半天也问不清楚他是福建人还是浙江人,反正北方人听着他的说话觉得他是在咬牙切齿地嚼自己的舌头。他已经有一点秃顶了,同时胡须很茂盛,四肢上的汗毛也很显眼,这使他看起来似乎有点脏乎乎。其实他每天都要洗许多次脸,冲几次澡,而且常常嘲笑北方人晚上睡觉居然不洗脚。他来报到的时候带了两个大柳条包,洪嘉说:"嘀,是个有产阶级!"他解释说:"嘘……嘘……"大家不懂他说的是什么意思,便益发地笑起来。最后才明白,他说的是"书"。他确实有许多书,除了"干部必读"、毛泽东著作、列宁斯大林著作、青年思想教育著作以外,他还有线装书与外文书。他把一部分常用的书摆在自己的办公桌上,几乎占据了三分之二的桌面,其余的书放到了宿舍床下。萧连甲、钱文、祝正鸿听说他称(读趁)书,都来拜访过,要求参观他的书。他找出了若干本,他们翻一翻,既弄不清也记不住书名,更对书的内容莫名其妙。他们对于王大新的藏书实在难以产生任何印象,也再不发生任何兴致,但是都带走了一团狐疑:这究竟是一些什么书呢?读这样的书究竟是为了什么呢?把这样的书——不是革命理论,不是工作指导,不是俄语,不是文艺也不是工农速成中学的文化课本——装到柳条包里,扛到这里来,又是所为何来呢?

他们便觉得与王大新确有一些距离。王大新是从一家报纸那边调到这儿来的,他们不能不琢磨组织上把大新调到这儿来是否英明了。当然,组织上的任何决定都是有自己的道理的,如果他们一时没有琢磨透个中的道理,那很可能是由于道理的深远,过一段时间,他们就会懂了的。同时,他们也感觉王大新这样的人的来到使他们这个集体变出来了一点花样。如今来的这些同志,哪怕是积极进步的青年团员、共产党员,也难得找到像他们一样的百分之百的革命的了。王大新是一九五〇年入党的党员,其余四个都不是党员而只是团员。不能说这五个人有什么不好不对劲,但是显然这五个人的革命感情革命气质没法与原来的人们相比。他们谈起革命来远远没有那种激情,那种神圣的庄重,献身的决绝,也缺少那种使自身成为一个理想的超凡的革命者的渴望。他们也做工作,没有发现谁不积极,但是工作完了他们显得与普通人没有什么两样。他们至多可以与张雅丽李意万德发差不多,却永远体会不到那些地下党员献身革命的悲壮崇高。伟大的革命呀,在你大获全胜以后,在人人都革命——除了吃了黑枣的反革命以外——革命与吃饭一样普通和普遍以后,该怎么样培育出真正足够伟大的、当年只有少数先知先觉才具有的崇高革命意识来呢?

两位女性到来后不无波澜。原来的三位女性对这二位似乎并不怎么中意,洪嘉还磨叨过闵秀梅像个白白胖胖的家庭妇女,而刘丽芳又小资产。"她们都有点儿'非政治化'",洪嘉不知道从哪儿找了一顶"非政治化"的帽子,给她们扣上了。什么是"非政治化",他们也许说不大清楚。还是很早以前,他们去听理论讲座,听到过这个词。讲演者说是革命领袖曾经指出:知识分子的最大缺点是思想空洞而行动动摇。要治这种知识分子病,就要实现知识分子的大众化与政治化。他们觉得讲得很好,很精彩,而且是现有的学习材料上所没有的。他们后来都希望自己做到大众化与政治化,他们是有意识地这样做的。如今虽然并没有多少事实根据也没有多少芥蒂,但是经洪嘉一说,他们无法不承认,这二位就是有"非政治化"的那种味道。

不知道是难辞其咎还是巧合而已,反正自从这二位女同志——其实也应该加上那三位男同志到来之后,他们这里的生活方式生活气氛发生了变化。首先是星期天,已经很少有谁把会议、听汇报安排在星期天了。到了这一天他们回家的回家,会朋友的会朋友,看电影,听音乐,逛公园,轧马路,各行其是。甚至于从星期六就有了周末气氛了:打电话,订约会,洗澡理发换衣服,每个人都忙自己的,顾不上其他人了。其次是平常工作日的晚上,也越来越多地用来料理自己的事或者用来休息了。不休息也没有过去那么多事情可做了。学校的学生晚上要上自习,上级已经屡次指出:学生的主要任务是学习,青年团的工作只能促进而不是妨碍学习。工人的任务是生产——上级的指示同样分明而又准确,上完一天班,他们还能有多少精力与时间和你们一起谈论分析研究讲解归纳表白……呢?

五位新同志到来之后不久,他们搬了"家"。离现在的地点不远,盖起了一座小楼,专为区级的工会、青年团、妇联办公用的。他们的办公室条件大为改善,祝正鸿、萧连甲、周碧云、钱文、洪嘉都各有了一间办公室。其他人两三个人一间办公室,除非到会议室专门开会,他们很少聚集在一起,这与过去可是大不一样了。当然,饭厅也是聚集之所,但是那里不仅有他们,而且有工会和妇联的同志,这些人的气质是另外的样子,他们的谈话内容要实际得多也平凡得多。回想过去动不动聚在一起,又说又笑又唱,互相关心批评督促,比兄弟姊妹还亲,成为一个不可分离的不但是政治上的与工作上的而且是情感上生活上的共同体的岁月,钱文甚至惘然若失:那最崇高、最辉煌、最纯洁、最无间的一段堪称是共产主义的英特纳雄耐尔式的世界大同式的符合人类理想国模式的集体生活,难道已经成为过去了么?他曾经有几次晚饭后站在楼道里不进屋,轻声地、逐渐放大音量地唱歌,唱他们最爱唱的苏联电影插曲"不在那遥远大海的彼岸,不在那汹涌波涛那边……"他期待的是应和,他也不是没有得到应和。一次祝正鸿走过这里和着唱了一句然后微微一笑进了他自己的办公室。一次周碧云走来听到钱文唱歌便高声应和,她的声音使整个楼颤颤悠悠,萧连甲跟过来嘘她。而且,周碧云那时候正为与舒亦冰的旧情难舍而狼狈不堪——满莎已经正式宣告要与她的资产阶级恋爱观作斗争,而钱文虽属旁观却对周碧云在爱情婚姻事情上的表现而遗憾,即使没有人嘘,即使他们一道唱下去,唱个不停,也已经变了味,大大地变了味喽!

莫非是因为结婚?他们为什么这样忙忙匆匆地去结了婚!结了婚以后不由得疏远了集体,即使是完全无意的也罢。

莫非是因为搬家?一人一间办公室,这究竟是好还是不好呢?如果他们不是工作在各自的办公室,如果他们是处在同一条战壕里,甚至于他们是被敌人投入了同一所监狱,如果他们在一个方队里端着刺刀向敌人冲锋,他们得到的将是怎样的伟大激昂的体验!

还有新来的这几位同志。刘丽芳的秀发和"气声"委实引人注目。特别是小小的高来喜,一听到"刘巴"的动静就看傻了眼,嘴巴张开都合不上了。在他的小小的村镇和严格的培训班里,他显然从来没有接触过这样的女性,刘丽芳的形象、举止和声音已经使小高叹为观止。闵秀梅走到哪里都吸引着男子的目光。凌函栋虽然已经被正式拒绝——而且是通过组织拒绝的——了,他一有机会仍然垂涎欲滴地盯着她,他的这种目光首先不是使被盯视的闵秀梅,而是使所有的男同志大为反感。反感也罢,男男女女都渐渐注意起自己的外表来了,说话的调子也开始变得温和了。最后,对她俩不以为然的洪嘉,也含笑欣赏起闵秀梅的丰满与刘丽芳的风骚来了,她埋怨了几次,如果没有新的契机的提供,她也就不再埋怨了。还能怎么样呢?

李意有一次含糊不清地发表感想说:"刘巴、小闵的到来,对于我们是有一定的催化作用的……人大心大了啊!"

没有人弄得清楚他的话的意思,但也没有人不同意他的话。

第 十 八 章

李意与袁素华相好起来之后,常常禁不住要表达自己的踌躇意满,喜气洋溢。"素华给我来了两次电话,"他说,而且飞速地去掉了袁字,只讲一个素华,有意显示他与她的亲昵已经不同。"我们昨天晚上在北海公园划小船,"他一边说一边做出划桨的姿势,先是两只手同时在胸前划圈,然后换一种操作方法,一左一右地两手交替上下前后划圈,仅仅做姿势还不算,他这时还要问别人:"你会倒手划吗?"如果你说不会,他就要进一步示范,主动热心传授教会你,似乎他举办着划船培训班。如果你说会或者你也做出同样的动作表演,他就做出一个一手向里、一手向外转的"高难动作",问:"这样转弯,你会吗?"而后两手突然改换方向,说改就改,像正在前驶的汽车突然改成倒车逆行一样,逆过来又正过去。如果这些动作你也都无误地做出来了,他就哈哈大笑,接着说:"晚上划船,和素华在一起,船划到太液池中心,我们把桨一收,随便它漂。我躺在船头,她躺在我身上,上边有月亮星星,四面是岸上的灯火,灯火在水影里头,颤颤悠悠,颤颤悠悠,风吹起来可真凉快……太美了,太美了……你们为什么晚上不去北海? 去过了,去过了……怎么没听你说起过?"

李意还说:"昨儿个我们去看了电影《西伯利亚交响乐》,瞧人家那彩色,那明星……当然是在'大华'了,'大华'的机器最好,哪儿也比不了……不行不行,'首都'哪儿行去? 再说'首都'也不拢音。'美琪'? 谁上'美琪'看去呀,白给也不去呀,倒找钱也不去呀! 什么什么？我们买的是鸳鸯冰棍儿，什么？鸳鸯冰棍就是说两根冰棍连在一起，分……当然掰一下就能分开，奶油白糖香草的。香草你不知道？你怎么会不知道香草？香草饼干你也没吃过吗？"

李意甚至说："我也不声，我也不响，我也不失眠，我也不掉泪……男子汉大丈夫，怎么能为找媳妇的事掉泪呢？我觉得素华对于我真是太合适了。素华愿意跟我，我可真有福气！跟素华在一块儿，不论是吃，是喝，是玩，是说话，是学习，是闭目养神，是什么都不干……我简直跟上了天一样！"他说到这里，好像忽然想起了什么，他收起笑容，认真地说："没有党的领导，没有共同的革命事业革命理想，没有革命同志的感情，无产阶级的阶级感情……哪儿来的我们的爱情、我们的幸福？我和素华说过许多次了：有了党才有了我们的一切；没有党我们就什么都完了！"

大家闻之解颐。

也有时候，李意在忙别的，结果旁人挑逗地问他："怎么样，又和袁素华哪儿玩去啦？"李意翻翻眼，没有多少新词儿，便把已经吹过的再重复吹一遍。旁人挤挤眼，努努嘴，终于还是耐心再听一次。毕竟是幸福的重复，重复的仍然是幸福，不是无休止的重复呻吟，不是牢骚，不是愤愤不平，不是求助，不那么烦恼人。

令人意外的是，洪嘉把这个"问题"提到了党的组织生活会议上。洪嘉说："我觉得李意最近有一点儿翘尾巴，没完没了地老说他跟袁素华的事儿。你平常既不谈学习，也不谈工作，也不谈改造思想了。去年决定延长你的党员候补期时，你表现得什么样，现在又是什么样？你有多少天不找大家征求意见了？你觉得你的思想已经改造好了，马列主义已经学习够了吗……"

说到这里，不等她说完，李意连连摇头："没有没有没有没有没有……"说得又急又快，舌头在口腔里直打嘟噜，脸上显出诚惶诚恐、胆小怕事、傻里吧唧的表情，这种表情在相声"捧哏"的角儿脸上是常见的，这种表情和动作越诚恳就越有哏。大家笑了起来。一笑，李意脸上紧绷着的肌肉才稍稍放松了些。

洪嘉不满地说:"大家严肃一点儿好不好,我们这是在党的组织生活会议上,开展批评与自我批评呢!"

李意便立即习惯性地诚惶诚恐地低下了头。

旁人忍着笑,不得不严肃地面对这样一个实在不知道分析什么好的问题。萧连甲说:"李意主要还是一个思想水平的问题,毛主席说,感觉了的东西,我们不能立刻理解它,只有理解了的东西才更深刻地感觉它。李意谈论各种问题的特点是停留在表面感觉上,他总是不善于概括,不善于使用概念,常常不能够完成从感觉进入思维、从感性认识到理性认识的飞跃。这对于一个一般老百姓来说,根本不算问题。其实这样的缺点我们的许多同志都有,例如洪嘉身上就有。包括洪嘉今天提的这些个意见,就是充满了表面性、片面性、鸡毛蒜皮性。据说延安整风时候,就流行着这样一个顺口溜:'鸡毛蒜皮乱哄哄,争来争去一场空'……马克思列宁主义的学习不仅李意是缺欠的,我看咱们大家都缺欠……"

"我看你这方面并不欠缺。还有祝正鸿也不欠缺。还有钱文理论上我看不赖。还有新来的王大新同志,都是有理论的。"万德发认真地说。说得萧连甲、洪嘉连同李意都没有了脾气。本来,洪嘉提意见的时候李意相当不快,萧连甲一说话,洪嘉又火了:这叫什么话,弄来弄去大家都不行,合着就你萧连甲行,你也太骄傲了,够得上"自大多一点儿——臭"了;洪嘉想跟连甲翻儿,又碍于是组织生活,每人都应该虚怀若谷,急是急不得的。李意听了萧连甲的话反而轻松了些。及至万德发发言,一听,萧连甲又火了,他想问:"你这是什么意思?"然而发言的毕竟是质朴的万德发,而且他还讲到了旁人,实在听不出他的话里有什么讽刺,便又转怒为喜,至少是转怒为无所谓了。

祝正鸿便继续谈起理论学习的问题来。显然他对继续谈李意的问题不感兴趣,也不能老是帮助李意、老看着李意需要帮助呀。

周碧云突然激动起来。她说她今天受到了很大触动,很大启发。已经许多天了,她忘记了自己是一个共产党员,她忘记了朝鲜战场浴血奋战的志愿军战士,她忘记了董存瑞、刘胡兰、黄继光、邱少云……(说到这儿她流出了泪水)她也忘记了蒋介石、李承晚、麦克阿瑟和杜鲁门……他们正千方百计地让我们成为他们的奴隶,他们要把成千上万的喜儿重新送回黄世仁家,使她们照旧被侮辱、被损害、被强奸、被杀戮,还要让成千上万的杨白劳喝盐卤。作为一个共产党员,在这种形势下,即使做到了最好的,仍然是不够好的,离党的要求事业的要求仍然相距十万八千里,"而我……我……最近一段时期……我觉得活着都没有意思了……我在堕落……我真恨我自己呀!"她已经泣不成声,说不出话来了。

大家并没有听明白她那里到底出了什么事,她究竟为什么如此痛心疾首,如此言重。大家想到了她与舒亦冰的事,又摸不透为什么要把这种事说成这么个样子,这几乎令人尴尬。但是大家也都严肃和惭愧起来了,自责起来了,都承认自己确实做得与周碧云一样的不够,如果不是更不够的话。反正是对不起党。会议沉默了好几分钟,人们分担着周碧云的忏悔,分享着周碧云的庄重。

接着是王大新的发言,人们感兴趣的是他的口音而不是发言的他们搞不清楚的内容。大家有点遗憾,周碧云的发言引发的那种严肃沉重的气氛被王大新的南蛮鸟语给破坏了。

李意最后是庆幸的,他没有再次成为组织生活上被批评的重点。他直觉地感谢和拥护祝正鸿,他明白祝正鸿大讲理论学习问题实际上就是为他解了围。如果不是正鸿而是赵林在这里管事,也难说会分析到哪里去。他们实在是太善于分析了,他们只要一分析,他就只剩下五体投地和罪该万死了。

李意总结:无论如何,他还得少说话。他确实认真地反省自己,怎么就那么贱呢?怎么就那么没有出息呢?不说话就会活活憋死吗?说废话对人对己,对党对民,究竟有什么好处呢?这是不是资产阶级的影响呢？对，资产阶级才有那么多空闲时间说废话。工人农民，每天要从事那么繁重的劳动，他们怎么可能有时间，有兴致去说那些个废话呢？不说那些个废话，难道袁素华就会从我这儿飞了不成？不说废话，难道就会变成哑巴啦？可耻的令舌头长疔疮的废话呀！

于是李意转而吹口哨。李意从前喜欢吹口哨，吹的大多是流行歌曲，他吹得声音圆润、抒情，带一种天然的抖颤。只是解放以后，吹旧流行歌儿未免太不革命，吹革命歌儿又不太严肃，他像戒烟一样地戒掉了这个习惯。如今，当他有意识地去戒废话以后，不由得恢复了口哨的"吹奏"，心里一高兴便吹起口哨来。结果，有一次他吹得正高兴，并不爱提意见的万德发说："我老觉得吹口哨有点儿流里流气的。我也不知道我想得对不对。"李意大惊，半天说不出话来也吹不出哨来。他才意识到，他刚刚吹的竟是流行歌曲《五月的风》。幸亏万德发对流行歌曲知道得少，他只是抽象地批评了口哨，没有具体化，如果被具体化了，不定得怎么样帮助他呢。口哨，也不是什么好东西呀。

这以后，遇到因了袁素华而快乐的时候他便不再说话也不再吹口哨，而是自己默默地笑。他笑了，越笑越美。他庆幸自己终于找到了表达自己的快乐的最佳途径。他不再需要旁人分享他的快乐。反正有了素华就行了。反正他的心里只有素华。

有一点，李意有一些放心不下。他几次邀请她到自己家去一趟，袁素华总是不搭腔，就像听不懂他的话一样。也许是"阶级"的关系？也许袁素华不愿意见她的未来的公婆是因为他们的出身不好？总得见一次呀，哪怕他们是妖魔鬼怪，见完了再划界限也不是来不及呀。李意终于正式提出了这个问题："我妈妈想见一见你。这个礼拜天咱们一块儿回去一趟吧。"

袁素华沉默了一会儿。然后她轻轻地说："再等两个月吧，行吗？我，我不想……请你原谅我！"她抿上了嘴，泪花似乎在眼眶里打转,李意便说不出话来。

李意问到她的家的时候她也讳莫如深。"我是个孤儿,我没有爸爸也没有妈妈,我没有哥哥也没有姐姐。我的童年可没有办法和你比……"她又伤心起来了。

"那你们的孤儿院是在哪里呢?"李意问,"南方还是北方? 我听你说话可不是地道的普通话。你们的孤儿院地方大吗?"

袁素华摇摇头。

李意只好转而搭讪别的。一个来历不明的女子,一个来的路隐藏在雾霭里的袁素华。这个想法使袁素华似乎更加矜持神秘可爱。如果她参加"忠诚老实"学习呢? 这个念头在李意的脑海里只是一闪。她不是党、政、群(众团体)的干部,她是不必要参加这种性质的学习和清理的。而他,也不是审(查)干(部)组的组长。他笑了。

终于,在秋风起后,在人们蓦地觉得一个漫长难熬辗转的夏天已经成为过去了的时候,袁素华说,她可以去李意家与李意的父母见面了。李意为之受宠若惊,兴奋若狂。他很下了一番功夫,才克制住自己的冲动,没有把这个喜讯到处告诉人。他深感自己在思想修养上又进了一步,在政治上又成熟了一步,如果当真把这事当做喜讯说出去,只怕会招来更多的批评乃至影响已经延期了的转正——该死的资产阶级呀!

李意把下个星期天带女朋友袁素华回家的喜讯提前打电话通知了家里。他们家有电话,五十年代家里安装电话的还很少很少,除了无产阶级的精华——党的高级领导干部就只有该死的资产阶级了。李意一家都把它看做特大喜讯:长子成家是喜,未来的儿媳很像个样子是喜,不管怎么"划界限"(他们对于"划清界限"的必要性的理解一点也不下于儿子),儿子在结婚以前还是带回了未婚妻、哪怕是形式上履行了对于双亲的感情的与礼法的义务就更是喜了。全家——包括李意已经出嫁了的大姐、大姐夫和他们的两个孩子,两个妹妹(其中一个由于小儿麻痹后遗症而跛足)以及都已在他们家多年的一位厨子和一位耳朵有点背的原籍浙江的老妈子——喜气洋洋、隆重热烈地准备迎接未来的长媳袁素华。

然而,就在袁素华去李意家后的第三天,袁素华一大早来到了他们这里,径直去找钱文。钱文刚洗完脸,正在做广播操。钱文一见袁素华,便说"我给你找李意去",袁素华忙说不必,她不打算找李意而恰是来找钱文的。袁素华拿出一封信,说:"麻烦你把这封信转交给李意同志。对不起。"钱文一惊,有什么事何必要通过他,而且,怎么又"李意同志"起来了?这是怎么啦?

钱文迷惑不解,袁素华微微一笑,转过身,腰肢直直的,迈着类似演员在舞台上的步子,颇有城府地走去了。就像她来只是办了一件公事,就像她来去不过是清晨出操,她的走路是一种形体训练。只是转身的一刹那,钱文恍惚看到了袁素华脸上的凄楚的苦笑。那苦笑的凄楚,是钱文从来没有见过的。

然后钱文把李意找到一边,把信转给他。李意一怔,旋即变了颜色。钱文走也不好在也不好,便后退了几步站立到一个招之即来,挥之即去,不妨碍李意自己读信也不是对这封信漠不关心的位置上。李意连看几遍,面如土色。他招手叫钱文过来,"你看。"他说,声音微弱。钱文把信接了过去:

李意同志:

　　这一段时间与你相处,很感谢你的好意。从你身上,我也确实学到一些东西。

　　但是当事情进一步向前发展的时候,我就不能不做更冷静的考虑了。说实话,我对于你来说,是不合适的。这一点我很清楚,毫不怀疑。我不能,绝对不能做你的终身伴侣。我不能再和你这样来往下去。

　　本来想和你好好谈一谈,又觉得没有必要。这不是一个需要解释和讨论的事情。

　　你会感到意外和不愉快的,我知道。但以后你会明白的。

我不能再那样下去了。真对不起。再一次感谢你的好意。

  祝你

幸福！

袁素华
10.13.

  李意傻了。

  李意给袁素华打电话，袁素华说："信上都写了，不要再讲什么了吧。"她的声音很小很小，听起来就像蚊子哼哼一样，以至一半靠听，一半靠猜，才大致听出了上述的话。微弱的声音里包含着那样一种决绝，李意听了之后便麻木在那里了。他给袁素华写信，心里想，死马也要当活马医。两天以后，信被退了回来，连信封都没有拆。

  这实在不可思议。李意二十好几了，恋爱上不是没有过碰壁的经验，如果一爱就成一追就妥，也许他已经结了婚了，也就没有与袁素华这一段了。问题是袁素华的中途变卦实在莫名其妙，而且袁素华他是真满意真爱上了，不是过去那种试探性的"交朋友"或者上海话叫做"轧朋友"的。他们不是一直很好吗？他们不是已经很亲热、难分难舍、感情已经发展到了妙不可言的程度，结合结婚已经是水到渠成的事了吗？究竟发生了什么事使她突然采取了这样无情的、一百八十度大转变的应该说是横蛮残酷的行动呢？十月十三日，十月十三日，这不祥的"十三"啊！

  他只剩下了回忆自省：他回想起每一个细节每一个过程，他用最挑剔最严厉的目光来审视他在他们中间做过的一切。是不是他打过嗝儿？他肠胃有时不太好，他有时候会突然打一个嗝儿，不雅观、不文明也不卫生。他其实是尽力避免当着袁素华的面打嗝儿的。即使突然打嗝儿他也迅速地用手捂住嘴——这就不是不文明而是很文明的表现了。是不是因为他延长了党员的候补期？也不怎么像，她明确表示过，她不那么喜欢接触领导，也实在不想长期把团的工作做下去。最初，她还问过李意："我不像你们那样要求进步，你知道吗？

我不想再做团的工作了,你不觉得我落后吗?"害得李意给她解释,他心目中的爱情其实是有点"小资产阶级"的,他希望的是卿卿我我,是"但愿人长久,千里共婵娟"。这种爱情是无条件的,与政治思想无关,也与进步不进步、做什么工作乃至做不做工作无关。"我当然不希望我太落后,"他说,"这是另外的事。"他觉得他把非常不愿意说、不好意思也不敢说、不容易说清楚的事情说出来了。他当时还有点激动。

是不是他说的话题有些她并不感兴趣?是不是他送给她的那件衬衫她不喜欢?是不是有一次在大华电影院门口约会他迟到了,使她不高兴了?都不可能。

那么事情出就出在回他们家了。他回忆审查回家的每一个细节。一上来就不怎么对头。老妈子开门,她犹豫了一下,欢呼道:"大少爷回来了!少奶奶也回来了!"李意即刻向她摆了摆手,示意她称呼错了。妈妈见到袁素华,不停地打量她,这未免过分了。然后姐姐、姐夫、外甥、外甥女、妹妹一拥而上,他都觉得不习惯、吃不消了。他们的话都很多,他们对袁素华确实很热情,他们问长问短,问寒问暖,他们说好几句话袁素华才含含混混地吐出几个字。他当时已经觉得不太好,但是他知道素华的脾气,她见了生人,话是不那么多的。

后来爸爸来了。后来他们一起吃饭,大家似乎是在比赛着给素华布菜,她面前的小碟里一会儿就堆成了小山。越堆她就越不吃,再让,她就干脆撂下了筷子。这使李意也觉得未免那个,觉得素华也是别扭,又觉得家里的姊妹未免不识趣,乱哄哄的不像是很有教养的样子。这时一直没有怎么说话的爸爸开始说话了。第一句话便是:

"你的原籍是什么地方?"

她没有回答。

"问你老家是哪儿?"李意似乎怕她听不懂,又给她重复而且"翻译"了一次。

295

"南方。到底是哪儿我也说不清楚。"她答。

李意的妈妈、弟弟和妹妹，互相看了一眼，脸上显出了某种表情。李意心存侥幸，估计素华并没有看见。来他们家以后，素华一直是目不斜视而且不苟言笑的。李意向爸爸做了个眼色，示意他不要乱问。爸爸已经张开了口，显然是打算再问一些有关素华的情况的问题，又被儿子的眼色制止了，仓促改口，便说：

"现在，绸缎生意不大好做。你说是吗？"

"我，我，我不知道哇……"

是的，这次回家有点不怎么对劲的东西。也许不应该回家。也许……但是，说不上为什么，李意坚信袁素华并不是为了他们家的阶级成分而做出了"吹"的决定。在素华接受了钱文转去的他的信以后，他们第一次谈话他已经介绍了自己的家庭出身。显然，袁素华对这个并不感兴趣……那又究竟是为了什么呢？他不但痛苦，而且纳闷儿，这纳闷儿比痛苦还多一些窝囊、憋气，死也得让我做一个明白鬼呀！他恨不得大叫一声：我糊涂，我糊涂呀！而且，自从袁素华给他来了这封"吹"的信，他觉得自己丢尽了面子。他曾经是多么样的高兴呀！他曾经对别人说过多少"烧包儿"的话呀！还是洪嘉说得对，洪嘉批得对，他太烧包儿了。他不但觉得在同志们面前抬不起头来，对家里人他也没法交待了。说到最后反正是他不好，要不然，人家怎么会跟他吹了呢？

李意瘦了，李意憔悴了。他和领导和同志们谈了自己的不幸。这种时候，他确实体会到了组织的温暖，集体的温暖。大家不但安慰他劝解他，而且好几个人颇有点见义勇为、拔刀相助的意思：他们表示，愿意出马去找"小袁"。"我们要劝劝她，不能这么轻率呀！"他们说。先是周碧云，后是洪嘉，然后甚至是钱文，他们都试图与袁素华一谈，起码他们也感到好奇，他们想问个水落石出。一个又一个地"冲"上去了，一个又一个地"败"下了阵来。袁素华礼貌地一个又一个地接待了他们，对所有的问题的回答只有一句话："我们不合适。"

如果你再游说,她便再重复一次:"我们不合适。"或者更强调一下:"我们确实不合适。"

关心李意的同志们一个又一个地把情况告诉了李意,他们恳切地告诉李意,虽然不太合情理,然而事情确实无法挽回。"你就死了这一条心吧,以后还会有机会的……会有更合适的人的。不能勉强,不能将就……要不然会造成一辈子的痛苦。"周碧云说,她的眼泪涌到了眼眶里。

"吹就吹。她不跟你,你还不跟她呢!"洪嘉说,"我也是觉得袁素华有点儿……怎么说呢?反正她可跟咱们不一样。她不把心交给你……这不是无产阶级……算了,我也不说了,要不然好像她不跟你好我们就急了似的。你赶快开辟第二战场吧,勇敢一点儿,千万不要背包袱!"

李意很感谢洪嘉的鼓舞性的意思。然而他觉得不怎么是滋味。

而钱文的话很简单:"问不出来。没办法说动她。也许就这样结束了,生活就是这个样儿的啊!"

李意哭了。他握住了钱文的手。在这一刻,李意给钱文的印象很有些个不同。他甚至于想到,他们素日对他的看法包括他们的支部做出的延长他的党员候补期的决定,是不是太过分了呢?真是没有办法的事啊。他们实际上是看不起李意,他们实际上是觉得李意的革命太平庸、太不浪漫,他们觉得李意缺少才华也缺少激情,觉得李意太不伟大了。他们从来没有用这样的标准衡量老区来的部队来的干部,但是他们对于与自己相近的白区学生干部的要求就特别严格,十分苛刻……加上李意的资本家出身……可怜的李意啊!

李意便只好接受这个事实,垂头丧气、自惭形秽地活下去。但他毕竟自视并没有多么高,他已经习惯了碰壁。他反省,原来那么狂喜那么"烧包儿"恰恰说明了自己不相信这次的与袁素华的爱情能这么顺利,他受宠若惊,他兴奋失度……现在好了,老实了。他不得不自嘲起来。他努力安排自己的生活,他很注意保养自己。他不承认自己还接受家里的财政补贴,但他毕竟花钱比别人宽裕得多。入秋了,他常吃蜂蜜、茯苓饼、云片糕,喝山楂水、菊花水和赤豆汤,他解释说他有慢性肠胃炎,需要饮食上特殊处理。他早早地穿起了一件细线毛背心,换上了内联升出品的千层底条绒布鞋。有事无事他都在吃药:槟榔丸、大山楂丸、香砂养胃丸、六味地黄丸、人参养荣丸,以及鱼肝油丸、维生素丸、爱罗补脑汁,最后还有四季不离的红、白仁丹。他常备有松节油,有事无事地擦在膝关节、踝关节、胯关节以及肩、肘、腕关节上,他常常发出这种刺鼻但不讨嫌的强烈气味,他说这是为了防治风湿。所有这些药都整齐地放在他的六腿桌的右面小抽屉里,与他的一张四寸照片、他写的思想总结材料、他发出了但终于被退回来了的给袁素华的一封悲哀的长信以及一叠购物发票放在一起。

李意买了一个口琴。经过了一段非常乏味的练习以后,他终于能够流利地吹一些歌曲了。他最常吹的是《红莓花开》和《杜鹃圆舞曲》。他只会吹单音,这可能与他的自我保护的敏感性有关。他对于用整个舌头来搞伴音,用整个大嘴含起口琴来吹的演奏方法从生理上难以接受。单音也罢,《红莓花开》使人们想起不久前的、却也已经成了往事的时期,那时候他们谁也没有结婚,那时候他们在一个大房间里办公,那时候他们晚上也不休息礼拜天也不休息,那时候他们常常在一道唱歌,那时候青春像含苞待放的花蕾,一切甜蜜,一切色彩,一切幻想都还包在花骨朵里。《杜鹃》则不仅让人们想起这些,还令人想起他们一些人的婚礼……特别是想起舒亦冰。仅仅过去了三个多月,周碧云谈起——不,她已经不谈舒亦冰了。她已经真的把亦冰忘记了。她漠然地告诉她的同志们,她前不太久曾经对他们哭着喊着倾诉自己的心曲——"我爱的是亦冰。"她告诉同志们亦冰已经有自己的女朋友了,是中央音乐学院的一位毕业生。"比我强多了。"她评论说。她说完又笑了一下。"去他娘的!"她有意为之地学着说粗话。

遇到礼拜六和礼拜天李意就看电影,离延长后的转正期近了,他尽量少回家。最多他可以一次周末看三个电影,星期六晚上看一个,星期日上、下午各看一个。至少,一个周末他也要看一个片子。星期一上班以后,他先和别人交流看电影的情况,大多数情形是他看了,旁人没有看,他便给人家夹叙夹议地把电影说一遍,大声说不合适便小声说。最高纪录是整整一个半天他都用来串办公室给大家讲电影。大家也原谅了他……一则是他失了恋,二则是他的这种生活方式毕竟也是一种生活方式,也有它的道理,它的好处,他的这种话题毕竟也是一种话题,也有它的趣味,它的亲切。接受了神圣的庄严的超人的——如斯大林所说的特殊材料制成的——信条的他们,偶尔俯视一下芸芸众生的生存状态,倒也无伤大雅。

有一次在电影院的门口李意碰到了张雅丽和刘丽芳。他们便坐在一起看了苏联的早期电影《光明之路》,电影描写一个傻乎乎的女工三闹两闹成了名震全苏联的英雄模范。看完电影李意邀她们一道去吃大碗馄饨。奇怪的是吃完他觉得不满意,不知为什么以前认为是珍馐美味的鸡汤馄饨如今吃起来不过如此。这样,吃完馄饨他又拉上她们去喝大麦米稀粥。大麦米粥又黏又滑又浓又甜香,他们喝得都很满意。经过了馄饨,又经过了甜黏浓粥,他们情绪不坏地一起散步往回走。走着说着,他这才知道张雅丽与他同病相怜:张雅丽拔牙结识的病友,那个身材中等偏瘦、肤色黧黑的税务局干部曹志坚,几个月来和她保持着亲密的来往。但是他们始终没有"明确恋爱关系",原因是这里有一个障碍:张雅丽是回族,是穆斯林,而曹志坚是汉族,是非穆斯林。按照惯例,如果一个穆斯林男子娶一个非穆斯林女人为妻,这个非穆斯林女人只要履行程序并坚决从此服从伊斯兰教教规,她是比较容易被接纳的。如果是一个穆斯林女人想嫁给非穆斯林男子,事情就麻烦了——甚至于会引起民族、宗教纠纷。张雅丽很喜欢这个老实而又内秀,年龄比她还要小一两岁的"小曹儿",她这样亲昵地称唤他,这个称呼使她觉得心疼得不得了开心得不得了巧妙得不得了,她甚至觉得她之所以对他一见钟情然后下决心冒着被父母家人亲戚朋友以及自己所属的整个民族反对、愤怒、痛恨、唾弃直至惩罚(按旧时代的说法,被宰掉也不是完全不可能的)的危险与他争取百年之好,就因为他姓曹,而曹字一儿化竟然是那样可爱。设想一下他不姓曹而是姓周,"小周儿",好像是在念咒儿,在骂人,在糟蹋人。如果是小李儿呢,什么小里儿小外儿的,又不是一件花棉袄。她越思谋越坚信她心爱的人必须姓曹,不姓曹的人她死也不跟,而为了这个小曹儿,她甘愿下地狱。

张雅丽把希望寄托在新社会的新章程上。一开始她确实抱着一种天真的英特纳雄耐尔——族际主义的态度,革命了共产了乾坤再造了世界大同了,还分回族汉族干什么?她也确实接触到这样的极革命的回族青年男女,以发疯般地不按穆斯林的戒律办事、以放肆地胡作非为为荣、为革命性的表现,他们革命革得好吓人啊!那么,她爱上一个非穆斯林男子,是她主动去爱的,是她去"俘虏"过来的,她一定会要求他履行入伊斯兰教所需要的一切程序,割礼也成,洗胃也成……她怎么会得不到家人族人教人的准允呢?

终于她到了无法再拖下去的时候了。她先对姐姐说了一下,试探了一下……全家立即紧张起来……显然,她的事情给全家带来了大灾大难……

恰恰这个时候上级来检查他们的"春游违反民族政策事件",为这事批评了赵林,这事影响了赵林的前途,为这事李意做了极沉痛的自我检讨,这一切都是为她做主的,是向着她的。然而同时也使她猛醒,民族的问题,宗教的问题,民族与宗教的差异,这是不能马马虎虎的,这是不能来个不予承认的。她和大家同志也罢,同心也罢,同甘共苦同生共死也罢,唱在一起喊在一起宣誓在一起冲锋在一起哪怕流血在一起牺牲在一起也罢,她与他们民族不同,宗教不同,礼法不同……甚至于连至高无上力量无边的共产党,对此也没有别的办法。这使她对自己的民族、宗教敬畏起来了,自豪起来了,却也突然意识到,新社会也有做不到做不得的事情……她有点失望,乃至有一点悲哀。

结合着处理这次"事件",上级要求他们学习一份发得十分及时的关于严格贯彻执行党的民族政策的中央文件。文件明确规定,异族通婚问题一定要十分慎重地对待,要特别注意少数民族的习惯,特别是汉族男同志,决不可以与穆斯林民族的女同志发展恋爱关系,以免酿成个人悲剧乃至民族纠纷。文件强调,党员团员干部,要严格地执行有关规定。各级领导要注意这方面的情况,对涉及民族关系的问题要及时发现及时解决。整个文件口气十分严肃,斩钉截铁,没留余地。

她仍然没有完全死心。她仍然寄希望于自己的家人族人特别是教人——伊斯兰教的阿訇毛拉们对她的特殊恩宠,对小曹儿的特殊恩宠接纳。她毫无保留地把他们的恋爱所面临的险情告诉了小曹儿。曹志坚太可爱了!他甘愿与她一道冒民族礼法之大不韪,冒最终不得结合的风险,他甘愿等待等待再等待,直等到得到恩宠之日。

然而,他们又面临了领导的干预。不但税务局领导而且统战部的领导分别找他们谈了话。领导不管这爱情是张雅丽的主动,领导认定按政策这事应该由曹志坚同志负主要责任。祝正鸿也奉命与张雅丽谈了话,奉命劝阻制止他们的不合乎政策的爱情。终于,他们顶不住了,他们各自向有关领导做出了承诺:他们将终止他们的来往,他们将终止他们的恋爱——不,他们只承认是有这么一点苗头的好感——关系。张雅丽掩盖自己的情绪掩盖得很成功。这也说明搬到新楼并且各自爱将起所爱来以后,他们互相之间的关心与了解大不如前。李意甚至于不知道她的不幸故事。李意回忆,只是回想起最近有一次她睡着午觉被人叫了起来,那一回张雅丽显出一副那样疲倦而又无依无托的健壮而又懒怠的样子:她的脸红扑扑的,她的身体似乎略有发胖的趋势,她的面部与四肢的肌肉都看着很结实,有一种青春的活力在她的健康的身体里躁动,她个子并不太大却给人以相

301

当的"块儿"的印象,她的"块儿"即她的活生生实在在的肉体给人留下了印象。但是她的面容是困倦的,她的眼睛还因午睡未醒而难以睁开,她的脸上有枕席造成的印子,她半张着嘴打了一个小哈欠……她的体态步态神态使李意模模糊糊地想到一个正在恋爱的大姑娘怎么会是这个样子,李意有点不解。

现在解了。

刘丽芳评论说:"甭管它了。什么这个那个的。气死我了。这么早说定了一个爱人有什么好处?天下的男人多啦。别急于把自己拴到一个男人的裤腰带上。你也一样。"她指一指李意,唱道:

  世上溜溜的男子,
  任你溜溜的爱哟,
  世上溜溜的女子,
  任你溜溜的挑哟……

刘丽芳又说:"祝贺你们!"她朗诵道:

  ……一切都是瞬息,
  一切都会过去,
  假如生活欺骗了你
  那就让我们去骗它吧。
  鬼东西!
  见鬼去!

她能把普希金的诗改编成这个样子,他们三个人笑成一团,她得意极了。李意也几乎笑出了眼泪:"刘巴,刘巴,刘巴,你可真是刘巴呀!"他大叫起来。

刘丽芳接着说:"我赞美友谊,我讨厌爱情。谁向我啰嗦我就把他骂得一头扎到尿盆里去。要朋友,不要爱人。你们愿意做我的朋友吗?"

"当然!"李意与张雅丽同时喊道。他们觉得刘巴的出现真是恰逢其时,有这样一个刘丽芳对于"失恋"者们真是太必要了。喊完,他们忽然发现,那"当然"两个字的喊声不仅是出自李意与张雅丽之口,他们的背后,还有一声"当然"的吆喝。果然,刘丽芳向他们身后的人叫道:"嗨,有你什么事儿呀,你是打哪儿冒出来的啊!"

他们俩回过头,却原来是活泼可爱的高来喜,他眼睛一馎一馎地说:"我刚把迎春送上电车,听到你们正在这里喊口号:'要朋友,不要爱人……'"他尖着嗓子曲里拐弯地学着刘丽芳的声音,学得惟妙惟肖,大家笑成一团。

"去,去,去,这儿没有你什么事儿。"

"我也是你的朋友呀,你不是要朋友吗?报告!刘巴的朋友高来喜同志前来报到。立正!"他把两个鞋后跟砰地一碰,挺直腰板,向刘丽芳行了个军礼。

"你呀,你这样的不要,一边找你的小媳妇儿去吧。别琢磨着我们这儿有便宜就往我们这儿掺和……"刘巴肆意地说。那时候大家还不会说什么"削尖了脑袋""钻进来",那是后来搞运动的时候常用的更加形象化的修辞短语。

他们一起说说笑笑地走回去。由于被拒斥,高来喜不断地与刘丽芳斗嘴。高来喜是故作天真,刘丽芳是嬉笑怒骂,高来喜练"贫",刘丽芳撒野,高来喜憨态可掬,刘丽芳得心应口……李意和张雅丽反倒成了陪衬的了。

从此以后,李意、张雅丽、刘丽芳常常礼拜天结伙游玩,看电影看话剧逛公园划小船喝豆汁吃肉丝炒饼,有时候是走路,有时候三个人拉一横排或者是一纵队骑自行车。他们一起骑车去了一趟香山碧云寺,爬了鬼见愁,欣赏了尚未完全红透的红叶,又到眼镜湖边坐了半天,再骑上自行车回府。他们回来以后筋疲力尽。

与她们一起消磨假日,李意得到了不少调剂和安慰。刘丽芳好像清爽的秋风,自由地吹去又吹来,来去全无痕迹。刘巴又像一团飘忽的火焰,炽热艳丽而不灼人,即明即灭,舒卷随意。像水,俯仰因形,行止天就,荡涤芜杂,清亮透底,不滞不腻。和她在一起舒适而毫无负担,快乐而不劳思虑,滋润却浅尝辄止,真是比与谁在一起都愉快。张雅丽也很实在,说平常事,讲平常话,喜怒都决不扩张,谈笑都自然合度,有她不多,没她不少,但真没有她李意和刘丽芳都避免不了那么一种尴尬,有了她却决没有什么多余。她像空气一样的不引人注目,却又于人大有用处。李意跟她们一起游玩感觉确实很不错,玩完了却又相当空虚,就像一碟清水,被风一吹就蒸发干净,什么都没剩下。李意简直不明白,她们俩也是女人,而且刘丽芳绝对不乏女人的魅力,如果他此前没有碰上袁素华,他会不会去追求刘丽芳呢?这是完全可能的吧?又像是完全不可能。他不知怎么搞的,似乎只能接受袁素华了。究竟是因为他已经追求过爱过素华了,所以只能爱这样的女子了呢?还是因为他只接受这样的女性所以才对素华倾心以至于斯了呢?他弄不清楚。为什么世界上除了袁素华,就再没有别人是素华这样儿的了呢?为什么并不是不可爱的刘丽芳她们是与袁素华这般的不同,为什么她们与他玩得越是熟,越是亲密无间,无话不谈,就越是不动真情,不留印记,不逾界线,不入灵魂,不关心底呢?而袁素华,袁素华,他们似乎还从来没有这样海阔天空地相处过,但一想到她的名字他的眼泪就要流出来了。伤口并没愈合,悲哀并没有消失,他和她们玩得越好,就越显出他的可悲可痛可怜来了。莫非爱情就是这样别扭、矛盾和痛苦,反过来说,没有别扭、矛盾与痛苦的友谊,就永远不会是爱情了吗?

这可真是命啊!

他拿出口琴吹起了单音的《红莓花开》,"河边红莓花儿已经凋谢了",这是歌曲里的一句歌词。他的红莓花儿,真的凋谢了么?

第 十 九 章

　　李意、张雅丽、刘丽芳三个人的共度假日渐渐变成了一些人议论的有趣话题。一些人觉得惊奇和难以理解。说他们是同志关系吧，他们的相处缺少同志二字的广泛性与严肃性——他们的相处实在没听说有作为同志间应有的互相帮助、互相督促、共同斗争的严肃的内容。说他们是朋友，也没见过这样小范围的异性朋友。他们的人数不多又不少：如果是一男一女二人，那肯定是恋爱，如果是五男三女或者是七女八男那就肯定是一个群体。现在偏偏是仨——多别扭的仨！既不是一对一的爱情又不是不分男女的一大伙儿。说是某种朦胧乃至暧昧的感情关系？几个月了，怎么不见"夹萝卜干儿"的——当然是张雅丽了——退出，也没见李意与刘丽芳的正戏开演？说是一种圈子乃至集团吧？更没有发现他们中间有什么政治的、思想的、利益的哪怕是事务的结合。说他们有什么问题吧，实在没有发现他们的聚集与活动有什么损害党损害人民损害集体损害工作的地方。说是没有问题吧，似乎是既不够正常——缺少先例可循——也不让人放心，更不是有组织有领导的活动，他们三个人实际上建立了一种特殊关系。他们请示过、汇报过吗？经过必要的审查和批准以及应有的指导了吗？再说以他们的身份，在一起就玩儿，这像个青年团干部的样子吗？

　　不止一个人找祝正鸿反映这方面的意见。祝正鸿也与他们商讨了这个问题的可能的各方面的含义与解决办法。面对要他找这三个人谈谈话的压力,祝正鸿问,究竟谈什么呢?批评什么呢?制止——如果需要制止的话——什么呢?

但还是谈了谈。既然是领导,当然就有不可推诿的责任。祝正鸿分别与他们交谈,询问了他们各自的工作、学习、生活、特别是思想情况,表达了组织对个人的关心,也向他们提出了一些希望。希望侧重于学习方面:列宁指出要学习学习再学习,毛主席指出我们熟悉的东西有些快要闲起来了,我们不熟悉的东西正在强迫我们去做……我们必须学会我们不懂的东西。还有俗话说学如逆水行舟不进则退,心似平原走马易放难收,以及一寸光阴一寸金寸金难买寸光阴,书山有路勤为径学海无涯苦作舟……祝正鸿讲得尽量平实亲切,把政治语言变成拉家常,这是他与赵林的势如破竹的滔滔雄辩风格不同之处。而且,他回避了他们仨的活动及反映这个不好说明白的问题,他画了"龙"却故意不去点"睛"。他看出来了,被他找来谈话的人在等待他的更具有实质内容的批评指示,他一沉吟,戛然而止,他露出了惯常的宽厚而又略带嘲讽的笑容,他露出了略略有些黄,却是很整齐结实、似乎比常人的略大一点的牙齿。他非常尊重别人地及时结束了谈话。

他们都得到了温暖,受到了督促鼓舞,也都感谢他。为他谈到了的而感谢他,也为他没有谈到的而感谢他。觉得谈与不谈大不相同。人就是需要一些监督、教育、批评或者提示的,谁也不能自发自流。列宁早就指出过,工人阶级不可能自发地产生马克思主义,革命理论需要自外面向工人阶级、工人运动灌输。他们的切身体会证明了列宁的思想的颠扑不破。革命的理论就是这样地被生活所证实,没有一种理论像马克思列宁主义那样能与实际相结合,能够这样清楚地被人们接受。他们随时接受着革命的理论,他们为此不能不感到自豪和幸福。

"龙"虽然没点"睛",却仍然成活了,起作用了。就在这次没有点题的谈话以后,他们三人的自发结合停止了。他们仨不再一起看电影、逛公园了,于是天下太平。

经常找祝正鸿谈话的还有一个人,她就是闵秀梅。她早在原单位两年前就写了入党申请书。这两年当中她亲眼看到一个又一个同志被吸收到党内,成为光荣的无产阶级先锋队战士,她羡慕得要命急得要死,达到了近乎坐卧不安的程度。她不断地找领导征求意见,她想知道自己到底哪些地方不够条件,她没有得到满意的答复,她只是被告诉要努力,怎么努力呢?领导也说不明白。领导让她去找群众,说是光领导没意见了也不行,更重要要看群众的意见。便去问"群众"。群众也弄不清。说是学习不够吧,新入党的一位同志的理论考试成绩远远不如她。说是工作吧,她的工作还常受表扬,她从来是"今日事今日毕"信条的身体力行者,一件事没办完,她宁可开一宿夜车,决不把它拖到第二天。除了本职工作,她还学会了打字,她常常帮助打字员去打字。艰苦朴素,帮助别人,早晨提前上班扫地擦桌子打开水,假日主动要求值班,向支部汇报思想……她全都做了。她实在想不出自己的缺陷在什么地方。她实在再也不能不入党了。

就在这个时候她所在的区撤销了。原来一起的同志们依依不舍地话别。支部书记遗憾地说,解决了小梅——大家管她叫小梅而不是小闵,可能是因为"小闵"的发音容易被误听成"小米"——的入党问题再让她到新单位去报到就好了。现在时间来不及了,就是他们的支部通过了,没有上级党委会的批准也是不作数的。他们准备写一份材料给新单位,说明小梅一贯要求进步,要求入党,希望尽快地帮助她解决入党的问题。小梅听了这话,又高兴又觉得可惜是马后炮,她仍然苦苦地思索被拒之门外的原因。她不惜时间地找完这个又找那个谈话。她终于还是又明白又不明白。只有一位大姐告诉了她实话:"其实也没有什么,只是我们觉得你好像有一点……有那么一点点风流……那么多男同志围着你转,你也不注意一下……当然啦,这也不算什么问题,也不好给你提什么,也没有人不赞成吸收你入党……反正往后你也就会成熟的。大家说,再放一放吧,等条件更成熟一些再讨论她的入党问题吧。就是这么回事。"

闵秀梅之要求入党,就和要求吃饭喝水穿衣服一样自然。她爸爸是大学的厨工,她妈妈是被服厂的女工,她还有个哥哥从小在理发馆学徒,挨过师傅不少揍,连自己的名字都写不好。她得天独厚地上到了高中,这要感激他们的邻居,大学附中的一位数学教员。教员没有孩子,很喜欢憨憨的秀梅,资助她上了学。上学期间,她从来没有考虑过政治问题,也没有任何人与她和她的父母哥哥讨论过政治问题。说实话,对政治这个词儿,她根本就不明白,尽管"公民"课上讲解过孙中山先生的论述:政,是众人之事,治是管理,政治就是管理众人之事。直到解放以后,她开始接受的就是党的宣传教育了——而且,她的恩师加实际上的义父,那位中学教员,公开了自己的地下党员身份。一下子,秀梅全家都成了中国共产党的拥护者,新社会新生活的热爱者,政治学习和各项活动的积极参加者。到了一九五〇年,闵秀梅的父亲、母亲、哥哥先后光荣地参加了中国共产党,受到了亲戚友人的尊敬羡慕,人们看他们一家的眼光不一样了,他们走起路来,说起话来的感觉也不一样了。一张口,一皱眉,一笑,连同打一个哈欠咳一声嗽,都比过去在旧社会作为一个下层工人的时候要自信得多,气派得多。他们的每一天每一小时每一分钟,他们的每根头发每块皮肤每一根筋,都体会着翻身求解放、当家做主人的欢欣。"中国共产党万岁!"这样的口号即使没有人带领,他们也会由衷地喊将出来的。

然而,他们当中最有文化的、解放后不久就当了干部的、最受钟爱的秀梅,硬是入不了万岁万岁万万岁的中国共产党啊。她怎么回答关心她的亲友们"你入党了吗"的询问呢?

这样,闵秀梅来新单位一报到,便没完没了地找起领导来了。一个是她要求入党。一个是她决不"风流",她在和男同志的关系上绝无任何问题。一个是她全家都是工人阶级都是共产党员,她如果再不入党不但对不起党也对不起她爸爸。一个是她渴望听到批评意

见,批评什么她改什么,要她做什么她做什么,只要告诉我怎么办,我就会毫不犹豫地立刻去办——说到这里她都要哭了。她还说:

"唉,旧社会我们家吃得太差了,白水煮咸菜,芹菜叶子撒一把盐……我跟您说都没法吃……"

"嘿,不要说您,说你就行了。"祝正鸿笑着打断了她。

"对,行。你是我的领导,我尊敬您。就是这样的。解放前我太瘦了,那胳膊真跟麻秆儿似的。我们胡同有一家阔主儿,说是什么钱庄的经理,他们家的孩子见着我就吓得跑。开始我以为他是怕我抢他的东西,后来才知道,他是怕我的瘦,我瘦得像鬼。您想得到吗?解放后吃饱了,而且吃着肉了。主要是去年那一年,我饭量太大了,我一顿吃过四碗面条。是炸酱面,越吃越想吃,我一下子就胖起来了,就跟吹了气儿似的。我现在这身肉,都是毛主席给的。其实要依我说,我也不算太胖。那些人怎么那么说我呀,我可不是那种人呀,那方面的心思我动都没有动过。我只想着工作,革命,还有入党。不入党,我活都不想活了,不入党我是绝对不跟人家搞恋爱的。我保证! 您可以考验我!"

祝正鸿不知道说什么好。面对这样一个生理上看起来相当成熟而头脑未免天真简单孩子气的肉乎乎的大丫头,论他真实的心思,他真想立刻召集支部会,立即通过她入党——对这样一个工人阶级的女儿,究竟还有什么必要折磨刁难呢? 然而,事情是不可以这样轻率地办理的,他当然明白。入党应该是非常严肃的,非同小可的。当年他入党好像很简单——但那时候是解放前呀! 前三天也是"前"呀! 解放前入党,这件事本身已经说明入党者接受过了严重的考验。现在呢? 现在入党有什么了不起? 只有艰难,才算严肃,才能庶几代替解放前入党的生死考验于万一。就是要让她知道入党之难!

他亲切严肃地鼓励她再接再厉努力争取,学习党章党纲,学习共产党员八项条件,靠拢组织,虚心听取群众意见,有则改之,无则加勉,首先要做到思想上入党,那么,组织上入党将是水到渠成的事。

他说：

"我完全相信，你自己也应该充满信心，用不了太长的时间，你一定会在镰刀斧头的鲜红旗帜下庄严宣誓，成为我们党的一名新战士，我愿意预祝你的进步，闵秀梅同志！"

闵秀梅激动得满脸通红，两眼噙着热泪死死地盯着祝正鸿，感激得声音颤抖，她说："祝正鸿同志，您太好了，您对我的帮助太大太大了。有您当我的领导，我死都是幸福的。您需要我做什么我就做什么。我头一天见到您，对，见到你，我就想，这回我可碰到好领导了，我一看就看出来了，我会看！……"

祝正鸿严厉地制止了她，免得她再说出什么不得体的话。她走了，正鸿却远远不能平静。他回味不已，叹息不已。"傻丫头！"他自言自语，不知为什么，眼圈红了。

晚上祝正鸿回到家里。结婚以后，他们有两个"窝"，一个在机关，一个和妈妈挤在一起。平常工作忙，他和玫香住单位，礼拜六、礼拜天，他们多半回家。随着作息时间慢慢制度化，晚上开会的安排渐渐减少，他们也有时候星期中间多回去几趟，为了让妈妈不孤单，也为了回那边更能休息。在机关就一定会有人找，什么事都找。

结婚以后，他似乎更爱束玫香了。一切的一切都证明，束玫香无可指责，束玫香对他的爱纯洁晶莹忠贞无瑕。束玫香在面对着光明赤诚全无保留的他的时候是那么光明，干净，献身，忘我，如生如死，如喜如狂，如泣如走失，柔若无骨，烈若火焰，明媚如水，如另一个他从来没有发现的春天。他感激得恨不能给玫香跪下，是玫香使他体验到人活着的滋味，体验到做一个活人的幸福。是玫香使他知道了人活着会有那么多花样，人可以活得那样满意，那样酣畅，那样变成婴儿，变成老虎，变成飞鸟，变成神仙。他怨自己婚前不该那样折腾她。他觉得怎么说也还是对不起她。他不知道世界上有没有上帝，有没有圣母，有没有天堂，反正他觉得束玫香就是上帝就是圣母就是天堂。他觉得自己再怎么做，再做什么也无法报答玫香给他的不可思议的一切了。

而当激情平息,睡醒一觉以后,一切又平平淡淡,不过如此,忙忙乱乱,千头万绪,顾此失彼,狼狈疲倦。有时候早晨走得急连被子都没有叠,有时候脸上有灰尘脚上有臭味,有时候想买点吃的用的美的看的,却硬是没有钱。尤其是玫香和妈妈,妈妈和玫香,总有说不完的别扭。他在非周末临时决定回家,他电话里告诉玫香:"咱们回去吧。"玫香含含糊糊地"嗯"一声,也不知道她是不是不愿意回去。"你要不想回去咱们就不回去吧?"他小心翼翼地问,生怕玫香有什么不高兴。"我什么时候说不想回去了?"玫香反问。"是这样,妈妈一个人,是够孤单的。再说在机关也休息不好,洪嘉过来一说话就一个晚上,让你也是没有办法。""说这些做什么,我又没说不回去,妈妈孤单了也不是我造成的。洪嘉来我有什么没办法的?你爱跟谁谈话就跟谁谈话,干吗说我没有办法?好像我讨厌人家似的。"

"你看你看,你误会了我的意思。这里的'你'是泛指,不是说一定是你玫香。当然,今天不回去也可以,你决定吧。"

玫香又笑了,"好的好的,我又没说不回去。别跟我泛指指泛的啦,我可没那个水平。"

临时回去怕饭不够,正鸿买了些圆面包、茶鸡蛋和炸排叉;这在当时,已经算是解馋的好东西了。他回到家,把东西拿给母亲。及至玫香也回来了,一起晚餐的时候,玫香不吃这些东西。"吃啊,"他说,"这是我买的呢。"玫香略有谦让之意。这时,母亲做出盛情招待的样子,"吃吧,吃吧,我哪儿吃得了去!正鸿,你也吃。我知道你最爱吃茶鸡蛋和炸排叉呢!"

听完妈妈的话,玫香干脆一口也不吃了。

束玫香穿着一双新皮鞋,是她结婚的嫁妆。她有一个假皮革——俗称"纸皮子"——手提箱,提来了她的嫁妆。比起旁人,她就算是结了个富婚了。和她同时结婚的另外三位女性,都是穿一身衣服,拿一个牙刷就嫁了人。而且,她的假皮箱子里,有这么一双新皮鞋。这天,她穿上了皮鞋。妈妈看着看着,突然对正鸿说:"鸿儿,你也买一双皮鞋吧。你现在穿的这一双鞋,底子都磨歪了。你钱不够我可以给你一点儿,我从这个月参加了街道生产,每星期五个半天去街道缝纫社去蹬机器。妈也挣钱了。"

玫香不再说话也不再吃饭,脸绷得紧紧的。

入睡前,经过一再追问,束玫香说:"我想要声明,皮鞋是我从娘家带来的。"

"这是从哪儿说起呢?她说让我买双皮鞋,说说就是了。我才不买呢。皮鞋夹脚,我不爱穿。那坐汽车的领导同志穿皮鞋还差不多。我穿上皮鞋,走路都不方便……"

"我不是领导同志。我不该穿皮鞋。不就是这个意思吗?我现在就把皮鞋扔了去!"

"这是怎么啦?你跟我急得不合逻辑呀。现在我们说的是我买不买皮鞋,刚才妈说的也是我买不买皮鞋,跟你毫无关系呀!"

"哼哼,"玫香冷笑一声,"可不是吗,你们谈你们的,和我有什么关系呢?"她哭起来了。她的哭破坏了她的青春、健康和美丽,她变得不好看了,正鸿好心疼啊。

下一次回家来以后,束玫香两眼打量着他们的用两张单人床并起来的大床。终于,弄清楚了,母亲为找一个衣裳样子,翻过他们的床。祝正鸿十分委婉地对妈妈说,他们是不可能把妈妈用的东西放到自己的床褥下面的。他暗示——仅仅是暗示——他们不在的时候,最好不要翻腾他们的床褥。他们并不反对有人必要时用他们的床,在他们不回来的时候在这个大床上就寝——哪怕是带着个婴儿在他们的床上尿出世界地图来也无所谓……但是,最好最好不要翻腾床褥……

没有等他的委婉的暗示表达完毕,妈妈面色黄白地问:"你丢了什么啦?"

"不是说丢了啥……"祝正鸿不知道怎么解释好。

"你们,"妈妈开始用了第二人称代词的复数形式,正鸿叫苦不迭,"你们丢了金条了吧?"

正鸿无可奈何地摊开手,一脸苦相。

"不是丢了金条就是丢了共产党的秘密文件了吧?你妈是国民党特务,专搜你们的文件!你妈没安好心!"

"您这是说什么呀?"

"我这是说什么?你说我说什么?这是谁的家呀?"

既然谈到了谁的家这样的带有根本性的问题,玫香表示,她可以并且必须走。因为,老太太的意思很清楚,"这是你们的家,我知道。"

当然,一塌糊涂。而到了祝正鸿糊涂得如同被扒了一层皮,抽了一身筋,要哭不能哭,要笑不能笑,要急不能急,要恼不能恼的时候,在他恨不得砍自己一刀的时候,玫香会突然拥抱住他。而在家,他们是不能亲热的,房子小,不隔音,本来只是一间房,为儿子结婚打了一个隔扇——这里是绝对不可以做爱的呀。

于是他头昏脑涨喉紧眼干嘴角溃烂,连舌头上也长了脓疱。

也有时候他们在一起是那么幸福。一切都极为平凡,只说了最最普通的话,例如祝正鸿不注意把明天的"明"说成了去声——成了"命",玫香就笑呀笑呀笑个不住。晚上躺到床上脱下衣服了,她突然一边"命、命、命"地叫着,一面笑了个死去活来,笑得祝正鸿精神大振,笑得祝正鸿闷在被窝里学母猪叫。然后两个人又打又闹……笑得两个人都流出了眼泪。

当然,这是在没有回家的时候。

数不清的欢声笑语,数不清的恩恩爱爱,缝一个扣子也像一次爱的宣告,吃一块糖也像一次甜蜜的交流——当玫香吃到一块味道特别好的糖的时候,她会把正鸿叫过来,两人嘴对着嘴,她把糖过渡给他。拌好一碟白糖西红柿玫香会跳舞般地把碟子送到正鸿手里,吃上一块西红柿正鸿会大声惊叫,好像忽然间发现了新大陆……还有永无结束的哒哒哒的抱怨,还有正鸿刚一说就被玫香堵回去的理论……他愤愤地说:"都说我们的理论是战无不胜的,怎么到了你这儿就战而不管用了呢?"束玫香说:"那我就是比战无不胜还战无不胜的你祝正鸿的金刚老婆了!"她得意洋洋。然后是无伤的"大辩论",祝正鸿说比战无不胜还战无不胜这话是不通的。玫香说通,说你自己还做过这样的作文呢,"没有比现在的春天更春天的了",是不是你写的?正鸿说那是因为他不满于国文老师的作文课搞无病呻吟,他写这样的句子和鲁迅写"一棵是枣树另一棵也是枣树"一样,是讽刺。国文老师看不出来,居然拿它当范文在课堂上宣读。玫香说我也是讽刺,你就听不出来,你就是国文老师,你就是比骄傲还骄傲,虽然你常常显得比谦虚还谦虚。正鸿说我最大的骄傲就是你,你自己也说了,你是我的金刚老婆。说,什么叫做金刚老婆?你绝对能活活把我气死。玫香突然正色道:不会的,不会的,你就放心吧,如果事情到了我把你气死这一步,那可以肯定,首先,被气死的是我而不是你。我早就料定了,我不但一定是死在你前头,而且说不定会死在你的手里。她甚至流出了眼泪。正鸿说你看你看,这又是怎么了,我实在不明白,为什么你就不能讲一点逻辑呢?怎么说不高兴就不高兴呢?玫香说,你可以找一个女逻辑专家做老婆,你们一起生八个孩子才合乎逻辑。正鸿和她不由哈哈大笑。她说,我看你跟我结婚才是最大的不讲逻辑!她斩钉截铁。正鸿几乎感到了——是心惊肉跳。婚后的玫香和没有结婚的怯生生的玫香是怎样的不同啊。

  第二天玫香就病了,她全身不适,疲倦而又痛苦地发出了呻吟。试体温表,只有三十七度二,去医院检查,查不出什么病。正鸿不无怀疑,是不是玫香不快,或者是快到礼拜天了,她不愿意回家见他的母亲呢?还是她太娇气了?过去她不这样呀。三天以后她突然发起了高烧,她面色黄绿,盖上几床被子仍然不停地发抖。正鸿感到十分内疚。她的病最后也没有说出个所以然来,正鸿狼狈地顾此失彼地照看了她一个多月,工作都耽误了。

紧接着是玫香去医院做"青蛙试验"——这种新采用的在当时算是十分先进的妊娠检查办法,听起来颇为有趣——反应阳性,就是说,玫香怀了孕。就这么就怀了孕了,祝正鸿似乎没找到感觉,不知道怎么反应好。啊,太好了,我太幸福了!这样喊叫一下然后把妻子狂吻一番——电影上倒是看到过这样的场面,但是他没能够狂喜起来。倒是母亲,对这个消息的兴趣似乎超过了他们,对玫香的态度似乎颇有好转。她的第一个反应是问:"你想吃什么?"然后表示:"你想吃什么我就给你做什么去!"这也就够感人的啦!

半个多月后束玫香的妊娠反应堪称是一塌糊涂,吃什么吐什么,连喝的水也全部呕吐出来。面色青绿,鼻翼透明,气喘吁吁,两眼圆睁,呻吟却又呻吟不出来。玫香的这副样子直令正鸿以为她难以生存下去,他对她的能否活下去已经没有了信心,更没有办法考虑她肚子里的孩子了……在最最严重的一个短时间,祝正鸿甚至于考虑把玫香肚子里的孩子打下来,如果他知道这方面的路子和有关规章的话,他肯定会这样去做了。

几个月这样那样地过去了。祝正鸿常常暗自感动,世间的一男一女,一夫一妇,小两口连理比翼,结为夫妻,竟是这样好,这样美满。这真是生命的最最不可言状的幸福,最最属于生命自身的喜悦。只有在结婚以后,男人才真正成为男人,女人才真正成为女人,他们的生命在拥抱交流融为一体之后才变得温暖、光亮、满足、美丽。而这种温暖和美丽又是怎样地电光石火一般地转瞬即逝!生活里有多少杂草、害虫、阴霾、风雨无时无刻不在损毁着爱情的柔弱的小花,我们自己不知不觉地轻忽了、冷淡了、伤害了和践踏了这朵小花,电光石火才闪了光,又不知为什么就黯淡、消失、熄灭了。不过如此了。即使没有任何的轻忽、冷淡、伤害和践踏,即使没有任何的杂草、害虫、阴霾和风雨,这恋爱和新婚的幸福也是转瞬即逝的啊。

他不仅反观自身,也面对着伙伴们的爱情和婚姻的幸福与不幸福。婚后吵得最凶的是洪嘉,她曾经大哭大闹地跑到祝正鸿办公室里,控诉鲁若的自私、蛮横、反动……她说鲁若说过,"什么领导不领导,只要有机会我也可以当领导""什么叫理论?把有理没理的事儿都说得有了理,这就是呱呱叫的理论"。她发怒的时候要求祝正鸿当着她的面给法院——鲁若所在的单位打电话,把洪嘉揭发的鲁若的"反动言论"转告给他们,请他们对鲁若严加批评帮助管束。祝正鸿只好打起官腔,他说反动言论问题一要查证二要保密三要处理"归口"——即通过专门的人(事)保(卫)部门办,电话里说,太不郑重了……这样吧,你洪嘉既然认为确有重要材料需要转给鲁若所在单位,你就先写一份材料来吧。

材料没有写,也没有"归口"去办。经过几次交谈,祝正鸿终于明白了问题的要害所在:洪嘉觉得鲁若太花哨。他老是有各种理由与年轻的女的打交道。他每两个星期就理一次发,不但吹风而且使油,而且抹雪花膏,他搞得油头粉面,一身香喷喷。一见女的他说话、笑、举动、直到呼吸和咳嗽都变了样,都透着"发贱";"一看他那种软趴趴假兮兮的脸,我就想给他一个耳光。你不知道,他跟你们根本不一样!"洪嘉说。

祝正鸿对洪嘉的话半信半疑。但他对鲁若的轻浮与洪嘉的咋唬深信不疑。"其实你们俩是最合适不过的了。"有一次又逢洪嘉哭哭啼啼历数鲁若的恶行而求祝正鸿为她做主,他终于没有再憋住,把这话说出了口。

洪嘉一下子脸红了。祝正鸿看得出,她在寻找词句来反驳乃至抗议他的不严肃的说法。彼时彼刻,正鸿这样说话不啻是指着鼻子侮辱洪嘉。她刚刚恨不得让正鸿相信鲁若是个"大坏蛋",祝正鸿立即声称他们俩才是合适的一对儿,这不是骂人吗?祝正鸿一时追悔莫及,他知道洪嘉是不那么好惹的,洪嘉缠起来是不那么好脱身的,既然连自己的丈夫她都可以方方便便地给扣上"反动"帽子,对别人就更想怎么样扣就怎么样扣了。而且她扣得那样单纯率真可爱,绝无不纯动机,绝非挟嫌报复,绝无伤人害人之心——这就更难办了。

"我……"洪嘉的"我"字还没有说完,洪嘉的炮火刚刚要开花,祝正鸿正在紧急中寻找搪塞的词儿:例如可以说他所说的"合适"的含义是他们可以也应该互相帮助之类……一封加急电报解了祝正鸿的围。电报是大连打来的,当然是来自洪嘉的父亲刘正福。电报正文只有六个字:

无穷车祸垂危

触目惊心!"到底是怎么了?他们怎么不好好照看无穷?北京车那么多,无穷在咱们这儿也没出过车祸呀!什么叫垂危?是要死还是已经死了?给我来电报做什么?"洪嘉照例是一片埋怨。但终于没有太硬气地埋怨起来。

很快大家都知道了电报的事。大家都很关心。毕竟无穷在这里与他们朝夕相处过几个月。无穷走后他们越回忆越对无穷的印象好。他们甚至于觉得惭愧,他们的所做所言,既未能为无穷树立楷模,又未能给无穷以应有的帮助。在无穷那纯洁的心灵里,他们没有能树立起活生生的党的形象、革命的形象、团的形象。他们实在有愧于心。所以大家都一致认为洪嘉接到这份电报应该立即动身去大连看望弟弟,不但她作为姐姐要去,而且是代表他们大家去,代表一群共青团干部去看望一个可爱的青年——他也正是他们的工作对象。同志们纷纷掏出自己结余的微薄的津贴,拿出自己喜欢读的书和喜欢唱的歌片儿,万德发把自己刚刚从郊区农村家中带来的肉丝姜丝酱瓜丁也拿出来了,他们要求洪嘉把这一切带给无穷,更带去他们对于无穷的关心和祝愿。祝正鸿批准用公费给洪嘉买去大连的火车票,张雅丽立即支付现款,周碧云、李意抢着去火车站买当晚的直达快车车票,最后两个人一起去买的。钱文立即主动给鲁若打电话,把正在开会的鲁若叫了过来。在集体的极端温暖、互相关心爱护、莫分彼此、亲如一家的热烈崇高的气氛中,在"旧嫌"尽释,恩爱小夫妻的黏黏糊糊如胶似漆的关怀话别声中,洪嘉乘当晚北京至大连直达快车出发向大连驶去了。

第二天中午洪嘉到达大连。刘正福和苏红像迎接活神仙一样地迎接了洪嘉。无穷行走在人行道上被一辆吉斯牌载重卡车所撞,卡车司机喝醉了酒,把车开到了人行道上。无穷的左腿粉碎性骨折,脑震荡,昏迷不醒已经七十多个小时了。刘正福理亏般地解释说:"本来我们不想打扰你的,我知道,你工作忙。可是,就是在出事的这一天,一清早,无穷一睁眼便说:'我梦见姐姐了,我梦见她的那些同志们了。妈妈,让姐姐来一趟大连吧!'说完这话没有半个钟头就出了事……他也许醒不过来了,我希望不管怎么样你们姐弟俩能够见一面……"说着,刘正福哭了起来。一个大男人,哭起来实在是难看极了。洪嘉实在不敢看他的脸。

当天下午洪嘉就去了医院。看到满身绷带,左下肢打了石膏的弟弟,洪嘉流泪了。她向医生询问了情况,欷歔不已。她又和无穷同室的病友交谈了几句,他们年龄都很大,悬着的挂着的扯着的压着的。骨科病人的样子实在是令人痛苦,人而成为断骨碎骨伤骨的病人实在令人沮丧,令人难以正视和相信。病人们说昏迷中的无穷曾经自言自语,洪嘉忙问他自言自语了些什么,有一个病人说听到了他叫姐姐。别的病人没有证实这个说法,但是洪嘉又一次热泪盈眶。临走的时候她立在无穷的床前轻轻叫着:"弟弟,弟弟,无穷弟弟!"她恍惚看到无穷的眼睫毛一眨。她大为兴奋,她叫来了大夫。和她一起来的刘正福和苏红都没有看清洪嘉说的那一眨,但他们也都不否认这一眨,他们也跟着兴奋了起来。及至医生来了,洪嘉又呼唤无穷,没有任何反应,最后医生制止了她的试验,并且提醒他们探视的时间够长的了,他们该退走了。

隔一天的下午才又是探视时间,届时他们都去了。一进病室,全体病友异口同声地告诉他们,那天下午无穷的意识就是有了恢复。他们走后,无穷清清楚楚地叫了两声姐姐,病友们告诉他,你姐姐来看过你了,他们走了,他们还会来看你的。听了病友们的话,无穷甚至于哼了一声。第二天——也就是昨天,无穷喊过一声"啊——"还喊叫说"怎么啦,怎么啦……"他们和他答话,他确实有明显的反应。问题是当他们把这些情况告诉查房的医生的时候,医生并不重视,医生的记录仍然是两个字:昏迷。医生并且说,再有几天如果他醒不过来,情况很可能就相当严重了。医生冷酷地说:"希望不大。"病友们安慰他们三人说:"既然事情已经到了这一步,也就只能听老天爷的了。"一个跌跤跌得腰椎间盘骨折的老者安慰说:"其实咱们都一样,今天咱们是这样,明天呢,谁知道明天咱们会是什么样子呢?"

病友的话使无穷的三个亲属面面相觑。老者的话甚至使洪嘉一时垂下了头。苏红披头散发,两眼深陷,那样子可怕极了。洪嘉突然来了激情,她说:"不,无穷不会有问题。我们要相信他的生命力。我有一个预感,我相信他这一两天就会好起来。"她说完便走近无穷的床,她低下头,她含泪凝视着无穷的苍白的面孔,她伸出手去摸了摸无穷的脸,她轻轻叫道:"无穷弟弟,我是洪嘉啊,我来看你来了!"

昏迷者一动也不动。

"弟弟,醒醒吧!"她又叫道。她呼出的热气喷到了他的脸上,她的眼泪落到了无穷的下巴上。

三个人都看清楚了,无穷的眼睫毛连续地眨了眨。

他们不敢兴奋也不敢没完没了地呼唤。刘正福和苏红大气也不敢出,他们看看无穷又看看洪嘉,似乎无穷的生命掌握在洪嘉的手里。洪嘉便又叫了一下无穷,等了一会儿,无穷微弱地却也是清晰地"唉——哟——"叹了一口气。

他们不敢再试验下去了。他们既喜且忧地离去了。

第二天,医院给无穷所在的小学去了电话,说是无穷醒过来了。无穷的班主任赶来他的家,报告了这个好消息。

所有的人,包括无穷自己也包括病友和老师,都认为是洪嘉,是姐姐的情谊救活了无穷,是洪嘉的关怀和呼唤创造了奇迹。经过一段日子,洪嘉自己也对此深信不疑了。

在无穷此次医疗和康复的过程中，他们姐俩的情谊令他们各自也令所有看到这情景的人感动。洪嘉不得不一再延迟返京的日期。洪嘉竟然在大连逗留了二十六天。

　　难忘的与蹊跷的二十六天！自打她参加革命特别是解放以后参加工作以来，她还从来没有过二十六天没有开会，没有传达文件，没有进行任何批评与自我批评，没有工作也没有政治学习，没有用党的语言和另一个共产党员进行充满党性的谈话。这二十六天简直像是——请宽恕绝无此意的洪嘉吧——脱了党。她只是与被宽大处理的托派分子苏红、政治面目可疑的刘正福、昏迷不醒的孩子无穷及毫无政治意味的医院人员和病友有所接触。而奇怪的是，她也过过来了。她就这样完全像一个普通老百姓，像一个普通的女儿或者姐姐，像一个病人的普通的亲属一样地过过来了。不谈政治，不分析思想，不领会精神也不克服错误倾向，她也愉快地过过来了。甚至，她这次对她的生父和继母印象还都不坏。他们坚持把自己的房间和大床让给她睡。苏红睡到无穷的小床上，而刘正福睡到了厨房的地上。当洪嘉坚决推辞时，刘正福说："这比起红军爬雪山过草地时候的条件好多了。我一辈子晃里晃荡地就过来了，我有革命的心，却没做任何对革命有利的事。革命先驱受尽了苦，成千上万的人把生命都抛弃了。我只是坐享其成。我欠着革命的实在太多了。我在地上睡两宿又怕什么……"他真诚而无用得活活像个傻子。

　　苏红的优点洪嘉发现得就更多。她聪明，虽然老了弱了无限自卑了，仍旧显得那样高雅和美丽。她长着深眼窝和大大的双眼皮，这是洪嘉这样的北方人无法望其项背的。她从不大声说话，为无穷的事她急成了那个样子，但她最多是默默地饮泣，一见到洪嘉她就显出了礼貌的笑意，哪怕笑容中流露着酸苦。她喜欢做饭，会烧洪嘉一辈子没有吃过的鲜鱼汤，当洪嘉夸奖她烧的鱼汤味道好极了的时候，她会显出那样一种又谦虚又快活又天真又毕竟是饱经沧桑的笑容，恰到好处，让你从里到外地爱上她。洪嘉是带着一种粗犷、野性、自由而又目空一切的豪情闯闯荡荡至今，而且至今几乎是所向无敌、无往而不胜的。她居然能对一个她政治上无比蔑视、往最好里说自己对她顶多有一点怜悯的苏红倾心，而且来大连之后她有意无意地也变得似乎文静一点了——她学苏红？这简直是奇迹。

苏红有很好的声音，即使不见人而只是听她说话也会对她产生好感。她的声音坚定而且柔和，清晰而又自然，一听这声音你就断定你会听到文明的友好的和悲哀的话语。她偶尔哼哼起歌来，也特别好听。她哼哼的多半是老歌，《踏雪寻梅》《苏武牧羊》《花非花》《春夜洛城闻笛》还有《红河谷》和《苏珊娜》，都是早已经被洪嘉跨越和弃之如敝屣的歌曲。如果是在北京，如果是她的同志们唱这些歌儿，她是会毫不留情地给扣上"感情不健康""散播阴暗腐烂情调"的帽子的。不知道为什么，在这里她没有干预——也许她认为拉上刘正福、苏红一起唱"我们是民主青年"或者"听吧战斗的号角发出警报"也有点不伦不类吧？她"饶"了他们啦。她竟然也接受了。却原来还有许多不那么革命的歌曲，却原来还有许多不那么革命的人需要唱或者适合唱不那么革命的歌曲……这是令人遗憾的，却也是没有办法的，最终竟也是蛮好的一件事呢。

偶然在躺到原本属于她的生父与继母的双人床上的时候，在夜的寂静、冬日的寒气和滨海城市特有的臭鱼烂虾气味中，洪嘉骄傲地又是恶作剧般地忽发奇想：让我给他们做个报告或者分析一段问题吧，不把他们镇一惊才怪呢——看他们谁敢不服我！我这次可以说是真人不露相喽！

在无穷日益好转，仍然与姐姐难分难舍，洪嘉不得不一再推迟回京日期以后，苏红带着洪嘉游逛欣赏了辽东半岛这个海滨城市的风光。老虎滩与老虎石，棒槌岛，夏家河子还有苏联侨民开办的喝"葛瓦斯"的酒馆。虽说是冬天，海水结了冰，寒风刺骨，看着与北京，与他们的办公室、会议室大不相同的大雾茫茫下的大海，曲折的海岸线和起伏的山丘，洪嘉有一种"原来世界是这样的啊！"的感叹。同样已经有一些年头了,洪嘉从没有这样悠闲自在地游逛过了。在大连,她常常出自胸臆地感慨地却又是含笑地叹息。

刚到大连的时候她不停地给单位上写信,汇报这里的情况,询问"家"里的事情,祝正鸿代表大伙儿回信劝她好好照顾弟弟,不必担心"家"里的事。此后,她也就不怎么去信了。只是到了第二十四天了,她忽然猛省,怎么会乐不思工作,乐不思北京,乐不思革命了呢?这不是有一点够可怕的了吗?她怎么跟"丢了关系"一样在这里一呆就是二十多天!更可怕的是,她——谁能相信呢?她几乎把鲁若给忘了。虽然她给他写过两封信,他也给她回过两封信——一封不多,一封不少。

而且,随着无穷的状况的大大好转,她已经略略地感觉到,无穷对于她已经远远没有那么依恋了,无穷已经多少为了前一段对姐姐的过分感情表现而有所不安,有所收敛了。无穷甚至于向她提出:"姐姐,您该回去了吧?这次让您耽误这么多工作,太不对了。"怎么回事呢?无穷与她说几句话以后就会闭上眼睛。她蓦地意识到,她的大连之行的使命,已经完结啦。

她很满意于自己的决断能力:她决定,立即返回北京。

坐在绕行辽东半岛、从"关外"再入山海关的耐心爬行前进的火车上,洪嘉觉得有趣,若有流连,而又无可解答。她与无穷与无穷一家,真有那么深的感情吗?甚至是她的到来使无穷起死回生了吗?她真的很喜欢苏红,或者是很警惕苏红的吗?她是非常的革命,抑或是有时候也可以不怎么革命的吗?她需要在大连呆这么长的时间吗?还有,她的同志们,果真是那么关心那么爱护无穷的吗?她这次来大连二十多天,究竟算什么呢?

她并不想回答。坐上车以后,她脑子里已经全是革命、工作和冤家——该死的鲁若了。而车窗外,是对一切默不做声的土地和土地,树林和树林,电线杆和电线杆,车辆和车辆,灰蒙蒙的天空和灰蒙蒙的天空……偶有几个农夫,抬头注视火车的目光也是完全茫然的。

她恍惚觉得,有另一个洪嘉留在了大连。那个洪嘉要更温柔些,更爱弟弟、父亲和不走运的一辈子别再想翻身的继母些,要更平凡乃至于更庸俗一些,要更好说话一些,更随波逐流一些也更省心一些。可怜的另一个洪嘉!

而这一个她,选择的是悲壮而吃力得多的路啊!

咣当当——咣当当——咣——当——咣——当……漫长的路啊,还有些什么在等待着她——这位可爱又不可爱的革命女性呢?

第 二 十 章

萧连甲一连在报刊上发表了三篇文章。其中一篇谈理论学习的,是发表在《人民日报》上的。虽说是被删掉了三分之二,能赫然把文章署上"萧连甲"大名,发在读者遍及全国的权威性大报上,谈的又是"没有革命的理论就没有革命的行动""理论一旦掌握了群众就会化为物质的力量"这一类大得不能再大,高得不能再高的问题,萧连甲确实感到如乘春风,扶摇直上,登高望远,心旷神怡。萧连甲三个字排成楷体,印在《人民日报》上,原来是这样雅致,正看反看侧看都那样庄重中流露着潇洒,一撇一竖一走之,规整中呈现出奔放,他的老爹给了他一个多好的姓和名字!文章标题庄重、宏大、字字龙盘虎踞!再看他的文章,条条理理,高高明明,每段的开端空两个字的位置,每一段的结尾都有一个标点符号,清爽的逻辑,自信的口气,概括的表述和严整的语言。他简直不能相信那是自己写的文章,他边读边击节赞赏、五体投地,他实在无法不佩服该文章的作者,写得就是漂亮!谁能写得这么好?却原来就是他萧连甲自己!再俯视那些庸庸碌碌,只会打电话接电话读文件写简报布置会场的同事们,他甚至觉得他们可怜。他们何年何月才能学会把感性认识提高到理性认识,把忙碌的琐碎的消耗人的日常工作的见闻经验,积累熔铸成闪闪发光的理论呢?

阅读马、恩、列、斯及毛泽东的理论著作,进行理论的总结与表述,确乎成了萧连甲的最大乐趣,最大享受,成了他的生存的第一需要。学习辩证唯物主义与历史唯物主义,读马克思列宁主义的经典著作,读《实践论》《矛盾论》《中国革命战争的战略问题》,萧连甲确实有"叹为观止"的体验。只要掌握了革命的理论,世间万物,大而至于人类历史、社会沿革、国际形势、国家民族,小而至于日常生活工作,你、我、他,一切问题,一下子变得这样提纲挈领,条理分明,纤毫毕现,可以回顾过去,可以分析现状,可以预测未来。掌握了宇宙万物的辩证发展规律,掌握了从原始共产主义社会到共产主义社会的发展规律,掌握了阶级社会的阶级分析方法与阶级斗争规律,再加上中央精神,上级文件,调查研究,差不多一切的一切都可以看得清,说得明,做得对,解得透,高屋建瓴,势如破竹,一通百通,胜券在握,无往而不利。理论的力量,智慧的力量,思想的力量,这是一种力量,更是一种美,是人类理性的鲜艳花朵,是革命智慧的耀眼光芒,是天才和学问的宏伟建筑,是从盲目的生生灭灭到自觉地创造历史创造生活的飞跃升腾……回想一代又一代爬虫一样、瞎子一样、鱼鳖虾蟹一样白白地活了又白白地死了的人们,他们是怎样的不幸,怎样地糟践了自己的生命啊。如果他们生前哪怕有一次机会听一听马克思列宁主义的道理,哪怕有一次机会读一读毛泽东著的《实践论》和《矛盾论》,朝闻道夕死可也,再死也就无憾了哟!

而我是何等的幸福!既然毛主席讲了,目前中国的一个普通工人、农民认识问题比美国国务卿美国国会议员高明得多,那么,我就更比他们的总统部长之类高明一千倍了。理论是望远镜,是显微镜,是探照灯,是利刃,是罗盘,是船舵,是地图,是阶梯,是浩瀚的大海,是巍峨的高山,是奔腾着永远的活水的江河,是金光普照的太阳,是春风,是花朵,是雨露,是纪念碑……用尽一切形容也说不完理论的伟大和完美。他时常觉得,人们的一切活动,全部是转瞬即逝、鸡零狗碎、左奔右突、自我消解与相互抵消的,只有按照一定的理论进行的有目的有计划可以归纳可以以伟大的理论进行验证的实践才算得上真正的人的有意义的实践,而这种实践的全部意义就在于它验证了、积累了、推动或修正了理论。可悯的庸庸碌碌的人们啊,没有理论灵气,没有理论感觉和理论能力的"自在者"们啊,你们实际上停滞不前在从猿到人的进化过程中,你们实际上还没有完成从猿到人的转变。即使你们在历史的感召下参与了伟大的历史事件,如同阿猫阿狗也算是参加过革命,但没有理论的自觉意识,没有寻找或制定出理论的坐标,你们实际上也不过是挟带到大江大河上的漂浮物罢了。而我,我们才是乘风破浪,驾驶历史航船的弄潮儿呢!

这样,当领导上通知他要把他调到一个理论研究和教学机构的时候,他欣喜若狂。他立即从理论上对于他的工作调动做出了评价:他说,这就是个人意志与历史意志的一致性,而个人的才华与热情,只有在与历史的发展趋向取得一致的前提下,才能得到最好的发挥,结出最好的果实。他吹起口哨,规划着自己的未来。

然而"洋娃娃"仲霁对这些一窍不通。这位在医生拔牙的时候递钳子的小护士当然不是什么革命者,就是做革命者的妻子也实在是非常勉强。他一给她讲点哪怕是最最普通的理论知识,他一企图给予她点最最浅显的理论启蒙,她就又闹又笑——后来甚至变成了又闹又哭。这种愚蠢简直超过了猴子!一只聪明的猴子,听到了它所不懂的人的讲话,至少也还可以试着听那么一会儿,至少可以试着去看看人的口舌运动,听听人的声音里是否包含着什么亲昵、喂食或者危险警告的暗示,特别是如果说话的那个人是它所喜欢的人的话。不然,猴子怎么会变成人呢?仲霁呢?不听不听不听,一面说着不听一面摆手,一面乱叫乱笑,听到理论甚至用两只手把耳朵堵上,像听到雷鸣似的。这还算好的。胡打镲乱打岔把他的思路搅乱,把他的理论肆意地七扯八歪,又是一种拒绝从猿到人的变化的办法。还有各式各样的起哄……莫非她患有理论过敏反应症?真正令人无法理解。

一次,当他说到新生的事物是不可战胜的的时候,仲霁就说,什么新生旧生头生双生的,我在口腔科,又不在妇产科接生。萧连甲说你别打岔好不好,你在医院工作就更应该看得清楚,新生下来的婴儿表面上看很弱小,然而他的前途是无限的。仲霁说,那苍蝇刚下的蛆也是前途远大的么?萧连甲说,我求求你,你别捣乱好不好?仲霁低下头不吭声。萧连甲说总是要有一点理论常识才算是一个自觉的活人,仲霁说她最怕理论,她一听到理论学习就头疼,她宁愿在理论学习时间去病房值班或者去打扫楼道楼梯。萧连甲说你这样是很危险的,这简直是政治上的不可救药,这简直是彻头彻尾的愚蠢……于是仲霁噘起嘴来,围好围脖转身就走。萧连甲也火了,说你给我回来。仲霁头也不回地往前走。萧连甲追上去,一把抓住她的围巾,用力往自己这边拉。他用的力太大了,勒住了仲霁的脖子,勒得仲霁憋住了气,脸色紫红,东倒西歪,最后倒到了地上。她躺在地上,摔了脑袋和右肩膀,一边捣气一边呻吟,盛怒中的萧连甲仍然不肯松开围巾。

这次事情以后,他们俩吹了。

为这不成功的爱情,萧连甲十分伤心。萧连甲要把他的情人勒死的说法不胫而走。仲霁在那以后住了两个星期的医院。仲霁找来了自己的哥哥和姐夫,又知会医院方面,绝对不允许萧连甲前来探视。仲霁见人就哭诉,她几乎被萧连甲勒死摔死,她指着自己的伤给旁人看,毫不含蓄。萧连甲听了,又伤心又懊悔又生气。这样一个毫无理论感的女子,简直是一种灾难……他不仅体验到了失恋的痛苦,而且体验到了智慧的痛苦。

为了这件破事,他还面临了更大的灾难。调动工作的事搁浅了。纪律检查部门派人来了解他野蛮对待女友的问题,不但找他谈了话而且要求他尽快写一份书面材料。要有事实,还要有自己的认识与自我批评,而且还要有做出此事来的思想根源与今后克服这方面的缺点避免发生类似事件的办法,办法要具体,纪律检查机构派来的同志说。

五天以后,法院也来了人。幸亏祝正鸿他们为萧连甲说了好话,证明毕竟是恋爱双方一时不冷静,不可能——绝对不可能有任何谋杀的动机。法院的人表示，一段时期萧连甲不要离开北京，要随时准备提供情况乃至听候传讯。如果被害人起诉，那么事态会发展到哪一步，就不好说了。

尤其是，一篇谈《实践论》学习心得的文章，本来说是要发表的，却被退了回来。退稿信上写道："……因其他原因，尊作不拟刊用了。"连望今后多赐稿多联系之类的礼貌话都没有。

半年以后，这些事总算是烟消云散了。萧连甲迟六个月到那个理论研究机构报到，他的文章又开始在报刊上出现了。回想这一段插曲的时候，他喟然叹息：这是何等的荒唐透顶，没有理论意义，而又几乎毁了他呀！

为了理论我宁愿死！他忽然感到是那样的悲愤。他流出了眼泪。

就在"围脖事件"沸沸扬扬的时候，赵林从南方土改回来了。他的归来恰逢"三反五反"运动的开始。这批年轻人第一次见识这种大规模的群众运动，一个个精神抖擞，兴奋异常。头一天晚上听税务部门一位领导同志给他们作动员报告，给他们讲不法资本家的"五毒"和干部队伍中贪污腐化蜕化变质的严重情况。第二天，他们被告知，这位报告人本身就是"大老虎"——即大贪污分子，他已经被揪出来了。这使他们无法相信，越是无法相信越觉得"真神"，刺激，尖锐，复杂，激烈，令人目瞪口呆。越是目瞪口呆越是觉得毛主席伟大，这场运动伟大，伟大而且神奇，超凡绝俗，天惊石破。为这个事他们震惊得一夜睡不着觉，一赞三叹到天明。

赵林还带回来更惊人的消息：他们的土改工作团总团的团委书记，一位在《中国青年》杂志上常常撰写令他们崇拜神往的思想修养文章的著名人物，就在工作团，忽然被上上了手铐子，由两个武装人员押送，连夜回了本单位——据说，他贪污一亿四千万元。赵林降低了声音，看看四周，只告诉少数几个人，那天赶上他在总团开会，他目睹了这位名人被带走的场面。被带走者甚至对赵林说了告别的话，他说:"我绝对没有做对不起党的事,我保证。"洪嘉听了立即指出:顽固!狡猾!周碧云撇了撇嘴。钱文皱起了眉头,看看赵林,又看看大家。萧连甲莞尔一笑,摇了摇头。赵林自己说完了这个他觉得应该保密的情况,缩了一下脖子,耸了耸肩。祝正鸿严肃地发了发呆。

他们还参加了一次本区举行的斗争大会。"老虎"是区委委员、老干部、副区长。他负责一项建筑工程。完工不到一年就出现了地基下沉、砖墙裂缝、下水道堵塞、水管断裂等情况——当然是资本家偷工减料。那么主管这项工程的副区长接受了多少贿赂呢?他如果没有接受大数额的贿赂,怎么可能验收这样恶劣的施工呢?

成立了打虎队对付这项工程的包工头和他们的老板。他们不招。后来据说打虎队发明了一种斗争办法——架着包工头及其老板在雪地里跑,轮流架着他们跑,跑几圈以后就招了。招了就休息片刻,休息完了接着架着跑,又跑几圈便招得更多了,先是招贿赂副区长两千万元,跑下八圈来就承认贿赂了八千万元了。圈越多贿赂就越多,打虎队长火了,放屁,狡猾,破坏运动!怎么可能贿赂得比承包金额还多?便又跑圈,跑一圈便又减一千万,最后总算达到了一个合理的数字。

这么大数额的贿金哪里去了?这又是一个不法奸商负隅顽抗而打虎队员久攻不下的堡垒。又费了许多周折,包括跑圈和组织奸商们的家属前来"攻心",最后"五毒"资产阶级分子们承认,由于他们和副区长都很狡猾,言明那笔巨款作为股份投入到这家建筑企业里——堂堂老革命、副区长成了"五毒"建筑企业的老板之一。触目惊心!心惊肉跳!

斗争大会上,先由打虎队长介绍案情。一面介绍听众一面喊:"把老虎带上来!"喊到一定规模,"老虎"上了台。群众接着又喊:"把奸商坏蛋带上来!"坏蛋带上来供大家参观了一下旋即带下去了。据打虎队员的解释是为了避免他们之间的接触和串供——打虎也是极有学问的事。然后是群众批判发言,群情激愤。团委方面是由李意代表大家发的言,目的是锻炼资本家出身的他。李意发言内容倒是够得上慷慨激昂,只是声音和神态仍然不尽令人满意,仍然显得单薄孱弱。李意讲着讲着忽然愤怒了,甚至伸出手做出要打"大老虎"的姿势,被押解"大老虎"的打虎队员所拦阻。那时确实还是很讲政策的。钱文对此又庆幸又有些遗憾。他不认为李意的伸手很必要很有说服力乃至很自然,但作为革命者的他确实又希望受到更激烈残酷的阶级斗争的锻炼。他听赵林讲了一些土改中的事,他不完全能理解,但是他深信那是难于避免的,他更渴望自己也有见见这种世面的机会。

斗争大会的最后是在口号声中宣布对"大老虎"逮捕法办。当即上来了警察,当众给副区长上手铐,押解下去,会场群众依稀听到了警车开动的马达声和警笛声。人心震荡。

这些事及报纸上刊登的"三反五反"斗争的战况和战果,使他们受到了深刻的教育。他们写日记,谈感想,再充分利用这个运动向广大青年和团员进行教育。共产党的大公无私,阶级斗争的尖锐性和严肃性,毛主席关于谨防糖衣炮弹的告诫的重要性与预见性,提高自身的思想觉悟、加强免疫能力、永不变质的决心……这些他们想了又想,说了又说,讲了又讲,写了又写。在党的生活会议上谈起这些,他们个个热泪盈眶。前一段一度出现的松懈情绪一扫而空。

到了五月份,"三反五反"运动进入收尾阶段。正像发动时的气魄宏大、雷厉风行乃至给各大单位定任务、下指标——即规定按比例该单位应有多少款项被贪污并要求揪出贪污了这么多款项的"老虎"来——一样,收尾也是限期复查,定不下来的案件一律解脱罢手,不得再行纠缠。三下五除二,劈里啪啦,一大批"老虎",包括那位从土改工作团押解回京的名人和"受贿入股"的副区长,又全不是贪污分子了。青年干部们又一次目瞪口呆,一开始还有点不过瘾,想不通,终于又受了一次关于实事求是和掌握政策与运动的领导艺术的深刻教育。而且他们认定,例如即使副区长的贪污问题不能成立,这次斗争的政治及思想意义与政治及思想影响,都是空前郑重和伟大、深远的。

赵林土改回来等候分配等了一个多月。由于那时这帮年轻干部从没有待分配的经验,这一个多月赵林如同断了线的风筝一般,他似乎失去了一切,他的全部生活失去了依傍,失去了主心骨,失去了价值。他什么都干不下去,连吃饭也尝不出滋味来了。他切肤地感受到,离开了革命任务,他的存在不如一片树叶,他的生存不如一粒灰尘,他的活或者死,还不如张雅丽的账本上一元钱的涨出或者短缺重要。他太痛苦了。他长这么大还没有尝过这种痛苦。他想起了在苏联小说上看到的在清党过程中被清洗的那些人,他坚信,那样的命运确实还不如死掉。《士敏土》中一个被党清洗的人当场掏出手枪自杀。他懂了。

恰恰这一段时期赶上了林娜娜的情绪的大起大落。他土改期间已经觉得事情不妙。一开始他给娜娜写了几封信并且得到了迟到的回信以后,林娜娜回信的周期间隔越来越长,最后两个月,他干脆收不到林娜娜的信了。

回来以后,他约林娜娜,娜娜人没有来,来了一封信。信上说,分离了半年,她终于做出了决断,他们两个不合适,她不能和他再继续来往下去了,她对不起他,请他原谅。"过去的事就让它永远过去吧。"她说。她和他在一起,从来没有说过这么多、这么完整、这么有感情的话,像在这封宣布"吹"的信上说的这样。赵林面如死灰。他给娜娜写信,只求再见一面,哪怕从此永别,从此形同陌路。"不论如何,让我们最后握一次手,道一声再见,道一声珍重吧。我们仍然是同志,我们仍然在同一个战壕里边,迎着旧世界的垂危的硝烟,向着新生活的曙光冲锋。我们之间的光明和诚挚的记忆,将永远地保留在我们——革命的忠诚战士的心中,直到我们为了共产主义事业流尽了最后一滴血的时候。"他寄出了这一封信,心里甚至有一种崇高的悲壮感。他模模糊糊地感觉到,是由于他的献身工作,由于他的强烈的革命气质,由于他的全部言论和行动都属于革命,他不可能像一个普通男孩子那样去结交和照拂娜娜——他不会那样去献殷勤。他也不会与她胡扯那些小市民小女学生喜欢扯的话题。他还去搞了土改,一走就是半年,他的信都是谈阶级斗争的……如果他失去了娜娜,那也是自我牺牲的结果。

　　这次见面竟是这样不同。这次"为了告别的相会"是被娜娜安排在她的——大名鼎鼎大画家林远之的——家里进行的。过去多少次赵林曾经希望有幸被邀请到她的家去一次,都没有能如愿。他完全理解娜娜那少女的心的羞涩与不安——她还只是个中学生啊。如果他赵林常常想到娜娜为他而付出的一切的话,那么她最大的付出便是她少女的平静的失去。她怎么能和他比!他在政治上是成熟的,她在政治上是幼稚的。他在经济上是独立的,她在经济上还依赖着父亲。他在社会上是有一定的地位的(他常常想起一九五一年春节时他作为本区地方干部的代表前往一支部队的军营慰问的情景,他被部队的一位司令员同志待若上宾),她的社会地位则还是零。他的事业方向是明确的,而她一切尚未定局。在这种时候她接受了他的追求……这是何等的别扭啊!但是,他又怎么能够没有她呢?

　　去她的家要经过一个熙熙攘攘的商业区,经过许多灯火通明的小贩摊。那个时候对于他们,一碗鲜红的山楂汤,一双贴着红红绿绿的商标的针织袜子,灯光下显得明亮的橘子、苹果和鸭梨,都是不可轻易问津的奢侈之物。由于不怎么问津,这些东西便呈现出一种陌生、混乱和庸俗,以浑浑噩噩的面貌在他的眼前掠过。生活,芸芸众生,还远远没有装备上高能量的马达与准确无误的舵把,他们的建设新生活的任务可真是万里长征才走了第一步呀。他略略感叹着穿过商业区,进入小胡同,经过一排洋槐树,来到了一座红砖二层楼前。娜娜先拉了一下门铃——不是电铃,赵林趁此机会观察了一下沿着楼墙攀援生长的还没有长出新叶的爬山虎。他蓦然心动,若有所感。门开了,他们走进去,向左一拐,进入了一个铺着旧地毯,摆着旧沙发,吊灯灯光昏暗,由于通风不良略带霉味的小客厅。娜娜请他坐下,并且给他倒了一杯白开水。娜娜坐到对面,离他有两米多的距离,微皱着眉。

赵林看了一下娜娜,他说:"你的信我收到了。"

娜娜一动也没有动。她的脸上只有一种期待着谈话赶快结束的表情。

赵林全身都凉了。他无法喘得出气来。

无法使人相信的事情正在发生。冷静和沉默构成了透明的钢墙。他看得见娜娜,和过去一样,然而,一道不可逾越的界线把他们分割在两个地方,像分割在两个星球上。隔着透明的墙,娜娜显得是那样端庄,洁净,沉稳,聪明——他要说是成熟。过去,娜娜搂在他的怀抱里的时候,他怎么从来没有觉得她聪明和成熟过。娜娜说了"不",一切便都不同了。她成了主宰,而他,他现在成为完全多余,即将被抹掉、被遗忘,被永久地排除在她的生活之外了……连这所和这一间房子也显得那样可亲,那样古老而又那样遥远。这房子本来应该成为他所依恋、他所经常光顾、也有一部分属于他的地方。而现在却成了一只正在离他而去的小船,即将沉没在地平线的另一方了。

我是多么可怜!已经有许多年了,赵林意气风发,趾高气扬,摆出的是一种所向无敌、舍我其谁的气概。现在他突然明白了,他幼稚,渺小,狂妄……他其实什么也没有,什么也不是,连这样一间有点古雅的小客厅都没有进过……他个矮,他已经被一个姑娘"甩"过一次了,他现在正眼瞅着他的幸福他的甜蜜他的骄傲离他而去。

他再也忍不住了。他痛哭流涕起来。他哭得忘记了一切。他忘记了自己的身份,他忘记了男子的尊严,他忘记了自己是在什么地方。他忘记了这一家的主人是个名闻遐迩的美术大家,他在这里的一举一动都要考虑影响,他忘记了林娜娜政治上社会经验上一切的一切上还是多么幼稚,多么需要他的帮助,而他——即使与娜娜中断了特殊的情感关系也仍然有责任做她的兄长与老师,有责任帮助她进步……他全忘了,他只剩下了天昏地暗的悲伤,儿童一样的悲伤。

他哭了不知道有多久。直到林娜娜来劝慰他,抚摸他的头发……直到他们又紧紧地拥抱和亲吻在一起。

这差不多是他长大以后的唯一的一次哭泣。这可以说是他人生的最后一次哭泣。此后,他还会遇到许多令人大大伤心之事,比这次的事情痛心得多的事情。但是,他再也不会这样哭了。他再也不会获得娜娜这样的看他的哭,同情他的哭,安慰他的哭的友人了。

而在这次危机之后,乃至直到又一次更大更毁灭性的打击到来以后很长一段时间,赵林回想起自己的哭泣便不免有些不好意思。他宁愿把这次哭泣设想成自己有意无意地采取玩弄的一点小手段,他宁愿认为这是一次他使用的获得了短暂的效果而终于于事无补的应急应变的爱情策略。

我的青春就这样过去了。事后许多年,当他回首往事的时候,他把自己的青春期的下限划在了这里。

我的青春就这样过去了。后来,当林娜娜回首往事的时候,她也会把她的青春时代的下限划在这里。与赵林不同的是,她的青春的结束并不是哭鼻子的时期的结束,而是啼哭的开始。她小时候其实是不爱哭很少哭的呀。

以哭泣暂时克服了感情危机之后,不久,赵林被找去谈话,他分配到一个对外贸易部门去了。他担任了一个处的处长。才去不久他便受到了领导上的器重,他的极强的党性,他的理论水平,他的工作热情与他的口才与有条不紊的组织办事能力令人刮目。他立即被送去培训,他将要被派出国执行任务。他很感叹,他想起了"脱颖而出"这句成语。他感叹地回来过一回,并且告诉祝正鸿,他这次的被调走实在是太好了,只有从事更实际的工作他们才能真正地一展身手。他们这一批青年干部确实是相当优秀的。未来是属于我们的。他感慨系之。同时,言谈中他流露出对于青年工作的轻视。

祝正鸿笑而不言。他有一种"天机不可泄露"的心情。他下意识地觉得,只有那些没有怎么说过和吹过的事情是有希望实现的,而当一件事被过早地说出来吹出来的时候,他反而将信将疑了。他祝贺赵林调动工作以后诸事顺利,大有希望。他尤其祝贺赵林有这等幸运——即将出国。他回想起过去在报纸上读到的一篇一位女劳动模范的文章:她刚刚出席了莫斯科举行的世界工人联合会的执行委员会会议。她说,她原来是童养媳,她的婆婆常常打她。过去婆婆打她的时候爱说的一句话是"看把你狂的,你要上天吗?"而此次,在她乘坐飞机前往莫斯科的时候,她又想起了婆婆的话——她已经真的上了天了。

"你要上天了。"祝正鸿微笑着祝贺赵林。他们都记得他们一起传看、朗读这篇感人的报道的情景,他们都分享了那位女劳模天翻地覆的翻身喜悦,生正逢时的喜悦。天空和世界,等待着他们。

"太伟大啦!""乌——拉!""我们不干我们不干,怎么什么好事儿都让你摊上了?你怎么那么福大命大呀!"旁人的反应就没有那么冷静自持了。人们不掩饰自己的艳羡乃至嫉妒。

"都会有机会的。"赵林的回答是认真的、宽大的,却又是掩盖不住地得意的,"来日方长嘛,每个同志都会有自己的机会。这方面,也许我的机会好一些,那方面,也许你的机会好一些。不可能所有的好事都被一个人摊上,也不可能另一个人一点机会都没有。你们不要着急喽。"他的样子颇像一个大赢家在安慰和教育输家。他出了一口气。他似乎已经上了天。他的伙伴们看着他像看一只幸运的飞鸟。大家都痛痛快快地做着在天空飞翔的梦。

啊,生活,
你给青春装上了翅膀。
啊,青春,
你为生活增添了力量。
啊,力量,
来自伟大的共产党!

满莎即席吟诗,全场欢腾。

赵林离去的时候,笑得合不拢嘴。他长出了一口气。

祝正鸿一笑而已。出国当然很好,不出国也没有什么不好出国也未必各个方面都那么好不出国也不见得各个方面都遗憾。他直觉地想。

束玫香临产了,挺着高高的大肚子。正鸿尽量照顾她,却又不好意思:堂堂一个男子,一个年轻有为的领导干部,没结没完地伺候老婆,未免有失身份也太同于流俗。他正在给玫香打洗脚水,外边来了个人,他立刻把脚盆藏在一边,做出若无其事的样子。他正在洗菜,外边来了个人,他甚至紧张地向玫香发起火来……然后,等客人走了,他再向玫香解释道歉,费不知多少话,玫香还要绷起脸和擦眼泪不止。

然后预备尿布,预备褓裸衣服,预备奶瓶奶嘴,预备玫香坐月子的食品。本来这些东西可以由妈妈来办,但是玫香一定要亲自动手,其实是让他搞。然后讨论小孩的名字。"男的叫新光,女的叫新梅。"正鸿建议说。"不好不好,"玫香立即否定,"新光好像是大光头、秃子,新梅——没没没,什么都没有了。我倒霉就是因为叫没(玫),再不能让我的孩子也什么都没。"

祝正鸿被噎得只剩了翻眼。

再起两次名字被否定两次以后,祝正鸿的灵感也就星点无存了。然后玫香埋怨正鸿不关心未来的孩子,"就像这个孩子只是我一个人的似的。"她说,无限的委屈。

正鸿幸福而又精疲力竭。

闵秀梅仍然常常地找正鸿汇报请示。说话的时候她用那样虔敬的眼光看着正鸿,她的眼睛又黑又大,她的睫毛色深质坚,她的嘴唇丰满而又柔润,她说起话来嘴部的动作非常多,嘴的表情非常丰富,甚至使祝正鸿不敢正眼看她。不敢看又想看,"她挺逗。"他想。"您看我怎么努力才能入党啊?"她一遍又一遍地问。"你可得帮助我!"

她一遍又一遍地说。她简直是在求他。工作的事,私人的事,谁说了什么,谁高兴或者谁不高兴了,她都来说。她只是来请示,来靠拢组织,来请求帮助,她绝对不是来告密的,绝对与后来人们所说的"打小报告"并无共同之处。闵秀梅的经常前来虽然占用了祝正鸿不少时间,祝正鸿也曾经用"下次再谈吧,我现在实在抽不出时间来"的说法表达过自己的不耐烦,祝正鸿也明明知道她的谈话实在并没有多少重大的内容和重要的意义,但他实际上还是越来越欢迎她的前来,他习惯了与她谈话。她的幼稚与肤浅使正鸿与她在一起只觉得分外轻松。她的虔诚与绝对的尊敬,使他感到一种快乐的满足,尽管他知道这种敬意对于他并没有任何价值,甚至还有几分可笑。她的说话是一种分明是如果在旧时代只能算是"灌米汤"的说话,她的面容是一种灿烂地开放了的面容,她的声音是一种有求于人的女性的讨好的声音,她的姿势是一种说扭捏没有扭捏,说没扭捏又不知怎么说好的姿势。这些说话、声音、面容和姿势,加在一起却是无比的天真,决然的无邪,坦白得如同天空。这一切都使他颇为喜悦,全身轻松舒适,事后也时有回味。如果连续四五天他没有见过她或者没有跟她说什么话,他甚至若有所失,不无怅怅。

有一次她来汇报一个"案件",是一个团员的处分问题:一个高中的学生团员,被揭发奸淫一位未成年的女孩。闵秀梅把自己调查上来的情况详细汇报给祝正鸿——她与受害的女孩谈了话,女孩把一切的一切包括过程和感觉都告诉了她。闵秀梅照着笔记本向祝正鸿讲了全部细节,祝正鸿如坐针毡,脸红了,心扑扑地跳。一个未婚的女孩子怎么能张口与他说这些就是他也觉得无法出口的事情,他简直是吓了一跳。他略略看了闵秀梅一眼,闵秀梅显出一种严肃和激动的神情。因为她这是向组织汇报一件秘密的事情,这种事情只能让组织而不是任何旁人知道。她汇报这个事儿的严肃性和机密性恰如汇报一件独家掌握的间谍案。她因激动而苍白,以致他觉得她脸上擦了一点白粉。她的鼻翼一扇一扇的,她的喘气的声音挟带着一种女性的生命的热力。她的丰盈的嘴一努又一瘪,好像在咀嚼和吸吮什么有滋味的东西。她的颧骨和下巴都比常人的稍宽,让人觉得舒展而又缺少点进一步的充实。她继续谈那些不好出口的东西,她毫无保留地向他摊开了一切,把所有的门窗通通打开,他可以自由地进行巡查。他示意不必再详细说了。他努力集中起精神讲了几点类似要"严肃处理""替受害者绝对保密""与法院取得密切联系"之类的大而化之的意见。闵秀梅深深地点头称是,好像他讲得有多重要多精彩多深刻似的。在听到关于"保密"的训诫的时候,闵秀梅把椅子拉近祝正鸿一步,膝盖几乎碰上他的膝盖,把嘴向前一送,她说:"我只汇报给您,别人打死我我也不说——跟我妈也不说。"她的呼出的气触到了他的脸,他闻到一种薄荷与牛奶的混合的气味,那是一种婴儿的气味。祝正鸿心乱得说不出话来了。

这天晚上祝正鸿心乱如麻。束玫香立即发现了他的心不在焉。"你今儿个是怎么了?"她的声音里带出了愠怒。

"老虎……贪污……"他遮遮掩掩。

这一夜他非常痛苦。他像得了热病,浑身火一样地烧。我这是怎么了,我这是怎么了啊!他几乎哀号起来。我什么也没什么呀!我难道是想入非非?我难道有什么不应该有的,流氓一样的思想?我实在没有哇。我为什么会这样地激动不安以致失眠?有一个女子的形象他挥也挥不走。她是闵秀梅。她洁白得像一条鱼。她长得本来说不上好看或者不好看,但是突然显得那么活,那么大,那么有血有肉有情有趣有声有色。她使他窒息。她好像压在了他的身上,她的嘴一直在他的眼前噘来努去。她的声音像一种糖汁,又甜又黏。她叙述那些不应该由她叙述的东西的话语他驱之不去。她……

讨厌!正鸿骂道。

上班以后祝正鸿的面孔特别的严肃。他达到了不苟言笑的程度。为一项报表的统计错误,他大发雷霆,把张雅丽都训哭了。他从来没有这样凶恶过,他的严肃使人们吃了一惊,也使人们认识到领导就是领导,事关工作,没有什么可含糊的。

他收到了一份文件,里边讲到关于吸收新党员中的一些具体问题。其中谈到对于直系亲属被我镇压者,不要发展入党,要经过长期的特别的考验经省一级党组织特别审查,才能个别地批准他们入党。读了这个文件他颇感沉重。快乐呀欢呼呀幸福呀伟大呀向前进呀……这些当然好,很好。然而……他觉得他应该把党内的这个临时规定告诉凌函栋,不要让他老抱着希望。宁要失望不要虚假的希望,这是他无师自通的做事原则。他考虑怎么样与凌函栋谈话好,不要挫折他的政治积极性,又要使他明白上级的规定是为了事业的利益,归根到底也是为了他的利益。他这样考虑的时候闵秀梅未经允许——她没敲门就进入了他的办公室。"您……"她刚张口就被祝正鸿粗暴地打断了:

"我正忙。我现在没有时间。我不能整天跟你没完没了地谈话。申请入党也不是这么个申请法,积极也不是这么个积极法呀,去去去去……"

闵秀梅怔在了那里。她完全没有心理准备。她不知道发生了什么事情。她这边什么事情也没有发生,什么变化也没有发生。而且,她现在来找祝正鸿并不是来谈入党问题的。他是她的领导,她有什么事必须找他,她不可能不找他。那么,是她做错了什么使他烦恼使他发怒呢?反正肯定是她有了错,她没有能够帮助领导,她没有能够使领导满意而是相反,她使领导愤怒了,她没有能够表现得好、更好,而是不够好、不好、很不好。天呀!她涨红面皮,她翻眼眨眼,终于,她的大黑眼睛里,落下了泪来。

下班以后,他与玫香回妈妈家,他又为——几乎是不为什么与玫香、紧接着又与妈妈发了脾气。

"你怎么狗脸说变就变?"玫香气得发抖,也出口伤人起来。

"你太没有良心!"妈妈气得捂着心口呻吟。

祝正鸿气得想摔东西,想打老婆。最后一刻他冷静了下来。我这是怎么啦,我这是怎么啦！他责备自己。他低下头接受老婆和母亲的数落——他计算着自己受到了二十倍的质与量的回击。直到午夜以后,他悄悄地蜷缩在床的一个边边,躺下了还十分怀疑自己现在是否有权、有可能就此安安静静地、不再接受数落和哭泣地就寝。

半睡半醒之中,他觉得自己似乎被抛到了空中,被甩过去甩过来。他的胃在翻腾。他的身体在翻腾。他好像在力图做一个"鲤鱼打挺"的动作,腰背使足了劲,渴望着痛快的一挺一横跃一腾空一舒展一发挥。但是他的身体是太沉重了,他的肌肉和筋骨是太屠弱了,他的全身似乎被一只看不见的巨手攥成了一团,他像一块因为水凉和工夫浅而没有和匀和好和成个儿的生面团。他使足了大劲却一动也不动。他憋在了那里僵在了那里。

啊！他大叫。没有叫出声音。叫不出声音。

后来他在黑暗中奔跑。他在追赶。他奔跑,他被追赶。他深一脚浅一脚,他用不上劲,他气喘吁吁。他想停却又停不下来。

呆笨,沉重,疲惫……他不知道过了多久。忽然,在他的面前是一张笑脸。他紧紧地抱住了她,他只求一死……他们恣意地"那样"了。那是——

闵秀梅！

不,不,不是闵秀梅。那只是一个模模糊糊的梦中的影子。影子不是活人。梦不是针对哪个人的。那怎么可能是闵秀梅？难道我是不道德的？即使做这样的梦那也无异于一次精神的犯罪乃至犯罪的预谋或者预演……我这是做了一个什么样的梦啊。他大汗淋漓流下了泪来。他觉得自己再也不敢见人,再也不能无愧地活下去了。

连续几天他回避与闵秀梅的接触,见到她就板起了脸。闵秀梅小心翼翼,见到他想笑一下又不敢笑,想说句话又不敢说。

祝正鸿总算找时间与凌函栋谈了话,他鼓励了他很多,越是鼓励得多越是觉得那主要的话难以出口。但是凌函栋相当敏感,他刚一说到他申请入党的话题,凌函栋便立即表示:"我知道我的情况与旁人不同。我一定要经得住党的考验。"他讲得这样好,甚至祝正鸿都不知道再说什么好了。

祝正鸿虽然感到有些尴尬,仍然从正面讲了一些道理。他想举鲁迅的例子:鲁迅并不是党员,但他是党外的布尔什维克。又觉得这样说实无把握。凌函栋怎么可能与鲁迅比?党外布尔什维克云云,似亦不是出自党的文件,这种说法是否妥当,他也没有把握。他只好真诚而又空洞地说:"你不要背包袱,你可千万别背包袱呀!"

"请组织放心,"凌函栋激动地咧着有点歪的嘴,"我的心是属于党的,我的人是属于党的。不管组织上是否入了党,我都要为党的事业流尽最后一滴血……我现在只恨不得把我那个反动老子从棺材里揪出来,再亲手枪毙他一回!"凌函栋讲得惊心动魄。

祝正鸿十分感动。他紧紧地握着凌函栋的手。他表示,他要竭尽全力帮助凌函栋解决入党问题,他要专门给上级起草一个报告,请求特别处理凌函栋入党的事。

两星期以后,祝正鸿接到报告:闵秀梅病了,高烧,昏迷,不停地说胡话,说什么"我对不起领导,我做了对不起领导的事了,领导讨厌我了"。

祝正鸿皱紧了眉头。他叫上刘丽芳,一起去看望病人。他尽力安慰秀梅,与糊里糊涂的她讲话,只讲一句话:"你是个好同志,你是个好同志……"直到秀梅终于入了睡。

祝正鸿下了决心。他找了上级组织部门,他要求把闵秀梅调到另外的单位去。他讲了一些含含糊糊的理由。

两个月后,闵秀梅工作调动,到市妇联去了。祝正鸿下功夫写了一个材料给市妇联,以组织的名义,充分肯定了闵秀梅的政治积极性与工作表现,强调了她的良好阶级出身,强调她已经基本具备党员条件,建议新单位从速解决她的入党问题。

一个"基本具备",一个"解决问题",这两个短语他直觉地颇感疑惑,但是如果不用它们而用别的词语——如用"业已具备条件"或者"从速吸收入党",就更不合适。那像是下令,而且无法解释既然这么肯定,为什么不在这里先解决了她的入党问题再调动呢。"基本,基本……"他念叨着这两个字,送别了病后苗条多了的秀梅。

他发了很久的呆。

从此,他增添了一个毛病——发呆。在发呆的一刹那,他什么也听不见什么也看不见,像是一个患有自闭症的病人。这一刹那过去以后,一切正常,除了露出一丝宽厚的、嘲讽的苦笑。

第二十一章

高来喜的眼睛亮了。又亮了。

一直到一九五一年八月出现在他们这里以前,高来喜认为自己的家乡是世界上最美好的地方,或者干脆说,他不知道家乡以外还有世界。家乡外的世界,对于他来说,至多不过是一些故事,一些传说,一些地理教科书上的插图罢了。村外有一条河,清澈见底的河水在村口转了一个弯,形成了水中的沙洲,发出了稀里哗啦的活泼欢快的笑声,自西向东,又自东南向西北方向流去。沙洲上常常有水鸟栖息,在落日的背景前面,鸟儿会突然变得庞大起来,遮河盖日,以它们舒展豪放的身影与嘹亮自由的鸣声向世界透露混沌的天机。走向村落,这里是一个没有城墙的城门,乡亲们管它叫做圈门。破败的圈门见证着这儿的贫穷和艰难的悠久历史,不仅人来人往,而且所有放牧的猪、牛、羊、马、驴常常成群列队地从这个圈门中早出晚归,留下了它们的天然纵横随意亲切的牛粪马尿气味,与草香土香和时浓时淡、永远飘散不尽的炊烟气味混合在一起,使闻到这种气味的人立即变得心情平和、流连依恋起来。进圈门再走二十几步,不知什么年代筑起了一个高高的戏台,在这里开过斗争地主的大会,也在斗倒了地主,农民分到土地以后演过一次大戏。站在戏台上可以看到高高低低的瓦屋顶、石片屋顶和草泥顶子。草泥顶子上大都野草繁密,一到夏天就一片又一片的绿。每天不等天亮,各个屋顶的烟囱升起炊烟,紧跟着是一片吱吱扭扭的开门声,狗吠马嘶猪嚎牛吼小孩哭娘儿们叫,特别是几头叫驴的引吭高歌,情深意切,响亮入云,感人肺腑,催人奋进。在叫驴高歌的催促下,挑着筐的、扛着锹的、推着独轮车的农民纷纷下田。他们这个村与邻近几个村相比,地势比较平坦,土地比较肥沃,春天播上种,秋天多少会有收成,除了地瓜小米,农家也多少有白面吃,离县城又近,出趟门做个买卖都方便。就这几点,这个村对于待嫁的女孩儿们已经有相当的诱惑力了。就这几点,在这个村过活的人们也就有几分骄傲了。

高来喜是个石匠的儿子。他妈十六岁就嫁给了石匠,十七岁怀了他,怀胎七个月,石匠采石的时候因为山石塌方被砸死了。便说是儿子的命硬,克死了亲爹。三年以后,他妈妈改嫁给一个活了半辈子没有娶过媳妇的"扛活的"——雇农。来喜有同母异父三个弟弟两个妹妹,都长得死眉瞪眼:一个弟弟结巴,一个弟弟见人说不出话来,光翻眼,一个弟弟缺损左耳轮,一个妹妹小时候从炕上摔到地上伤了脑子,傻笑、流口水、喜怒无常,最小的妹妹本来模样还不错,六岁时候得了一场小儿麻痹,从此左右摇摆,一瘸一拐。这样,来喜在家里、在村里都如鹤立鸡群一般,眉清目秀,饱满方圆,聪明伶俐,活泼可爱,人人见了人人不信是他们家的孩子。名声传到了县城学校,被特别照顾免费进了学堂,那时贫雇农的孩子念不起书,念书的孩子多半出身地(主)富(农)。像高来喜这样出身又好又有文化长得又英俊的"大学生"——他只上到高中一年级,当然,县城里也不可能有大学,乡亲们称他为大学生封他为大学生,以示对他的高度评价与高度期望——真是打着灯笼也找不到。他自己也感觉到老天爷对他这个"克"死亲爹的孩子多有厚爱,对自己也对这个世界,他不能不多一点信心和爱心。他与众不同的结果是自以为与众不同,从而益发与众不同起来,没了治了。

进中学以后,他结识了数学老师的女儿卞迎春。卞迎春和她的父母都看中了高来喜。其实高来喜能有今天是离不开卞老师的提携帮助的。卞老师早就与师母讨论过把他们的独生女、掌上明珠迎春许配给来喜的事,卞师母对于小高家的贫困窝囊和人口过多不满意,下不了决心。一解放一土改,殷实一点的城里人不是地主爹就是恶霸舅,风雨飘摇,朝不保夕,原先的老爷太太说变就变,一家伙成了贱民——或者更坏,成了罪犯死囚,人们避之唯恐不及。贫雇农翻身是翻身了,一无家底,二无文化,三无模样——那模样可不是翻一代身当时即可奏效的——为迎春择婿也还难以立刻面向贫雇农。工人——雇农家庭出身的高来喜,天分高,功课好,成了最理想的女婿人选。可喜的是,"天"从人愿,得来全不费功夫,就在卞老师夫妇下了决心的同时,迎春心中有数,肚里有准儿,不等父母指示,她已经与来喜"对好了象"。新事新办,照顾传统,不负解放,不负时代,青年人自由在先,父母之命在后,各方满意,皆大欢喜。在高来喜、卞迎春双双被招收进京当干部以后,出发前夕,卞老师弄来一扇猪,弄来一坛子酒,请了雇农亲家和二十几位亲朋好友吃酒赴宴,完成了他们心目中的"订婚"大典。高来喜和卞迎春则是喜气洋洋,金榜业已题名,洞房花烛在望,以喜迎喜,双喜临门,他们带着家长父老乡亲的厚望来到了北京。

　　培训一年,完全是军事化的严格管理。一天到晚,三个单元时间,全部安排得满满当当,不留余地,即使教学科目完成,没有别的事做,也要不停地跑步出操,上课开会,让你忙得连放屁的工夫都没有——这句俏皮话是高来喜进京以后学的。每星期六晚上的文娱活动也是集体地有组织地进行:看电影、看节目、演节目、赛球……一律是吹哨集合,吹哨解散。集合后和解散前还要各唱一首革命歌曲。星期天两顿饭,十点才吃完上午饭,自由活动到下午四点。他们的培训部在西郊,坐公共汽车进城到天安门,要倒三次车,用一个半小时。星期天自由活动时间进城,必须三个或三个以上的人编组,一起走一起归来。如此这般,高来喜一方面学得很来劲,来日方长,前途无量,成绩优秀,信心与日俱增,一方面又不免厌烦,拉屎放屁都管这么严做什么?他对卞迎春说:"什么北京呀,我看还不如咱山东老家好哩!"说完,他很后悔,这话要是让领导知道,他就完了。他也替迎春着急,他的这落后话迎春要是汇报上去,未免对不起他,迎春是不义;这话迎春要是不汇报,又未免对不起组织,迎春是不忠。他想了好久,想出了一个忠义两全的办法:迎春先不去汇报,他自己在生活检讨会上谈了谈一些"思想",当然,是轻描淡写,糊里巴涂。

这样,他最后未能去做机要工作,"改行"来到城区做群众工作,他实际上是很高兴的。来到这里才算来到了城市,一切都焕然一新。不管多么革命怎么说要向工农兵学习,城里的学生毕竟是城里的学生,他们的口音和口头语,他们的表情和举止,他们的一颦一笑都令他倾心神往,自惭形秽。他来区里不久,去参加一次团日,是一个男中和一个女中两个班的团分支部联合举办的。团日在下午四点半在北海公园的太液池畔举行,主题是"向卓娅和舒拉学习"。那时英雄们的母亲柳·科斯莫季缅扬斯卡娅所著《卓娅和舒拉的故事》刚刚在中国翻译出版,引起了中国青年的卓娅热。先是一个女学生的朗诵,她的声音令高来喜痴迷,那样一种甘美和醇厚,那样一种激动和深情,那样一种晶莹和天真,连同她的厚密的黑发的拂动,她的目光的变幻,她的嘴角的用力和她的时而用舌头舔一下嘴唇的转瞬即逝的动作,简直把来喜惊呆了。北京话是这么好听,北京的女学生是这样好看,他也算活了二十岁了,怎么过去连想都想不到呢?啊,啊,圈门里与牲畜生活在一起的乡亲们啊!

男同学的小合唱唱索洛维约夫·谢多依作的歌曲《夜莺》,宽阔中走出了温柔,威严中表现着情谊,低音的自信,高音的刚亮,齐唱的坚强与轮唱的波澜,立刻撩动了高来喜而且使他跃跃欲试:如果我有机会我也可以这样唱的⋯⋯然而,我长这么大才第一次听到——知道——男声小合唱,那毕竟是家乡的鸡啼驴鸣所不能比拟的啊。

至于女声的唱歌他都没有办法形容。一个声音响亮的女孩子唱《新疆好》,来来来来来来来来⋯⋯一串来来来真是非人间的不可思议的声响,半像童声,半像欢呼,半男半女,又疯又闹又叫,曲折婉转,嘹亮入云,令听者哭,令听者欣慰沉醉。实是唱歌的精灵,精灵的歌唱,青春的风光,快乐的天使。听此一曲,不负北京之行,不负人生之旅。他算是服了。

然后是合唱,几十个女学生按大小个儿站成三排,活泼热烈,如荼如火:

> 我爱人民的新中国,
> 新中国伟大坚强,
> 她有广阔的土地,
> 还有无尽的宝藏……

然后是副歌:

> 祖国,正在成长,
> 人民,是祖国的力量——力量……

政治标语似的歌词却唱出了千种热情万般喜悦,千番梦幻万样笑声。来喜不但陶醉而且兴奋,却又并不陌生。他恍惚觉得,生活本来就应该是这样的,他本来就喜欢就适合就应该这样生活。他应该歌唱,他应该尽情地欢乐和豪迈,他应该永远和革命在一起,和党在一起,和男女青年人在一起,和美丽宏大热闹的城市在一起。小河,沙洲,圈门和戏台,这都是早已翻页翻过去了的往事。他正在经历一种脱胎换骨,狂喜新生。

接着是团支部书记的思想教育讲话。他讲话以前先建议大家停下来。转头眺望西山,欣赏夏末的晚霞两分钟。全场大大地活跃起来。来喜陶醉赞美得五体投地——瞧人家这主意!然后支部书记告诉大家,幸福的生活是卓娅、舒拉、刘胡兰、董存瑞等烈士的鲜血换来的,晴朗的天空昨天还弥漫着硝烟。例如,朝鲜的青年当然不会有机会和雅兴欣赏山头的落日,帝国主义的魔爪扼住了他们的喉咙,中国人民志愿军的献身继续着卓娅和舒拉的事业,而我们——

"我们是卓娅和舒拉的朋友,我们是刘胡兰和董存瑞的同志,我们是革命的战士共产主义的接班人,我们要……"

支部书记的话令大家热泪盈眶,一次又一次地热泪盈眶。直到这个时候高来喜才发现了北京青年的一个弱点——也许不算弱点——他们太爱激动因而甚至略显夸张了。哪有动不动流泪的革命家呢？这使他微微一笑。

城市青年的风貌使高来喜的青春活力大为焕发。除了口音改不了也不想改以外,他的接受新鲜事物的热情是空前的,他的模仿力也是出众的。他的头发三梳两理就出了一个弯儿一个波浪,比任何别人的头发都潇洒。钱文的头发乱而李意的头发黄、稀,祝正鸿的头发过于向后背而满莎的头发太硬,常常是不怒而发冲冠。只有鲁若的头发庶几可以与他相比,而鲁若总显得未免有些小头小脸,不像他这样匀称健康活泼灵气。他学会了把手插在裤袋里,有时说话前把嘴还咂一下。他学会了遇到高兴的事张开双手,做出一个即将与人拥抱的姿势。他学会了像苏联电影上那样说话,见到刘丽芳的时候优雅地一挥手:"你好,我的朋友。"或者是:"你好,我的刘巴。"叫完"我的刘巴"他自觉有点唐突,刘巴的回答却是:"瓦西里同志,请让列宁同志先走。"——不知道这话是不是出自电影《列宁在十月》。高来喜受到了鼓励,他更加放肆起来,学着莫斯科电影制片厂华语配音的南腔北调说:"六（刘）拔（巴）,我沁（亲）挨（爱）第（的）效（小）鸟儿,逆（你）常（唱）一格（个）葛（歌）拔（吧）。"

遇到刘丽芳高兴,大概会回答:"你们能够赢得和平,因为世界上有苏联！"这是科斯莫季缅扬斯卡娅在世界和平大会上的讲话中的一段,刘巴一高兴就要这样说,用一种深沉和老练的声音,如描写东欧某国家挫败资产阶级阴谋、建立人民民主政权的苏联电影《阴谋》里女主人公的配音一样。那声音令全体观众倾倒,坚信资产阶级必败而无产阶级与人民必胜。如果刘丽芳更高兴,就会用男子一样的声音喊道:"那是您的功绩啊,约瑟夫·维萨里昂诺维奇·斯大林同志！"这大概就出自她看过许多的苏联电影以后自己的加工创造了。

而遇到刘丽芳嫌烦的时候,她就会说:"我以苏维埃和人民的名义判处你死刑。是的,立即执行!"说完,她立即转过脸去。

而不论是什么样子的回答,都能使高来喜心满意足,心花怒放,大笑如狂,大悦如大白痴,什么都忘了,什么都无所谓,无虑无忧,无人无己无物。他长这么大了,从来没有这样笑过,没有这样舒展过,没有这样放肆过。不论是跟妈妈、跟继父、跟迎春、跟其他的老师和同学在一道,他从来没有这样激动而又放松、新鲜而又自由、快乐而又满不在乎过。二十年了,他生活得容易吗?一个雇农的继子,如今成为全村年轻人的尖子,容易吗?和父母在一起,他能够满不在乎吗?和众多的乡亲——叔、伯、爷、祖在一起,他能够满不在乎吗?就是和迎春在一起,他也是小心翼翼的呀——都说他是高攀占了"相应"了呢。

我爱你,刘巴!我爱你。我爱……高来喜一次又一次地在心里说。又小声窃窃私语。他试着用各种口音说。俺奈(爱)尼(你),这是山东话,不像,不能这么"奈"刘丽芳,也不能这么奈乡下人——乡下人听到"奈"字还不笑掉了下巴?窝哎逆,这是莫斯科式华语,真不知道苏联从哪儿找了一批活宝,用这种大鼻子调讲中文,而且用来给那么精彩的电影配音,而且观众个个看得如醉如痴——用这种调去向刘丽芳求爱?那就成了滑稽戏了,说不定刘丽芳会回答他:"轻(请)星(醒)幸(醒),啰里啰嗦夫同志……"刘丽芳最善于给别人起苏式的绰号,说话噜嗦的是"噜里噜嗦夫",怀孕了的是"杜纳耶娃"(肚内有娃),爱睡觉的是"舒依甫希恩斯基"(睡不醒斯基),此外还有"谢尔拉希"(泻而拉稀)"杰巴柯兹"(结巴磕子)"尤达玉诺夫"(又打又闹夫)等等。幸好,高来喜还没有受到她这种特殊的调侃。

闹来闹去,唯一的出路是去说北京话:我——爱——你——抑或是我爱您?当然还是我爱你。他妈的,北京话是这样装模作样装腔作势,说出口来像是个阴阳人二性子!

即使找不到口音也罢，即使不说出来也罢，他沉浸在刘丽芳的身影、头发、声音、欢笑、言谈和发出了轻柔而又热烈的响动的呼吸里，他活在刘丽芳的影响里，他聪明在、精神在、快乐在与刘丽芳的交往与对话里，这已经是事实。好也罢，坏也罢，同意也罢，不同意也罢，刘丽芳对他也有意也罢，对他全无他意也罢……这已经是事实了。

人们不久就发现了这个事实，这成了真正的灾难。所有的人，所有的同事同志都同情卞迎春，都谴责刘丽芳和高来喜，特别是高来喜。人们多多少少知道一些这二位来自外省小村小县的青年的恋爱故事，人们想象他们如小二黑与小芹。人们想象小二黑与小芹的爱情才是最好最美的——比罗密欧与朱丽叶或者梁山伯与祝英台的爱情美好得多。人们越发夸张地议论描绘想象传诵这两个青年男女的故事，卞迎春是越说越可爱，卞迎春对于高来喜的"恩情"是越说越天大海深一般，他们的爱情是越说越纯洁美丽如牧歌如田园诗如贝多芬的《田园交响乐》，而高来喜的负心是越说越毫无心肝背信弃义喝了迷魂汤吃了蒙汗药……人们一致痛心疾首，差不多都自告奋勇地去找高来喜谈话，找刘丽芳谈话，不但有道德的激情，而且有感情上的一万个想不通，人人决心介入他们的感情生活，把他们三个人从悬崖边救回来，把小二黑结婚的美好故事救回来。

他们的同仇敌忾得到了卞迎春的全面合作。卞迎春走了一条这种情况下最为不妥当的路。她被高来喜的变心吓慌了神，一头栽到了组织和同志们的怀里，依靠组织，依靠集体，挽回爱情，这就是她的选择。她向两边的组织和集体诉说了自己的委屈和高来喜的背叛的不义，她哭了又哭，恨了又恨，说了又说，骂了又骂。她尤其是大骂刘丽芳，说刘丽芳是狐狸精、白骨精、婊子，说高来喜原来是好的，都是被她刘丽芳教坏了的。她又给双方的父母去信，请求为她做主。她说的做的这些都导致了相反的结果。她越是这样做，高来喜对她就越反感。高来喜一开初还想好离好散，后来也硬起来了，"我讨厌卞迎春，就是不跟刘丽芳好，我也不要卞迎春了。"他干脆如此宣告。

其实那时高来喜与刘丽芳并没有"明确关系",高来喜窃自排练了许多次的"俺奈尼——窝哎逆——我爱您"一直并没有付诸实战。他们在一起只是没完没了地调笑、神聊、模仿、表演,做语言、声调、表情和动作的应和、竞赛、交流、挑战和应战。娱乐遮盖着真情,言语隐藏着心意,以夸张的"假装"进行着非同小可的试探,用断了气的笑声掩饰着内心的剧烈波澜。刘丽芳知道高来喜有一个可爱的小未婚妻,高来喜知道刘丽芳的只要友谊不要恋爱的宣言。刘丽芳对于高来喜这样一个乡下人——而且年龄比她还要小一点——并没有下定决心献出自己。高来喜对于刘丽芳的态度全无把握,以至于起初他和刘丽芳已经难分难解到这般程度了却没有认真思考过如何了结卞迎春的事。他一直是照例地每个星期天与迎春见一面,一起吃个馄饨馅饼之类,一起上个街轧个马路看个电影之类,一起东拉西扯说话喝水咳嗽打哈欠之类……最后送她上了公共汽车,他长出一口气,叫着"刘巴"跳着笑着去找刘丽芳了。这样,直到卞迎春有所察觉有所怀疑有所悲伤愤怒嫉妒终于大闹特闹起来为止。

也许是自欺欺人,也许是将假做真,也许是真假莫辨,也许是先真后假或者是先假后真……一开始,高来喜与刘丽芳对于卞迎春的"控告"与同志们的关心一概采取不承认和打回去的态度。"什么什么?跟他(她)?笑话,别犯神经病好不好?跟他(她)还不如跟他(她、你)呢!窝哎逆,亲哎地,哈哈哈哈哈哈哈……"

然后他们以攻为守:"怎么啦怎么啦?说呀,到底是怎么啦?我们是同志,你知道不知道?同志之间就不能一块儿说说笑笑了?现在到底解放没解放呢?那你跟某某某又是怎么回事呢?"

"喜欢他(她)又怎么样?开头倒无所谓喜欢不喜欢,现在还真有点儿喜欢了呢。谁让卞迎春这么闹呢?无理取闹!无中生有!是她促成的,弄假成真!原来我真没有这样想过,这回你一说,倒是给我很大启发。我看他(她)就是好!"

"告去吧告去吧,爱上哪儿告就上哪儿告去!我们究竟犯了什么错误了？自私、狭隘、嫉妒、多疑、保守、封建、吃饱了撑的、狗拿耗子（多管闲事）……你们为什么不去教育她去？"

　　…………

　　他们没有事先商量，统一口径、制定对策、"攻守同盟"，但是他们的语言直到笑声和亦真亦假、且笑且怒、又天真又蛮横、连诳带搅的态度具有高度的一致性，就像事先排练过一般。在他们的这种浑然天成的应对面前，人们的道德的义愤、干预的决心一个又一个地败下了阵来。卞迎春哭了两个月，跑（告状）了三个月，骂了半年。她一咬牙一跺脚，和高来喜吹了。说吹就吹，决不拖泥带水，说吹就吹，从此不但成为陌路而且成为仇敌。直到卞迎春扬眉吐气、叱咤风云、颐指气使、惊天动地而高来喜低声下气、霉头十足、辗转乞命、罪该万死的那一天为止。当然，此是后话了。

　　到了一九五二年初夏，高来喜与刘丽芳大获全胜，不论还有多少不平和叹息，已经没有人意欲干涉他们的感情关系了。青春的活泼、漫不经心、乐天无邪本身也是一种力量，这种力量发挥得好也能化解猜疑和敌意。你可以继续不赞成他们，然而都知道，谁也无法改变他们了。

　　然而，那帮助了他们抵御干涉的他们的关系的自由、轻松、开朗和不确定性，又成了无形的墙，把他们隔开。"我们是恋爱了吗？他（她）是我苦苦追求的心上人吗？"他们各自一次又一次地问自己，他（她）得不到确定的回答。他们暗自忧虑，世界上哪里有这样的嘻嘻哈哈的"爱情"呢？

　　在人们十分关心他们的事的时候，周碧云与高来喜有一次比较激烈的谈话。周碧云说："小高，你太不像话！你这不成了陈世美了吗？"

　　"那么你呢？听说你原来天津有个未婚夫，听说你们好了很久很久了。为什么你们俩没成？为什么你跟满莎说成就成了呢？如果我是陈世美，你又算什么呢？"

周碧云一下子脸就气白了。她愤愤地说:"那不一样。我是有理由的。你怎么这样说话!"

偏偏高来喜不知深浅,倚小卖小地说:"是啊,就是不一样啊,我们根本怎么也没怎么样啊。我们是同志关系,我们不过是互相交谈接触得多一点儿就是了。就像你吧,就比如说你与……就说你与凌函栋吧,你们现在都参加私营企业的五反工作,你们不也是早出晚归,形影不离的吗?"

没想到周碧云一听脸就刷地红了。她憋了半天,骂道:"简直是混蛋!"

高来喜却因胜而喜地大笑起来。

起初,高来喜与周碧云辩论的时候提出凌函栋的名字完全是无心地信手拈来,当时确实是周碧云和凌函栋跑私营企业的"五反",运动一搞就要紧张加班,有一次他们俩参加斗争资本家"老虎"的会,会开了一夜,据说是战果累累——资本家挤牙膏般地一宿交待了上万元的"五毒",清晨天亮,他们俩才回来的。周碧云夸张地说,她回来途中,骑着自行车就睡着了,一睡,把一歪,车要倒,她才惊醒过来。她的说法引起了人们很大的兴趣,大家纷纷议论,说是据老八路们说,过去战争年代,夜间急行军的时候,就常有行着军睡觉的,一面走一面睡。到了某处,发出口令"立定",前排停了下来,后排睡着继续往前走,脑袋撞到前一排人的后背上,一撞自停,再后一排的人再撞到他们的后背上,除了最前一排只挨撞最后一排只撞人以外,大家都是一撞人再一挨撞然后停止下来。他们抢着说这些,他们学着睡觉走路立定撞前排的样子,就像他们都有过战争、急行军的经验似的。他们通过这样的议论表达了他们对于革命传统的继承和敬意,表达了人们对于战争年代的不无浪漫色调的往事的追怀。当然,没有任何人会对凌函栋与周碧云的关系想到什么。同志,本来就是比兄弟姊妹更亲密。

但是随着"三反五反"运动的结束,随着天气越来越暖,冬天的臃肿的衣装一件又一件地脱下去，白天一天比一天长，人们的户外活动一天比一天多，某种程度的"冬眠"结束了，花开了，花落了，树叶长出来了，树冠浓密厚实起来了，树荫遍地、蝉鸣满耳了，人们穿上了短袖衫和短裤，脸也大大地晒黑了——似乎一切又发生了微妙的变化。

  经过了长期的"失业"——中苏友协早就没有多少事做了——以后，终于，一九五二年五月，满莎调到了郊区一个干部政治理论学院担任一个教研室的副主任和党史课的教员。这是一次可观的提升，有许多人跑来向满莎和周碧云表示祝贺。满莎活泼可爱照旧，丝毫没有升官后的装腔作势或忘乎所以，这样，他的群众关系群众反映就更好了。周碧云则对之皱一皱眉，说一句"无聊"。结婚以来周碧云增加了一句口头语——无聊，你分辨不清她所说的无聊的确切含义：当你问到她的婚后生活的时候，她说："无聊。"是说结婚本身无聊吗？是说这个问题问得无聊吗？是表达她超级革命，只问政治不问私生活吗？还是表达她对于人生的这一重大进展的失望呢？当你问到她的父母的近况，问到她过去最喜欢读的某一本小说，乃至问到天津的舒亦冰的时候，她也说"无聊"。是用这两个字来回避正面的回答吗？是表达一种过来人的淡漠吗？是抒发自己的某种莫名的烦恼吗？谁也说不清楚。就以满莎的这次升迁来说吧，究竟"无聊"在什么地方呢？周碧云的"无聊"又是针对什么而发的呢？反正人们越来越多地看到了、习惯了满莎笑嘻嘻、周碧云却眉头紧皱的夫妻生活镜头。人们习惯周碧云的"无聊"也像习惯于满莎的诗歌朗诵一样了。

  工作变动以后，满莎住在新的工作单位，每逢周末才回家。七月的一个周末，已经差不多是午夜了，满莎没有从郊外回来。周碧云从家属院遛到办公楼，只有钱文和凌函栋两个人在办公室。她先与正在读小说的钱文招呼："还没睡？"钱文一笑，没有回答，他沉浸在小说的情节里。"你好吗？"周碧云又问。"挺好。"钱文回答，他们其实几乎天天见面,但周末深夜的问候给人的感觉倒是有些不同。"你呢?"钱文礼尚往来地回问。

"我——无聊。"周碧云回答。

钱文也皱起了眉,他劝慰地向她扬了扬眼皮,笑了一下,又低下头看书。他觉得周碧云的"无聊"症不大好医治。

那天他读书读到了夜里两点,回到单身汉的集体宿舍,他发现凌函栋与高来喜都还没有回来。"这俩家伙这么晚了还不睡呀……"他略略一想便倒头进入了梦乡。好像刚刚睡着,他又被强烈地推醒了。

是高来喜,他说:"快醒醒,有问题!"

钱文一惊,他一时真的以为是着了火或是抓住了特务,噌的一下坐了起来,"怎么了?怎么了?"他连连问。

高来喜讲了三遍钱文才勉强听明白,那时是半夜三点,凌函栋进了周碧云家,没有出来。

"怎么了?"钱文打了个哈欠,知道没有特务也没有失火以后,他立即睡眼惺忪、迷糊昏乱起来。

"你说怎么了?能有好事吗?走,我们去敲门去!简直就不像话!"高来喜是一副义愤填膺的样子。

钱文重新打起呼噜来。

"你怎么这样不负责任,自由主义!起来起来!"

钱文实在不明白究竟是出了什么事,高来喜会有这么大的火气和积极性。"你愿意管你就管去吧。"他边打哈欠边说,翻过身,接着睡。其实,钱文睡觉从来没有这样瓷实,这样贪过。恰恰是高来喜的干扰,使他非睡不可的决心与坚持睡下去的抗干扰性能大大增强了。

高来喜气得坐在床上喘粗气。不知为什么,一个人他还真不想去"检查风化"。他最气不过的是,根据他在农村的经验,他本来以为,像这样的风化线索,是会人人有兴趣、个个想过问,谁谁都应该有责任有使命的。钱文听到这样的情报居然还能烂睡如泥……这还能算人吗？真是比朽木还朽木，比不可雕还不能够容忍了。

于是从此窃窃私语，纷纷议论，调查研究，分析判断，取证质疑，摇头叹息，愤慨谴责，请示汇报都来了。一种灾难的阴影，一种堕落的前兆，一种冲突的威胁和一种破灭的痛苦时而有，时而无，时而轻，时而重，时而浓，时而淡，总而言之这是一个幽灵，出没在他们中间了。而且，由于对于这件可能的，并没有最后"定案"的风化事件，这个团结一致亲密无间的光明高尚的革命集体出现了分歧，出现了裂痕。高来喜、张雅丽坚信其有，主张下大力量抓而证之，查而处之。万德发则颇感恐惧，谁和他说起这件事他就制止谁："这事儿可不是说着玩儿的，捉贼要赃，捉什么要双，那玩意儿随便说要说出人命的。要真有问题你们快去找领导吧，别跟我说，别跟我说。"

而刘丽芳的论调是："吃饱了撑的管那个去呢！"为论调的截然不同高来喜与她互相不满，为观点的不同高来喜甚至怀念起卞迎春来，他坚信，毕竟他们都是山东人，他们肯定在这样的问题上能够统一认识统一步调的。

而钱文则老是表示不信。你说下大天来，他就是一句话："我不信。""我早晚哪一天给你抓来！"高来喜对钱文恨恨地说。"抓来我也不信！"钱文的态度就是这么绝。

而洪嘉没完没了地缠着祝正鸿：你要查。你要管。你要弄清楚。你要负责。你怎么能不负责？你的责任是严肃的。你要对周碧负责。你要对满莎负责。你也要对高来喜负责——是他头一个发现的。如果你不管这个，莫非是认为小高编造谎话不成？你还要对我们大家负责，对全区的青年和团员负责……你怎么还不采取行动，采取措施？我对你有意见。我要越级向上反映。

祝正鸿笑而不语。他其实是满腹心事，满心踌躇。自从把闵秀梅调走以后，他一直觉得心里空空的。他常常愿意呆坐呆处，发呆中别有一番滋味的咀嚼，别是一番享受。

山寺月中寻桂子（或者筷子），郡亭枕上看潮头，何日更重游?

何日更重游?何日更重游?他一遍又一遍地这样念,不觉潸然泪下。

泗水流,汴水流,流到瓜州古渡头,
吴山点点愁。

思悠悠,恨悠悠,恨到归时方始休,
月明人倚楼。

另一首白居易的词也寄寓着他的说不出来的悲苦。

君家何处住?妾住在横塘……

他温习起了母亲会背爱读的这首唐诗,烂熟的诗句本身的含义似乎已经不再重要,重要的是他自己的想象和感受。他的感受里并没有山,也没有江水,没有楼、亭、寺,没有唐朝的美人或者村女,只有无垠的荒漠的原野。他好像站在原野上,充满原野原野也充满他。他想大叫一声,他想哭。他不知道那是不是他自己……然而,工作:来电话了,电话是领导同志打来的。来文件了,文件是机密的。敲门了,进来的人向他紧急汇报和请示工作。他眨了眨眼,说话略略有一点口吃,一分钟过去了,两分钟过去了,他完全控制了自己。他冷静、沉着、耐心地处理面临的事宜,他几乎是有意识地放慢了处理工作的节奏,拉长了处理问题的过程,他比以往任何时候都更注意力求做到全面、慎重、周到、万无一失。他这样做了以后,感到一种特殊的骄傲,一种自信,一种——几乎是一种功德,一种打了胜仗的快慰。

闵秀梅调走以后给他打过两次电话。你好,嗯,是的,好,好,对,好啊,可以,不用了,不必,这样,就这样,就这样吧,再见,好好以后再说,再见,对,再见再见。只是放下电话以后,祝正鸿的呼吸粗重起来,他严肃得如同面临就义,他惭愧得近乎受到羞辱。

"小梅,你好。"他悄悄地自语。

他收到过闵秀梅向他汇报思想的信。稚拙的字体令他心酸而又失笑。他看完信以后把信藏在一个任何人都不会发现的地方,偶尔无事,便拿出来看一看,微微一笑。又过了许多天,闵秀梅又来电话了。

"什么?信?什么信?没有啊,没有吧。你应该找你现在单位的组织汇报思想。不必不必,也可能吧,我这儿挺忙的。对不起。以后有事,多找你们本单位的领导吧。好,再见。"完了。真的完了。

后来,他把闵秀梅的信撕碎,丢到厕所里去了。

他没有再做过有关哪怕是似乎有点关系的梦。人虽然年轻,梦已然少了。

所谓的周碧云和凌函栋的事使他感到心惊肉跳而又一筹莫展。人生的陷阱使他震惊,感情的罗网使他迷惑,这具体的事情他并不相信,但是他仍然感到了一种几乎可以称作凶险的预兆,他甚至于觉得自己也很危险。在旷野上,大地似乎裂开了缝。在他的内心,这里也在裂缝。

简直是混蛋!他含糊地骂道。

七月下旬,束玫香生产了,是儿子。到了这时候他才忽然明白了女人生产的痛苦。他坐在产房的外面,等了又等,他听到了玫香呻吟和哭叫的声音。他也哭了。他对不起玫香。他觉得自己有罪。他蓦地产生了一种如此强烈的情感,他要最好最诚地爱玫香正在生产的任何生命,哪怕生出一个傻子,一个怪胎,哪怕生出一个小蛤蟆来,他也要当自己的孩子来爱护来养。等到终于得知生的是儿子而且看到了那软弱幼小可怜得不得了的婴儿的时候,他真正放下了心。他不但放下了为玫香也为他们共同的孩子而悬挂着的心,也放下了永远的心。他将是玫香最亲爱最忠实的丈夫,他们的家庭将是最美满最幸福的家庭。在天愿为比翼鸟,在地愿为连理枝。一日夫妻百日恩。尚想旧情怜婢仆,也曾因梦送钱财……如果玫香这次产后不能痊愈,如果玫香产后失调患病,如果玫香死了呢?那是不可以的,那是……他宁愿自己先死啊!

他是一个幸福的父亲。

他找了周碧云谈话。他们先是扯了许多这个会议呀那个提法呀谁谁的处分呀谁谁的升迁呀之类,最后说到了正题。

"你看是这样子,你知道我很不愿意与你说这些话。就是说,最近——也不是很近了,你知道,同志们有一些反映……总而言之……这个这个,你要检点,你要自重。你明白了,行啦,就这样。"祝正鸿如释重负。

周碧云涨红着脸沉默了良久……

"他们放屁!无聊……"她没能说完。她哭了。她回头就走了。祝正鸿深深地叹一口气。行行复行行,与君生别离……人面不知何处去,桃花依旧笑……笑得出来么?

也有令人欣慰的事。虽然一度是那么样的无望,各方面的态度是那样的断然无情。时间仍然在改变着一切,软化着一切。到了这一年的秋天,长久以来不见动静的张雅丽和曹志坚突然宣布,他们已经克服了所有的障碍,解决了所有的难题,取得了各方面、取得了张雅丽的家长与长辈,取得了宗教人士的同意。小曹儿将严格地履行皈依伊斯兰教的程序,伊斯兰教将郑重接受这位新的"信徒",小曹儿将成为新的"穆民"。这样,他们的结合的障碍便不再存在了。他们宣布,将在新年或者春节结婚。大家热烈慷慨地祝贺他们。大家感叹,那时候这事就这样难,现在就一点也不难了,那时候就那么毫无希望,而现在就这么有希望。世上的事儿,真是说行就行,说变就变,一切没有希望的事都可能是有希望的,而一切有希望的事,也可能是没有希望的呀。

"月儿弯弯照九州,几家欢乐几家愁……"现成的词儿又在那里等着呢。

第 二 十 二 章

在"三反五反"运动开始时,李意的父亲被列为重点审查对象。他牵扯到了一个向军方出售布匹以次充好,以根本不能用的废品蒙骗国家资财的案件中。事情牵涉到入朝作战的中国人民志愿军,令人愤慨激动。运动开始不久,李意的父亲就被打虎队给看起来了。

打虎队的一位同志来这里找李意谈了一次话,意思很简单,要求李意揭发他父亲的"五毒"行为。李意相当紧张严肃,他挂念他的父亲,更担心自己经受不住考验。他知道许多的事例:在土改当中,在镇压反革命运动中,凡立场动摇经不住考验者,说开除党籍就开除党籍,不管你过去有过什么样的历史功劳或者美德善行,也不管你在革命队伍中有过多么崇高的地位,开除起来是绝对不眨一眨眼的。我们是正义的,我们有权利也有义务铁面无私,我们的无情是为了事业为了人民,遇到立场问题我们从来是大义凛然,六亲不认,这正是我们的党的伟大所在。在学习载有这一类故事的"处分通报"的时候,他不止一次听同志们这样谈过认识和心得体会。他也多次这样谈过自己的感想和从中受到的教育。处分得越是严厉,他们受到的教育就越深刻。开除党籍就是判处政治上的死刑,这一点也已经深入人心。听到某某被开除党籍了,他们确实有一种目睹某某某被处决的场面、耳闻行刑的声音的感受。

这样,李意被找去谈话以后,"我会不会被开除党籍?"他的思想立即围绕这个庄严的大问号飞速地旋转起来。他变了颜色。他摸出了一包"三炮台"香烟,他点着烟猛吸了几口。这外国香烟是他两个月以前那次回家从家里拿来的。他曾经吸过烟,后来为了保健他戒了烟,他本来烟瘾也不算大。袁素华曾经说过讨厌吸烟的话,李意更加坚定了戒烟的意志。只是在离开了袁素华以后,在又不好继续与张雅丽、刘丽芳共同活动以后,他有时候从家里拿过一包烟来,遇到实在百无事做的时候,他也许会掏出烟来吸几口。他划火,他躲开火柴燃烧起初放出的硫黄味,他想起苏联电影上斯大林划火的镜头,斯大林从来不使用打火机,他划着火柴立即把火柴放到右下方让火柴燃烧一会儿,再点烟斗。李意点着香烟,第一口有一种特别的香味,第一口让人微微有一点醉,有一点头昏。然后他把兴趣转移到持烟的姿势和吸吐烟的方式中。用拇指和无名指捏着烟,这是莲花指。夹在食指和中指之间呢,夹在指肚间有些潇洒,夹得靠里一点就有点贪婪,好像为了什么事要下决心。夹在指缝的最尽头,就很有些严肃了。用拇指和小指呢,那好像是为了嘬最后的烟屁,朴素而又不乏幽默……还有其他的运用手指的可能性,还可以从右手倒到左手,吸一支烟可以倒零次一次或者许多许多次手。理论上,吸烟的手法也几乎是无穷无尽的。至于吐烟的方法和它们的意味就更是研究也研究不完的了。他的有关吸烟的思索与实践确实曾经调剂了他的生活。他时而又感到了香烟的必要。但他毕竟不打算把烟真正地吸下去。

于是他又进行新的吸烟实验。他努力掌握自己。"今天我不吸,是的,一支也不吸。"清晨起床他就给自己订下了吸烟计划,他坚决按照计划执行。中午刚吸了一支香烟的四分之一,他忽然决定,不吸了,这四分之三支烟他将在晚上临睡以前才吸,平静他睡前的心绪,驱逐他睡前的若有所失。他的意志始终控制着吸烟的数量与时间,他对此深感满意。他与真正的吸烟者交流过吸烟的经验,吸烟者们一致认为他是个特例,而且他这个样子简直就不能算吸烟。"如果让我这样吸烟,我非发了疯不可。"一位烟友如是说。

与打虎队员谈完话的吸烟完全没有考虑计划。他吸了几口,忽然对着烟发起愣来。不得了不得了,这外国烟不就是他的资本家家庭供应的吗?哪有旁人到这种年月啦还吸英国烟?英国军舰炮轰起义舰艇"重庆号",在长江口侵犯我国主权,犯下了新的帝国主义的罪行。还有鸦片战争、英法联军、八国联军的罪行⋯⋯抽他们的烟本身就是有问题的表现,不但是有资产阶级与无产阶级之间的立场问题,而且有帝国主义与中华民族之间的立场问题。太可怕了。

于是他掐灭了他刚刚吸了两口的"三炮台"。确实,今天的"三炮台"气味极差,依稀有一种洋鬼子的狐臭味儿混杂在烟草与莫名其妙的香料味儿之中,令人作呕。那么,这多半包英国烟外加一支才吸了几口的烟卷该怎么办呢?扔掉,扔到哪里?毁掉,怎么样毁法?会不会无事生非,反而找出事儿来呢?例如人们在垃圾箱里字纸篓里粪坑里乃至大街上捡到一包已经打开了的"三炮台",他们会怎么想呢?他们会不会向公安部门去报案?他们会不会认为这是什么违禁品、走私品乃至认为是国际间谍的联络信号?而最后经过调查,经过化验和指纹对照,证明烟是他隐匿私毁的,人们会怎么看他呢?

他如坐针毡。坦白从宽,抗拒从严,忠诚老实,起码要求,一切空隙,不留敌人,放下包袱,阔步前进,苦海无边,回头是岸。李意毅然拿起香烟,去找祝正鸿。正鸿不在,他徘徊一会儿,去找钱文。反正这个晚上他不把香烟交出去或者不交出去,他是无法活下去了。

钱文也认为他从家里拿英国烟抽是不好的,但李意未免太紧张了,有了认识,什么时候在组织生活上谈谈也就行了,何必上交?何必毁坏?何况"三反"的第二反便是反浪费,把刚吸了四五支的一包香烟扔掉,这不是浪费么?划没划清界限关键还是在于对资本家爸爸的揭发批判。资产阶级的每一个毛孔里都堆积着血污,资产阶级的每一个铜板都是从劳动人民的瘦骨上刮下来的。作为一个阶级,我们就是要把资本家们彻底消灭,通过这次"三反五反"我们不但要敲碎不法资本家的反骨,而且要让资本家断子绝孙——资本家的绝大多数子女都接受党的教育跟随党走跟随无产阶级走最后自身也变成工人阶级的一分子,这样,资本家不就断子绝孙了吗?

钱文的一番话有骨头有肉,强硬严酷中包含着期待温暖,惊世骇俗却又入理入情,单刀直入却又天经地义。他说得李意不住地点头称是,说得李意真觉得要融化消解在这颠扑不破无往不胜的革命道理之中了。与革命道理在一起,李意也变得突然有了一点聪明。李意建议,这多半包烟就放在钱文这儿,请钱文用它招待吸烟的同志们,为战斗在"三反五反"最前线的同志们提神助兴。也请钱文告诉本单位的同志,他李意在与资产阶级家庭划界限的斗争中又取得了新的进展。

资产阶级的"炮台"既已攻破,冲锋号随之响起。李意端起了刺刀,他必须向他的资本家吸血鬼寄生虫老子的胸膛刺过去……敢不敢、愿不愿、有没有足够的力量刺穿那老东西的胸口呢?

李意开了三个夜车写揭发他老爹的材料。他确实是挖空了心思,只希望能回忆起他爹的罪大恶极的证据,能通过他的揭发把他爹定成死罪才好。他从久远写起,其实打虎队并没有这样要求。他写了他爹年轻时与他家女仆的暧昧关系。他写了他爹吃豆芽菜两头掐的臭讲究。他写了他娘——打虎队也没要求他揭发他娘——克扣"下人"伙食的罪行。他写到小时候有一次跟爹娘一道去全聚德吃烤鸭,坐洋车去的,坐洋车回的。一个乞丐拦住他们要钱,他爹娘竟一分一文没有给人家。写到这里他流出了愧悔和愤怒的眼泪,他还从来没有这样激动过。

关键问题还是"五毒"。他爹到底怎么五毒了呢?他实在不知道。反正他爹肯定是五毒了,资本家不五毒,那还叫资本家吗?从解放那一天算起,对,他父母曾经热情地招待过先遣至北平的党的工作干部。过去还真的以为是父母欢迎解放,还真的以为是他们帮助地下党做了财务工作。现在认识提高了:那就是糖衣炮弹,那就是拉拢腐蚀,那就是披着羊皮的豺狼,那就是在拿枪的敌人消灭以后,不拿枪的敌人依然存在。还有他给军管会同志送的毛巾、香皂、香皂盒、牙刷、牙膏、书夹、笔记本、自来水钢笔直至奢侈的台灯和毛毯,他能是真心热爱并且关心中国人民解放军军事管制委员会吗?资产阶级能够衷心拥护无产阶级的专政吗?当然不可能,绝对不可能。那么,这是什么呢?又是——糖衣炮弹!

甚至于爹娘为什么招待他和他的同志们呢?赵林、洪嘉、祝正鸿、钱文、万德发、张雅丽都到他们家吃过饭,他的爹娘为什么对他们这样大方呢?给他们煎了鸡蛋,剥了松花,熘了里脊,炸了丸子,烧了鲤鱼,煮了蹄髈……这能够是毫无目的的吗?世上有这样的无缘无故的爱吗?如果他的这一批伙伴不是我党的干部而是他们的绸缎庄的伙计,他爹娘还会那样招待他们吗?肯定是不会的。老爹对绸缎庄的工友那才叫狠毒呢。一个学徒发着高烧还给架子上货,从梯子上摔倒下来,他七岁时候听说过的。后来怎么样了呢?肯定,肯定是摔死了。这么说,他老爹是有血债的哟!

甚至于对他本人也是一样,你以为他们是白给你吃白给你喝白给你钱花吗?不,资产阶级是从来不做赔本的买卖的。李意想起了一部苏联电影,好像是根据萨尔蒂耶夫·谢德林的原著改编的。电影描写一个资本家老太太,为了掩盖一件丑闻,动员(逼迫)她的丈夫自杀。老太太劝丈夫把毒药喝下去,老太太诱骗丈夫说:"不痛苦,很安详……"这才是资产阶级——他就是生活在这样一个资产阶级家庭的啊!

他奋笔疾书,超出打虎队的要求,写了不少认识体会,抒发了他对于资产阶级家庭的痛恨情感。他两眼发直,如释重负地把揭发批判材料交了出去。材料交上去以后,他获得了代表青年工作干部在副区长"大老虎"的批斗处理大会上发言并且带头喊口号的光荣。发完言和喊完口号以后,他目送"大老虎"在口号的狂潮中被戴上手铐带走。他更加牢牢实实地意识到自己是无产者营垒里的一员,是手刃阶级敌人的战士。他唯一的遗憾是当他伸手要打那个"大老虎"的时候,他没有能打着他,他其实是手软了,他审视自己的内心,他实际上还是不想打那个"老虎",他失去了一个把自己锻炼得更加坚强的机会。这其实有一定的思想根源。他在政治学习的时候就曾经谈过对农村斗地主的时候发生的打人肉刑等现象想不通,"这不是违反党的政策的吗?"他问。

是赵林给他分析的这个问题。赵林说:"几千年来,地主屠杀殴打凌辱蹂躏了多少贫雇农,你知道吗?怎么几千年也没有哪个人物为他们说话?为什么解放以后农民刚刚翻了一点点身就都看不惯了呢?"

赵林说得李意满面羞惭,无地自容。(又是立场问题!)

他终于还是没有能够过去这个"打人关"。

斗争大会刚开完,他接到姐夫的电话,说是他母亲病重,送到了医院。

"什么?什么病?"

"昏过去了。口眼歪斜。好像是中风。很危险。你快来吧,协和医院内科二十三号病房。"

李意皱起了眉头。他知道妈妈的身体十分衰弱。他知道所谓"中风不语"的厉害——天有不测风云,人有旦夕祸福,莫非他母亲的寿数尽了、他们作为绸缎庄老板的家庭的气数尽了?然而这时间是太不合适了,这简直是故意捣乱、阴谋诡计,是针对他的揭发检举的正义行动所作的反攻。是不是他妈妈知道他检举了他父亲,气病了呢?这也难说。他就见过这样的场面:万无一失的打虎队员叼着一支香烟,拿出"老虎"的妻子或者子女写的揭发材料,念几个字,翻两页,再念两行,还故意拿起材料在接受批斗的"老虎"本人面前摇一摇,材料发出沙啦沙啦的纸声。"老虎"从看不太准确的字迹上也完全可以断定材料无诈,确是自己的亲人所写。这种做法颇有攻心战的功效,没有哪个"老虎"能够在这种攻心战前面挺得住——他们无不面如死灰,筛糠不止,虚汗淋淋,让承认什么就承认什么,还有把稀屎拉到裤子里的。

李意想吸烟却没有烟了。他出门买了一包"大婴孩"、一盒"虎猴"牌火柴,他连续吸了两支烟。他决定了。

　　"我没有时间。"一句话就够了。一句话就算是翻了天也覆了地。一句话塑造了一个新的李意。一句话埋葬了资产阶级。叫做大灭了资产阶级的威风,大长了无产阶级的志气。他后来又接到了妹妹、姐姐、外甥直到老妈子的电话,他的斩钉截铁的回答就是这一句话。

　　三天以后,他往家里打了个电话:"妈怎么样?"他问妹妹。

　　砰,电话挂断了。

　　妈怎么样?砰!妈怎么样?砰!妈怎么样?砰!砰!砰!砰!

　　妈死了?死又怎么样?让方生的,生!让欲死的,死!于是乎有了新世界。

　　然而他瘦了,瘦得他有点着急,他这么年轻,连媳妇还没有娶呢,可不能忧而伤脾,亢而损肝,心火上升,元气受滞。一个晚上,他嫌食堂的饭太难吃,便出去吃肉丝炒饼,又为了增加营养加要了一碗鸡蛋汤。稀里糊涂吃下去了,没尝出任何味道。仍然觉得营养不足,他营养不足已经有一段时间了,便又去吃馄饨,吃完馄饨,觉得那不要钱的鸡汤确实不错,平常想弄这么一碗鸡汤喝也不是那么容易的啊——他已经决定,再不回家"补充给养"了——便又问掌柜的要了一碗鸡汤。他已经很久没有这样好胃口过了。他吃得有点兴奋。

　　当天晚上他撑得睡不了觉。别人问他怎么了,他实在无法说得出口,便说没什么。迷迷糊糊睡了一觉以后,他突然腹痛如绞,他怎么忍也忍不住,竟然呻吟起来,一经呻吟,很快变成了呼天抢地,全宿舍的人都醒了,他只觉得肚腹里咕的一股热流,他面如死灰,疼昏了过去。

　　十二指肠穿孔。幸亏同志们送他去医院还算及时,没有出大娄子。他动了腹外科手术,住在了人民医院的外科病房里。他只觉得万念俱灰,一切原来是那么脆弱乃至——没什么大意思。只要身体好,只要没灾没病,只要不疼痛——疼痛,真的还不如死。他的肠胃病问题,医生早就建议过动手术,他觉得那太可怕了:把肚子割开,把肠胃掏出来,血污中割这里缝那里……北京话这叫——大开膛!然而这次十二指肠穿孔的发作使他深深体会到了疾病的可怕,当时疼得他只盼着大开膛,开得越快越好,治不好干脆就把他"结果"掉好了。只要不疼痛,世上再没有什么痛苦算得上痛苦了。

那么妈妈的疾病呢?中风,中风会有什么样的痛苦呢?她那样的内科疾病,照西医的说法应该叫做脑血管疾病的,比他的腹外科急症,又是怎么样的呢?

他不安。他心里乱。活着,原来是这么痛苦!现在,他连自己的妈妈的死活也不知道,而他的父母,又从哪里去知道他的"大开膛"!

手术后第三天,他收到了大量"慰问品",有瓶装的光明牌乐口福麦乳精,有各种营养剂,有他最爱吃的义利乳白面包和麸皮面包,还有只是在一九四五年九月美军在平、津登陆"协助"国民党军接受日军投降的时候他见过的美式酒心巧克力。护士同志告诉他,是他妹妹送来的,妹妹把礼品送到了病房办公室,却没有来与他见面,使护士很奇怪。"你们是亲兄妹吗?"护士同志问。

李意感到纳闷儿。是谁代他告诉了家里呢?他问来看望他的机关的每一个同志,都说没有往他家打电话。他家里到底怎么样了呢?爸爸是否还看守在打虎队?妈妈生死如何?没有人知道。祝正鸿说:"我打个电话问问吧。"李意制止了他。

又过了几天,护士说,差不多每天他的家人都来电话问他的病情。李意着急地说:"护士同志,他们再来电话,劳驾请您问问我们家怎么样了,我爸爸妈妈怎么样了。"护士不解地看着他,似乎是他需要解释两句,但是他没有解释。他的伤口又疼了,虽然已经拆了线已经恢复了流质进食。他闭上了眼睛。

大约十天以后,他在上午医生查房以后自己走出病房到病房前的小花园去休息。小花园里有白丁香和紫丁香各一株。他从小最喜欢丁香了,在丁香开放的季节,丁香的小花与带着酒意的浓香会使他感到很少感到的一种陶醉和惆怅。春天那么短,他什么都没有做,春天就过去了。他应该怎么办呢?今年更是这样。病、手术、卧床、鼻饲、吊瓶点滴……出得病房,丁香花已经谢了。瑟缩枯萎的花朵告诉最不善于多愁善感的李意,一个新的春天刚刚老去了。

李意闭上眼睛在花朵枯萎的丁香树下晒太阳。他闻到了残存的丁香花香和一股土味与来苏消毒药水味。他一阵激灵,他觉得他还依稀嗅到了死尸的气味。

"李——"他听到了轻轻的一呼,熟悉而又遥远。他过去也曾经纳闷儿,这"李——"的叫法,究竟是在叫"李"而拉长了声音呢,还是把"李"与"意"连读,变成了一个长音"李——"呢?除了她,又有谁会这样叫他呢?这梦一样的呼唤啊,像丁香一样的才开放便枯萎凋谢了的呼唤啊。

"李——"提高了音量。这不是梦。

一阵心跳使他头昏。他睁开眼,没有人。他刚想闭上眼,忽然眼睛睁得更大了。他觉察出来了,人在他的身后,当然。是袁素华。

"你好。"

"你好。"

"你……瘦了。"

"你,更瘦了……瘦的只剩下眼睛了。"(这后一句话是从苏联电影里学来的。)

"这些日子……"

"还好。你呢?"

"就这样。你知道,很忙。我带学员来实习来了。实习四个月。"

"你早知道我住了院?"

"嗯。"

"噢,我知道了。是你给我妹妹打的电话。是吗?"

"……"

"谢谢你。"

"就为了电话么?"

"也为了今天你跟我说话。你不是事先计划好了与我在这里见面的吧?你怎么会看到我的?住院好几天了,我这是头一回出来散步的呀。"

"……我们圣心医院也已经天翻地覆了:洋嬷嬷走了,天主教的爱国三自革新运动搞起来了。我现在代理院长。我们招收了几名学员……"

"对不起。"

谁能想得到呢?完全莫名其妙地她就不再理他了,就像他爸爸突然成了"老虎"他妈妈突然中风而他突然得了急腹症一样。突然她又出现了。从此她每天都来看他。从她那里,他得到了一系列的好消息。爸爸斗着斗着突然没事了,一点事都没有了。工商联的同志护送他回了家,市委统战部的同志来看他,还代表统战部领导向他赔礼道歉。"不打不相识,通过这次考验,咱们之间的感情更深厚了。"统战部的同志说。据说爸爸感动得直喊毛主席万岁。

妈妈已经出了院。这次中风——医生说是脑血栓,虽然来势很猛而且留下了后遗症——左手左腿使不上劲,左半边身子有些迟钝麻木——总算医疗效果出乎意外的好,很可能这与她病情初步稳定以后听到了丈夫平安过关的喜讯有关。

袁素华常常来问候他、看护他,像他的姊妹,更像一个充溢着红十字精神的天使。除了说话的时候多望他两眼以外,她的表现和一位模范护士并没有区别。当然,他是病人,而她是护士,他们是在医院而不是在公园或者街道上散步,不是在电影院看电影,不是在音乐响起的舞会上。这究竟意味着什么呢?"救死扶伤的人道主义"?革命同志之间的阶级情谊?"买卖不成仁义在"(这是他父亲最常说的一句话)的老关系?还是意味着经过了一大段莫名的荒凉和空白,袁素华又回到他的身边来了呢?

一个月以后他出了院。出院前李意激动地向袁素华提出了他的问题。"死我也想做一个明白鬼。"他说。

"你先养病。我会把一切都告诉你的。"

"你,不跟我——吹了?"李意的反应像一个孩子,他狂喜地睁大了眼睛。袁素华从来没有看见他的眼睛这样大、这样亮过。

"等我说完了你再说话吧。"袁素华苦笑了一下,那苦笑的样子有点特别。

李意甚至有点心酸。慌乱中他急不择言地说:"都是我不好。"

袁素华摇摇头。她的眼角沁出了眼泪,她赶忙回过了头。李意更纳闷儿了。

李意出院好几天了,没有袁素华的消息。李意坐卧不安。他甚至有点怨恨素华了:为什么要这样折磨我,为什么要这样折磨我呢?我到底是怎么了啊。我是掌柜的的大少爷也罢,难道你袁素华看不出来么,你袁素华肯定是比我聪明的哟,我其实是个老实人,我是个由于资本家出身比大家都低半截的人,我是个不会进行革命煽动的人,你可与我捉什么迷藏哦!

…………

"请你告诉我,如果两个人相爱,能不能各自保持着自己的秘密呢?"袁素华问。

"能。当然能。不,当然不是。我没有任何话不肯告诉你。我没有任何保留。所有的话我都告诉了你,告诉了党。除了关于我父亲,他年轻时候……"

袁素华挥一挥手。她好像预料到了李意会讲出一些不得体的话来。她无可奈何地一笑。

"你有什么问题吗?我是说,关于我,你还有什么问题吗?我一切都可以告诉你。"

袁素华摇摇头。

李意恍然大悟,他颇有些自以为聪明地说:"至于你,我对你没有问题。你愿意跟我说什么就说什么,你不说什么就不说什么。我喜欢你,我佩服你的风度。你很稳。你比我强得多。你已经是代院长了。我爱你是凭我的眼睛凭我的心。党就是我们的媒人。革命就是我们的聚会。你也学过英语。你知道,party 的意思是指党,也是指一种社交聚会,好极了,我们的聚会就是党!我真是胡说八道起来了,这与西方资产阶级的 party 当然没有关系。我们都是党的儿女,我们好是亲上加亲。你知道我不会说话,我再训练上一辈子也赶不上赵林。我对不起你。你……"

袁素华叹了口气,她只好把事情原原本本地讲起。她确实有自己的秘密,她一直隐藏着它,不希望任何人知道——包括组织,她也不愿意与组织谈。但是,当她确认李意是真的而且是一心一意地跟她好的时候,她犹豫了。这样的事她也许可以——至少曾经以为是可以——不告诉党,却不可以不告诉李意。

袁素华停了一下。李意大气也不敢出,他意识到,底下的谈话将决定他们的爱情的生死存亡。袁素华甚至笑了一下,她换了个腔调,像是 C 调的弦乐曲蓦地变成了 G 调的萨克斯风似的,她换了一个冷漠的口气,如同叙述一个旁人的故事一样地开始了对于自己的事情的介绍。

袁素华原名颜淑芬,她是山西省 J 县人,他爸爸是教会医院的药剂师,她在家乡上学到初中毕业,之后便到教会办的一所护士学校接受医护训练。他爸爸有个毛病,喜欢赌钱,屡教不改,家无宁日。为这,她妈上了吊——救转过来。她爸爸老实了两个半月,又继续赌。后来为赌博滋事丢了饭碗,连洋神甫传教的时候也以他为戒——就是以他为反面教员——说是他终将受到上帝的惩罚。丢了饭碗赌得更凶了,他输光了一切家当,还欠下了钱。他上吊了——没能救回来。

那是一九四七年,她刚满十六周岁。要债的人堵着她的家门,父亲连安葬都不可能。最后由她的伯父伯母做主,她的母亲无可奈何地点了头,把她卖给了县参议长的爸爸做小老婆……她做了那个老地主老国民党老恶霸的妾共四个月,然后她妈妈死于乳腺癌。对于家乡再无留恋,在教会护士学校同学的帮助下,她逃出了魔掌,来到了北平,隐姓埋名,成了圣心医院的护士,解放以后又成了第一任新民主主义青年团的支部书记。然而,她的这一段遭遇却成为了永远的秘密保留在她的内心里。当初帮助她逃走的同学患伤寒去世了,还是在解放前,她辗转听到了这个消息。解放以后,她与家乡完全没有了联系,再不会有人与她谈起这一段经历了。她是这家保守的教会医院的第一个红点子。她的身份已经越来越像共产党的干部,她活得非常愉快。只是在想起这一段的时候她觉得非常悲伤非常倒霉,非常说不出口,她决心把这个秘密永远藏在自己的心里,即使这样做算是"欺骗组织"也罢,她愿意承担一切责任,她也相信组织上会原谅她,因为被侮辱被损害的是她,她曾经是弱者,而现在是强者——是革命者了。这段经历只能意味着她更加矢志革命,为了不使阶级姊妹们再受同样的蹂躏,她愿意随时去死,抱住一个老地主老国民党老恶霸,拉响手榴弹,与敌人同归于尽——这确实是幸福,不仅戏剧舞台上的卓娅会这么说。

但是现在有了李意,她没有想到李意会对她来真格的。她本来想的是此生独居独处,以胡志明为榜样,把全部生命献给革命。他想不到大少爷出身的李意对她是那样真情。李意越是对她好她就越是矛盾。即使瞒着组织,她也心中无愧,她瞒着的并不是对不起革命的事,她瞒着的是更能证明她只有一心一意地革命的事。然而,如果她真的与李意好起来,永远好在一起,她又怎么与李意讲这个说不出口的事呢!

她说完了,她逐渐地从激动走向平静,她的一开始几乎喷火的眼神渐渐柔和乃至于暗淡了下来。她吸了一下鼻子,她笑了一下,宽容地说:"好吧,事情我已经告诉你了。既然瞒不住了,我一两天给组织上写一个材料。你也不必有什么思想负担。其实,你很单纯,这我看得出来。祝你幸福。你一定能够找到一个更纯洁更光明的伴侣的。我把最不愿意说的话对你说了,这也算是对你的一片热情的回报了。再见吧,李意同志。"

而李意哭出了声。

一星期以后,李意正式向领导和同志们报告:他和袁素华恢复了和无比地巩固了恋爱关系。他说将在几个月后,大约国庆节左右结婚。他们不再回避袁素华的那一段不幸经历,所有知道了事情的原委的人都同情和赞美他们的爱情,都由衷地祝福他们。

但是组织上怎么办?隐瞒自己的历史,隐瞒自己与一个老地主老国民党老恶霸的关系——等于隐瞒自己的真实身份与至少是社会关系,这对于组织来说,差不多是仅仅次于叛变投敌的不可饶恕的罪行。按惯例袁素华差不多应该开除团籍。在研究这个问题的时候,出现了很不好听的话:"弄了个老地主的'小'当我们的团支部书记,这也太影响青年团的威信啦!""如果这样的事情都可以隐瞒,那还说什么忠诚老实?"上级有关部门的一个同志讲得更令人莫名其妙,他问:"这样的人留在团内,我们搞的究竟是新民主主义青年团还是三青团呢?"

拖了好久,最后决定给袁素华以撤销团内外职务的处分。在开始说到要处分袁素华的时候,袁素华的态度相当激烈,她向许多人哭诉。她表示,开除团籍的那一天,她将会吊死在团支部门口。后来她的隐瞒历史的问题三分析两分析,已经不像开头那样邪乎了。有关领导又抓住了她的态度问题,说她是"妄图以自杀来威胁组织",说是就凭这一点也非处分不可,不然,就是向歪风邪气低了头。

李意一反常态,坚决地为袁素华辩护。他说,袁素华到底有什么罪?隐瞒,她又隐瞒了什么呢?她隐瞒了她心头的创伤,就像打完一仗一个战士不把自己受伤的事告诉同志们一样。她宁愿自己忍受痛苦。圣心医院是一个多么落后的地方,到现在,虽然圣马力诺的嬷嬷已经走了，但是她带来的帝国主义文化侵略的影响并没有消除。到现在有些教徒见到团员还念"玫瑰经"——玫瑰经他们说是用来抵御"魔鬼"的——呢，幸亏有了袁素华早在一九四九年十月中华人民共和国刚刚建立便主动到团市委团区委要求入团和在她们医院建立团的组织，才消灭了首都北京的这一个白点。再说，什么叫隐瞒呢？党的政策是"坦白从宽，抗拒从严"，她自己交待的，自己交待还怎么能算隐瞒呢？

几乎可以说，"有史以来"，李意就没有这样雄辩、这样理直气壮过。他的坚决与热烈也感动了一些人，"我们不能往旧社会给一个穷苦的女孩子造成的伤口上抹盐。""现在什么时候了，我们还用老封建那一套讲什么'小'哇'大'呀的！"人们说。有些人拿着李意开玩笑，说："还是爱情的力量大哟，李意的事证明了：爱情万岁！"也有人分析说，李意是因为已经转了正，而且他自认为自己在"三反五反"中表现得很好，长了底气。李意的辩护还是起了作用的，但是一开始就说什么"老地主的'小'"之类的话的人越争就越下不来台，尽管"大小"论已经被批驳了个落花流水，他们还是总算找到了"态度问题"作为处分袁素华的依据。他们必须证明，他们要处分袁素华是对的。

李意的结婚也热闹了一阵。因为机关家属院没有房子了，李意便不得不"暂时利用"一下，把新房安在家里。他是怎么样与家人和解的，大家没有听说。大家听说的只是他怎么在运动中站稳立场，检举老子，不管母亲死活，划清界限，与姐姐、姐夫、妹妹也不再来往了。等到国庆前夕，他宣布将在自己家里结婚，还使大家一惊。后来又觉得没有什么可惊的了。

几个同志事先到他的新房看了一下，以示关心。他们看到了新房里摆着的新沙发，玻璃茶几，花盆架……是患有脑血栓后遗症的老太太早在三年前就为李意准备好了的。同志们向李意提了意见：无论如何，摆资产阶级的沙发是不合适的。花盆架与茶几也嫌奢侈。

还有,机关没房子,不得不在那里安家,这是可以说得通的。但是婚礼为什么要在资产阶级那里举行呢?如果婚礼在那里搞,那么对不起,大家就谁也不能去了。

李意稍稍一怔就全面接受了同志们的意见。他回了一趟家,回来后,他说家具已经全部撤掉了。他还说,已经跟家里说好,婚礼不在家里搞,请喜酒更是没有门儿。婚礼在机关搞,还是花生米就瓜子香片茶一桌一大壶,区委书记老吴当主婚人,祝正鸿当证婚人。到了婚礼那个晚上,大家发现,李意的父母姊妹都没有来,便临时打电话。行动不便的老太太亲自接的电话。她说:"阶级的关系,我们就不去了。阶级的关系,沙发我们也不给他了。"她的话传到了婚礼上,贺喜的朋友们莞尔一笑。这个婚礼举行得有些冷清。至少表面上看大家都很严肃。袁素华刚刚受了这么严厉的处分,贺喜的同志不知道怎样表情才好,他们心里怦怦然地前来祝贺。李意的脸也是绷着的,他摆出来的架势与其说是在娶媳妇,不如说是在准备战斗。袁素华消瘦了些,力求镇静中可以看出她的激动不已。他们没有开什么玩笑,没有搞什么噱头,但是他们都与新人紧紧地握了手。周碧云还拥抱了袁素华一下,含着泪。

几个星期以后,有人检举,李意他们其实在家里另行举行了婚礼,大宴宾客,大吃喜酒,铺张浪费,等于是资产阶级向无产阶级示威。领导上找李意谈了一次,李意不承认那是另一次婚礼。他还严肃地说出了市委一位领导同志的名字。那位领导同志到他们家贺喜去了,他父亲决定设饭——不是宴——招待,并请来亲属作陪,也是为了更多的人接受领导同志的教诲,领导同志同意了。他们一起吃得隆重、亲切、愉快,完全体现了党的政策与领导同志的意图。他和所有的在场者也从领导同志的话里受到了极大的教育。

找他谈话的人便说:"那好,那好。"听到那位市委领导同志的名字后,底下他不知道该怎么样继续谈下去才好了。同时,人们感到,李意已经不是从前的李意了。

第二十三章

钱文同志:

　　不知道你看到这信封上的写信人地址,是不是感到惊奇。原谅我一直没有与你联系,没有把我的工作变动和近况及时告诉你。我是在一九五二年也就是今年春节结的婚,他名叫蓝振国,他是我国第一所海军军官学校的校长。本来我是要邀请你去参加我们的婚礼的——在北京,当然。你知道吗,后来我想算了。对不起。结婚以后我也参了军。来到这所海军学校所在地Q市,担任这里的一个海军基地的政治部干事。部队什么人都叫"衔",他们就叫我吕干事。

　　我是怀着非常浪漫的想法来开始我的新生活的。实际上这里的一切都很单调、枯燥。我们很少有机会上舰艇,上了舰艇就更枯燥。水兵们告诉我,在舰艇上只盼望早日回到陆地。而岸上的人那么容易向往海和船。真有意思! 革命工作首先是艰苦,其次是具体琐碎,然后是长期,日复一日,年复一年。最后最后才是伟大呀辉煌呀什么的……对不起,我胡说呢。我们的战士最可爱,他们有什么说什么,不像我们那么多禁忌。他们牢骚怪话一车又一车,他们的功劳他们的事迹一船又一船,他们的苦处,唉! 想多接触几个人也接触不着。每天都是那几个面孔,你想象得到那滋味么?

　　即使是伟大的海看多了也会叫人发疯。我只想什么时候再有机会回北京来工作。我想念北京,想念北京市的朋友们。也许你能借给我几本有趣一点的书?听说杰克·伦敦的《海狼》出了新版本。安娜·西格斯的小说我也很喜欢。这儿的外国文学作品很难搞到。半年过去了,我逛了无数次书店,好不容易买了一本《绞索套着脖子时候的报告》①。看看这样的书,当然,我们就没有权利发一点牢骚了。

吕琳琳
1952.6.23. 夏至日

吕琳琳的来信使钱文思绪万千。一年多来,他几次想去看吕琳琳,始终没有去。想着去看她,似乎比实际去看她要更好。知道她就在这个城市,就在离你不很远的地方,知道她很忙,你也很忙,她很好——还能不好吗——你也很好,知道你不会忘记她也不会打搅她,她呢,也不会一点觉察不到你的好意和祝福吧?这也就够好的了吧。就保持着这好的情绪吧。

然后你已经看到了那么多那么多事。人们都长大了。当然,谁都要长大的呀。然而毕竟他还年轻,他连一个女孩儿还没有爱过呢。他的心灵还是一根没有演奏过的弦。许多的人和事拂动了他的情思,许多的哭哭笑笑唤起了它的共振,不过,它还从来没有演奏过他自己的曲子。他为他们每一个人的每一件事都高兴过,他也为他们的许多事情而失望过……为什么,为什么你们不能生活得更幸福?为什么刚刚还在为我们的幸福而流泪,一分钟以后又为一点莫名其妙的烦恼而把最美好的情调毁坏个一塌糊涂呢?为什么人不能够信任人乃至信任自己的爱人?为什么会有怀疑、嫉妒、见异思迁和——甚至是背叛?为什么好像到处都有自私自利、气急败坏、粗暴野蛮的陷阱?为什么爱情这最最美丽的花朵不能够百日长鲜,百年芳菲?

---

① 《绞索套着脖子时候的报告》为捷克作家伏契克的纪实作品,曾在我国拥有大量读者。

你们不是充满了革命的青春的激情的吗？你们不是革命者、共产党员、用水晶和钢这种特殊材料制成的大写的"人"么？为什么你们也逃不脱庸俗，逃不脱销磨与黯然失色，逃不脱愚蠢的自我败坏与互相败坏呢？

他为他们——几乎是每一个人而曾经是如此的无可奈何，如此的惆怅。他也说服自己，他们都学会了说服自己。会说服自己的人才能说服旁人，他们的使命，他们的职业就是要不断地说服人们也说服自己——要前进，要前进，第三还是前进。他说服自己，没有一帆风顺的革命，没有一帆风顺的生活，也没有一帆风顺的爱情。从总体上——这是一个多么有说服力的概念啊——说来，他们的生活仍然是幸福的，他们的爱情仍然是美好的。战胜了庸俗和野蛮，跨越了繁琐和黯淡，他们的爱情不是更加美丽了么？

然而他仍然害怕这庸俗。他千真万确地观察到，成长的一面是丰富、充实、老练、安详，另一面却是冷淡、多疑、麻木还有庸俗。他几乎越来越怕用庸俗这个词儿了——学会了这么一个词儿以后，到处便都是庸俗了。无人不庸俗，无事不庸俗。就拿萧连甲来说吧，他讲着那么好的革命理论，他又是那样热衷于通过理论的论述来炫耀卖弄而且压人一头。这是不是有点对不起那美好的理论呢？可是他钱文的这种愤庸嫉俗，莫非不也是一种庸俗的表现方式吗？

他有点怕。他只想保持，多保持些时光，多保持一些浪漫的激情，多保持一些革命的理想，多保持一些真诚和执着，多保持一些——哪怕是幼稚的与书生气的幻想。幼稚的幻想可能是可笑的，但是没有任何幻想的"实际"，又毕竟太扫兴了啊。

他想保持年轻，他想保持爱情，他想保持心灵的平静，他想保持心弦的无声，他想保持希望的永远生动和失望的推迟来临，他想保持所有的美好的记忆和他的那一串又一串的梦。梦，就让它是梦吧，梦只是梦，它永远不会被得到，所以也不会失落。

能够帮助他的只有革命，革命、革命、革命，他知道，只有革命才能抵御他不希望的一切。革命啊,再给我一点危险,给我一点考验,给我一点燃烧的热烈的痛苦吧!

吕琳琳的信件使他惆怅中感受到友情的温馨。他越想越感激吕琳琳的处理事情的方式。不知不觉之中,她已远走高飞,她已出嫁成婚,她已不再略带傻气地跳舞,她已经是我人民解放军海军某部的政治工作干事了。她穿上军服,会是什么样子?军服可合身么?在她身上还有那腼腆、细嫩的女大学生的气味吗?反正她已体会、进一步地体会了实际的人生,她已经不是举着火把跳"在毛泽东的旗帜下,我们胜利地向前进"的小姑娘了。没有细节,没有啰里啰嗦,没有麻烦,没有过程,说走就走,说罢便罢,一下子就是一个崭新的吕干事了。

他喜欢吕琳琳,想起一下吕琳琳也使他觉得愉快善良而且实在。如果他年龄大一些,他不是不可能娶吕琳琳,就像他小时候喜欢——噢,只能说是崇拜——过一位电影明星、幻想过与她"结婚"一样。那时候他才上小学,而那个电影明星的样子温柔甘甜,长着一个尖下巴,想到这里,他是多么为自己的年轻年幼而感到沮丧,却又觉得多么有趣和熨帖呀。他又盼长大又怕长大,怕自己总有一天会变得冷漠和庸俗起来。吕琳琳的信给他一种逼近感,成长在逼近他,爱情在逼近他,所有同志们的成家在逼近他……我可怎么办呢?

吕琳琳要他帮着找书,这嘱托像一块糖一样在他心里溶化,弥漫在他周身的细胞里,使他觉得甜丝丝的。他本来是想竭其所能买一批有意思的文学书寄给她的。一年多来,他结余了一点点津贴费。除了她点到的以外,平明出版社、新文艺出版社、人民文学出版社都有新书——看样子是很好的外国文学新作翻译出版:爱伦堡、费定、卡达耶夫、西蒙诺夫以及阿拉贡、聂鲁达、希克梅特、亚马多……他们的作品都是很有意思的。然而,钱文碰到了难题。钱文正处于"经济危机"。

钱文的经济危机完全是自己造成的。差不多一年前,他父亲提出来要与他母亲离婚,经过很微弱的震动,钱文理解了父亲:他们应该离婚,离婚是解决他的双亲的无法调和的矛盾的唯一出路,也是一个文明、进步、现代的出路。他于是不可思议地充当了父母离婚谈判的中间人和撮合——撮"离"——者的角色。毕竟是共产党领导的新社会了,母亲改变了过去旧社会时候一面恨得咬牙切齿,一面死活不肯离婚的态度。她同意离,但是提出了经济条件:父亲离婚后每个月要付给她五十万块钱的赡养费。要说五十万块并不是一个大的数字,只是当时父亲每个月的工薪不过七十万元,拿出五十万确有困难。父亲急于办好离婚,因为他的朋友们已经开始给他介绍女友。母亲紧紧守住五十万的数不肯退让。母亲不准备离婚后再嫁,她要通过经济手段取得一些补偿。这种情况下,钱文勇挑重担,自己背起了包袱。他叫父亲签名画押同意五十万,又说好每月他只需拿二十五万。"另外的二十五万我想办法。"钱文说。父亲犹犹豫豫。儿子拍胸脯打保票。离婚的事就这样办了。

钱文每月的津贴费原为六万元,后来加到七万元。"三反五反"结束后,这部分仅存的党委和青年团供给制干部改行"包干制",即不再是根据干部性别、家庭人口、季节、特殊需要,然后分大、中、小灶三个级别给不同的人发不同的伙食费、妇女卫生费、春衣费、冬衣费、育儿费(孩子越多给得越多,当然)、津贴费,而是按大约八等二十几级给干部发一揽子"包干费",这是从供给制向薪金制过渡的重要的一步。钱文是属于七等二级的干部,包干费是十七八万元,对于他这种单身汉来说,已经是大大地提高了收入了。他存了一点钱可供调剂,同时他的如意算盘还包括每月设法把五十万元垫足,给母亲,再寻找机会向母亲要回一点来,填平补齐,"弄虚作假",反正让双亲尽可能满意地离了婚,把新社会新章程的优越性充分体现出来。

这么一来,钱文就狼狈了。每月发薪之日,从父亲那里把钱尽可能多地要来,搭上自己的钱凑足五十万拿给母亲,再想方设法地"回流"给父亲一些。对父亲,他的义务是不让他拿超过二十五万元的钱,对母亲,他的任务是保证五十万元的数。每月月初母亲向他"讨债",月中则是父亲向他"讨债"。三个月过去,他自己的积蓄已经搭光,他开始向朋友们借钱,再尽可能快地把钱还回去。他知道借钱不是个好事情,父亲就是个喜欢与人借债的人,母亲提起这一点,不仅是痛心疾首,而且是深恶痛绝。为了维护进步和文明,他又重新陷入这么一种泥沼,钱文只觉得筋疲力尽,哭笑不得,却又成绩斐然,心甘情愿。

吕琳琳要的书可怎么办呢?想来想去他想起了王大新。他已经与王大新熟悉多了,王大新的"嚼舌"口音他也开始能分辨出字句来了,由于喜欢读书,他们俩还多少有了点交情呢。他直言说,他的一个"好友"向他要书,他现在由于一些特殊情况没有钱给她买,他想跟大新先借几本,等那位朋友读完再让她寄回来。

王大新断然拒绝。"不可以的,不可以的……"他连忙摆手,"我的书是从来不外借的,我的所有的书都是每天都要用的,每一天,每一本。只要缺了一本,我就会失眠、便秘、呃逆、脖颈强直、手足冰凉。Het, Het. No, No."他用俄语与英语表达着否定和拒绝,根本不允许钱文再说别的。

钱文被彻底地"干"在了那里,又羞又恼,下不来台。几乎可以说,从参加革命以来,在革命队伍之中,他还从来没有碰到过这样令人尴尬的场面。没有互相帮助,没有互相支援,没有理解,没有同情,没有阶级友爱同志温暖革命大家庭的情谊,只有自私自利、冷酷无情、抠门儿吝啬……这样的人那么爱读书做什么呢?读完了书成为这样冷酷自私的人,还不如不读书呢。无怪乎毛主席说劳动人民脚上有牛屎而心灵是干净的,一些个自以为很干净的知识分子,其实是不干净的。唉,马特洛索夫说,要使人们的生活因为自己的存在而更美好。邱少云为了不暴露同志宁可自己一点一点地被烧死,而我们,我们当中的一些人却是何等的自私啊!我们怎么可以还是这样的自私呢?

又过了两个月,钱文终于买了一本《钢铁是怎样炼成的》的作者奥斯特洛夫斯基著的另一部未完成的小说《暴风雨所诞生的》。周碧云又给了一本屠格涅夫的《贵族之家》,丽尼翻译的,译者的名字也很好听。这两本书都是他最爱读的,不但爱读,而且读起来就像是接受精神的洗涤、接受洗礼一样虔诚、景仰,在无尽的对于自己所为所思的愧悔中逐渐升华。看完这样的书以后,就连王大新他也原谅了,相反,他开始反求诸己了。人应该生活得文明,无私,磊落,高尚,深情……就像卓娅在日记上所记的——是不是契诃夫的原话呢——"人的一切都应该是美的:相貌、衣裳、思想……"他借书被拒绝就那样愤怒怨恨贬低人家,这难道是美的吗?太羞愧了啊。

他读了又读,一时间书上的许多话他几乎都能背诵了。最后,他在书的扉页上写下了请吕琳琳同志收读的美好字样而且签上了自己的名字。在奥斯特洛夫斯基的书上他还写下了"听吧,风暴在召唤我们";在屠格涅夫的书上,写下了"从贵族之家走出来,到人民群众中去"的他自己相当得意的句子。最后,终于准备停当,要去邮局往Q市寄挂号邮包了,他才发现,找不着吕琳琳的地址了。他曾经十分珍重地把吕琳琳的信收藏起来,却正因为他的专意收藏而找不着了,怎么找也找不着了。过去别的东西也是这样的,不收还凑合,一收就没。他急得抓耳挠腮,他急得七魂出窍,他翻箱倒柜,他怒气冲冲,憋着与旁人打架。他搞了个天翻地覆,没有找着。往部队写信是要有番号的,没有番号只有城市名是根本无法投递的,他知道。他的一切美好情绪荡然无存,没有爱,只有怨,没有喜,只有怒,没有美,只有丑,没有温柔,只有暴躁,没有文明,只有野蛮……一切美好的东西都是何等的脆弱呀。他什么时候,什么时候才能成为一个真正美好的人呢?党啊,教育我吧!

钱文曾经想到那个文工团去打听一下吕琳琳的地址。他终于没去。他并不认识那里的人,那个文工团在"三反五反"以后,已经解散,人员已经各奔东西了。再说,他也不想那样大张旗鼓地找吕琳琳。那算是什么事呢。

就这样,钱文与吕琳琳的联系从此中断。这么简单,这么偶然,这么没有道理。直到"文化大革命"中,红卫兵小将抄钱文的家的时候,才搜出了吕琳琳十四年前的来信,那信封上明明白白写着她的地址。当然,已经毫无意义了,当时钱文甚至连担心吕琳琳受牵连的想法也没有。天若有情天亦老,直到吕琳琳成了海外来客,三十多年以后,他们才有再次见面的机会呢。

一段时间,所有唱到海洋的歌儿——外国的——都使他想起吕琳琳,丢失了吕琳琳关于海军生活并不是那样浪漫的诉苦以后,剩下的就只有浪漫的回忆与设想了。

　　从前在我少年时,
　　鬓发未白气力壮,
　　朝思暮想去航海。
　　……越过重洋漂大海。
　　但海风使我忧,
　　波浪使我愁……
　　啊——
　　我多瑙故乡其水流溅溅……

真不知道是什么人翻译的这段歌词,文字是何等别扭,蹩脚中却又带几分奇异的又洋又早——还不是古——的特殊味道:陌生、遥远、自由而又含情脉脉,唱起来钱文就感动得流泪。北平解放不久他看过一本描写知识分子思想改造的长篇小说《动荡的十年》,故事已经差不多忘光了,但是他还记得两点,一个是主人公因为风纪扣没有扣好而受到营长(?)的批评,一个是主人公在十年以后,本来以为自己已经改造得差不多了,结果碰到一位新到解放区的小资产阶级女孩子——一定长得很美,那女孩子爱唱上面的歌儿,他的心动了——他还在动荡,他还远远没有改造好。多么撩人心绪,又是多么令人泪丧啊。

　　他原先从来不会唱这个歌,是祝正鸿有一次唱它被他听见了。奇怪,不是小资产味的周碧云或者萧连甲,而是朴实的祝正鸿会唱这样的歌。他一耳朵就听出来了,这正是那个动荡了十年还要继续动荡下去的一辈子也改造不好的小资产为之动情的歌。改造了十年还要为之动情,可见是一个不平凡的歌,一首有着不可抗拒的魅力的歌曲。他几乎是过耳成诵,跟着祝正鸿哼哼了几次,他已经学会了。而当吕琳琳去了海军,去了Q市以后,这首歌便变成了"吕琳琳之歌"了。它似乎传达着与她有关的信息。吕琳琳说那里的生活也是单调的与枯燥的,是啊,"海风使我忧,波浪使我愁"啊,歌儿里早就唱过了。他唱着的——羞怯地唱着的是这首"小资产",想着的尽是越说自己的生活并不浪漫他越觉得浪漫的吕琳琳。

　　还有一首苏联歌儿,歌唱红海军的:

> 我的歌声飞过海洋,
> 爱人呀,(你)别悲伤。
> 国家派我们到海洋,
> 要掀起惊天风浪……
>
> 不怕狂风,不怕巨浪,
> 我们前进不恐慌,
> 因为我们船上有着,
> 年轻勇敢的船长……

　　摇曳盘旋的旋律,起伏消长的波浪,质朴而又深情的乐句,一现即隐、若隐若现的和声,海、海涛、海潮、海空与海岸的气息,现在又加上了对于往日的同志——女友的怀念……为什么苏联的革命者就这样深情而我们这里一有情的流露就变成了小资产了呢?钱文弄不大清楚。我们的海军也有很不错的进行曲:

红旗飘舞随风扬,
我们的歌声多嘹亮,
人民海军向前进,
保卫祖国海防信心强。

爱护军舰,
像爱护自己的眼睛一样,
保卫和平,保卫家乡,
我们有毛主席英明领导,
谁敢来侵犯就叫他灭亡!

当然是很好的曲调歌词,但是和苏联的又是何等的不同啊!

一切有关海和海军的歌曲中,都添加了对于吕琳琳的思念。一次收音机里播放索洛维约夫·谢多依的《我们明朝就要远航》,那是晚上,还有旁人在同一间屋子,但是钱文感动得不能自已,他含泪向大家提出请求:"让我们先把灯关上,听一听这首歌儿,就关一小会儿……"说着,他就把灯关闭了,他引起了嘘声,他听到了抗议。他生气了,他大喝道:"安静!安静!"别人傻了眼。后来说是以为他发作了精神病。

但是终于看清他并没有精神病。于是转向组织生活。在组织生活上,就他的感情不健康问题大家苦口婆心地帮助了他一个晚上。同志们一致告诫他,这种小资产阶级情调是与革命队伍水火不相容的,他这样下去是很危险的。钱文费了很大的劲才克制住自己没有提出苏联共产党人和中国共产党人在文艺问题、情感问题上为什么取舍标准不同这个怪问题。他直觉地判明,提出这样的问题超出了组织生活所能容忍的界限,就是说,这在政治上是不折不扣的危险。设身处地,换一个角度,他说不定会这样批评提出类似问题的人:"为什么你要千方百计地去寻找中、苏两个伟大的社会主义国家的分歧而不是他们的兄弟般的、磐石般的团结呢?"

他已经学会了提出这样的反质问,但是他还没有学会解答这样的问题。

这年冬天又发生了几件令钱文黯然神伤的事情。在一九五三年即蛇年春节前夕,洪有兰再次犯病深夜送到医院,几个小时以后,洪有兰的心脏停止了跳动。不仅洪嘉,一些熟识她的朋友也哭得死去活来。洪嘉问:"我的妈妈为什么这样命苦啊?我没有见过任何一个像她这种年龄这种文化程度的人能像她一样地全心全意地扑到革命的怀里,接受着革命的阳光雨露,行进着革命的步伐,永远由衷地歌颂着革命、依靠着革命、献身给革命啊。她的生命,实际上是从一九四九年的十月才开始的,她才活了四岁,她才活了四岁就死了啊!"她泣不成声。听者不由得纷纷泪下。朱振东捶胸顿足地说:"是我害了你,是我对不起你呀,你不跟我结婚就好了呀!"他痛不欲生,大家拼命解劝,把他拉到了一边,没有人注意他到底说了些什么话。

春节过后不久,周碧云生产了一个女儿。针对这个女孩子的长相,又出现了一些可恶的流言蜚语,令钱文厌恶得要死。卑鄙呀,悲哀呀!又有什么办法呢?

赵林到印度尼西亚去了。两个月后,祝正鸿收到了他的一封寄正鸿转大家的信。无独有偶,他也诉说抱怨国外生活的单调、枯燥。多有意思呀,人们越是羡慕、越是觉得浪漫透顶的东西,当事人越是不懂得它们的可贵可爱。钱文没有见过大海更没有见过海军上过舰艇;钱文没有出过国也没有坐过飞机,他似乎还没有发言权。但是他认定,如果是他,是他出了国坐了飞机或者是登上军舰当上海军,他绝对不会说什么单调和枯燥,他一定能从那非比寻常的生活中寻找出伟大与神奇。别人知道的浪漫,他将能感受到,别人感受不到的浪漫,他也能感受到。他简直是对赵林和吕琳琳有意见了:你们是何等的煞风景啊!生活给你们提供这样难得的机会,真是被你们辜负了呀!

如果是我,钱文想,如果我能得到一次跟随军舰出海执行任务的机会,如果我能坐上飞机出一次国——但最好不是印度尼西亚而是苏联——一想到苏联钱文只觉得被一个热浪头倏地托起,与天地同辉,与日月同存,与青松白桦同生长,与克里姆林宫的钟声同悠扬。如果能得到这样一次机会,即使马上死了他也心甘情愿。在为追悼洪有兰同志而举行的座谈会上,钱文便谈了自己的感想,他说:在旧社会,即使活上一百岁二百岁也是虚度光阴,活受罪呀。一代又一代,一批又一批,多少人就是这样白白地活了又白白地死去了。而洪有兰,如洪嘉所说,她毕竟活了四岁,光明的四岁,充实的四岁,大有作为的四岁……由于对比,她比任何人都更懂得珍惜的四岁呀……

会后,钱文嗒然若失。他回忆起许多关于洪有兰的事。解放前夕,她冒着危险提着一菜篮子解放军军管会的传单送到各处——传单上摆着几个糠萝卜作掩盖,其实稍一注意就会被发现,而一旦败露她就有生命危险。她那时候胆子怎么就这么大呢?她参加了革命工作,她比年轻人还要积极热情,她特别热心于捍卫妇女的权益,由于帮助一位女工和她的丈夫斗争,最后两口子和好了一起告她挑拨离间。萧连甲用围巾"勒"仲霁的事她也意欲过问,是女儿劝阻了她。但她始终不喜欢也不原谅他。抗美援朝时候她报名去朝鲜,她说,她咬也要咬死两个美国鬼子。后来她结了婚,钱文始终觉得她结婚也像是在完成一件政治任务,完成对于新社会的全面颂扬的最后一个乐段……从洪有兰身上钱文检讨起自己对于洪嘉的态度来了,洪嘉毕竟是单纯可爱的呀,她简直可以说是新生活的一只百灵鸟儿啊。而洪嘉的妈妈怎么可能说没就没有了呢?如果这样的真诚,这样的阅历,这样的热烈,这样四十几岁了才开始迸发的生命力能够因为一个什么血管啊什么的说没就没有了,全无痕迹了——安葬完了,追悼完了,最多再加上座谈完了,就像世界上压根儿就没有过一个叫洪有兰的人一样了,她到世上来活这么一遭又有什么意义呢?再过一些年,快也罢,慢也罢,短也罢,长也罢,他们所有的所有不是都要走的么?即使是彭祖,活完那几万几千岁,不是还有无数万亿个世纪的虚空在他的后面——也在他的前面么?而这一切又是不可解的,与政治无干,与积极不积极无干。他能够做的,究竟又有些什么呢?他连续好几天夜不能寐,恍如掉在一个大黑洞里,气都憋在了那里。

人生本身是不可解的,但是他想,既然活着了,就得革命,革了命也就充实了。活一天就革一天命吧,除此之外还能怎么样呢?个人是渺小的,革命的成果才是伟大的噢!

赵林的信里说到了一个不好的消息。赵林说,他到印度尼西亚以后,只收到了林娜娜一封回信,在他给她已经写了好几封信以后。林娜娜再次提出与他断绝感情关系,而且,这次看来是无法挽回的了。"我哭了一场又一场,我们的团长批评了我。当然,哭也是偷着哭的。无论如何,我只能活下去,按照党所教育党所要求的那样,坚强勇敢地活下去。"他的信这样写道。

钱文怅然。他"狗拿耗子"——多管闲事地找了一次林娜娜。"这个这个,我是觉得,这个珍惜那么,应该珍惜这个……"他结结巴巴地说。

"我再也不想听他给我上课了……每次见面他至少要给我上一个半小时的课。如果是您,您也是受不了的。就让我当一个赖学生没有出息的赖学生吧,我再也受不了啦!"

钱文有点心寒。原来人就是这样的:好的时候好成那个样子,那也是真的;不好的时候就全不是那么回事了。有什么东西是真正经得住时间的考验的呢?

那青春的美好的日子哪里去了?钱文问道。他忽然觉得,他已经度过了太多太多、太值得记忆而又终于记不赢、理不清的美好青春的日子。日子给予他的未免太多,日子对于他已经未免太慷慨了啊!每个日子都充满光明、生气、幻想、战斗的友谊和辛勤的劳作,每个日子都沉甸甸、亮灿灿、红通通、热腾腾的。这样的日子一个又一个地过去,一个又一个地堆积在记忆里。他真不愿意也不能够忘记它们,他真的不能够清楚无误地记住它们、随时温习它们。美好的日子越多,存储它们就越困难,就像是许许多多的树叶飘落下来,不论那些叶子是多么的美丽,飘落下来,堆积起来以后,它们失去着或者终于失去了自己的鲜明和光泽,它们变成了一团叫做往事或者旧日的灰蒙蒙的尘雾,它们失去了次序和形体。不,钱文真想说,我不要也要不了如许多多的美好的日子。我不愿意以失去过往的年华为代价来换取成长和老大。卡达耶夫的小说题为《时间呀,前进》,而他想说的是:时间呀,停住! 我失去的已经太多了呢!

你在哪里,我们一同迎接解放的岁月? 你在哪里,从吕琳琳那里学习其实早就会了的代数的时辰? 还有平津学生大联欢时候的营火,"我的青春小鸟一样不回来"的歌声,当真是鸟儿一样地飞去了么? 地下党的领导人的身影,消失在国民党"执法队"的刺刀丛中的时候,你新参加革命的少年布尔什维克默祝他的平安。然后是轰轰的炮声和像大炮一样地轰鸣着的宣传品,预告黎明,预告春天,预告黑暗终于过去,光明晃得耀眼。迎接解放的锣鼓,沉睡的大地怎么一下子变得如此喧哗? 庆祝胜利的旗帜,黯淡的北平怎么一下子变得这样绚丽?

然后参加了工作,拉一个布帘男女同志住在一间房子里。第一次生活检讨会上把自己批得千疮百孔,念着《论共产党员的修养》痛哭流涕——多么虔敬,多么天真! 即使有点可笑也罢,我要这真诚,我不要过早的成熟! 第一次召开会议,第一次向青年团员发表演讲,就是把苏联讲上了天也罢,难道能够冷静地淡漠地说到苏联么? 第一次唱苏联歌曲,第一次听苏联的人民演员、功勋演员演唱,第一次看到苏式的报幕,穿着高跟鞋和连衣裙的发育丰盈的苏联女性在舞台上袅袅而来。真的,每一天都是盛大的节日! 是胜利的季节,是青春的季节,也是恋爱的季节! 共产党来了,恋爱的季节开始了! 第一次听到周围同志讲到自己的爱情,连悲伤也那样甜蜜,连"背叛"也那样光明! 第一次会见外宾:亚洲及太平洋地区和平会议的代表。

第一次听大课,田家英说毛泽东思想像大海,大家都去取水,取之不尽用之不竭,毛泽东思想又像钢琴,不同的人可以从中演奏出不同的、无穷无尽的乐曲。他讲得令人何等的叹服!第一次运动,面对面地斗争贪污犯——"老虎"。第一次接触宗教人员,把袁素华所在的那所教会医院的圣马力诺嬷嬷终于赶出了国门……

谁过过这样的日子?那么充实,那么庄重,那么欢欣,那么严格,那么心明眼亮,大路朝前,步骤井然!每一天起床的时候都知道这一天有许许多多的任务等待着自己,需要着自己,新的一天又是一个大显身手的好机会。每一天临睡的时候都那么得意,这一天说了很多,做了很多,说得精彩,做得漂亮,眼看着对青年的教育、对人的工作、革命事业又向前迈进了一步,每天一步,水涨船高,日行一尺,任重道远。这样的日子是不能够稀里糊涂地过的,这样的日子是不能够稀里糊涂地搅成一团,逐渐淡忘的。而且,不知道为什么钱文会这样想,即使未来比现在更伟大也罢,他未必会总是面临这样光辉灿烂而又确定无疑的日子了。幸耶?非耶?来日,你又是什么样子的呢?

即使最最美好的日子,过多了也会逐渐淡漠,逐渐平常,逐渐枯萎起来,就像花朵虽然美丽,却不可能鲜艳永存一样。想到这里,钱文是何等的惆怅啊。

他知道,他无法挽留住那一个又一个美好的日子,他知道,无论是多么难忘的日子都是要逝去的,都是难逃被遗忘的命运的。即使回想起来,那花朵也必然失去了原有的色泽和芬芳。比如在经历了后来的事情以后,他已经无法像当初一样怀着最美好的心情来回忆周碧云与满莎的隔着大院的男女二重唱……他甚至于无法再像当年一样激越地高歌《库班的哥萨克》(《幸福的生活》)的插曲了。

一切都是瞬息,

一切都会过去……

普希金的诗说的是假如"欺骗了你"的生活,可以用普希金的著名的诗句安慰受到生活的"欺骗"的你的灵魂。如果生活并没有欺骗了谁呢？如果是生活厚爱了我，生活激扬了我，生活空前绝后地褒奖了我呢，这"一切都是瞬息，一切都会过去"的诗句还能令人感到安慰么？

这是没有办法的事。他知道他挽留不住时间，挽留不住鸟儿、花朵和树叶，挽留不住难忘的一九四八、一九四九、一九五〇、一九五一，挽留不住钱文的十六岁、十七岁、十八岁、十九岁，如今，他马上就要二十岁了。

他更知道，他是共产党员，共产党是不兴惆怅地回忆过去流连过去的。党永远一往直前，奋勇向前，连续作战，凯歌行进，马不停蹄，永无止境。党的哲学是斗争的哲学、变革的哲学、前进的哲学、快马也要加三鞭的哲学。党不承认任何永恒的秩序、不变的存在、现状的凝固。党像一列飞速前行的火车，喊噔咣当、喊噔咣当，把所有的城市、乡村、涵洞、桥梁、站台……一个又一个，一个又一个地甩到后面，甩到后面……他的思想感情离党的要求确实还有很大的距离呢。

到了一九五三年开始的时候，单身汉就只剩下钱文和凌函栋了。继李意以后，张雅丽也乘着新社会的东风，遵守着古教清真的法度，与新履行了入教的一切要求与程序的小曹儿结了婚——终于是有情人能成眷属。结婚不到两个月，这一对新老穆民便都发起胖来了，胖得使每一个见到他们的朋友忍不住发笑。李意结婚不足九个月便得了一个女儿。这个时间表也引起了一些程序考证和产科学探索，两种学派的意见相持不下。据前往看望过袁素华母女的同志们说，李意他们把结婚时候退回去的沙发又搬回来了。李意笑呵呵地说："素华说了，资产阶级的沙发也可以为无产阶级服务嘛。"引用完了袁素华语录，李意心安理得。由于他自己心安理得，别人也就没有再提什么意见。还有高来喜和刘丽芳，两个人不正式明确也不否认他们是在恋爱，反正他们俩是形影不离。人们不再急于纠正他们了。

凌函栋终于被认定为由于老子的事情不宜于担任团的工作了。

他等待着工作的变动。当然也说了许多"要经得住考验""出身不能由自己选择,历史全靠自己来书写""不入党也要以党员的标准来要求自己"之类的话,但是,不仅凌函栋本人,而且大家也都为之黯然神伤。他的感情生活是一个谜,他没有透露过任何这方面的消息。至少表面上,他对周碧云是非常严肃的,严肃而又顺从,一见碧云他就微蹙双眉。有时候旁人关心他,说起这个话题,他便说:"不行就学德发吧,他不是解决得很好么?"

万德发先后四次看中了四位城市学生出身的女子。这四位女同志身材、相貌都谈不到,但是都长得又白又细。皮肤黝黑的万德发如此倾心于细白如傅粉如脂玉的皮肤,十分动人得紧。"一白遮百丑",他光明磊落地发表自己的审美价值宣言说。与此同时,他毫不讳言地谦逊地一笑,自嘲说"我这也是癞蛤蟆想吃田鸡肉啊"。他很注意分寸,他没有说"想吃天鹅肉",他没有选择"天鹅",但即使只是"田鸡"也使他屡遭败绩,最终也没成。他长叹一声,骂道:"什么翻身,全是瞎掰! 一找对象就露了底,找这个找那个,反正不找咱们工农!""那洪嘉还追过战斗英雄、不怎么识字的山东汉子李生厚呢。"认为他讲得太过偏激的同志举出洪嘉的例子与他略事辨正,也算维护一下知识分子与劳动工农的牢不可破的联盟(但是并没有人想在组织生活上批评万德发,那种批评与自我批评似乎只适用于学生娃)。

"那也没有成啊……"万德发还是不能释然。

这一年春节,万德发回市郊农村的老家过年去了。"妈的,我他妈的娶他个媳妇回来。"年前,万德发就这样发表了豪言壮语,大家没有认真,以为他是发泄他四次碰壁的恶气。没想到,过了年又过了正月十五,他带着一个俊俊的媳妇回来了。方额头,大眼睛,尖下颏,特别是一团黑、油、浓、厚的头发和更加黑又亮的眼珠,令人赞叹不已。"哪儿采了这么朵绣球花来?"人们问。

"我回到家,说是要成家,提亲的都把我里三层外三层地围起来了。漂亮大姑娘排着队可着我挑,我都挑花了眼了……"他盛气凌人地说。

人们哈哈大笑,万德发总算放了点在城市憋下的邪火。伟大的农村呀,我们怎么能没有你!洪嘉再看看万德发的新媳妇,当着众人包括万德发本人和他媳妇的面评论说:"可惜呀,一朵鲜花插到牛屎上了。"于是笑得更开心了。

凌函栋认真地与万德发探讨从他们家乡"说个亲"的可能性。"我可是外乡人啊。"他说。万德发当时没有表态,而是打官腔地说什么要研究研究。过了几天后,他兴致勃勃地告诉凌函栋:"没有问题,这件事包在我们两口子身上。"然后他询问凌函栋的具体要求。凌函栋又变了卦,说是不忙不忙,再等等吧。气得万德发骂人:"这些个吃屎(知识)分子!娶不上媳妇,自己撞墙去吧。"

至于王大新,在他来了几个月以后,据看了他的档案的同志透露,大家才知道,他已经早在家乡结了婚,他已经有一个五岁的儿子了——得这个孩子的时候,算起来他才十七岁。一个五岁的男孩儿的爸爸,这样的"老头儿"还在做青年工作,真是有点年龄太大了。无怪乎他看着与他们大不相同呢。"你不回家?"春节的时候,大家奇怪地问他。

"不。"没有任何解释。

大家摇摇头。他太不爱"暴露思想"了,人们想。不暴露思想的人政治上是危险的,他们听领导上讲过,他们便再摇摇头。他们其实是不幸而想中了。

一九五三年三月,初春的一个周末傍晚,无事可做的钱文觉得孤独而又自由。事实上,他想,他们的这个朝夕相聚、亲手足般的少男少女的集体,已经开始解体了。"天下大事,合久必分,分久必合",祝正鸿常说。他们的分并非有什么形势变化的辩证法大道理在那儿作怪,最简单的说明便是他们一个又一个地结了婚,生了子,"个人主义"膨胀了,"集体主义"缩小了,又由于工作的变动,赵林、萧连甲、闵秀梅、现在又加上了凌函栋,一个又一个各奔东西或者即将离去。离去了也就离去了,当然。

但是我还是特别怀念一九四八、一九四九、一九五〇、一九五一年的日子,一遇到孤独和自由的时刻,钱文就会想。在一九五三年初春的一个傍晚,他漫步走在街巷里。每一条街,每一条胡同,都能唤醒一些记忆,唤醒一些过往的激情。在哪里与地下党的领导人接头,在哪里敲响迎接解放的锣鼓,在哪里高唱抗美援朝的歌曲,在哪里购买过给男人穿的可笑的花衣裳……他温习这些记忆,他咀嚼这些记忆并且从中得到一些继续奋勇前进的鼓舞。他知道这些记忆明明正在被时光所冲刷磨平,他通过偶有的孤独和自由的闲暇,来回味它们,巩固它们,延长它们的鲜明,维持它们的热度。

　　我们的青春像烈火般的鲜红……
　　我们的青春像海燕般的英勇……

他的心不是又热起来了吗?

他进入北海公园的前门,他这才发现太液池已经是一池春水。丝毫不被觉察地,冬日的坚冰已经融化为荡漾的碧波。"春江水暖鸭先知",水不暖呢?水不暖我们就来煮沸它!他掀动自己的豪情说。他笑了。

　　不,我们既不恐惧也不忧伤,
　　生活之路并不使我们惊慌……

这是法捷耶夫的《青年近卫军》里,反法西斯的"近卫军"领袖、十六岁的奥列格所朗诵的诗。一想到这诗这书这些英勇献身的苏联青年,钱文抑制不住地泪眼模糊起来。革命创造了何等美好的青春,青春创造了何等美好的革命!我永远和革命和青春在一起呀,永远和苏联和卓娅、奥列格在一起呀!我要献出我的生命我的心呀!钱文的心里电闪雷鸣,狂风暴雨,山呼海啸……然后,天晴气爽,风平浪静,"啊——啊——"的无字的合唱响彻云霄。

他站在石栏杆前为春天春水更是为青春而赞美怀念,心潮激荡。
"钱文!"
他听到了一声呼喊。谁呢?
"钱文,你瞧,不认识我了么?"
灯光水光星光,暮色天色景色之中,他看到了来人:叶东菊。
叶东菊是鲁若担任校外辅导员的那个少年儿童队的中队长。鲁若与洪嘉结婚以后搬到了这边来住,叶东菊也来过这边,与大家相识了。一九五二年以来,叶东菊一直担任她们学校的一个中队的校内辅导员,她干得津津有味,受到了团市委和教育局的表扬。而鲁若一直是她们学校的少年队的校外辅导员,鲁若结婚住在这边以来,她仍旧与鲁若有联系。她的爸爸是国民党军统站的副站长叶瑶台,她又长得那样天真纯洁,长睫毛、流动的黑眼珠,她给钱文留下了很深的印象。

大约半年以前,一个星期天,钱文正在楼下盥洗室洗衣服,他忽然听到了洪嘉的两声嘶喊,接着,叶东菊低头垂泪走了出来。他一怔,追了出去。他撂下一脸盆没洗好的衣服,去追叶东菊。他差不多一直追到了胡同口。他叫住了东菊。东菊不肯说是发生了什么事情,钱文却大致弄明白了。洪嘉总是怀疑鲁若不规矩,怀疑到了叶东菊身上。这次她找一个茬口与鲁若吵架,说了一些很难听的话。"我真傻,我今天头一次明白她是在说我。我从来没有这样想过。我怎么就压根儿没这么想过呢。真是太没有意思了啊。"叶东菊说。

钱文实在是听不得这种往洁白的——例如鸽子的——羽毛上泼污水的事情。他恍恍惚惚地认为,不仅洪嘉的猜忌,而且也有鲁若的内心,都不是纯净和高尚的。叶东菊这样的女孩子,与他们在一起,毫不设防,这怎么行呢?但是,这又是无法向叶东菊说出口的,叶东菊就不应该多天真几年,多美好几年吗?为什么要让她那么早就"复杂"起来呢?为什么这个世界不应该给天真纯洁的女孩子多一些爱护、少一些伤害呢?而且,她是这样美。人们不应该一起来爱护这样的美吗？他那天相当激动地安慰了她。他陪她走了两条街,他给她讲了新出版的《译文》上刊登的几篇苏联小说。他问她会不会唱电影《小海军》的插曲。他还请她到一家甜食店喝了一碗赤豆粥。直到她脸上的阴影全部驱散了,他才放下心来,在十字路口的一侧,挥着手目送她走远。

那天,他非常快活。

不久,他听到了一个惊人的好消息,说是叶东菊被提名参加在东柏林举行的国际少年夏令营。他高兴得几乎跳了起来。只是洪嘉听到后噘起了嘴,并且抨击说:"根据什么选她？不就是长得好点儿吗？现在究竟是按无产阶级的章程办事,还是按资产阶级的章程办事呢？"钱文嘿然。好在叶东菊所在的那所中学并不在他们这一区,他们其实用不着辩论选派叶东菊出国是否正确。但是钱文仍然觉得说不出的遗憾。

又不久,他听说,叶东菊终于还是被"刷"下来了。人们窃窃私语,怎么能派一个国民党大特务的亲闺女出国呢？洪嘉说:"我早说过了嘛。"她很高兴。钱文忽然来了气,便对洪嘉说:"你乐什么呀,反正又没有改派你去,人家不去也轮不到你呀。"说完,他回头就走,把洪嘉噎得直咽吐沫。

想不到今天在北海公园巧遇。"真高兴碰见你。你这一向好吗？"钱文问。

"好不好呢？我也不知道。"叶东菊回答。说完,她莞尔一笑。昏暗中她的笑容朦朦胧胧,钱文觉得他看懂了她的笑容了。

于是钱文也会心地一笑。

"你一个人来的?"钱文问。

"你知道,我高三了。今年夏天,我该毕业了。报考什么志愿呢？我父母一定要我报理工科。可是我呢,你知道我喜欢孩子,我想报教育,我想报师范,爸爸妈妈又不同意。我很苦恼。昨天晚上我算了一个卦——我知道你一定会批评我。你不信也没有关系,这并不是迷信不迷信的问题。这也是我自己的一种……比如说吧,是一种没有法子的法子。卦上说,今天晚上,向南向东行走一千步,我会遇到高人解难释疑……我就来到了这里。"

钱文哭笑不得,便说:"你还是自己考虑吧,可别相信什么高人,再说,哪儿来的高人去?往东往南,"他用手向东南方一指,"您走到东海,也找不到高人呀。"

"啊?你管我叫起您来啦?您可真逗。高人,高人,我已经遇到高人啦。"

"高人?哪儿有高人?"钱文问。

叶东菊笑得几乎倒在了地上,钱文不得不扶着她。"你怎么这么傻?"叶东菊问,她用这样亲昵的口气与钱文说话,使钱文又皱眉又喜欢。

"你真傻,高人就是你呀。"叶东菊边笑边说,越说却越严肃了,"我的命不好。小时候,奶妈就带我去算过命。我命中有几次大难,但是都有高人解救。那次在你们那儿,我多难过呀,不就是你解救的吗?"

一股热流一下子流遍了钱文的全身,他浑身像火烧起来一样。

"告诉我,我应该报什么志愿?你说……"

"我怎么好说……"

"不,就你说。你说吧,我听你的。你说了我就决定,决定了就不再改变,决定了我就高兴了。快告诉我,我到大学学什么好?"

你能相信这是真的吗?

然后他说了,然后她听了,然后他们握手和道再见。

钱文只觉得自己跟喝醉了一样。

直到叶东菊走了很久了,钱文仍然呆立在石栏杆边,他无法断定这一切是怎么回事,他无法断定究竟什么发生了,什么是以为发生了,什么是事实,什么是幻觉。

是叶东菊吗?是他完全谈不上了解也谈不上熟悉的美丽的叶东

菊吗?飘然而来,杳然而去,却又那么信赖,那么交流,那么一见如故,那么牵心挂肚。她太年轻。她太美丽。她常常和鲁若——他不喜欢(请他原谅我!)的鲁若打交道,还有洪嘉。她的父亲是杀人不眨眼的大特务。她已经被挑选出国,又被否定——淘汰了。这里似乎有某种不祥的预感,这里似乎有某种凶险的预兆。他突然觉得她也许不会幸福。幸福幸福,他和他的同辈人已经说了一千遍喊了一万遍闹了十万百万遍的幸福。

所以她需要他钱文的指点。很可能她真的需要他的指点——他毕竟眼看就二十岁了,他经历了日本占领军的统治,经历了国民党的贪官污吏,经历了"这是最后的斗争","团结起来到明天"……直到目睹所有同辈人的幸福和不幸福,"海风使我忧,波浪使我愁"……他已经是顶天立地的男子汉大丈夫了。虽然他还瘦弱,虽然他不英俊潇洒……

这是什么呢?他在想什么呢?怎么会是腐朽透顶而又荒谬绝伦的算卦呢?

这是与众不同的敲击。这是稀罕的命定。这是神奇。

这是旋风。这是突然而起的旋风。这是酝酿已久的旋风。他曾经梦想过各种各样的开头,战火中的青春,舞会上的邂逅,与反革命的肉搏……但从没有想过这样的旋风。这样的旋风直吹得他天旋地转。

是的旋风。你好旋风。旋风正在把以往连根拔起。所有的过去将不再被眷恋。所有的感想都可以不想。旋风将创造一个光耀得他睁不开眼的崭新的世界。

就这样容易?就这样来了?这就是他的?

当她成为旋风的时候,她感觉得到这旋风吗?

哦,不。让我再想一想吧。让我珍重这句话吧。让我吝惜一点,再吝惜一点吧。我已经糊涂了。也许天也会老。也许地也会荒芜。也许我们的面前还有许多未知的陷阱。也许最终证明我的一切并不比任何人好,证明我只不过是可笑,只不过是笑柄罢了。然而这句话是不会陈旧的,这句话将创造一个又一个的星球,一个又一个的季节,一个又一个的宇宙。

如果你失去了这句话呢？如果你怯懦了呢？

我——爱——你！

我——爱——你！！

我——爱——你！！！

人民文学出版社 1993 年初版